Les Sentinelles de la Nuit

Sergueï Loukianenko

Les Sentinelles de la Nuit

ROMAN

Traduit du russe
par Christine Zeytounian-Beloüs

Albin Michel

Les extraits de chansons du livre appartiennent aux groupes Piknik, Résurrection (Voskressenic), Spleen, Blackmore's Night.

Édition originale :
NIGHT WATCH

La diffusion de ce texte est approuvée comme pouvant servir la cause de la Lumière.

Contrôle de la Nuit

La diffusion de ce texte est approuvée comme pouvant servir la cause de l'Obscurité.

Contrôle du Jour

HISTOIRE NUMÉRO UN

Un autre destin

Prologue

L'immense escalator rampait comme à contrecœur.

Normal, c'était une vieille station. Le vent se déchaînait à loisir dans ce goulet de béton, il ébouriffait les cheveux d'Egor, tirait sur son capuchon, se glissait sous son écharpe, le poussait en arrière.

Le vent ne voulait pas qu'il monte.

Le vent lui demandait de revenir.

Chose étonnante, personne autour de lui ne semblait remarquer ce vent. À l'approche de minuit, la station commençait de se vider. Quelques passagers seulement descendaient à sa rencontre, il n'y en avait qu'un devant lui et deux ou trois derrière. Guère plus.

À moins de compter le vent.

Egor fourra les mains dans ses poches et se retourna. Depuis deux minutes déjà, depuis qu'il était sorti du wagon, la sensation d'un regard posé sur lui ne le quittait pas. Curieusement, cela n'avait rien d'effrayant. Une sorte de fascination, acérée comme une piqûre.

Au bas de l'escalator, un homme de haute taille, en uniforme. Pas un policier : un militaire. Plus loin, une femme tenant par la main un bambin somnolent. Un autre homme, jeune, en anorak orange, avec un baladeur. Lui aussi paraissait dormir debout.

Rien de suspect. Même aux yeux d'un adolescent qui rentre

trop tard chez lui. Près de la sortie, un policier, affalé contre la barrière de métal, guettait une proie facile parmi les voyageurs tardifs.

Rien d'effrayant.

Le vent le bouscula encore, puis s'apaisa, comme résigné, comme s'il avait compris l'inanité de ses efforts. Egor se retourna une fois de plus, avant de monter en courant les dernières marches qui se dérobaient sous ses pieds. Il devait se hâter. Sans savoir pourquoi. Une nouvelle piqûre, inquiète, incompréhensible ; un frisson le parcourut.

Toujours ce vent.

Egor jaillit par les portes entrouvertes et le froid perçant s'abattit sur lui. Ses cheveux humides après la piscine – le séchoir était encore en panne – se glacèrent immédiatement. Egor resserra son capuchon, passa sans s'arrêter devant les kiosques de marchandises. Dehors, il y avait beaucoup plus de monde, mais son inquiétude ne se dissipait pas. Il se retourna encore, sans ralentir le pas. Personne ne l'avait suivi. La femme et l'enfant se dirigeaient vers l'arrêt du tram. Le type au baladeur s'était arrêté devant un kiosque pour examiner les bouteilles, le militaire n'était pas encore sorti.

L'adolescent emprunta rapidement le passage souterrain. Une musique jaillie d'on ne sait où, à peine audible mais très agréable, semblait le presser. Le chant ténu d'une flûte, le bruissement des cordes, le tintement d'un xylophone. Egor s'écarta pour laisser passer un groupe qui venait à sa rencontre, dépassa un type ivre et joyeux qui progressait à grand-peine. Ses pensées semblaient s'être évaporées, il courait presque.

La musique l'appelait.

Des mots s'y mêlaient, encore indistincts, feutrés mais qui l'attiraient irrésistiblement. Egor émergea du passage, s'arrêta un instant, happant l'air glacé. Un trolleybus approchait. L'arrêt suivant était juste devant chez lui...

Le garçon se dirigea lentement vers le véhicule, on aurait dit que ses jambes étaient engourdies. Le trolley attendit quelques secondes, puis les portes se refermèrent et il s'éloigna. Egor le suivit d'un regard éteint, la musique jouait de plus en plus fort, elle emplissait l'espace environnant, entre le grand hôtel construit en demi-cercle et son immeuble, que les habitants du quartier surnommaient « le clapier sur pattes », visible à quelque distance. La musique lui disait d'aller à pied. Par l'avenue illuminée et encore très fréquentée à cette heure. Quelques petites minutes de marche.

La musique l'attendait à mi-chemin...

Au bout de cent mètres, le mur de l'hôtel cessa de le protéger du vent. Une rafale glacée le frappa au visage, couvrant presque la mélodie tentatrice. Le garçon vacilla et ralentit le pas. Le charme soudain rompu, la sensation d'un regard étranger revint, fortement mêlée de peur. Il se retourna : un autre trolley approchait de l'arrêt. Et à la lumière des lampadaires, il aperçut un anorak orange vif. L'homme qui était avec lui sur l'escalator l'avait suivi. Les yeux toujours mi-clos, il marchait derrière Egor d'un pas rapide et décidé.

L'adolescent se mit à courir.

La musique retentit avec une force nouvelle, surmontant le vent. Il pouvait distinguer les paroles... mais il n'avait aucune envie de les comprendre.

La raison lui dictait de ne pas quitter l'avenue avec ses vitrines éclairées, ses passants tardifs et ses voitures.

Mais Egor entra sous un porche, obéissant à la musique.

Ici, l'obscurité régnait, seules deux ombres minces bougeaient près du mur. Egor les distinguait à travers une brume bleutée. Un jeune homme et une jeune fille, très légèrement vêtus, à croire qu'il ne faisait pas moins vingt.

Après un dernier accord triomphant, la musique se tut. L'adolescent sentit son corps devenir mou. Il était en sueur et ne tenait plus sur ses jambes, il aurait voulu s'asseoir à même le trottoir glissant, encroûté de boue gelée.

– Comme il est mignon, souffla la jeune fille.

Elle avait un visage fin, des joues creuses, une peau pâle. Seuls ses yeux semblaient vivants : noirs, immenses, au regard hypnotique.

– Tu m'en laisseras un peu, dit le jeune homme avec un sourire.

Ils se ressemblaient comme frère et sœur, pas par leurs traits, mais par quelque chose d'insaisissable, qui les couvrait à la manière d'un voile poussiéreux.

– Tu en veux aussi ?

La jeune fille détourna un instant le regard. L'engourdissement qui s'était emparé d'Egor se dissipa en partie, cédant la place à une peur panique. Le garçon ouvrit la bouche, mais croisa le regard du jeune homme et ne put crier. Il eut l'impression qu'une froide pellicule de caoutchouc l'enveloppait.

– Oui, tiens-le !

La jeune fille, avec un petit rire ironique, se tourna de nouveau vers Egor et tendit les lèvres, comme pour lui envoyer un baiser aérien. Elle susurra les mêmes mots qui avaient accompagné la musique :

– Viens... Viens vers moi...

Egor ne bougea pas. Il n'avait pas la force de fuir, malgré son effroi et le cri coincé dans sa gorge. Mais il parvint à rester immobile.

Une femme accompagnée de deux gros bergers allemands passa devant le porche. Lentement, on aurait dit qu'elle se déplaçait au fond de l'eau ou à travers un cauchemar. Du coin de l'œil, Egor vit que les chiens tiraient sur leurs laisses en direction du porche, et un espoir fou jaillit dans son âme. Les chiens grognèrent, mais d'une manière un peu indécise, avec haine et frayeur. La femme s'arrêta un instant, méfiante, inspecta les lieux d'un coup d'œil. Egor croisa son regard : indifférent, comme si elle fixait le vide.

– Allons, venez ! dit-elle.

Les chiens reculèrent avec soulagement.

Le jeune homme rit doucement.

La femme accéléra le pas et fut bientôt hors de vue.

– Il ne vient pas, s'exclama la jeune fille d'un ton capricieux. Regarde : il ne vient pas !

Le jeune homme fronça les sourcils.

– Plus fort. Il faut que tu apprennes.

– Viens ! Viens vers moi ! ordonna la jeune fille d'un ton appuyé.

L'adolescent n'était qu'à deux mètres, mais elle semblait tenir à ce qu'il franchisse lui-même cette distance.

Egor comprit qu'il n'aurait plus la force de résister. Le regard de la jeune fille l'attirait comme un élastique invisible, les paroles l'appelaient, et il ne se contrôlait plus. Il savait qu'il ne devait pas approcher, mais il avança d'un pas. La jeune fille sourit, découvrant des dents blanches et régulières.

– Enlève ton écharpe.

Egor n'opposait plus de résistance. De ses mains tremblantes, il baissa son capuchon, tira sur son écharpe sans la dérouler. Fit un autre pas vers les yeux noirs qui l'appelaient.

Le visage de la jeune fille était en train de changer. La mâchoire inférieure s'écarta, les dents bougèrent en se tordant. De longs crocs étincelèrent, qui n'avaient plus rien d'humain.

Egor fit un pas de plus.

1

La nuit a mal commencé.

Je me suis réveillé dès la tombée du soir. Étendu, j'ai regardé les dernières lueurs du jour s'éteindre à travers les fentes du store. C'était ma cinquième nuit de chasse et toujours aucun résultat. Peu probable que la chance vienne me sourire aujourd'hui.

Il faisait froid dans l'appartement, les radiateurs étaient à peine tièdes. Le bon côté de l'hiver, c'est que la nuit tombe vite et qu'il y a peu de monde dans les rues. Autrement, j'aurais tout envoyé promener depuis longtemps, j'aurais fui Moscou au profit de Yalta ou de Sotchi. Je préfère la mer Noire aux îles lointaines : c'est mieux quand les gens autour de toi parlent ta langue.

Des rêveries stupides.

Le temps n'est pas venu d'aller me reposer au soleil.

Je ne l'ai pas mérité.

Le téléphone semblait avoir attendu mon réveil pour lancer son exécrable et pressant gazouillis. J'ai cherché le combiné à tâtons et l'ai porté à mon oreille sans prononcer un seul mot.

– Anton, réponds.

Je n'ai rien dit. Larissa parlait d'un ton ferme, mais la fatigue y perçait déjà. Elle n'avait pas chômé toute la journée.

– Anton, je te passe le chef ?

– Pas la peine, ai-je grogné.

– Ah enfin, tu es réveillé ?
– Oui.
– Même programme pour aujourd'hui.
– Il y a du nouveau ?
– Non, rien. Tu as de quoi déjeuner ?
– Ça ira.
– Tant mieux. Bonne chance.

Elle a prononcé ces mots d'une voix morne, dépourvue d'enthousiasme. Larissa ne croyait pas en mon succès. Le chef non plus, apparemment.

– Merci, ai-je répondu dans le vide.

Elle avait déjà raccroché. Je me suis levé, j'ai rendu visite aux toilettes et à la salle de bains. J'ai mis du dentifrice sur ma brosse à dents avant de me souvenir que j'avais quelque chose à faire avant. J'ai posé la brosse sur le bord du lavabo.

Il faisait sombre dans la cuisine, mais je n'avais pas besoin de lumière. J'ai ouvert la porte du réfrigérateur. L'ampoule dévissée refroidissait parmi les provisions. J'ai regardé la casserole avec la passoire posée dessus. Dans la passoire reposait un morceau de viande à moitié décongelé. J'ai retiré la passoire, j'ai porté la casserole à mes lèvres et j'ai bu une gorgée.

Si quelqu'un s'imagine que le sang de porc a bon goût, il se trompe lourdement.

J'ai remis la casserole avec un reste de sang à sa place avant de regagner la salle de bains. La lampe bleutée dissipait à peine les ténèbres. Je me suis brossé les dents longuement, vigoureusement, puis je n'ai pu me retenir de repasser par la cuisine pour ingurgiter un peu de vodka glacée. La chaleur dans mon ventre s'est intensifiée. Un bouquet de sensations : du froid sur mes lèvres et un brasier dans mon estomac.

– Je te souhaite de..., ai-je commencé à l'adresse du chef, mais je me suis repris à temps.

Il était certainement capable de sentir à distance, même une malédiction purement abstraite. Je suis retourné dans la chambre pour ramasser mes vêtements qui jonchaient le sol. Mon pantalon traînait sous mon lit, mes chaussettes sur le bord de la fenêtre et ma chemise était pendue au masque de Choyong. L'antique roi-dragon coréen me regardait d'un air réprobateur.

– Monte plutôt la garde, lui ai-je lancé.

Le téléphone s'est remis à sonner.

– Anton, tu avais quelque chose à me dire ? a demandé mon interlocuteur.

– Rien du tout.

– Tant mieux. Ajoute donc « Je suis heureux d'obéir à vos ordres, votre excellence ».

– Je ne suis pas heureux. Et on ne saurait y remédier... votre excellence.

– Anton, a déclaré le chef après un bref silence, j'aimerais que tu considères les choses avec davantage de sérieux, si tu n'y vois pas d'inconvénient. J'attends ton rapport au matin, quoi qu'il arrive. Et... bonne chance.

Je n'irais pas jusqu'à dire que je me suis senti confus. Mais mon irritation s'est calmée. J'ai rangé mon portable dans la poche de mon anorak. J'ai réfléchi quelque temps devant la penderie de l'entrée, me demandant quoi choisir. J'avais quelques nouveautés offertes par des amis au cours de cette dernière semaine. Mais je me suis finalement décidé pour l'équipement standard, plus ou moins universel et compact.

J'ai pris mon baladeur. Je n'avais pas besoin de mon ouïe pour travailler et l'ennui est un ennemi impitoyable.

J'ai scruté l'escalier par le judas avant de sortir. Personne.

Le début d'une nouvelle nuit.

J'ai passé près de six heures à voyager dans le métro, changeant régulièrement de ligne, piquant par moments du nez pour permettre à ma conscience de se reposer et à mes sens de se détendre. Il ne se passait rien. J'ai certes pu assister à quelques scènes intéressantes, mais c'étaient des cas ordinaires, destinés aux débutants. Vers onze heures du soir, quand les passagers sont devenus moins nombreux, la situation a soudain changé.

J'étais assis, les yeux clos, écoutant pour la troisième fois de la soirée la cinquième *sinfonie da chiesa* de Manfredini. Le minidisque que j'avais dans mon baladeur représentait un patchwork assez délirant : ma sélection personnelle où les anciens compositeurs italiens et Bach alternaient avec Ritchie Blackmore et les groupes « Alisa » et « Piknik ».

Il est toujours curieux de vérifier quelle mélodie coïncide avec quel événement. Cette fois, Manfredini a tiré le billet gagnant.

Une crampe m'a saisi, un frisson m'a parcouru des talons à la nuque. J'ai même grogné je ne sais quoi en ouvrant les yeux.

J'ai immédiatement remarqué cette jeune femme.

Toute jeune, absolument charmante. Vêtue d'un élégant manteau de fourrure, elle portait un sac et tenait un livre à la main.

Une tornade noire planait au-dessus d'elle ; je n'en avais pas vu d'aussi énorme en trois ans !

J'ai dû la dévisager de façon bizarre. Elle m'a jeté un coup d'œil pour se détourner aussitôt.

Elle aurait mieux fait de regarder au-dessus de sa tête !

Non, bien sûr, elle ne pouvait pas voir la tornade. Le maximum qu'elle était capable de ressentir, c'était une légère inquiétude. Ce n'est que très vaguement, du coin de l'œil, qu'elle aurait pu entr'apercevoir un mouvement confus au-dessus de sa tête... comme des moucherons, ou une légère vapeur montant de l'asphalte par temps de canicule.

Elle ne pouvait rien voir. Rien. Elle allait vivre encore un jour ou deux, jusqu'au moment où elle glisserait sur du verglas et tomberait si violemment qu'elle se fracasserait le crâne. Ou serait renversée par une voiture. Ou tuée dans une ruelle sombre par un délinquant qui ne comprendrait même pas la raison de son geste. Et les gens diraient : « Elle était si jeune, elle avait la vie devant elle, tout le monde l'aimait... »

Oui. C'était évident. Son visage respirait la bonté et la gentillesse, on y lisait de la fatigue, mais aucun sentiment négatif. Auprès d'une telle personne, tu ne te sens pas tel que tu es en réalité. Tu essayes de devenir meilleur, et ça te pèse. Le genre de fille avec qui les hommes entretiennent des liens d'amitié, flirtent parfois un peu et se confient volontiers. On en tombe rarement amoureux, mais en contrepartie, tout le monde les aime.

À l'exception d'une seule personne qui a payé un mage noir.

Une tornade noire est un phénomène assez répandu. Avec un peu d'attention, je pouvais en remarquer cinq ou six au-dessus d'autres passagers. Mais elles étaient floues et remuaient à peine. Elles résultaient de malédictions ordinaires. Quelqu'un s'était exclamé : « Je te souhaite de crever. » Ou plus modérément : « Va te faire pendre. » Et un minuscule tourbillon avait jailli des ténèbres, qui détruisait la chance et minait les forces.

Mais une malédiction banale prononcée par un dilettante ne dure guère qu'une heure ou deux, un jour au maximum. Et ses conséquences, bien que déplaisantes, n'ont rien de mortel. La tornade au-dessus de la jeune femme était d'une autre trempe : stable, élaborée par un mage expérimenté. La jeune femme l'ignorait, mais elle était déjà morte.

Machinalement, j'ai porté la main à ma poche avant de me souvenir où j'étais. J'ai fait la moue. Pourquoi les téléphones portables ne fonctionnent-ils pas dans le métro ? Leurs propriétaires sont censés rouler en voiture ?

J'étais déchiré entre ma mission que je devais poursuivre, même sans espoir de succès, et la jeune femme condamnée. J'ignorais s'il était encore possible de l'aider, mais il était de mon devoir de retrouver le coupable...

À cet instant, j'ai éprouvé un deuxième choc. Différent. Sans frisson, sans douleur. Ma gorge est devenue sèche, mes gencives se sont engourdies, le sang s'est mis à battre à mes tempes, une démangeaison est née à l'extrémité de mes doigts.

Je venais de toucher au but !

Pourquoi le moment était-il si mal choisi ?

Je me suis levé. Le train ralentissait pour entrer dans la station. En passant devant la jeune femme, j'ai senti son regard. Elle me suivait des yeux. Elle avait peur. La tornade noire provoquait sans doute en elle une inquiétude diffuse.

Ce qui expliquait peut-être sa survie.

Évitant de regarder dans sa direction, j'ai plongé la main dans ma poche et j'ai saisi l'amulette : une tige froide en onyx. J'ai hésité une seconde, à la recherche d'une autre solution.

Non, c'était la seule chose à faire.

Ma main s'est crispée sur l'amulette. Un picotement a transpercé mes doigts, la pierre est devenue tiède, diffusant sa réserve d'énergie. Une chaleur réelle, mais qu'aucun thermomètre n'aurait pu mesurer. J'avais l'impression de serrer un charbon, enrobé de cendre froide, mais encore ardent au centre.

J'ai absorbé le contenu de l'amulette. La tornade vacillait et s'inclinait légèrement vers moi. Elle était si puissante qu'elle possédait un semblant de conscience.

J'ai frappé.

N'importe quel Autre se trouvant dans ce wagon, ou même dans le train, aurait pu voir un flash aveuglant, apte à transpercer avec la même facilité le métal et le béton.

Jamais encore je n'avais attaqué une tornade noire d'une structure aussi complexe. Et jamais je n'avais utilisé d'amulette avec une charge aussi puissante.

L'effet produit fut inattendu. Les faibles malédictions suspendues au-dessus des personnes présentes furent balayées. Une femme d'un certain âge qui se massait le front contempla sa main avec étonnement : sa terrible migraine venait de s'évanouir. Un jeune gars qui regardait par la fenêtre d'un air obtus sursauta et ses traits se détendirent, l'angoisse et la tristesse disparurent de ses yeux.

La tornade noire fut déportée de cinq mètres, elle sortit même à moitié du wagon. Mais pour revenir aussitôt en zigzaguant vers sa victime, sans perdre sa forme.

Quelle force !

Quelle persévérance !

On raconte, bien que je ne l'aie jamais observé, qu'une tornade déportée ne serait-ce que de deux ou trois mètres perd le sens de l'orientation, se colle à la personne la plus proche. Ce qui est fort regrettable, mais une malédiction destinée à autrui agit beaucoup plus faiblement et la nouvelle cible a toutes les chances de s'en sortir.

Mais cette tornade regagnait ses positions, comme un chien fidèle qui revient vers son maître.

Le train était en passe de s'arrêter. La tornade, de nouveau suspendue au-dessus de la jeune femme, tourbillonnait même plus vite que quelques instants plus tôt. Je ne pouvais rien faire de plus. À cette station se trouvait le but d'une semaine d'errances à travers Moscou. Impossible de le laisser filer. Le chef m'aurait mangé tout cru... peut-être même au sens propre.

Lorsque les portes se sont ouvertes en chuintant, j'ai regardé une dernière fois la jeune femme pour mémoriser son aura. Je n'avais pas beaucoup de chances de la retrouver dans une ville aussi immense. Cependant, il faudrait essayer.

Mais pas maintenant.

Je suis sorti du wagon et j'ai observé les passagers. Je manquais d'expérience sur le terrain, le chef avait raison. Mais sa méthode pour parfaire mon apprentissage ne me plaisait pas le moins du monde.

Comment diantre étais-je censé trouver ce que je cherchais ?

Personne alentour n'éveillait mes soupçons. Station Koursk, sur la ligne circulaire, les voyageurs étaient nombreux : les uns débarquaient de la gare, les autres avaient hâte de prendre leur correspondance pour regagner les faubourgs. Il y avait aussi les vendeurs du bazar qui rentraient chez eux... En fermant légèrement les yeux, je pouvais observer un spectacle plus intéressant : celui de leurs auras, faiblissantes vers le soir. Parmi elles brûlait la tache écarlate d'une colère, un couple qui avait hâte de se retrouver au lit étincelait d'une lueur orange vif, les traînées brun-gris de quelques ivrognes vacillaient çà et là en se disloquant.

Pas la moindre trace. Juste cette sécheresse dans la gorge, les gencives qui démangent et le cœur qui bat la chamade. Et aussi un goût de sang sur les lèvres. Une excitation grandissante.

Des symptômes indirects mais trop flagrants pour être négligés.

Qui était-ce donc ?

Le train s'est ébranlé derrière mon dos. La sensation de toucher au but ne me quittait pas, nous étions donc tout près l'un de l'autre. Un second train arrivait en sens inverse. J'ai senti mon objectif bouger dans cette direction.

En avant !

J'ai traversé le quai, louvoyant entre les voyageurs qui cherchaient leur correspondance sur les panneaux indicateurs, pour me diriger vers la queue du convoi, la sensation de proximité s'est affaiblie, je me suis élancé vers le wagon de tête... oui, c'était par là.

Comme dans un jeu d'enfant. Je « brûlais ».

Les gens montaient. Je courais le long du train, sentant ma bouche s'emplir de salive épaisse, mes dents me faisaient mal, mes doigts se crispaient. Dans mes écouteurs résonnait :

In the shadow of the moon,
She danced in the starlight
Whispering a hauting tune
To the night...

Une chanson appropriée aux circonstances.

C'était mauvais signe.

Je me suis glissé entre les portes qui se refermaient et je me suis immobilisé, à l'écoute de mes sensations. Avais-je deviné juste ? Visuellement, je n'avais toujours pas repéré mon objectif.

Mais il était bien là.

Le train roulait, et mes instincts déchaînés criaient : « Ici ! Tout près ! »

Peut-être même dans ce wagon ?

J'ai observé discrètement les gens qui m'entouraient, mais aucun ne présentait d'intérêt.

Il fallait attendre.

Feel no sorrow, feel no pain,
Feel no hurt, there's nothing gained.
Only love will then remain,
She would say.

Station Perspective Mir, j'ai senti mon objectif s'éloigner, j'ai bondi sur le quai. Il était quelque part à proximité...

À la correspondance, mes sensations sont devenues presque douloureuses. J'avais déjà repéré plusieurs candidats potentiels : deux jeunes filles, un jeune homme, un jeune garçon.

Tous quatre sont montés dans le même wagon. C'était une chance. Je les ai suivis et j'ai attendu.

Une jeune fille est descendue à la Gare de Riga sans que ma sensation s'affaiblisse.

Le jeune homme est descendu à Station Alexeev.

Fort bien. Le choix se réduisait. La fille ou le garçon ?

Je me suis permis de les observer en douce. La jeune fille était rondelette, avec des joues vermeilles, elle lisait attentivement le journal *MK* sans manifester la moindre inquiétude. Le gamin, maigre et frêle, se tenait devant la porte et dessinait sur la vitre avec son doigt.

À mes yeux, la jeune fille était beaucoup plus... appétissante. Deux chances contre une que ce soit elle.

Mais le fait d'être un homme influençait mon point de vue.

Je commençais déjà à percevoir l'Appel. Il n'était pas encore verbal, c'était une simple mélodie tendre et langoureuse. La musique s'est tue dans mes écouteurs. L'Appel la couvrait sans peine.

Ni la jeune fille ni l'adolescent ne manifestaient d'inquiétude. Soit la cible avait un seuil de résistance très élevé, soit, au contraire, elle s'était laissé prendre immédiatement.

Le train est arrivé à la station Parc des Expositions, le jeune garçon a quitté le wagon et s'est dirigé vers la sortie. La jeune fille est restée.

Malédiction !

Tous deux étaient encore trop près et je n'arrivais pas à comprendre l'origine de mes sensations.

Soudain, la mélodie s'est amplifiée et des paroles ont commencé à s'y mêler.

Une voix de femme !

J'ai jailli du wagon au dernier moment pour suivre le garçon.

Parfait. La chasse touchait à sa fin.

Le problème, c'était l'amulette déchargée. Comment allais-je m'en passer ?

Il y avait très peu de monde. Le garçon, une femme avec un enfant et, derrière moi, un colonel d'un certain âge au visage marqué. Il avait une belle aura, lumineuse, dans des tons bleu et gris acier. L'idée ironique m'a même traversé qu'au besoin, j'aurais pu l'appeler à la rescousse. C'était le type d'homme qui croyait encore à la notion d'honneur.

Sauf qu'en l'occurrence, il me serait à peu près aussi utile qu'une tapette tue-mouches contre un éléphant.

Chassant ces pensées idiotes de ma tête, je me suis concentré sur le garçon. Les yeux clos, j'ai étudié son aura.

Le résultat était déconcertant.

Il était entouré d'une clarté changeante, à moitié transparente. Qui se teintait tour à tour de rouge ou de vert intense, lançant parfois des lueurs bleu sombre.

Un cas exceptionnel. Son destin n'était pas encore formé. Son potentiel demeurait flou. Ce garçon pouvait devenir une parfaite crapule, ou un homme bon et juste ou encore personne, un être vide – ils sont légion en ce monde. Son futur était entièrement en devenir. Ce type d'aura est habituel chez les enfants jusqu'à l'âge de deux ou trois ans. Mais devient de plus en plus rare au fur et à mesure qu'ils grandissent.

Je comprenais désormais pourquoi l'Appel l'avait choisi. Un mets de choix, si j'ose dire.

J'ai senti ma bouche se remplir de salive.

C'était trop long, beaucoup trop long. Je regardais le garçon, son cou mince protégé d'une écharpe, et je maudissais le chef, les traditions, les rituels, tout ce qui constituait mon travail. Mes gencives me démangeaient, ma gorge était sèche.

Le sang a un goût salé, avec une légère amertume, mais lui seul pouvait apaiser cette soif.

Malédiction !

Le jeune garçon, quittant l'escalator, a traversé le vestibule à vive allure pour disparaître derrière les portes vitrées. L'espace d'un instant, je me suis senti mieux. Ralentissant le pas, je l'ai suivi et l'ai vu plonger dans le passage souterrain. Il courait à la rencontre de l'Appel.

Vite !

Je me suis approché d'un kiosque et j'ai jeté deux pièces au vendeur.

– Donnez-moi cette petite bouteille-là, ai-je dit, en évitant de montrer mes dents.

Le vendeur, un gars boutonneux à moitié endormi qui semblait avoir un verre dans le nez, me l'a tendue en m'avouant honnêtement :

– Cette vodka n'est pas très bonne. Ce n'est pas du poison, mais tout de même...

– La bonne coûte plus cher, ai-je répliqué.

Cette vodka était frelatée, sans le moindre doute, mais c'était ce qu'il me fallait en ce moment précis. J'ai décapsulé la bouteille d'une main ; de l'autre j'ai sorti mon téléphone mobile et j'ai appuyé sur le bouton de rappel automatique. Le vendeur m'a regardé d'un air surpris. J'ai bu une gorgée. La vodka avait une odeur d'essence et un goût encore plus exécrable. Ils devaient remplir les bouteilles au coin de la rue, avec de l'alcool dénaturé. J'ai couru en direction du passage.

– Allô, oui.

Ce n'était plus Larissa. La nuit, Pavel était généralement de garde.

– C'est Anton. Notre objectif est à côté de l'hôtel Cosmos, quelque part dans une cour. Je suis sur sa trace.

Mon interlocuteur s'est réveillé.

– J'envoie une brigade ?

– Oui. J'ai déjà déchargé l'amulette.

– Que s'est-il passé ?

Un SDF qui somnolait au milieu du passage a tendu la main, comme dans l'espoir que je lui fasse cadeau de la bouteille à peine entamée. Je suis passé en courant.

– Un autre problème... Pavel, il faut faire vite.

– Nos gars sont déjà en route.

J'ai senti une aiguille chauffée au rouge me transpercer la mâchoire. Saloperie.

– Pavel, je ne réponds pas de moi, ai-je jeté rapidement avant de couper la communication.

Et de me retrouver nez à nez avec une équipe de police.

C'était décidément une habitude.

Pourquoi faut-il que les forces de l'ordre apparaissent toujours au plus mauvais moment ?

– Sergent Kaminski, s'est présenté le jeune flic. Vos papiers...

De quoi s'apprêtaient-ils à m'accuser ? D'ivresse sur la voie publique, très probablement.

J'ai enfoncé la main dans ma poche et j'ai touché l'amulette. Elle était à peine tiède. Mais je n'avais pas besoin de beaucoup d'énergie.

– Je ne suis pas là, ai-je dit.

Leurs yeux qui me scrutaient en calculant l'argent qu'ils pourraient me soustraire sont devenus vides, la dernière étincelle de raison les a quittés.

– Vous n'êtes pas là, ont-ils répété en chœur.

Je n'avais pas le temps de les programmer. J'ai lancé la première chose qui m'est passée par la tête :

– Allez vous acheter de la vodka et prenez un peu de bon temps. Immédiatement. En avant marche !

Cette directive concordait sans doute avec leurs aspirations profondes. Ils se sont pris par la main, comme deux enfants en promenade et se sont précipités vers les kiosques à l'entrée du passage. J'ai éprouvé un léger remords en imaginant les conséquences de mon ordre, mais j'étais trop pressé pour rectifier le tir.

J'ai jailli du passage, avec la sensation que j'allais arriver trop tard. Non, étrangement, le garçon était encore à portée de vue. Il s'était immobilisé, légèrement vacillant, à une centaine de mètres. Quelle résistance ! L'Appel résonnait si fort qu'on pouvait se demander pourquoi les rares passants ne se mettaient pas à danser, pourquoi les trolleys ne déviaient pas de leur trajet pour rouler sous le porche voisin.

Le garçon s'est retourné. Je crois qu'il m'a regardé. Puis il est reparti d'un pas rapide.

Ses dernières forces s'étaient brisées.

Je l'ai suivi, pensant fiévreusement à ce que j'allais faire. J'aurais dû attendre la brigade, elle serait là dans une dizaine de minutes au plus.

Mais ce serait dommage pour le gamin.

La pitié est un sentiment dangereux. Aujourd'hui, j'y avais cédé deux fois. Dans le métro, quand j'avais vidé l'amulette pour tenter vainement d'anéantir la tornade noire, et maintenant.

Il y a des années, j'ai entendu une formule que j'ai trouvée inacceptable. Je ne l'accepte toujours pas, bien que sa justesse m'ait été prouvée à plusieurs reprises.

« Le bien général et le bien des personnes concrètes vont rarement de pair... »

Je sais que c'est vrai.

Mais sans doute certaines vérités sont-elles pires que des mensonges.

J'ai couru à la rencontre de l'Appel. Je ne l'entendais certainement pas de la même manière que le garçon. Pour lui, c'était une mélodie ensorcelante qui le privait de forces et de volonté. Pour moi, au contraire, c'était une sonnerie de cloches qui m'excitait le sang.

L'excitation du sang...

Mon corps, que je maltraitais depuis une semaine, se rebellait. J'avais soif. J'étais capable de boire de la neige sale sans risque pour ma santé, et la bouteille d'alcool trafiqué que je tenais à la main ne m'aurait fait aucun mal non plus. Mais c'était du sang que je voulais.

Pas du sang de porc ou de bœuf. Du sang humain. Maudite chasse.

« Tu dois faire cette expérience, m'avait expliqué le chef, cinq ans à analyser des données, c'est beaucoup, tu ne trouves pas ? » C'était peut-être beaucoup, mais cela me convenait parfaitement. Après tout, le chef lui-même ne travaillait plus sur le terrain depuis une bonne centaine d'années.

Je suis passé au pas de course devant les vitrines illuminées pleines de fausse porcelaine de Gjel et de victuailles factices. Des voitures roulaient sur l'avenue, il y avait des passants. Tout cela aussi était factice, une illusion, la seule facette du monde accessible aux humains ordinaires. Heureusement, j'étais un Autre.

Sans m'arrêter, j'ai appelé la Pénombre.

L'univers s'est élargi, dans un soupir. Comme si des projecteurs s'étaient allumés derrière moi, soulignant mon ombre, longue et fine. L'ombre a bouillonné, prenant du volume, m'attirant en elle, dans un espace où les ombres n'existaient plus. Se décollant de l'asphalte boueux, elle a vacillé comme une colonne de fumée lourde, sans cesser de courir devant moi.

J'ai accéléré l'allure et j'ai transpercé la silhouette grise pour entrer dans la Pénombre. Les couleurs sont devenues plus ternes et les voitures, comme enlisées soudain, ont semblé ralentir.

J'approchais du but.

Je me suis engouffré sous le porche, prêt à contempler la scène finale. Le corps immobile, vidé, du jeune garçon et les vampires en train de disparaître.

Mais je suis arrivé à temps.

Le gamin se tenait debout devant une fille-vampire qui avait déjà sorti ses crocs. Il enlevait lentement son écharpe. En ce moment précis, il n'éprouvait probablement aucune peur ; l'Appel annihile la conscience. Il désirait sans doute le contact de ces crocs étincelants.

Il y avait aussi un vampire mâle. J'ai tout de suite senti qu'il dominait dans ce couple : il avait initié la fille et maintenant, il lui apprenait le goût du sang. Le plus odieux, c'est qu'il portait un sceau d'enregistrement légal à Moscou. Quel salaud !

Mais ça augmentait mes chances.

Les vampires se sont tournés vers moi, d'un air surpris, sans rien comprendre encore. Le gamin se trouvait dans leur Pénombre, je n'étais pas censé le voir, ni les voir, eux.

Le visage du vampire s'est détendu, il a même souri amicalement.

– Salut...

Il m'avait pris pour l'un des leurs. On ne pouvait lui en vouloir pour cette erreur, j'étais l'un des leurs en ce moment. Ou presque. Une semaine de préparation m'avait appris à déceler leur présence, mais m'avait presque fait passer du côté Sombre.

– Contrôle de la Nuit, ai-je annoncé en lui montrant l'amulette, sortez de la Pénombre !

L'amulette était déchargée, mais ce n'était pas évident de le deviner à distance. Le vampire m'aurait sans doute obéi. Espérant que j'ignorais ses crimes précédents et que l'affaire serait qualifiée de « tentative d'intervention interdite sur un être humain ». Mais sa compagne avait les nerfs moins solides et était hors d'état de réfléchir.

– A-a-a-a ! ! !

Elle s'est jetée sur moi en hurlant. Encore une chance que ce ne fût pas sur le jeune garçon : elle ne se contrôlait plus, comme un drogué en manque à qui l'on aurait retiré sa seringue à peine piquée dans la veine ou une nymphomane abandonnée par son amant avant l'orgasme.

Son mouvement était trop rapide pour un être humain, personne n'aurait pu le parer.

Mais je me trouvais sur le même plan qu'elle. Alors j'ai

brandi la bouteille de vodka frelatée et je lui en ai jeté le contenu en pleine figure.

Pourquoi les vampires supportent-ils si mal l'alcool ?

Son cri menaçant s'est mué en plainte aiguë. Elle a tournoyé sur place, se frappant des deux mains le visage aux traits déformés, tandis que sa peau et sa chair grisâtre partaient en lambeaux. Son congénère nous a tourné le dos pour essayer de fuir.

Presque trop facile. C'était un vampire dûment enregistré, et non un étranger de passage contre lequel j'aurais été forcé de me battre à armes égales. Je l'ai attrapé par le fil de son sceau d'enregistrement qui s'est déroulé à mon injonction. Le vampire a poussé un râle en se prenant la gorge.

– Sortez de la Pénombre ! ai-je crié.

Conscient que les choses étaient allées trop loin pour qu'il lui reste le moindre espoir de s'en sortir, il s'est jeté sur moi, tentant d'affaiblir la pression du fil, sortant ses crocs et se transformant en plein élan.

Si l'amulette avait été chargée, j'aurais pu l'assommer facilement.

Mais sans amulette, la seule solution était de l'éliminer.

Le sceau, qui luisait d'une faible lueur bleue sur la poitrine du vampire, s'est brisé à mon ordre muet. L'énergie, que quelqu'un de plus doué que moi y avait enfermée, a jailli. Il courait encore. Il était repu, robuste et des vies étrangères nourrissaient sa chair morte. Mais il lui était impossible de résister à un tel choc : sa peau s'est desséchée instantanément, du pus a coulé de ses orbites. Sa colonne vertébrale s'est brisée en deux, et ses restes agités de soubresauts se sont effondrés à mes pieds.

Je me suis retourné, craignant que la fille-vampire ne reparte à l'attaque. Mais elle était en train de fuir à grandes enjambées, sans sortir de la Pénombre. J'étais le seul à pouvoir contempler ce spectacle. À part les chiens. J'en entendais un aboyer à proximité, d'une voix hystérique, crispé par la haine et la terreur que la gent canine a éprouvées de tous temps pour les morts-vivants.

Je n'avais pas la force de me lancer à sa poursuite. J'ai enregistré son aura, grise et racornie. Désormais, nous avions le moyen de la retrouver. Elle ne nous échapperait pas.

Mais où était donc le gamin ?

Une fois sorti de la Pénombre invoquée par les vampires, il aurait dû perdre conscience ou du moins sombrer dans un état de stupeur. Mais il n'était plus sous le porche. Il n'avait pu passer devant moi sans que je l'aperçoive. J'ai bondi dans la cour et je l'ai vu qui s'enfuyait, presque plus vite que la fille-vampire. Brave garçon ! Il pouvait se passer de mon aide. Il se souviendrait de l'aventure, ce qui était regrettable, mais qui voudrait croire le récit d'un enfant ? D'ailleurs, au matin, cette rencontre prendrait la forme confuse d'un cauchemar.

Peut-être aurais-je dû le rattraper malgré tout...

– Anton !

Igor et Garik, notre inséparable duo de patrouilleurs, étaient en train de courir dans ma direction.

– Il y en a une qui s'est enfuie ! les ai-je prévenus.

Garik a heurté du pied le corps du vampire, soulevant un nuage de poussière. Il a crié :

– L'aura !

Je lui ai envoyé l'image de la fille-vampire, il a grimacé avant d'accélérer l'allure. Igor, qui le suivait, m'a lancé :

– N'oublie pas de faire le ménage !

J'ai hoché la tête, comme s'il avait besoin de ma réponse, et j'ai quitté la Pénombre. Le monde a retrouvé ses couleurs. Les silhouettes des patrouilleurs ont disparu ; même la neige, qui couvrait la cour dans la réalité humaine, ne gardait pas trace de leur passage.

Je me suis dirigé en soupirant vers la Volvo grise garée contre le trottoir. Sur le siège arrière, j'ai récupéré un sac en plastique, une pelle et un balai. En cinq minutes, j'ai recueilli les restes du vampire, qui ne pesaient presque rien, et j'ai rangé le sac dans le porte-bagages. Puis j'ai pris un peu de neige sale dans le tas oublié dans un coin par le balayeur négligent et je l'ai répandue sous le porche, j'ai piétiné quelques instants pour faire disparaître les ultimes fragments du vampire dans la boue. Il n'aurait pas droit à une sépulture.

C'était fini.

Je suis retourné à la voiture, je me suis installé au volant, j'ai défait mon anorak. Je me sentais satisfait. Et même très satisfait. Le vampire principal était mort, nos patrouilleurs allaient rattraper sa compagne. Le gamin était toujours en vie.

Le chef serait rudement content !

2

– C'est du travail bâclé !

J'ai tenté de protester, mais sa réplique suivante, cinglante comme une gifle, m'a cloué le bec.

– Digne d'un amateur !

– Mais...

– Tu es conscient de tes erreurs, au moins ?

La pression du chef s'est relâchée et j'ai osé lever les yeux du plancher.

J'ai dit prudemment :

– Je crois...

J'aime bien ce bureau. Les nombreuses curiosités qui ornent les murs et les étagères en verre trempé, ou qui sont négligemment posées sur la table entre les disquettes et les piles de papier, éveillent un écho enfantin dans mon âme. Chaque objet, du vieil éventail japonais jusqu'au fragment de métal déchiré surmonté d'un cerf, emblème automobile, recèle une histoire. Quand le chef est de bonne humeur, il peut vous raconter des aventures passionnantes.

Mais cela lui arrive rarement.

Le chef a cessé de se promener de long en large. Il est retourné s'asseoir dans son fauteuil de cuir et a allumé une cigarette.

– Eh bien, vas-y, explique.

Sa voix est redevenue neutre et sérieuse, en accord avec son physique. Au regard d'un quidam non averti, il affichait la quarantaine et semblait appartenir à cette classe, fort peu nombreuse, de moyens entrepreneurs qui représentent les espoirs du gouvernement russe actuel.

– Que j'explique quoi ? ai-je demandé, au risque d'une nouvelle semonce.

– Tes erreurs.

– Ma première erreur, Boris Ignatievitch, ai-je déclaré de mon air le plus innocent, c'est d'avoir mal interprété le sens de ma mission.

– Pas possible ?

– J'ai cru que mon but était de retrouver un vampire qui avait tué plusieurs personnes à Moscou. Et... de le mettre hors d'état de nuire.

– Eh bien ?

– En réalité, le but principal de ma mission était de vérifier si j'étais apte à travailler sur le terrain. Faute de l'avoir compris, et suivant le principe « séparer et protéger »...

Le chef a soupiré en hochant la tête. Quelqu'un le connaissant moins bien que moi aurait pu croire qu'il était gêné.

– Tu t'es donc pleinement conformé à ce principe ?

– Oui. Et c'est pourquoi j'ai échoué dans ma mission.

– Et à quel moment as-tu échoué ?

J'ai regardé la chouette blanche empaillée qui se trouvait dans la vitrine. Avait-elle vraiment bougé la tête ?

– Au début... J'ai vidé l'amulette en essayant de neutraliser une tornade noire, sans y parvenir.

Boris Ignatievitch a fait la moue. Il s'est lissé les cheveux.

– Bien, commençons par là. J'ai étudié l'empreinte et si tu n'as pas exagéré...

J'ai secoué la tête d'un air indigné.

– Je te crois. On ne peut pas neutraliser une tornade de cette force avec une amulette. Tu te souviens de la table de classification ?

Diantre ! J'aurais dû penser à jeter un coup d'œil à mes notes de cours...

– Je suis sûr que tu as tout oublié. Mais ça n'a pas d'importance. Cette tornade est hors classe. Tu n'avais aucun moyen de la maîtriser.

Le chef s'est incliné vers moi pour ajouter en baissant la voix :

– Et tu sais, Anton... Moi non plus je n'y serais pas arrivé.

C'était un aveu inattendu. Je n'ai su que répondre. L'omnipuissance du chef faisait figure d'évidence pour moi comme pour tous mes collègues, même si personne n'énonçait ce credo à haute voix.

– Une tornade pareille ne peut être neutralisée que par son auteur.

– Il faut le trouver, ai-je dit d'une voix hésitante. Et sauver cette pauvre fille...

– Il ne s'agit pas seulement de la fille, c'est beaucoup plus grave.

– Pourquoi ? ai-je demandé sans réfléchir, avant de me rattraper : Il faut arrêter le mage noir ?

Le chef a soupiré.

– Il a peut-être une licence. Il avait peut-être le droit de lancer cette malédiction. Il ne s'agit pas du mage. Une tornade aussi puissante... Tu te souviens de l'avion qui est tombé récemment ?

J'ai sursauté. Nos services n'étaient pas en cause, c'était plutôt une lacune dans nos lois : le pilote, victime d'une malédiction, avait perdu le contrôle de son appareil qui s'était écrasé en pleine ville. Une centaine de morts innocents...

– Ce genre de tornade est incapable de circonscrire son action. La fille est condamnée, mais elle ne va pas recevoir une brique sur la tête. Son immeuble va exploser, elle va être emportée par une épidémie, à moins qu'une bombe atomique ne tombe sur Moscou... C'est de ça que nous devons nous préoccuper en premier lieu.

Le chef s'est soudain retourné pour fusiller la chouette empaillée du regard. L'oiseau a aussitôt replié ses ailes et ses yeux de verre ont perdu leur éclat.

– Boris Ignatievitch, me suis-je exclamé, horrifié, j'ai commis une erreur...
– C'est évident. Une chose joue en ta faveur.
Le chef a toussoté.
– En cédant à la compassion, tu as fait ce qu'il fallait. Ton amulette ne pouvait pas neutraliser cette tornade, mais elle a retardé la percée de l'inferno. Nous avons une journée de réserve, peut-être deux. Je l'ai toujours su, les bonnes actions irréfléchies sont finalement plus utiles que des mesures mûrement calculées, mais cruelles. Si tu n'avais pas vidé l'amulette, la moitié de la ville serait en ruine à l'heure qu'il est.
– Qu'allons-nous faire ?
– Chercher la fille. Et la protéger dans la mesure de nos forces. Nous pourrons encore déstabiliser la tornade une ou deux fois. Et pendant ce temps, il faudra retrouver le mage et l'obliger à lever sa malédiction.
J'ai hoché la tête.
– Tout le monde doit participer aux recherches. J'ai rappelé les agents qui étaient en congé. Ilya et Semion seront rentrés de Ceylan dès le matin. Tous les autres doivent être là à midi. Il fait un temps exécrable en Europe. J'ai demandé un coup de main aux collègues de là-bas, mais le temps qu'ils dispersent les nuages...
– Au matin ? C'est-à-dire dans vingt-quatre heures.
– Mais non, je veux parler de ce matin, a répondu le chef, sans tenir compte du soleil déjà bien haut dans le ciel. Toi aussi, tu vas t'y mettre. Il n'est pas exclu que la chance vienne te sourire... Mais poursuivons l'analyse de tes erreurs.
– Ce n'est peut-être pas la peine de perdre du temps, ai-je timidement protesté.
– Ne t'inquiète pas, ce n'est pas du temps perdu.
Le chef est allé prendre la chouette dans la vitrine et l'a posée sur la table. De près, on voyait bien qu'elle était empaillée, aussi morte qu'un col de fourrure.
– Passons aux vampires et à leur victime.

– J'ai laissé filer la fille-vampire. Et les gars ne l'ont pas rattrapée, ai-je reconnu d'un ton coupable.

– On ne peut pas t'en vouloir. Tu t'es bien battu. C'est la victime qui pose problème.

– Oui, le gamin a gardé le souvenir de son aventure. Mais il a fui si vite...

– Anton ! Réfléchis un peu ! Ce gosse a été capturé par l'Appel à plusieurs kilomètres de distance. Au moment d'entrer sous ce porche, il aurait dû être réduit à l'état de simple pantin ! Et quand la Pénombre s'est retirée, il aurait dû tomber dans les pommes ! Si, après ce qui lui est arrivé, il a conservé la capacité de bouger, il doit avoir un excellent potentiel !

– Je suis un imbécile.

– Non. Mais tu as passé trop de temps au labo. Potentiellement, ce garçon doit être plus fort que moi !

– N'exagérons pas...

– Épargne-moi tes flatteries.

Le téléphone a sonné. Certainement une urgence. Peu de gens connaissent le numéro direct du chef. Moi, par exemple, je l'ignore.

– Silence ! a ordonné le chef.

L'appareil s'est tu.

– Anton, il faut retrouver ce gamin. La fille-vampire n'est pas dangereuse en elle-même. Nos gars la rattraperont, à moins qu'une patrouille ne la ramasse. Mais si elle tue le gamin, ou pire, si elle l'initie... Tu ne sais pas ce que c'est, un vampire doté d'une vraie force. Les vampires d'aujourd'hui sont de modestes vermisseaux par rapport à un type du genre de Nosferatu. Et il ne faisait pas partie des plus puissants, même s'il se prenait pour le nombril du monde... Bref, il faut récupérer le gamin, le tester et si possible le recruter. Nous n'avons pas le droit de le laisser aux Sombres, l'équilibre à Moscou serait sérieusement compromis.

– C'est un ordre ?

– Une licence, a précisé le chef. Comme tu peux t'en douter, j'ai le droit de prendre ce genre de décision.

– Je sais. Par quoi commencer ? Ou plutôt par qui ?
– Comme tu voudras. Sans doute par la fille. Mais essaye aussi de trouver le garçon.
– J'y vais.
– Dors encore un peu.
– J'ai très bien dormi.
– C'est insuffisant. Il te faut encore une heure de sommeil, au moins.
C'était à n'y rien comprendre. Je m'étais levé à onze heures et j'étais venu aussitôt. Je me sentais reposé et plein d'énergie.
– Voici quelqu'un pour t'aider.
Le chef a touché la chouette du doigt. Celle-ci a déplié les ailes et a lancé un cri indigné.
J'ai ravalé ma salive et j'ai demandé :
– Qui est-ce ? Ou plutôt qu'est-ce que c'est ?
– Pourquoi cette question ? a demandé le chef en scrutant les yeux de la chouette.
– Pour savoir si je veux travailler avec lui.
La chouette m'a regardé et a émis un sifflement qui rappelait celui d'un chat en colère.
– Le problème, c'est plutôt de savoir si *elle* veut travailler avec toi.
La chouette s'est remise à chuinter.
– Oui, lui a répondu le chef. Tu as en partie raison. Mais qui a demandé un nouvel appel ?
L'oiseau s'est tu.
– Je te promets de faire tout ce qui sera possible. Et cette fois, nous avons une chance de réussir.
– Boris Ignatievitch, ai-je dit, à mon avis...
– Désolé, Anton, mais ton avis ne m'intéresse pas.
Le chef a tendu la main, la chouette a fait quelques pas maladroits et s'est perchée sur sa paume.
– Tu ne comprends pas la chance que tu as, a-t-il ajouté.
Il est allé ouvrir la fenêtre. La chouette a battu des ailes et s'est envolée. Pas mal pour un animal empaillé !
– Où est-elle partie ?

– Chez toi. Vous allez travailler en tandem.

Le chef s'est frotté le nez.

– Ah oui, elle s'appelle Olga.

– La chouette ?

– Oui. Tu en prendras bien soin. N'oublie pas de lui donner à manger. Et tout ira bien. Et maintenant, dors encore un peu puis lève-toi. Pas la peine de passer à la boîte, attends l'arrivée d'Olga et au boulot. Vérifie le métro. Par exemple la ligne circulaire.

– Pourquoi voulez-vous que je dorme ? ai-je demandé.

Mais le monde était déjà en train de s'assombrir, de se liquéfier et de perdre ses couleurs. Un coin de l'oreiller me piquait la joue.

J'étais couché dans mon lit.

Ma tête était lourde, j'avais l'impression d'avoir du sable dans les yeux et ma gorge était sèche et douloureuse.

J'ai poussé un gémissement rauque en me retournant sur le dos. À cause des stores épais, je n'arrivais pas à déterminer s'il faisait déjà jour. J'ai regardé le réveil. Les chiffres lumineux indiquaient huit heures.

C'était la première fois que le chef m'accordait une audience dans mon sommeil.

Un procédé assez désagréable, surtout pour celui qui doit pénétrer une conscience endormie.

Il devait vraiment manquer de temps pour avoir décidé de me briefer dans le monde des rêves. C'était si réel ! Je ne m'étais douté de rien. Et cette chouette stupide...

J'ai sursauté : quelqu'un tapotait la vitre de l'extérieur. Un grattement sec, on aurait dit des griffes. Un cri chuintant a retenti.

J'aurais pourtant dû m'y attendre.

Je me suis levé en sursaut et j'ai bêtement réajusté mon slip avant de me précipiter vers la fenêtre. Toutes les saloperies que j'avais ingérées pour me préparer à la chasse agissaient encore sur moi et je distinguais nettement les contours des objets dans le noir.

J'ai écarté le store.

La chouette était perchée sur le bord de la fenêtre. Elle clignait légèrement des yeux, car le soleil était déjà levé et il faisait trop clair à son goût. De la rue, il était difficile de déterminer quel oiseau était perché sur la fenêtre du dixième étage, mais mes voisins, s'ils regardaient dehors, seraient grandement surpris : une chouette polaire en plein centre de Moscou.

– Qu'est-ce que..., ai-je murmuré.

J'aurais voulu user d'un langage moins châtié, mais on m'avait ôté cette habitude quand j'avais commencé à travailler chez les Sentinelles de la Nuit. Plus exactement, je m'en étais débarrassé tout seul. Après avoir observé une ou deux petites tornades au-dessus de gens contre lesquels tu as pesté, tu apprends à tenir ta langue.

La chouette me regardait.

Elle attendait et, autour d'elle, les oiseaux se déchaînaient. Un groupe de moineaux piaillaient à qui mieux mieux dans un arbre éloigné. Les corneilles, plus hardies, s'étaient installées sur le balcon voisin et les branches les plus proches et croassaient sans discontinuer, tournoyant de temps à autre autour de la fenêtre. Leur instinct leur faisait pressentir les pires ennuis, suite à l'apparition de cette intruse.

Mais la chouette se souciait des moineaux et des corneilles comme de sa première chemise, si tant est qu'elle en ait jamais possédé une.

– Qui es-tu donc ? ai-je marmonné en ouvrant la fenêtre, déchirant le papier isolant collé pour l'hiver. Le chef m'a trouvé un drôle de coéquipier... une drôle de coéquipière.

D'un seul coup d'aile, la chouette a volé dans la pièce, s'est perchée sur la commode, les yeux clos. À croire qu'elle avait toujours vécu là. Peut-être avait-elle pris froid dehors ? Mais non, c'était une chouette polaire.

J'ai entrepris de refermer la fenêtre en m'interrogeant sur la conduite à suivre. Comment communiquer avec elle ? Avec quoi la nourrir ? Et comment diantre cette créature ailée pouvait-elle m'aider dans ma mission ?

– Tu t'appelles Olga ? ai-je demandé.

Des courants d'air soufflaient désormais par les fentes de la fenêtre, mais j'ai décidé de remettre ce détail à plus tard.

– Hé, l'oiseau !

La chouette a entrouvert un œil. Elle m'ignorait, pratiquement de la même manière qu'elle avait ignoré les moineaux.

Je me sentais de plus en plus ridicule. Premièrement, j'avais un sérieux problème de communication avec mon nouveau coéquipier. Et deuxièmement, c'était tout de même une dame.

Même si c'était une chouette.

J'aurais peut-être dû enfiler mon pantalon ? Je me tenais devant elle en slip chiffonné, pas rasé, à moitié endormi...

Avec le sentiment d'être un parfait idiot, j'ai pris mes vêtements et je suis sorti précipitamment de la chambre. La phrase jetée en partant à l'adresse de la chouette était une digne conclusion à cet épisode : « Excusez-moi, je reviens. »

Si cet oiseau était bien ce que je pensais, j'avais certainement produit un effet déplorable.

Par-dessus tout, j'avais envie de prendre une douche, mais je ne pouvais me permettre une telle perte de temps. Je me suis contenté de me raser et de fourrer ma tête bourdonnante sous le robinet d'eau froide. Sur l'étagère, parmi les shampooings et les déodorants, j'ai retrouvé un flacon d'eau de Cologne que je n'utilisais pas d'habitude.

– Olga ? ai-je appelé en sortant dans le couloir.

La chouette était dans la cuisine, perchée sur le frigo, totalement immobile, elle semblait de nouveau empaillée.

– Tu es vivante ?

Un œil d'ambre m'a fixé sans enthousiasme.

– Bon, et si on recommençait depuis le début ? Je comprends que je n'ai pas fait très bonne impression. Et je t'avouerai franchement que c'est chronique chez moi.

La chouette écoutait. Je me suis installé sur un tabouret.

– Je ne sais pas qui tu es. Et tu ne peux pas me le dire. Mais quant à moi, je vais me présenter. Je m'appelle Anton. Il y a cinq ans, on a découvert que j'étais un Autre.

Le bruit émis par la chouette ressemblait à un ricanement étouffé.

– Oui, ai-je confirmé, ça fait seulement cinq ans. Je manifestais une très forte réaction de rejet. Je refusais de voir le monde de la Pénombre. Et je ne le voyais pas. Jusqu'au moment où le chef est tombé sur moi.

La chouette a brusquement paru intéressée.

– Il donnait un cours pratique. Pour apprendre aux agents à découvrir des Autres cachés. Et il est tombé sur moi... (J'ai souri à ce souvenir.) Il a brisé ma barrière, évidemment. Ensuite, c'est bien simple, j'ai suivi un stage d'adaptation et on m'a affecté au service d'analyse. Ça n'a pas changé grand-chose dans mon mode de vie. Je suis devenu un Autre presque sans le remarquer. Le chef n'était pas content, mais il ne disait rien. Je faisais bien mon travail et il n'avait pas à se mêler du reste. Mais il y a une semaine, un vampire-tueur est apparu en ville. On m'a confié la tâche de le neutraliser. Soi-disant parce que les patrouilleurs étaient tous occupés. En réalité pour m'apprendre à travailler sur le terrain. C'était peut-être une bonne idée. Mais en une semaine, trois personnes de plus sont mortes. Un vrai pro aurait capturé les coupables en vingt-quatre heures...

J'aurais voulu connaître l'opinion d'Olga, mais elle n'a pas émis le moindre son.

– Qu'est-ce qui est le plus important pour préserver l'équilibre ? Améliorer ma qualification ou sauver la vie de trois innocents ?

La chouette n'a pas répondu.

– Je n'ai pas réussi à détecter les vampires par les moyens habituels. Alors, j'ai dû me mettre en résonance avec eux. Je n'ai pas bu de sang humain. Seulement du sang de porc. Et j'ai pris ces produits... que tu connais certainement...

Je me suis levé pour ouvrir le placard au-dessus de la cuisinière. J'ai sorti un bocal en verre soigneusement bouché. Il ne restait plus que quelques grumeaux de poudre brune au fond, pas assez pour prendre la peine de le rapporter. J'ai vidé la poudre dans l'évier et j'ai ouvert le robinet. Un arôme épicé et enivrant s'est répandu dans la cuisine. J'ai rincé le bocal et je l'ai jeté à la poubelle.

– J'ai failli craquer, ai-je remarqué. Il s'en est fallu de peu. Hier matin, en rentrant de la chasse, j'ai croisé la fille des voisins. Je n'ai même pas osé lui dire bonjour, parce que mes crocs ont aussitôt commencé à pousser. Et cette nuit, quand j'ai entendu l'Appel, j'ai failli me joindre aux vampires.

La chouette m'a regardé dans les yeux.

– Tu crois que c'est pour ça que le chef m'a assigné cette mission ?

Un épouvantail à moineaux. Une boule de plumes bourrée de coton.

– Pour que je voie les choses par leurs yeux ?

On a sonné à la porte. J'ai soupiré. N'importe quel interlocuteur valait mieux que cet ennuyeux volatile. J'ai allumé la lumière en passant et je suis allé ouvrir la porte.

Un vampire se tenait sur le seuil.

– Entre, ai-je dit. Entre, donc, Kostia.

Il a hésité quelques instants avant d'entrer. Il s'est lissé les cheveux ; j'ai remarqué que ses mains étaient moites et son regard fuyant.

Kostia a seulement dix-sept ans. Il est vampire depuis l'enfance. Un vampire moscovite des plus ordinaires. Une situation fort déplaisante : avec deux parents vampires, un gosse n'a presque aucune chance de demeurer un humain normal.

– J'ai rapporté tes disques, a dit Kostia.

J'ai pris la pile de CD, sans même m'étonner de leur nombre. En général, il fallait le lui rappeler plusieurs fois pour qu'il me les rende. Kostia est terriblement distrait.

– Tu les as tous écoutés ? ai-je demandé. Tu as gardé une copie ?

– Oui. Bon, salut.

– Attends.

Je l'ai pris par l'épaule et je l'ai fait entrer.

– Qu'est-ce que tu as ?

Il n'a pas répondu.

– Tu es déjà au courant ? ai-je demandé.

Kostia m'a regardé dans les yeux.

– Nous sommes très peu nombreux, Anton. Lorsque l'un de nous s'en va, nous le sentons.

– Retire tes chaussures et allons à la cuisine. Il faut qu'on parle sérieusement.

Kostia n'a pas protesté. Je me demandais ce que je devais faire. Cinq ans plus tôt, quand j'étais devenu un Autre et que le monde m'avait révélé sa face crépusculaire, j'avais fait nombre de découvertes stupéfiantes. Mais l'un de mes plus grands chocs avait été d'apprendre que mes voisins du dessus étaient des vampires.

Je m'en souviens comme si c'était hier. Je revenais du stage. Car je suivais un stage de formation qui me rappelait mes récentes études. Trois cours de deux heures ; il faisait si chaud que nos blouses blanches collaient au corps. Nous avions loué une salle à l'Institut de médecine. Sur le chemin du retour, je m'amusais à faire des incursions dans la Pénombre, encore brèves car je manquais de pratique, et à sonder les passants. Et devant l'entrée de l'immeuble, je suis tombé sur mes voisins.

Des gens charmants. Un jour, j'avais voulu leur emprunter une perceuse, et Guennadi, le père de Kostia, qui travaillait dans le bâtiment, était simplement passé chez moi et avait percé en un tournemain mes murs en béton, démontrant par l'exemple que les intellectuels ne peuvent survivre sans le prolétariat.

Et soudain, j'ai vu qu'ils n'étaient pas humains.

C'était effrayant. Des auras brun-gris, une lourdeur écrasante. Je me suis figé, les regardant avec épouvante. Polina, la mère de Kostia, a changé d'expression, le gamin a détourné le regard. Guennadi s'est rapproché de moi, s'enfonçant dans la Pénombre, pas à pas, avec cette démarche gracieuse caractéristique des vampires, à la fois vivants et morts. La Pénombre est leur habitat naturel.

– Bonjour, Anton.

Le monde autour de nous était terne et sans vie. J'avais

plongé dans la Pénombre en même temps que lui, sans même le remarquer.

– Je savais qu'un jour ou l'autre, tu franchirais le pas, a dit Guennadi. Tout va bien.

J'ai reculé légèrement, et le visage de Guennadi a frémi.

– Tout est en ordre, a-t-il dit. Il a ouvert sa chemise et j'ai vu son sceau d'enregistrement, une marque bleue sur sa peau grise. Nous sommes légalement enregistrés. Polina ! Kostia !

Sa femme est entrée dans la Pénombre et a déboutonné son chemisier. Leur fils n'a pas bougé, il a fallu que son père lui adresse un regard sévère pour qu'il montre son sceau.

– Je dois vérifier, ai-je murmuré.

Mes passes étaient maladroites, je me suis trompé deux fois de suite et j'ai dû recommencer. Guennadi a patiemment attendu. Enfin, le sceau a réagi. Enregistrement permanent, aucun manquement aux règles.

– Tout est en ordre ? a demandé Guennadi. Nous pouvons partir ?

– Je...

– Ce n'est pas grave. Nous savions que tu deviendrais un Autre, tôt ou tard.

– Vous pouvez partir, ai-je dit.

Ce n'était pas réglementaire, mais je n'étais pas en état de me préoccuper des formalités.

Avant de sortir de la Pénombre, Guennadi s'est attardé un instant.

– Ah oui... Je t'ai déjà rendu visite, Anton... Tu peux reprendre ton invitation...

C'était dans les règles.

Ils sont partis, je suis allé m'asseoir sur un banc, à côté d'une vieille dame qui se chauffait au soleil. J'ai allumé une cigarette et j'ai essayé de mettre de l'ordre dans mes pensées. La vieille dame m'a regardé.

– De bien braves gens, n'est-ce pas, Arkadi ?

Elle confondait toujours mon prénom. Il ne lui restait guère que deux ou trois mois à vivre, désormais, je pouvais le voir clairement.

– Pas tout à fait, ai-je répondu.

J'ai fumé trois cigarettes avant de me traîner jusque chez moi. Je suis resté quelques instants debout sur le seuil, à observer la disparition progressive du « sentier du vampire », une trace grise qu'on m'avait justement appris à déceler ce jour-là.

J'ai tourné en rond jusqu'au soir. J'ai feuilleté mes notes de cours. Pour ce faire, j'étais obligé d'entrer dans la Pénombre. Dans le monde ordinaire, tous mes cahiers étaient vierges. J'aurais voulu téléphoner au responsable de mon groupe ou même au chef, puisque j'étais placé sous sa responsabilité. Mais je sentais que je devais décider moi-même de la conduite à suivre.

Quand la nuit est tombée, je suis monté à l'étage du dessus et j'ai sonné. Kostia a sursauté en me voyant. Dans la réalité il semblait normal, comme ses parents.

– Appelle tes parents, ai-je dit.

– Pour quoi faire ?

– Je voudrais vous inviter à prendre le thé.

Guennadi a surgi derrière son fils, il est apparu instantanément. Il était beaucoup plus doué que moi, simple novice des forces de la Lumière.

– Tu es sûr, Anton ? a-t-il demandé. Ce n'est pas nécessaire. Tout va bien.

– Je suis sûr.

Il est resté silencieux quelques instants, puis il a haussé les épaules.

– Nous passerons demain. Si tu veux vraiment nous inviter. Rien ne presse.

À minuit, je me suis senti follement heureux de son refus. À trois heures du matin, j'ai essayé de m'endormir, rassuré, en me répétant qu'ils ne franchiraient plus jamais le seuil de mon appartement.

Au matin, sans avoir pu fermer l'œil, j'ai observé la ville par la fenêtre. Les vampires sont peu nombreux. Très peu nombreux. Il n'y en avait pas d'autres dans un rayon de deux ou trois kilomètres.

Quel effet ça fait d'être un paria ? D'être puni non pour les crimes qu'on a commis mais pour le pouvoir qu'on a de les commettre ? Ce serait très dur pour eux de vivre... même si le terme « vivre » ne convenait pas vraiment, à côté de quelqu'un dont le travail consistait à les surveiller.

En rentrant du stage, j'ai acheté un gâteau pour le thé.

Et voilà que ce brave Kostia, un garçon intelligent, étudiant en physique à l'université de Moscou, qui avait le malheur d'être un mort-vivant, était assis à côté de moi et effleurait le sucrier de sa cuiller, comme s'il hésitait à se servir. Cela ne lui ressemblait pas d'être aussi timide.

Jadis, il passait me voir presque chaque jour. J'étais son contraire, j'étais du côté de la Lumière. Mais je le laissais entrer, et avec moi, il n'avait pas besoin de dissimuler. Il pouvait simplement bavarder ou se réfugier dans la Pénombre pour se vanter de ses nouveaux pouvoirs. « Anton, j'arrive à me transformer ! » « Anton, j'ai les crocs qui poussent, grrr ! »

Le plus étrange, c'est que nos relations étaient simples et normales. Je riais en observant ses tentatives pour se métamorphoser en chauve-souris, un tour que seul un vampire fort et expérimenté – ce que Kostia n'était pas et, je l'espérais, ne serait jamais – pouvait pleinement réaliser. Parfois, il m'arrivait de lui dire : « Kostia... ça, tu ne dois jamais le faire. » Et c'était également dans l'ordre des choses.

– Kostia, je faisais mon travail.

– Tu n'aurais pas dû.

– Ils ont enfreint la loi. Tu comprends ? Ce n'est pas seulement notre loi. Les Clairs ne sont pas les seuls à l'avoir écrite, les Sombres aussi l'ont acceptée. Ce garçon...

– Je le connaissais. Il était vraiment cool.

Allons bon.

– Il a souffert ?

J'ai secoué la tête.

– Non. Le sceau tue instantanément.

Kostia a frémi. L'espace d'un instant, ses yeux se sont posés sur sa propre poitrine. Dans la Pénombre, on peut arriver à voir le sceau même à travers les vêtements, alors qu'il demeure indécelable dans le monde matériel. Il n'était pourtant pas dans la Pénombre. Mais j'ignorais la façon dont les vampires perçoivent leur sceau.

– Que pouvais-je faire ? ai-je poursuivi. Il a commis des meurtres. Il a tué des gens innocents. Totalement sans défense. Il a initié une pauvre fille, de force : elle n'était pas destinée à devenir vampire. Hier, il a failli tuer un jeune garçon. Juste comme ça. Il n'était même pas poussé par la faim.

– Est-ce que tu connais seulement notre faim ? a demandé Kostia après un silence.

Il avait beaucoup mûri ces derniers temps.

– Oui. Hier, j'ai... je suis presque devenu un vampire.

Un silence.

– Je suis au courant. Je l'ai senti... J'espérais...

Enfer et damnation ! Je chassais. Et pendant ce temps-là, ils me chassaient aussi. Plus exactement, ils me guettaient, attendant que le chasseur se transforme en fauve.

– Non, ai-je dit, désolé.

– Il était coupable, d'accord, a insisté Kostia, mais pourquoi l'avoir tué ? On aurait dû le juger. Devant un tribunal, avec un avocat, un procureur, pour que tout soit fait dans les règles...

– Les règles interdisent de mêler les humains à nos affaires ! ai-je crié.

Et pour la première fois, mon ton menaçant ne lui a fait aucun effet.

– Tu as trop longtemps été humain toi-même.

– Et je ne le regrette pas le moins du monde.

– Pourquoi l'avoir tué ?

– Si je ne l'avais pas tué, c'est lui qui l'aurait fait.

– Il t'aurait initié.

– C'est encore pire !

Kostia s'est levé. Un garçon tout à fait normal, un peu sans-gêne, avec un sens moral très développé.

Sauf que c'était un vampire.

– Je m'en vais.

– Attends.

Je suis allé ouvrir le réfrigérateur.

– Prends-les, on m'en a donné une réserve, mais je n'en ai pas eu besoin.

J'ai sorti les flacons de sang stockés à côté des bouteilles d'eau minérale.

– Je n'en veux pas.

– Kostia, je sais bien que c'est un éternel problème pour vous en procurer. Moi, je n'en ai aucun usage. Prends-les.

– Tu essayes de m'acheter ?

Je me suis mis en colère.

– Ne raconte pas n'importe quoi ! Ce serait idiot de le jeter ! C'est du sang. Des gens en ont fait don pour en aider d'autres.

Avec un petit sourire ironique, Kostia a pris un flacon, l'a débouché d'un geste preste et l'a porté à ses lèvres. Il a bu une gorgée.

Je n'avais jamais vu un vampire se nourrir. Et je ne tenais pas à le voir.

– Arrête ton cirque.

Les lèvres de Kostia étaient rouges. Un fin filet de sang a coulé sur sa joue, et sa peau l'a absorbé.

– Tu trouves déplaisante notre façon de nous nourrir ?

– Oui.

– Et moi aussi, tu me trouves déplaisant ? Tu nous trouves tous déplaisants ?

J'ai secoué la tête. Nous n'avions jamais abordé cette question. C'était plus simple comme ça.

– Kostia... pour vivre, tu as besoin de sang. Et au moins de temps à autre, il faut que ce soit du sang humain.

– Nous ne vivons pas.

– J'ai utilisé ce terme dans un sens plus général. Pour bouger, réfléchir, parler, rêver...

– Que t'importent les rêves d'un vampire ?

– Mon garçon, un tas de gens ont régulièrement besoin d'une transfusion sanguine. Ils ne sont pas moins nombreux que vous. Et il y a aussi des accidents, des catastrophes. C'est pour ça qu'il existe des banques du sang et que les dons de sang sont appréciés et encouragés... Ne souris pas. Je sais que vous participez activement au développement de la médecine et à la propagande des dons de sang. Si quelqu'un a besoin de sang pour vivre... pour exister, ce n'est pas encore une tragédie. Quant à savoir si ce sang est destiné à finir dans tes veines ou dans ton estomac, c'est un simple détail. L'important c'est la manière dont tu te le procures.

– Des mots, tout ça, a grogné Kostia.

Il m'a semblé qu'il était entré dans la Pénombre l'espace d'un instant pour en sortir aussitôt. Ce garçon grandissait à vue d'œil. Il était devenu très fort.

– Hier, tu as montré comment tu nous considérais.

– Tu te trompes.

– Arrête ton char...

Il a posé le flacon, puis soudain, changeant d'avis, il l'a incliné au-dessus de l'évier.

– Nous n'avons pas besoin de...

J'ai entendu un chuintement derrière mon dos. La chouette, à laquelle je ne pensais plus, avait tourné la tête vers Kostia en ouvrant ses ailes.

Je n'avais jamais vu Kostia avec une expression pareille.

– Ah..., a-t-il balbutié. Ah...

La chouette a replié les ailes et fermé les yeux.

– Olga, nous discutons ! me suis-je exclamé. Laisse-nous encore quelques minutes !

L'oiseau n'a pas réagi. Les yeux de Kostia se sont posés sur la chouette, puis sur ma personne, puis de nouveau sur la chouette. Il s'est assis, les mains croisées sur les genoux.

– Qu'est-ce qui te prend ? ai-je demandé.

– Je peux m'en aller ?

Il n'était pas seulement surpris et effrayé, il était en état de choc.

– Bien sûr. Mais emporte tout de même les flacons.

Kostia les a ramassés hâtivement pour les fourrer dans ses poches.

– Prends donc un sac, bougre d'empoté ! Si jamais tu croisais quelqu'un sur le palier !

Il a docilement rangé les flacons dans un sac marqué du sigle « Pour la renaissance de la culture russe ! ». En coulant des regards en direction de la chouette, il est sorti dans le couloir de l'entrée pour remettre fébrilement ses chaussures.

– Reviens me voir, ai-je dit. Je ne suis pas ton ennemi. Tant que tu n'as pas franchi la limite, je ne suis pas ton ennemi.

Il a acquiescé et s'est précipité hors de l'appartement. Haussant les épaules, j'ai refermé la porte. De retour dans la cuisine, j'ai demandé à la chouette :

– Que s'est-il donc passé ?

Son regard d'ambre était indéchiffrable. J'ai frappé dans mes mains.

– Comment allons-nous travailler ensemble ? Hein ? Tu as des moyens de communication ? Je m'ouvre à toi, tu entends ? Parlons directement !

Je ne suis pas pleinement entré dans la Pénombre, mais j'y ai laissé filtrer mes pensées. Rien de plus imprudent que de se confier à des inconnus. Mais le chef ne m'aurait jamais doté d'une coéquipière dont il n'était pas sûr.

Aucune réponse. Si Olga était capable de télépathie, elle n'avait pas l'intention d'y recourir.

– Qu'allons-nous faire ? Il faut chercher la fille. Je t'envoie son empreinte ?

Pas de réponse. À tout hasard, je lui ai lancé un fragment de ma mémoire.

La chouette a volé jusqu'à mon épaule.

– Tiens ? Donc, tu m'entends ? Mais tu ne daignes pas me répondre ? Bon, ça te regarde. Que suis-je supposé faire ?

Silence total.

Je savais ce que je devais faire. Le problème, c'est que je n'avais guère d'espoir de réussir.

– Et je suis censé me balader dans les rues avec une chouette sur l'épaule ?

La chouette m'a regardé d'un air moqueur. Indubitablement. Et s'est réfugiée dans la Pénombre.

Un observateur invisible. Bien plus qu'un simple observateur. La réaction de Kostia était parlante. J'avais une coéquipière que les Sombres semblaient beaucoup mieux connaître que les Clairs ordinaires dans mon genre.

– Comme ça, c'est bon, ai-je dit d'un ton guilleret. Mais je vais d'abord manger un morceau, d'accord ?

J'ai sorti un yaourt et me suis versé un verre de jus d'orange. Ma nourriture de cette dernière semaine, des biftecks à moitié crus et du jus de viande qui se distinguait assez peu du sang, me donnait la nausée.

– Et pour toi, ce sera de la viande, je suppose ?

La chouette s'est détournée.

– Comme tu voudras. Je suis sûr que dès que tu auras faim, tu trouveras immédiatement un moyen de communiquer.

3

J'aime marcher à travers la ville dans la Pénombre. Elle ne te rend pas invisible à proprement parler, sinon les passants te rentreraient dedans. Simplement, personne ne te remarque. Mais en l'occurrence, nous devions agir à découvert.

Le jour n'est pas notre élément. Paradoxalement, les Clairs travaillent de nuit, quand les Sombres entrent en scène. De jour, vampires, lycanthropes et mages noirs ne sont pas bons à grand-chose et se voient contraints de mener la vie des humains ordinaires.

Du moins la plupart d'entre eux.

Je me promenais autour du métro Rue de Toula. Suivant le conseil du chef, j'avais déjà vérifié les stations de la ligne circulaire où la jeune femme à la tornade aurait pu sortir. Elle avait certainement laissé une trace, faible sans doute, mais encore perceptible. J'étais en train de contrôler les correspondances.

Une station saugrenue dans un quartier saugrenu. Deux sorties à très grande distance l'une de l'autre. Un marché, le gratte-ciel pompeux de l'inspection des impôts, un immense immeuble d'habitation. Les émanations négatives étaient si nombreuses que retrouver la trace de la tornade noire était problématique.

Surtout si la victime n'était pas passée par là.

J'ai fait un tour complet à la recherche de l'aura familière, observant de temps à autre à travers la Pénombre l'oiseau dissimulé qui somnolait sur mon épaule et ne sentait rien non plus, or ses facultés de perception dépassaient sûrement les miennes.

Une fois, des policiers m'ont demandé mes papiers. Deux fois, j'ai été abordé par des jeunes gens détraqués désireux de m'offrir gratuitement, en échange d'une modeste contribution de cent cinquante dollars, un sèche-cheveux made in China, un jouet d'enfant et un téléphone coréen bon marché.

La seconde fois, je n'ai pas su me retenir, j'ai rabroué le représentant et je l'ai remoralisé. Très légèrement, une action à la limite de la légalité. Ce garçon déciderait peut-être de se trouver un autre job. Ou peut-être pas.

Et c'est là qu'on m'a pris par les coudes. Un instant plus tôt, il n'y avait personne, et voilà qu'un couple a surgi derrière moi. Une petite rouquine fort sympathique et un jeune homme bien bâti au visage renfrogné.

– Doucement, a dit la fille (elle était indéniablement le chef). Contrôle du Jour.

Lumière et Obscurité !

J'ai haussé les épaules.

– Nomme-toi, a exigé la fille.

Inutile de mentir. Ils avaient enregistré mon aura et savoir qui j'étais n'était qu'une question de temps.

– Anton Gorodetski.

Ils attendaient.

– Autre. Agent du Contrôle de la Nuit.

Ils m'ont lâché les coudes. Ils ont même reculé d'un pas. Mais ils n'avaient pas l'air de regretter leur intervention.

– Allons dans la Pénombre, a dit le jeune homme.

Ce n'étaient pas des vampires. Tant mieux. Je pouvais espérer une certaine objectivité de leur part. J'ai soupiré et je suis passé d'une réalité à l'autre.

La première surprise, c'est qu'ils étaient vraiment jeunes. Une sorcière d'environ vingt-cinq ans et un sorcier d'environ trente ans, comme moi. J'aurais sans doute pu me souvenir de leurs noms avec un effort. Peu de sorciers étaient nés dans les années soixante-dix.

Seconde surprise : la chouette n'était plus sur mon épaule. Plus exactement, elle était toujours là : je sentais le contact de ses griffes et je pouvais la deviner en me concentrant. Mais l'oiseau avait changé de réalité en même temps que moi, plongeant au second niveau de la Pénombre.

De plus en plus intéressant !

– Contrôle du Jour, a répété la fille. Alissa Donnikova, Autre.

– Piotr Nesterov, Autre, a jeté le garçon.

– Vous avez un problème ?

La fille me vrillait de son regard « ensorcelant ». Devenant à chaque instant plus jolie et plus séduisante. Je suis immunisé contre toute action directe, on ne peut pas m'ensorceler, mais sa prestation me faisait un certain effet.

– C'est vous qui avez un problème, Anton Gorodetski. Vous avez établi un contact non sanctionné avec un être humain.

– Ah oui ? Et lequel ?

– Intervention de septième classe, a dit la sorcière à contrecœur. Mais les faits sont là. Vous l'avez poussé vers la Lumière.

– Et vous voulez dresser un procès-verbal ?

La situation m'a amusé. La septième classe, c'est une broutille. À la limite entre la magie et une simple conversation.

– Oui.

– Et qu'allons-nous écrire ? Un agent du Contrôle de la Nuit a légèrement amplifié le sentiment de répulsion d'un être humain pour la tromperie ?

– Portant ainsi atteinte à l'équilibre établi, a précisé le sorcier.

– Pas possible ? En quoi cela porte-t-il préjudice à l'Obscurité ? Si ce charmant garçon cesse d'être un petit escroc, sa vie n'en sera que plus difficile. Il sera meilleur du point de vue moral, mais plus malheureux. Si l'on s'en réfère aux annexes à l'accord sur l'équilibre des forces, on ne saurait considérer que ça porte atteinte à l'équilibre.

– Trêve de sophismes, a jeté la fille. Anton, vous êtes une

Sentinelle du Contrôle. Ce qui est tolérable de la part d'un Autre ordinaire ne l'est pas dans votre cas.

Elle avait raison. C'était un manquement insignifiant, mais malgré tout...

– Il m'empêchait de travailler. Dans le cadre d'une enquête, l'usage de la magie est autorisé.

– Vous êtes en service ?

– Oui.

– Mais pourquoi de jour ?

– Je suis en mission spéciale. Vous pouvez interroger vos supérieurs. Ou plutôt, vos supérieurs peuvent se renseigner à ce sujet.

Les deux sorciers ont échangé un regard. Nos buts et notre morale étaient certes en opposition, mais nos Contrôles avaient l'obligation de collaborer.

Et personne n'aime s'adresser à ses supérieurs.

– Bon, d'accord, Anton, a dit la sorcière à contrecœur. Nous pouvons nous limiter à un avertissement oral.

J'ai regardé autour de moi. Les gens évoluaient dans une brume grise. Des humains ordinaires, incapables de sortir de leur petit monde. Nous étions des Autres, nous étions différents ; j'avais beau être du côté de la Lumière et mes interlocuteurs du côté de l'Obscurité, je me sentais beaucoup plus proche d'eux que de n'importe quel homme normal.

– Vos conditions ?

Il ne faut jamais jouer avec l'Obscurité. Ni lui faire la moindre concession. Et il est encore plus dangereux d'accepter des cadeaux de sa part. Mais les règles sont faites pour qu'on les enfreigne.

– Aucune.

Ça alors !

J'ai regardé Alissa, me demandant où elle voulait en venir. Piotr avait l'air indigné par le comportement de sa collègue, il n'avait pas la moindre envie de me laisser filer après m'avoir pris en flagrant délit. Ils n'étaient donc pas de mèche.

Où était le piège ? Il y en avait un, c'était certain.

– Alissa, je vous remercie de votre proposition, mais je ne peux l'accepter qu'en promettant, dans une situation analogue, de vous pardonner une intervention magique n'excédant pas la septième classe.

– Très bien.

Alissa m'a tendu la main et je l'ai serrée machinalement.

– Accord personnel conclu, a-t-elle déclaré.

La chouette sur mon épaule a battu des ailes. Un ululement colérique a jailli dans mon oreille. L'oiseau s'est matérialisé dans la Pénombre.

Alissa a reculé d'un pas, ses pupilles se sont rétrécies en fentes verticales. Le sorcier a pris une pose défensive.

– Accord conclu ! a répété la sorcière.

Que signifiait ?

J'ai compris avec retard que je n'aurais pas dû passer cet accord en présence d'Olga. Mais après tout... Pourquoi y attacher tant d'importance ? J'avais assisté à bien des alliances de ce type, et mes collègues, y compris le chef lui-même, avaient passé des marchés devant moi, accordé des concessions aux Sombres et collaboré avec eux. Bien sûr, il valait mieux éviter de le faire, mais c'était souvent nécessaire.

Notre but n'est pas d'éliminer les Sombres. Notre but est de maintenir l'équilibre. Les Sombres ne disparaîtront que lorsque les gens parviendront à vaincre le mal qui est en eux. Ou alors, c'est nous qui cesserons d'exister si les hommes trouvent finalement l'Obscurité préférable à la Lumière.

– L'accord est conclu, ai-je dit à la chouette avec une certaine irritation. Calme-toi. Ce n'est pas grave. Une banale coopération.

Alissa a souri et m'a salué de la main. Elle a saisi son coéquipier par le coude et ils ont reculé de quelques pas. Un instant plus tard, ils sont sortis de la Pénombre et se sont éloignés. Un couple ordinaire.

– Mais qu'est-ce qui t'a pris ? ai-je demandé. Le travail de terrain est toujours une suite de compromis.

– Tu as commis une erreur.

Olga avait une voix qui collait mal à son apparence : une voix douce et chantante. Pas une voix d'oiseau, mais plutôt de chatte-lycanthrope.

– Tiens, tiens. Tu sais donc parler ?

– Oui.

– Et pourquoi ce long silence ?

– Jusqu'ici, il n'y avait rien à redire.

J'ai souri, me souvenant de l'histoire du petit garçon qu'on croyait muet jusqu'au jour où on lui a servi de la soupe trop chaude.

– Je vais sortir de la Pénombre si tu es d'accord. Et toi, tu vas m'expliquer mon erreur. De légers compromis avec les Sombres sont inévitables.

– Tu ne possèdes pas la qualification nécessaire pour passer ce genre de compromis.

Le monde a retrouvé ses couleurs. Comme si j'avais tourné le bouton d'une caméra réglée sur « sépia » pour repasser au mode « normal ». Une analogie assez exacte : la Pénombre a quelque chose de commun avec un vieux film. Un très vieux film depuis longtemps oublié des hommes. Un oubli qui les arrange.

Je me suis dirigé vers le métro, objectant à mon interlocutrice invisible :

– Je ne vois pas le rapport avec ma qualification.

– Une Sentinelle de rang supérieur est capable de prévoir les conséquences d'un compromis. De déterminer s'il s'agit de légères concessions réciproques dont les effets s'annulent ou d'un piège où tu risques de perdre beaucoup plus que tu ne gagnes.

– Je ne pense pas qu'une intervention de septième classe puisse prêter à conséquence.

Un homme qui marchait à côté de moi m'a regardé avec étonnement. Je m'apprêtais à lui dire quelque chose du genre : « Je suis un doux dingue parfaitement inoffensif. » Un remède très efficace contre la curiosité intempestive. Mais le passant a accéléré le pas. Parvenant sans doute tout seul à la même conclusion.

– Anton, tu ne peux pas le savoir. Tu as réagi de manière inadéquate à une gêne mineure. Ton recours à la magie a entraîné l'intervention des Sombres. Tu as conclu un accord avec eux. Le plus triste, c'est que cette magie n'était même pas nécessaire.

– Bon, bon, je le reconnais. Et que suis-je censé faire maintenant ?

– Rien. Espérons que ce sera sans gravité.

La voix de la chouette devenait plus vivante, riche en intonations. Sans doute était-elle demeurée très longtemps silencieuse.

– Tu vas en référer au chef ?

– Non. Pas pour le moment. Tu es mon coéquipier.

Voilà qui faisait chaud au cœur. Tant pis pour mes erreurs. L'amélioration de nos relations valait bien ça.

– Merci. Que me conseilles-tu ?

– Ta conduite est adéquate. Cherche la trace.

J'aurais préféré un conseil plus original.

– Allons-y.

À deux heures de l'après-midi, j'avais entièrement exploré la ligne grise. Je suis peut-être un piètre patrouilleur, mais impossible de rater une aura dont j'avais moi-même relevé l'empreinte. La jeune femme à la tornade n'était descendue à aucune de ces stations. Il fallait recommencer en partant de l'endroit où nous nous étions croisés.

Je suis sorti à la gare de Koursk et j'ai acheté une barquette de salade et un verre de café à une marchande ambulante. La seule vue des hamburgers et des saucisses me collait la nausée, malgré la quantité purement symbolique de viande qu'ils contenaient.

– Tu veux manger quelque chose ?

– Non merci, a répondu Olga.

Debout sous une neige fine, j'ai chipoté avec une minuscule

fourchette en plastique ma salade composée en sirotant mon café. Un SDF qui faisait le pied de grue près du kiosque ambulant, constatant que je n'avais pas pris de bière et qu'il n'aurait donc pas de bouteille vide à récupérer pour la consigne, est retourné se réchauffer dans le métro. Personne d'autre ne m'a prêté attention. La marchande a continué de servir des passants affamés. Une foule sans visage circulait entre les gares. Un vendeur de livres établi à proximité était en train de vanter sans enthousiasme les mérites d'un bouquin à un client qui hésitait à le prendre.

– Je dois être de mauvaise humeur, ai-je remarqué.

– Pourquoi ?

– Je vois tout en noir. Les gens sont des salauds et des imbéciles, la salade est immangeable, mes chaussures sont humides.

L'oiseau a émis un chuintement ironique.

– Non, Anton. Ton humeur n'est pas en cause. Tu sens l'approche de l'inferno.

– J'ai une perception assez limitée.

– C'est d'autant plus grave.

J'ai regardé la foule devant la gare. Essayant de scruter les visages. Certains ressentaient aussi la menace. Ceux qui se trouvaient à la limite entre l'humain et l'Autre. Ne comprenant pas la cause du sentiment d'oppression qui les habitait, ils s'efforçaient au contraire de paraître guillerets.

– Obscurité et Lumière... Que va-t-il se passer ?

– Impossible de savoir. Tu as retardé l'échéance, mais quand la tornade va frapper, les conséquences seront catastrophiques. À cause de ce délai supplémentaire.

– Le chef ne m'a rien dit.

– À quoi bon ? Tu as fait ce qu'il fallait. Maintenant, nous avons au moins une petite chance.

– Dis-moi, Olga, quel âge as-tu ?

Adressée à une femme ordinaire, cette question aurait manqué de tact. Mais chez les Autres, la notion de limite d'âge est inconnue.

– Je suis très vieille, Anton. Par exemple, je me souviens du coup d'État.

– Tu veux parler de la révolution d'Octobre ?

– Du coup d'État raté des décembristes, a-t-elle rectifié avec un petit rire.

Olga était peut-être plus vieille que le chef lui-même.

– Et quel est ton rang ?

– Aucun. On m'a privée de tous mes droits.

– Désolé.

– Ce n'est rien. Je m'y suis résignée depuis longtemps.

Sa voix est restée vive et même gaie. Mais quelque chose me disait qu'elle n'était pas résignée le moins du monde.

– Excuse-moi de t'embêter. Mais pourquoi ce corps de chouette ?

– Je n'ai pas eu le choix. D'ailleurs, vivre dans le corps d'un loup est nettement plus difficile.

– Attends voir...

J'ai jeté ma salade à la poubelle. Je ne voyais rien sur mon épaule. Pour apercevoir Olga, j'aurais dû retourner dans la Pénombre.

– Qui es-tu ? Si tu es une lycanthrope, pourquoi es-tu de notre côté ? Et si tu es un mage, pourquoi une punition si étrange ?

– Ce ne sont pas tes oignons, Anton.

Une note métallique a vibré brièvement dans sa voix.

– Tout ce que je peux te dire, c'est que ça a commencé par un compromis avec les Sombres. Un petit compromis. J'avais l'impression d'en avoir calculé les conséquences. Mais je me suis trompée.

Sapristi.

– C'est pour ça que tu es intervenue ? Tu as voulu m'avertir, mais tu t'y es prise trop tard ?

Silence. Comme si Olga regrettait d'en avoir trop dit.

– Bon, on continue.

Mon mobile a sonné dans ma poche.

C'était Larissa. Étrange qu'elle soit encore de garde.

– Anton, une information importante. On a retrouvé la trace de cette jeune femme. Station Perovo.

– Purée...

Travailler dans les cités-dortoirs de la périphérie n'a rien d'un cadeau.

– Eh oui, a dit Larissa.

Elle ne valait rien sur le terrain. C'est sans doute pour cela qu'on l'avait laissée de garde. Mais c'était une fille intelligente.

– Rendez-vous à Perovo. Tous les nôtres se retrouvent là-bas. Et encore une chose. Le Contrôle du Jour est également sur place.

– Je vois.

Je ne voyais rien. Les Sombres étaient donc au courant ? Ils attendaient la rupture de l'inferno. Et les deux sorciers ne m'avaient pas interpellé par hasard.

Supposition idiote. Une catastrophe à Moscou n'était pas dans leur intérêt. Cependant, ils n'allaient pas neutraliser la tornade pour autant. C'était contraire à leur nature.

Au lieu de descendre dans le métro, j'ai hélé une voiture pour gagner un peu de temps. Je me suis assis à côté du conducteur, un quadragénaire distingué au teint mat et au nez busqué. Sa voiture était neuve et il ne semblait pas dans le besoin. Bizarre qu'il arrondisse ses revenus en jouant au taxi amateur.

... Perovo. Un quartier assez vaste. Très peuplé. Lumière et Obscurité s'y mêlent. Des entreprises et des immeubles de bureaux projettent des taches Sombres et Claires dans toutes les directions. Travailler par ici revient à chercher un grain de sable dans une discothèque bondée sous les feux des stroboscopes.

Je ne risquais pas d'être utile à grand-chose. Mais si on m'avait dit de venir, il y avait sans doute une raison. Peut-être pour aider à l'identification.

– Je ne sais pas pourquoi, mais je m'imaginais que nous la retrouverions, ai-je murmuré, le regard fixé sur la route.

Nous avions dépassé le parc de l'île aux Élans, un lieu fort déplaisant où les Sombres organisent des sabbats. Les droits des humains ordinaires n'y sont pas toujours respectés. Cinq nuits par an, nous sommes forcés de tolérer tous les excès. Enfin, presque tous.

– Moi aussi, je le croyais, a soufflé Olga.

J'ai hoché la tête.

– Je ne suis pas de taille face aux professionnels.

Le conducteur m'a regardé de biais. J'avais accepté son prix sans marchander et ma destination semblait l'arranger. Mais quelqu'un qui parle tout seul éveille toujours une certaine méfiance.

– J'ai raté un travail, ai-je dit avec un soupir. Ou plutôt je n'ai pas su le mener à bien. Je pensais me faire valoir aux yeux de mes employeurs, mais ils se sont débrouillés sans moi.

– C'est pour ça que vous êtes pressé ? a demandé le conducteur.

Il n'avait pas l'air d'un type bavard, mais mes paroles l'ont intéressé.

– On m'a dit de venir.

Pour qui me prenait-il ?

– Que faites-vous dans la vie ?

– Je suis programmeur.

C'était la stricte vérité.

– Formidable, s'est exclamé le conducteur de manière inattendue. Et vous gagnez suffisamment pour vivre ?

Question superflue. Si j'avais été dans le besoin, j'aurais pris le métro.

– Oui, largement.

– Je ne pose pas cette question par simple curiosité. Mon administrateur système est sur le point de partir.

« Mon administrateur ». Ça alors.

– Je vois là un signe du destin. J'ai pris quelqu'un en stop et ce quelqu'un est programmeur. J'ai l'impression que vous n'avez plus le choix.

Il a ri, comme pour adoucir cette déclaration un peu trop péremptoire.

– Vous avez déjà travaillé avec un réseau local ?

– Oui.

– Nous avons une cinquantaine d'ordinateurs en réseau. Il faut s'occuper de la maintenance. C'est bien payé.

J'ai souri malgré moi. C'était tentant. Un réseau local. Un bon salaire. Et pas le moindre risque qu'on vous envoie chasser les vampires en pleine nuit, qu'on vous oblige à boire du sang ni à flairer des empreintes d'auras dans les rues verglacées.

– Je vous laisse ma carte de visite ? Réfléchissez-y.

Il a adroitement plongé une main dans sa poche.

– Non, merci. Malheureusement, mon travail n'est pas de ceux qu'on peut quitter de son propre chef.

– Vous travaillez pour les services secrets ou quoi ?

– C'est encore pire, ai-je répondu. Bien pire. Mais ça y ressemble.

– M-oui... Dommage. Je croyais que c'était un signe du destin. Tu crois au destin ?

Il est passé au tutoiement avec un naturel qui m'a plu.

– Non.

– Pourquoi ? a-t-il demandé, sincèrement étonné, comme s'il avait l'habitude de fréquenter des fatalistes.

– Le destin n'existe pas. C'est un fait démontré.

– Par qui ?

– Par ceux pour qui je travaille.

Il a éclaté de rire.

– C'est drôle. Bon, tant pis. Où veux-tu que je te dépose ?

Nous roulions déjà sur la perspective Zeleny.

J'ai scruté la Pénombre du regard. Je ne pouvais rien voir de précis, je ne possédais pas les capacités suffisantes. Mais j'ai senti une myriade de faibles étincelles qui luisaient dans la brume. Le Contrôle était là, presque au complet.

– Là-bas.

Dans la réalité ordinaire, je ne pouvais pas voir mes collègues. Je marchais dans la neige grise en direction d'un petit square noyé sous les congères, entre les immeubles et l'avenue. De rares arbrisseaux givrés, des traces de pas, apparemment laissées par des enfants ou par un ivrogne qui avait voulu couper par le square.

– Fais-leur signe, ils t'ont remarqué, a conseillé Olga.

Après réflexion, j'ai suivi son conseil. Qu'ils pensent donc que je suis capable de voir d'une réalité à l'autre.

– Un briefing, a commenté Olga d'un ton moqueur.

J'ai regardé autour de moi pour la forme avant d'invoquer la Pénombre.

C'est pourtant vrai qu'ils étaient tous là. Tout notre Bureau de Moscou.

Boris Ignatievitch se tenait au centre. Légèrement vêtu, en costume, coiffé d'une casquette de fourrure, avec une écharpe autour du cou. Je l'imaginais très bien sortant de sa BMW avec sa suite.

Il était encadré par nos patrouilleurs. Igor et Garik avaient le look « parfait combattant ». Menton carré, épaules massives, visage impénétrable et obtus. On voyait tout de suite qu'ils avaient abandonné leurs études secondaires pour faire l'école de l'armée et intégrer les troupes de choc. Cette impression était exacte en ce qui concernait Igor. Garik, quant à lui, avait deux formations universitaires. Malgré leur ressemblance physique et un comportement presque identique, ces deux-là étaient très différents. Par comparaison, Ilya avait l'air d'un intellectuel raffiné, mais il n'était pas conseillé de se laisser tromper par ses lunettes à fine monture, son front haut et son regard naïf. Semion représentait un autre type humain poussé à l'extrême : petit, râblé, le regard matois, vêtu d'un vieil anorak en nylon. Il ressemblait à un provincial fraîchement débarqué dans la capitale. En provenance directe des années soixante, du kolkhoze de pointe « La démarche de Lénine ». Tout les opposait. Mais ils avaient en commun un superbe bronzage et une expression chagrine. On les avait rappelés du Sri Lanka en plein milieu de leurs congés et se retrouver plongés dans l'hiver moscovite ne les réjouissait guère. Je ne voyais pas Ignat, Danil ni Farid, mais je pouvais sentir leurs traces encore fraîches. Derrière le chef se tenaient Ours et Tigron. Ils n'étaient pas camouflés, et pourtant on ne les remarquait pas au premier coup d'œil. Ma nervosité est montée d'un cran. Ces deux-là étaient des guerriers d'élite, on ne les faisait jamais venir pour rien.

Le personnel de bureau était également nombreux.

Le service d'analyse était là au complet : cinq personnes. Le groupe scientifique aussi, à part Iulia dont l'absence était normale : elle a seulement treize ans. Ne manquaient que nos archivistes.

– Salut, ai-je dit.

Certains m'ont salué de la tête, d'autres m'ont souri. Mais ils étaient trop occupés pour m'accorder plus d'attention. Le chef m'a fait signe d'approcher avant de poursuivre :

– ... Ce n'est pas dans leur intérêt. Et nous devons nous en réjouir. Mais ils n'ont pas l'intention de nous aider. Nous n'allons pas nous en plaindre.

Il est évident qu'il parlait du Contrôle du Jour.

– Ils nous laissent carte blanche pour chercher la jeune femme, Danil et Farid sont près du but. Ils l'auront localisée dans quelques minutes. Mais ils nous ont tout de même présenté un ultimatum.

J'ai croisé le regard de Tigron. Elle affichait un sourire mauvais. Tigron a beau être une fille, le surnom de Tigresse ne lui convient pas.

Nos patrouilleurs détestent le mot « ultimatum ».

– Le mage noir n'est pas de notre ressort.

Le chef nous a embrassés d'un regard circulaire.

– C'est clair ? Nous devons le trouver pour neutraliser la tornade. Mais ensuite, nous le remettons entre les mains des Sombres.

– Nous le leur remettons ? a répété Ilya, étonné.

– Oui. Nous ne l'éliminons pas et nous ne l'empêchons pas de communiquer avec les Sombres. Si j'ai bien compris, ils ignorent son identité.

Tout le monde a fait grise mine. Un nouveau mage noir représentait une sacrée migraine en perspective. Même en supposant qu'il soit dûment enregistré et qu'il respecte le Traité. Surtout un mage aussi puissant.

– J'aurais préféré un autre scénario, a objecté Tigron. Nous pourrions nous retrouver dans une situation où nous n'aurons guère le choix...

– Je crains que nous ne puissions nous permettre une telle situation, a tranché le chef.

Il l'a remise à sa place doucement, sans insister. Il avait de la sympathie pour la jeune fille. Mais celle-ci a pris un air penaud. J'en aurais fait autant.

– Je crois que c'est tout.

Le chef m'a regardé.

– C'est bien que tu sois là, Anton. Je voulais le dire devant toi.

Je me suis raidi.

– Tu as fait du bon boulot hier. Comme tu l'as compris, je t'ai envoyé chasser ces vampires pour te tester. Et pas seulement ton aptitude à travailler sur le terrain... Tu vis une situation complexe, et ce depuis longtemps. Il t'est beaucoup plus difficile de tuer un vampire qu'à n'importe lequel d'entre nous.

– Vous avez tort de croire ça.

– Je suis content de m'être trompé. Tu as droit à la reconnaissance du Contrôle de la Nuit. Tu as éliminé un vampire, tu as enregistré l'aura de sa compagne. Une empreinte très nette. Tu manques encore d'expérience pour le travail d'investigation. Mais tu sais collecter les informations. Comme pour cette jeune femme. La situation était exceptionnelle, mais tu as pris une décision charitable qui nous a permis de gagner du temps. Et son empreinte était parfaite. J'ai immédiatement compris où il fallait la chercher.

Là, j'ai tiqué. Personne ne souriait ni ne manifestait la moindre ironie. Mais je me suis senti humilié. La chouette, que personne ne voyait, a frémi sur mon épaule. J'ai aspiré l'air de la Pénombre, frais, sans saveur, un air neutre, et j'ai demandé :

– Mais dans ce cas, Boris Ignatievitch, pourquoi m'avoir

envoyé la chercher dans le métro ? Si vous saviez déjà quel quartier elle habitait ?

– Je pouvais me tromper, a répondu le chef avec une nuance d'étonnement dans la voix. Tu dois comprendre que dans une enquête, il ne faut jamais faire aveuglément confiance à ses supérieurs. Un patrouilleur doit apprendre à ne compter que sur lui-même.

– Mais je n'étais pas seul. Et pour ma coéquipière, cette mission était très importante, vous le savez mieux que moi. En nous envoyant explorer des quartiers où il n'y avait rien à trouver, vous l'avez privée d'une chance de se réhabiliter.

Le visage du chef est demeuré inexpressif. On ne peut jamais rien y lire, sauf lorsqu'il le veut bien.

Mais il m'a semblé que j'avais touché juste.

– Votre mission n'est pas encore terminée. Anton, Olga, il reste la vampire qu'il faut neutraliser. Et personne n'est en droit de vous en empêcher : elle a enfreint le Traité. Et ce garçon qui a si bien résisté à la magie. Il faut le retrouver et l'orienter vers la Lumière. Vous pouvez vous mettre au travail.

– Et la jeune femme ?

– Elle est localisée. Nos spécialistes vont essayer de venir à bout de la tornade. Si ça ne marche pas, et il est évident que ça ne marchera pas, nous essayerons de retrouver l'auteur de la malédiction. Ignat, c'est à toi de jouer !

Je me suis retourné. Ignat était derrière moi. Un beau blond de haute taille, avec un corps d'Apollon et un visage de vedette de cinéma. Il se déplaçait toujours sans bruit. Ce qui ne suffisait pas à le prémunir contre un excès d'attention de la part de la gent féminine.

Attention parfaitement superflue.

– Vous connaissez mes goûts, a déclaré Ignat d'un air renfrogné. Vous savez bien que ce n'est pas mon orientation préférée.

– Tu pourras choisir avec qui coucher en dehors des heures de travail, a répliqué le chef. Quand tu es de service, c'est moi qui décide de tout, y compris du moment où tu as le droit d'aller aux toilettes.

Ignat a haussé les épaules. Il m'a regardé comme s'il escomptait mon soutien et a grogné :

– C'est de la discrimination.

– Nous ne sommes pas aux États-Unis, a dit le chef d'une voix dangereusement polie. Oui, c'est de la discrimination. J'utilise l'agent le plus adapté à la situation sans tenir compte de ses préférences personnelles.

– Est-ce que je peux y aller à sa place ? a timidement demandé Garik.

L'atmosphère s'est immédiatement détendue. La malchance chronique de Garik dans les affaires de cœur n'était un secret pour personne. Quelqu'un s'est mis à rire.

– Igor et Garik, vous continuez à chercher la vampire, a dit le chef, comme si la proposition avait été sérieuse. Elle a besoin de sang. Elle a été stoppée au dernier moment, la faim et le stress peuvent lui faire perdre la tête. Nous risquons de nouvelles victimes à n'importe quel moment ! Anton et Olga, vous partez à la recherche du gamin.

Voilà qui était clair.

À nouveau, on nous confiait la tâche la plus ingrate et la plus insignifiante.

L'inferno était sur le point de faire une percée au-dessus de la ville, une jeune vampire sauvage et affamée errait à travers Moscou. Mais je devais chercher un gosse qui avait peut-être des dons exceptionnels pour la magie...

– Nous y allons maintenant ?

– Oui, allez-y, a confirmé le chef, sans prêter attention à mon ton vexé.

Je lui ai tourné le dos et, en guise de protestation, je suis sorti de la Pénombre. Le monde a vacillé, retrouvant ses couleurs et ses bruits. Moi, comme un idiot, je me suis retrouvé au milieu du square. Quel bel effet de surprise, si quelqu'un m'avait vu. En plus, il n'y avait pas de traces de pas. J'étais debout dans une congère et la neige autour de moi était vierge et immaculée.

C'est ainsi que naissent les mythes. En conséquence de nos

imprudences, de nos nerfs fragiles, de nos mauvaises plaisanteries et de nos gestes à l'emporte-pièce.

– Ce n'est pas si grave, ai-je dit, et je me suis frayé un passage vers l'avenue.

Un doux murmure s'est fait entendre dans mon oreille :

– Merci.

– Et de quoi donc, Olga ?

– De t'être souvenu de moi.

– C'est vraiment important pour toi de remplir cette mission ?

– Très important, a-t-elle répondu après une pause.

– En ce cas, nous allons faire de notre mieux.

Sautant par-dessus les congères et les pierres – on aurait pu croire qu'un glacier avait atterri au milieu d'un jardin zen – je suis enfin sorti sur l'avenue.

– As-tu du cognac ? a demandé Olga.

– Du cognac ? Euh... oui.

– Du bon ?

– Il n'est jamais mauvais. Si c'est vraiment du cognac.

– Tu veux bien inviter une dame à prendre une tasse de café avec du cognac ?

Imaginant la chouette en train de boire du cognac dans une soucoupe, j'ai failli éclater de rire.

– Avec plaisir. On prend un taxi ?

– Oui, arrête une voiture, et que la Force soit avec toi.

Quand donc l'avait-on enfermée dans ce corps d'oiseau ? Ou alors, ça ne l'empêchait pas d'aller au cinéma !

– Il existe un appareil très ingénieux appelé télévision.

Sapristi ! Et moi qui considérais que mes pensées étaient bien protégées.

– L'expérience remplace avantageusement la télépathie, a poursuivi malicieusement Olga. Et ce n'est pas l'expérience qui me manque. Tes pensées me sont fermées, Anton. D'ailleurs, tu es mon coéquipier.

– Mais je ne...

Je n'ai pas continué. À quoi bon nier l'évidence.

– Et le gamin ? Ou alors on laisse tomber cette mission ? Ce n'est pas très sérieux.

– Mais si, c'est extrêmement sérieux, a protesté Olga, indignée. Le chef a reconnu qu'il ne s'était pas conduit de manière très correcte et il nous a accordé une faveur que nous ne devons pas négliger. La vampire va poursuivre le garçon. Il est comme un sandwich entamé qu'on lui a retiré de la bouche. Elle ne le lâchera pas. Elle est capable de l'attirer jusqu'à elle, où qu'il se trouve. Mais c'est aussi un avantage pour nous. Pas besoin de chercher le tigre à travers la jungle quand on peut attacher un chevreau dans une clairière.

– Il y a beaucoup de chevreaux à Moscou.

– Elle tient à ce garçon. Et elle manque d'expérience. Il est plus difficile pour elle de fasciner une autre victime que de faire venir la même. Tu peux me croire.

J'ai frémi, chassant un soupçon absurde. Et j'ai levé la main pour arrêter une voiture.

– Je te crois. Je te fais confiance, une fois pour toutes.

4

La chouette est sortie de la Pénombre à peine le seuil franchi. Elle a pris son envol et, durant une fraction de seconde, j'ai senti la légère piqûre de ses griffes.

– Je devrais peut-être te fabriquer un perchoir ? ai-je dit en fermant la porte.

Elle s'est posée sur le réfrigérateur. Pour la première fois, je l'ai vue parler. Son bec s'est ouvert. Elle expulsait les mots de son gosier au prix d'un effort visible. À dire vrai, je n'ai jamais compris comment les oiseaux s'y prennent pour imiter la voix humaine. Or celle de la chouette était une imitation parfaite.

– Pas la peine, sinon je vais commencer à pondre.

Elle essayait sans doute de plaisanter.

– Pardonne-moi si je t'ai offensée, ai-je dit, c'était pour détendre l'atmosphère.

– Je comprends. Tout va bien.

Dans le frigo, j'ai déniché du fromage, du saucisson et des cornichons... Un cognac de quarante ans d'âge peut-il s'harmoniser avec un cornichon malossol ? Ils risquent d'éprouver une gêne mutuelle. Comme Olga et moi.

J'ai sorti le fromage et le saucisson.

– Désolé, je n'ai pas de citron.

J'étais conscient de l'absurdité de mes préparatifs, mais j'essayais de faire les choses au mieux.

– C'est du bon cognac russe.

J'ai tiré une bouteille de « Koutouzov » du tiroir qui me servait de bar.

– Tu en as déjà bu ?

– C'est censé concurrencer le cognac « Napoléon » ? a demandé la chouette en riant. Non, je n'en ai jamais goûté.

La scène virait de plus en plus au ridicule. J'ai rincé deux verres à cognac et je les ai posés sur la table. Puis j'ai observé d'un air dubitatif cette boule de plumes blanches. Avec son bec court et recourbé.

– Tu n'arriveras pas à boire dans un verre. Tu veux que je te donne une soucoupe ?

– Ne regarde pas.

J'ai obtempéré. Derrière mon dos, j'ai entendu un battement d'ailes. Puis un sifflement assez déplaisant, comme celui d'un serpent qui s'éveille ou d'un ballon de gaz qui fuit.

– Olga, excuse-moi, mais...

Je me suis retourné.

La chouette avait disparu.

Je m'attendais à quelque chose de ce genre. J'espérais qu'elle avait le droit de retrouver de temps à autre sa forme humaine. Et j'avais dressé mentalement son portrait, celui de la femme enfermée dans un corps de chouette, qui se souvenait du coup d'État de décembre 1825. Je ne sais pourquoi, j'imaginais une grande dame de la cour, assez mûre, le regard empreint de sagesse, le visage un peu fatigué...

Mais c'était une toute jeune femme qui était assise sur le tabouret. Dans les vingt-cinq ans. Les cheveux coupés très court, les joues sales, comme si elle avait réchappé d'un incendie. Belle, des traits fins et aristocratiques. Mais cette suie... Et cette coupe masculine...

Quant à ses vêtements, ils étaient encore plus déplacés.

Un pantalon de soldat crotté, comme on en portait dans les années quarante, une veste molletonnée débraillée et en dessous une vareuse grise de crasse. Elle était pieds nus.

– Je suis belle ? a-t-elle demandé.

– Oui, malgré tout... Lumière et Obscurité... Pourquoi as-tu cet aspect ?

– La dernière fois que j'ai repris forme humaine, c'était il y a cinquante-cinq ans.

– Je comprends. On t'a mise à contribution pendant la guerre ?

– On me met toujours à contribution pendant toutes les guerres.

Olga a eu un charmant sourire.

– Lorsqu'elles sont sérieuses. Le reste du temps, je n'ai pas le droit de reprendre forme humaine.

– Mais nous ne sommes pas en guerre.

– C'est donc que nous le serons bientôt.

Elle ne souriait plus. J'ai retenu un juron, me contentant d'esquisser un signe de conjuration.

– Tu veux prendre une douche ?

– Avec plaisir.

– Je n'ai pas de vêtements féminins... Un jean et une chemise, ça t'ira ?

Elle a acquiescé. Elle s'est levée maladroitement, en agitant les bras de manière un peu ridicule. Elle a regardé ses pieds nus avec surprise. Et elle s'est dirigée vers la salle de bains comme si elle avait l'habitude de se laver chez moi.

Je me suis précipité dans la chambre. Elle n'allait sans doute pas s'attarder.

Un vieux jean, d'une taille en dessous de celle que je portais désormais. Il risque d'être trop grand malgré tout... Une chemise ? Non, plutôt un pull pas trop épais. Mais pour le linge de corps...

– Anton !

J'ai pris les vêtements et une serviette propre et j'ai couru vers la salle de bains. La porte était ouverte.

– Comment fonctionnent ces drôles de robinets ?

– Ce sont des mitigeurs...

Je suis entré. Olga était debout dans la baignoire, elle me

tournait le dos. Elle était nue et tournait le robinet à droite et à gauche d'un air pensif.

– Il faut le pousser vers le haut, ai-je expliqué. Tu pousses vers le haut pour régler le débit. Tu tournes à gauche pour l'eau froide et à droite pour l'eau chaude.

– J'ai compris. Merci.

Elle ne manifestait aucune confusion. Ce qui était normal compte tenu de son âge et de son rang. Même si elle l'avait perdu.

Moi, en revanche, j'étais gêné. Ce qui m'a rendu cynique.

– Voilà des vêtements. Ça t'ira peut-être. Au cas, bien sûr, où tu aurais l'intention de t'habiller.

Elle m'a regardé.

– Merci, Anton... Ne fais pas attention. J'ai passé quatre-vingts ans dans un corps d'oiseau. La plupart du temps en état d'hibernation. Mais c'est tout de même beaucoup.

Ses yeux étaient profonds, fascinants. Dangereux.

– Je ne me considère plus comme un être humain, ni comme une Autre, ni comme une femme. Ni comme une chouette, d'ailleurs. Je suis une vieille et méchante idiote asexuée qui est capable de parler par moments.

L'eau a jailli de la douche. Olga a lentement levé les bras et s'est tournée avec délice sous le jet.

– Laver cette suie est beaucoup plus important pour moi... que de faire rougir un charmant petit jeune homme.

J'ai avalé le « petit jeune homme » sans protester et je suis sorti de la salle de bains pour aller déboucher la bouteille.

Au moins, une chose était sûre : ce n'était pas une lycanthrope. Une lycanthrope n'aurait pas conservé ses vêtements. C'était une magicienne. Une magicienne d'environ deux cents ans, privée de son corps quatre-vingts ans plus tôt en punition d'une faute, mais qui gardait encore l'espoir d'être réhabilitée. Une spécialiste des coups de force mise à contribution pour la dernière fois environ cinquante-cinq ans plus tôt.

Je possédais assez d'éléments pour chercher dans notre base de données. Je n'avais pas un niveau suffisant pour avoir accès à tous les dossiers. Mais heureusement, mes supérieurs n'avaient aucune idée des résultats qu'on peut obtenir par une recherche indirecte.

En supposant que j'aie réellement envie de découvrir la vraie personnalité d'Olga.

J'ai versé le cognac et j'ai attendu. Olga est arrivée au bout de cinq minutes, en s'essuyant la tête avec la serviette. Elle avait passé mon jean et mon pull.

Elle n'était pas totalement transformée... Mais elle était devenue beaucoup plus agréable à regarder.

– Merci, Anton. Tu ne peux pas savoir quel plaisir ça représente.

– Je l'imagine.

– L'imagination ne suffit pas. L'odeur, Anton. L'odeur de brûlé. Je m'y suis presque accoutumée en un demi-siècle.

Olga s'est gauchement assise sur le tabouret.

– Je sais que c'est mal, a-t-elle ajouté avec un soupir, mais je me réjouis de la crise actuelle. Même s'ils me refusent ma grâce, au moins je me serai lavée...

– Tu peux garder forme humaine, Olga. Je vais aller t'acheter d'autres vêtements.

– Pas la peine. Je n'ai droit qu'à une demi-heure par jour.

Olga a roulé la serviette en boule et l'a jetée sur le bord de la fenêtre.

– Je ne sais pas quand j'aurai de nouveau l'occasion de prendre une douche. Ou de boire du cognac... À ta santé, Anton.

– À ta santé.

Le cognac était vraiment bon. Je l'ai goûté avec plaisir, malgré le chaos qui régnait dans ma tête. Olga a vidé son verre d'un trait, elle a grimacé avant de déclarer poliment :

– Pas mauvais.

– Pourquoi le chef ne t'autorise-t-il pas à reprendre un aspect normal quand tu n'es pas en mission, ne serait-ce que pour une demi-heure ?

– Ce n'est pas en son pouvoir.

Il ne s'agissait donc pas d'une punition infligée par notre Bureau régional, mais par les instances supérieures.

– Je te souhaite bonne chance, Olga. Quoi que tu aies pu faire... Je suis sûr que tu as racheté ta faute depuis longtemps.

Elle a haussé les épaules.

– J'aimerais le croire. Je comprends qu'on puisse me plaindre, mais cette punition est méritée. Bon, parlons sérieusement.

Elle s'est inclinée vers moi par-dessus la table et a poursuivi à voix basse :

– Je te dirai honnêtement que j'en ai assez. J'ai les nerfs solides, mais mon existence est intenable. Ma seule chance, c'est d'accomplir une mission assez importante pour que nos chefs soient forcés de me gracier.

– Mais où trouver une telle mission ?

– Nous la tenons déjà. Elle comporte trois étapes. Le gamin : nous allons le protéger et l'attirer du côté de la Lumière. La vampire : nous allons l'éliminer.

Elle parlait d'un ton assuré, et brusquement, je l'ai crue. Nous allions protéger le gamin et éliminer la vampire, sans le moindre problème.

– Mais tout ça n'est rien, Anton. Tu y gagneras des galons, mais je ne serai pas tirée d'affaire pour autant. Le plus important, c'est la fille à la tornade.

– Les autres s'en occupent déjà. On m'a... On nous a retiré cette affaire.

– Ça ne fait rien. Ils ne s'en sortiront pas.

– Pas possible ? ai-je demandé avec ironie.

– Boris Ignatievitch est un mage puissant. Mais dans d'autres domaines.

Olga a souri d'un air malicieux.

– Moi, je me suis occupée des percées de l'inferno toute ma vie durant.

– C'est donc pour ça qu'on t'a fait participer à la guerre !

– Évidemment. De telles explosions de haine ne se produisent jamais en temps de paix. Cette ordure d'Adolf... il avait beaucoup de partisans, mais on l'aurait pulvérisé dès la première année de guerre. Avec toute l'Allemagne. La situation de Staline était différente... Une adoration monstrueuse... qui créait un puissant bouclier de protection. Anton, je suis une simple femme russe... (un sourire fugitif a montré le crédit qu'elle accordait au mot « simple ») et pendant toute la guerre j'ai dû protéger les ennemis de mon pays contre les malédictions qui pleuvaient sur eux. Cela seul aurait dû me valoir ma grâce. Tu me crois ?

– Je te crois.

J'avais l'impression qu'elle était légèrement éméchée.

– Un boulot immonde... nous sommes tous obligés de commettre des actes contraires à la nature humaine, mais à ce point... Eh bien, Anton. Ils n'y arriveront pas. Moi, je pourrais essayer. Mais même moi, je ne peux être sûre de rien.

– Si c'est aussi sérieux, tu dois faire un rapport.

Elle a secoué la tête, a lissé ses cheveux humides.

– Je ne peux pas. Je n'ai le droit de communiquer avec personne, à part Boris Ignatievitch et mon coéquipier. Je lui ai tout dit. Il ne me reste plus qu'à attendre. Et espérer que j'arriverai à redresser la situation... au tout dernier moment.

– Et le chef ne le comprend pas ?

– Je crois qu'il comprend très bien, au contraire.

– C'est donc pour ça..., ai-je murmuré.

– Nous avons été amants. Pendant très longtemps. Et amis, ce qui est plus rare. Bref, aujourd'hui, il s'agit de régler le problème du gamin et celui de la vampire... Demain, nous attendons... Nous attendons la percée de l'inferno. Tu es d'accord ?

– Il faut que je réfléchisse.

– Parfait, réfléchis. La demi-heure est écoulée. Tourne-toi.

Je n'en ai pas eu le temps. C'était probablement la faute d'Olga. Elle avait mal calculé.

Un spectacle écœurant. La jeune femme s'est mise à trembler, sa taille s'est cambrée. Une vague a parcouru son corps, ses os se sont tordus comme s'ils étaient en caoutchouc. Sa peau se fendait, dénudant ses muscles ensanglantés. Au bout d'un moment, elle s'est transformée en boule de chair informe qui a continué de rétrécir, se couvrant peu à peu de plumes blanches.

La chouette s'est envolée du tabouret avec un cri à moitié humain pour rejoindre sa place favorite sur le frigo.

– Diable ! me suis-je écrié, oubliant toutes les règles du langage. Olga !

– Ça t'a plu ?

Sa voix était hachée, encore marquée par la douleur.

– Pourquoi ? Pourquoi de cette manière ?

– Ça fait partie de ma punition.

J'ai tendu la main pour toucher son aile frémissante.

– Olga, je suis d'accord.

– Alors au travail.

Je suis sorti dans l'entrée. J'ai ouvert la penderie qui contenait mon équipement et j'ai gagné la Pénombre – dans la réalité ordinaire, on ne voyait rien, à part des vêtements et un vieux bric-à-brac.

Un poids léger s'est posé sur mon épaule.

– Qu'as-tu en réserve ?

– J'ai vidé mon amulette en onyx. Tu sauras la recharger ?

– Non. On m'a privée de presque toutes mes forces. Je n'ai pu conserver que ce qui était nécessaire à la neutralisation de l'inferno. Et ma mémoire, Anton... Ils m'ont laissé ma mémoire. Comment comptes-tu tuer la vampire ?

– Elle n'a pas de sceau d'enregistrement. Ne restent que les bonnes vieilles méthodes.

La chouette a ri.

– Les pieux en bois de tremble sont toujours en usage ?

– Je n'en ai pas.

– À cause de tes amis ?

– Oui, je ne veux pas qu'ils frémissent en franchissant le seuil de mon appartement.

– Alors, que nous reste-t-il ?

De la niche aménagée dans le mur de briques, j'ai sorti un pistolet. La chouette l'a étudié avec attention.

– Des balles en argent ? Ça fait très mal aux vampires, mais ça ne les tue pas.

– Ce sont des balles explosives. (J'ai ouvert le chargeur de mon « Desert Eagle ».) Des balles en argent explosives. Calibre quarante-quatre. Trois balles et le vampire est hors jeu.

– Et ensuite ?

– Ensuite, il suffit de recourir aux méthodes traditionnelles.

– Je ne crois pas à la technique, a dit Olga d'un air de doute. J'ai vu se reconstituer un lycanthrope déchiqueté par un obus.

– Et ça lui a pris longtemps ?

– Trois jours.

– C'est bien ce que je dis.

– Bon d'accord. Si tu doutes de tes propres forces...

Je comprenais ses réserves. Mais je ne suis pas un patrouilleur. Je suis un analyste qu'en a envoyé au feu.

– Tout ira bien. Crois-moi. Concentrons-nous plutôt sur notre appât.

– Allons-y.

– C'est ici que ça c'est passé, ai-je annoncé à Olga.

Nous étions debout sous le porche. Dans la Pénombre, bien entendu.

Des gens passaient de temps à autre et me contournaient soigneusement, même s'ils ne me voyaient pas.

– C'est ici que tu as tué le vampire... Ça crève les yeux. Tu as mal fait le ménage, mais ce n'est pas très important.

Personnellement, je n'apercevais pas la moindre trace du défunt vampire. Mais je n'ai pas protesté.

– La vampire se tenait là... et tu l'as frappée... non, tu lui as balancé de la vodka à la figure... Et elle a pris la clé des champs, a ajouté Olga avec un petit rire. Nos patrouilleurs ont vraiment perdu la main. Sa trace est toujours bien nette...

– Elle s'est transformée.

– En chauve-souris ?

– Oui.

– C'est ennuyeux. Elle est plus forte que je ne pensais.

– Elle est incontrôlable. Elle a bu du sang vivant, elle a tué des gens. Elle manque d'expérience, mais ce ne sont pas les forces qui lui font défaut.

– Nous l'éliminerons, a tranché Olga.

Je me suis abstenu de tout commentaire.

– Et voilà la trace du gamin... Effectivement... il a un bon potentiel. Allons voir où il habite.

Nous avons quitté le porche. La cour était vaste, des immeubles l'entouraient de tous côtés. Je sentais moi aussi l'aura du garçon, mais faible et confuse : il devait souvent passer par là.

– En avant, a commandé Olga. Tourne à gauche. Encore un peu. À droite. Stop...

Je me suis arrêté en face d'une rue où rampait un tramway. Nous étions toujours dans la Pénombre.

– Il est dans cet immeuble, a dit Olga. On y va.

Une tour hideuse. Plate, très haute et montée sur des espèces de pattes. À première vue, on aurait dit quelque monstrueux monument représentant une boîte d'allumettes. À seconde vue, c'était le symptôme d'un gigantisme maladif.

– Un endroit approprié pour tuer quelqu'un, ai-je remarqué. Ou pour devenir fou.

– Nous allons faire l'un et l'autre, a acquiescé Olga. Tu sais, j'ai une riche expérience en ce domaine.

Egor ne voulait pas sortir de chez lui. Quand ses parents étaient partis au travail, quand la porte s'était refermée derrière eux, il avait aussitôt éprouvé un sentiment de peur. Et il savait que s'il mettait le nez dehors, cette peur se muerait en épouvante.

Il n'y avait pas de salut. Nulle part. Mais l'appartement créait au moins une illusion de sécurité.

Le monde s'était effondré la nuit dernière. Egor reconnaissait – pas devant les autres, mais vis-à-vis de lui-même – qu'il n'était pas particulièrement courageux. Sans être lâche pour autant. Il y avait des choses qu'on devait craindre : les voyous, les cinglés, les terroristes, les catastrophes, les incendies, les guerres, les maladies mortelles. Tout cela, pris en bloc, était très loin de lui. Ces dangers étaient réels, mais demeuraient hors des limites de son quotidien. Il suffisait de respecter des règles simples, de ne pas se promener en pleine nuit, de ne pas se rendre dans des quartiers inconnus, de se laver les mains avant de manger et de ne pas marcher sur les rails. On peut craindre les ennuis en sachant qu'il y a finalement peu de chances qu'ils t'atteignent.

Désormais, tout avait changé.

Il avait été confronté à un phénomène dont il n'avait aucun moyen de se protéger. Un phénomène a priori impossible.

Les vampires existaient.

Il se souvenait de tout dans les moindres détails, sa terreur ne lui avait pas fait perdre la mémoire, comme il l'avait vaguement escompté la veille pendant sa course éperdue en direction de chez lui, quand il avait traversé la rue sans regarder à droite et à gauche, contrairement à son habitude. Et son espoir timide de découvrir au matin qu'il avait rêvé avait été déçu.

Tout était réel. Une réalité impossible. Et pourtant...

C'était arrivé hier. Ça lui était arrivé.

Il était rentré tard, mais il lui était déjà arrivé de rentrer plus tard encore. Même ses parents qui, selon lui, n'arrivaient pas à se faire à l'idée que leur fils allait bientôt avoir treize ans, ne s'en inquiétaient pas outre mesure.

Quand il avait quitté la piscine avec ses camarades... oui, il était déjà dix heures du soir. Ils étaient allés tous ensemble au MacDonald's et y étaient restés une vingtaine de minutes. C'était dans leurs habitudes, tous ceux qui en avaient les moyens allaient toujours au MacDo après l'entraînement. Puis ils s'étaient dirigés en groupe vers le métro. C'était tout près. La rue était bien éclairée. Ils étaient huit.

À ce moment-là tout allait bien.

Mais une fois dans le métro, il s'était soudain senti inquiet, sans comprendre pourquoi. Il n'arrêtait pas de regarder sa montre, de jeter des coups d'œil aux gens qui l'entouraient. Sans rien remarquer de suspect.

Puis il avait entendu une musique.

Et l'impossible avait commencé.

Il était entré sous ce porche sombre et malodorant. Il s'était approché de cette fille et de ce garçon qui l'attendaient. Qui l'avaient attiré là. Il avait lui-même exposé sa gorge aux crocs fins, acérés, inhumains de la fille.

Même maintenant, seul chez lui, Egor en éprouvait un frisson, un doux frisson glacé qui lui chatouillait la peau. Il l'avait voulu ! Tout en le craignant, il avait désiré le contact de ces crocs, la douleur brève après laquelle... viendrait... sans doute...

Personne ne pouvait l'aider. Egor se souvenait du regard de la femme qui promenait ses chiens. Un regard qui l'avait traversé, méfiant, mais nullement indifférent. Elle n'avait pas eu peur, elle n'avait rien vu, tout simplement. Seule l'arrivée du troisième vampire l'avait sauvé. L'homme pâle au baladeur qui l'avait suivi dans le métro. Ils s'étaient battus à cause de lui, comme des loups affamés qui se disputent un cerf acculé mais encore vivant.

À partir de ce moment, ses souvenirs devenaient plus confus. Tout s'était passé trop vite. Une histoire de contrôle et de pénombre. Un éclat de lumière azurée, et l'un des vampires se décomposant à vue d'œil, comme au cinéma. Le cri de la fille-vampire qui avait reçu un liquide en plein visage.

Et sa propre fuite panique.

Et cette prise de conscience, terrifiante, encore plus terrifiante que ce qui s'était produit : il ne devait rien dire à personne. On ne le croirait jamais.

Les vampires n'existent pas !

On ne peut pas regarder à travers les gens sans les voir !

Personne ne peut brûler d'un seul coup dans un tourbillon de feu bleu, se transformer en momie, puis en squelette, puis en tas de cendres !

– Si, c'est vrai, dit Egor a haute voix. Ils existent. C'est possible. C'est réel.

Lui-même avait peine à y croire.

Au lieu d'aller à l'école, il fit le ménage dans l'appartement.

Il avait besoin de s'occuper. Il s'approcha à plusieurs reprises de la fenêtre pour observer la cour.

Rien à signaler.

Mais serait-il capable de les voir ?

Ils viendraient. Egor n'en doutait pas un seul instant. Ils savaient qu'il se souvenait d'eux. Et maintenant, ils allaient le tuer en tant que témoin.

Ils ne se contenteraient pas de le tuer ! Ils boiraient son sang et le transformeraient en vampire.

Le garçon s'approcha de la bibliothèque. Les cassettes vidéo occupaient la moitié des étagères. Peut-être lui fourniraient-elles des conseils ? *Dracula mort et heureux de l'être*... Non, ça, c'était une comédie. *Séduction à pleines dents*. Un vrai navet... *Vampire, vous avez dit vampire*... Egor frémit. Il se souvenait de ce film. Et il n'oserait plus le revoir. « Une croix n'est efficace que si tu y crois. »

Comment une croix pourrait-elle l'aider ? Il n'était même pas baptisé. Et il ne croyait pas en Dieu. Du moins, il n'y avait jamais cru jusqu'ici.

Peut-être devrait-il se mettre à y croire ?

Si les vampires existent, alors le diable existe aussi, et si le diable existe, alors Dieu aussi doit exister ?

Si le mal existe, alors le bien doit exister ?

– Non, rien n'existe, dit Egor.

Il mit les mains dans les poches de son jean, sortit dans l'entrée et se regarda dans le miroir. Son reflet était au rendez-vous. Un adolescent à l'air trop taciturne, peut-être, mais qui semblait parfaitement normal. Ils n'avaient pas eu le temps de le mordre.

À tout hasard, il se tourna et se retourna devant la glace, essayant d'apercevoir sa propre nuque. Non, rien. Un cou maigre et pas très bien lavé...

Une idée lui vint inopinément. Egor se précipita à la cuisine, effarouchant le chat installé sur la machine à laver, pour fouiller parmi les sacs de pommes de terre, d'oignons et de carottes.

Il y avait aussi de l'ail.

Il en nettoya prestement une gousse et entreprit de la mastiquer. L'ail était très fort, sa bouche brûlait. Il se versa du thé, faisant passer chaque pointe d'une gorgée. Le thé ne calma guère l'irritation de sa langue et la démangeaison de ses gencives. Mais l'ail n'était-il pas censé protéger des vampires ?

Le chat revint jeter un coup d'œil dans la cuisine. Regarda le garçon d'un air éberlué, émit un miaou déçu et s'éclipsa. Il ne comprenait pas qu'on puisse ingurgiter quelque chose d'aussi infect.

Egor mâcha les deux dernières pointes d'ail, les recracha dans sa main pour se frictionner le cou. Il se trouvait ridicule, mais n'arrivait pas à s'arrêter.

Son cou aussi piquait. C'était de l'ail très fort. Les vampires allaient crever rien qu'en sentant son odeur.

Dans l'entrée, le chat se mit à miauler d'une voix mécontente. Egor, alerté, alla vérifier. Non, rien. Les trois verrous de la porte étaient poussés et il avait mis la chaîne de sécurité.

– Tais-toi, Greysik, ordonna-t-il d'un ton sévère. Sinon, je te fais bouffer de l'ail.

Face à cette menace, le chat se réfugia dans la chambre des parents.

Que pouvait-il faire encore ? L'argent aussi était censé leur faire peur. Egor suivit le chat dans la chambre, ouvrit l'armoire et sortit la boîte à bijoux de sa mère dissimulée sous une pile de draps et de serviettes. Il prit une petite chaîne en argent et la mit à son cou. Maintenant, elle allait puer l'ail et de toute façon, il serait obligé de l'enlever avant ce soir. Il devrait peut-être vider sa tirelire et courir s'acheter une chaîne en argent avec une croix ? La mettre et ne plus l'enlever. Il dirait à ses parents qu'il s'était mis à croire en Dieu. Ce sont des choses qui arrivent, on a bien le droit de devenir croyant !

Il traversa le salon, s'assit en mettant les pieds sur le divan et examina la pièce d'un regard pensif. Avaient-ils du bois de tremble à la maison ? Sans doute pas. Un tremble, Egor ne savait même pas à quoi ça ressemblait. Il pourrait aller au jardin botanique, trouver un tremble et se fabriquer un poignard avec un bout de branche.

Mais serait-ce efficace ? Si la musique se remettait à jouer... Cette musique si douce, si prenante... Il risquait de retirer lui-même la chaîne, de casser le poignard et de courir se laver le cou.

Une musique douce... Des ennemis imperceptibles. Ils étaient peut-être déjà là, tout proches. Simplement, il ne les voyait pas. Il ne savait pas les voir. Mais le vampire était assis à proximité et souriait en observant ce gamin naïf qui espérait se protéger de lui. Et si les vampires n'avaient pas peur du bois de tremble ni de l'ail ? Comment combattre l'invisible ?

– Greysik ! appela Egor. Viens ici !

Le chat n'aimait pas qu'on l'appelle « minou, minou », c'était un animal capricieux.

Le chat se tenait sur le seuil de la chambre. Son poil était hérissé, ses yeux étincelaient. Il ne regardait pas Egor, mais le fauteuil dans le coin, près de la table basse. Le fauteuil vide...

Le garçon sentit un froid désormais familier lui parcourir le corps. Il se leva si brusquement qu'il tomba du divan et se retrouva par terre. Le fauteuil était vide. L'appartement était vide et fermé à triple tour. Le monde autour de lui s'obscurcit, comme si le soleil, dehors, avait soudain perdu son éclat...

Quelqu'un se tenait à côté de lui.

– Non ! hurla Egor en reculant à quatre pattes. Je sais ! J'ai compris. Vous êtes là !

Le chat émit un feulement rauque et se réfugia sous le lit.

– Je te vois ! cria Egor. Ne me touche pas !

Dans le monde ordinaire, le hall de l'immeuble était déjà sombre et crasseux. Mais vu de la Pénombre, c'étaient de vraies catacombes. Les murs en béton qui, dans la réalité, étaient simplement sales, dans la Pénombre disparaissaient sous des amas de mousse bleu sombre. Saloperie. Aucun Autre ne vivait ici, sinon il aurait fait le ménage... J'ai passé la main au-dessus d'une colonie particulièrement dense, la mousse a remué, cherchant à s'écarter de ma chaleur.

– Brûle, ai-je ordonné.

Je n'aime pas les parasites. Même s'ils ne sont pas vraiment nuisibles et se contentent d'absorber les émotions. La théorie affirmant que les fortes concentrations de mousse bleue portent atteinte au psychisme, provoquant tantôt des dépressions, tantôt des accès de gaieté incontrôlée n'a jamais été démontrée. Mais je préfère toujours prendre mes précautions.

– Brûle ! ai-je répété, envoyant un peu de force dans ma paume.

Une flamme transparente a embrasé l'enchevêtrement bleu. Un instant plus tard, tout le hall de l'immeuble était en feu. Je suis monté dans l'ascenseur. La cabine était plus propre.

– C'est au seizième, m'a soufflé Olga. Pourquoi gaspilles-tu tes forces ?

– Ce n'est presque rien.

– Tu risques d'avoir besoin de toute l'énergie dont tu disposes. Cette mousse ne nous gênait pas.

Je n'ai pas répondu. L'ascenseur de la Pénombre montait lentement. L'ascenseur normal, lui, était resté au rez-de-chaussée.

– Mais bon, ça te regarde, a conclu Olga. Les jeunes ont toujours des réactions excessives...

Les portes se sont ouvertes. Le feu était déjà passé au seizième. La mousse bleue brûle comme de la poudre. Il faisait tiède, beaucoup moins froid que d'ordinaire dans la Pénombre. On sentait une légère odeur de brûlé.

– C'est ici, a dit Olga.

– Je vois.

L'aura du garçon était perceptible près de la porte. Il n'avait pas osé sortir de la journée. Parfait. Le chevreau était solidement attaché, ne restait plus qu'à attendre le tigre.

– Je vais entrer, ai-je dit, et j'ai poussé la porte.

Elle a refusé de s'ouvrir.

Impossible !

Dans la réalité, les portes peuvent être cadenassées, mais la Pénombre obéit à ses propres lois. Seuls les vampires ont besoin d'une invitation pour entrer chez quelqu'un, c'est le prix qu'ils paient pour leur force excessive et leur intérêt gastronomique à l'égard des hommes.

Pour fermer une porte dans la Pénombre, il faut pour le moins savoir y entrer.

– La peur, a expliqué Olga. Hier, le gamin était épouvanté. Il était allé dans la Pénombre. Il a fermé la porte derrière lui... et sans même le remarquer il l'a fait dans deux mondes à la fois.

– Que faire ?

– Il faut plonger plus profondément. Suis-moi.

J'ai regardé mon épaule : il n'y avait personne. Invoquer la Pénombre quand on est déjà dans la Pénombre n'est pas une mince affaire. J'ai soulevé mon ombre de terre plusieurs fois de suite avant qu'elle n'acquière du volume et ne se mette à frémir.

– Continue, tu y arrives, a murmuré Olga.

L'espace s'est rempli d'une brume épaisse. Les couleurs ont totalement disparu. Ainsi que les bruits : ne restaient que les battements de mon cœur, lourds et vibrants, comme un tambour battant au fond d'un canyon. Et le sifflement du vent : c'était l'air qui pénétrait mes poumons, me dilatant lentement les bronches. La chouette blanche a surgi sur mon épaule.

– Je ne tiendrai pas longtemps à ce niveau, ai-je soufflé en poussant la porte.

Dans la deuxième Pénombre, elle était ouverte, comme on pouvait s'y attendre.

Un chat gris sombre a bondi sous mes pieds. Les chats ne font pas la distinction entre la réalité et la Pénombre, ils vivent dans tous les mondes à la fois. Heureusement, ils ne sont pas vraiment doués de raison.

– Minou-minou, ai-je murmuré, n'aie pas peur, mon joli.

J'ai fermé la porte derrière moi, surtout pour tester mes forces. Maintenant le garçon était un peu mieux protégé. Mais cela l'aiderait-il quand il entendrait l'Appel ?

– Sors, a dit Olga, tu perds très vite ton énergie. À ce niveau de Pénombre, même un mage expérimenté a du mal à se maintenir. Je crois que je vais remonter avec toi.

Je suis sorti avec soulagement. Je n'étais pas un patrouilleur, capable de se promener à travers trois couches de Pénombre. D'ailleurs, je n'avais aucun besoin de le faire.

L'appartement était assez douillet, très peu infecté par les émanations pénombreuses. Juste quelques traînées de mousse bleue devant la porte... rien de grave, elles crèveraient toutes seules, maintenant que le reste de la colonie avait été éliminé. J'ai entendu du bruit en provenance de la cuisine et je suis allé voir.

Le gamin était en train de manger de l'ail en le faisant passer avec du thé.

– Lumière et Obscurité, ai-je murmuré.

Il paraissait encore plus jeune et désarmé qu'hier. Maigre, gauche, mais pas malingre : il faisait certainement du sport. Il portait un jean bleu clair délavé et un tee-shirt bleu marine.

– Pauvre gosse, ai-je dit.

– Oui, c'est touchant, a dit Olga. Répandre le bruit que l'ail possède des propriétés magiques était vraiment une bonne idée de la part des vampires. Il paraît que c'est Bram Stoker en personne qui a inventé cette fable...

Le garçon a entrepris de s'enduire le cou avec de la purée d'ail qu'il venait de recracher.

– L'ail, c'est excellent pour la santé, ai-je remarqué.

– Oui, ça protège... du virus de la grippe, a ajouté Olga. Comme la vérité meurt vite et comme le mensonge a la vie dure... Mais ce gamin est vraiment fort. Une nouvelle recrue ne sera pas de trop parmi nous.

– Il est de notre côté ?

– Pour l'instant, il n'est d'aucun bord. Son destin n'est pas formé, tu le vois toi-même.

– Mais quelles sont ses inclinations ?

– Impossible de le dire. Pour l'instant. Il a trop peur. Dans son état, il est prêt à faire n'importe quoi pour échapper aux vampires. À opter pour l'Obscurité comme pour la Lumière.

– Je ne peux l'en blâmer.

– Bien sûr. Allons par là.

La chouette a pris son envol à travers le couloir. Je l'ai suivie. Nous bougions trois fois plus vite que dans le monde ordinaire : l'une des caractéristiques de la Pénombre, c'est l'accélération du temps.

– Attendons ici, a dit Olga dans la salle de séjour. C'est chaud, clair et confortable.

Je me suis installé dans le fauteuil près de la table basse et j'ai jeté un coup d'œil au journal posé dessus.

Rien de plus réjouissant que de lire la presse à travers la Pénombre.

Le titre de l'article annonçait « Bénéfices des crédits en baisse ».

Dans la réalité, la phrase sonnait comme : « La tension monte dans le Caucase. »

J'aurais pu prendre le journal et lire la vérité. La vérité vraie. Ce que pensait réellement le journaliste qui avait pondu cet article sur commande. Les miettes d'informations qu'il avait glanées grâce à ses sources non officielles. La vérité sur la vie et la vérité sur la mort.

Mais à quoi bon ?

J'avais appris à dédaigner le monde des hommes. Il est notre source. Notre berceau. Mais nous sommes des Autres. Nous traversons les portes fermées et nous maintenons l'équilibre entre le bien et le mal. Nous sommes très peu nombreux et nous ne savons pas nous reproduire... La fille d'un mage ne deviendra pas forcément magicienne, le fils d'un lycanthrope n'apprendra pas forcément à se transformer les nuits de pleine lune.

Rien ne nous oblige à aimer le monde ordinaire.

Nous assurons sa protection uniquement parce que nous le parasitons.

Je hais les parasites !

– À quoi penses-tu ? a demandé Olga.

Le gamin est entré dans le salon. Il s'est précipité vers la chambre communicante, très vite, compte tenu qu'il se trouvait dans le monde normal. Et il s'est mis à fouiller dans l'armoire.

– J'ai le cafard.

– Ça arrive. Tout le monde en passe par là dans les premières années. (La voix d'Olga est devenue très humaine.) Et puis on finit par s'habituer.

– C'est bien ce qui me rend triste.

– Tu devrais te réjouir que nous soyons encore en vie. Au début du siècle, la population des Autres a baissé jusqu'à un seuil critique. Tu sais qu'on a même discuté l'éventualité d'une union entre les Sombres et les Clairs ? Et qu'on a essayé de mettre au point des programmes eugéniques ?

– Oui, je suis au courant.

– La science a failli nous éliminer. On ne croyait plus en nous. Les gens s'imaginaient que la science rendrait le monde meilleur.

Le garçon est revenu dans le salon. Il s'est installé sur le divan, a rectifié la chaînette en argent pendue à son cou.

– Meilleur, ça veut dire quoi ? Nous sommes issus des hommes. Nous avons appris à entrer dans la Pénombre, à modifier la nature des choses et des gens. Mais qu'est-ce que ça change ?

– Au moins, les vampires ne peuvent plus chasser sans licence.

– Explique ça aux humains dont ils boivent le sang.

Le chat est apparu sur le seuil. Il avait les yeux fixés sur nous. Il s'est mis à feuler de colère en regardant la chouette.

– C'est toi qui lui fais cet effet, ai-je dit. Essaye de détourner son attention.

– Trop tard, a répondu Olga. Désolée, je n'y ai pas pensé.

Le gamin s'est levé en sursaut. Beaucoup plus vite qu'il n'était possible dans le monde réel. Maladroitement, sans comprendre ce qu'il faisait, il est entré dans son ombre et il est tombé, les yeux fixés sur moi.

– Je m'en vais, a chuchoté la chouette en disparaissant. Ses griffes se sont crispées sur mon épaule à me faire mal.

– Non ! a crié le gamin. Je sais ! J'ai compris. Vous êtes là !

Il a tenté de se remettre debout, en tendant les bras.

– Je te vois ! Ne me touche pas !

Il était dans la Pénombre. Il avait franchi la limite. Sans aide extérieure, sans cours ni stimulation, sans l'assistance d'un instructeur.

La façon dont tu entres dans la Pénombre la première fois, ce que tu vois et ce que tu ressens en ces circonstances influence en grande partie ce que tu deviendras.

Ton choix entre l'Obscurité et la Lumière.

« Nous n'avons pas le droit de le laisser aux Sombres, l'équilibre à Moscou serait sérieusement compromis. »

Mon garçon, tu es sur le fil du rasoir.

C'est bien plus dangereux qu'une vampire inexpérimentée.

Boris Ignatievitch peut décider de t'éliminer.

– N'aie pas peur, ai-je dit sans bouger de place. N'aie pas peur. Je suis ton ami et je ne te ferai aucun mal.

Le gamin a rampé jusqu'à l'angle de la pièce et il s'est immobilisé. Il ne me quittait pas des yeux. Il n'était pas conscient de se trouver dans la Pénombre. Il lui semblait que l'atmosphère s'était soudain assombrie, que tout était devenu silencieux et que j'avais surgi de nulle part.

– N'aie pas peur, ai-je répété. Je m'appelle Anton. Comment t'appelles-tu ?

Il est demeuré silencieux. Il ravalait spasmodiquement sa salive. Puis il a pressé la main contre son cou pour tâter sa chaînette, ce qui l'a légèrement calmé.

– Je ne suis pas un vampire, ai-je dit.

– Qui êtes-vous ? a-t-il crié.

Heureusement, son cri perçant était inaudible dans le monde ordinaire.

– Anton. Je travaille pour le Contrôle de la Nuit.

Ses yeux se sont écarquillés comme sous l'effet d'une douleur.

– Mon travail consiste à protéger les gens des vampires et des autres créatures de la nuit.

– Ce n'est pas vrai.

– Pourquoi dis-tu ça ?

Il a haussé les épaules. Bien. Il essaye de jauger ses actes, d'argumenter son opinion. La peur ne lui a donc pas fait totalement perdre la tête.

– Comment t'appelles-tu ? ai-je répété.

J'aurais pu faire pression sur lui, le délivrer de sa peur. Mais il se serait agi d'une intervention interdite.

– Egor...

– C'est un joli nom. Moi, je m'appelle Anton. Tu comprends ? Anton Sergueïevitch Gorodetski. Je travaille au Bureau du Contrôle de la Nuit. Hier, j'ai tué un vampire qui essayait de t'attaquer.

– Un seul ?

Parfait. Il acceptait le dialogue.

– Oui, la fille-vampire a pu s'enfuir. Mais on la cherche. Ne crains rien, je suis là pour te protéger... pour éliminer la vampire.

– Pourquoi tout est-il si gris ? a demandé le garçon.

Brave petit ! Son esprit fonctionnait bien.

– Je vais t'expliquer. Mais d'abord, tu dois comprendre que je ne suis pas ton ennemi. D'accord ?

– On verra.

Il avait les doigts crispés sur cette chaînette ridicule, comme si elle avait pu le protéger de quoi que ce soit. Pauvre garçon. Si seulement tout avait été aussi simple. Ni l'argent, ni le bois de tremble, ni les croix ne peuvent te sauver. La vie contre la mort. L'amour contre la haine... Et la force contre la force, parce que la force n'a pas de critères moraux. Il m'a fallu deux ou trois ans pour comprendre le système.

– Egor, écoute ce que je vais te dire.

Je me suis lentement rapproché de lui.

– N'approchez pas !

Sa voix était si brusque qu'on aurait pu croire qu'il tenait une arme. Je me suis arrêté avec un soupir.

– Bon, d'accord. Écoute-moi. En dehors du monde ordinaire qu'on peut voir, il existe un monde de l'ombre, qu'on appelle la Pénombre.

Il réfléchissait. Malgré sa peur – et il avait très peur, des vagues de terreur aveuglantes parvenaient jusqu'à moi. La peur paralyse certaines personnes. Mais d'autres au contraire y puisent des forces.

J'espérais que moi aussi, je faisais partie de la deuxième catégorie.

– Un monde parallèle ?

Encore le bon vieil arsenal de la littérature fantastique. Mais après tout, les termes n'ont guère d'importance.

– Oui. Et seuls ceux qui possèdent des dons surnaturels ont accès à ce monde.

– Les vampires ?

– Pas seulement. Mais aussi les lycanthropes, les sorcières, les mages noirs... les mages blancs, les guérisseurs, les prophètes.

– Ils existent vraiment ?

Il était trempé. Ses cheveux collaient à son crâne, son tee-shirt adhérait à son corps, des gouttelettes de sueur coulaient sur ses joues. Malgré tout, le garçon ne me quittait pas des yeux et était prêt à se défendre. Comme s'il avait été en état de le faire.

– Oui, Egor. Parfois, des gens naissent qui sont capables d'entrer dans le monde de la Pénombre. Ils choisissent d'être du côté du bien ou du côté du mal. Ils choisissent la Lumière ou l'Obscurité. Ils sont différents. On les appelle les Autres.

– Vous êtes un Autre ?

– Oui. Et toi aussi.

– Pourquoi ?

– Tu te trouves dans la Pénombre, mon garçon. Regarde autour de toi. Écoute. Les couleurs se sont effacées. Les bruits se sont tus. L'aiguille des secondes sur l'horloge se déplace à peine. Tu es dans le monde de la Pénombre... Tu as voulu voir le danger et tu as franchi la frontière. Quand tu es ici, le temps s'écoule plus lentement et tout est différent. C'est le monde des Autres.

– Je ne vous crois pas.

Egor s'est retourné rapidement, m'a regardé à nouveau.

– Et pourquoi Greysik est-il là ?

J'ai souri.

– Le chat ? Les animaux obéissent à leurs propres lois, Egor. Les chats vivent dans tous les espaces à la fois, ils ne font pas la différence.

– Je ne vous crois pas, a répété Egor d'une voix tremblante. Je sais que c'est un rêve ! Quand la lumière baisse... Je sais que je dors. Ça m'est déjà arrivé.

– Tu as déjà rêvé que tu pressais l'interrupteur, mais que la lampe ne s'allumait pas ?

Je connaissais la réponse et je l'ai lue dans les yeux du garçon.

– Ou bien elle s'allume, mais très faiblement, comme une bougie ? Tu avances, et l'obscurité s'agite autour de toi, tu tends la main mais tu n'arrives pas à distinguer tes doigts ?

Il n'a pas répondu.

– Ça arrive à chacun d'entre nous, Egor. Les Autres font tous des rêves de ce genre. C'est la Pénombre qui entre en nous, nous attire, se rappelle à notre souvenir. Tu es un Autre. Même si tu es encore très jeune. Et il ne dépend que de toi...

Je n'ai pas remarqué immédiatement qu'il avait fermé les yeux et que sa tête s'inclinait sur le côté.

– Pauvre idiot ! a sifflé Olga sur mon épaule. Il est entré pour la première fois dans la Pénombre par ses propres moyens ! Et il n'a pas assez de force ! Sors-le vite de là, sinon il risque d'y rester !

Le coma de la Pénombre est une maladie courante chez les novices. Je l'avais presque oublié. Je n'avais guère eu l'occasion de travailler avec des nouveaux.

– Egor !

Je me suis élancé vers lui, je l'ai secoué, je l'ai pris sous les aisselles. Il était léger, très léger, la Pénombre n'affecte pas seulement le cours du temps.

– Réveille-toi !

Il ne réagissait pas. Il avait accompli tout seul ce qui demande en général des mois d'entraînement : il était entré dans la Pénombre de manière autonome. Or la Pénombre adore absorber nos forces.

– Sors-le de là, a ordonné Olga. Vite ! Il ne se réveillera pas de lui-même !

C'était le plus difficile. J'avais suivi les cours de secourisme, mais je n'avais encore jamais sorti qui que ce soit de la Pénombre.

– Egor, réveille-toi !

Je l'ai giflé, d'abord doucement, puis de plus en plus fort.

– Réveille-toi, mon garçon ! Tu es en train de t'enfoncer dans la Pénombre ! Réveille-toi !

Il devenait de plus en plus léger, il fondait littéralement entre mes mains. La Pénombre buvait sa vie, pompant ses dernières forces. Elle le métamorphosait, pour transformer Egor en l'un de ses habitants. Qu'avais-je fait ?

– Isole-toi.

La voix d'Olga était froide, elle m'a fait reprendre mes esprits.

– Isole-toi, avec lui... Sentinelle !

Généralement, il me fallait plus d'une minute pour créer une sphère, mais là, cinq secondes ont suffi. Un flash de douleur, comme un minuscule obus explosant dans mon crâne. J'ai renversé la tête quand la sphère négative est sortie de mon corps et m'a entouré telle une bulle de savon nacrée. La bulle a gonflé, englobant le garçon comme à contrecœur.

– C'est bon, maintenant, maintiens-la. Je ne peux rien faire pour t'aider, Anton. Maintiens la sphère !

Olga se trompait. Elle m'aidait, ne serait-ce que par ses conseils. Sans elle, j'aurais perdu encore quelques précieuses secondes avant de penser à créer une sphère.

L'atmosphère s'est éclaircie. La Pénombre continuait de boire nos forces ; les miennes avec difficulté, celles du garçon à loisir, mais elle ne disposait désormais que de quelques mètres cubes d'espace. Ici, les lois de la physique n'ont plus cours, mais d'autres les remplacent. Un équilibre était en train de s'établir entre nos corps et la Pénombre à l'intérieur de la sphère.

Soit la Pénombre allait se dissiper et lâcher sa proie, soit le garçon deviendrait l'un de ses habitants. Il y resterait pour toujours. C'est le sort réservé aux mages qui épuisent toutes leurs ressources par imprudence ou par nécessité. Ou aux novices qui ne savent pas encore se défendre et donnent à la Pénombre bien plus que nécessaire.

Le visage d'Egor virait au gris. Il était en partance pour les espaces infinis du monde crépusculaire.

Le soutenant de mon bras droit, j'ai sorti mon canif de ma poche de la main gauche. J'ai ouvert la lame avec les dents.

– C'est dangereux, a prévenu Olga.

Sans répondre, je me suis tailladé le poignet.

Lorsque le sang s'est mis à couler, la Pénombre a crépité comme une poêle brûlante. Ma vue s'est troublée. La perte de sang n'était pas en cause, c'était ma vie qui s'échappait avec. J'avais brisé mes propres défenses contre la Pénombre.

Mais celle-ci recevait une dose d'énergie qu'elle n'était pas en état d'absorber.

Le monde s'est éclairci. Mon ombre a rebondi sur le sol. La pellicule nacrée de la sphère a éclaté, nous libérant dans le monde ordinaire.

5

Un fin filet de sang coulait sur la moquette. Le garçon était encore sans connaissance, mais son visage avait repris des couleurs. Le chat criait comme un forcené dans la pièce attenante.

J'ai déposé Egor sur le divan. Je me suis assis à côté de lui. J'ai demandé :

– Olga, un pansement...

La chouette a volé vers la cuisine comme une arabesque blanche, empruntant sans doute un raccourci par la Pénombre car quelques secondes plus tard, elle était de retour, un bandage dans le bec.

Egor a ouvert les yeux à l'instant où je commençais à me bander la main. Il a demandé :

– Qui est-ce ?

– Une chouette. Tu ne vois pas ?

– Qu'est-ce qui m'est arrivé ?

Sa voix ne tremblait presque pas.

– Tu as perdu conscience.

– Pourquoi ?

Son regard effrayé est tombé sur les traces de sang par terre et sur mes habits. Heureusement, il n'avait pas coulé sur le garçon.

– C'est mon sang. Je me suis coupé par accident. Egor, il faut être prudent quand on entre dans la Pénombre. C'est un milieu étranger, même pour les Autres. Lorsque nous y sommes, nous devons constamment dépenser nos forces pour le nourrir de notre énergie. Très légèrement. Si tu ne contrôles pas ce processus, la Pénombre absorbera toute la vie qui est en toi. On n'y peut rien, c'est le prix à payer.

– Et j'ai payé plus que je ne devais ?

– Plus que tu ne possédais. Tu as failli rester pour toujours dans la Pénombre. Tu ne serais pas vraiment mort, mais c'est peut-être pire que la mort.

– Je vais vous aider.

Egor s'est assis, grimaçant légèrement : il avait sans doute le vertige. J'ai tendu le bras, et il m'a bandé le poignet, maladroitement, mais avec application. Son aura n'avait pas changé, elle était toujours fluctuante, toujours neutre. Il connaissait déjà la Pénombre, mais elle ne l'avait pas encore marqué de son sceau.

– Tu veux bien croire que je suis ton ami ?

– Je ne sais pas. Sans doute que vous n'êtes pas mon ennemi. Ou alors, vous ne pouvez rien me faire.

J'ai touché le cou du garçon qui s'est immédiatement tendu. Et je lui ai retiré sa chaînette.

– Tu as compris ?

– C'est donc que vous n'êtes pas un vampire, a-t-il dit d'une voix blanche.

– Je n'en suis pas un. Mais nullement parce que je peux toucher de l'ail et de l'argent. Egor, l'ail et l'argent ne protègent pas des vampires.

– Mais dans tous les films...

– Dans tous les films, les gentils viennent à bout des méchants. Les superstitions sont nocives, car elles nous nourrissent de faux espoirs.

– Mais il y a aussi de vrais espoirs ?

– Non. En réalité, il n'y en a pas.

Je me suis levé, j'ai touché le bandage. Ça allait, il tenait bien. Dans une demi-heure, je pourrais guérir cette plaie, mais pour l'instant je n'avais pas assez de force.

Le garçon me regardait. Il était légèrement rassuré. Mais il ne me faisait pas encore confiance. Le plus amusant, c'est qu'il ne prêtait pas la moindre attention à la chouette blanche qui somnolait innocemment sur le téléviseur. Olga avait sans doute influencé sa conscience. Tant mieux, lui expliquer qui était cette chouette blanche douée de parole aurait été assez difficile.

– Tu as à manger ?

– Que voulez-vous ?

– N'importe quoi. Du thé sucré. Un morceau de pain. Moi aussi, j'ai dépensé beaucoup de forces.

– D'accord. Comment vous êtes-vous blessé ?

Je lui ai dit la vérité, sans entrer dans les détails.

– Exprès. C'était nécessaire pour te sortir de la Pénombre.

– Merci. Si c'est vrai.

Son insolence me plaisait.

– De rien. Si tu avais disparu dans la Pénombre, mes chefs m'auraient transformé en chair à pâté.

Le garçon a souri. Il s'est levé. S'efforçant malgré tout de rester loin de moi.

– Quels chefs ?

– Des chefs très sévères. Alors, tu m'offres du thé ?

– Rien n'est trop beau pour l'homme qui m'a sauvé.

Il continuait d'avoir peur et le dissimulait sous une insolence de façade.

– Je ne suis pas un homme, pour ta gouverne. Je suis un Autre. Et toi aussi.

– Où est la différence ? Je n'en vois aucune.

Egor m'a dévisagé ostensiblement.

– Tant que je n'aurai pas bu mon thé, je ne te le dirai pas. On t'a déjà appris à recevoir des invités ?

– Que personne n'a invités ? Comment êtes-vous entré ?

– Par la porte. Je te montrerai. Plus tard.

– Venez.

J'allais tout de même avoir droit à une tasse de thé. J'ai suivi le garçon avec une grimace involontaire. Je n'ai pu me retenir de remarquer :

– Tu sais, Egor, tu devrais d'abord te laver le cou.

Il a secoué la tête sans se retourner.

– C'est pour le moins idiot de ne protéger que son cou. Il y a cinq endroits dans le corps humain qu'un vampire peut mordre.

– Vraiment ?

– Oui. Je parle bien sûr d'un corps masculin.

Il a rougi jusqu'à la nuque.

J'ai mis cinq pleines cuillerées de sucre dans ma tasse et j'ai dit avec un clin d'œil :

– Servez-moi du thé sucré... Je veux y goûter avant de mourir.

Apparemment, il ne connaissait pas l'histoire de l'avare condamné à mort.

– Et moi, combien je dois en prendre ?

– Tu pèses combien ?

– Je ne me souviens pas.

– Mets-en quatre, ça t'évitera l'hypoglycémie.

Il s'était tout de même lavé le cou, mais une odeur d'ail flottait encore autour de lui. Il a demandé en buvant son thé avec avidité :

– Allez-y. Expliquez-moi !

Ce n'était pas du tout comme ça que j'avais imaginé les choses. Surveiller le gamin jusqu'au moment où il entendrait l'Appel. Tuer ou capturer la vampire. Et ramener le garçon reconnaissant au chef qui saurait tout lui expliquer de manière adéquate.

– Dans l'ancien temps...

J'ai avalé mon thé de travers.

– On dirait le début d'un conte, pas vrai ? Sauf que ce n'est pas un conte.

– Je vous écoute.

– Bon, je vais commencer autrement. Il y a le monde ordinaire.

J'ai indiqué du menton la fenêtre, la courette et les voitures qui rampaient dehors.

– Il est là. Tout autour. Et la plupart des humains ne peuvent sortir de ses limites. Il en a toujours été ainsi. Mais parfois apparaissent des gens comme nous qu'on appelle les Autres.

– Et les vampires ?

– Les vampires aussi sont des Autres. Mais des Autres d'un type différent, leurs pouvoirs sont définis à l'avance.

Egor a secoué la tête.

– Je ne comprends pas.

Je ne suis pas un curateur. Je ne sais pas expliquer les vérités de base, et d'ailleurs, je n'aime pas le faire.

– Imagine deux chamans, gavés de champignons hallucinogènes, qui martèlent leurs tambours. Cela se passe il y a très très longtemps, à l'époque préhistorique. Le premier chaman abreuve honnêtement de bobards les chasseurs et le chef de la tribu. Le second chaman observe son ombre qui vacille sur le sol de la caverne à la lumière du brasier et la voit soudain se dresser devant lui. Il fait un pas et entre en elle. Il entre dans le monde de la Pénombre. Et c'est là que tout commence. Tu saisis ?

Egor ne disait rien.

– La Pénombre change celui qui entre en elle. C'est un autre monde, qui fait de toi un Autre. Mais ce que tu deviendras ne dépend que de toi. La Pénombre est un fleuve tumultueux qui coule dans toutes les directions à la fois. Décide de qui tu veux être dans le monde de la Pénombre. Mais décide vite, le temps t'est compté.

Cette fois, il semblait avoir compris, ses pupilles se sont rétrécies et son visage a légèrement pâli. Une excellente réaction au stress, il ferait sans doute un bon patrouilleur.

– Et qui puis-je devenir ?

– N'importe qui. Tu ne t'es pas encore déterminé. Et tu sais quel choix se trouve à la base ? Le bien ou le mal. La Lumière ou l'Obscurité.

– Et toi, tu es bon ?

– Avant tout, je suis un Autre. La différence entre le bien et le mal est dans nos rapports avec les gens ordinaires. Si tu choisis la Lumière, tu n'utiliseras pas tes pouvoirs pour ton profit personnel. Si tu choisis l'Obscurité, ça deviendra ton comportement normal. Mais même un mage noir peut guérir des malades et retrouver des personnes disparues. Tout comme un mage blanc peut refuser l'aide qu'on lui demande.

– Alors je ne vois pas où est la différence !

– Tu le comprendras. Tu comprendras quand tu choisiras de quel côté tu veux être.

– Je ne choisirai rien du tout !

– C'est trop tard, Egor. Tu es allé dans la Pénombre et tu es déjà en train de changer. Quelques jours et ton choix sera fait.

– Si tu as choisi la Lumière...

Egor s'est levé pour se verser encore un peu de thé. Pour la première fois, il m'a tourné le dos sans crainte.

– Alors qui es-tu ? Un mage ?

– Oui, mais pas très puissant. Je travaille au Bureau du Contrôle de la Nuit. C'est un travail nécessaire.

– Et que sais-tu faire ? Montre-moi pour voir !

Comme dans les manuels. Son passage par la Pénombre ne l'avait pas suffisamment convaincu. Les tours de passe-passe sont nettement plus impressionnants.

– Regarde.

J'ai tendu la main. Egor s'est immobilisé, essayant de comprendre ce que je faisais. Puis il a regardé sa tasse.

Le thé ne fumait plus. Il émettait un léger craquement, transformé en cylindre de glace d'un brun glauque parsemé de brins de thé figés.

– Oh, a dit le garçon.

La thermodynamique constitue la catégorie la plus simple pour le contrôle de la matière. J'ai laissé le mouvement brownien se rétablir et la glace s'est mise à bouillir. Egor a lâché la tasse avec un cri.

– Désolé.

J'ai pris un torchon de cuisine et je me suis accroupi pour essuyer la flaque sur le lino.

– La magie ne cause que des ennuis, a constaté Egor. J'y tenais, à cette tasse.

– Un instant.

Je suis entré dans la Pénombre et j'ai regardé les débris. Ils se souvenaient encore de leur forme précédente, et cette tasse n'était pas destinée à se briser aussi vite.

J'ai ramassé les éclats ; les plus petits, qui avaient volé sous la cuisinière, se sont rapprochés pour que je puisse les prendre.

Je suis revenu et j'ai posé la tasse blanche sur la table.

– Il faut simplement reverser du thé.

– C'est génial. On peut faire ça avec n'importe quel objet ?

Ce petit tour avait produit une forte impression sur Egor.

– Oui, pratiquement.

– Anton... Et si on a cassé quelque chose une semaine plus tôt ?

J'ai souri malgré moi.

– Non. Là, malheureusement, c'est trop tard. La Pénombre t'offre une seconde chance, mais il faut la saisir très vite.

Egor s'est renfrogné. Qu'avait-il cassé il y a une semaine ?

– Tu me crois, maintenant ?

– C'est de la magie ?

– Oui. Du niveau le plus primitif. On n'a presque pas besoin de l'apprendre.

Je n'aurais sans doute pas dû dire cela. Une étincelle s'est allumée dans son regard. Il calculait déjà les perspectives offertes par de tels pouvoirs. L'avantage qu'il pourrait en tirer...

– Et un mage expérimenté peut faire d'autres choses ?

– Même moi je le peux.

– Et contrôler les gens ?

Lumière et Obscurité...

– Oui. Nous le pouvons.

– Et vous le faites ? Mais alors, pourquoi les terroristes prennent-ils des otages ? On peut passer par la Pénombre et les éliminer. Ou les obliger à se tuer eux-mêmes ! Et pourquoi les gens meurent-ils de maladie ? Les mages peuvent guérir, vous l'avez dit vous-même.

– Ça reviendrait à faire le bien.

– Bien sûr ! Puisque vous êtes des mages blancs !

– Si nous accomplissons un acte dont le caractère purement bénéfique est démontré, les mages noirs obtiennent le droit d'accomplir un acte maléfique.

Egor m'a regardé avec étonnement. Il était passé par trop de choses depuis la nuit dernière. Et encore, il tenait plutôt bien le coup.

– Malheureusement, le Mal est plus fort par nature. Le Mal est destructeur. Il détruit beaucoup plus facilement que le Bien ne construit.

– Mais que faites-vous alors ? Que fait le Contrôle de la Nuit ? Il combat les mages noirs ?

Je n'aurais pas dû répondre. D'ailleurs, je n'aurais jamais dû révéler ma présence à Egor. Nous aurions dû l'endormir. Nous enfoncer plus profondément dans la Pénombre. Et surtout, éviter toute explication !

Je ne pourrai jamais lui faire comprendre !

– Vous luttez contre eux ?

– Pas tout à fait.

La vérité était pire que n'importe quel mensonge, mais je n'avais pas le droit de mentir.

– Nous nous surveillons mutuellement.

– Vous vous préparez à combattre ?

Je regardais Egor et je me disais que c'était un jeune garçon particulièrement intelligent. Mais c'était encore un enfant. Si je lui disais que la grande bataille entre le Bien et le Mal était proche, qu'il pourrait devenir le nouveau Jedi du monde de la Pénombre, il serait des nôtres.

Mais pas pour longtemps.

– Non, Egor. Nous sommes très peu nombreux.

– Les mages blancs sont moins nombreux que les mages noirs ?

Je le sentais prêt à abandonner sa maison, sa maman et son papa, à enfiler une armure étincelante pour mourir au nom du Bien.

– Non, les Autres, qu'ils adhèrent à la Lumière ou à l'Obscurité, sont peu nombreux. Vois-tu, Egor, les batailles entre les deux camps se sont succédé pendant des millénaires avec des résultats divers. Parfois la Lumière l'emportait, mais au prix d'un nombre incalculable de morts, qui ne soupçonnaient même pas l'existence de la Pénombre. Les Autres sont peu nombreux, mais chaque Autre est capable d'entraîner à sa suite des milliers de gens ordinaires. Egor... Si la guerre entre le Bien et le Mal recommence maintenant, la moitié de l'humanité périra. C'est pourquoi, il y a de nombreux siècles, nous avons signé un pacte. Le grand Traité entre l'Obscurité et la Lumière.

Ses yeux se sont arrondis.

J'ai soupiré.

– Le texte est très court. Je vais te le faire entendre, dans sa traduction officielle en russe. Tu as le droit de le connaître.

J'ai fermé les yeux. La Pénombre s'est animée, bouillonnant sous mes paupières. Une toile grise s'est déroulée, où rougeoyaient des lettres incandescentes. Il est interdit de réciter le Traité de mémoire, il faut le lire :

Nous sommes des Autres.
Nous servons des forces différentes.
Mais dans la Pénombre, il n'y a pas de différence entre l'absence d'Obscurité et l'absence de Lumière.
Notre lutte peut détruire le monde.
Nous avons décidé de conclure un grand Traité d'armistice.
Chaque camp vivra selon ses propres lois.
Chaque camp aura ses propres droits.
Nous limitons volontairement nos droits et nos lois.
Nous sommes des Autres.
Nous établissons le Contrôle de la Nuit
pour que les forces de la Lumière surveillent
les forces de l'Obscurité.
Nous sommes des Autres.
Nous établissons le Contrôle du Jour
pour que les forces de l'Obscurité surveillent

les forces de la Lumière.
Le temps décidera pour nous.

Egor était sidéré.

– La Lumière et l'Obscurité vivent en paix ?

– Oui.

– Et... les vampires ? Ils appartiennent à l'Obscurité ?

Il revenait toujours sur ce thème.

– Oui, ce sont d'anciens humains que le monde de la Pénombre a complètement transformés. Ils reçoivent d'immenses pouvoirs, mais y perdent la vie. Ils ne peuvent soutenir leur existence qu'en absorbant l'énergie des autres. Le sang est la forme la plus pratique pour ce transfert.

– Mais ils tuent des gens !

– Ils peuvent consommer du sang provenant de dons. C'est comme de la nourriture lyophilisée. Ce n'est pas très bon, mais c'est tout aussi nourrissant. Si les vampires se permettaient de chasser...

– Mais ils m'ont attaqué !

En ce moment, il ne pensait qu'à lui... C'était inquiétant.

– Certains vampires enfreignent les règles. C'est pour ça que le Contrôle de la Nuit existe : pour veiller au respect du Traité.

– Mais normalement, les vampires ne font la chasse à personne ?

Des ailes invisibles ont battu près de ma joue. J'ai senti les griffes d'Olga sur mon épaule.

– Que vas-tu lui répondre, Sentinelle ? a soufflé Olga du fond de la Pénombre. Vas-tu prendre le risque de lui dire la vérité ?

– Si, ils chassent, ai-je dit.

Et j'ai ajouté ce qui, cinq ans plus tôt, m'avait le plus douloureusement choqué :

– Quand ils ont une licence. Parfois... il leur faut du sang vivant.

Il n'a pas posé la question immédiatement. Je lisais dans ses yeux ce qu'il pensait, ce qu'il voulait demander. Et je savais que je serais obligé de répondre à toutes ses interrogations.

– Et vous ?

– Nous, nous prévenons le braconnage.

– Alors, ils auraient pu m'attaquer... conformément à votre Traité ? Avec une licence ?

– Oui.

– Et ils auraient bu mon sang ? Et vous, vous seriez passé sans intervenir ?

Lumière et Obscurité...

J'ai fermé les yeux. Le Traité étincelait dans la brume grise. Des phrases brèves et nettes, derrière lesquelles se profilaient des millénaires de guerre et des millions de vies.

– Oui.

– Allez-vous-en...

Le gamin était tendu comme un ressort. Au bord de l'hystérie, à la limite de la folie.

– Je suis venu pour te défendre.

– Je ne veux pas.

– La vampire est en liberté. Elle va essayer de t'attaquer.

– Allez-vous-en !

Olga a soupiré :

– Tu es content du résultat ?

Je me suis levé. Egor a sursauté et s'est écarté avec son tabouret.

– Tu comprendras. Nous n'avons pas d'autre choix.

Je n'y croyais pas moi-même. Et il était inutile de discuter maintenant. Le soir tombait et l'heure de la chasse approchait.

Le garçon m'a suivi, comme pour se convaincre que je n'allais pas me cacher dans l'armoire. Je n'ai pas prononcé un seul mot de plus. J'ai ouvert la porte, je suis sorti dans l'escalier. La porte a claqué derrière moi.

Je suis monté d'un palier et je me suis assis près de la fenêtre. Olga n'a rien dit. Moi non plus.

La vérité ne doit pas être révélée aussi brutalement. Les gens ont déjà du mal à admettre notre existence. Alors accepter le Traité...

– Nous n'y sommes pour rien, a dit Olga. Le potentiel du garçon a été sous-estimé, ainsi que sa peur. Il nous a découverts. Nous avons été contraints de répondre à ses questions et de lui dire la vérité.

– Tu prépares ton rapport ?

– Si tu savais le nombre de rapports de ce genre que j'ai rédigés au cours de ma vie...

Une odeur de pourriture émanait du vide-ordures situé sur le palier. Le bruit de l'avenue, lentement plongée dans le crépuscule, nous parvenait du dehors. On avait déjà allumé les lampadaires. Je tournais mon téléphone mobile entre mes mains, me demandant si je devais téléphoner au chef ou attendre son appel. Il me surveillait certainement.

Certainement.

– Ne le surestime pas, a dit Olga. En ce moment, il a déjà trop à faire avec la tornade.

Le téléphone a sonné.

– Devine qui c'est, ai-je dit en ouvrant le combiné.

– Woody Woodpecker. Ou Woopy Goldberg.

En fait, je n'avais pas l'esprit à plaisanter.

– Allô ?

– Où es-tu, Anton ?

La voix du chef était fatiguée, abattue. Ce qui ne lui ressemblait guère.

– Sur le palier d'une tour hideuse. Près du vide-ordures. Il fait assez chaud, et l'endroit est relativement confortable.

– Tu as trouvé le gamin ? a-t-il demandé d'un ton indifférent.

– Oui.

– C'est bien. Je t'envoie Tigron et Ours. De toute façon, nous n'avons pas besoin d'eux ici. Il faut que tu viennes à Perovo. Immédiatement.

J'ai fourré la main dans ma poche, et le chef a aussitôt précisé :

– Si tu n'as plus assez d'argent sur toi... et même si tu en as, arrête une voiture de police, qu'ils t'emmènent d'urgence.

– C'est si sérieux que ça ?

– Oui. Viens sans tarder.

J'ai regardé l'obscurité qui régnait dehors.

– Boris Ignatievitch, il ne faut pas laisser ce garçon tout seul. Il a effectivement un grand potentiel...

– Je sais... Bon. Nos amis sont déjà en route. Avec eux, le gosse ne craint rien. Attends-les et viens aussitôt.

Il a raccroché.

– Qu'en dis-tu ? ai-je demandé en louchant vers mon épaule.

– C'est bizarre.

– Pourquoi ? Tu as dit toi-même qu'ils ne s'en sortiraient pas.

– Bizarre que ce soit toi qu'il fasse venir, et pas moi... Peut-être... non. Je ne sais pas.

J'ai regardé à travers la Pénombre et j'ai aperçu deux taches sur l'horizon. Nos collègues se déplaçaient à une telle vitesse qu'ils seraient sur place dans une quinzaine de minutes.

– Il n'a même pas demandé l'adresse, ai-je remarqué.

– Il ne voulait pas perdre de temps. Tu n'as pas senti qu'il vérifiait les coordonnées ?

– Non.

– Exerce-toi un peu, Anton.

– Je n'ai pas l'habitude de travailler sur le terrain !

– Maintenant, tu y travailles. Descendons. Si la vampire lance son Appel, nous l'entendrons.

Je me suis levé – j'avais eu le temps de m'habituer à cet endroit au point de le trouver douillet – pour descendre lentement l'escalier. J'éprouvais un sentiment de tristesse et d'abattement. Une porte a claqué derrière moi. Je me suis retourné.

– J'ai peur, a dit Egor sans autre préambule.

– Tout va bien.

J'ai remonté quelques marches.

– Nous te protégeons.

Il se mordillait les lèvres en coulant des regards en direction de l'escalier mal éclairé. Il n'avait aucune envie de me laisser entrer, mais n'avait plus la force de rester seul.

– J'ai l'impression que quelqu'un m'observe. C'est vous qui faites ça ?

– Non. C'est probablement la vampire.

Le garçon n'a pas sursauté. Il le savait déjà.

– Comment va-t-elle m'attaquer ?

– Elle ne peut pas franchir la porte sans être invitée. C'est une particularité des vampires. Sur ce point, la légende a raison. Mais tu auras envie de sortir. D'ailleurs, tu en as déjà envie.

– Je ne sortirai pas !

– Quand elle aura recours à l'Appel, tu sortiras. Tu comprendras ce qui se passe, mais tu sortiras.

– Vous... vous pouvez me conseiller ? Sur ce que je dois faire ?

Egor s'était rendu. Il demandait de l'aide. N'importe quelle aide.

– Oui. Fais-nous confiance.

Son hésitation n'a duré qu'une seconde. Il s'est écarté de la porte.

– Entrez... Mais ma mère va bientôt revenir du travail.

– Et alors ?

– Qu'est-ce que je vais lui dire ? Ou alors, vous allez vous cacher ?

– Ce n'est pas un problème, mais je...

La porte de l'appartement voisin s'est lentement entrouverte. Un visage ridé est apparu dans l'entrebâillement, au-dessus de la chaîne de sécurité.

J'ai effleuré la conscience de la vieille dame, précautionneusement, pour ne pas endommager sa raison déjà chancelante. Elle a souri.

– Ah, c'est toi... Euh...

– Anton, lui ai-je aimablement soufflé.

Elle a retiré la chaîne pour sortir sur le palier.

– Je croyais que c'était un étranger. Par les temps qui courent, les gens font n'importe quoi, il y a plein de voyous...

– Tout va bien, ai-je dit, aucun problème. Allez plutôt regarder la télévision. Il y a un nouvel épisode.

La vieille dame a hoché la tête et a regagné son appartement après un dernier regard aimable.

– Quel épisode ? a demandé Egor.

J'ai haussé les épaules.

– Je n'en sais rien. Ce ne sont pas les feuilletons qui manquent.

– Et d'où connaissez-vous notre voisine ?

– La voisine ? C'est la première fois que je la vois.

Le garçon est demeuré silencieux.

– C'est ainsi, ai-je expliqué. Nous sommes des Autres. Mais je ne peux pas entrer. Il faut que je parte.

– Comment ça ?

– Mes collègues vont te protéger. Ne t'inquiète pas, Egor : ce sont des professionnels, bien meilleurs que moi.

J'ai jeté un regard à travers la Pénombre : deux flammes orange approchaient de l'immeuble.

Aussitôt, le garçon a commencé à paniquer.

– Je... je ne veux pas. Je préfère que ce soit vous.

– Impossible. J'ai une mission urgente à remplir.

La porte de l'immeuble a claqué, des pas ont retenti dans l'escalier. Ils n'ont pas pris l'ascenseur.

– Je ne veux pas !

Egor s'est agrippé à la porte, comme s'il voulait s'enfermer.

– Je ne leur fais pas confiance !

– Soit tu fais confiance au Contrôle de la Nuit en son entier, soit tu ne fais confiance à personne, ai-je déclaré. Nous ne sommes pas des supermen solitaires en tenue bleu et rouge. Nous sommes la police de la Pénombre. Quand je parle, c'est au nom du Contrôle de la Nuit.

– Qui sont-ils ? a demandé le garçon, déjà résigné. Des mages ?

– Oui, mais très spécialisés.

Tigron est apparue au tournant de l'escalier.

– Salut, les garçons ! s'est-elle exclamée joyeusement, franchissant une dizaine de marches d'un seul bond.

Un bond qui n'avait rien d'humain. Egor s'est recroquevillé en reculant d'un pas. Il a dévisagé Tigron avec défiance. La jeune fille était à la limite de la transformation. Elle adorait ça, surtout qu'elle avait un beau prétexte.

– Quoi de neuf là-bas ? ai-je demandé.

Elle a poussé un gros soupir avant de répondre en souriant :

– On ne s'ennuie pas. C'est la panique totale. Vas-y, Anton, tu es attendu. Et toi, tu es mon nouveau protégé, je suppose ?

Egor continuait de l'examiner. Le chef avait fait le bon choix en envoyant Tigron. Elle inspirait confiance et sympathie à tout le monde, des enfants aux vieillards. On disait que même les Sombres se laissaient parfois séduire par sa façon d'être. Mais ces derniers avaient tort.

– Je ne suis pas un protégé. Je m'appelle Egor.

– Moi, c'est Tigron.

La jeune fille est entrée dans l'appartement et a amicalement posé le bras sur l'épaule de l'adolescent.

– Montre-moi la place ! Nous allons préparer notre défense !

Je suis parti. Dans quelques minutes, Tigron allait certainement lui faire la démonstration du tour qui lui avait valu son surnom.

– Salut, a lancé Ours qui montait à ma rencontre.

– Salut.

Nous nous sommes brièvement serré la main. De tous mes collègues, Ours était celui qui éveillait en moi les émotions les plus contradictoires.

D'une taille légèrement supérieure à la moyenne, bien bâti, le visage impénétrable, il n'aimait guère parler. Personne, à part Tigron, ne savait ce qu'il faisait de son temps libre ni où il habitait. On racontait que ce n'était pas un mage, mais un véritable lycanthrope. Qu'il avait d'abord travaillé pour le Contrôle du Jour, mais qu'au cours d'une mission, il était passé de notre côté. C'étaient des racontars, on ne passe pas de la

Lumière à l'Obscurité ni vice versa. Malgré tout, quelque chose en lui faisait froid dans le dos.

– Une voiture t'attend, a-t-il dit sans s'arrêter. Le chauffeur est un as. Tu seras sur place en un rien de temps.

Ours bégayait légèrement et préférait les phrases courtes. Tigron montait déjà la garde et il n'avait pas besoin de se presser, contrairement à moi.

– La situation est difficile ? ai-je lancé en accélérant le pas.

– Tu verras toi-même.

Descendant les marches quatre à quatre, je suis sorti en courant. Je me suis immobilisé un instant pour admirer le véhicule mis à ma disposition. Une splendide BMW rouge sombre dernier modèle, avec un gyrophare sur le toit. Le chauffeur fumait une cigarette à la hâte, on devinait la présence d'une arme sous sa veste. Un homme d'un certain âge de stature monumentale était debout près de la portière arrière, le manteau déboutonné. Un insigne de député étincelait au revers de son luxueux costume. Il était en train de parler au téléphone :

– Mais pour qui il se prend, merde ? Je viendrai dès que je pourrai. Quoi ? Quelles filles ? Ça ne va pas, la tête ? Putain, vous n'êtes qu'une bande d'incapables.

M'apercevant, le député a interrompu la conversation sans prendre congé et il est remonté dans la voiture. Le chauffeur a happé une dernière bouffée avant de jeter sa cigarette. Le moteur a doucement vrombi. J'ai à peine eu le temps de monter à l'avant, la voiture a démarré aussitôt. Des branches givrées ont gratté la portière avec un grincement.

– Tu n'y vois pas clair ? a rugi le député à l'adresse du chauffeur.

C'était ma faute. Mais quand le député s'est tourné vers moi, son ton s'est radouci :

– Je t'emmène à Perovo ?

C'était la première fois que j'étais pris en stop par un représentant du pouvoir. Qui, de surcroît, à en juger par ses bonnes manières, devait être soit un haut responsable de la police, soit un ponte de la mafia. Je me savais capable d'arrêter n'importe quel véhicule, mais je n'avais jamais tenté l'expérience.

– Je vais au même endroit où vous avez pris mes collègues. Et j'aimerais y être assez rapidement.

– Tu entends, Volodia ? Appuie sur le champignon.

Volodia a obtempéré aussitôt. Si énergiquement que je me suis senti inquiet. J'ai même regardé dans la Pénombre pour vérifier que nous allions bien arriver sains et saufs.

Nous allions y arriver. Pas seulement grâce au savoir-faire du chauffeur ni à mon coefficient de chance, artificiellement augmenté comme celui de toute Sentinelle du Contrôle. Quelqu'un avait fait le ménage dans le champ des probabilités, écartant les accidents, les bouchons et les agents de circulation trop zélés.

Seul le chef était capable d'un tel tour de force. Mais pourquoi ?

– Moi aussi, je me sens inquiète, a soufflé la chouette sur mon épaule. Lorsque le comte et moi...

Elle s'est tue, comme regrettant d'en avoir trop dit.

La voiture a traversé le carrefour au rouge, effectuant une manœuvre des plus risquées, elle s'est faufilée en diagonale, évitant les autres véhicules et plusieurs fourgons. Un passant nous a montrés du doigt.

– Tu en veux une gorgée ? a proposé le député en me tendant une petite bouteille de Rémy Martin et un verre en plastique. J'ai trouvé ça tellement drôle que je m'en suis versé un peu sans hésiter. Même à grande vitesse et sur une mauvaise route, la voiture roulait avec souplesse et je n'ai pas renversé mon cognac.

J'ai rendu la bouteille à son propriétaire et j'ai branché mon baladeur.

Une très vieille chanson du groupe « Résurrection », ma préférée.

Une petite ville pareille à un jouet,
Préservée des épidémies et des invasions.

Où sur la tour de guet rouillait un vieux canon,
Qu'aucun voyageur jamais ne traversait.
Sans jours ordinaires ni jours de fête, les ans passaient.
Toute la ville dormait.
En rêve, elle voyait des falaises mortes
Et des terres dépeuplées...

Nous roulions sur une grande route. De plus en plus vite, je n'avais jamais roulé aussi vite à travers Moscou. Ni en dehors de Moscou. Si le chef n'avait pas fait le ménage des probabilités, j'aurais demandé au chauffeur de ralentir, mais là, j'éprouvais seulement une légère nervosité.

Parmi les pierres froides une musique jouait,
Mais la ville dormait...
Où nous appelait-elle ?
Qui cherchait-elle ?
Personne ne savait.

Romanov, l'auteur des paroles, était aussi un Autre. Mais non initié. On l'avait découvert trop tard. Il avait refusé notre proposition.

C'était aussi un choix.

Combien de fois avait-il entendu cette musique dans la nuit ?

Dans la lourdeur de la nuit
Qui n'a pas refermé ses volets
A disparu à jamais.
Il est parti chercher le pays
Où la vie est pleine de vie,
En suivant la musique...

– Tu en veux encore ?

Le député était d'une amabilité confondante. Que lui avaient donc suggéré Tigron et Ours ? Que j'étais son meilleur ami ?

Qu'il m'était profondément redevable ? Que j'étais le fils illégitime, mais tendrement aimé, du président ?

Aucune importance. Il existe des centaines de moyens d'éveiller la confiance, la sympathie et le désir d'aider. La Lumière a ses méthodes. Malheureusement, l'Obscurité n'en manque pas non plus. Mais là n'était pas la question.

La question était : pourquoi le chef a-t-il besoin de ma présence ?

6

Ilya m'attendait au bord de la route. Les mains dans les poches, il regardait avec dégoût le ciel d'où tombait une neige fine.

– Tu en as mis du temps, a-t-il remarqué quand je suis sorti de la voiture après avoir serré la main du député. Le chef en a assez de t'attendre.

– Que se passe-t-il ?

Ilya a souri, mais d'un sourire sans gaieté.

– Tu verras toi-même. Suis-moi.

Nous avons remonté l'allée, dépassant des femmes chargées de sacs qui revenaient du supermarché. Nous avions désormais de vrais supermarchés, mais la démarche de ces femmes était restée la même qu'à l'époque soviétique, on aurait pu croire qu'elles venaient de faire une heure de queue pour acheter de maigres poulets violacés.

– C'est encore loin ?

– Si c'était loin, nous aurions pris une voiture.

– Et notre géant du sexe ? Il a raté son coup ?

– Ignat a fait de son mieux.

J'ai ressenti un étrange accès de satisfaction, comme si l'échec du bel Ignat était dans mon intérêt. Généralement, si le devoir l'exigeait, il se retrouvait toujours dans le lit de qui il fallait au bout d'une heure ou deux.

– Le chef a lancé une alerte pour l'évacuation, a dit Ilya.

– Comment ça ?
– Tout le monde doit être prêt. Si la tornade ne se stabilise pas, les Autres doivent quitter Moscou.
Il ouvrait la marche et je ne pouvais le regarder dans les yeux. Mais quel besoin aurait-il eu de mentir ?
– La tornade est toujours..., ai-je commencé.
Et je me suis tu. Je venais de l'apercevoir.
Devant moi, sur fond de ciel enneigé, un cyclone noir tournait lentement sur lui-même.
C'était bien plus qu'une tornade : un cyclone gigantesque, surgi non du premier immeuble mais de celui, encore invisible, qui se trouvait derrière. D'après l'angle d'inclinaison, il prenait racine presque au niveau du sol.
– Diable..., ai-je murmuré.
– Ne l'invoque pas, m'a interrompu Ilya. Il pourrait bien répondre à l'invitation.
– Elle doit faire une trentaine de mètres.
– Trente-deux. Et elle grossit toujours.
J'ai tourné la tête vers mon épaule. Olga avait quitté la Pénombre.
Vous avez déjà vu un oiseau en proie à une terreur humaine ?
Ses plumes étaient complètement hérissées. J'ignorais que ce fût possible. Ses yeux étincelaient. Elle avait réduit en charpie l'épaule de mon malheureux anorak et continuait de gratter, comme si elle avait l'intention de creuser jusqu'à ma chair.
– Olga !
Ilya s'est retourné.
– Eh oui, a-t-il dit en hochant la tête. D'après le chef, la tornade qui a précédé la bombe d'Hiroshima était moins haute.
La chouette a battu des ailes et a pris silencieusement son envol. Une femme derrière moi a poussé un cri. Me retournant, j'ai vu son visage stupéfait, elle suivait l'oiseau d'un regard incrédule.
– Ce n'est qu'une corneille, a dit doucement Ilya en lui jetant un bref coup d'œil.
Ses réactions étaient plus rapides que les miennes. Un instant

plus tard, la femme nous dépassait, grommelant une remarque sur l'allée étroite et les gens qui bouchaient le passage.

– Elle grandit vite ?

– Par à-coups. Là, elle est en train de se stabiliser. Le chef a rappelé Ignat à temps. Viens...

La chouette a contourné la tornade en traçant un grand cercle avant de revenir nous survoler à basse altitude. Olga avait conservé un certain contrôle d'elle-même, mais sa sortie imprudente indiquait à quel point elle était perturbée.

– Qu'a-t-il donc fait ?

– Rien du tout. À part manifester un peu trop d'aplomb. Il a lié connaissance. Il s'est mis à la draguer et la tornade a grossi... À une vitesse fulgurante.

– Je ne comprends pas. Pour qu'une tornade enfle comme ça, le mage qui a invoqué l'inferno doit augmenter sa charge énergétique.

– Précisément. Il a dû déceler la présence d'Ignat et jeter de l'huile sur le feu. Par ici...

Nous sommes entrés dans le premier immeuble. La chouette s'y est engouffrée derrière nous. J'ai regardé Ilya d'un air surpris, mais je n'ai pas posé de questions. D'ailleurs je n'ai pas tardé à comprendre la raison de notre présence.

L'état-major s'était installé dans un appartement du rez-de-chaussée. La porte blindée, solidement cadenassée dans le monde humain, était grande ouverte au niveau de la Pénombre. Ilya est entré sans ralentir le pas, mais il m'a fallu quelques secondes pour le suivre.

Un quatre-pièces spacieux et bien aménagé. Mais très chaud, très bruyant et très enfumé.

Il y avait là une bonne vingtaine d'Autres. Des patrouilleurs et des ronds-de-cuir comme moi. Personne n'a semblé prêter attention à mon arrivée. Mais beaucoup ont suivi Olga des yeux. J'ai compris que les anciens la connaissaient, cependant, aucun ne lui a dit bonjour ni même esquissé un sourire à son adresse.

De quoi était-elle donc coupable ?

– Le chef est dans la chambre à coucher, a jeté Ilya en se dirigeant vers la cuisine où résonnait un bruit de verres. Sans doute prenaient-ils le thé, ou quelque chose de plus fort. Un bref regard dans l'entrebâillement m'a permis de constater qu'on faisait boire du cognac à Ignat pour qu'il se remette de ses émotions. Notre terroriste sexuel nageait en pleine déprime, il n'était pas accoutumé à l'échec.

J'ai poussé la porte voisine.

C'était la chambre d'enfant. Un bambin de cinq ans dormait dans son petit lit. Ses parents et sa sœur adolescente somnolaient paisiblement sur le tapis. Rien d'étonnant. On avait endormi les propriétaires du lieu pour qu'ils ne traînent pas dans nos jambes. L'état-major aurait pu s'installer dans la Pénombre, mais à quoi bon dilapider de l'énergie ?

On m'a tapé sur l'épaule. Je me suis retourné. C'était Semion.

– Le chef est là. Vas-y.

Apparemment, tout le monde savait que le chef m'attendait.

Je suis entré dans la pièce suivante et sur le moment, je suis demeuré interloqué.

Difficile d'imaginer spectacle plus absurde qu'un état-major du Contrôle de la Nuit installé dans un appartement.

Au-dessus de la coiffeuse encombrée de cosmétiques et de bijoux en toc planait une sphère magique de diamètre moyen. Elle transmettait l'image de la tornade vue d'en haut. Léna, notre meilleur opératrice, était assise sur un pouf, silencieuse et concentrée. Ses yeux étaient fermés, mais à mon entrée, elle a bougé la main pour me dire bonjour.

L'opérateur d'une sphère peut voir tout l'espace environnant, impossible de passer inaperçu.

Le chef était à moitié étendu sur le lit, entouré de coussins et d'oreillers. Il portait une longue tunique orientale bariolée, des babouches et un fez. La douce fumée d'un petit narguilé emplissait la pièce. La chouette blanche était perchée à côté de lui. Apparemment, ils communiquaient sur un mode non verbal.

Dans les moments de grande tension, le chef revenait à ses habitudes acquises en Asie centrale, où il avait travaillé dans les dernières années du XIXe siècle et au début du XXe. D'abord sous l'identité d'un mufti, puis d'un chef de basmatchis en lutte contre les bolcheviks, puis d'un commissaire rouge et enfin, pendant près de dix ans, d'un secrétaire local du parti.

Danil et Farid se tenaient devant la fenêtre. Même mes modestes capacités étaient suffisantes pour percevoir la lueur rouge des baguettes magiques dissimulées dans leurs manches.

Rien d'étonnant. Un état-major se doit d'être gardé. Danil et Farid n'étaient pas des combattants de première classe, mais ils avaient de l'expérience, ce qui est souvent plus important que la force brutale.

Mais comment expliquer la présence du dernier Autre installé dans la chambre ?

Il était discrètement assis en tailleur dans un coin. Maigre comme un bâton, les joues creuses, les cheveux noirs coupés très court, de grands yeux tristes. D'un âge indéterminé : peut-être trente ans ou peut-être trois cents. Des vêtements sombres. Son costume souple et sa chemise grise s'harmonisaient à son physique. On aurait pu le prendre pour un membre d'une petite secte. Ce qui était partiellement vrai.

C'était un mage noir. Du plus haut niveau. Lorsqu'il m'a regardé, j'ai senti mon bouclier de défense – pourtant posé par bien plus fort que moi – craquer et se déformer sur les bords.

J'ai reculé d'un pas, malgré moi. Mais le mage avait déjà baissé les yeux, comme pour indiquer qu'il m'avait sondé involontairement, par accident.

– Boris Ignatievitch..., ai-je soufflé d'une voix un peu rauque.

Le chef s'est tourné vers le mage noir et leurs regards se sont croisés.

– Donne-lui une amulette, a-t-il ordonné.

La voix du mage noir était douce et mélancolique, comme

celle d'un homme qui porte le poids de tous les malheurs du monde :

– Je ne fais rien qui soit interdit par le Traité...

– Moi non plus. Mes collaborateurs doivent être immunisés contre les observateurs.

C'était donc ça ! Un observateur du Contrôle du Jour. Leur état-major était certainement établi à proximité ; en contrepartie, l'un des nôtres se trouvait parmi eux.

Le mage a plongé la main dans la poche de son veston et en a extirpé un petit médaillon d'ivoire pendu à une chaînette de cuivre. Il me l'a tendu.

– Lance-le, ai-je dit.

Il a souri avec indulgence. J'ai attrapé le médaillon.

– Ton nom ? ai-je demandé.

– Zébulon.

Je ne l'avais jamais entendu auparavant. Soit il n'était pas très connu, soit, au contraire, il se trouvait au sommet de leur hiérarchie.

– Zébulon, ai-je répété en regardant l'amulette. Tu n'as plus de pouvoir sur moi.

Le médaillon est devenu tiède. Je l'ai mis par-dessus ma chemise, j'ai adressé un signe de tête au mage noir et je me suis approché du chef.

– Voilà où nous en sommes, Anton, a grommelé celui-ci sans retirer son narguilé de sa bouche. Tu as vu ?

J'ai regardé par la fenêtre et j'ai acquiescé.

La tornade noire provenait d'un immeuble de huit étages identique à celui où nous nous trouvions. Sa tige fine et mobile émergeait d'un appartement du rez-de-chaussée. À travers la Pénombre, je pouvais localiser l'appartement.

– Comment cela a-t-il pu se produire ? Boris Ignatievitch, il ne s'agit plus d'une brique sur la tête, ni même d'une explosion de gaz dans l'immeuble.

– Nous faisons notre possible, a dit le chef, comme s'il devait me rendre des comptes. Toutes les bases de fusées sont sous contrôle, chez nous, aux États-Unis et en France. En Chine aussi, ils auront bientôt la situation en main. Pour l'arsenal nucléaire, c'est plus difficile. Nous avons du mal à retrouver tous les satellites laser en état de marche. Et Moscou grouille de saloperies bactériologiques... Il y a une heure, on a évité de justesse une catastrophe à l'Institut de virologie.

– On ne saurait tromper le sort, ai-je remarqué prudemment.

– C'est bien le hic. Nous sommes en train de colmater les brèches d'un navire qui est sur le point de se briser en deux.

Soudain, j'ai remarqué qu'ils étaient tous en train de me regarder : le mage noir, Olga, Léna et les deux gardes. De quoi me mettre mal à l'aise.

– Boris Ignatievitch ?

– Tu es lié à elle.

– Hein ?

Le chef a lâché sa pipe, une fumée froide aux effluves d'opium a filtré vers le sol.

– Toi, Anton Gorodetski, informaticien, célibataire, aux capacités moyennes, tu es lié à la jeune femme que vise cette fichue tornade.

Zébulon a poussé un léger soupir. Je n'ai rien trouvé de mieux que de demander :

– Pourquoi ?

– Je n'en sais rien. Nous lui avons envoyé Ignat. Qui a fait un sans-faute. Tu sais bien qu'il est capable de séduire n'importe qui.

– Mais avec elle, ça n'a pas marché ?

– Si. Sauf que la tornade s'est mise à grandir. Ils ont bavardé pendant une demi-heure, et la tornade qui faisait un mètre et demi est passée à vingt-cinq mètres. Il a fallu le rappeler d'urgence.

J'ai coulé un regard en direction du mage noir. Zébulon contemplait le plancher, mais il a aussitôt levé les yeux. Cette fois, ma défense n'en a pas été affectée : l'amulette me protégeait efficacement.

– Ça ne sert pas nos intérêts, a-t-il dit doucement. Seul un sauvage est capable de tuer un éléphant pour se faire cuire un steak.

La comparaison m'a déplu. Mais apparemment, il ne mentait pas.

– Des destructions d'une pareille ampleur nous sont rarement nécessaires, a-t-il ajouté. Nous ne poursuivons actuellement aucun projet qui puisse exiger un tel flot d'énergie.

– Je l'espère bien, a dit le chef d'une voix grinçante, comme étrangère. Zébulon, tu dois comprendre que si la catastrophe se produit malgré tout... nous aussi, nous en tirerons le maximum.

Une ombre de sourire est apparue sur le visage du mage noir.

– Le nombre de gens qui seront horrifiés par l'événement, qui verseront des larmes et compatiront à la catastrophe sera élevé. Mais il y en aura plus, bien plus qui se colleront avidement à leur petit écran et se délecteront du malheur d'autrui, se réjouiront que leur ville ait été épargnée, plaisanteront sur la chute de Moscou, sur le châtiment venu du ciel. Tu t'en doutes parfaitement, mon cher ennemi.

Ce n'était pas une manifestation de joie mauvaise, les Sombres de rang supérieur ne réagissent pas de manière aussi primitive. Il se contentait de nous informer.

– Cependant, nous sommes prêts, a dit le chef. Sois-en certain.

– J'en suis certain. Mais nous sommes en meilleure position. À moins, Boris, que tu ne dissimules une paire d'atouts dans ta manche.

– Tu sais bien que j'ai toujours un carré d'as.

Il s'est tourné vers moi, comme oublieux soudain de la présence de son adversaire.

– Anton, ce n'est pas le Contrôle du Jour qui alimente cette tornade, mais son auteur qui la fait grossir, un mage noir inconnu d'une force monstrueuse. Il a senti la présence d'Ignat et a voulu forcer les événements. Tu es notre dernier espoir.

– Pourquoi ?

– Je te l'ai déjà dit : vous êtes liés. Il y a trois embranchements dans le champ des probabilités.

Le chef a esquissé un geste et un écran blanc est apparu dans l'air. Zébulon a fait la grimace. Le jaillissement d'énergie l'avait sans doute effleuré.

– Première variante, a dit le chef.

Une ligne noire est apparue, s'achevant en grosse tache hideuse qui débordait de l'écran.

– La plus probable. La tornade atteint son point maximum et l'inferno effectue une percée. Des millions de victimes. Un cataclysme global : nucléaire, biologique, chute d'un astéroïde, tremblement de terre d'amplitude vingt sur l'échelle de Richter. Tout est possible.

– Et la sortie directe de l'inferno ? ai-je demandé.

Le mage noir est demeuré imperturbable.

– Non, a dit le chef, peu probable. Le seuil est encore loin. Sinon, je suppose que le Contrôle du Jour et celui de la Nuit se seraient déjà exterminés mutuellement. Deuxième variante...

Une ligne plus fine a dérivé du premier trait, pour s'interrompre brusquement.

– L'élimination de la cible. La tornade disparaîtra si la cible périt... d'elle-même.

Zébulon a aimablement proposé :

– Et je suis prêt à vous prêter assistance dans cette petite action. Le Contrôle de Nuit ne peut l'accomplir directement, n'est-ce pas ? Il suffit de demander, et nous le ferons pour vous.

Un silence. Puis le chef a éclaté de rire. Zébulon a haussé les épaules.

– Comme vous voudrez. Je le répète, nous vous proposons nos services. Nous n'avons pas besoin d'une catastrophe globale qui exterminera des millions de gens d'un coup. En tout cas pas en ce moment.

– Troisième variante, a poursuivi le chef en se tournant vers moi. Regarde attentivement.

Une autre ligne s'est détachée de la racine commune, s'est rétrécie progressivement jusqu'à s'effacer.

– C'est ce qui se produit si tu entres en jeu.

– Que faut-il que je fasse ?

– Je l'ignore. Les pronostics en matière de probabilités ne permettent pas de déterminer la conduite à suivre. Ce que nous savons, c'est que tu es capable de stopper la tornade.

Une idée stupide m'a traversé l'esprit : j'ai pensé qu'ils continuaient de me tester. Pour m'apprendre à travailler sur le terrain. J'avais tué le vampire, et maintenant... Non. Impossible. Pas avec un tel enjeu.

– Je n'ai jamais stoppé de tornade, ai-je répondu d'une voix blanche, pas vraiment effrayée, plutôt surprise.

Zébulon est parti d'un rire aigu particulièrement déplaisant.

– Je sais bien, a dit le chef.

Il s'est levé, en rabattant les pans de sa tunique, et s'est rapproché de moi. Il avait l'air totalement déplacé dans cet appartement moscovite, sa tenue orientale lui donnait l'allure d'une caricature ratée.

– Personne n'a jamais stoppé une tornade de cette amplitude. Tu seras le premier à essayer.

Je n'ai rien dit.

– Et sache, Anton, que si tu commets une erreur, la moindre erreur, tu seras le premier à périr. Tu n'auras même pas le temps de te réfugier dans la Pénombre. Tu sais ce qui arrive aux Clairs qui sont pris dans une percée de l'inferno ?

La gorge soudain sèche, j'ai fait signe que j'étais au courant.

– Désolé de vous interrompre, mon cher ennemi, a remarqué Zébulon d'un ton ironique, mais vous ne donnez donc pas le choix à vos collaborateurs ? Même à la guerre, on fait appel à des volontaires dans des cas de ce genre.

– Nous sommes tous volontaires, et depuis longtemps, a répondu le chef sans se retourner. Et nous n'avons pas le choix.

– Nous, en revanche, nous avons toujours le choix, a répliqué le mage noir.

– Du moment où nous reconnaissons aux humains le droit de choisir, nous y renonçons pour nous-mêmes, a dit le chef en tournant légèrement la tête. Zébulon, tu fais ton numéro devant un auditoire qui n'est pas le tien. Laisse-nous parler.

Zébulon a baissé la tête.

– Bon, je me tais.

– Essaye, Anton, a repris le chef. Je ne peux rien te conseiller. Essaye. Je te le demande. Et... oublie tout ce qu'on t'a appris. Ne te fie pas à ce que j'ai pu te dire, ni à tes notes de cours, ni à tes propres yeux, ni aux paroles d'autrui.

– À quoi donc me fier, en ce cas ?

– Si je le savais, c'est moi qui sortirais d'ici pour entrer dans cet immeuble.

Nous avons regardé simultanément par la fenêtre. La tornade noire tournait en oscillant. Un passant a soudain quitté le trottoir pour faire un grand détour par la pelouse enneigée. J'ai remarqué que les traces de pas étaient nombreuses dans la neige : les gens ne voyaient pas la présence du Mal, mais ils percevaient une menace.

– Je vais assurer les arrières d'Anton, a dit soudain Olga, et servir de liaison.

– De l'extérieur, a dit le chef. Uniquement de l'extérieur... Anton, vas-y. Nous essayerons d'occulter au maximum ta présence.

La chouette blanche est revenue se percher sur mon épaule.

J'ai regardé mes amis et le mage noir – qui avait pris un air absent – et je suis sorti de la chambre. Aussitôt j'ai senti le silence s'établir dans l'appartement.

Ils m'ont laissé partir sans paroles inutiles, sans conseils superflus ni tapes amicales. Je ne faisais rien d'extraordinaire. Je marchais simplement vers ma mort.

Dehors, tout était silencieux.

Un silence anormal, même dans une paisible cité-dortoir à cette heure tardive. Comme si les habitants s'étaient tous réfugiés chez eux, avaient éteint la lumière, et s'étaient mis au lit, la tête sous la couverture. Mais personne ne dormait. Des taches bleues et rouges tremblotaient sur les vitres. Les téléviseurs étaient allumés : quand les gens ont peur, lorsqu'ils sont oppressés, ils ont pris l'habitude d'allumer la télé et de laisser se succéder les émissions, n'importe lesquelles, du télé-achat au bulletin d'informations. Les humains ordinaires ne voient pas le monde de la Pénombre, mais ils peuvent sentir son approche.

– Olga, que dis-tu de cette tornade ?

– Elle est insurmontable.

C'était un avis définitif.

J'étais debout devant l'entrée de l'immeuble, observant la fine tige de la tornade, pareille à une trompe d'éléphant. Je n'avais aucune envie d'entrer.

– Quand... à partir de quelle taille serais-tu capable de combattre cette tornade ?

Olga a réfléchi.

– Cinq mètres de hauteur. J'aurais une chance. À partir de trois mètres, je l'aurais à coup sûr.

– Et la victime s'en sortira ?

– C'est possible.

Quelque chose me troublait. Dans ce silence surnaturel – même les voitures faisaient un détour pour éviter le quartier – des bruits subsistaient malgré tout.

Puis j'ai compris. C'étaient les chiens qui gémissaient. Dans tous les immeubles avoisinants, doucement, d'une voix plaintive, les pauvres bêtes pleuraient, implorant leurs maîtres. Ils voyaient l'approche de l'inferno.

– Olga. Donne-moi toute l'information dont tu disposes sur cette jeune femme.

– Svetlana Nazarova. Vingt-huit ans. Médecin généraliste. À la clinique municipale numéro dix-sept. Elle n'a jamais attiré l'attention du Contrôle de la Nuit. Ni du Contrôle du Jour. N'a jamais manifesté de capacités magiques. Ses parents et son frère cadet vivent à Brateevo, elle communique avec eux de façon épisodique, surtout par téléphone. Elle a quatre amies proches que nous vérifions. Mais nous n'avons rien trouvé pour l'instant. Ses rapports avec son entourage sont bons, aucune animosité marquée.

– Un médecin, ai-je dit d'une voix pensive. C'est peut-être le fil conducteur. Un vieux ou une vieille... mécontents de ses soins. Dans les dernières années, les pouvoirs magiques demeurés à l'état latent ont tendance à se manifester.

– Nous vérifions déjà cette théorie. Mais sans résultat pour le moment.

C'était idiot de se perdre en hypothèses. Des spécialistes plus malins que moi bûchaient dessus depuis ce matin.

– Quoi encore ?

– Groupe sanguin O. Pas de maladies sérieuses, parfois de légères cardialgies. Première expérience sexuelle à dix-sept ans, avec un camarade de son âge, par curiosité. Un mariage qui a duré quatre mois. Divorcée depuis deux ans. A gardé de bonnes relations avec son ex-mari. Pas d'enfants.

– Les capacités du mari ?

– Aucune. Sa nouvelle femme non plus. Nous les avons testés en premier.

– Des ennemis ?

– Deux collègues femmes qui ne l'aiment guère. Deux collègues hommes dont elle a repoussé les avances. Un ancien camarade d'école qui a essayé d'obtenir un faux certificat médical il y a un an et demi.

– Et ?

– Elle a refusé.

– Étonnant. Ils ont des capacités magiques ?

– Presque pas. L'hostilité qu'ils éprouvent à son égard ne dépasse pas un seuil modéré. Ils sont incapables de créer une telle tornade.

– Des décès récents parmi ses patients ?

– Aucun.

– Mais alors, d'où vient cette malédiction ? ai-je demandé (simple question rhétorique). Oui, maintenant je comprends pourquoi le Contrôle est dans une impasse. Une vraie sainte. Cinq ennemis seulement en vingt-huit ans d'existence, elle a de quoi être fière.

Olga n'a rien dit.

– Je suppose qu'il est temps d'y aller.

Je me suis retourné pour regarder la fenêtre d'en face où se profilaient plusieurs silhouettes. L'une d'elles a agité la main.

– Et qu'a fait Ignat exactement ?

– Le procédé classique. Ils ont lié connaissance dans la rue, variante « intellectuel timide ». Ils sont allés prendre un café au bar. Ils ont bavardé. Le niveau de sympathie de la cible a augmenté rapidement. Ignat s'est montré insistant. Il a acheté du champagne et de la liqueur, ils sont allés chez elle.

– Et après ?

– La tornade a commencé à grossir.

– Pour quelle raison ?

– Aucune. Ignat lui plaisait, elle éprouvait même une forte attirance à son égard. Et soudain la tornade a commencé à gonfler à vue d'œil. Ignat a essayé trois styles de conduite, elle l'a clairement invité à rester pour la nuit, et la tornade est devenue gigantesque. Ignat a été rappelé. Et la tornade s'est stabilisée.

– Comment l'a-t-on rappelé ?

J'étais transi de froid et mes chaussures étaient humides. Mais je ne me sentais pas encore prêt à agir.

– « La maman malade. » Un appel sur son mobile, conversation, excuses, promesse de rappeler demain. Tout a été fait dans les règles. Elle n'a pas eu le moindre soupçon.

– Et la tornade s'est stabilisée ?

Olga a attendu avant de répondre, sans doute a-t-elle consulté nos analystes.

– Elle s'est même légèrement affaissée. De trois centimètres. Peut-être un simple effet de reflux, quand elle a cessé d'être alimentée.

J'éprouvais un sentiment confus, un soupçon vague que je n'arrivais pas à formuler.

– Où exerce-t-elle ?

– Ici même, dans ce quartier, cet immeuble compris. Ses malades passent souvent la voir chez elle.

– Parfait, je vais me présenter comme l'un de ses patients.

– Tu as besoin d'aide pour lui implanter de faux souvenirs ?

– Pas la peine, je me débrouillerai.

– Le chef approuve, a annoncé Olga un instant plus tard. Vas-y. Ta légende : Anton Gorodetski, informaticien, célibataire, se soigne depuis trois ans, diagnostic : ulcère de l'estomac, habite le même immeuble, appartement soixante-quatre. Il est actuellement inoccupé, en cas de besoin, on pourra assurer tes arrières.

– Trois ans, je n'arriverai pas à lui faire gober ça, ai-je avoué. Un an. Au maximum.

– D'accord.

Nous avons échangé un regard. Ses yeux d'oiseau qui ne cillaient pas gardaient quelque chose de cette aristocrate crottée qui avait bu du cognac dans ma cuisine.

– Bonne chance. Essaye de diminuer la tornade. À partir de dix mètres, je suis prête à tenter le coup.

Elle a pris son envol, s'éclipsant aussitôt dans la Pénombre, dans ses couches les plus profondes.

Je suis entré, avec un soupir. La tige de la tornade a oscillé, essayant de me frôler. J'ai tendu les paumes et je les ai croisées pour faire le Xamadi, le signe de la négation.

La tornade a reflué en frémissant. Elle n'avait pas peur de moi, mais acceptait les règles du jeu. Grosse comme elle était, elle avait certainement acquis une forme de conscience qui faisait d'elle non plus une obtuse fusée à tête chercheuse mais plutôt un kamikaze rusé et féroce. Un kamikaze expérimenté : une définition a priori ridicule mais qui convient très bien en l'occurrence. Dès lors qu'il fait irruption dans le monde humain, l'inferno est condamné à disparaître, mais ce n'est rien de plus que la mort d'une guêpe issue d'un essaim gigantesque.

– Ton heure n'est pas encore venue, ai-je dit.

L'inferno ne risquait pas de me répondre, mais j'avais envie de prononcer ces mots.

Je suis passé à côté. La tornade semblait coulée dans du verre d'un noir bleuté qui aurait acquis une souplesse caoutchouteuse. Sa surface demeurait presque immobile, mais ses profondeurs, d'un bleu très sombre se muant progressivement en obscurité absolue, tourbillonnaient frénétiquement.

J'avais peut-être tort. L'heure avait peut-être sonné...

Il n'y avait même pas de code à la porte d'entrée, plus exactement, la serrure codée avait été cassée. Pas étonnant. Un petit bonjour des forces du Mal. Généralement, je ne prêtais guère attention à leurs menues fredaines, aux graffitis, aux traces de semelles sur les murs, aux lampes brisées et aux ascenseurs vandalisés. Mais là, j'étais particulièrement tendu.

Pas besoin de connaître l'adresse. Je sentais la présence de la jeune femme. Je savais où elle se trouvait, je voyais déjà l'appartement, ou plutôt je l'appréhendais en son entier.

Mais j'ignorais toujours de quelle manière je pourrais vaincre cette maudite tornade.

Je me suis arrêtée devant une porte ordinaire, nullement blindée, chose étonnante pour un rez-de-chaussée, surtout dans un immeuble qui n'a plus de code. J'ai respiré un bon coup et j'ai pressé la sonnette. Onze heures du soir. Un peu tard pour une visite.

J'ai entendu des pas. Aucune isolation phonique.

7

Elle a ouvert immédiatement.

Sans rien demander, sans regarder par le judas, sans mettre la chaîne. À Moscou ! En pleine nuit ! Alors qu'elle était seule dans son appartement ! La tornade annihilait ses derniers restes de prudence, qui lui avaient permis de tenir plusieurs jours. C'est ainsi que périssent généralement les victimes d'une malédiction.

Extérieurement, elle semblait normale. À part les cernes sous les yeux, mais elle n'avait peut-être pas dormi la nuit dernière. Elle portait une jupe, un joli pull, des chaussures élégantes, comme si elle attendait quelqu'un ou s'apprêtait à sortir.

– Bonsoir, Svetlana, ai-je dit.

Elle a semblé vaguement me reconnaître. Mais sans se souvenir où elle m'avait vu : il fallait mettre à profit cet instant de trouble, avant que notre rencontre dans le métro ne puisse lui revenir en mémoire.

Je l'ai effleurée à travers la Pénombre. Très doucement, à cause de la tornade collée au-dessus d'elle et qui risquait de réagir d'un instant à l'autre, et aussi parce que je n'avais pas envie de la tromper.

Même pour son propre bien.

Manipuler les gens peut être intéressant la première fois, mais si ça continue de l'être, ta place n'est pas parmi les Sentinelles de la Nuit. Modifier les impératifs moraux vers le bien est une chose. Truquer les souvenirs en est une autre. C'est parfois inévitable, en respect du Traité ; d'ailleurs nos sorties et nos entrées dans la Pénombre provoquent une brève amnésie chez les personnes présentes.

Mais si, un jour, tu commences à trouver plaisant de jouer avec la mémoire d'autrui, c'est signe qu'il est temps de donner ta démission.

– Bonsoir, Anton.

Sa voix a légèrement frémi quand je l'ai obligée à se souvenir de ce qui n'avait jamais eu lieu.

– Que vous arrive-t-il ?

Avec un sourire amer, je me suis tapoté le ventre. Un ouragan était en train de se déchaîner dans l'esprit de la jeune femme. Je n'étais pas assez expert pour lui imposer une fausse mémoire organisée à l'avance. Heureusement, il suffisait de lui suggérer deux ou trois petites choses, pour qu'elle élabore elle-même sa propre illusion. Elle était en train de construire mon image à partir d'un garçon qu'elle avait connu dans le temps et qui me ressemblait physiquement, d'un autre depuis longtemps perdu de vue, mais dont le caractère lui était sympathique, d'une vingtaine de patients de mon âge et de plusieurs voisins... Je me contentais de donner un coup de pouce à ce processus pour former un souvenir qui se tienne. Un brave type... neurasthénique... souvent souffrant... qui flirte avec elle, mais très légèrement... manque totalement d'assurance... habite l'escalier voisin.

– Vous avez mal ?

Elle a rassemblé ses esprits. C'était un bon médecin. Par vocation.

– Un peu. J'ai bu un coup hier soir.

Mon attitude exprimait un profond repentir.

– Voyons, Anton, je vous avais pourtant prévenu. Entrez.

Je suis entré, j'ai refermé la porte : elle n'y a même pas pensé. En me déshabillant, j'ai jeté un coup d'œil à l'appartement.

Un papier peint standard, un vieux tapis élimé, des vieilles bottines, une lampe avec un simple abat-jour en verre, un téléphone sans fil à support mural d'un modèle chinois bon marché. Un intérieur pauvre. Propre. Banal. Et pas seulement parce que les médecins de quartier sont mal rétribués. Elle ne ressentait pas le besoin de créer un cadre douillet. Ce qui était fort regrettable.

Au niveau de la Pénombre, les lieux faisaient meilleure impression. Aucune flore indésirable, aucune trace Sombre. À part la tornade, bien sûr. Elle régnait en maître. Je la voyais de sa tige qui tournait autour de la tête de la jeune femme jusqu'à sa frondaison haute de trente mètres.

J'ai suivi Svetlana dans l'unique pièce, nettement plus plaisante que l'entrée. Le divan luisait d'une chaude tache orange, pas en son entier, mais dans l'angle près de la lampe vieillotte. Deux murs étaient entièrement couverts de livres. Il y en avait sept étagères.

Je commençais à la comprendre. Non en tant que sujet de mon travail, non en tant que victime possible d'un mage noir inconnu ni en tant que cause involontaire d'une catastrophe, mais en tant qu'être humain. Une enfant nourrie de livres, introvertie et complexée, caressant des rêves saugrenus et l'idée puérile qu'un prince charmant la cherchait et la trouverait forcément un jour. Sa profession de médecin, quelques amies, quelques copains et énormément de solitude. Une conscience professionnelle évoquant le code moral des constructeurs du communisme, de rares visites au café et de rares amours passagères. Et des soirées identiques les unes aux autres, sur le divan avec un livre ou devant les mirages somnifères du petit écran, le téléphone traînant à côté.

Comme ils sont nombreux, ces petits garçons et ces petites filles d'âge indéterminé, élevés par des parents intellectuels mal dans leur peau. Tristement inadaptés à toute forme de bonheur. Comme on a envie de les plaindre. De les effleurer à travers la Pénombre, très légèrement. Pour leur donner un peu plus d'assurance, un soupçon d'optimisme, un gramme de volonté, une pincée d'ironie. De les aider afin qu'ils soient capables d'aider les autres.

Mais c'est interdit.

Chaque bonne action en autorise une mauvaise en retour. Le Bien entraîne le Mal. Il y a le Traité ! Les Bureaux de Contrôle ! L'équilibre du monde...

Tu dois le supporter ou devenir fou, enfreindre la loi, marcher à travers la foule en distribuant aux gens des cadeaux gratuits qu'ils n'ont pas demandés, modifiant des destins, te demandant à quel carrefour vont se profiler tes anciens amis et tes ennemis de toujours pour t'expédier de concert dans la Pénombre. Définitivement.

– Comment va votre mère ?

Ah oui, le patient Anton Gorodetski est censé avoir une vieille maman. Qui souffre d'ostéopathie et d'un tas d'autres maladies liées à l'âge. Elle aussi se soigne chez Svetlana.

– Elle va bien, merci. Moi, en revanche...

– Allongez-vous.

J'ai relevé ma chemise et mon pull et je me suis étendu sur le divan. Svetlana s'est assise à côté. Ses doigts tièdes ont ausculté mon ventre et mon foie.

– C'est douloureux ?

– Non, c'est passé.

– Vous avez bu beaucoup ?

J'ai répondu à ses questions, cherchant les réponses dans sa mémoire. Il ne s'agissait pas de passer pour un agonisant. Oui, une douleur sourde... après avoir mangé... là, ça recommençait très légèrement à me faire mal.

Elle a retiré ses mains.

– Vous avez une gastrite, Anton, il n'y a pas de quoi se réjouir. Je vais vous rédiger une ordonnance.

Elle s'est levée, s'est dirigée vers la porte pour prendre son sac pendu au portemanteau.

Je n'avais pas quitté la tornade de l'œil. Rien ne se passait. Ma venue n'avait pas renforcé l'inferno, mais ne pouvait pas l'affaiblir.

– *Anton...* (J'ai reconnu la voix d'Olga qui me parvenait à travers la Pénombre.) *Anton, la tornade a diminué de trois centi-*

mètres. Tu as fait quelque chose qui a dû l'influencer, essaye de savoir quoi, Anton.

Moi, j'avais fait quelque chose ? Quand ça ? Je n'avais rien fait du tout ! Je m'étais contenté de trouver un prétexte à ma visite.

– Il vous reste encore de l'Oméprazole ?

Svetlana s'était assise à la table pour écrire.

– Oui, quelques capsules, ai-je répondu en rentrant ma chemise dans mon pantalon.

– Vous en prendrez une en rentrant. Et demain, vous en rachèterez une boîte. Il faudra que vous en preniez pendant deux semaines. Une capsule au coucher.

Svetlana faisait partie de ces médecins qui font confiance aux médicaments. Ce qui ne me gênait pas : moi aussi, j'y croyais. Les Autres éprouvent une admiration irrationnelle pour la science ; même dans les cas où une intervention magique de classe élémentaire suffirait, nous préférons nous gaver d'aspirine ou d'antibiotiques.

– Svetlana, excusez-moi de vous poser cette question, mais vous avez des ennuis ? ai-je demandé en détournant les yeux d'un air gêné.

– Qu'est-ce qui vous fait dire ça ?

Elle a continué à écrire et n'a pas levé les yeux. Mais elle s'est crispée.

– Une impression. Quelqu'un vous a fait du tort ?

La jeune femme a posé son stylo et m'a regardé avec curiosité et une certaine sympathie.

– Mais non, Anton. Pensez-vous. Ce doit être l'hiver. Il dure trop longtemps.

Elle a eu un sourire tendu. La tornade a férocement oscillé au-dessus d'elle.

– Le ciel est gris, le monde est gris. On n'a envie de rien... Rien n'a plus de sens. Je suis fatiguée, Anton. Ça passera au retour du printemps.

– Vous souffrez de dépression, Svetlana, ai-je lâché sans

m'apercevoir que je venais d'extraire ce diagnostic de sa propre mémoire. Mais elle n'y a pas prêté attention.

– Probablement. Mais rien de grave. Dès que le soleil reviendra... C'est gentil de vous inquiéter pour moi.

Cette fois son sourire était plus sincère, bien que forcé.

Le murmure d'Olga a resurgi :

– *Anton, elle a diminué de dix centimètres ! La tornade s'affaisse ! Anton, nos analystes travaillent dessus, continue de lui parler !*

En quoi avais-je touché juste ?

Une question nettement plus grave que « En quoi me suis-je trompé ? ». Quand tu te trompes, il suffit de changer de ligne de conduite. Mais quand tu atteins ta cible sans savoir comment ni pourquoi, c'est pire que tout. Difficile d'être un mauvais tireur qui a mis dans le mille par hasard et qui essaye de se souvenir du mouvement de ses mains, de son angle de visée, de la force de pression de son doigt... sans vouloir reconnaître qu'un coup de vent propice a dévié sa balle.

Je me suis aperçu que j'étais en train de regarder Svetlana. Et qu'elle était en train de me regarder. Sérieusement, sans rien dire.

– Désolé, ai-je dit. Svetlana, je vous prie de me pardonner. Je débarque chez vous tard le soir, sans prévenir, je me mêle de ce qui ne me regarde pas...

– Ce n'est pas grave. Au contraire, votre attention me touche. Voulez-vous une tasse de thé ?

– *Vingt centimètres de moins ! Accepte, Anton !*

Même quelques centimètres étaient un cadeau du destin. Ils représentaient des vies humaines épargnées. Des dizaines, voire des centaines de vies arrachées à la catastrophe imminente. J'ignorais comment, mais j'augmentais la résistance de Svetlana face à l'action de l'inferno. Et la tornade commençait à fondre.

– Merci Svetlana, avec plaisir.

Elle s'est dirigée vers la cuisine, je l'ai suivie.

– *Anton, nous avons une première analyse...*

Il m'a semblé apercevoir une silhouette d'oiseau à travers les stores à moitié baissés de la fenêtre, qui volait parallèlement à Svetlana.

– *Ignat a suivi un schéma de conduite prédéfini. Compliments d'usage, marques d'intérêt, cour empressée, déclaration enflammée. Ça lui a plu, mais la tornade s'est mise à grandir. Anton, ton comportement est différent, tu essayes de la comprendre. Tu compatis sans agir.*

Olga ne m'a fait aucune recommandation, nos analystes n'avaient donc tiré aucune conclusion pour le moment. Mais au moins, je savais ce que je devais faire. La regarder d'un air triste avec un sourire plein de compréhension, boire mon thé en disant « Tu as un regard fatigué... ».

Car nous allions certainement passer au tutoiement. Je n'en doutais pas.

– Anton ?

Je l'avais dévisagée trop longtemps. Svetlana s'était immobilisée devant la cuisinière, une lourde bouilloire à la main, que le calcaire rendait mate. Elle n'avait pas peur, elle n'en était plus capable, ce sentiment avait été bu par la tornade jusqu'à la dernière goutte. Mais elle était troublée.

– Qu'est-ce qui ne va pas ?

– Je suis gêné, Svetlana. Je vous dérange alors qu'il fait déjà nuit, je vous embête avec mes ennuis de santé, et en plus je vous oblige à préparer du thé...

– Anton, c'est moi qui insiste pour que vous restiez. Vous savez, cette journée a été tellement étrange que je n'ai pas envie de rester seule... Disons que ce seront mes honoraires pour cette visite... Le fait que vous passiez un moment à bavarder avec moi, s'est-elle hâtée de préciser.

J'ai acquiescé. La moindre parole risquait d'être erronée.

– *La tornade a baissé de quinze centimètres supplémentaires ! Anton, tu as choisi la bonne tactique !*

Je n'avais rien choisi du tout. Ces analystes à la manque ne comprenaient donc rien de rien ! J'avais mis à profit mes capacités d'Autre pour entrer chez elle, pour m'immiscer dans sa mémoire, pour prolonger ma visite... et là je laissais simplement les choses suivre leur cours.

J'espérais que le courant me conduirait à bon port.

– Voulez-vous de la confiture ?

– Avec plaisir.

C'était du délire pur jus. Lewis Carroll pouvait aller se rhabiller avec son terrier de lapin. Le chapelier toqué, le loir et le lièvre de mars faisaient pâle figure à côté de nous. La modeste cuisine d'un petit appartement, la théière de thé refroidi du matin où l'on ajoute de l'eau bouillante, de la confiture de framboises maison dans un énorme pot de trois litres : tel est le décor ordinaire où des acteurs qui s'ignorent jouent souvent les scènes les plus insensées. C'est là qu'on prononce des mots imprononçables en d'autres lieux. Qu'on tire de l'obscurité avec des gestes de prestidigitateur de vilains petits secrets, qu'on sort les squelettes du placard et qu'on découvre au fond du sucrier quelques pincées de cyanure. Et comment partir quand on te reverse du thé, qu'on te propose de la confiture et qu'on rapproche obligeamment le sucrier ?

– Anton, ça va faire un an qu'on se connaît...

Une ombre, une ombre légère de surprise dans ses yeux. Sa mémoire comble les vides et s'efforce de lui expliquer pourquoi un jeune homme aussi sympathique et attentionné est demeuré pour elle un simple patient, sans plus.

– Uniquement dans un cadre professionnel, mais aujourd'hui, j'ignore pourquoi, j'ai envie de parler avec vous, comme... avec un voisin. Avec un ami. Je peux ?

– Mais bien sûr, Sveta.

Un sourire de reconnaissance. Mon nom n'a pas de diminutif courant, contrairement au sien.

– Merci, Anton. Tu sais... c'est vrai que je ne me sens plus du tout dans mon assiette. Depuis trois jours.

Rien d'étonnant. Difficile de rester soi-même avec l'ombre de Némésis suspendue au-dessus de sa tête. Une Némésis aveugle et barbare libérée de la tutelle des dieux défunts.

– Et aujourd'hui... je ne sais plus...

Elle voudrait me parler d'Ignat. Elle ne comprend pas ce qui lui est arrivé, pourquoi elle a failli se retrouver au lit avec un homme rencontré par hasard. Elle a l'impression d'avoir perdu la raison. Tous ceux qui sont confrontés aux Autres ont la même impression.

– Svetlana, vous... tu t'es peut-être brouillée avec quelqu'un ?

Un procédé un peu grossier, mais je veux faire vite. La tornade s'est pourtant stabilisée et commence à diminuer. Mais curieusement, je sens que je dois accélérer les choses.

– Qu'est-ce qui te fait dire ça ?

Svetlana n'est pas étonnée et ne trouve pas la question trop personnelle. Je hausse les épaules et j'essaye de lui expliquer :

– Ça m'arrive assez souvent.

– Non, je ne me suis brouillée avec personne. Il n'y a personne avec qui je pourrais me brouiller. C'est plutôt moi qui...

Tu te trompes, ma petite. Tu n'imagines même pas à quel point. Une tornade aussi grosse que celle qui plane au-dessus de toi, on n'en voit jamais plus d'une par siècle. Quelqu'un te hait avec une force qui est rarement donnée à un être humain... ou à un Autre.

– Tu devrais partir te reposer. Dans un endroit tranquille et désert...

En prononçant ces mots, j'ai pensé que c'était une solution. Qui certes ne sauverait pas la jeune femme, mais limiterait les dégâts. L'envoyer dans un endroit perdu. Dans la taïga, dans la toundra, ou au pôle Nord. Un volcan ferait irruption, un astéroïde s'écraserait ou une fusée à tête nucléaire lui tomberait dessus. L'inferno effectuerait sa percée, mais elle serait la seule victime.

Heureusement, ce genre de décision nous est aussi impossible à prendre que celle de l'assassinat pur et simple proposé par Zébulon.

– À quoi penses-tu, Anton ?

– Que s'est-il passé, Sveta ?

– *Anton, tu es trop direct ! Il faut détourner la conversation !*

– Ça se voit donc tant que ça ?
– Oui.
Svetlana a baissé les yeux. J'attendais le cri d'Olga qui m'avertirait que la tornade avait recommencé à grossir, que tout était perdu, que j'avais tout gâché et que j'aurais bientôt des milliers de morts sur la conscience. Mais Olga est demeurée silencieuse.
– J'ai trahi...
– Quoi ?
– J'ai trahi ma mère.
Elle me regardait d'un air sérieux, sans la pose abjecte de quelqu'un qui est capable de commettre une lâcheté et qui en est fier.
– Je ne comprends pas.
– Ma mère est malade. Ce sont les reins. Elle est sous dialyse... mais ce n'est une solution qu'à court terme. Bref, on m'a proposé... une greffe.
– Pourquoi à toi ?
Je ne comprenais toujours pas.
– On m'a proposé de lui faire don d'un rein. Qui serait compatible, presque à coup sûr, j'ai même passé les analyses... et puis j'ai refusé. J'ai... j'ai eu peur.
Je n'ai rien dit. Tout était clair. Un courant était effectivement passé entre nous, quelque chose en moi avait disposé Svetlana à se confier pleinement.
Sa mère !
– *Bravo, Anton. Nos amis sont déjà en route.* (La voix d'Olga était triomphante : nous avions trouvé le mage noir !) *Ça alors, personne n'a rien senti lors du premier contact avec la mère, nous étions persuadés qu'elle n'avait aucun pouvoir... Bien joué, Anton. Tu dois la réconforter, continue à lui parler...*
Dans la Pénombre, on ne peut pas se boucher les oreilles. J'étais bien obligé de l'écouter.
– Svetlana, personne n'a le droit d'exiger un tel sacrifice...
– Oui, bien sûr, j'en ai parlé à ma mère, et elle m'a ordonné de ne plus y penser. Elle m'a dit qu'elle préférerait se suicider

plutôt que d'accepter qu'on me charcute. Que... qu'elle avait déjà vécu les plus belles années de sa vie. Et que je n'avais pas le droit de m'amputer de cette manière. Je n'aurais jamais dû lui dire. J'aurais dû lui faire don de mon rein. Elle l'aurait appris. Mais après l'opération. On peut même avoir des enfants avec un seul rein, il existe des précédents...

Les reins. Quelle bêtise. Une heure de travail pour un vrai mage blanc. Mais nous n'avons pas le droit de guérir, chaque guérison sérieuse est une indulgence accordée à un mage noir pour lancer une malédiction. Sauf que cette malédiction-là avait été lancée par une mère qui ne se rendait pas compte de ce qu'elle faisait. En paroles, elle avait interdit à sa fille d'envisager un don d'organe, mais elle l'avait secrètement maudite sous l'effet de l'émotion.

Entraînant la naissance de cette monstrueuse tornade.

– Je ne sais plus où j'en suis, Anton. Je n'arrête pas de faire des bêtises. Aujourd'hui, j'ai failli coucher avec un inconnu.

Svetlana s'était tout de même décidée à le dire, un aveu sans doute aussi difficile que celui concernant sa mère.

– Sveta, on peut certainement trouver une solution, le plus important est de ne pas baisser les bras. Tu ne dois pas te sentir coupable.

– Mais j'ai fait exprès de lui dire ! Je savais parfaitement comment elle réagirait ! Elle aurait dû me maudire, pauvre folle que je suis !

Là, Svetlana, tu n'imagines pas à quel point tu as raison. Personne ne comprend les mécanismes qui entrent en jeu, ce qui se passe exactement au niveau de la Pénombre et la différence entre la malédiction d'un étranger et celle d'un amant, d'un fils, d'une mère. La malédiction d'une mère, c'est la pire de toutes.

– Doucement, Anton.

La voix d'Olga m'a ramenée à la réalité.

– C'est trop simple. Tu as déjà travaillé avec des malédictions maternelles ?

– Non, ai-je dit à haute voix, répondant à la fois à Olga et à Svetlana.

– C'est ma faute, a dit Svetlana. Merci, Anton, mais j'ai mal agi.

– *Moi si,* a répondu Olga. *Et c'est très différent ! La colère d'une mère se traduit par un flash noir aveuglant et une grosse tornade. Mais qui se dissipe instantanément. Presque toujours.*

Peut-être. Je n'avais rien à objecter. Olga était une spécialiste en la matière et elle avait une riche expérience. Bien sûr, on ne saurait vouloir du mal à son propre enfant, en tout cas pas dans la durée. Mais il peut y avoir des exceptions.

– *Il y a des exceptions,* a reconnu Olga, *sa mère va subir une vérification complète. Mais... je ne compte pas trop sur un résultat rapide.*

– Svetlana, ai-je demandé, il n'y a pas d'autre solution ? Pour aider ta mère ? À part cette greffe ?

– Non, je suis médecin, j'en parle en connaissance de cause. La médecine n'est pas toute-puissante.

– Et à part la médecine ?

Elle a semblé étonnée.

– De quoi veux-tu parler ?

– De la médecine parallèle. Il y a d'autres modes de guérison.

– Anton...

– Oui, je sais, c'est difficile d'y croire. Il y a tellement de charlatans, d'escrocs et de cinglés en tous genres. Mais se peut-il qu'absolument tout soit faux ?

Elle m'a regardé avec ironie.

– Anton, montre-moi une seule personne qui ait guéri une maladie grave. Et ne te contente pas de m'en parler, montre-la-moi avec ses patients, de préférence avant et après le traitement. Alors je me mettrai à y croire. À croire à tout ce qu'on voudra. Aux extralucides, aux guérisseurs, aux maîtres en magie blanche et en magie noire...

J'ai frémi malgré moi. Elle avait au-dessus de sa tête une

preuve magnifique de l'existence de la « magie noire », digne de figurer dans les manuels.

– Je peux te montrer, ai-je dit.

Je me souvenais du jour où on avait ramené Danil après un affrontement. Plus violent que la moyenne, mais rien d'extraordinaire non plus. Simplement, il n'avait pas eu de chance. Son équipe devait arrêter une famille de lycanthropes pour une infraction minime au Traité. Ils auraient pu se rendre, et le Contrôle de la Nuit se serait arrangé avec le Contrôle du Jour. Mais ils ont préféré résister. Sans doute avaient-ils commis des crimes plus graves... des crimes de sang que le Contrôle de la Nuit ignorait. Danil marchait en tête et ils l'ont sérieusement amoché. Le poumon gauche, le cœur, une profonde blessure au foie ; et un rein arraché.

C'est le chef qui l'a rafistolé, avec l'aide du personnel au complet, de tous ceux qui en avaient la force. J'étais dans le troisième cercle dont la tâche consistait non tant à fournir de l'énergie qu'à refléter les influences externes. Je regardais Danil de temps à autre. Il plongeait dans la Pénombre, tantôt seul, tantôt avec le chef. Et à chaque réapparition, ses blessures diminuaient. Ce n'était pas si compliqué, mais très impressionnant. Ses blessures étaient fraîches et n'étaient pas déterminées à l'avance. Mais j'étais certain que le chef pourrait également guérir la mère de Svetlana. Même si son destin devait s'interrompre dans un avenir proche, même en supposant que sa mort soit inévitable. Il pourrait la guérir. Et elle mourrait d'autre chose.

– Anton, tu n'as pas peur de me dire ça ?

J'ai haussé les épaules.

– Donner de l'espoir, c'est une responsabilité. Je ne crois pas aux miracles. Mais là, je suis prête à y croire. Ça ne te fait pas peur ?

Je l'ai regardée dans les yeux.

– Non, Svetlana. J'ai peur de bien des choses. Mais pas de cela.

– Anton, la tornade a diminué de vingt centimètres. Le chef m'a demandé de te féliciter.

Quelque chose m'a déplu dans sa voix. Quand on parle à travers la Pénombre, c'est différent d'une conversation ordinaire, mais les émotions demeurent perceptibles.

– *Que se passe-t-il ?*

– *Continue de travailler.*

– *Que se passe-t-il ?*

– J'aimerais avoir ton assurance, a dit Svetlana.

Elle a regardé par la fenêtre.

– Tu n'as rien entendu ? Une espèce de bruissement.

– C'est le vent, ou un passant. *Olga, dis-moi ce qui se passe !*

– *Anton, la tornade diminue lentement. D'une manière ou d'une autre, tu renforces la résistance interne de la victime. D'après nos calculs, au matin la tornade aura suffisamment diminué pour que je puisse agir.*

– *Alors où est le problème ? Olga, il y a un problème, je le sens !*

Silence.

– *Olga, nous faisons équipe ?*

La réplique a porté. Je ne voyais pas la chouette, mais ses yeux, je l'ai senti, ont lancé un éclair et elle a tourné la tête vers l'état-major. Pour regarder le chef et l'observateur du Contrôle du Jour.

– *Anton, il y a un problème avec le garçon.*

– *Avec Egor ?*

– Anton, à quoi penses-tu ? a demandé Svetlana.

Difficile de soutenir deux conversations à la fois, dans le monde réel et dans la Pénombre.

– Je me dis que j'aimerais pouvoir me dédoubler.

– *Anton, tu as une mission beaucoup plus importante.*

– *Olga, parle !*

– Je ne saisis pas, a dit Svetlana.

– Vois-tu, je viens de comprendre que l'un de mes amis avait des ennuis. De très gros ennuis.

Je l'ai regardée dans les yeux.

– *La vampire, elle a capturé le gamin.*

Ni émotion ni pitié ni colère ni tristesse. Juste une sensation de froid et de vide à l'intérieur de moi.

Je suppose que je m'y attendais. Je ne sais pourquoi.

– *Ours et Tigron étaient pourtant sur place !*

– *Ils n'ont pas pu l'arrêter.*

– *Que lui a-t-elle fait ?*

Pourvu qu'elle ne l'ait pas initié ! La mort ordinaire valait mieux. La mort éternelle, c'est bien pire.

– *Il est vivant. Elle l'a pris en otage.*

– *Quoi ?*

Impensable. Jamais une telle chose n'était arrivée. Les prises d'otages, c'était un jeu réservé aux humains.

– *La vampire exige des pourparlers. Elle veut un procès... Elle espère s'en sortir.*

Intérieurement, j'ai félicité la vampire pour son raisonnement. Elle n'avait aucune chance de s'échapper. Mais elle pouvait rejeter la responsabilité sur son compagnon déjà éliminé, qui l'avait initiée... Je n'ai rien fait, je n'ai rien compris. Il m'a mordue. Je suis devenue ce que je suis. Je ne connaissais pas les règles. Je n'avais pas lu le Traité. Je suis prête à devenir une vampire comme les autres, respectueuse de la loi.

Ça pouvait marcher ! Surtout si le Contrôle de la Nuit acceptait quelques concessions. Et nous les accepterions... pas moyen de faire autrement. Toute vie humaine doit être protégée.

J'ai ressenti un certain soulagement. Ce gamin, que représentait-il pour moi ? Si le sort l'avait désigné, il serait devenu une victime légale pour les vampires et les lycanthropes. On n'y pouvait rien. Et je serais passé sans intervenir. Et même sans cela, que de fois le Contrôle de la Nuit n'était pas arrivé à temps, que d'humains avaient péri, victimes des Sombres... Mais je m'étais déjà battu pour lui, j'avais versé mon sang dans la Pénombre. Et son sort ne m'était plus indifférent. Il m'importait au contraire.

La communication dans la Pénombre est plus rapide que dans le monde humain, mais je devais me partager entre Olga et Svetlana.

– Anton, ne te casse donc pas la tête avec mes problèmes, a dit cette dernière.

J'ai failli éclater de rire. Des centaines de gens se cassaient en ce moment la tête avec ses problèmes, mais Svetlana ne s'en doutait nullement. Cependant, à peine avais-je évoqué les problèmes d'Egor, minuscules comparés à sa tornade infernale, la jeune femme les avait immédiatement repris à son compte.

– Vois-tu, Sveta, un malheur n'arrive jamais seul. Ce n'est pas de toi que je parlais. Mais de quelqu'un d'autre, qui a aussi de très gros ennuis. Des ennuis personnels, mais ce n'en est pas plus facile pour autant.

Elle a compris, et sans manifester de confusion, ce qui m'a plu. Elle a juste précisé :

– Moi aussi, ce sont des ennuis personnels.

– Pas tout à fait. Enfin, il me semble.

– Et cet ami, tu peux l'aider ?

– D'autres l'aideront.

– Tu es sûr ? Merci de m'avoir écoutée, mais moi, il n'y a vraiment aucun moyen de me venir en aide. C'est le destin.

– *Elle me chasse ?* ai-je demandé à travers la Pénombre.

Je n'avais pas envie d'effleurer sa conscience.

– *Non,* a répondu Olga. *Non, Anton, elle sent les choses.*

Se pourrait-il que Svetlana ait les capacités d'une Autre ? Ou est-ce une inspiration passagère, générée par la présence de l'inferno ?

– *Que sent-elle ?*

– *Qu'on a besoin de toi là-bas.*

– *Pourquoi ?*

– *Cette espèce de sangsue hystérique exige que ce soit toi qui mènes les pourparlers. Elle veut voir celui qui a tué son partenaire.*

Et là, je me suis senti vraiment mal. Nous avions un cours facultatif sur les mesures anti-terroristes ; il s'agissait surtout de nous apprendre à ne pas utiliser nos pouvoirs si nous nous trouvions mêlés à des conflits entre humains. Nous avions étudié la psychologie des terroristes et le comportement de la vampire collait parfaitement au schéma. J'étais le premier représentant du Contrôle de la Nuit qu'elle avait rencontré. J'avais tué son compagnon, je l'avais blessée. Je représentais pour elle la quintessence de l'ennemi.

– *Elle me réclame depuis longtemps ?*

– *Dix minutes.*

J'ai regardé Svetlana dans les yeux. Secs, calmes, pas une larme. Quand la douleur est cachée derrière un visage paisible, c'est encore plus difficile.

– Sveta, et si je pars maintenant ?

Elle a haussé les épaules.

– C'est tellement bête. J'ai l'impression que tu as besoin d'aide en ce moment. Ne serait-ce que d'une présence, celle de quelqu'un qui puisse t'écouter. Qui accepte de rester avec toi pour boire du thé froid.

Un faible sourire et un mouvement de tête à peine perceptible.

– Mais tu as raison. Quelqu'un d'autre a également besoin de mon aide.

– Anton, tu es étrange.

– Je ne suis pas étrange, mais très étrange.

– J'ai l'impression... Je te connais depuis longtemps, mais j'ai l'impression de te rencontrer pour la première fois. En plus, c'est comme si tu parlais à quelqu'un d'autre en même temps qu'à moi.

– Oui, ai-je dit, c'est effectivement le cas.

– Je suis peut-être en train de devenir folle ?

– Non.

– Anton, ce n'est pas par hasard que tu es venu me voir.

Je n'ai pas répondu. Olga m'a soufflé quelque chose, puis elle s'est tue. La tornade tournait lentement sur elle-même.

– Je suis venu pour t'aider.

Si le mage noir qui avait lancé la malédiction nous surveillait... Si ce n'était pas une malédiction maternelle involontaire, mais l'œuvre d'un professionnel...

Il suffirait d'ajouter une goutte de haine à ce concentré de ténèbres. Il suffirait d'affaiblir d'un rien la volonté de vie de Svetlana. L'inferno ferait sa percée. Un volcan surgirait au centre de Moscou, un satellite militaire perdrait la boule, le virus de la grippe subirait une mutation...

Nous nous regardions en silence.

Il me semblait que j'étais sur le point de comprendre. La réponse était proche, si proche ; toutes nos interprétations étaient un ramassis d'absurdités, issues de l'obéissance aux vieux schémas que le chef avait recommandé de rejeter. Mais pour comprendre, il aurait fallu que je sois capable de réfléchir, de m'abstraire de la situation ne serait-ce qu'une seconde, fixer un mur ou l'écran stupide de la télévision, ne plus me sentir déchiré par le désir d'aider un petit homme et celui d'en sauver des dizaines ou des centaines de milliers. Ne pas m'enliser dans les sables mouvants de ce choix infâme qui serait toujours infâme quelle que soit ma décision. La seule différence pour moi serait de périr rapidement, projeté par le choc de l'inferno dans les brumes grises de la Pénombre, ou lentement et douloureusement, attisant dans mon cœur le mépris de moi-même.

– Sveta, il faut que je parte.

– *Anton !* (Ce n'était plus Olga, mais le chef.) *Anton !*

Il s'est tu sans rien ajouter. Il ne pouvait pas me donner d'ordres, nous étions dans une impasse éthique. La vampire insistait certainement et refusait de parlementer avec un autre que moi. En m'ordonnant de rester, le chef condamnait à mort le petit otage... et il n'en avait pas le droit. Il ne pouvait même pas en exprimer le souhait.

– *Nous allons organiser ton départ.*

– *Dites plutôt à la vampire que j'arrive.*

Svetlana a tendu la main pour toucher ma paume.

– Tu pars définitivement ?

– Jusqu'au matin.

– Je ne veux pas que tu partes.

– Je sais.

– Qui es-tu ?

Une initiation-éclair aux mystères de l'existence ? Pour la deuxième fois de la journée ?

– Je t'expliquerai demain matin, d'accord ?

– *Tu es fou !*

C'était la voix du chef.

– Il faut vraiment que tu partes ?

– *Surtout ne lui dis pas ça !* a crié Olga qui avait deviné mes pensées.

Mais je l'ai dit quand même :

– Sveta, quand on t'a proposé de te charcuter pour prolonger la vie de ta mère et que tu as refusé... C'était une décision logique, n'est-il pas vrai ? Mais maintenant, tu te sens mal. Si mal que tu aurais mieux fait d'agir de manière déraisonnable.

– Et si tu ne pars pas, c'est toi qui te sentiras mal ?

– Oui.

– Alors vas-y. Mais reviens.

Je me suis levé, laissant mon thé refroidi. La tornade oscillait au-dessus de nous.

– Je reviendrai sans faute... Et crois-moi, tout n'est pas perdu.

Nous n'avons pas échangé une parole de plus. Je suis sorti, j'ai commencé à descendre l'escalier. Svetlana a refermé la porte derrière moi. Quel silence. Un silence de mort, même les chiens n'avaient plus la force de gémir.

Déraisonnable. Ma conduite l'était assurément. Quand la morale est impuissante, fais le contraire de ce que te dicte la raison. Avais-je déjà entendu ces mots ? Les avais-je piochés dans mes notes de cours ? Ou étais-je en train de me chercher des justifications ?

– *La tornade...*, a murmuré Olga.

Sa voix était enrouée, presque méconnaissable. L'envie m'est venue de rentrer la tête dans les épaules.

Je suis sorti de l'immeuble pour me retrouver sur le trottoir verglacé. La chouette voletait au-dessus de moi comme une boule de duvet immaculé.

La tornade s'était affaissée. Pas beaucoup, mais de manière sensible, un mètre et demi, deux mètres peut-être.

– *Tu savais que ça se produirait ?* a demandé le chef.

J'ai fait non de la tête et j'ai regardé une nouvelle fois la tornade. Pourquoi réagissait-elle ainsi ? Pourquoi l'intervention d'Ignat, qui n'avait pas son pareil pour plonger hommes ou femmes dans un état d'euphorie, avait-elle entraîné une croissance effrénée de l'inferno et pourquoi mes propos décousus et mon départ précipité avaient-ils produit l'effet inverse ?

– *Nos analystes ne valent rien de rien,* a dit le chef.

J'ai compris qu'il parlait aussi pour mes collègues.

– *Quand aurons-nous une interprétation potable de la situation ?*

Une voiture a surgi, en provenance de la perspective Zeleny, me baignant de ses phares, ses pneus ont crissé, cahotant maladroitement sur les irrégularités de l'asphalte déformé pour s'arrêter devant moi. Ce cabriolet de sport d'un orange cuivré paraissait totalement déplacé entre les tours préfabriquées, dans une ville où la jeep restait le mode de transport le plus adapté.

Semion, qui occupait le siège du conducteur, a passé la tête dehors.

– Monte. J'ai ordre de t'emmener le plus vite possible.

Je me suis tourné vers Olga qui a senti mon regard.

– *Ma place est ici. Dépêche-toi.*

Je suis monté à côté de Semion. Ilya était installé à l'arrière : le chef avait décidé d'expédier des renforts.

La voix d'Olga m'a rattrapé :

– *Anton. Souviens-toi que tu as contracté une dette. Ne l'oublie pas, ne l'oublie pas un seul instant.*

Sur le moment, je n'ai pas compris. La petite sorcière du Contrôle du Jour ? Quel rapport avec cette histoire ?

Le cabriolet a démarré en trombe, raclant du ventre les agglomérats de glace. Semion a juré en tournant le volant et la voiture a roulé avec un vrombissement indigné en direction de l'avenue.

– À quel imbécile as-tu emprunté cette bagnole ? ai-je demandé. Rouler dans une voiture de sport par un temps...

– Chut ! s'est exclamé Ilya en riant. C'est Boris Ignatievitch qui t'a prêté son moyen de locomotion.

– Sans blague ?

Le chef se rendait toujours à la boîte dans une BMW de service. J'ignorais qu'il avait le goût du luxe inutile.

– Parole d'honneur. Tu l'as bien ratatinée, a-t-il ajouté en indiquant la tornade suspendue au-dessus des immeubles. Je ne te connaissais pas ces pouvoirs !

– Je n'y ai pas touché. J'ai seulement parlé à la jeune femme.

– Ne me dis pas que tu ne l'as pas culbutée ! s'est exclamé Ilya.

C'était sa manière de parler quand il était énervé. Et nous avions tous de nombreuses raisons de l'être. Mais j'ai fait la grimace. Le mot m'a paru artificiel dans sa bouche... ou peut-être qu'il m'a choqué.

– Non, Ilya, ne parle pas comme ça.

– Désolé. Qu'as-tu donc fait ?

– Je lui ai simplement parlé.

La voiture venait de déboucher dans l'avenue.

– Cramponnez-vous, a dit Semion.

Je me suis senti pressé contre le dossier de mon siège. Derrière moi, Ilya a allumé une cigarette.

Il ne m'a fallu qu'une vingtaine de secondes pour comprendre que ma course précédente n'avait été qu'une lente promenade de plaisance.

– Semion, les probabilités d'accident ont bien été écartées ? ai-je demandé.

La voiture filait à travers la nuit comme si elle cherchait à dépasser la lumière de ses propres phares.

– Ça fait soixante-dix ans que je manie le volant, a jeté Semion avec dédain. J'ai conduit des camions d'approvisionnement sur les glaces du lac Ladoga, pendant le siège de Leningrad.

J'ai pensé, malgré moi, que c'était moins dangereux. La vitesse n'était pas la même, et les Autres n'ont aucun mal à prévoir la chute d'une bombe. Nous ne croisions pas beaucoup de voitures, mais nous en croisions, l'état de la chaussée était plus qu'exécrable et notre mode de transport totalement inadapté.

– Ilya, que s'est-il passé là-bas ? ai-je demandé, m'efforçant de ne pas regarder le camion qui s'écartait un peu trop lentement de notre trajectoire. Tu es au courant ?

– Avec la vampire et le gamin ?

– Oui.

– Nous nous sommes conduits comme des cons. Mais des cons relatifs... Tigron et Ours ont suivi la procédure normale. Ils se sont présentés aux parents du gosse comme des cousins éloignés qu'ils étaient ravis de revoir.

– Nous arrivons de l'Oural ? ai-je demandé, me souvenant du cours de relations humaines et des variantes les plus pratiques pour lier connaissance.

– Oui, ça a marché comme sur des roulettes. Tout le monde a bu un bon coup en dégustant des spécialités de l'Oural... achetées au supermarché du coin.

Mais oui, Ours était arrivé avec un sac bien garni.

– Bref, ils ont pris du bon temps.

La voix d'Ilya a manifesté non tant de l'envie qu'une approbation pleine et entière.

– Bien au chaud, avec tout le confort moderne. Le gamin était tantôt avec eux, tantôt dans sa chambre... Comment auraient-ils su qu'il était déjà capable d'entrer dans la Pénombre ?

Mon cœur s'est glacé.

Comment auraient-ils pu savoir ?

Je ne leur avais rien dit. Ni à eux ni au chef. À personne. J'étais content d'avoir sorti le gosse de la Pénombre en sacrifiant quelques gouttes de mon sang. Comme un héros solitaire.

Ilya a poursuivi sans se douter de rien.

– La vampire lui a envoyé son Appel. Avec beaucoup de précision. Les copains n'ont rien senti. Elle l'a coincé, et le gosse n'a pas pipé mot. Il est entré dans la Pénombre et il est monté sur le toit.

– Par quel moyen ?

– En escaladant les balcons, ça ne fait que trois étages jusqu'au sommet. La vampire l'attendait. Elle savait qu'il était gardé. Dès qu'elle lui a mis le grapin dessus, elle a révélé sa présence. En ce moment, les parents dorment à poings fermés et la vampire attend, avec le gosse serré contre son cœur. Tigron et Ours sont dans tous leurs états.

Je n'ai rien dit. Il n'y avait rien à dire.

– C'est notre faute, a conclu Ilya malgré tout. Et la faute à un malheureux concours de circonstances. Personne n'avait initié ce gamin... Qui aurait pu savoir qu'il était capable d'entrer dans la Pénombre ?

– Moi, je le savais.

Peut-être sous la pression des souvenirs. Ou peut-être à cause des craintes engendrées par cette course folle, j'ai regardé dans la Pénombre.

Heureux les simples humains qui ne la verront jamais. Malheureux les simples humains qui ne seront jamais capables de la voir.

Un profond ciel gris dépourvu d'étoiles, visqueux comme une gelée, miroitant d'une faible clarté funèbre. Les silhouettes s'estompaient, fondaient : immeubles aux murs tapissés de mousse bleue, arbres dont les branches mouvantes ne devaient rien à l'action du vent, lampadaires au-dessus desquels tournoyaient les oiseaux crépusculaires, agitant avec lenteur leurs courtes ailes. Les voitures roulaient sans hâte, les passants bougeaient à peine les jambes. Les images passaient par un filtre gris et les sons étaient étouffés, comme si on t'avait enfoncé du coton dans les oreilles. Un film muet en noir et blanc, fantaisie d'un réalisateur en mal d'originalité. Le monde où nous puisons nos forces. Le monde qui boit notre vie. La Pénombre. Tout se joue généralement la première fois que tu y pénètres. La brume grise dissout la carapace accumulée ta vie durant, extrait ce noyau qu'on appelle l'âme et le goûte. Et lorsque tu te sens craquer sous la dent de la Pénombre, qu'un vent froid te transperce, corrosif comme la salive d'un serpent... alors, tu deviens un Autre.

Et tu choisis de quel côté tu veux être, et ton état d'esprit du moment exerce une influence décisive.

– Le garçon est encore dans la Pénombre ? ai-je demandé.

– Ils y sont tous... Anton, pourquoi n'as-tu rien dit ?

– Je n'y ai pas pensé. Je n'y ai pas accordé d'importance. Je n'ai pas l'habitude de travailler sur le terrain.

Ilya a hoché la tête.

Nous ne sommes pas très doués pour nous faire des reproches. Surtout quand l'un de nous est vraiment coupable. C'est d'ailleurs inutile, notre punition est toujours autour de nous. La Pénombre nous accorde des forces inaccessibles aux humains, nous donne une vie presque éternelle selon leurs critères. Mais elle nous prend tout quand sonne notre heure.

Dans un sens, nous vivons à crédit. Pas seulement les vampires qui ont besoin de tuer pour prolonger leur étrange existence. Les Sombres ne peuvent pas se permettre d'être altruistes. Pour nous, c'est exactement le contraire.

– Si je ne m'en sors pas...

Je n'ai pas achevé ma phrase.

8

Le spectacle avait même une certaine beauté, vu à travers la Pénombre. Sur le toit du ridicule « clapier sur pattes » étincelaient des lueurs multicolores. En ces lieux, seules nos émotions sont colorées. En cet instant, elles étaient nombreuses.

La plus éclatante était une colonne de feu pourpre qui transperçait le ciel : la peur et la rage de la vampire.

– Elle est forte, a jeté Semion en claquant la portière.

Il a poussé un soupir, puis il a commencé à se déshabiller.

– Qu'est-ce qui te prend ?

– Je vais escalader le mur... par les balcons. Et je te conseille d'en faire autant, Ilya. Mais passe par la Pénombre, c'est plus facile.

– Et toi ?

– Moi j'y vais normalement. Il y a moins de chances qu'elle me remarque. Ne vous inquiétez pas... J'ai soixante ans d'alpinisme derrière moi. J'ai enlevé le drapeau nazi du sommet de l'Elbrouz.

Il est resté en chemise et a jeté ses vêtements sur le capot de la voiture. Un sort de protection a servi à dissimuler le tout.

– Tu es sûr de vouloir faire ça ?

Semion s'est contenté de sourire, frissonnant, a procédé à quelques mouvements d'échauffement, comme un gymnaste, avant de s'approcher de l'immeuble au petit trot. Une neige légère tombait sur ses épaules.

– Il y arrivera ? ai-je demandé à Ilya.

Je savais comment escalader un mur dans la Pénombre. Du moins en théorie. Mais dans le monde ordinaire, sans le moindre équipement...

– Il devrait, a dit Ilya d'un ton peu convaincu. Quand il a nagé dix minutes sous les eaux souterraines de la Iaouza, j'ai cru moi aussi qu'il n'allait pas s'en tirer.

– Je suppose qu'il a trente ans de plongée sous-marine à son actif.

– Quarante... J'y vais, Anton. Et toi, tu prends l'ascenseur ?

– Oui.

– Bon, vas-y, pas la peine de traîner.

Il est entré dans la Pénombre et s'est mis à courir derrière Semion. Ils allaient sans doute escalader l'immeuble par deux murs différents, mais je ne suis pas resté pour vérifier. Il n'était pas dit que mon chemin serait plus facile.

– Pourquoi donc m'as-tu découvert, chef ? ai-je murmuré en courant vers la porte d'entrée.

La neige crissait sous mes pas, le sang battait à mes tempes. Sans m'arrêter, j'ai sorti mon revolver et j'ai ôté le cran de sûreté. Huit balles en argent explosives. Ça devrait suffire. À condition de ne pas la rater, de tirer à temps et de ne pas toucher le garçon.

– *Tôt ou tard, on t'aurait découvert, Anton. Si nous n'étions pas tombés sur toi, tu aurais fini par croiser le Contrôle du Jour. Eux aussi auraient eu toutes leurs chances de te recruter.*

Je n'étais pas étonné qu'il me surveille. Premièrement, l'affaire était sérieuse. Deuxièmement, il était tout de même mon premier mentor.

– *Boris Ignatievitch, au cas où...*

J'ai ouvert mon anorak et j'ai calé mon arme derrière mon dos, sous ma ceinture.

– *Pour Svetlana...*

– *Nous avons entièrement vérifié sa mère, Anton. Ce n'est pas elle. Elle est incapable de lancer la moindre malédiction. Elle n'a strictement aucun pouvoir.*

– *Je voulais parler d'autre chose. Boris Ignatievitch... je me suis dis que... Je ne l'ai pas plainte.*

– Et qu'est-ce que ça signifie, selon toi ?

– Je n'en sais rien. Mais je ne l'ai pas plainte. Je ne lui ai pas fait de compliments. Je ne lui ai pas cherché de justifications.

– Je vois.

– Et maintenant... disparaissez, s'il vous plaît. J'ai un travail à mener à bien.

– D'accord. Excuse-moi de t'avoir envoyé sur le terrain. Bonne chance, Anton.

Pour autant que je m'en souvienne, le chef ne s'était jamais excusé devant personne. Mais je n'avais pas le temps de m'étonner, l'ascenseur venait d'arriver.

J'ai appuyé sur le bouton du dernier étage et, machinalement, j'ai pris mes écouteurs. Bizarre, mais mon baladeur était en marche. Je ne me souvenais pas de l'avoir branché.

C'est plus tard que tout se décidera.
Il n'est rien pour les autres et un maître pour moi,
Je reste dans le noir, pour les uns je suis une ombre,
Et les autres ne me voient pas.

J'adore le groupe Piknik. Je me demande si on a vérifié Chkliarevski ? On devrait le faire... Mais peut-être vaut-il mieux le laisser chanter...

Je danse sans respecter le rythme,
J'ai tout faux, sans rien regretter.
Aujourd'hui je suis comme une pluie
Qui n'est pas tombée, une fleur jamais épanouie.
Invisible, invisible je suis,
Invisible, invisible je suis.
Nos visages ne sont que fumée, que fumée.
Notre victoire, personne ne l'apprendra jamais...

Cette dernière phrase pouvait-elle passer pour un bon présage ?

L'ascenseur s'est arrêté.

Une fois sur le palier, j'ai regardé la trappe du plafond. Le cadenas avait été arraché. La vampire n'avait aucune raison de le faire, elle avait dû arriver en volant. Egor était monté par les balcons.

C'était donc Ours ou Tigron. Ours, plus probablement, Tigron aurait plutôt défoncé la trappe.

J'ai enlevé mon anorak et je l'ai jeté par terre avec le baladeur toujours en marche. J'ai vérifié que mon arme était solidement calée. Les moyens techniques ne valaient donc rien, selon Olga ? On verrait bien.

J'ai projeté mon ombre en l'air et je me suis glissé à l'intérieur. Une fois dans la Pénombre, j'ai escaladé l'échelle. La mousse bleue qui couvrait les barreaux de fer essayait de fuir au contact de mes doigts.

– Anton !

J'ai bondi sur le toit et je me suis incliné légèrement sous la pression du vent. Un vent fou, glacé, qui se déchaînait par rafales. Peut-être un reflet de celui qui soufflait dans le monde des hommes, à moins que ce ne soit une fantaisie de la Pénombre. Pour l'instant, la cage de béton de l'ascenseur qui pointait du toit me protégeait, mais dès que j'ai fait un pas, le vent m'a transi jusqu'aux os.

– Anton, nous sommes là !

Tigron se tenait à une dizaine de mètres. En la voyant, j'ai éprouvé une pointe d'envie : elle au moins ne sentait pas le froid.

J'ignore où les lycanthropes et les mages métamorphes puisent la masse nécessaire à la transformation de leur corps. Sans doute pas dans la Pénombre, et certainement pas dans le monde ordinaire. Sous son apparence humaine, la jeune fille pesait cinquante kilos, peut-être un peu plus. La jeune tigresse postée sur le toit verglacé devait bien faire un quintal et demi. Son aura brillait d'un feu orange, de lentes étincelles coulaient le long de son corps. Sa queue s'agitait de droite à gauche et sa patte avant droite griffait le bitume. À cet endroit, le toit était déchiré jusqu'au béton. Le locataire du dessous risquait des fuites au plafond lors des pluies de printemps.

– Approche, Anton, grogna la tigresse sans se retourner. Elle est là.

Ours était plus près de la vampire. Et il semblait encore plus menaçant. Cette fois il avait choisi l'apparence d'un ours polaire, d'un blanc immaculé à la différence des vrais habitants de l'Arctique, comme sur une image de livre d'enfant. Non, c'était certainement un mage et non un lycanthrope repenti. D'après ce que je sais, les lycanthropes doivent s'en tenir à un seul type de transformation, deux au maximum. J'avais déjà vu Ours sous l'apparence d'un ours brun, quand nous avions organisé un carnaval pour une délégation américaine du Contrôle de la Nuit, et sous celle d'un grizzly, lors d'une démonstration de transformation.

La vampire se tenait à l'extrémité du toit.

Elle avait beaucoup baissé depuis notre dernière rencontre. Son visage s'était encore amaigri, elle avait les joues creuses. Lors de la première étape d'adaptation de leur organisme, les nouveaux vampires ont besoin de sang frais presque en permanence. Mais il ne fallait pas se laisser berner par son aspect : son décharnement n'était qu'extérieur, il la faisait souffrir mais ne la privait pas de forces. La brûlure sur son visage était presque cicatrisée, mais elle en gardait encore une légère trace.

– Toi !

La voix de la vampire était bizarrement triomphante, comme si elle ne m'avait pas fait venir pour parlementer mais pour me mettre à mort.

– C'est moi.

Elle se servait d'Egor comme d'un bouclier. Le garçon était dans la Pénombre qu'elle avait créée, c'est pourquoi il ne perdait pas conscience. Il ne bougeait pas, ne disait mot, son regard allait de Tigron à moi. C'est sur nous deux qu'il semblait compter le plus. La vampire enlaçait son otage d'une main et maintenait l'autre, où elle avait fait pousser des griffes, brandie à hauteur de sa gorge. La situation était bloquée. Pour elle comme pour nous.

Si Tigron ou Ours tentaient de l'attaquer, elle ferait sauter la tête du gamin d'un simple geste. Une tête arrachée, ça ne se soigne pas... quels que soient nos pouvoirs. Mais si elle tuait Egor, rien ne nous retiendrait plus.

N'accule jamais ton ennemi à la dernière extrémité. Surtout si tu veux l'éliminer.

– Tu voulais me voir. Je suis là.

J'ai levé les mains, montrant qu'elles étaient vides. Je me suis approché. Quand je me suis retrouvé entre Tigron et Ours, la vampire a montré les dents :

– Arrête.

– Je n'ai ni pieu de tremble ni amulettes de combat. Je ne suis pas un mage combattant. Et je ne peux rien te faire.

– Une amulette ! Tu portes une amulette autour du cou !

Allons bon...

– Aucun rapport avec toi. C'est une défense contre quelqu'un d'infiniment plus puissant que tu ne le seras jamais.

– Enlève-la.

C'était ennuyeux... très ennuyeux... J'ai enlevé l'amulette pour la jeter par terre. Désormais, s'il le voulait, Zébulon pouvait essayer d'agir sur moi.

– C'est fait. Maintenant, parle. Que veux-tu ?

La vampire a fait pivoter sa tête de trois cent soixante degrés. Bigre ! Je n'avais jamais entendu parler d'un truc pareil... les autres non plus apparemment : Tigron s'est mise à grogner.

– Quelqu'un essaye de m'approcher !

La voix de la vampire restait humaine, la voix aiguë, hystérique d'une petite bécasse soudain dotée de pouvoirs inattendus.

– Qui va là ?

Elle a pressé sa main griffue contre le cou du garçon. J'ai frémi, pensant à ce qui arriverait si la moindre gouttelette de sang perlait. Elle perdrait tout contrôle ! Avec l'autre main, d'un geste grandiloquent rappelant une statue de Lénine, la vampire a indiqué le bord du toit.

– Qu'il se montre !

J'ai appelé avec un soupir :

– Ilya, sors de là.

Des doigts ont agrippé l'extrémité de la toiture, Ilya a bondi par-dessus la rambarde et s'est posté à côté de Tigron. Où s'était-il caché jusqu'ici ? Sur le bord d'un balcon ? À moins qu'il ne soit resté suspendu, accroché à la couche de mousse bleue ?

– Je le savais ! a déclaré la vampire d'une voix triomphante. Vous vouliez me tromper !

Apparemment, elle n'avait pas senti la présence de Semion. Peut-être notre flegmatique ami avait-il pratiqué le ninjutsu pendant une centaine d'années ?

– Ce n'est pas à toi de parler de mensonge !

Quelque chose d'humain est passé dans les yeux de la vampire, l'espace d'un instant.

– Si, je sais mentir ! Mais pas vous !

Parfait. Nous ne savons pas mentir. Compte là-dessus. Si tu t'imagines que les expressions « mentir pour la bonne cause » et « usage légitime de la force » n'ont pas d'application pratique, c'est ton droit le plus strict.

– Que veux-tu ?

Elle est restée silencieuse quelques instants, comme si elle n'y avait pas réfléchi au préalable.

– Vivre !

– C'est un peu tard. Tu es déjà morte.

La vampire a montré les dents.

– Vraiment ? Et les morts sont capables d'arracher les têtes ?

– C'est à peu près la seule chose qu'ils sachent faire.

Nous nous sommes regardés ; c'était étrange et théâtral. Cette conversation était absurde, nous ne pourrions jamais nous comprendre. Elle était morte. Son existence se prolongeait grâce à la mort d'autrui. Et moi, j'étais vivant. Mais elle voyait les choses sous un tout autre angle.

Sa voix s'est faite soudain plus calme et plus douce. Sa main, sur le cou d'Egor, s'est légèrement détendue.

– Je ne suis responsable de rien. Où étiez-vous, vous qui vous appelez le Contrôle de la Nuit et qui vous arrogez le droit de protéger les gens au lieu de dormir ? Où étiez-vous donc, quand on a bu mon sang ?

Ours a fait un pas en avant. Un pas minuscule, on aurait pu croire qu'il ne s'était pas déplacé le moins du monde, mais que ses pattes puissantes avaient légèrement glissé sous l'effet du vent. J'ai pensé qu'il allait continuer à glisser pendant une dizaine de minutes encore, comme il l'avait fait précédemment, jusqu'au moment où ses chances seraient suffisantes. Alors, il bondirait... Le gamin serait peut-être tiré à temps des griffes de la vampire et s'en sortirait avec une paire de côtes cassées.

– Malheureusement, nous ne pouvons pas être partout à la fois ni protéger tout un chacun.

Le plus effrayant, c'est que je commençais à la plaindre. Je n'avais pas plaint Egor embarqué malgré lui dans nos jeux entre Lumière et Obscurité ni Svetlana poursuivie par sa malédiction ni la ville innocente que cette malédiction allait frapper... Mais je plaignais la vampire. Elle avait raison : où étions-nous ? Nous qui nous appelons le Contrôle de la Nuit...

– Malgré tout, tu avais le choix. Ne prétends pas le contraire. L'initiation ne peut se dérouler qu'avec l'accord des deux parties. Tu aurais pu mourir. Mourir honnêtement. Comme un être humain.

– Honnêtement ?

La vampire a secoué la tête et ses cheveux se sont répandus sur ses épaules. Où donc était Semion ?... Était-ce si difficile d'escalader une petite tour de dix-neuf étages ?

– J'aurais aimé que tout se passe honnêtement. Mais celui qui signe les licences... Qui m'a vouée à servir de nourriture ? Il a agi honnêtement ?

Lumière et Obscurité...

Elle n'était donc pas la victime d'un vampire hors-la-loi. Mais une proie désignée par le sort. Avec pour seul destin de mourir afin de prolonger l'existence d'un mort-vivant. Sauf que le jeune vampire qui avait fini en tas de cendres à mes pieds était tombé amoureux d'elle. Vraiment amoureux. Et au lieu de boire sa vie, il en avait fait l'une de ses semblables.

Les morts ne savent pas seulement arracher les têtes, ils savent aussi aimer. Le problème, c'est que même leur amour réclame du sang.

Il avait été forcé de la cacher, l'ayant transformée en vampire de manière illégale. Et de la nourrir, avec du sang vivant, et non avec les flacons offerts par de naïfs donneurs.

Le braconnage avait commencé dans les rues de Moscou, et nous, les gardiens de la Lumière, les glorieuses Sentinelles du Contrôle de la Nuit, qui livrions des humains en sacrifice aux Sombres, nous en étions inquiétés.

Le plus terrible en temps de guerre, c'est de comprendre son ennemi. Comprendre, c'est pardonner. Nous n'avons pas le droit de pardonner. Nous ne l'avons jamais eu.

– Mais tu avais le choix. La trahison d'autrui ne justifie pas la tienne.

Elle a ri doucement.

– Bien sûr... brave serviteur de la Lumière... Tu as parfaitement raison. Et tu peux répéter mille fois que je suis morte. Que mon âme a brûlé, s'est diluée dans la Pénombre. Mais explique donc à la méchante fille que je suis, quelle est la différence entre nous. De telle manière que je puisse y croire.

La vampire a incliné la tête pour regarder le visage d'Egor et lui a demandé, presque amicalement :

– Et toi, petit... tu me comprends ? Réponds. Réponds honnêtement. Ne fais pas attention à mes griffes. Je ne me vexerai pas.

Ours s'est encore rapproché. De manière imperceptible. J'ai senti ses muscles se tendre. Il était prêt à bondir.

Derrière la vampire, sans un bruit, avec souplesse et rapidité, Semion venait d'apparaître. Comment arrivait-il à bouger aussi vite dans le monde ordinaire ?

– Réveille-toi, petit, s'est joyeusement exclamée la vampire. Réponds ! Mais sincèrement ! Si tu penses qu'il a raison et que j'ai tort... Si tu le penses vraiment, je te relâcherai.

Mon regard a croisé celui d'Egor.

Et j'ai su ce qu'il allait répondre.

– Tu as... aussi raison.

En moi tout était vide et froid. Je n'avais pas de force pour les émotions. Qu'elles sortent donc, qu'elles brûlent d'un feu clair que les hommes ne sauraient voir !

– Que veux-tu ? ai-je demandé. Exister ? Eh bien, d'accord... rends-toi. Tu auras un procès, organisé en commun par les Contrôles...

La vampire a secoué la tête.

– Non, je ne crois pas en votre justice. Je ne fais confiance ni au Contrôle de la Nuit... ni au Contrôle du Jour.

– En ce cas, pourquoi m'avoir fait venir ?

Semion se rapprochait de la vampire, de plus en plus près.

– Pour me venger. Tu as tué mon ami. Je vais tuer le tien... sous tes yeux. Après quoi.. j'essayerai... de te tuer. Mais même si je n'y arrive pas...

Elle a souri.

– Tu seras hanté par l'idée de n'avoir pas sauvé ce gosse... Pas vrai, Sentinelle ? Vous signez des licences, sans regarder les gens en face. Mais il vous suffit de les regarder, et votre morale ressort.. toute votre fausse morale, votre stupide morale à bon marché...

Semion a bondi.

En même temps qu'Ours.

Un saut magnifique, plus rapide qu'une balle, plus rapide que la magie. Car finalement, il ne reste jamais que le corps qui frappe et vingt, quarante ou cent ans d'expérience...

Malgré tout, j'ai sorti mon revolver et j'ai pressé la détente, sachant que la balle se déplacerait lentement, au ralenti comme dans un mauvais film d'action, laissant à la vampire une chance de lui échapper et une chance de tuer.

Semion s'est aplati en plein bond, comme s'il avait heurté un mur en verre ; il a percuté le sol en rentrant dans la Pénombre. Ours a rebondi, à cause de sa masse. Ma balle, qui volait vers sa cible avec la grâce d'une libellule, a explosé en un pétale de feu avant de disparaître.

Si les yeux de la vampire ne s'étaient pas élargis de surprise, j'aurais pu croire qu'elle avait créé ce champ d'énergie... Bien que ce pouvoir soit réservé aux plus puissants des mages.

– Ils sont sous ma protection, ai-je entendu derrière mon dos.

Me retournant, j'ai croisé le regard de Zébulon.

Étonnant que la vampire n'ait pas paniqué et n'ait pas tué Egor. Cette attaque ratée et l'apparition du mage noir avaient de quoi la surprendre bien plus que moi, qui m'attendais à un tour de ce genre... depuis que j'avais retiré l'amulette.

Qu'il soit arrivé aussi vite ne m'étonnait nullement. Les Sombres ont leurs propres voies. Mais pourquoi Zébulon, observateur du Contrôle du Jour, avait-il décidé d'intervenir dans cette menue altercation, laissant notre état-major sans surveillance ? Avait-il brusquement perdu tout intérêt pour Svetlana et sa tornade ? Avait-il compris quelque chose que nous tentions en vain de comprendre depuis le début ?

Toujours cette maudite habitude de tout analyser ! Un luxe inadmissible quand on travaille sur le terrain où il faut réagir le plus rapidement possible face au danger et se battre pour vaincre ou être vaincu.

Ilya avait déjà sorti sa baguette magique. Sa lueur mauve pâle m'a paru trop vive, même pour un mage de sa classe et trop uniforme pour croire à une soudaine montée de puissance. Cette baguette avait probablement été chargée par le chef en personne.

Il avait donc tout prévu ?

Il s'attendait donc à l'intervention d'un adversaire d'une force comparable à la sienne ?

Ni Tigron ni Ours n'ont changé de forme. Leur magie ne nécessitait aucun instrument. Ours ne quittait pas la vampire des yeux, ignorant la présence de Zébulon. Tigron était à côté de moi. Semion, en se frottant le dos, contournait lentement la preneuse d'otage, focalisant à dessein son attention.

– Ils sont ? a grogné Tigron.

Je n'ai pas compris immédiatement ce qui l'avait troublée.

– Ils sont sous ma protection, a répété Zébulon.

Il portait un manteau noir informe et un béret de fourrure passablement fripé. Il gardait les mains dans ses poches, mais curieusement, j'étais sûr qu'il n'y dissimulait rien, ni amulette ni arme.

– Qui es-tu ? a crié la vampire. Qui donc es-tu ?

– Ton protecteur, a dit Zébulon en me regardant, ou plutôt en regardant légèrement à côté de moi. Ton maître.

Avait-il perdu la tête ? La vampire ne comprenait pratiquement rien à la répartition des forces. Elle nageait en pleine hystérie. Prête à mourir... à cesser d'exister. Et voilà qu'une chance de salut se profilait pour elle. Mais en lui parlant sur ce ton...

– Je n'ai pas de maître !

La jeune fille dont l'existence était devenue la mort d'autrui a éclaté de rire.

– Qui que tu sois, Sombre ou Clair, sache que je n'ai pas de maître et que je n'en aurai jamais !

Elle a reculé vers le bord du toit, entraînant Egor. Prendre un otage était une manœuvre habile contre les forces de la Lumière.

Mais peut-être aussi contre les forces de l'Obscurité ?

– Zébulon, ai-je déclaré, posant une main sur le dos tendu de Tigron. Elle est à toi. Emmène-la. Jusqu'au procès. Nous respectons le Traité.

– Je les emmène..., a dit Zébulon, le regard absent.

Le vent lui cinglait le visage, mais ses yeux ne cillaient pas, ils demeuraient grands ouverts, comme coulés dans du verre.

– La femme et le garçon sont à nous.

– Non. Seulement la vampire.

Il a enfin daigné me regarder.

– Adepte de la Lumière, je prends uniquement ce qui

m'appartient. Moi aussi, je respecte le Traité. La femme et le garçon sont des nôtres.

– Tu es plus fort que n'importe lequel d'entre nous, ai-je reconnu. Mais tu es seul, Zébulon.

Le mage noir a secoué la tête en souriant d'un air triste et plein de commisération.

– Tu te trompes, Anton Gorodetski.

Ils sont sortis de derrière la cage d'ascenseur, un garçon et une fille. Que je connaissais. Hélas.

Alissa et Piotr. Les deux sorciers du Contrôle du Jour.

– Egor, a appelé doucement Zébulon, tu as compris la différence entre nous ? Quel camp te semble préférable ?

Egor se taisait. Peut-être à cause des griffes qui effleuraient sa gorge.

– Nous avons un problème ? a demandé Tigron d'une voix ronronnante.

– Oui.

– Quelle est votre décision ? a demandé Zébulon.

Ses agents se taisaient pour le moment, sans intervenir.

– Ça ne me plaît pas, a dit Tigron.

Elle s'est légèrement rapprochée du mage noir, me cinglant le genou avec sa queue.

– Le point de vue du Contrôle du Jour... sur ces événements ne me plaît pas du tout.

Ours partageait certainement cette opinion. Quand ils travaillaient ensemble, un seul parlait pour les deux. J'ai regardé Ilya : il tournait sa baguette entre ses doigts en souriant d'un air rêveur qui ne présageait rien de bon. Comme un enfant qui au lieu d'une arme en plastique aurait apporté un vrai pistolet mitrailleur chargé pour le montrer à ses copains. Semion, quant à lui, ne se souciait guère de cet échange verbal, il ne faisait pas dans le détail. Il avait soixante-dix ans de course sur les toits à son actif.

– Zébulon, tu parles au nom du Contrôle du Jour ? ai-je demandé.

Une ombre d'hésitation a traversé son regard.

Que se passait-il donc ? Pourquoi Zébulon avait-il quitté notre état-major, négligeant l'occasion unique de recruter un mage inconnu d'une force extraordinaire ? C'était idiot de laisser passer une telle chance, même pour une vampire et un jeune garçon potentiellement puissant. Pourquoi Zébulon nous poussait-il à nous battre ?

Et pourquoi ne voulait-il pas – c'était assez évident – agir officiellement ?

– Je parle en mon nom personnel, a répondu Zébulon.

– Dans ce cas, il semble que nous ayons un petit différend personnel, ai-je répliqué.

– On dirait bien.

Il n'avait aucune envie de mêler les Contrôles à cette histoire. En ce moment, nous étions simplement des Autres. Même si nous étions en service. Zébulon ne voulait pas d'un conflit officiel. Pourquoi cette attitude ? Avait-il donc une telle confiance en ses propres forces ou craignait-il à ce point l'apparition du chef ?

C'était à n'y rien comprendre.

Et surtout, pourquoi abandonner son poste d'observation ? Les Sombres tenaient tellement à ce que nous leur remettions le mage noir auteur de la malédiction. Et soudain, ils y renonçaient ?

Que savait Zébulon, que nous ne savions pas ?

– Vos pitoyables..., a dit le mage noir.

Il n'a pas eu le temps d'achever sa phrase. La victime venait de jouer un coup inattendu.

J'ai entendu le grognement stupéfait d'Ours et je me suis retourné.

Egor, confiné depuis une demi-heure dans le rôle d'otage, était en train de disparaître.

De s'enfoncer plus profondément dans la Pénombre.

La vampire a tenté de le retenir, ou peut-être de le tuer. Sa main griffue n'a pas rencontré d'obstacle, et elle s'est frappée elle-même, sous le sein gauche, en plein cœur.

Dommage qu'elle ne soit pas vivante !

Ours a bondi comme une avalanche de neige, a traversé l'espace qu'Egor venait de libérer, faisant tomber la vampire dont le corps a totalement disparu sous sa masse, laissant seulement émerger une main griffue qui frappait spasmodiquement le flanc velu d'Ours.

Au même instant, Ilya a brandi sa baguette. La clarté mauve a légèrement décru avant que l'instrument n'explose en colonne de lumière blanche. On aurait dit le faisceau d'un projecteur, aveuglant et si concentré qu'il en devenait tangible. Avec un certain effort, Ilya a levé les bras, éraflant le ciel gris d'une lueur que Moscou n'avait pas connue depuis la dernière guerre, pour abattre sur Zébulon cette massue étincelante.

Le mage noir a poussé un cri.

Il s'est écroulé, pressé contre le toit ; le faisceau lumineux, échappant aux mains d'Ilya, est devenu autonome, non plus colonne de clarté, mais serpent de feu blanc tourbillonnant, qui s'est couvert d'écailles argentées. L'extrémité de son corps gigantesque s'est aplatie, se transformant en capuchon d'où a surgi une tête aux yeux fixes de la taille d'un pneu de voiture. Une langue bifide a jailli, comme la flamme d'un chalumeau à gaz.

J'ai reculé d'un bond, la queue a failli me toucher. Le cobra incandescent s'est roulé en boule, serrant Zébulon entre ses anneaux, le frappant de sa tête. Derrière, trois ombres étaient en train de se battre, que leurs mouvements transformaient en traînées brumeuses. Je n'avais pas remarqué le bond de Tigron lorsqu'elle avait attaqué le sorcier et la sorcière.

Ilya s'est mis à rire doucement en sortant de sa ceinture une deuxième baguette, moins brillante, qu'il avait sans doute chargée par ses propres moyens.

Il avait donc une arme personnellement destinée à Zébulon ? Le chef savait donc que nous devrions l'affronter ?

J'ai parcouru la scène des yeux. À première vue, la situation paraissait sous contrôle. Ours frappait méthodiquement la vampire de ses pattes, on entendait de temps à autre ses cris confus. Tigron était occupée avec les Sentinelles du Jour et n'avait apparemment pas besoin d'aide. Le cobra blanc étranglait Zébulon.

Ilya, sa baguette prête, observait le champ de bataille, se demandant visiblement où intervenir. Semion, perdant tout intérêt pour la vampire et n'en manifestant toujours pas à Zébulon ni aux sorciers, parcourait le bord du toit, surveillant les alentours. Il craignait peut-être l'arrivée de renforts du côté des Sombres.

Et moi, je me tenais là, comme un imbécile, mon arme inutile à la main.

Mon ombre s'est projetée du premier coup. Je suis entré en elle, sentant aussitôt la brûlure du froid. Pas le froid familier aux humains ni celui que connaît tout Autre, mais le froid de la Pénombre profonde. Le vent s'est tu, la neige et la glace ont disparu sous mes pieds. Ici, il n'y avait pas de mousse bleue. Partout, un brouillard épais, visqueux, grumeleux. Si le brouillard peut être comparé à du lait, celui qui régnait à ce niveau de Pénombre évoquait du lait caillé. Amis et ennemis n'étaient plus que des contours vagues. Seul le cobra de feu combattant Zébulon avait gardé son éclat : leur combat se déroulait dans toutes les couches de la Pénombre. Imaginant la quantité d'énergie mise en réserve dans la baguette, je me suis senti encore plus déboussolé.

Pourquoi ? Dans quel but ? Ni la jeune vampire ni le garçon ne valaient tant d'efforts.

– Egor !

Je commençais à geler. Je n'avais plongé au second niveau de la Pénombre que deux fois dans ma vie : durant mon stage en compagnie de mon instructeur et la veille, pour franchir une porte fermée. Je ne bénéficiais pas d'une protection adaptée et je perdais mes forces à chaque instant.

– Egor !

J'ai marché à travers le brouillard. Des coups sourds ont retenti derrière moi : le serpent était en train de marteler son adversaire contre le toit, le maintenant serré dans sa gueule.

À ce niveau, le temps s'écoule encore plus lentement, aussi y avait-il une petite chance que le gamin n'ait pas encore perdu connaissance. Je me suis dirigé vers l'endroit où il avait disparu, essayant de distinguer quelque chose, sans remarquer le corps étendu à mes pieds. J'ai trébuché dessus et je suis tombé. En me relevant, je me suis retrouvé face à face avec Egor.

– Ça va ? ai-je bêtement demandé.

Bêtement, parce que ses yeux étaient ouverts et me regardaient.

– Oui.

Nos voix résonnaient sourdement. Deux ombres se débattaient à proximité : Ours continuait de massacrer la vampire. Elle avait une sacrée résistance.

Et le garçon aussi.

– Allons-y, ai-je dit en lui tendant la main et en touchant son épaule. C'est dur de tenir ici. Nous risquons d'y rester pour toujours.

– Ça m'est égal.

– Tu ne comprends pas, Egor ! C'est une souffrance ! Une souffrance sans fin : se diluer dans la Pénombre. On ne peut même pas l'imaginer. Il faut partir !

– Pour quoi faire ?

– Pour vivre.

– À quoi bon ?

Mes doigts gourds refusaient de se plier. Le revolver était devenu lourd et froid comme un bloc de glace. Je ne tiendrais guère plus de deux minutes encore.

J'ai regardé Egor dans les yeux.

– À chacun de décider pour soi. Moi, je m'en vais. J'ai des raisons de vivre.

– Pourquoi veux-tu me sauver ? Votre Contrôle de la Nuit a besoin de moi ?

– Je ne pense pas que tu intégreras notre Contrôle, ai-je dit, de manière inattendue.

Il a souri. Une ombre nous a traversés : Semion. Que venait-il de voir ? Nos amis avaient-ils besoin d'aide ?

Et moi, j'étais assis là, perdant mes dernières forces, tentant d'empêcher le suicide d'un jeune Autre... qui était condamné de toute façon.

– Je m'en vais, ai-je dit. Pardonne-moi.

Mon ombre s'accrochait à moi, elle adhérait à mes doigts et me collait au visage. Je m'en arrachais par à-coups, la Pénombre grésillait, mécontente, déçue par ce comportement.

– Aide-moi, a demandé Egor.

Je n'entendais presque plus sa voix, j'étais presque sorti. Il a prononcé ces mots à la dernière seconde.

J'ai tendu la main pour saisir la sienne. J'étais déjà expulsé dans la couche supérieure, repoussé, le brouillard fondait autour de moi. Mon aide était purement symbolique, le garçon devait faire lui-même l'essentiel.

Il l'a fait.

Nous avons déboulé au premier niveau de la Pénombre. Le vent froid m'a frappé au visage, mais c'était presque agréable, vu les circonstances. Les mouvements indécis autour de nous se sont mués en bataille ; les couleurs grisâtres, délavées, paraissaient presque vives.

Quelque chose avait changé durant les quelques secondes qu'avait duré mon absence. La vampire se débattait toujours sous le poids d'Ours. Le jeune sorcier était étendu, mort ou sans connaissance, Tigron et la sorcière continuaient à se bagarrer...

Le serpent !

Le cobra enflait comme sous l'effet d'une pompe à air, il occupait déjà le quart du toit. Il jaillissait vers le ciel. Semion se tenait près des anneaux serrés, accroupi en une pose de combat, et de petites boules orange s'échappaient de ses paumes pour frapper le corps de flammes blanches. Il ne visait pas le serpent, mais celui qu'enserraient ses anneaux, qui aurait dû périr depuis longtemps et qui continuait pourtant de résister.

Une explosion !

Un tourbillon de lumière, des bribes de ténèbres. En m'écroulant sur le dos, j'ai renversé Egor, mais j'ai eu le temps de le retenir par la main. Tigron et la sorcière ont été projetées séparément vers le bord du toit. Ours a lâché la vampire, sérieusement amochée mais toujours vivante. Semion a chancelé mais il est parvenu à conserver son équilibre, un champ de défense opalescent l'a recouvert.

Le seul à tomber du toit fut le sorcier inconscient : dans sa chute, il a défoncé la rambarde rouillée et son corps inerte a disparu.

Ilya est resté debout, immobile, je ne voyais aucune défense autour de lui, il continuait d'observer la scène avec curiosité, sans lâcher sa baguette.

Les restes du cobra ont jailli en l'air, se sont dispersés en nuages de lumière, ont fondu en gerbes d'étincelles, en rayons de clarté. Sous ce feu d'artifice, Zébulon se remettait lentement debout, les bras tendus en un geste magique particulièrement complexe. Il avait perdu tous ses vêtements et son corps s'était métamorphosé durant la bataille pour prendre l'apparence d'un démon de type classique : des écailles glauques en guise de peau, un crâne de forme irrégulière couvert de poils hirsutes, des yeux étroits aux pupilles verticales. Il était pourvu d'un sexe hypertrophié et d'une courte queue fourchue.

– Arrière, a crié Zébulon. Arrière !

Pour sûr, un chaos total régnait en ce moment parmi les humains... Accès de désespoir aigu et de joie aveugle, malaises cardiaques, actes absurdes, disputes entre amis de toujours, trahison d'amoureux fidèles... Ils ne pouvaient voir ce qui se passait, mais leurs âmes en étaient affectées.

Pourquoi tout cela ?

Quel but poursuivait donc le Contrôle du Jour ?

Et là, j'ai ressenti un grand calme. Froid, logique. Une sensation que j'avais eu le temps d'oublier.

Une combinaison complexe. Partons du principe que tout se déroule selon un plan préétabli par le Contrôle du Jour. Puis réunissons les hasards, en commençant par ma chasse dans le métro, non, plutôt par l'instant où un vampire s'est vu assigner comme nourriture une jeune fille dont il ne pouvait que tomber amoureux.

Mes pensées défilaient si vite que j'avais l'impression de

m'être mué en catalyseur, d'être branché aux esprits de mes collègues, comme le faisaient parfois nos analystes. Rien de tel ne s'était produit. Simplement, les éléments du puzzle ont commencé à bouger et à se remettre en place.

Le Contrôle du Jour ne se souciait pas de la vampire.

Le Contrôle du Jour n'allait pas entrer en conflit avec nous pour un gamin ayant peut-être un fort potentiel.

Le Contrôle du Jour n'avait qu'une seule raison valable pour agir de la sorte.

Un mage noir d'une force monstrueuse.

Un mage noir capable de renforcer leurs positions, pas seulement à Moscou mais sur tout le continent.

Mais ils avaient déjà obtenu ce qu'ils voulaient : nous avions promis de leur remettre ce mage en main propre.

Ce mage noir, désignons-le par x, était la seule véritable inconnue dans cette histoire. On pouvait attribuer un y à Egor dont la résistance à la magie était vraiment trop grande pour un novice. Cependant, le garçon était un élément identifié, même si son facteur demeurait problématique.

Un élément intégré artificiellement au problème. Pour embrouiller les données.

– Zébulon ! me suis-je écrié.

Egor remuait derrière moi, essayant de se remettre debout et dérapant sur la glace. Semion était en train de reculer, en conservant son champ de défense. Ilya regardait la scène d'un air détaché. L'Ours se dirigeait à nouveau vers la vampire qui tentait vainement de se redresser. Tigron et la sorcière Alissa se rapprochaient l'une de l'autre.

Le démon m'a regardé.

– Zébulon ! Je sais pour qui vous êtes en train de lutter.

Non, je ne le savais pas encore. Mais je commençais à comprendre, le puzzle se reconstituait et me montrait un visage familier...

Les mâchoires du démon se sont ouvertes sur les côtés, comme celles d'un coléoptère. Il rappelait de plus en plus un insecte gigantesque, ses écailles se soudaient pour former une carapace, ses organes génitaux et sa queue n'étaient plus visibles, des pattes supplémentaires étaient en train de lui pousser sur les flancs.

– En ce cas, tu es... mort.

Sa voix n'avait pas changé, elle avait même acquis un ton encore plus pensif et raffiné. Il a tendu dans ma direction un bras qui s'allongeait progressivement en gagnant des jointures supplémentaires.

– Approche, a-t-il murmuré.

Tout le monde s'est figé. Sauf moi : j'ai fait un pas vers le mage noir. Il ne restait plus trace de ma défense mentale, fruit de nombreuses années d'entraînement. Je ne pouvais pas refuser d'obéir à Zébulon, j'en étais totalement incapable.

– Arrête ! a rugi Tigron, se détournant de la sorcière, mal en point mais encore combative. Arrête !

J'aurais bien voulu. Mais c'était impossible.

– Anton, ai-je entendu derrière moi, retourne-toi.

J'étais encore capable de tourner les yeux, m'arrachant au regard d'ambre avec ses pupilles verticales.

Egor était accroupi, il n'avait pas la force de se relever. Étonnant qu'il n'ait pas perdu connaissance... Ceux qui, depuis le début, renforçaient ses capacités de l'extérieur avaient cessé de l'alimenter en énergie. Un potentiel amplifié de manière artificielle, qui avait éveillé l'intérêt du chef. Le facteur « y ». Destiné à embrouiller les cartes.

Il tenait l'amulette d'ivoire à la main.

– Attrape ! a-t-il crié en la lançant.

– Ne la prends pas ! a ordonné Zébulon.

Trop tard, je m'étais déjà penché pour saisir l'objet. Il brûlait comme un charbon ardent.

– Zébulon... tu n'as plus de pouvoir sur moi.

Le démon a rugi en s'avançant. Il n'avait plus de pouvoir sur moi, mais ce n'était pas la force physique qui lui manquait.

– Halte-là, a dit Ilya.

Un mur blanc éblouissant a coupé l'espace entre nous, Zébulon a hurlé en le heurtant de plein fouet, la barrière lumineuse l'a rejeté en arrière. Il a secoué ses pattes échaudées. Il n'avait plus l'air effrayant, mais plutôt comique.

– Une combinaison bien agencée, ai-je dit. Élémentaire, n'est-ce pas ?

Un soudain silence s'est établi sur le toit. Tigron et Alissa se tenaient côte à côte sans plus chercher à se battre. Le regard de Semion allait de Ilya à moi, difficile de dire qui de nous deux l'étonnait le plus. La vampire sanglotait doucement. C'est elle qui souffrait le plus, elle avait dépensé toutes ses forces pour ne pas succomber à l'attaque d'Ours et tentait péniblement de se régénérer. Au prix d'un effort incommensurable, elle est sortie de la Pénombre pour se muer en silhouette confuse.

Même le vent semblait s'être tu.

– Comment faire un mage noir de quelqu'un qui est bon à l'origine ? ai-je demandé. Comment attirer du côté de l'Obscurité quelqu'un qui ne sait pas haïr ? On peut l'accabler de désagréments variés, par petites doses, dans l'espoir de l'aigrir... Sauf que ça ne marche pas. L'être humain en question, plus exactement la femme en question, étant vraiment trop pure.

Ilya a émis un petit rire d'approbation. J'ai regardé Zébulon dans les yeux ; on n'y lisait plus qu'une rage impuissante.

– La seule personne qu'elle pourrait se mettre à détester, c'est elle-même. Une manœuvre qui sort de l'ordinaire. Alors, sa mère tombe malade. La jeune femme se ronge l'âme, méprisant son impuissance et l'impossibilité de lui venir en aide. Après quoi, on l'accule dans une impasse où elle sera forcée de ressentir de la haine : se haïr soi-même, c'est déjà un début Mais il y a une variante dans le champ des probabilités. Une petite chance qu'un agent du Contrôle de la Nuit, qui n'est pas habitué à travailler sur le terrain...

Mes jambes se sont dérobées sous moi – je n'avais pas l'habitude de séjourner aussi longtemps dans la Pénombre. J'ai failli tomber à genoux devant Zébulon, ce qui m'aurait profondément déplu, mais Semion s'est avancé rapidement et m'a retenu par les épaules. Il devait faire ça depuis cent cinquante ans.

– ... Qui ne sait pas travailler sur le terrain, ai-je répété, n'agisse pas selon un schéma standard. N'essaye pas de consoler la jeune femme à qui toute pitié serait fatale. Il faut donc s'arranger pour qu'il soit pris ailleurs. Créer une situation où il n'ait plus un instant à lui. L'occuper avec une mission de moindre importance où il s'investisse personnellement, en jouant sur son sentiment de responsabilité, sur sa sympathie. Tous les moyens sont bons. Y compris sacrifier un modeste vampire. Pas vrai ?

Zébulon était en train de retrouver rapidement son apparence humaine d'intellectuel mélancolique.

À quoi bon ? J'avais déjà vu ce que la Pénombre faisait de lui. L'aspect qui traduisait le mieux son être intime.

– Une jolie combinaison, ai-je poursuivi. J'en mets ma main au feu, la mère de Svetlana n'avait pas pour destin de mourir prématurément d'une maladie grave. Il a suffi d'une petite intervention de votre part, dans les limites tolérables... Mais qui nous donne le droit d'intervenir à notre tour.

– Elle est à nous ! a dit Zébulon.

J'ai secoué la tête.

– Non. L'inferno ne va pas faire de percée. Sa mère va guérir. Je vais aller chez Svetlana... pour tout lui raconter. Elle rejoindra le Contrôle de la Nuit. Zébulon, vous avez perdu. Vous avez perdu malgré tous vos efforts.

Des bribes de vêtements dispersés sur le toit ont rampé vers le mage noir, se sont reconstitués pour le couvrir. Zébulon était redevenu un homme doux et charmant, aux yeux empreints de tristesse.

– Aucun d'entre vous ne partira d'ici, a-t-il déclaré.

L'obscurité a commencé à bouillonner derrière lui, pareille à deux ailes noires immenses.

Ilya a de nouveau éclaté de rire.

Zébulon l'a regardé de travers.

– Je suis plus fort que vous tous. Tes forces d'emprunt ne sont pas inépuisables. Vous allez tous rester ici définitivement, dans la Pénombre, plus profondément que vous n'avez jamais craint de plonger.

– Anton, il n'a toujours pas compris, a dit Semion avec un soupir.

Je me suis tourné vers Ilya :

– Boris Ignatievitch, cette mascarade n'est plus nécessaire ?

– Bien sûr que non, mon petit Anton. Mais j'ai si rarement l'occasion d'observer le chef du Contrôle du Jour en pleine action... Un vieil homme comme moi a bien le droit de se distraire un peu de temps à autre. J'espère qu'Ilya s'est amusé autant que moi à occuper ma place...

Le chef a retrouvé son aspect normal. D'un coup, sans transitions théâtrales ni effets spéciaux. Il était toujours en tunique orientale et fez, mais chaussé de bottes souples protégées par des caoutchoucs.

Le visage de Zébulon faisait plaisir à voir.

Ses ailes noires n'ont pas disparu, mais elles ont cessé de grandir ; elles battaient avec hésitation, on aurait dit qu'il voulait s'envoler, mais n'osait le faire.

– Arrête les frais, Zébulon, a dit le chef. Si vous partez immédiatement d'ici et de l'immeuble de Svetlana, nous nous abstiendrons de présenter une protestation officielle.

Le mage noir a immédiatement accepté :

– Nous partons.

Le chef a hoché la tête, comme s'il était sûr de la réponse. On aurait pu croire... Il a baissé sa baguette, et la barrière protectrice qui me séparait de Zébulon a disparu.

– Je me souviendrai de ton rôle dans cette affaire, m'a soufflé Zébulon. Et de manière durable.

– Tu as raison, ai-je répliqué. L'amnésie, c'est mauvais pour la santé.

Zébulon a joint les mains, ses ailes puissantes se sont mises à battre et il a disparu. Mais avant de se retirer, il a regardé Alissa, et la sorcière a répondu d'un signe de tête.

Voilà qui ne présageait rien de bon. Quand on te crache dessus en partant, ce n'est pas mortel, mais extrêmement inconfortable.

D'une démarche légère qui ne convenait guère à son visage

ensanglanté ni à son bras gauche déboîté qui pendait, inerte, Alissa s'est approchée de moi.

– Toi aussi, tu dois te retirer, lui a dit le chef.

– Avec grand plaisir, mais j'ai d'abord une dette, une toute petite dette à récupérer. Pas vrai Anton ?

– Oui, ai-je murmuré, une intervention de septième classe.

À qui allait-elle s'en prendre ? Au chef ? C'était une idée saugrenue. Tigron, Ours, Semion ? Certainement pas. Egor ? Mais qu'allait-elle lui suggérer à un niveau aussi modeste ?

– Ouvre-toi, a dit la sorcière. Ouvre-toi à moi, Anton. C'est une intervention de septième classe. Le chef du Contrôle de la Nuit en sera témoin, je ne dépasserai pas la limite autorisée.

Semion a gémi, me comprimant l'épaule à me faire mal.

– Elle en a le droit, ai-je reconnu.

– Agis comme tu l'entends, a dit le chef. Je vais observer.

J'ai soupiré en m'ouvrant à la sorcière. Elle ne pourrait rien faire ! Rien du tout ! Une simple intervention de septième classe ne pourrait jamais me tourner vers l'Obscurité ! C'était tout bonnement ridicule.

– Anton, a prononcé doucement Alissa, dis à ton chef ce que tu voulais lui dire. Dis-lui la vérité. Agis de manière honnête et juste. Comme il se doit.

– Une action minimale, a approuvé le chef.

S'il y avait de la douleur dans sa voix, elle demeurait si profondément enfouie qu'il ne m'était pas donné de l'entendre.

– Chacun a élaboré sa propre combinaison, ai-je dit en regardant Boris Ignatievitch. Le Contrôle du Jour a sacrifié ses pions et le Contrôle de la Nuit a sacrifié les siens. Au nom d'une grande cause. Pour attirer de son côté une magicienne d'une force exceptionnelle. Un jeune vampire qui a tellement envie d'aimer peut périr. Un gamin doté d'un faible potentiel peut disparaître dans la Pénombre. Des agents des Contrôle peuvent être blessés ou tués. La fin justifie les moyens. Deux Grands mages qui s'opposent depuis des siècles ont décidé d'organiser une petite guerre. C'est plus difficile pour le mage blanc, il mise tout sur ce coup. Et l'échec pour lui ne se limite pas à un simple désagrément, c'est un pas de plus vers la Pénombre. La Pénombre éternelle. Mais malgré cela, il mise tout. Il mise ses amis et ses adversaires. C'est exact, Boris Ignatievitch ?

– C'est exact, a répondu le chef.

Alissa a ri doucement avant de se diriger vers la trappe. Elle n'était certainement pas en état de voler. Tigron l'avait salement amochée. Ce qui ne l'empêchait pas de se sentir d'excellente humeur.

J'ai regardé Semion qui a détourné les yeux. Tigron se retransformait lentement en jeune fille ; elle aussi évitait de me regarder en face. Ours a poussé un bref rugissement et, sans changer de forme, s'est dirigé vers la trappe. C'est lui qui avait certainement le plus de mal à encaisser le coup, il avait un caractère trop direct. Un parfait combattant, ennemi des compromis...

– Vous êtes tous des salauds, a dit Egor.

Il s'est levé et il est sorti de la Pénombre par à-coups, pas seulement à cause de la fatigue – le chef lui fournissait la force nécessaire : un fil lumineux traversait l'air ; au début, c'est toujours difficile de s'arracher à son ombre.

Je suis sorti après lui. Facilement, durant le dernier quart d'heure, la Pénombre avait reçu une telle dose d'énergie qu'elle avait perdu son insistance collante et agressive.

Presque aussitôt, j'ai entendu un choc mou particulièrement déplaisant : le sorcier tombé du toit venait de toucher le sol.

Les autres sont apparus derrière nous. Une petite brune sympathique avec l'œil gauche au beurre noir et une pommette tuméfiée, un type trapu à l'air imperturbable, un imposant homme d'affaires en costume oriental... Ours était déjà parti. J'avais deviné ce qu'il allait faire dans la tanière de son appartement : boire de l'alcool non dilué et lire de la poésie. Probablement à haute voix. L'œil rivé au petit écran dont le balbutiement joyeux lui servirait de fond.

La vampire était là. Elle était au plus mal. Elle bafouillait des paroles indistinctes, secouait la tête et léchait son bras coupé en deux qui essayait lentement de se ressouder. Le toit autour d'elle était couvert de sang : pas le sien, mais celui de sa dernière victime.

– Disparais, ai-je dit en levant mon revolver.

Ma main a tremblé.

La balle a traversé sa chair morte, une blessure profonde est apparue au flanc de la vampire. Elle a gémi, la serrant de sa main encore valide. Son bras pendouillait au bout de quelques tendons.

– Ne fais pas ça, a dit doucement Semion. Ne fais pas ça, Anton.

Je l'ai tout de même visée à la tête. Mais à cet instant, une ombre immense a surgi du ciel pour piquer vers moi, une chauve-souris de la taille d'un condor. Elle s'est placée devant la vampire, ailes étendues, frémissante, elle a commencé à se transformer.

– Elle a droit à un procès !

Je ne pouvais pas tirer sur Kostia. J'ai regardé mon jeune voisin. Son regard était ferme et têtu. Depuis combien de temps me surveillais-tu en douce, mon ami et adversaire ? Et pourquoi : sauver une congénère ou prévenir un acte qui ferait définitivement de moi ton ennemi mortel ?

J'ai haussé les épaules et rangé mon arme dans ma ceinture. Tu avais raison, Olga. Les moyens techniques, c'est de la blague.

– Elle y a droit, a confirmé le chef. Semion, Tigron, escortez-la.

– D'accord, a dit Tigron.

Elle m'a adressé un regard de compréhension et s'est dirigée d'un pas souple vers les vampires.

– De toute façon, elle encourt la peine capitale, m'a soufflé Semion en lui emboîtant le pas.

Ils ont quitté le toit ensemble : Kostia, portant la vampire gémissante qui n'y comprenait plus rien, Semion et Tigron marchant à leur suite.

Nous sommes restés tous les trois.

– Tu as un potentiel, mon garçon, a dit doucement le chef, un potentiel modeste, mais dont la plupart des gens sont totalement dépourvus. Je serai heureux si tu acceptes de devenir mon élève.

– Allez vous faire..., a dit Egor.

La fin de sa phrase n'avait rien de poli. Le garçon pleurait silencieusement, il grimaçait, s'efforçant vainement de retenir ses larmes.

Une petite intervention de septième classe, et il se serait senti mieux. Il aurait compris que la Lumière ne peut combattre l'Obscurité qu'en utilisant tous les moyens à sa disposition.

J'ai levé la tête vers le ciel gris, j'ai ouvert la bouche pour attraper les flocons sur ma langue. Refroidir un peu. Refroidir totalement. Mais pas comme dans la Pénombre. Devenir glace, mais pas brouillard. Neige, mais pas boue. Se durcir au lieu de se liquéfier.

– Viens, Egor, je vais te raccompagner, ai-je proposé.

– Pas la peine, je ne vais pas loin.

Je suis resté là assez longtemps, à avaler de la neige et du vent. Je n'ai pas remarqué son départ. J'ai entendu la question du chef : « Egor, tu sauras réveiller tes parents sans aide ? », mais pas la réponse.

– Anton, si ça peut te consoler... l'aura du garçon n'a pas changé, a dit Boris Ignatievitch. Elle est toujours neutre...

Il a posé ses mains sur mes épaules. En cet instant, il paraissait petit et faible, il ne ressemblait pas du tout à un homme d'affaires soigné ni à un mage hors classe. Un vieil homme au physique trop jeune, qui avait gagné une brève bataille dans une guerre sans fin.

– J'en suis content.

J'aimerais être comme Egor. Posséder une aura neutre. Avoir mon propre destin.

– Anton, nous avons encore à faire.

– Je sais, Boris Ignatievitch.

– Tu pourras tout expliquer à Svetlana ?

– Oui, sans doute... Maintenant, je pourrai.

– Pardonne-moi. Mais j'utilise ce que j'ai. Les gens dont je dispose. Vous êtes liés. Un lien mystique comme on en rencontre parfois et qu'on ne saurait expliquer. Personne ne peut le faire à ta place.

– Je comprends.

La neige tombait sur mon visage, collait à mes paupières, fondait en traînées sur mes joues. J'avais presque réussi à geler, mais je n'en avais pas le droit.

– Te souviens-tu de ce que je t'ai dit ? Être du côté de la Lumière est beaucoup plus difficile que d'être du côté de l'Obscurité...

– Je me souviens.

– Ce sera encore plus difficile pour toi, Anton. Tu vas l'aimer. Vous vivrez ensemble pendant... quelque temps. Puis Svetlana poursuivra sa route. Tu la verras s'éloigner, tu verras son cercle d'intérêts s'étendre bien au-delà de ce qui t'est accessible. Tu vas souffrir. Mais on n'y peut rien. Ton rôle se place au début. C'est la destinée de chaque Grand mage, de chaque Grande magicienne. Ils marchent sur les corps de ceux qui les aiment, d'amour ou d'amitié. Impossible de faire autrement.

– Oui, je comprends, je comprends tout...

– On y va, Anton ?

Silence.

– On y va ?

– Nous ne sommes pas en retard ?

– Pas pour l'instant. La Lumière a ses voies. Je te ferai prendre un raccourci, et pour le reste, c'est un chemin que tu dois suivre seul.

– Alors, je vais rester encore un peu.

J'ai fermé les yeux pour sentir les flocons se poser sur mes paupières, doucement, tendrement.

– Si tu savais combien de fois moi aussi je suis resté ainsi, à regarder le ciel et à lui demander je ne sais quoi, a remarqué le chef. Une bénédiction ou peut-être une malédiction.

Je n'ai rien dit. Je savais parfaitement que le ciel ne me répondrait pas.

– Anton, j'ai froid. Sur le plan humain, j'ai froid. Je voudrais boire une vodka et me réfugier sous une couverture. Et y rester pendant que tu aideras Svetlana… et pendant qu'Olga réglera son compte à la tornade. Et ensuite prendre un congé. Laisser Ilya me remplacer, puisqu'il l'a déjà fait et partir à Samarkand. Tu es déjà allé à Samarkand ?

– Non.

– Rien d'extraordinaire, pour parler franchement. Surtout maintenant. Rien d'intéressant à part des souvenirs… Qui ne concernent que moi. Eh bien ?

– Allons-y, Boris Ignatievitch.

J'ai essuyé la neige sur mon visage.

On m'attendait.

C'est la seule chose qui nous empêche de geler pour de bon.

HISTOIRE NUMÉRO DEUX

Seul parmi les autres

Prologue

Il s'appelait Maxime.

Un prénom moins répandu que Sergueï, Andreï ou Dimitri. Qui sonne assez bien. Un beau prénom russe, même si ses racines remontent aux Grecs, aux Varègues et autres Scythes.

Il était plutôt satisfait de son physique. Nullement banal, mais sans la joliesse d'un acteur de série télévisée. C'était un bel homme qui se remarquait dans la foule. Au corps entraîné sans excès, sans veines gonflées ni fanatisme quotidien des salles de sport.

Sur le plan professionnel aussi, la chance lui souriait : expert financier dans une grosse entreprise étrangère, il gagnait suffisamment pour ne rien se refuser, en restant à l'abri du racket.

À croire que son ange gardien l'avait destiné dès l'origine à être un peu mieux que les autres. Ces avantages n'avaient rien d'excessif, mais ils étaient appréciables. Et surtout, Maxime s'en arrangeait très bien. Grimper plus haut, déployer une multitude d'efforts pour se procurer une voiture plus chic, avoir ses entrées dans la haute société ou un appartement plus vaste... à quoi bon ? La vie était agréable par elle-même, non par les biens qu'on pouvait en obtenir. Sur ce point, la vie était à l'opposé de l'argent qui par lui-même n'était rien.

Bien sûr, Maxime ne formulait jamais ces pensées de manière aussi claire. Ceux qui se sentent à leur place dans l'existence ont tendance à considérer cet état de fait comme un dû. Les choses sont ce qu'elles doivent être. Et ceux qui n'obtiennent pas ce qu'ils espèrent ne peuvent s'en prendre qu'à eux-mêmes. Pour s'être montrés trop bêtes ou trop paresseux. Ou avoir nourri des prétentions excessives.

Maxime aimait beaucoup cette expression « des prétentions excessives ». Elle remettait les pendules à l'heure. Elle expliquait, par exemple, pourquoi sa sœur, si intelligente et si belle, végétait à Tambov avec un mari alcoolique. À force de chercher l'homme idéal... Elle avait fini par le trouver. Ou pourquoi son vieux copain de classe était à l'hôpital depuis plus d'un mois. Il avait voulu agrandir sa petite entreprise ? Eh bien, il pouvait se féliciter du résultat. Encore heureux que ses concurrents sur le marché des métaux aient eu l'insigne générosité de le laisser en vie.

La seule personne que Maxime n'accusait jamais d'avoir des prétentions excessives, c'était lui-même. Mais il représentait un cas si particulier qu'il ne voulait même pas y réfléchir. Il était plus facile d'accepter aveuglément l'étrange phénomène qu'il expérimentait parfois au printemps, plus rarement en automne et assez exceptionnellement en plein été, quand sous la pression de la canicule s'évaporaient toute raison et toute prudence, en même temps qu'un ultime soupçon de doute concernant sa santé mentale. Au demeurant, Maxime savait qu'il n'était pas schizophrène. Il avait lu de nombreux livres sur le sujet et consulté plusieurs spécialistes, en se gardant bien entendu de leur confier les détails de son histoire.

Non, il était normal. Devant certaines manifestations, la raison se révèle impuissante et les normes de la morale humaine cessent d'avoir cours...

Maxime était assis dans sa voiture, moteur éteint. Une Toyota, pas du dernier modèle, mais bien entretenue, plus belle que la plupart des voitures qui circulent dans Moscou. Dans le crépuscule matinal, sa présence était indécelable, même à quelques pas. Il avait passé la nuit à écouter le léger bruissement du moteur en train de refroidir, il était transi, mais ne s'était pas permis d'allumer le chauffage. Il n'avait pas envie de dormir, comme toujours dans ces cas-là. Ni de fumer. Il n'avait envie de rien, il se contentait d'être assis sans rien faire, sans bouger, comme une ombre dans sa voiture garée au bord du trottoir, à attendre. Sa femme s'imaginait qu'il était chez sa maîtresse, et cette pensée le chagrinait. Comment lui démontrer qu'il n'avait pas de maîtresse ? Ses péchés se limitaient à quelques aventures passagères en vacances ou au bureau et aux services de professionnelles lors de ses déplacements d'affaires. Il ne les payait pas avec l'argent du ménage, elles lui étaient offertes par ses clients. Impossible de refuser, à moins de vexer ces derniers. Ou de passer pour un homosexuel : la prochaine fois, ils feraient venir des garçons.

Les chiffres vert luminescent de la montre indiquaient cinq heures du matin. Les balayeurs allaient bientôt se mettre à l'œuvre : c'était un beau quartier ancien où l'on veillait à la propreté des rues. Heureusement, il n'y avait ni pluie ni neige, l'hiver honni avait pris fin, cédant place au printemps avec tous ses problèmes et ses prétentions excessives...

La porte du hall claqua. Une jeune femme sortit, s'arrêta à une dizaine de mètres pour rectifier la courroie de son sac à main. Pas pratique, ces immeubles dépourvus de cour, difficile d'y travailler et difficile sans doute aussi d'y vivre, à quoi bon tout ce standing, la tuyauterie était pourrie, les murs épais se couvraient de moisissures, sans parler des fantômes...

Maxime sourit légèrement en sortant de sa voiture. Son corps lui obéissait parfaitement, ses muscles n'étaient nullement ankylosés, il se sentait même plus fort. Un signe qui ne trompait pas.

Il se demandait si les fantômes existaient.

– Galina !

La jeune femme se tourna vers lui. Encore un signe. Elle aurait pu s'enfuir : un homme qui te guette si tôt le matin devant ton immeuble, c'est suspect et potentiellement dangereux...

– Je ne vous connais pas, dit-elle, calmement, avec curiosité.

– Non. Mais moi, en revanche, je vous connais.

– Qui êtes-vous ?

– Un juge.

Il aimait cette définition, archaïque, pompeuse, solennelle.

– Et qui avez-vous l'intention de juger ?

– Vous, Galina.

Maxime était sérieux et concentré. Sa vue s'obscurcit. Et c'était là un signe supplémentaire.

– Pas possible ?

Elle le jaugea d'un regard rapide, et Maxime nota une lueur jaune au fond de ses prunelles.

– Et vous comptez y arriver ?

– J'y arriverai, répondit Maxime en levant le bras.

Le poignard était déjà dans sa paume, une fine lame de bois, jadis claire, mais devenue sombre en trois ans d'usage...

La jeune femme n'émit pas le moindre son quand l'arme lui transperça le cœur.

Comme toujours, Maxime vécut un bref moment de peur brûlante : et si jamais il avait commis une erreur ?

De sa main gauche il toucha la petite croix en bois qu'il portait toujours autour du cou. Il resta ainsi, le poignard en bois dans une main et la croix en bois dans l'autre, jusqu'au moment où la jeune femme commença de se métamorphoser...

Ce fut très rapide. Comme toujours : une transformation en animal et de nouveau en être humain. L'espace de quelques secondes, le corps étendu sur le trottoir fut celui d'une panthère noire, le regard immobile, qui montrait les crocs, un trophée de chasse affublé d'un tailleur, de collants et de chaussures... puis le corps se retransforma. Un ultime mouvement de balancier.

Comme à l'accoutumée, Maxime ne s'étonna pas tant de cette dernière métamorphose fugitive que de l'absence de blessure sur le corps de la jeune femme. La transformation l'avait purifiée, ne restait qu'une déchirure sur son chemisier et sa veste.

– Grâce à Dieu, murmura Maxime, le regard toujours fixé sur la lycanthrope morte. Grâce à Dieu.

Il n'avait rien contre le rôle qu'il était appelé à jouer dans cette vie.

Bien que ce rôle fût trop lourd pour un homme dépourvu de prétentions excessives.

1

Ce matin-là, j'ai compris que le printemps était vraiment arrivé.

La veille, le ciel était différent. Des nuages noirs survolaient la ville imprégnée d'une froide odeur de vent humide et de neige avortée. Une atmosphère qui donnait envie de s'affaler dans un fauteuil, de mettre une cassette avec un beau film américain bien stupide, de vider un petit verre de cognac et de s'endormir sur place.

Au réveil, tout avait changé.

Tel un habile prestidigitateur, une nouvelle saison avait épousseté les rues et les places d'un coup de mouchoir bleu, effaçant les résidus de l'hiver. Même les quelques grumeaux de neige brune au coin des cours et au fond des caniveaux ne semblaient pas un oubli, mais plutôt un élément indispensable au décor. Un rappel...

Je marchais en direction du métro et je souriais.

Il est bon parfois d'être simplement humain. Depuis une semaine déjà, je menais une vie ordinaire. Au travail, je ne montais pas plus haut que le premier, je bidouillais le serveur qui avait acquis de mauvaises habitudes ou j'installais de nouveaux programmes pour nos comptables dont ni elles ni moi ne comprenions l'utilité. Le soir, j'allais au théâtre ou à un match de foot, dans un bar ou au restaurant. N'importe où, pourvu que ce soit bruyant et qu'il y ait beaucoup de monde. Être un humain dans la foule, c'est encore mieux.

Bien évidemment, aucun humain ne travaillait au Bureau du Contrôle de la Nuit, un immeuble ancien de trois étages que nous louait notre propre filiale. Même nos trois vieilles femmes de ménage étaient des Autres. Même les vigiles postés dans le hall d'entrée, dont le travail consistait à faire peur aux escrocs et aux représentants, possédaient quelques pouvoirs. Même notre plombier aurait fait un bon mage s'il n'avait pas été confit dans l'alcool.

Cependant, le rez-de-chaussée et le premier étage présentaient un aspect des plus ordinaires. Nous y recevions les inspecteurs des impôts, nos contacts d'affaires humains et les mafieux censés chapeauter notre organisation, eux-mêmes chapeautés en réalité par le chef, même s'ils l'ignoraient.

Les conversations qui s'y déroulaient étaient banales. On y parlait politique et impôts, de la pluie et du beau temps, de ses achats, de ses affaires de cœur et de celles des autres. Les filles entre elles disaient tout ce qu'elles pensaient des hommes et les hommes ne se privaient pas de leur rendre la pareille en petit comité. On y nouait des intrigues amoureuses, on y tissait des plans pour obtenir une promotion et on discutait des perspectives de primes...

Une demi-heure plus tard, je suis sorti à la station Sokol. Il y avait beaucoup de bruit, l'air sentait les gaz d'échappement. Malgré tout, le printemps était là.

Notre Bureau n'est pas si mal situé. Un bon quartier. À condition d'éviter les comparaisons avec la résidence du Contrôle du Jour. Mais de toute façon, le Kremlin ne saurait nous convenir : le passé imprègne trop profondément la Place Rouge et les vieux murs de brique. Un jour, peut-être, ces émanations négatives s'effaceront. Mais pour l'instant, hélas, ça n'en prend guère le chemin.

Je n'avais pas beaucoup de marche à faire à partir du métro. Les visages des passants étaient radoucis par le retour du soleil. Au printemps, la sensation de tristesse et d'impuissance s'affaiblit. Il y a moins de tentations négatives.

L'un des vigiles fumait devant l'entrée. Il s'est contenté de me saluer amicalement. Il n'était pas censé contrôler à fond tous les entrants, et il dépendait de moi d'installer Internet et quelques nouveaux jeux sur l'ordinateur du poste de garde ou de n'y laisser que les informations nécessaires au service et les dossiers des employés.

– Tu es en retard, Anton, a-t-il remarqué.

J'ai regardé ma montre avec étonnement.

– Le chef a convoqué tout le monde en salle de conférences, on t'a déjà demandé.

Étrange. En général, on ne m'invitait pas aux réunions du matin. Des problèmes avec les ordinateurs ? Peu probable, ils m'auraient tiré du lit en pleine nuit en cas de pépin, c'était déjà arrivé.

J'ai pressé le pas.

Nous avons un très vieil ascenseur, et j'ai préféré monter au troisième à pied. Sur le palier du second se trouvait un autre poste de garde, nettement plus sérieux. Garik était de service. Il a regardé à travers la Pénombre pour sonder mon aura et les marques de reconnaissance dont toutes les Sentinelles sont pourvues. Vérification faite, il a souri.

– Dépêche-toi.

La porte de la salle de conférences était entrouverte. J'ai dénombré une trentaine de personnes, essentiellement des patrouilleurs et des analystes. Le chef faisait les cent pas devant la carte de Moscou, tandis que Vitali Markovitch, notre directeur commercial, un mage très faible, mais un homme d'affaires né, disait :

– Ainsi, nous avons pleinement couvert nos dépenses et nous n'avons aucun besoin d'avoir recours à... euh... des méthodes particulières. Si vous approuvez mes propositions, nous pouvons quelque peu augmenter la rétribution de nos collaborateurs, en premier lieu bien sûr celle des patrouilleurs. Les indemnités pour invalidité temporaire et les pensions aux familles des disparus demandent également... euh... à être revues à la hausse. Et nous pouvons nous le permettre...

Des mages capables de transformer le plomb en or, les charbons en diamants et le papier en billets de banque, et qui pourtant font du commerce, c'est plutôt drôle. Mais en réalité, c'est plus pratique pour deux raisons. Premièrement, ça donne une occupation aux Autres dont les capacités sont trop faibles pour qu'ils en vivent. Deuxièmement, il y a moins de risques d'affecter l'équilibre des forces.

À mon apparition, Boris Ignatievitch a hoché la tête en déclarant :

– Merci, Vitali. Je suppose que tout est clair et que personne n'a aucune remarque à formuler sur votre activité. On peut voter l'approbation ? Merci. Et maintenant que tout le monde est là...

Sous son regard attentif, j'ai gagné un siège libre le plus discrètement que j'ai pu.

– Nous pouvons en venir à la question essentielle.

Semion, assis à côté de moi, a incliné la tête pour me souffler :

– La question essentielle, c'est le paiement des cotisations du mois de mars...

Je n'ai pu retenir un sourire. On observait parfois chez Boris Ignatievitch des résurgences bureaucratiques de son passé de fonctionnaire du parti. Ce qui me gênait bien moins que ses résurgences de potentat oriental ou de général en retraite, mais j'avais peut-être tort.

– La question essentielle, c'est la protestation du Contrôle du Jour que j'ai reçue il y a deux heures.

Sur le moment, je n'ai pas réagi. Le Contrôle du Jour et le Contrôle de la Nuit n'arrêtent pas de se marcher sur les pieds. Des protestations arrivent toutes les semaines, parfois le conflit se règle au niveau régional et parfois, il faut recourir au Tribunal de Berne...

Puis j'ai compris qu'une protestation qui donne lieu à une réunion élargie a forcément quelque chose d'exceptionnel.

– La protestation en question... est la suivante...

Le chef s'est frotté l'arête du nez avant de poursuivre :

– Ce matin, non loin de la rue Stolechnikov, une femme

qui faisait partie des Sombres a été assassinée. Voici une brève description de l'événement.

Deux feuillets imprimés sont tombés sur mes genoux. J'ai parcouru le texte :

« Galina Rogova, vingt-quatre ans... Initiée à l'âge de sept ans, issue d'une famille d'humains ordinaires. A été élevée sous le patronage des Sombres. Mentor Anna Tchernogorova, magicienne noire de quatrième classe... À huit ans, Galina a été classée en tant que lycanthrope-panthère. Capacités moyennes... »

J'ai continué de lire le dossier en faisant la moue. D'ailleurs injustifiée. Rogova était une Sombre, mais elle ne travaillait pas pour le Contrôle du Jour. Elle n'avait commis aucune infraction au Traité. Et n'avait jamais fait la chasse à personne. Pas une seule fois. Elle n'avait même pas utilisé les deux licences offertes à l'occasion de sa majorité et de son mariage. Avec l'aide de la magie, elle avait obtenu un poste important dans l'entreprise de construction immobilière « Douce Maison » dont elle avait épousé le directeur-adjoint. Mère d'un petit garçon qui ne manifestait aucune capacité magique, elle avait plusieurs fois utilisé ses dons pour se défendre. Une fois, elle avait tué son agresseur. Mais même en cette occasion, elle ne s'était pas abaissée à le dévorer...

– On aimerait rencontrer davantage de lycanthropes dans son genre, pas vrai ? a remarqué Semion.

Tournant la page, il a émis un bruit de gorge. Intrigué, j'ai consulté la fin du document.

C'était le procès-verbal. Une déchirure sur le chemisier et la veste... sans doute un coup porté avec un poignard très fin. Envoûté, forcément : on ne saurait tuer un lycanthrope avec du métal ordinaire... Qu'est-ce qui avait donc étonné Semion ?

Ah, voilà !

Le corps ne portait pas de marques visibles. Aucune blessure. Cause du décès : perte totale de l'énergie vitale.

– Pas mal joué, a dit Semion. Je me souviens, durant la

guerre civile, on m'a envoyé capturer un lycanthrope-tigre. Ce salaud travaillait pour la Tcheka, et il occupait un poste très...

– Vous avez tous lu le rapport ? a demandé le chef.

– Je peux poser une question ?

Une petite main s'est levée à l'autre bout de la salle. Tout le monde a souri.

– Bien sûr, Iulia.

Le plus jeune agent du Contrôle s'est levée en rectifiant une mèche. Une brave petite, sauf qu'elle jouait parfois au bébé. Mais elle était parfaitement à sa place au service d'analyse.

– Si je comprends bien, il s'agit d'une intervention magique de deuxième classe ? Ou de première classe ?

– Probablement de deuxième classe, a confirmé le chef.

– Parmi ceux qui auraient pu le faire, il y a vous...

Iulia s'est tue un instant, gênée.

–... Semion, Ilya... ou Garik. J'ai raison ?

– Pas Garik, a dit le chef. Mais Ilya et Semion en sont capables.

Semion a grommelé quelque chose sous son nez, comme si ce compliment lui était désagréable.

– Il est également possible que le meurtre ait été commis par l'un des nôtres de passage à Moscou, a poursuivi Iulia. Mais un mage de cette force ne passe jamais inaperçu quand il voyage, le Contrôle du Jour aurait été averti de sa venue. Il faut donc vérifier trois personnes. Mais si elles ont toutes un alibi, ils ne pourront pas nous accuser ?

– Le problème est ailleurs, ma petite Iulia. Un mage blanc non enregistré et ignorant du Traité commet des meurtres en plein Moscou.

Voilà qui était sérieux...

– Oh..., alors excusez-moi, Boris Ignatievitch.

– Mais non, tu as eu raison d'intervenir. Pour aborder plus rapidement la question essentielle. Les amis, nous avons raté un mage important. Nous l'avons laissé passer entre les mailles du filet. Il n'est au courant de rien et il tue des Sombres.

– Parce qu'il en a tué plusieurs ? a demandé quelqu'un.

– Oui. J'ai consulté les archives. Des cas de ce type ont été répertoriés il y a trois ans, au printemps et en automne, et il y a deux ans en automne. Scénario identique à chaque fois : pas de blessures mais des vêtements déchirés. Les enquêtes du Contrôle du Jour n'ont rien donné. Et ils ont classé ces décès comme accidentels... Quelqu'un parmi les Sombres sera sanctionné pour ce manque de vigilance.

– Et parmi les nôtres ?

– Parmi les nôtres également.

Semion a toussoté.

– Une étrange périodicité, Boris...

– D'autres décès nous ont sans doute échappé. Qui que soit ce mage, il a toujours tué des Autres aux capacités médiocres, qui ont probablement commis des impairs au niveau de leur camouflage. On peut supposer que des Autres non initiés ou non répertoriés figurent également parmi les victimes. Voici ce que je propose...

Le chef nous a adressé un regard circulaire.

– Le service d'analyse va collecter les informations nécessaires et rechercher des cas analogues. N'oubliez pas que ces morts ne sont pas forcément répertoriées comme des meurtres, plutôt comme des décès aux causes indéterminées. Vérifiez les résultats des autopsies, interrogez les employés de la morgue... Réfléchissez vous-mêmes aux moyens de trouver les renseignements adéquats. Le service scientifique... va envoyer deux ou trois agents au Contrôle du Jour pour étudier le corps. Ils devront déterminer comment ce mage – appelons-le le Sauvage – s'y prend pour tuer. Le service des patrouilleurs... va renforcer sa surveillance dans les rues. Cherchez-le, les gars.

– Ces derniers temps, nous n'arrêtons pas de chercher des mages inconnus, a grogné Igor. Boris Ignatievitch, nous n'avons pas pu rater un mage de cette force !

– Il est possible qu'il n'ait jamais été initié et que ses capacités ne se manifestent que périodiquement.

– Au printemps et à l'automne, comme chez la plupart des cinglés.

– Oui, Igor, tu as parfaitement raison. Au printemps et à l'automne. Immédiatement après ce meurtre qu'il vient de commettre, il porte peut-être encore un relent de magie. Nous avons une petite chance de mettre la main dessus. Au travail.

– Et quel sera notre objectif ? a demandé Semion.

Ceux qui s'étaient déjà levés se sont immobilisés.

– Trouver le Sauvage avant les Sombres. Le protéger, l'éduquer, le recruter. Comme d'habitude.

– C'est clair.

– Anton et Olga, je vous demande de rester, a jeté le chef en se tournant vers la fenêtre.

Les sortants m'ont regardé avec curiosité, et même avec une certaine envie. Une mission spéciale, c'est toujours intéressant. J'ai échangé un sourire avec Olga.

Elle ne ressemblait plus guère à la jeune femme qui avait bu du cognac dans ma cuisine cet hiver. Une jolie coiffure, un joli teint, et son regard... Il avait toujours eu de l'assurance, mais s'y ajoutait désormais une dose de coquetterie, et aussi de fierté.

Sa punition avait été levée. Pas totalement, mais elle avait retrouvé sa forme humaine.

– Anton, je n'aime pas le tour que prennent les événements, a dit le chef sans se retourner.

Olga m'a fait signe de répondre.

– Que voulez-vous dire, Boris Ignatievitch ?

– Cette protestation ne me plaît pas.

– À moi non plus.

– Tu ne comprends pas. Et je crains que tu ne sois pas le seul... Olga, toi au moins, tu vois ce que je veux dire ?

– Il est fort étrange que le Contrôle du Jour ne soit pas parvenu à retrouver un meurtrier qui agit depuis des années.

– Précisément. Tu te souviens de Cracovie ?

– Hélas oui. Tu penses qu'ils veulent nous jouer un sale tour ?

– Ce n'est pas exclu.

Boris Ignatievitch s'est écarté de la fenêtre.

– Anton, tu peux envisager une telle hypothèse ?

– Je ne comprends pas très bien, ai-je balbutié.

– Supposons qu'un mage blanc sauvage et solitaire erre à travers la ville. Il n'a jamais été initié. De temps en temps, ses capacités augmentent... il décèle la présence d'un Sombre et il l'élimine. Le Contrôle du Jour est-il en mesure de le découvrir ? Il en est parfaitement capable, tu peux m'en croire. On peut légitimement se demander pourquoi il ne l'a pas fait jusqu'à présent. Pourtant, le Sauvage tue des Sombres !

– Des Sombres sans grande importance.

– Exactement. Sacrifier des pions est dans la tradition...

Le chef a hésité en croisant mon regard.

– Dans la tradition du Contrôle.

– Des Contrôles, ai-je rectifié d'un ton vindicatif.

– Des Contrôles, a répété le chef d'une voix lasse. Tu as la rancune tenace... Réfléchissons aux objectifs possibles d'une telle combinaison. Une accusation de négligence à l'égard du Contrôle de la Nuit ? C'est idiot. Notre devoir est de contrôler la conduite des Sombres et le respect du Traité par les Clairs que nous connaissons, et non de faire la chasse à de mystérieux tueurs en série. Le Contrôle du Jour est lui-même en faute.

– La provocation vise donc une personne concrète ?

– Bravo. Tu te souviens de ce qu'a dit Iulia ? Peu des nôtres sont capables de tuer de cette manière. C'est facile à démontrer. Il est possible que le Contrôle du Jour ait décidé d'accuser l'un de nos agents de violer sciemment le Traité.

– Mais dès que nous aurons trouvé le Sauvage...

– Et si les Sombres le trouvent avant nous, mais évitent de le crier sur les toits ?

– Nous pouvons présenter des alibis.

– Et si les meurtres se sont produits à des moments où l'agent visé n'avait aucun alibi ?

– Il passera devant le Tribunal, avec interrogatoire complet. Quand on met ta conscience à nu, ce n'est pas très agréable, forcément...

– Un mage puissant, et ces meurtres ont été commis par quelqu'un de fort, peut fermer sa conscience même face au

Tribunal. Il ne pourra pas les tromper, mais il pourra se taire. Il sera d'ailleurs obligé de se taire, car des Sombres seront présents. Trop de connaissances pourraient tomber aux mains de nos adversaires. Quand un mage se ferme lors de l'interrogatoire, il est automatiquement considéré comme coupable. Avec tout ce qui s'ensuit pour lui-même et pour son Contrôle.

– Un tableau particulièrement sinistre, Boris Ignatievitch. Presque aussi sinistre que celui que vous m'avez décrit cet hiver. Un Autre d'une force monstrueuse, une percée de l'inferno qui réduira Moscou en cendres...

– Je comprends ta réaction. Mais je ne te mens pas, Anton.

– Qu'attendez-vous de moi ? Ce n'est pas mon profil. Pour ce qui est d'aider les analystes, il est évident que le service informatique fera de son mieux.

– Anton, je veux que tu détermines qui d'entre nous est visé. Qui possède un alibi pour tous les meurtres répertoriés et qui n'en a aucun.

Le chef a sorti un DVD de la poche de son veston.

– Je te donne ceci... Trois ans de dossiers complets sur quatre des nôtres, moi compris.

J'ai frémi en prenant le disque.

– J'ai enlevé les mesures de protection. Évidemment, personne ne doit voir ça. Tu ne dois pas copier ces informations. Protège bien tes calculs et tes schémas... sans économiser sur la longueur du mot de passe.

– J'aurai besoin de quelqu'un pour m'aider, ai-je demandé d'un ton hésitant en regardant Olga, qui ne pouvait m'être d'aucun secours. Son expérience en matière d'informatique se limitait à des parties de Heretic, Hexen et autres jeux du même genre.

– Tu vérifieras personnellement ma base de données, a déclaré le chef après un silence. Pour les autres, tu peux faire appel à Anatoli. D'accord ?

– Et moi, qu'est-ce que je dois faire ? a demandé Olga.

– La même chose, mais au moyen de questionnaires directs.

D'une série d'interrogatoires, pour parler franchement. Tu commenceras par moi.

– Compris.

– Vas-y, Anton, mets-toi au travail dès maintenant. Pour les tâches courantes, les filles s'en sortiront très bien sans toi.

– Je pourrais peut-être adapter un peu les données ? ai-je suggéré, au cas où quelqu'un n'aurait pas d'alibi... Ça peut s'arranger.

Le chef a secoué la tête.

– Non. Tu n'as rien compris. Je ne veux pas fabriquer de faux. Je veux vérifier qu'aucun des nôtres n'est mêlé à ces meurtres.

– Vous êtes sérieux ?

– Oui. Rien n'est impossible en ce monde. Ce qu'il y a de bien dans notre travail, c'est que je peux te confier une telle tâche. Et que tu la mèneras à bien. Sans tenir compte de tes sentiments personnels.

Quelque chose m'a fait tiquer, mais j'ai acquiescé et je me suis dirigé vers la porte avec le précieux disque. Sur le seuil, je suis enfin parvenu à formuler ma question.

– Boris Ignatievitch..., ai-je dit en me retournant.

Olga et lui se sont prestement écartés l'un de l'autre.

– Vous m'avez remis les dossiers de quatre personnes ?

– Oui.

– Le vôtre, ceux d'Ilya, de Semion et...

– Et le tien, Anton.

– Pour quoi faire ?

– Durant cet affrontement sur le toit de l'immeuble, tu es resté trois minutes dans la deuxième Pénombre. Anton, cela relève de la troisième classe.

– Pas possible.

– C'est pourtant le cas.

– Mais vous avez toujours dit que j'étais un mage de force moyenne !

– Disons qu'un excellent informaticien m'était beaucoup plus utile qu'un bon patrouilleur supplémentaire.

En d'autres circonstances, j'aurais éprouvé de la fierté, mêlée d'une certaine rancœur. J'avais toujours pensé que la quatrième classe était le maximum que je puisse espérer atteindre un jour lointain. Mais là, la peur a tout occulté, une peur odieuse, collante. Depuis cinq ans que j'occupais un poste tranquille au Contrôle de la Nuit, j'avais perdu l'habitude d'avoir peur de quoi que ce soit : des autorités, de la mafia, des maladies...

– Mais c'était une intervention de deuxième classe...

– La limite entre troisième et deuxième classe est trop subtile, Anton. Tu es peut-être capable de plus.

– Mais nous avons plus d'une dizaine de mages de troisième classe. Pourquoi devrais-je figurer parmi les suspects ?

– Parce que tu as contrarié Zébulon, tu lui as marché sur les pieds. Le chef du Contrôle du Jour est parfaitement apte à tendre un piège destiné personnellement à Anton Gorodetski. Plus précisément à utiliser un vieux piège qu'il gardait en réserve.

J'ai encaissé le coup, et je suis sorti sans plus poser de questions.

Notre labo est également au troisième, mais dans une autre aile. J'ai remonté le long couloir, saluant les collègues que je croisais, mais sans m'arrêter. Je serrais le DVD plus ardemment qu'un amoureux la main de sa belle.

Le chef avait peut-être dit vrai. C'était peut-être une attaque contre moi.

Peu probable qu'il m'ait menti. Je lui avais posé une question directe et j'avais reçu une réponse claire et nette. Bien sûr, avec les années, même les mages blancs les plus intègres accumulent une certaine réserve de cynisme et apprennent à jongler avec les mots. Mais un mensonge direct est toujours lourd de conséquences, même pour Boris Ignatievitch.

On accédait au labo par un sas muni d'un système de contrôle électronique. Les mages considèrent les équipements techniques avec ironie, et Semion m'avait déjà montré combien il est facile de tromper un analyseur de voix ou un scanner de la rétine. Malgré tout, j'avais obtenu l'achat de ces coûteux jouets. Ils ne pouvaient nous protéger de nos semblables. Mais si un jour des hommes du FSB ou de la mafia se mettaient en tête de fouiller nos locaux...

– Un, deux, trois, quatre, cinq, ai-je dit dans le micro en regardant l'objectif de la caméra.

L'appareil a réfléchi quelques secondes, puis une lumière verte s'est allumée au-dessus de la porte.

Il n'y avait personne dans la première pièce. Les ventilateurs du serveur vrombissaient, les appareils à air conditionné encastrés dans les murs fonctionnaient à plein régime, mais il faisait quand même chaud. Et le printemps commençait à peine...

Je me suis dirigé vers mon bureau. Il n'était pas entièrement à moi. Mon assistant Anatoli y avait également ses quartiers. Parfois au sens propre : il lui arrivait souvent de passer la nuit sur l'antique divan de cuir.

Il était en train d'examiner une vieille carte mère d'un air pensif.

– Salut, ai-je dit en m'asseyant sur le divan.

Le disque me brûlait les doigts.

– Elle est clamsée, a-t-il tristement constaté.

– Eh bien jette-la.

– Je vais d'abord enlever la cervelle...

Anatoli était particulièrement économe, ayant longtemps travaillé dans des instituts financés par l'État. Nous n'avions pas de problèmes de budget, ce qui ne l'empêchait pas d'entasser du vieux matériel totalement inutile.

– Je la tripote depuis une demi-heure, et ça ne la fait même pas branler.

– C'est une antiquité, à quoi bon perdre ton temps ? Même les ordinateurs de la comptabilité sont des bolides comparés à ton tas de ferraille.

– J'aurais pu la filer à quelqu'un... Je devrais peut-être aussi récupérer la mémoire cache...

– Tolik, nous avons un travail urgent.

– Ah bon ?

Je lui ai montré le DVD.

– J'ai là les dossiers complets de quatre de nos agents. Y compris celui du chef.

Il a jeté la carte mère dans un tiroir et a regardé le disque.

– Je vais vérifier trois dossiers. Et tu te chargeras du troisième... le mien.

– Et pour vérifier quoi ?

Je lui ai tendu les feuillets où figuraient les dates des meurtres.

– Il est possible que l'un des suspects assassine des Sombres de temps à autre. Sans demander la permission. Tous les cas connus sont répertoriés ici. Soit nous excluons toute éventualité, soit...

– Et c'est vraiment toi qui les as zigouillés ? a demandé Anatoli. Pardonne-moi d'être aussi direct...

– Non, mais tu ne dois pas me croire sur parole. Bon, mettons-nous au boulot.

Je n'ai pas regardé mon dossier, j'ai copié les 800 Mo sur l'ordinateur d'Anatoli et j'ai récupéré le disque.

– Si je trouve quelque chose d'intéressant, je te le dis ?

Anatoli était en train de consulter les fichiers texte en se gratouillant l'oreille gauche et en cliquant avec sa souris.

– Comme tu voudras.

– Bon.

Je me suis d'abord attelé au dossier du chef. Il s'ouvrait sur des informations générales, et chaque ligne que je lisais m'inondait de sueur.

Bien sûr, même ce dossier ne mentionnait pas son vrai nom ni ses origines exactes, ces éléments ne sont jamais répertoriés sur des documents écrits lorsqu'il s'agit d'Autres de son rang. Mais j'allais de découverte en découverte. Pour commencer, il était plus vieux que je n'avais imaginé. Il avait personnellement pris part à la signature du Traité entre la Lumière et l'Obscurité. Pourquoi donc occupait-il les fonctions peu gratifiantes de directeur régional, au lieu de siéger à la direction générale, comme les autres mages encore vivants de cette époque ?

De surcroît, j'ai découvert plusieurs noms sous lesquels le chef figurait dans l'histoire du Contrôle. Et son pays natal. Nous en discutions parfois, nous faisions même des paris à ce sujet, avançant des preuves « irréfutables ». Mais personne n'avait jamais suggéré que Boris Ignatievitch puisse venir du Tibet.

Et même dans mes extrapolations les plus délirantes, je n'aurais jamais supposé de qui il avait été le mentor !

Il travaillait essentiellement en Europe depuis le XVIe siècle. Par recoupement, j'ai compris que la cause de ce changement de latitudes était une femme. J'ai même cru deviner de quelle femme il s'agissait.

Refermant la fenêtre qui contenait les renseignements d'ordre général, j'ai tourné la tête vers Anatoli. Il était déjà en train de regarder un fragment vidéo. Évidemment, ma biographie était loin d'être aussi passionnante que celle du chef. En voyant la minuscule image en mouvement, j'ai rougi.

– Pour le premier meurtre, tu as un alibi incontestable, a dit Anatoli sans se retourner.

– Écoute...

– Bah, ne te mets pas martel en tête. Je vais passer ça en accéléré pour vérifier toute la nuit.

Je me suis figuré de quoi le film aurait l'air en accéléré et j'ai détourné les yeux. Je me doutais bien que la direction surveillait la vie privée de ses agents, surtout celle des jeunes. Mais un tel cynisme !

– Pour l'alibi, ça ne marchera pas, ai-je dit. Je vais bientôt me rhabiller et sortir.

– Oui, j'y suis déjà, a confirmé Anatoli.

– Je serai absent presque une demi-heure.

J'étais allé acheter du champagne, le temps que j'en trouve, l'air frais a quelque peu dissipé mon ivresse et j'ai hésité à revenir.

– N'en fais pas un drame ! Jette plutôt un coup d'œil à la vie intime du chef.

Au bout d'une demi-heure, j'ai compris qu'Anatoli était dans le vrai. J'avais certes des raisons de me sentir offensé par l'impudence de nos observateurs. Mais Boris Ignatievitch n'en avait pas moins.

– Le chef a un alibi, ai-je dit. Incontestable. Dans deux cas, il était avec quatre témoins. Et dans un troisième, presque tout le Contrôle au complet peut témoigner de sa présence.

– C'est quand nous avons fait la chasse à ce Sombre qui avait perdu la boule ?

– Oui.

– Toi, en revanche, tu n'as pas d'alibi, même pour ce jour-là. On ne t'a appelé qu'au matin, et le chronométrage est approximatif. Il y a juste une photo qui te montre entrant dans la boîte.

– Mais alors...

– Théoriquement, tu fais un coupable parfait. En plus, excuse-moi de te dire ça, à chaque meurtre, tu étais dans un état d'excitation particulière. On pourrait croire que tu ne te contrôlais plus.

– Je ne les ai pas tués.

– Je te crois. Qu'est-ce que je fais du dossier ?

– Efface-le.

Anatoli a réfléchi quelques instants.

– Je n'ai rien d'important là-dessus. Je vais reformater complètement le disque dur. Il y a longtemps que j'aurais dû le nettoyer.

– Merci. Ce sera tout. Je me charge du reste.

J'ai refermé le dossier du chef.

– Pigé.

Anatoli a surmonté l'indignation légitime de son ordinateur qui a commencé à s'autodigérer.

– Va voir les filles, ai-je proposé. En affichant ton air le plus sévère. Je suis sûr qu'elles sont encore en train de jouer aux cartes.

– Bonne idée. Tu en as pour longtemps ?
– Deux heures environ.
– Je repasserai.
Il est parti rendre visite à nos deux informaticiennes qui s'occupaient surtout des activités commerciales de la boîte. Et je me suis attelé au dossier de Semion.

Deux heures et demie plus tard, je me suis arraché à mon ordinateur, je me suis massé la nuque, complètement engourdie à force de rester devant l'écran, et je suis allé me préparer un café.

Ni le chef ni Ilya ni Semion ne convenaient pour le rôle du tueur fou. Ils avaient tous des alibis, dont certains en béton. Semion, par exemple, avait trouvé le moyen de passer la nuit de l'un des meurtres à des pourparlers avec la direction du Contrôle du Jour. Ilya, quant à lui, se trouvait en mission à Sakhaline qui avait demandé une aide du centre dans une affaire particulièrement brûlante.

De nous quatre, j'étais le seul suspect.

Je faisais confiance à Anatoli, mais j'ai vérifié une seconde fois mon dossier. Il avait raison. Pas le moindre alibi.

Le café était acide, ça devait faire longtemps qu'on n'avait pas changé le filtre. J'ai avalé cette mixture douteuse en contemplant mon écran, puis j'ai sorti mon mobile et j'ai appelé le chef.

– Eh bien, Anton ?

Il savait toujours qui l'appelait.

– Boris Ignatievitch, il ne reste qu'un seul suspect.

– Et qui donc ?

Sa voix était sèche, officielle. Mais j'avais l'impression que le chef était assis à moitié nu sur son divan de cuir, une coupe de champagne dans une main et enlaçant Olga de l'autre. Quant au combiné, il le serrait contre son épaule, ou plutôt le faisait léviter près de son oreille.

– Arrête tes exercices extralucides à la manque, a dit le chef. Qui est le suspect ?

– Moi.
– Je vois.
– Vous le saviez déjà.
– Qu'est-ce qui te fait dire ça ?
– Vous n'aviez pas besoin de moi pour étudier ces dossiers, vous vous seriez parfaitement débrouillé tout seul. Vous vouliez que je constate par moi-même le danger qui me menaçait.
– Supposons. Que vas-tu faire ?
– Demander aux copains de m'apporter des oranges.
– Passe me voir au bureau. Dans... dix minutes.
– D'accord.
Je suis allé voir les filles. Anatoli était toujours là, et elles travaillaient avec un zèle inhabituel.
En réalité, le Contrôle n'avait que faire de deux informaticiennes pas particulièrement douées. L'accès à la plupart des dossiers confidentiels leur étant interdit, Anatoli et moi faisions l'essentiel du boulot. Mais quel autre travail confier à deux très faibles magiciennes ? Si seulement elles avaient accepté de vivre une existence normale, mais non, elles avaient soif de romantisme et voulaient absolument travailler au Contrôle de la Nuit. Alors on leur avait trouvé de quoi s'occuper.
Elles passaient le plus clair de leur temps à surfer sur Internet ou à jouer, essentiellement à des jeux de cartes variés.
Anatoli était assis devant un ordinateur libre – il y en avait plusieurs – et Iulia, juchée sur ses genoux, maniait nerveusement la souris.
– C'est ça que tu appelles lui enseigner les finesses de l'informatique ? ai-je demandé à la vue des monstres qui parcouraient l'écran.
– Rien n'améliore tant le maniement de la souris que les jeux informatiques, a répondu Anatoli d'une voix innocente.
– Mais...
Je n'ai su quoi répondre.
Personnellement, je ne jouais plus depuis longtemps aux jeux de ce genre. Comme la plupart de mes collègues. Tuer des monstres dessinés est intéressant tant que tu ne les as pas ren-

contrés de visu. Ou alors il faut avoir vécu plus d'un siècle et posséder une bonne réserve de cynisme, comme Olga.

– Tolik, je ne reviendrai sans doute pas aujourd'hui.

Il a acquiescé sans manifester d'étonnement. Nos dons de prescience sont limités, mais nous sentons ces petites choses.

J'ai dit au revoir aux filles. Galia a jeté quelques paroles aimables, sans s'arracher à son écran, histoire de montrer son ardeur au travail. Léna a demandé :

– Je pourrai partir un peu plus tôt ?

– Bien sûr.

Nous ne nous mentons pas les uns aux autres. Si Léna veut partir plus tôt, elle a certainement une raison valable. Nous ne mentons pas.

Mais parfois, nous rusons, nous déformons les choses et nous passons certains points sous silence...

Un désordre effrayant régnait sur le bureau du chef où traînaient stylos, crayons, feuilles de papier, rapports et vieux cristaux magiques usagés.

Pour couronner le tout, un réchaud à alcool trônait au centre où une poudre blanche chauffait dans un creuset. Le chef la mélangeait d'un air pensif avec un beau stylo Parker, sans doute dans l'attente d'une réaction. La poudre s'obstinait à ignorer le traitement qu'il lui faisait subir.

– Voilà.

J'ai posé le DVD devant lui.

– Qu'allons-nous faire ? a demandé Boris Ignatievitch sans lever la tête.

Il n'avait plus son veston, sa chemise était chiffonnée et sa cravate de travers.

J'ai louché en direction du divan. Olga n'était pas dans le bureau, mais une bouteille de champagne vide et deux coupes étaient posées par terre.

– Je n'en sais rien. Je n'ai pas tué ces Sombres. Vous le savez bien.

– Je sais.
– Mais je ne peux pas le démontrer.
– D'après mes calculs, nous disposons de deux ou trois jours, a dit le chef. Avant que le Contrôle du Jour ne t'accuse nommément.
– Ce n'est pas si compliqué d'inventer un faux alibi.
– Et tu serais d'accord ?
– Non, bien sûr. Je peux vous poser une autre question ?
– Vas-y.
– D'où tenez-vous ces données ? Ces photos et ces vidéos ?
Le chef est resté silencieux quelques instants avant de répondre :
– Je me doutais bien que tu allais m'interroger à ce sujet... Tu as consulté mon propre dossier, Anton. Est-il moins indiscret que le tien ?
– Non. Et c'est pourquoi je vous pose la question. Pourquoi autorisez-vous la collecte d'informations de cette sorte ?
– Je ne peux pas l'interdire. C'est l'Inquisition qui fait ce travail.
J'ai failli demander bêtement : « Parce qu'elle existe vraiment ? », mais je me suis retenu. Cependant, j'imagine que mon expression fut assez parlante.
Le chef m'a regardé un moment, attendant d'autres questions éventuelles, avant de continuer :
– À partir de cet instant, tu ne dois plus rester seul. Sauf dans les toilettes. Le reste du temps, tu dois avoir constamment des témoins avec toi. Au moins deux ou trois de préférence. Nous pouvons espérer qu'un autre meurtre sera commis.
– Si c'est une machination contre moi, il n'y aura pas de meurtre tant que je ne me retrouverai pas sans alibi.
Le chef a souri.
– Mais tu vas te retrouver sans alibi. Je suis moins bête que tu ne le penses.
J'ai hoché la tête sans comprendre.
– Olga...
La porte que j'avais toujours prise pour un placard s'est

ouverte. Olga est entrée en lissant ses cheveux. Son jean et son chemisier moulaient son corps comme c'est le cas après une douche chaude. Derrière elle, j'ai aperçu une immense baignoire avec un jacuzzi et une fenêtre panoramique qui n'était certainement transparente que d'un seul côté.

– Tu t'en sortiras, Olga ? a demandé le chef.

Apparemment, il faisait allusion à quelque chose dont ils avaient déjà débattu.

– Toute seule ? Non.

– Je ne parle pas de ça.

– Mais bien sûr, ça ira.

– Placez-vous dos à dos, a dit le chef.

Je n'étais pas d'humeur à discuter. Mais mon cœur s'est serré : j'ai deviné qu'il allait se passer quelque chose de très sérieux.

– Et ouvrez-vous, tous les deux.

J'ai fermé les yeux, je me suis détendu. Le dos d'Olga était chaud et humide, même à travers son chemisier. C'est une étrange sensation de se trouver ainsi pressé contre une femme qui vient de faire l'amour... avec un autre.

Non, je n'éprouvais pas l'ombre d'un sentiment amoureux à son égard. Peut-être parce que je me souvenais d'elle sous sa forme de chouette, ou peut-être parce que nous avions très vite adopté des relations d'amis et de partenaires. Ou peut-être à cause des siècles qui séparaient nos dates de naissance : que signifie un corps jeune quand une poussière séculaire imprègne ton regard ? Nous étions amis, rien de plus.

Mais c'était tout de même une drôle de sensation.

– Allons-y, a dit le chef, un peu brutalement.

Et il a prononcé quelques mots dont je n'ai pas compris le sens, dans une langue très ancienne.

Un envol.

Comme si la terre s'était dérobée sous mes pieds, comme si mon corps n'avait plus de poids. Un orgasme en apesanteur, une dose de LSD dans le sang, des électrodes stimulant les centres du plaisir...

Une vague de joie folle, pure et totalement injustifiée m'a submergé, au point que le monde s'est obscurci. Je suis tombé, mais la force qui émanait des mains levées du chef me retenait, ainsi qu'Olga, à des fils invisibles, nous obligeait à nous serrer l'un à l'autre, dos contre dos.

Puis les fils se sont emmêlés.

– Tu nous excuseras, Anton, mais nous n'avions pas de temps à perdre en explications et en hésitations.

Je me taisais. Complètement abasourdi, j'étais assis par terre et je regardais mes mains, aux doigts fins, ornés de deux bagues en argent, mes jambes, longues et fines, encore humides après la douche et moulées dans un jean trop étroit, mes petits pieds en chaussures de sport blanc et bleu.

– C'est très provisoire.

– Qu'est-ce que...

J'ai failli lâcher une bordée de jurons, mais je me suis tu en entendant le son de ma voix. Une voix douce et féminine.

– Du calme, Anton.

Le jeune homme debout à côté de moi m'a tendu la main pour m'aider à me remettre debout. Sans son aide, je crois que je serais tombé, car le centre de gravité de mon corps n'était plus le même. J'étais désormais plus petit et je voyais le monde autrement...

Je regardais mon ancien visage.

– Olga ?

Ma partenaire et la nouvelle occupante de mon corps a acquiescé. En regardant son... mon... visage, j'ai remarqué que je ne m'étais pas très bien rasé ce matin. Et que j'avais un petit bouton rouge qui pointait sur le front, digne d'un adolescent en pleine puberté.

– Du calme, Anton. Moi aussi, c'est la première fois que je change de sexe.

Je l'ai crue. Malgré son âge, Olga n'avait sans doute jamais expérimenté ce type de situation.

– Ça y est, tu t'habitues ? a demandé le chef.

J'étais encore en train de m'examiner, palpant mon nouveau visage et essayant de saisir mon reflet dans la vitrine.

– Viens.

Olga m'a tiré par la main. Puis elle s'est arrêtée.

– Une minute...

Ses mouvements étaient encore plus hésitants que les miens.

– Lumière et Obscurité, s'est-elle exclamée, comment les hommes font-ils pour marcher ?

Et là, j'ai éclaté de rire, comprenant enfin toute l'ironie de la situation. Le chef m'avait caché des Sombres en me dissimulant dans le corps de sa maîtresse, un corps peut-être aussi vieux que la cathédrale Notre-Dame de Paris !

Olga m'a poussé vers la salle de bains – je me suis réjoui malgré moi d'être aussi fort –, elle m'a incliné au-dessus du jacuzzi et m'a envoyé un jet d'eau froide en pleine figure avec la douche posée en prévision sur le rebord de faïence rose tendre.

Je me suis dégagé en toussant, réprimant à grand-peine le désir de gifler Olga (ou de me gifler moi-même ?). Les réflexes moteurs de mon nouveau corps commençaient à se réveiller.

– Ce n'est pas une crise d'hystérie, me suis-je exclamé, furieux. J'étais juste en train de rire.

– Tu es sûr ?

Se peut-il que j'aie vraiment ce regard quand j'essaye d'exprimer une bienveillance mêlée de doute ?

– Absolument sûr.

– Alors regarde-toi.

Je me suis approché du miroir, aussi grand et luxueux que l'ensemble de cette salle de bains secrète.

Chose étrange, la vue de ma nouvelle apparence m'a complètement calmé. Si je m'étais retrouvé dans un autre corps masculin, le choc aurait sans doute été plus grand. Tandis que là, j'avais l'impression de me rendre à un bal costumé.

– Tu n'es pas en train d'agir sur moi ? ai-je demandé. Ou le chef ?

– Mais non.

– C'est donc que j'ai les nerfs solides.

– Ton rouge à lèvres a déteint. Tu sais te mettre du rouge à lèvres ? a demandé Olga avec un petit rire.

– Ça ne va pas ? Bien sûr que non !

– Je t'apprendrai. Ce n'est pas sorcier. Tu as beaucoup de chance.

– Pourquoi ça ?

– Une semaine de plus, et j'aurais été obligée de t'apprendre à utiliser une serviette périodique.

– Comme tout homme normal qui regarde la télévision, je sais parfaitement m'en servir. Il suffit de verser du liquide bleu dessus et de la presser dans son poing.

2

En sortant du bureau, je me suis immobilisé une seconde, luttant contre la tentation de revenir.

À n'importe quel moment j'aurais pu refuser le plan du chef. Il m'aurait suffi de prononcer quelques mots et Olga et moi aurions récupéré nos corps respectifs. Mais je venais d'en apprendre assez pour accepter cet échange comme la seule réponse valable à la provocation des Sombres.

Il est idiot de renoncer à un traitement qui peut vous sauver sous prétexte qu'on n'aime pas les piqûres.

Les clefs de l'appartement d'Olga étaient dans mon sac. Il y avait aussi de l'argent et une carte de crédit dans un petit porte-monnaie, une trousse de cosmétiques, un mouchoir, une serviette périodique – je n'étais pourtant pas censé en avoir besoin ? –, une boîte de bonbons Tic-Tac entamée, un peigne, des pièces de monnaie répandues au fond, un miroir et un minuscule téléphone mobile.

Les poches vides de mon jean me donnaient la sensation d'avoir perdu quelque chose. Je les ai fouillées, pensant découvrir au moins une pièce, pour me convaincre que, comme la plupart des femmes, Olga préférait tout transporter dans son sac.

Des poches vides étaient loin de représenter ma plus grande perte de la journée. Mais ce détail m'irritait. J'y ai transféré quelques billets de banque et je me suis senti plus sûr de moi.

Dommage qu'Olga n'ait pas de baladeur.

Garik s'est approché.

– Salut, le chef est libre ?

– Il... Il est avec Anton, ai-je répondu.

– Qu'est-ce qui t'arrive, Olga ?

Garik m'a regardé attentivement. J'ignore ce qui lui a mis la puce à l'oreille : l'intonation de ma voix, un manque d'assurance dans ma façon de bouger, une variation dans mon aura. Si même un patrouilleur avec lequel ni Olga ni moi n'entretenions de liens particuliers sentait une différence, j'étais mal parti.

Garik a souri, d'un sourire hésitant et timide. C'était inattendu : je n'avais jamais vu Garik faire le joli cœur avec nos collègues féminines. Le pauvre avait du mal à lier connaissance même avec les femmes ordinaires.

– Rien. Nous avons eu une petite discussion.

Je lui ai tourné le dos et je suis parti sans dire au revoir.

C'était la version destinée au Contrôle de la Nuit, au cas improbable où un agent ennemi se serait infiltré parmi nous. Ce n'était arrivé qu'une ou deux fois dans toute l'histoire du Contrôle, mais on ne sait jamais. Mieux valait faire croire à tout le monde que Boris Ignatievitch s'était brouillé avec sa vieille amie.

Après tout, Olga était demeurée prisonnière dans son bureau pendant près d'un siècle, avec interdiction de reprendre forme humaine, et sa réhabilitation n'était que partielle : elle avait perdu la majeure partie de ses pouvoirs. Elle avait de bonnes raisons de lui en vouloir... Au moins, j'étais exempté de l'obligation de jouer à la maîtresse du chef.

Je suis descendu au second en songeant qu'Olga s'était appliquée à me faciliter les choses. Elle avait mis un jean au lieu d'une jupe ou d'une robe, et des chaussures de sport au lieu de souliers à talons. Et son parfum était très léger.

Vive la mode unisexe, même si elle a été inventée par des homosexuels.

Je savais ce que je devais faire. Mais c'était difficile. Difficile d'emprunter ce petit couloir discret au lieu de me diriger vers la sortie.

Et de me replonger dans le passé.

On dit que les hôpitaux ont une odeur particulière. C'est certain. Il serait étonnant que le chlore et la douleur, les pansements stériles et les blessures, les vieux pyjamas et la nourriture insipide n'aient pas d'odeur.

Mais comment expliquer l'odeur spécifique des écoles et des universités ?

Tous les cours n'ont pas lieu sur place. Pour certains, il est plus pratique de se rendre à la morgue, de nuit, nous y avons nos entrées. D'autres sont dispensés sur le terrain. D'autres encore à l'étranger, lors de voyages touristiques financés par le Contrôle. Durant mon stage, j'ai ainsi eu l'occasion de me rendre à Haïti, en Angola, aux États-Unis et en Espagne.

Mais pour quelques matières, seul le bâtiment du Contrôle, protégé magiquement des fondations jusqu'au toit, peut convenir. Il y a trente ans, quand le Contrôle a déménagé dans ces locaux, trois salles de cours ont été aménagées, chacune conçue pour quinze personnes. J'ignore si c'était par excès d'optimisme ou par excès de place. Même lors de mon stage – et c'était une très bonne année – la moitié d'une salle suffisait amplement.

Actuellement, nous n'avions que quatre stagiaires. Et la seule dont nous étions sûrs qu'elle intégrerait nos rangs au lieu d'opter pour une existence humaine normale était Svetlana.

Les lieux étaient silencieux. J'ai lentement remonté le couloir, ouvrant des salles vides que nous aurait enviées l'université la mieux financée. Un ordinateur portable sur chaque table. Un grand écran de projection, des bibliothèques pleines de livres... qui, s'ils étaient tombés entre les mains d'un historien, d'un véritable historien digne de ce nom et non d'un fumiste...

Mais aucun historien ne les verrait jamais.

Certains de ces ouvrages contenaient trop de vérités. D'autres trop peu de mensonges. Il valait mieux que les humains ne les lisent pas, pour leur propre bien. Qu'ils se contentent donc des versions de l'histoire dont ils ont l'habitude.

Au bout du couloir, un immense miroir occupait tout le mur. Je m'y suis regardé pour apercevoir une belle jeune femme à la démarche chaloupée.

J'ai failli me casser la figure, Olga avait fait de son mieux, mais elle ne pouvait changer le centre de gravité de son corps. Quand je cessais de penser à mon enveloppe physique, tout allait à peu près bien, les réflexes moteurs fonctionnaient correctement. Mais dès que je me voyais de l'extérieur, les problèmes commençaient. Même ma respiration était différente. On aurait dit que l'air n'entrait pas de la même manière dans mes poumons...

Je suis arrivé devant la dernière porte vitrée et j'ai jeté un coup d'œil à l'intérieur. Le cours touchait à sa fin.

Un cours de magie quotidienne, je l'ai compris tout de suite en voyant Polina Vassilievna devant le tableau. L'une de nos doyennes, par son aspect physique et non par les années. On ne l'avait découverte et initiée qu'à l'âge de soixante-trois ans. Une vieille dame qui, dans les dures années d'après-guerre, gagnait sa vie en prédisant l'avenir d'après les cartes : qui aurait pu supposer qu'elle possédait de vrais pouvoirs ? Et assez impressionnants, bien qu'étroitement spécialisés.

– Désormais, si vous avez besoin de rendre rapidement vos vêtements présentables, a dit Polina Vassilievna, il vous suffira de quelques minutes. Mais n'oubliez pas de tester la durée de l'envoûtement dont vous êtes capables. Pour ne pas vous retrouver dans une situation ridicule.

– Quand minuit sonne, le carrosse redevient citrouille, a lancé un jeune homme assis à côté de Svetlana.

Je ne le connaissais pas. Il n'était là que depuis deux ou trois jours, mais il m'était déjà antipathique.

– Exactement, a confirmé joyeusement Polina qui entendait cette remarque à chaque nouvelle promotion. Les contes mentent autant que les statistiques ! Mais on peut parfois y trouver un soupçon de vérité.

Elle a pris sur la table un élégant smoking soigneusement

repassé bien que légèrement passé de mode. Le genre de smoking que James Bond met pour sortir.

– Et quand se transformera-t-il de nouveau en haillons ? a demandé Svetlana.

– Dans deux heures.

Polina a mis le smoking sur un cintre et l'a suspendu à côté des autres accessoires.

– Je n'ai pas déployé beaucoup d'efforts, a-t-elle précisé.

– Et combien pourriez-vous le faire durer, au maximum ?

– Vingt-quatre heures environ.

Soudain, Svetlana a tourné la tête vers moi. Elle avait senti ma présence. Elle a souri et m'a fait signe de la main.

Maintenant, tout le monde m'avait remarqué.

– Je vous en prie, madame, a dit Polina en inclinant respectueusement la tête. Votre visite nous honore.

Elle savait à propos d'Olga quelque chose que j'ignorais. Chacun de nous ne connaissait qu'une partie de la vérité la concernant. Le chef était probablement le seul à tout savoir.

Je suis entré, m'efforçant de rendre ma démarche moins gracieuse. Sans grand résultat. Tous les hommes, à savoir le jeune homme assis à côté de Svetlana, un garçon de quinze ans qui en six mois n'avait pas progressé plus loin que la classe débutant, et un grand Coréen tout maigre dont il était difficile de dire s'il avait trente ans ou quarante, m'ont regardé avec un intérêt appuyé. Le mystère qui entourait Olga, toutes les rumeurs et les sous-entendus, et aussi le fait qu'elle était l'amie du chef depuis des temps immémoriaux éveillaient chez nos agents de sexe masculin des réactions bien prévisibles.

– Bonjour, j'espère que je ne vous dérange pas, je ne voudrais pas me montrer indiscrète.

Je me concentrais pour ne pas commettre une erreur de genre, oubliant de surveiller le ton de ma voix, et cette phrase banale a acquis une nuance langoureuse qui semblait s'adresser personnellement à chaque mâle présent. L'adolescent boutonneux s'est mis à me dévorer des yeux, le jeune homme a ravalé sa salive, seul le Coréen est parvenu à conserver un semblant de sang-froid.

– Olga, vous voulez faire une annonce aux étudiants ? a demandé Polina.

– Il faut que je parle à Svetlana.

– Tout le monde peut partir, a annoncé la vieille dame. Olga, pourriez-vous intervenir devant nos étudiants un jour prochain ? Mes cours ne sauraient remplacer votre expérience.

– Je n'y manquerai pas, ai-je généreusement promis, dans trois ou quatre jours.

À Olga de subir les conséquences de mes promesses. Après tout, je subissais bien les conséquences du sex-appeal qu'elle prenait plaisir à cultiver.

Nous sommes sortis avec Svetlana. Trois paires d'yeux avides m'ont brûlé le dos... enfin, pas exactement le dos...

Je savais qu'Olga et Svetlana étaient devenues amies. Depuis cette nuit où nous avions expliqué au jeune médecin la vérité sur l'univers, les Autres, les Sombres et les Clairs, les Contrôles et la Pénombre, depuis cette aube où, nous tenant par la main, elle avait traversé la porte fermée de l'appartement où était installé l'état-major du Contrôle de la Nuit. Un lien mystique m'unissait à Svetlana, mon sort était lié au sien. Mais je savais trop bien que nos relations ne seraient pas durables. Svetlana me dépasserait très vite, atteignant des sommets que je ne parviendrais jamais à atteindre, même si je devenais un mage de première classe. Avec Olga, en revanche, Svetlana avait simplement établi des liens d'amitié – malgré mon scepticisme à l'égard des amitiés féminines. Le destin ne les liait pas l'une à l'autre. Elles étaient libres.

– Olga, il faut que j'attende Anton.

Svetlana m'a pris la main, mais pas comme une fillette qui prend la main de sa grande sœur pour se sentir plus assurée. Le geste d'une égale. Qu'Olga laisse Svetlana se conduire en égale prouvait que cette dernière était vraiment promise à un grand avenir.

– Sveta, ce n'est pas la peine de l'attendre. Vraiment pas la peine.

Quelque chose clochait dans la construction de ma phrase ou dans le ton de ma voix. Svetlana m'a considéré d'un air éberlué, avec la même expression que Garik.

– Je vais tout t'expliquer. Mais pas maintenant ni ici. Allons chez toi.

Son appartement bénéficiait d'une excellente protection. Le Contrôle avait énormément misé sur cette nouvelle recrue. Le chef n'avait pas protesté quand j'avais proposé de tout lui dire, mais il avait insisté pour que j'attende d'être chez elle.

L'étonnement dans le regard de Svetlana n'a pas disparu, mais elle a acquiescé.

– D'accord. Mais tu es sûre que nous ne devons pas attendre Anton ?

– Absolument, ai-je répondu sans mentir. On prend une voiture ?

– Tu n'as donc pas la tienne ?

Pauvre abruti !

J'avais oublié qu'à tous les modes de transport, Olga préférait le cabriolet de sport offert par le chef.

– C'est bien ce que je dis, on prend ma voiture ? ai-je rectifié, avec l'impression de passer pour un idiot, ou pis : pour une idiote.

Svetlana a hoché la tête, l'étonnement dans son regard allait en grandissant.

Encore heureux que je sache conduire. Je n'ai jamais aspiré au bonheur douteux de posséder une voiture dans une mégalopole aux routes exécrables, mais le stage du Contrôle est très complet. Nous apprenons certaines matières de façon classique et d'autres nous sont implantées par la magie. J'ai pris assez banalement des leçons de conduite. En revanche, si je me retrouve un jour aux commandes d'un hélicoptère ou d'un avion, des réflexes dont je ne me souviens pas dans mon état normal s'enclencheront aussitôt. Du moins, c'est ce qui est censé se passer en théorie.

Les clés de la voiture étaient dans mon sac. Le cabriolet orange attendait sur le parking devant le bâtiment. Les portières étaient fermées à clé, précaution assez ridicule, vu que le toit était ouvert.

– Eh bien, tu montes ? a demandé Svetlana.

Je me suis assis au volant. Olga démarre toujours en trombe, je ne sais pas comment elle s'y prend.

– Olga, il y a quelque chose qui ne va pas ?

Svetlana s'était enfin décidée à formuler ses pensées.

– On parlera quand on sera chez toi.

Je ne suis pas un très bon conducteur. Le trajet a duré longtemps, bien plus longtemps qu'il n'aurait dû. Mais Svetlana n'a plus posé de questions. Elle regardait droit devant elle. Peut-être méditait-elle ou essayait-elle de voir à travers la Pénombre. Dans les embouteillages, des hommes occupant des véhicules voisins – toujours des voitures de luxe – ont essayé deux ou trois fois d'engager la conversation. Notre cabriolet établissait sans doute une distance que seuls les plus fortunés se décidaient à franchir. Les vitres s'abaissaient, des têtes aux cheveux ras en émergeaient, parfois aussi des bras armés de téléphones mobiles... Tout d'abord, ça m'a semblé déplaisant. Puis amusant. À la fin, j'ai cessé de réagir, demeurant aussi impassible que Svetlana.

Olga trouvait-elle distrayantes ces tentatives de flirt ?

Probablement. Après plusieurs décennies dans un corps d'oiseau... enfermée dans une vitrine.

– Olga, pourquoi m'avoir emmenée ? Pourquoi ne voulais-tu pas attendre Anton ?

J'ai haussé les épaules. La tentation de répondre : « Parce qu'il est à côté de toi » était grande. Il y avait d'ailleurs peu de chances qu'on nous surveille. La voiture était protégée par des sorts, j'en percevais certains et le reste était au-dessus de mes capacités.

Mais j'ai su me retenir.

Svetlana n'avait pas encore suivi le cours de sécurité des informations, il ne commence que trois mois après le début du stage. Selon moi, il devrait débuter plus tôt, mais chaque Autre suit un programme personnalisé, et il faut du temps pour l'établir.

Quand Svetlana passerait par le creuset de cette épreuve, elle apprendrait à se taire quand il faut et à parler quand il faut. C'est à la fois le cours le plus facile et le plus pénible. On te fournit simplement des informations, soigneusement dosées, selon un ordre précis. En partie vraies et en parties fausses. Certaines communiquées ouvertement, d'autres confiées sous le sceau du secret, d'autres encore apprises « par hasard ».

Et toutes se mettent à vivre en toi, deviennent source de douleur et de peur, te déchirent le cœur, cherchent à jaillir au-dehors, exigent une réaction immédiate et irréfléchie. Durant les cours communs, on ne t'apprend que des bêtises qui ne te serviront guère par la suite. Le principal enseignement se déroule dans ton âme.

Il est rare que quelqu'un craque. C'est tout de même un cours et non un examen. La barre est placée à une hauteur adaptée à chacun. Une hauteur qu'il peut surmonter en mobilisant toutes ses forces, en laissant un peu de sang et des lambeaux de peau sur les barbelés qui hérissent l'obstacle.

Mais quand des gens qui te sont chers ou simplement sympathiques suivent ce cours, tu te sens déchiré à ton tour. Tu croises un regard étrange et tu te demandes ce qui l'a provoqué. Quelle vérité ? Quel mensonge ?

Qu'a donc appris le stagiaire sur lui-même, sur le monde, sur ses parents, sur ses amis ?

Et tu éprouves un désir irrésistible de lui venir en aide. De lui expliquer, ne serait-ce que de manière allusive.

Mais aucun Autre ayant suivi ce cours ne cédera jamais à cette tentation. C'est là le but de cet enseignement qui vous apprend par la douleur ce qu'il convient de dire et en quelles circonstances.

En fait, tout peut et doit être dit. Mais il faut choisir le bon moment, sinon la vérité peut se révéler pire qu'un mensonge.

– Olga ?

– Tu vas comprendre. Attends un peu.

J'ai jeté un coup d'œil à travers la Pénombre avant de foncer, m'insérant entre une jeep et un gros camion militaire. Le rétroviseur a accroché le bord du camion et s'est replié en claquant sans que je m'en soucie. Notre voiture a franchi le carrefour, crissant des pneus dans le tournant pour déboucher sur la Chaussée des Enthousiastes.

– Est-ce qu'il m'aime ? a soudain demandé Svetlana. Oui ou non ? Tu dois bien le savoir ?

J'ai sursauté, la voiture a fait une légère embardée, mais Svetlana n'y a pas prêté attention. J'ai senti que ce n'était pas la première fois qu'elle posait la question. Olga et elle avaient déjà dû en discuter, une conversation difficile et demeurée inachevée...

– Ou est-ce toi qu'il aime ?

Là, je ne pouvais plus me taire.

– Anton et... Olga ont des relations amicales (j'ai fait exprès de parler à la troisième personne, ce qui a rendu la phrase plus sèche et plus neutre), nous sommes de bons camarades. Rien de plus.

Si elle posait une question directe à Olga, j'aurais plus de mal à m'en sortir.

Mais Svetlana est demeurée silencieuse quelques instants. Puis elle a effleuré ma main, comme pour s'excuser.

Et là, je n'ai pu me retenir de lui demander :

– Pourquoi cette question ?

– Je ne comprends pas. Anton se conduit de manière très étrange. Par moments, j'ai l'impression qu'il est fou de moi. Et parfois on dirait qu'il me considère comme une simple collègue, sans plus.

– C'est un nœud du destin, ai-je dit.

– Quoi ?

– Quelque chose que vous n'avez pas encore étudié.

– Alors explique-moi !

Je conduisais de plus en plus vite, les réflexes moteurs du corps d'Olga étaient sans doute entrés en action.

– Vois-tu, lorsqu'il est venu chez toi la première fois...

– Je sais qu'il a influencé mes souvenirs. Il m'a raconté.

– Ce n'est pas ça le problème. L'illusion s'est dissipée dès que tu as su la vérité. Mais quand tu apprendras à voir le destin... et tu apprendras à le voir bien mieux que moi... tu comprendras.

– On nous a dit que le destin change souvent.

– Le destin admet plusieurs variantes. En se rendant chez toi, Anton savait qu'en cas de succès il tomberait amoureux de toi.

Il m'a semblé que les joues de Svetlana avaient légèrement rougi, mais c'était peut-être l'effet du vent qui soufflait par le toit ouvert.

– Et alors ?

– Sais-tu ce que ça signifie ? Être condamné à aimer ?

– Mais n'est-ce pas toujours ainsi que ça se passe ? a protesté Svetlana, frémissante d'indignation. Quand les gens s'aiment, quand ils se retrouvent parmi des milliers, des millions d'autres... C'est toujours le destin qui en décide !

En cet instant, j'ai de nouveau senti en elle cette jeune femme infiniment naïve, incapable même de haïr qui que ce soit, en dehors d'elle-même, qui avait déjà commencé à disparaître.

– Non, Sveta. Ne dit-on pas que l'amour est comme une fleur ?

– Oui.

– Une fleur, ça se cultive. Mais on peut aussi l'acheter ou la recevoir en cadeau.

– Et Anton l'a achetée ?

– Non, ai-je répondu, peut-être un peu brutalement. Il l'a reçue en cadeau. Du destin.

– Mais quelle différence ? Si c'est vraiment de l'amour.

– Les fleurs coupées sont belles. Mais elles ne vivent pas

longtemps. Même dans un vase de cristal rempli d'eau fraîche, elles commencent déjà à mourir.

– Il a peur de m'aimer, c'est ça ? a demandé Svetlana d'une voix pensive. Moi, je n'ai pas eu peur, parce que je ne savais rien.

Je suis arrivé devant l'immeuble, louvoyant entre les voitures garées devant. Essentiellement des Jigouli et des Moskvitch. Le quartier était loin d'être riche.

– Pourquoi est-ce que je te raconte tout ça ? a demandé Svetlana. Pourquoi ai-je besoin que tu me répondes ? Et pourquoi sais-tu toujours tout ? Est-ce uniquement parce que tu as quatre cent quarante-trois ans ?

Tiens donc ! Olga avait effectivement une riche expérience de la vie. L'an prochain, elle pourrait fêter une date assez originale. J'aimerais que mon corps, quand il atteindra ne serait-ce que le quart de son âge, arrive à conserver une telle forme.

– Allons-y.

Nous avons laissé la voiture sans surveillance. Aucun être humain n'aurait jamais l'idée de la voler : les sorts de protection sont bien plus efficaces qu'un système d'alarme.

L'appartement avait quelque peu changé. Svetlana avait quitté son travail, mais sa bourse d'études et la somme rondelette versée à chaque Autre après son initiation dépassaient de beaucoup ses modestes revenus de médecin. Elle avait acheté un nouveau téléviseur. Quand trouvait-elle le temps de le regarder ? Un magnifique poste à grand écran, trop grand pour son studio. Ce goût soudain pour le luxe était assez amusant. Chaque Autre y cède au début, sans doute s'agit-il d'une réaction de défense. Quand ton monde s'écroule, quand tes anciennes peurs se dissipent et cèdent la place à d'autres, encore imprécises et insaisissables, tu entreprends de concrétiser des rêves de ton ancienne vie qui récemment encore paraissaient irréalisables. En faisant la tournée des meilleurs restaurants, en t'achetant une voiture de prestige ou des vêtements haute couture. Ça ne dure pas longtemps, en partie parce qu'on ne devient pas millionnaire en travaillant pour le Contrôle, mais surtout parce que les vieux désirs humains, hier encore si vivants, commencent à mourir, ils demeurent dans le passé. Définitivement.

– Olga ?

Svetlana me regardait dans les yeux.

J'ai soupiré, rassemblant mon courage.

– Je ne suis pas Olga.

Silence.

– Je... je ne pouvais pas te le dire avant. Uniquement ici. Ton appartement est protégé de l'observation des Sombres. C'est le corps d'Olga, que j'occupe en ce moment.

– Anton ?

J'ai hoché la tête.

Nous avions l'air passablement ridicules.

Heureusement, Svetlana avait eu le temps de s'habituer aux absurdités de ce genre.

Elle y a cru tout de suite.

– Espèce de mufle !

Ce fut dit avec une intonation qui aurait mieux convenu à l'aristocrate Olga. Et la gifle qui suivit était de la même eau.

Pas douloureuse, mais vexante.

– Pourquoi ? ai-je demandé.

– Pour avoir espionné une conversation qui ne t'était pas destinée !

La formulation n'était pas très exacte, mais j'ai compris. Svetlana avait déjà levé l'autre main et, oublieux des vertus chrétiennes, j'ai évité la seconde gifle.

– Sveta, j'ai promis de prendre soin de ce corps !

– Pas moi !

Elle respirait profondément, elle se mordait les lèvres et ses yeux brillaient. Je ne l'avais jamais vue dans une telle colère, je ne soupçonnais même pas qu'elle en fût capable. Mais qu'est-ce qui l'avait mise en boule à ce point ?

– Tu as peur d'aimer une fleur coupée ?

Svetlana avançait lentement vers moi.

– C'est ça ton problème ?

J'ai enfin compris, avec un certain retard.

– Va-t'en, je ne veux plus te voir !

J'ai reculé et je me suis retrouvé dos contre la porte. Mais dès que je me suis arrêté, Svetlana s'est arrêtée à son tour. Elle a jeté :

– Tu devrais rester dans ce corps ! Il te convient mieux. Tu n'es pas un homme, tu es une poule mouillée !

Je n'ai rien dit. Je voyais déjà ce qui allait se passer. Je voyais les lignes des probabilités tendues devant nous, je voyais le destin malicieux tisser ses voies.

Et tandis que Svetlana fondait en larmes, perdant d'un coup sa combativité, le visage entre les mains, tandis que je l'enlaçais et qu'elle sanglotait contre mon épaule, j'éprouvais une sensation de vide et de froid. Un froid perçant, comme si j'étais à nouveau debout sur un toit enneigé, sous les rafales d'un vent hivernal.

Svetlana était encore humaine. Elle était encore trop peu Autre pour comprendre. Pour voir la route que nous allions suivre ensemble. Et pour la voir bientôt se séparer en deux.

L'amour est un bonheur, mais uniquement quand tu crois qu'il sera éternel. Même si c'est toujours un mensonge, seule une foi aveugle donne force et joie à l'amour.

Svetlana pleurait.

Le savoir est souvent amer. J'aurais tant voulu ignorer mon avenir. Aimer aveuglément comme un homme ordinaire.

Ce qui ne m'empêchait pas de regretter d'être dans le corps d'Olga.

On aurait pu croire que deux copines avaient décidé de se retrouver pour une soirée télé, avec du thé, de la confiture, une demi-bouteille de vin et trois thèmes de conversation incontournables : « tous les hommes sont des salauds », « je n'ai plus rien à me mettre » et surtout « comment faire pour maigrir ? ».

– Tu aimes donc les brioches ? a demandé Svetlana, étonnée.

– Beaucoup. Surtout avec du beurre et de la confiture.

– Je croyais pourtant que tu devais prendre soin de ce corps ?

– Ça ne peut pas lui faire de mal. Je t'assure que son organisme adore ça.

– Si tu le dis… Tu demanderas à Olga de te raconter son régime.

Malgré une légère hésitation, j'ai coupé une nouvelle brioche en deux et je l'ai généreusement tartinée de confiture.

– Qui donc a eu l'idée géniale de te cacher dans un corps de femme ?

– Le chef, je crois bien.

– Je m'en doutais.

– Olga était d'accord.

– Évidemment… Boris Ignatievitch est son dieu.

Je nourrissais quelques doutes à ce sujet, mais je les ai gardés pour moi. Svetlana s'est dirigée vers l'armoire. Elle l'a ouverte et a demandé, examinant son contenu d'un air pensif :

– Tu veux que je te prête une robe de chambre ?

– Hein ?

J'ai failli avaler de travers.

– Tu vas rester comme ça ? Ce jean est trop serré. Tu ne dois pas te sentir très à l'aise.

– Tu pourrais peut-être me passer un survêtement ? ai-je demandé d'un ton implorant.

Svetlana m'a regardé d'un air malicieux.

– Bon, va pour un survêtement.

À dire vrai, j'aurais préféré voir ce prétendu survêtement sur quelqu'un d'autre. Svetlana par exemple. Elle m'a tendu un short blanc très court et un haut très léger. Le genre de tenue que mettent les filles pour jouer au tennis ou pour faire du footing.

– Vas-y, change-toi.

– Sveta… Nous n'allons sans doute pas passer toute la soirée chez toi.

– Tu auras besoin de te changer à un moment ou à un autre, il faut vérifier qu'il te va. Mets-le. En attendant, je vais refaire du thé.

Svetlana est sortie et j'ai hâtivement retiré mon jean. J'ai déboutonné mon chemisier, peinant avec les boutonnières étroites. Puis je me suis regardé dans la glace avec irritation.

Une fort jolie fille, il n'y avait pas à dire. Digne d'être photographiée pour un magazine érotique.

Je me suis rhabillé rapidement et je me suis installé sur le divan. Il y avait un soap opera à la télé : étrange que Svetlana ait mis cette chaîne. Mais les autres programmes n'étaient sans doute pas d'un meilleur niveau.

– Ça te va très bien.

– Arrête, Sveta. C'est déjà assez pénible comme ça.

– Bon, désolée. Que sommes-nous censés faire ?

Elle s'est assise à côté de moi.

– Nous ?

– Oui, Anton. Tu n'es pas venu chez moi pour rien.

– Je devais te raconter mes ennuis.

– Supposons. Mais si le chef (Svetlana a prononcé le mot « chef » d'un ton appuyé, à la fois avec respect et ironie) t'a autorisé à tout me dire... c'est donc que je suis censée te venir en aide... Ne serait-ce que par la volonté du destin, n'a-t-elle pu se retenir d'ajouter.

– Je ne dois pas rester seul. Pas un instant. Le plan des Sombres consiste à sacrifier leurs pions, soit en les envoyant volontairement à la mort, soit en les laissant se faire trucider sans les défendre.

– Comme la dernière fois ?

– Précisément. Si cette provocation est dirigée contre moi, un nouveau meurtre ne va pas tarder à se produire. À un moment où ils s'imagineront que je n'aurai pas d'alibi.

Svetlana m'a regardé, le menton contre les mains. Elle a lentement hoché la tête.

– Alors, tu jailliras de ce corps comme un diable de sa boîte, tu prouveras que tu ne peux pas être le tueur en série... Et nos adversaires seront ridiculisés.

– C'est ça.

– Excuse-moi... Je suis au Contrôle depuis très peu de temps et il est possible que certains points m'échappent...

J'ai dressé l'oreille. Svetlana a hésité une seconde avant de poursuivre :

– Quand cette histoire s'est produite... les Sombres essayaient de m'attirer de leur côté. Mais ils savaient que le Contrôle de la Nuit s'apercevrait de quelque chose, ils savaient même que tu risquais de mettre ton grain de sel et de me venir en aide.

– Oui.

– Ils ont mis un plan au point, qui supposait le sacrifice de quelques-uns des leurs et la mise en place de centres de force illusoires. Et au début, le Contrôle de la Nuit s'est laissé berner. Si le chef n'avait pas élaboré sa propre stratégie, si tu n'avais pas foncé à l'aveuglette sans te soucier de quoi que ce soit...

– Aujourd'hui, tu serais mon ennemie. Tu suivrais un stage au Contrôle du Jour.

– Ce n'est pas ce que je voulais dire, Anton. Je te suis reconnaissante, je suis reconnaissante à tout le Contrôle de la Nuit et à toi en particulier... Mais je voulais parler d'autre chose. Ce que tu viens de me raconter est à peu près aussi crédible que l'histoire qu'on t'a servie la dernière fois. C'était très habilement monté. Deux vampires braconniers. Un jeune garçon doté d'un fort potentiel magique. Une jeune femme frappée d'une grave malédiction. Une terrible menace pesant sur la ville.

Je n'ai su que répondre. J'ai senti le rouge me monter aux joues. Une novice qui n'en était même pas au tiers de son stage analysait la situation bien mieux que je ne l'avais fait.

Svetlana a poursuivi, sans remarquer mon trouble :

– Qu'avons-nous ? Un tueur en série qui élimine des Sombres. Tu figures dans la liste des suspects. Le chef procède à une manœuvre habile : Olga et toi échangez vos corps. Mais cette manœuvre est-elle aussi habile qu'il y paraît ? Si je comprends bien, l'échange de corps est une pratique assez répandue. Boris Ignatievitch y a eu personnellement recours très récemment, pas vrai ? Lui est-il déjà arrivé d'user du même procédé deux fois de suite ? Contre le même adversaire ?

– Je n'en sais rien, Sveta. Je ne connais pas les détails de toutes nos opérations.

– Alors réfléchis un peu. Et aussi... J'ai quelque mal à croire que Zébulon soit aussi mesquin, hystérique et bêtement vindicatif. Il a plusieurs centaines d'années, pas vrai ? Ça doit faire une paye qu'il dirige le Contrôle du Jour. Si ce tueur fou...

– Le Sauvage.

– Si le chef du Contrôle du Jour a laissé le Sauvage massacrer ses subordonnés depuis des années dans le but de monter une provocation, va-t-il dilapider ce piège pour une vétille ? Excuse ma franchise, Anton, mais tu ne représentes pas une cible très importante.

– J'en suis bien conscient. Je suis un mage de cinquième classe.. officiellement. Mais le chef a dit qu'en réalité je pourrais prétendre à la troisième classe.

– Même en tenant compte de ce fait.

Nous nous sommes regardés dans les yeux.

– Je me rends à tes arguments, ai-je dit. Tu as certainement raison. Mais je t'ai dit ce que je savais. Et je ne vois aucune autre alternative.

– Et tu vas obéir aux ordres reçus ? Te morfondre bien sagement dans le corps d'Olga, sans rester seul un instant ?

– En intégrant le Contrôle, je savais que je perdrais une partie de ma liberté.

– Une partie ? a demandé Svetlana avec un petit rire. C'est un euphémisme. Mais bon, la décision t'appartient. On passe donc la nuit ensemble ?

– Oui. Mais pas ici. Il vaut mieux que je sois constamment en présence de plusieurs témoins.

– Il faudra bien qu'on dorme.

J'ai haussé les épaules.

– Quelques nuits sans sommeil, ce n'est pas sorcier. Le corps d'Olga n'est certainement pas moins entraîné que le mien. Ces derniers mois, elle a mené une vie très mondaine.

– Mais moi, je ne suis pas encore capable de ce genre d'exploit. Quand vais-je dormir ?

– Dans la journée, pendant les cours.

Elle a fait la grimace. Mais je savais qu'elle accepterait. Son caractère ne lui permettait pas de refuser son aide, même à un étranger, et je n'étais pas un étranger.

– On va au Maharadja ? ai-je proposé.

– Qu'est-ce que c'est ?

– Un excellent restaurant indien.

– Il est ouvert jusqu'au matin ?

– Non, malheureusement. Mais nous trouverons un autre endroit où nous rendre ensuite.

Svetlana m'a regardé longuement. Au point que j'ai fini par m'en inquiéter, bien que je sois particulièrement dur à la détente. Qu'avais-je donc fait encore ?

– Merci, Anton, s'est-elle exclamée. Merci infiniment. Tu viens de m'inviter au restaurant. J'attendais ça depuis plus de deux mois.

Elle est retournée vers l'armoire pour examiner sa garde-robe.

– J'ai bien peur de n'avoir rien de ta taille que tu acceptes de porter. Tu vas être obligée de remettre ton jean. Ils laissent entrer les clients en jean ?

– J'espère que oui, ai-je dit d'une voix mal assurée.

Après tout, en cas de besoin, il suffirait d'influencer légèrement le personnel.

– S'ils refusent de nous laisser entrer, ça me fera un peu d'entraînement, a dit Svetlana, comme si elle avait lu dans mes pensées. Je les obligerai à nous donner une table. Ce sera pour la bonne cause, n'est-ce pas ?

– Bien sûr.

– Tu sais, Anton...

Svetlana a pris une robe, l'a mise contre elle, a secoué la tête, avant de choisir un tailleur beige.

– Les agents du Contrôle ont le don stupéfiant d'expliquer n'importe quelle action en invoquant l'intérêt du Bien et de la Lumière.

– Pas n'importe laquelle !

– N'importe laquelle. Si nécessaire, même un cambriolage peut se transformer en bonne action. Ou même un assassinat.

– Non.

– En es-tu vraiment certain ? Combien de fois as-tu influencé la conscience d'un être humain ? Prends notre rencontre, tu m'as forcée à croire que nous nous connaissions depuis longtemps. Il t'arrive souvent d'utiliser tes capacités d'Autre dans la vie quotidienne ?

– Souvent. Mais...

– Imagine que tu marches dans la rue. Et un adulte frappe un enfant devant tes yeux. Que fais-tu ?

– Si je n'ai pas dépassé mon quota d'interventions, je procéderai à une remoralisation, bien évidemment.

– Et tu seras sûr d'avoir raison ? Sans réfléchir, sans essayer d'en savoir plus ? Et si l'enfant est puni pour quelque chose de grave ? Cette punition lui aurait peut-être évité de gros ennuis dans l'avenir, et maintenant, il va devenir un criminel et un assassin. À cause de toi.

– Sveta, tu te trompes.

– Explique-moi pourquoi.

– Même si je n'ai pas de quota, je ne passerai pas sans réagir.

– Parfaitement assuré de ton bon droit ? Où se trouve la limite de tes actions ?

– Chacun la définit lui-même. Question de pratique.

Elle m'a considéré d'un air pensif.

– Je suppose que chaque novice pose ce genre de questions.

J'ai souri.

– C'est effectivement le cas.

– Et tu as l'habitude d'y répondre, tu as une liste de réponses toutes faites, de sophismes, d'exemples historiques, d'analogies...

– Non, Sveta. Tu n'y es pas. L'important, c'est que ces questions, les Sombres ne les posent jamais.

– Comment peux-tu le savoir ?

– Un mage noir peut guérir, un mage blanc peut tuer, ai-je

dit. C'est vrai. Mais sais-tu quelle est la différence entre la Lumière et l'Obscurité ?

– Non, je l'ignore. On ne nous l'enseigne pas... je ne sais pourquoi. Sans doute est-ce difficile à formuler ?

– Très facile au contraire. Si tu penses à toi-même en premier lieu, à tes propres intérêts, ta voie est celle de l'Obscurité. Si tu penses aux autres, alors tu te diriges vers la Lumière.

– Et il faut marcher longtemps pour y arriver ?

– Toujours.

– Ce ne sont que des paroles, Anton. Tu joues avec les mots. Et que disent les Sombres à leurs novices ? D'autres paroles aussi justes et aussi belles que les tiennes ?

– Oui. Ils leur disent qu'ils sont libres. Que chacun dans la vie occupe la place qu'il mérite. Que la pitié est humiliante, que l'amour est aveugle, que se montrer trop bon est une faiblesse, que la vraie liberté, c'est d'être libre par rapport aux autres.

– Et ce sont des mensonges ?

– Non. C'est aussi une partie de la vérité. Sveta, il ne nous est pas donné de choisir la vérité absolue. Elle présente toujours deux visages. Notre seule alternative, c'est de refuser la part de mensonge qui nous déplaît le plus. Tu sais ce que je dis aux novices sur la Pénombre ? Nous entrons en elle pour y puiser des forces. Et nous payons notre entrée en renonçant à certaines vérités que nous ne voulons pas accepter. C'est plus facile pour les humains. Infiniment plus facile, malgré tous leurs malheurs, leurs problèmes, leurs soucis qui n'existent pas pour les Autres. Les humains ne sont pas forcés de choisir : ils peuvent être tour à tour bons et mauvais, tout dépend des circonstances, de l'entourage, du livre qu'ils ont lu la veille ou du bifteck qu'ils ont mangé au déjeuner. C'est pourquoi il est si facile de les influencer : même le pire des salauds peut être orienté vers la Lumière, même le meilleur et le plus noble des hommes peut être poussé vers l'Obscurité. Nous, nous avons fait notre choix.

– Moi aussi, j'ai choisi, Anton. Je suis déjà entrée dans la Pénombre.

– Oui.

– Alors, pourquoi est-ce que je n'arrive pas à saisir la limite, à voir la différence entre moi et une sorcière qui fréquente des messes noires ? Pourquoi est-ce que je pose ces questions ?

– Tu ne cesseras jamais de les poser. Au début à haute voix. Puis intérieurement. Ça ne passera jamais. Si tu voulais te défaire des questions embarrassantes, tu aurais dû choisir l'autre camp.

– J'ai choisi ce que je voulais.

– Je sais. C'est pourquoi tu dois vivre avec.

– Toute ma vie ?

– Oui. Elle sera longue, mais tu ne t'habitueras pas pour autant. Tu ne cesseras jamais de te demander dans quelle mesure chacun de tes actes est juste.

3

Maxime n'aimait pas les restaurants. Encore une question de caractère. Il se sentait beaucoup plus à l'aise dans les cafés et les bars, où les prix étaient d'ailleurs parfois plus élevés, mais qui n'exigeaient pas autant de cérémonie. Bien sûr, certains, notamment parmi les « nouveaux Russes », se comportent dans le plus chic des restaurants comme des bolcheviks en visite chez les bourgeois... aucune manière et aucun désir d'en acquérir. Mais quel plaisir peut-on éprouver à se montrer ridicule ?

Il devait se faire pardonner la nuit dernière. Sa femme avait fait mine de gober son histoire d'« importante rencontre d'affaires ». Mais il n'en éprouvait pas moins quelques légers remords. Si seulement elle avait pu deviner qui son mari était en réalité et ce qu'il faisait...

Maxime ne pouvait rien lui dire. Il pouvait seulement compenser ses absences nocturnes en recourant aux expédients dont use tout homme convenable après une petite infidélité. Cadeaux, attentions, sorties. Par exemple dans un très bon restaurant, avec une cuisine exotique recherchée, des serveurs étrangers, un décor raffiné, une riche carte des vins...

Il se demandait si Elena pensait vraiment qu'il l'avait trompée la veille. Cette question occupait l'esprit de Maxime, mais pas au point de la poser à haute voix. Il valait mieux en rester là. Un jour peut-être, elle saurait. Et elle serait fière de lui.

Espoir probablement vain. Il en était conscient. Dans un

monde hanté par la cruauté et les ténèbres, il était le seul chevalier du Bien, infiniment solitaire, et il lui était interdit de partager la vérité qui se révélait à lui de temps à autre. Au début, Maxime espérait qu'il rencontrerait un jour son semblable : un voyant au royaume des aveugles, un chien de berger capable de repérer au sein du troupeau insouciant les loups déguisés en agneaux.

Non, personne pour combattre à ses côtés.

Malgré tout, il ne baissait pas les bras.

– Que me conseilles-tu de prendre ?

Maxime jeta un coup d'œil au menu. Il ne savait pas ce que signifiait « malai kofta ». Mais l'ignorance ne l'avait jamais empêché de tirer des conclusions. Après tout, les ingrédients étaient indiqués.

– Prends ça. C'est de la viande à la crème.

– Du bœuf ?

Il ne comprit pas immédiatement qu'Elena plaisantait. Puis il répondit à son sourire.

– Il y a peu de chances.

– Et si je leur demande du bœuf ? insista Elena.

– Ils refuseront poliment.

L'obligation de distraire sa femme n'avait rien de pesant. C'était même plutôt agréable. Mais en ce moment, il aurait préféré observer la salle. Quelque chose n'allait pas. Une palpitation ténue dans l'atmosphère tamisée, un froid subtil au creux de l'échine qui l'obligeait à plisser les yeux et à regarder autour de lui...

Était-ce possible ?

Généralement, de longs mois s'écoulaient entre deux missions. Deux cas de suite, il avait peine à y croire...

Mais les symptômes étaient trop reconnaissables.

Maxime plongea la main dans la poche intérieure de son veston, comme pour vérifier son portefeuille. En réalité ses doigts effleurèrent un autre objet : un petit poignard en bois, soigneusement bien que maladroitement taillé. Il l'avait depuis son enfance et à l'époque déjà, il sentait confusément que c'était plus qu'un simple jouet.

Le poignard attendait.

Qui était-ce ?

– Max ? Tu rêves ?

Un reproche perça dans la voix d'Elena.

Ils trinquèrent. C'est un mauvais présage de trinquer avec sa femme : la famille risque de manquer d'argent. Mais Maxime n'était pas superstitieux.

Qui donc ?

Au début, il soupçonna deux jeunes femmes. Toutes deux jolies, et même belles, mais chacune à sa manière. La plus petite, brune, bien bâtie, aux mouvements anguleux comme ceux d'un homme, débordait d'énergie. Une aura de sex-appeal l'entourait. La seconde, aux cheveux clairs, était plus grande et aussi plus calme, plus retenue. Sa beauté était très différente, paisible.

Maxime croisa le regard attentif de sa femme et détourna les yeux.

– Des lesbiennes, jeta Elena avec mépris.

– Qu'est-ce que tu dis ?

– Mais regarde-les donc ! La petite brune, en jean, on dirait un mec.

Maxime hocha la tête et afficha une expression adéquate.

Ce n'étaient pas les jeunes femmes. Mais alors qui ?

Un téléphone mobile se mit à tinter dans un coin, et aussitôt une dizaine de personnes tendirent machinalement la main pour prendre le leur. Maxime regarda d'où venait la sonnerie et retint son souffle.

L'homme qui parlait à voix basse et hachée dans son combiné n'était pas seulement une personnification du mal. Un voile noir l'enveloppait, invisible aux autres mais dont Maxime percevait la présence. Un sentiment de danger en émanait : un danger proche et terrible.

Une douleur dans la poitrine.

– Tu sais, Elena, j'aimerais vivre sur une île déserte, dit-il soudain, à sa propre surprise.

– Tout seul ?

– Avec toi, et les enfants. Mais qu'il n'y ait personne d'autre.

Il vida son verre d'un trait, et le serveur le remplit aussitôt.

– Moi, ça ne me plairait pas.

– Je sais.

Le poignard dans sa poche était devenu lourd et brûlant. Une excitation brutale, presque sexuelle l'envahissait. Qui ne demandait qu'à jaillir.

– Tu te souviens d'Edgar Poe ? a demandé Svetlana.

On nous avait laissés entrer sans prêter attention à ma tenue. Les règles de ce restaurant très huppé étaient peut-être devenues plus démocratiques, ou alors ils manquaient de clients.

– Il est mort depuis trop longtemps. Mais Semion m'a raconté...

– Je ne te parle pas de Poe lui-même, mais de ses contes.

– « L'homme dans la foule » ?

– C'est ça, a répondu Svetlana en riant doucement. En ce moment, tu es dans la même situation, obligé de rechercher les endroits où il y a du monde.

– Pour l'instant, ça me plaît plutôt.

Nous avons commandé deux petits verres de Bayleys et quelques plats. D'après la façon dont le serveur nous a regardés, il m'a semblé qu'il se faisait des idées sur le but de notre visite : deux prostituées débutantes cherchant du travail, mais après tout, ça m'était égal.

– C'était un Autre ?

– Poe ? Probablement, mais non initié.

– « Il y a des entités – des choses incorporelles, ayant une double vie, laquelle a pour type cette dualité qui ressort de la matière et de la lumière, manifestée par la solidité et l'ombre », a doucement prononcé Svetlana.

Je l'ai regardée avec étonnement.

– Tu connais ?

– Eh bien...

J'ai levé les yeux et j'ai récité solennellement :

– « C'est le corps du silence : ne le redoute pas ! Il n'a en soi de pouvoir mauvais. Mais si quelque urgent destin (lot intempestif !) t'amène à rencontrer une ombre (elfe innommée, qui, elle, hante les régions isolées que n'a foulées nul pied d'homme) recommande ton âme à Dieu [1]. »

Nous nous sommes regardés une seconde, avant d'éclater de rire.

– Un petit duel littéraire, a remarqué malicieusement Svetlana. Match nul. On peut regretter l'absence de public. Mais pourquoi Poe n'a-t-il pas été initié ?

– Les Autres potentiels sont nombreux parmi les poètes. Mais il vaut mieux que certains candidats demeurent humains. Poe avait un psychisme trop instable, accorder des pouvoirs particuliers à ce type de personne revient à offrir un bidon de napalm à un pyromane. Difficile d'imaginer de quel côté il se serait rangé. Probable qu'il serait parti dans la Pénombre pour toujours, et très rapidement.

– Et comment y vivent-ils ? Ceux qui sont partis dans la Pénombre ?

– Je n'en sais rien, Sveta. Je crois bien que personne ne le sait. On peut parfois les rencontrer dans le monde crépusculaire, mais on ne peut pas communiquer avec eux au sens habituel du terme.

Svetlana a jeté un regard circulaire dans la salle.

– Je voudrais savoir, as-tu remarqué la présence d'un Autre ?

– Le vieillard, derrière moi, qui parle au téléphone ?

– Mais il n'est pas vieux !

– Il est très vieux, je t'assure. Je ne le regarde pas avec les yeux.

Svetlana s'est mordu la lèvre et a clos les paupières. Elle essayait déjà de faire montre de ses nouveaux pouvoirs.

– Je n'y arrive pas encore. Je n'arrive même pas à voir s'il est Clair ou Sombre.

---

1. Edgar Allan Poe, *Silence*, traduction de Stéphane Mallarmé (*N.d.T.*).

– Sombre. Il ne fait pas partie du Contrôle du Jour, mais c'est un Sombre. Un mage de force moyenne. Lui aussi nous a remarqués.

– Et qu'allons-nous faire ?

– Nous ? Rien du tout.

– Mais il sert l'Obscurité !

– Et nous la Lumière. Et après ? En tant qu'agents de Contrôle, nous pourrions vérifier ses papiers. Mais je suis sûr qu'ils sont en règle.

– Et quand pourrons-nous intervenir ?

– Eh bien... S'il se transforme en démon et commence à décapiter les autres clients...

– Anton !

– Je suis parfaitement sérieux. Nous n'avons aucun droit d'empêcher un honnête mage noir de dîner au restaurant.

Le serveur a apporté notre commande et nous nous sommes tus. Svetlana a commencé à manger, mais sans appétit. Puis elle a demandé, du ton d'un enfant capricieux :

– Et le Contrôle de la Nuit va courber l'échine pendant encore longtemps ?

– Devant les Sombres ?

– Oui.

– Tant que nous n'aurons pas obtenu un avantage décisif. Tant que les humains qui deviennent des Autres continueront d'hésiter devant le choix qui leur est proposé. Tant que les Sombres ne seront pas tous morts de dépression. Tant qu'ils seront capables de pousser aisément les gens vers le mal.

– Mais ça revient à capituler !

– Non, ça revient à maintenir l'équilibre, à respecter le statu quo. Les deux camps sont dans l'impasse, à quoi bon le dissimuler ?

– Tu sais, le Sauvage qui à lui seul sème la terreur parmi les Sombres m'est nettement plus sympathique. Même s'il enfreint le Traité, et même s'il nous cause involontairement de gros ennuis ! Il lutte contre l'Obscurité, tu comprends ? Lui, il lutte. Seul contre tous !

– Tu ne te demandes pas pourquoi il tue les Sombres mais n'essaye pas d'entrer en contact avec nous ?

– Non.

– Il ne nous voit pas, Svetlana. Il ne remarque pas notre existence.

– C'est un autodidacte...

– Oui. Et très doué. Un Autre dont les pouvoirs se manifestent de manière chaotique. Capable de voir le Mal. Mais incapable de voir le Bien. Ça ne te fait pas peur ?

– Non. Excuse-moi, je ne saisis pas tes sous-entendus, Olga... Je veux dire Anton. Désolée. Tu parles exactement comme elle.

– Ce n'est rien.

– Le mage noir est sur le point de partir, a remarqué Svetlana en regardant par-dessus mon épaule. Il va aller pomper l'énergie de quelques pauvres innocents et leur lancer des mauvais sorts. Et nous, on ne fait rien.

Je me suis légèrement retourné. Et j'ai vu le Sombre. Physiquement, il avait trente ans tout au plus. Un charmant jeune homme, vêtu avec élégance. À sa table se trouvaient une jeune femme et deux enfants, un garçonnet d'environ sept ans et une fillette légèrement plus jeune.

– Il est juste parti pisser. Et à propos, sa famille, ce sont des humains ordinaires, sans le moindre pouvoir. Eux aussi, tu proposes de les liquider ?

– Tel père...

– Va raconter ça à Garik. Son père est un mage noir. Il est toujours vivant, d'ailleurs.

– Il y a des exceptions...

– La vie est faite d'exceptions.

Svetlana s'est tue.

– Je connais ce désir, Svetlana. Le désir de faire le bien et de lutter contre le mal. D'en finir une fois pour toutes. Moi aussi, je suis comme ça. Mais si tu ne comprends pas que c'est une voie sans issue, tu finiras dans la Pénombre. L'un d'entre nous sera forcé d'interrompre ton existence terrestre.

– Mais au moins j'aurai eu le temps...

– Tu sais de quoi tu auras l'air aux yeux du monde ? D'une psychopathe qui tue de braves gens sans défense. Les journaux publieront des descriptions à glacer le sang de tes crimes. Et on te collera des surnoms du genre « la Borgia sanglante de Moscou ». Tu déverseras plus de mal dans les âmes humaines qu'une brigade de mages noirs ne saurait en produire en une année.

– Pourquoi avez-vous toujours réponse à tout ? a demandé Svetlana avec amertume.

– Mais parce que nous avons déjà achevé notre stage et que nous avons survécu. Comme la plupart.

J'ai appelé le serveur pour demander le menu.

– On prend un cocktail ? Avant de partir ? À toi de choisir.

Svetlana a étudié la carte. Le serveur, un grand jeune homme au teint sombre, attendait. Il en avait beaucoup vu, et une jeune femme aux manières trop masculines n'avait rien qui puisse l'étonner.

– Un « alter ego », a proposé Svetlana.

Un mélange un peu trop fort à mon goût, mais j'ai dit :

– Deux « alter ego », et l'addition.

Pendant que le barman préparait nos cocktails et que le serveur calculait l'addition, un silence assez pénible s'est établi. Enfin, Svetlana a demandé :

– Bon, pour les poètes je comprends. Ce sont des Autres en puissance. Et les monstres ? Caligula, Hitler, les tueurs en série...

– Des humains.

– Tous ?

– Presque tous. Nous avons nos propres monstres. Dont les noms sont inconnus des hommes. Vous allez bientôt avoir des cours d'histoire.

Les « alter ego » avaient été préparés dans les règles de l'art. Deux couches de liquide épais oscillaient dans les verres sans se mélanger, une couche blanche et une couche noire : une liqueur à la crème sucrée et de la bière brune amère.

J'ai payé en liquide. Je n'aime pas laisser de traces électroniques. J'ai levé mon verre.

– Au Contrôle.

– Au Contrôle, a répété Svetlana. Et pour que tu te sortes de cette histoire...

J'avais envie de lui demander de toucher du bois, mais je me suis abstenu. J'ai vidé mon verre en deux gorgées, d'abord un goût sucré puis une légère amertume.

– C'est bon, a dit Svetlana. Tu sais, je me plais ici. Si on restait encore un peu ?

– Il y a plein d'endroits agréables à Moscou. Allons quelque part où il n'y aura pas de mage noir.

– À propos, il n'est toujours pas revenu.

J'ai regardé ma montre. Il avait eu le temps de pisser deux seaux entiers...

Sa famille était toujours là. Et sa femme commençait à s'inquiéter.

– Je reviens.

– N'oublie pas qui tu es, m'a soufflé Svetlana.

Effectivement, suivre le mage noir dans les toilettes pour hommes aurait été quelque peu déplacé.

Malgré tout, j'ai traversé la salle en regardant au passage à travers la Pénombre. Selon toute logique, j'aurais dû apercevoir l'aura du mage, mais un vide gris régnait alentour, parsemé d'auras ordinaires : satisfaites, soucieuses, concupiscentes, ivres ou joyeuses.

Il n'était tout de même pas tombé dans le trou des cabinets !

Ce n'est qu'au-delà des murs du restaurant, près de l'ambassade de Biélorussie, que j'ai distingué une faible lumière : l'aura d'un Autre. Mais nettement plus faible que celle du mage noir et d'une autre couleur.

Où était-il passé ?

Le couloir étroit qui s'achevait sur deux portes était vide. J'ai hésité un instant : peut-être était-il simplement parti par la Pénombre sans que nous le remarquions, ou alors il était assez puissant pour se téléporter... J'ai ouvert la porte des toilettes pour hommes.

Elles étaient petites, très propres, très claires et imprégnées d'un puissant parfum de désodorisant fleuri.

Le mage noir était couché juste devant la porte et ses bras étendus m'ont empêché de l'ouvrir totalement. Son visage gardait une expression de surprise et d'incompréhension. J'ai remarqué l'éclat d'un fin tube de cristal dans sa paume ouverte. Il avait sorti son arme, mais trop tard.

Pas de sang. Rien. En regardant à nouveau par la Pénombre, je n'ai relevé aucune trace de magie.

À croire que ce type était mort d'une banale crise cardiaque ou d'une attaque cérébrale, comme si un Autre pouvait mourir de cette manière.

Un dernier détail excluait totalement cette version.

Une légère fente au col de sa chemise. Aussi fine que la trace d'un rasoir. Comme si on lui avait planté un couteau dans la gorge en déchirant légèrement son vêtement. Sauf que sa peau ne présentait aucune marque.

– Salauds..., ai-je murmuré sans savoir à qui je m'adressais. Quels salauds !

La situation pouvait difficilement être pire. Changer de corps, chercher des témoins dans un restaurant à la mode et se retrouver seul à seul avec le cadavre d'un mage noir fraîchement tué par le Sauvage.

– Viens, Pavlik, ai-je entendu derrière moi.

Je me suis retourné. La femme qui était assise à la table du mage noir venait d'entrer dans le couloir, elle tenait son fils par la main.

– J'ai pas envie, a protesté l'enfant d'une voix capricieuse.

– Tu vas entrer et dire à papa que nous nous ennuyons sans lui, a expliqué patiemment la femme.

Elle a levé la tête et m'a vue.

– Appelez quelqu'un, me suis-je écrié d'une voix tragique. Cet homme a un malaise ! Emmenez cet enfant et appelez de l'aide !

On m'a entendu dans la salle. Olga avait une voix assez forte. Aussitôt, le silence s'est établi, seule la musique indienne continuait d'étirer ses notes langoureuses, mais plus aucun bruit de voix.

Évidemment, la femme ne m'a pas écouté... Elle s'est précipitée vers son mari en m'écartant de sa route et s'est mise à pousser des cris désespérés, déjà consciente qu'il n'y avait plus rien à faire, tandis que ses mains déboutonnaient malgré tout la chemise, secouaient le corps inerte. Puis elle s'est mise à le gifler, comme si elle espérait qu'il faisait semblant ou qu'il était seulement évanoui.

– Maman, pourquoi tu frappes papa ? a crié le petit Pavlik d'une voix aiguë.

Nullement effrayée, simplement surprise. Il n'avait sans doute jamais assisté à la moindre scène de ménage entre ses parents. C'était une famille unie.

J'ai pris le garçonnet par l'épaule et je l'ai prudemment emmené à l'écart. Des gens faisaient déjà irruption dans le couloir. J'ai aperçu Svetlana, dont les yeux se sont écarquillés. Elle a immédiatement compris.

– Emmenez cet enfant, ai-je dit au serveur. Je crois que cet homme est mort.

– Qui a découvert le corps ? a-t-il demandé très calmement.

Il n'avait plus l'ombre d'un accent étranger.

– Moi.

Le serveur a hoché la tête et a transmis le garçonnet aux bons soins d'une de ses collègues. L'enfant venait d'éclater en sanglots, prenant enfin conscience que quelque chose de grave s'était produit dans son petit univers douillet.

– Et que faisiez-vous dans les toilettes pour hommes ?

– La porte était ouverte et j'ai vu le corps étendu, ai-je répondu machinalement.

Le serveur a hoché la tête, comme pour indiquer qu'il voulait bien croire à ma version. Ce qui ne l'a pas empêché de me saisir vigoureusement par le coude.

– Madame, il faut que vous attendiez l'arrivée de la police.

Svetlana se frayait déjà un chemin dans notre direction. Elle a plissé les yeux. J'ai eu peur qu'elle n'essaye d'influencer sa mémoire... Je n'avais vraiment pas besoin de ça !

– Bien sûr, bien sûr ! me suis-je exclamé.

Je me suis écartée d'un pas et le serveur s'est vu forcé de lâcher mon bras et de me suivre.

– Sveta, c'est horrible... Il y a un cadavre !

– Olga..

Svetlana a réagi de manière adéquate. Elle m'a enlacé par les épaules, a jeté un regard indigné au serveur et m'a entraîné dans la salle.

À cet instant, le garçonnet s'est glissé entre nous pour traverser en courant la foule curieuse et avide. Il s'est jeté avec un cri déchirant sur sa mère qu'on essayait d'emmener de force. Profitant de la cohue, celle-ci s'est de nouveau laissé tomber sur le corps de son mari et s'est remise à le secouer :

– Guéna, lève-toi ! Guéna, lève-toi donc !

J'ai senti Svetlana frémir à la vue de cette scène. Je lui ai soufflé :

– Eh bien ? Tu veux toujours exterminer les Sombres par tous les moyens ?

– Pourquoi as-tu fait une chose pareille ? Je n'avais pas besoin de ça pour comprendre ! a soufflé rageusement Svetlana.

– Hein ?

Nous nous sommes regardés dans les yeux.

– Ce n'est pas toi ? a demandé Svetlana d'un air de doute... Désolée... Je te crois.

Et là, j'ai vraiment compris que j'étais dans le pétrin jusqu'au cou.

L'inspecteur n'a pas manifesté d'intérêt particulier à mon égard. Il s'était déjà forgé une opinion : mort naturelle. Un cœur en mauvais état, un abus de drogue... Les causes pouvaient être nombreuses. Il n'éprouvait pas l'ombre d'une sympathie pour les richards qui fréquentent les restaurants de luxe.

– Le cadavre était étendu là ?

– Oui, il était là, ai-je répondu d'une voix lasse. C'est vraiment affreux !

L'inspecteur a haussé les épaules. Il ne voyait rien d'affreux dans ce cadavre, d'autant qu'il n'y avait même pas de sang. Mais il a daigné acquiescer :

– Oui, un spectacle pénible. Il y avait quelqu'un d'autre à proximité ?

– Personne. Puis cette femme est arrivée. La femme du cadavre, avec son enfant.

Un sourire oblique m'a récompensé pour ce discours volontairement décousu.

– Merci, Olga. Nous vous contacterons peut-être. Vous n'avez pas l'intention de quitter la ville dans les jours prochains ?

J'ai secoué énergiquement la tête. La présence de la police ne m'inquiétait pas le moins du monde.

Contrairement à celle du chef, discrètement installé dans un coin de la salle.

L'inspecteur m'a laissé en paix pour aller questionner « la femme du cadavre ». Boris Ignatievitch est aussitôt venu s'asseoir à notre table. Un léger sort devait le protéger, personne ne lui prêtait la moindre attention.

– Alors, on s'est mis dans de beaux draps ? a-t-il demandé.

– Nous ? ai-je précisé à tout hasard.

– Oui. Vous. Ou plutôt toi.

– J'ai respecté vos instructions, ai-je murmuré, furieux. Et je n'ai pas touché un seul cheveu de ce mage !

Le chef a soupiré.

– Je n'en doute pas. Mais comment toi, un agent de Contrôle, connaissant la situation, as-tu eu l'idée saugrenue de le suivre tout seul dans les toilettes ?

– Mais qui aurait pu prévoir ?

– Toi. Si nous avons eu recours à de telles mesures... à un tel déguisement... Quelles étaient tes instructions ? Ne jamais rester seul ! Pas une minute ! Manger et dormir avec Svetlana.

Prendre votre douche ensemble. Vous auriez dû aller ensemble aux toilettes ! Pour qu'à chaque seconde, tu sois...

Le chef a soupiré et s'est tu.

– Boris Ignatievitch, est intervenue Svetlana. Ça n'a plus guère d'importance. Réfléchissons plutôt à ce que nous allons faire maintenant.

Le chef l'a considérée avec une légère surprise.

– Tu as raison, Sveta... Réfléchissons. Tout d'abord, il faut constater que la situation a empiré de manière catastrophique. Si jusqu'ici Anton était seulement soupçonné, désormais, il a pratiquement été pris en flagrant délit. Ne secoue pas la tête. On t'a vu penché sur un cadavre tout frais. Le cadavre d'un mage noir, tué selon le même procédé que les victimes précédentes. Il n'est plus en notre pouvoir de te défendre. Le Contrôle du Jour va porter plainte devant le Tribunal et exiger de lire ta mémoire.

– C'est très dangereux, n'est-ce pas ? a demandé Svetlana. Mais au moins, ça prouvera l'innocence d'Anton.

– Oui, et par la même occasion, les Sombres apprendront les informations auxquelles il a pu avoir accès. Svetlana, imagine un peu tout ce qu'il sait en tant que responsable de notre service informatique. Il a pu oublier certaines données après les avoir traitées. Mais les Sombres ont d'excellents spécialistes. Et Quand Anton, blanchi, sortira du Tribunal... en supposant qu'il supporte le traitement qu'on lui fera subir, le Contrôle du Jour sera au courant de nos plans. Représente-toi les conséquences. Les méthodes d'enseignement et de recherche des nouveaux Autres, l'analyse de nos opérations sur le terrain, notre réseau d'informateurs humains, les statistiques de nos pertes, les dossiers de nos agents, nos projets financiers...

Ils parlaient de moi, mais on aurait pu croire que j'étais absent. Ce n'était pas du cynisme. Mais le chef demandait conseil à Svetlana, une magicienne débutante, et non à moi, qui avais le potentiel d'un mage de troisième classe.

En comparant la situation à une partie d'échecs, la position était aussi simple que vexante. J'étais un cavalier, un honnête cavalier du Contrôle. Et Svetlana un pion. Mais un pion sur le point de devenir reine.

Tous les malheurs qui me menaçaient étaient moins importants pour le chef que la possibilité de donner une petite leçon pratique à la future Grande magicienne.

– Boris Ignatievitch, vous savez bien que je ne permettrai pas qu'on décortique ma mémoire, ai-je déclaré.

– En ce cas, tu seras condamné.

– Je sais. Je peux jurer solennellement que je ne suis pour rien dans la mort de ces Sombres. Mais il m'est impossible de le prouver.

– Boris Ignatievitch, et si... S'ils vérifient la mémoire d'Anton seulement pour aujourd'hui ? s'est exclamée Svetlana. Ce sera suffisant pour les convaincre...

– On ne découpe pas la mémoire en tranches. Il faut la retourner entièrement. En commençant par le premier instant de ta vie. Par l'odeur du lait maternel, le goût du liquide amniotique (le chef parlait avec une dureté soulignée), c'est bien ça le malheur. Même si Anton ne connaissait aucun secret... imagine ce que ça représente de se souvenir et de revivre absolument tout ! Tu flottes dans une eau sombre et visqueuse, les parois se resserrent, tu aperçois un éclat de lumière devant toi, tu as mal, tu étouffes, il faut que tu respires... Tu revis ta propre naissance. Et tout le reste, instant par instant... Tu as peut-être entendu dire qu'on revoit toute son existence avant de mourir ? C'est ce qui se passe quand on te retourne la mémoire. En plus, au fond de toi, tu sais que tout a déjà eu lieu. Difficile de ne pas perdre la raison.

– Vous en parlez comme si..., a prononcé Svetlana d'une voix hésitante.

– Oui, je suis passé par là. Il y a plus d'un siècle. Mais pas lors d'un interrogatoire. À l'époque, le Contrôle étudiait les effets de l'analyse de la mémoire... Nous avions besoin d'un volontaire. Il m'a fallu un an pour m'en remettre.

– Et de quelle manière ?

– Grâce à de nouvelles impressions. Des émotions nouvelles.

Des pays nouveaux, des plats inhabituels, des rencontres inattendues, des problèmes inédits. Et malgré tout (le chef a souri amèrement) il m'arrive encore de me demander si ce qui m'entoure est bien la réalité, ou des souvenirs revécus. Suis-je en train de vivre ou suis-je étendu sur une plaque de cristal au siège du Contrôle du Jour, tandis qu'on déroule ma mémoire comme un écheveau...

Il s'est tu.

Des gens étaient assis autour de nous, les serveurs s'affairaient. Les policiers étaient partis, emportant le corps du mage noir. Un homme, probablement un parent, était venu chercher la veuve et les enfants en voiture. Personne ne se souciait plus de l'incident. Au contraire, les clients semblaient en avoir tiré un surcroît d'appétit et de soif de vivre. Personne ne faisait attention à nous. Le sort jeté par le chef obligeait tout le monde à détourner les yeux.

Et si jamais tout cela avait déjà eu lieu ?

Si moi, Anton Gorodetski, administrateur système de l'entreprise commerciale « Nix » et mage du Contrôle de la Nuit, j'étais allongé sur une plaque de cristal couverte de runes antiques ? Tandis qu'on déroulait ma mémoire, qu'on la disséquait, qu'on l'examinait sous tous les angles, peu importe qui : des mages noirs ou un tribunal mixte...

Non !

Impossible. Je n'éprouvais aucun sentiment de déjà vu. Je n'avais encore jamais séjourné dans un corps de femme, je n'avais encore jamais trouvé de cadavre dans les toilettes d'un restaurant...

Le chef a sorti de sa poche un long et fin cigarillo.

– Bon, je crois vous avoir suffisamment inquiétés. La situation est claire ? Qu'allons-nous faire ?

– Je suis prêt à accomplir mon devoir, ai-je déclaré.

– Attends, Anton. Ne joue pas les héros.

– Je ne joue pas les héros. Ce n'est même pas pour protéger les secrets du Contrôle. Je ne supporterai jamais ce type d'interrogatoire. Je préfère mourir.

– Nous ne mourrons pas comme des êtres humains.

– Oui, c'est plus difficile pour nous. Mais je suis prêt.

Le chef a soupiré.

– Les filles... Euh, désolé Anton... Plutôt que de songer aux conséquences, réfléchissons d'abord à ce qui a précédé. Il est parfois utile d'examiner le passé.

– Réfléchissons, ai-je accepté sans grand espoir.

– Le Sauvage braconne en ville depuis des années. Selon les dernières données recueillies par notre service d'analyse, ces meurtres étranges auraient commencé il y a trois ans et demi. Les victimes sont en partie des Sombres. Le reste étant probablement des Sombres potentiels. Aucune des victimes n'avait dépassé la quatrième classe. Aucune ne travaillait pour le Contrôle du Jour. Et le plus curieux, c'est qu'elles étaient toutes... modérément Sombres, si j'ose m'exprimer ainsi. Il leur arrivait de tuer ou de manipuler les gens, mais beaucoup plus rarement qu'elles n'auraient pu.

– On les a volontairement sacrifiés, a dit Svetlana, c'est ça ?

– Plus que probable. Non seulement le Contrôle du Jour n'a rien fait pour arrêter ce tueur, mais il lui a même livré des sous-fifres qui n'avaient que peu de valeur à ses yeux. Pourquoi ? Telle est la principale question.

– Pour nous accuser de négligence, ai-je supposé.

– Le jeu n'en vaut pas la chandelle.

– Pour s'attaquer à l'un d'entre nous.

– Anton, tu es le seul agent du Contrôle à ne pas posséder d'alibi au moment des meurtres. Pourquoi le Contrôle du Jour s'attaque-t-il à toi ?

J'ai haussé les épaules.

– J'ai déjà évoqué l'idée d'une vengeance de Zébulon, mais tu ne l'as affronté que récemment. Alors que ce piège a été mis en place il y a au moins trois ans et demi. La question reste posée.

– Peut-être Anton est-il appelé à devenir un mage très puissant ? a demandé Svetlana. Les Sombres l'ont compris. Il est trop tard pour l'attirer de leur côté, alors ils ont décidé de l'éliminer.

– Anton est plus fort qu'il ne pense, a tranché le chef, mais il ne dépassera jamais la deuxième classe.

– Et si nos ennemis voyaient plus loin que nous ? ai-je demandé en regardant le chef dans les yeux.

– Eh bien ?

– Je peux être un mage faible, moyen ou fort. Mais si... s'il suffisait que je fasse quelque chose pour modifier l'équilibre des forces ? Quelque chose de simple, qui ne soit pas lié à la magie ? Les Sombres ont déjà essayé de m'éloigner de Svetlana, ils voyaient donc la ligne de probabilité où je pouvais lui venir en aide ! Et s'ils voyaient autre chose ? Dans l'avenir ? S'ils le voyaient depuis longtemps et se préparaient depuis longtemps à me neutraliser ? Si par rapport à cet impératif leur lutte pour Svetlana était secondaire ?...

Au début, le chef m'a écouté attentivement. Puis il a fait la moue et a remarqué en secouant la tête :

– Anton, excuse-moi, mais tu deviens mégalomane. Je vérifie toutes les lignes de probabilités de tous nos collaborateurs, y compris celles de Choura, notre plombier. Et non, désolé, tu n'accomplis rien de grand dans l'avenir. Sur aucune des lignes visibles.

– Et vous êtes absolument sûr de ne pas vous tromper ?

Je me sentais vexé malgré moi.

– On ne peut être absolument sûr de rien, bien évidemment, et j'ai pour principe de douter de tout, y compris de moi-même. Mais crois-moi, il y a très peu de chances que tu aies raison.

Et je l'ai cru.

Par rapport à celles du chef, mes capacités sont proches de zéro.

– Donc, nous ignorons le plus important, les raisons de cette opération ?

– Oui. C'est toi qui es visé, aucun doute n'est plus permis. Le Sauvage est manipulé, très habilement. Il considère qu'il lutte contre le mal, alors qu'il est devenu depuis longtemps une marionnette entre les mains des Sombres. Aujourd'hui, ils l'ont fait venir dans le même restaurant que toi et ils lui ont offert une victime.

– Et que faire ?

– Chercher le Sauvage. C'est ta dernière chance, Anton.

– Mais ça revient à dire que nous devons le tuer.

– Pas nous. Nous allons seulement le retrouver.

– Ça n'y change rien. Même s'il a tort de tuer, même s'il se trompe, c'est l'un des nôtres ! Il croit lutter contre le mal. Il faut simplement lui expliquer...

– Trop tard, Anton. Nous ne l'avons pas trouvé à temps, et maintenant, il a trop de morts à son actif. Tu te souviens de ce qui est arrivé à la fille-vampire ?

– La peine capitale.

– Et elle était beaucoup moins coupable, du point de vue des Sombres. Elle non plus n'était au courant de rien. Mais le Contrôle du Jour a approuvé le verdict.

– Était-ce fortuit ? a demandé Svetlana. Ou voulaient-ils créer un précédent ?

– Qui sait ? Anton, il faut trouver le Sauvage.

J'ai levé les yeux.

– Nous devons le trouver, et ce sera à toi de le livrer au Tribunal, a précisé impitoyablement le chef.

– Pourquoi moi ?

– Tu es le seul pour qui ce soit moralement justifiable. C'est toi qui es visé. Tu ne fais que te défendre. Pour n'importe lequel d'entre nous livrer un Clair, même si c'est un autodidacte, même s'il se fourvoie et s'il est manipulé, serait trop difficile. Toi, tu pourras le faire.

– Je n'en suis pas sûr.

– Tu le feras. Et encore une chose, Anton. Tu n'as que cette seule nuit à ta disposition. Le Contrôle du Jour n'a plus aucune raison de faire traîner les choses. Dès demain matin, ils vont présenter une accusation officielle.

– Boris Ignatievitch...

– Souviens-toi ! Qui était avec vous dans ce restaurant ? Qui a suivi le mage noir dans les toilettes ?

C'est Svetlana qui a répondu.

– Personne. J'en suis certaine, je surveillais tout le temps la porte du coin de l'œil, je guettais sa sortie.

– C'est donc que le Sauvage a attendu sa victime sur place. Mais il a dû sortir. Vous souvenez-vous de quelque chose ? Sveta, Anton ?

Je ne me souvenais de rien. Je regardais dans une autre direction.

– Un homme est sorti, a dit Svetlana. Il était...

Elle a hésité.

– Sans aucun signe particulier. Un homme comme il y en a tant. Comme si on avait mélangé un million de visages pour en obtenir un seul qui soit totalement neutre. Il ne m'a laissé aucun souvenir.

– Concentre-toi, a exigé le chef.

– Je n'y arrive pas. Un homme. D'âge moyen. Je n'ai même pas remarqué que c'était un Autre.

– C'est un Autre que personne n'a initié. Il n'entre pas dans la Pénombre, il demeure sur le seuil. Souviens-toi ! Il y a certainement quelque chose qui nous permettra de le reconnaître.

Svetlana s'est frotté le front avec le doigt.

– Quand il est allé se rasseoir... il y avait une femme avec lui. Belle, les cheveux châtain clair. Elle était en train de se remaquiller, j'ai remarqué qu'elle utilisait des produits Lumene, moi aussi je m'en sers, ils ne sont pas chers, mais de bonne qualité.

Je n'ai pu m'empêcher de sourire.

– Et elle était mécontente, a ajouté Sveta. Elle souriait, mais de travers. Il m'a semblé qu'elle voulait rester encore, et qu'il la pressait de partir.

– L'aura de la femme, s'est écrié le chef. Tu t'en souviens ! Envoie-moi l'empreinte.

Il a élevé le ton et sa voix a changé. Personne ne l'a entendu, mais des gens dans la salle ont grimacé nerveusement, et le serveur a trébuché, faisant tomber une bouteille de vin et deux verres en cristal.

Svetlana a secoué la tête. Le chef l'avait mise en état de transe aussi facilement que s'il s'était agi d'une simple humaine. J'ai vu ses pupilles s'élargir et une fine ligne nacrée s'est tendue entre son visage et celui de Boris Ignatievitch.

– Merci, Sveta, a-t-il déclaré.

– Ça a marché ? a demandé Svetlana, étonnée.

– Oui. Tu peux te considérer comme un mage de septième classe. Je leur dirai que je t'ai personnellement fait passer l'examen. Anton.

J'ai regardé le chef dans les yeux.

Une secousse. Et des fils d'énergie. Il m'a envoyé l'empreinte.

Non, je n'ai pas vu le visage de la compagne du Sauvage. J'ai vu son aura, ce qui était beaucoup plus important. Plusieurs couches d'un vert bleuté, une petite tache brune, une raie blanche. Une aura assez complexe, facile à mémoriser et assez sympathique dans l'ensemble. Je me suis senti troublé.

Elle l'aimait.

Elle l'aimait et lui pardonnait tout, elle pensait qu'il avait cessé de l'aimer, mais le supportait et était prête à le supporter quoi qu'il arrive.

Grâce à l'aura de cette femme, le Contrôle retrouverait le Sauvage et je le livrerais au Tribunal où la mort l'attendait.

– N-non, ai-je protesté.

Le chef m'a regardé avec compréhension.

– Elle n'est coupable de rien et elle l'aime, vous l'avez bien vu !

La musique plaintive résonnait à mes oreilles. Personne n'a réagi à mon cri. J'aurais pu me rouler par terre ou me cacher sous une table, les clients se seraient contentés de resserrer les jambes en continuant à déguster leurs plats exotiques.

Svetlana nous regardait. Elle était parvenue à garder l'empreinte de l'aura, mais n'avait su la lire : ça relevait de la sixième classe.

– En ce cas, c'est toi qui vas mourir.

– Je sais ce que...
– Et tu n'as pas pensé à ceux qui t'aiment ?
– Je n'ai pas le droit de faire ça.
Boris Ignatievitch a souri tristement.
– Un vrai héros. Nous aimons jouer aux héros... Avoir les mains propres, un cœur en or et des pieds qui n'ont jamais marché dans la merde... Et la femme de la victime, tu t'en souviens ? Et ses enfants en larmes ? Ce ne sont pas des Sombres. Mais des humains ordinaires... que nous avons promis de protéger. Pourquoi penses-tu que nous étudions à l'avance les conséquences de la moindre opération ? Pourquoi nos analystes, même si je n'arrête pas de les critiquer, ont tous les cheveux blancs dès cinquante ans ?
Le chef était en train de me passer un sacré savon, exactement comme j'avais passé un peu plus tôt un savon à Svetlana sur le même sujet.
– Le Contrôle a besoin de toi, Anton ! Il a besoin de Svetlana. Mais il n'a que faire d'un psychopathe, même d'un bon psychopathe. S'armer d'un poignard et tendre des embuscades aux Sombres dans les toilettes et les cours obscures, c'est facile. Sans songer aux conséquences ni mesurer l'ampleur des dégâts. Sur quel front combattons-nous, Anton ?
J'ai baissé la tête.
– Parmi les humains.
– Et qui défendons-nous ?
– Les humains.
– Le mal abstrait, ça n'existe pas, tu devrais bien le comprendre ! Les racines du mal sont là, autour de nous... Dans ce troupeau qui mastique et prend du bon temps juste après un meurtre. C'est pour les humains que tu dois te battre. L'Obscurité est une hydre : plus de têtes on coupe, et plus il en repousse ! La seule méthode, c'est de l'affamer ! Si tu tues cent Sombres, un millier viendront prendre leur place. C'est pourquoi le Sauvage est coupable ! Et c'est pourquoi il faut le trouver. Et l'obliger à comparaître devant le Tribunal. De gré ou de force.

Brusquement, le chef s'est levé en sursaut.

– Les filles, on s'en va…

J'étais déjà habitué. J'ai attrapé mon sac à main d'un geste machinal.

Le chef devait avoir ses raisons.

– Vite !

Soudain, j'ai compris que j'avais besoin de visiter d'urgence l'endroit où le mage noir avait vécu ses derniers instants. Mais je n'ai pas osé le dire. Nous avons foncé vers la sortie si vite que le portier nous aurait certainement arrêtés s'il avait pu nous voir.

– Trop tard, a murmuré le chef devant la porte. Nous n'aurions pas dû bavarder si longtemps.

Deux jeunes gens musclés et une jeune femme sont entrés dans le restaurant. Je connaissais cette dernière. Alissa Donnikova. La sorcière du Contrôle du Jour. Ses yeux se sont écarquillés à la vue du chef.

Deux silhouettes insaisissables se sont glissées à sa suite, marchant à travers la Pénombre.

– Je vous demande de rester, a dit Alissa d'une voix rauque, à croire qu'elle avait la gorge sèche.

– Arrière, a jeté le chef en bougeant légèrement la main, et les Sombres ont été aussitôt repoussés contre le mur.

Alissa a essayé de résister, mais elle n'était pas de taille.

– Zébulon, je t'invoque, a-t-elle glapi.

Ça alors. Cette petite sorcière faisait certainement partie de ses favorites pour avoir le droit de l'appeler.

Deux Sombres ont jailli de la Pénombre. À vue de nez, des mages combattants de troisième ou de quatrième classe. Évidemment, ils étaient loin de faire le poids face à Boris Ignatievitch, et je ne comptais pas non plus pour rien, mais ils risquaient de nous retarder sérieusement.

Le chef l'a compris.

– Que voulez-vous ? a-t-il demandé d'un ton autoritaire. C'est l'heure du Contrôle de la Nuit.

– Un crime a été commis. Ici même, tout récemment. L'un des nôtres a été tué, par l'un de...

Les yeux d'Alissa étincelaient. Son regard allait du chef à moi.

– Par qui ? a demandé le chef, en espérant qu'elle allait répondre.

Mais la sorcière n'a pas cédé à sa provocation. Si elle avait osé, vu leur statut respectif, jeter une telle accusation à la face de Boris Ignatievitch, il l'aurait réduite en chair à pâté.

Sans se soucier un seul instant des conséquences.

– Par quelqu'un de votre camp !

– Le Contrôle de la Nuit ignore l'identité du meurtrier.

– Nous demandons officiellement votre assistance.

Là, nous étions coincés. Refuser une demande d'aide formulée par des agents du Contrôle adverse, c'est presque une déclaration de guerre.

– Zébulon, je t'invoque, a crié une nouvelle fois la sorcière.

J'espérais vaguement qu'il était pris ailleurs et trop occupé pour l'entendre.

– Nous sommes prêts à collaborer, a déclaré le chef d'une voix glaciale.

J'ai regardé la salle par-dessus les épaules carrées des Sombres qui nous encerclaient, avec l'intention manifeste de nous empêcher de partir. Quelque chose d'étrange se passait dans le restaurant.

Les gens s'empiffraient à grand bruit.

On aurait dit un troupeau de porcs. Le regard vitreux, certains serraient encore couteaux et fourchettes, mais la plupart mangeaient avec les mains, en éructant, soufflant et crachant. Un homme d'un certain âge élégamment vêtu, attablé avec une toute jeune femme et trois gardes du corps, buvait son vin à même la bouteille. Un sympathique jeune « yuppie » et sa charmante copine se disputaient une assiette, s'aspergeant mutuellement de sauce orange grasse. Les serveurs couraient entre les tables, jetant aux clients assiettes, tasses, bouteilles, cocottes et coupes...

Les Sombres ont leurs méthodes pour distraire l'attention des gens.

– L'un de vous était-il présent dans le restaurant au moment du meurtre ? a demandé la sorcière d'une voix triomphante.

– Oui, a répondu le chef après un silence.

– Et qui donc ?

– Mes deux compagnes.

– Olga, Svetlana, a dit Alissa en nous dévorant des yeux, n'y avait-il pas avec vous un agent du nom d'Anton Gorodetski ?

– Il n'y avait pas d'autre Sentinelle du Contrôle ici, à part nous, a répondu rapidement Svetlana.

Trop rapidement. Alissa a froncé les sourcils, soupçonnant que sa question manquait de précision.

– Quelle nuit paisible, vous ne trouvez pas ?

Zébulon venait de pousser la porte.

Je l'ai regardé, résigné. Mon déguisement ne tromperait pas un mage de son calibre. Il n'avait pas su reconnaître le chef sous les traits d'Ilya, mais un vieux renard ne se laisse pas prendre deux fois au même piège.

– Pas si paisible, Zébulon, a dit le chef. Écarte tes sbires si tu ne veux pas que je m'en charge.

Le mage noir n'avait pas changé d'un iota, à croire que le temps s'était arrêté et qu'un printemps quelque peu tardif n'était pas venu prendre le relais d'un hiver glacé. Costume, cravate, chemise grise, souliers étroits à l'ancienne mode. Des joues creuses, un regard morne, des cheveux courts.

– Je savais qu'on se reverrait, a dit Zébulon.

Il ne regardait que moi.

– C'est vraiment stupide, a-t-il poursuivi. Pourquoi fais-tu ça ?

Il s'est avancé d'un pas, et Alissa s'est précipitamment écartée de sa route.

– Un bon travail, des revenus confortables, un amour-propre satisfait... Toutes les joies de ce monde sont à ta portée, il suffit de déclarer en temps voulu qu'elles sont destinées à servir le

Bien... Et pourtant, ça ne te suffit pas. Je ne te comprends pas, Anton.

– Et moi, c'est toi que je ne comprends pas, a dit le chef en lui barrant la route.

Le mage noir a tourné les yeux vers lui comme à contrecœur.

– Décidément, tu vieillis, Boris... Dans le corps de ta maîtresse se trouve Anton Gorodetski. Que nous soupçonnons d'être un tueur en série. Ça fait peut-être longtemps qu'il s'y cache ? Et tu ne t'es vraiment aperçu de rien ?

Zébulon rigolait doucement. J'ai regardé les Sombres. Ils n'avaient pas encore pleinement digéré ce que leur chef venait de dire. Mais dans une seconde...

J'ai vu Svetlana lever les mains, des flammes jaunes palpitaient sur ses paumes.

Elle venait de passer son examen pour la cinquième classe... Mais nous ne pouvions sortir vainqueurs de cet affrontement. Nous n'étions que trois contre six. Si Svetlana attaquait pour essayer de me sauver, moi qui étais déjà dans la mélasse jusqu'au cou, ce serait un vrai massacre.

J'ai bondi.

En me félicitant qu'Olga ait un corps robuste et bien entraîné. Les Autres des deux camps ont depuis longtemps perdu l'habitude de compter sur leur force physique et de se battre comme des humains. Mais Olga, privée de la majorité de ses pouvoirs, ne négligeait pas les arts martiaux.

Zébulon s'est plié en deux en poussant un râle quand mon poing – ou plutôt celui d'Olga – lui a percuté le ventre. Je lui ai expédié mon pied dans les genoux et je me suis précipité dehors.

– Arrête ! a hurlé Alissa d'une voix où se mêlaient enthousiasme, haine et amour.

Je courais dans la rue Pokrovka, en direction de la place Zemlianoï Val. Mon sac battait contre mon dos. Heureusement que j'étais en chaussures de sport. Semer mes poursuivants... Me perdre dans la foule... Le cours de survie en ville était l'un de mes préférés, mais il était bref, trop bref. Qui aurait pu penser qu'un agent de Contrôle aurait besoin de courir et de se cacher au lieu de poursuivre lui-même et de capturer des contrevenants ?

Un long sifflement a retenti dans mon dos.

J'ai bondi, mû par un simple réflexe, sans comprendre encore. Un jet de feu pourpre m'a dépassé, a tenté de freiner pour revenir vers moi, mais la force d'inertie était trop grande, et la décharge s'est aplatie contre un mur, chauffant les pierres à blanc.

Mais c'était...

J'ai trébuché et je me suis étalé par terre. Quand j'ai regardé derrière moi, j'ai vu Zébulon diriger à nouveau une baguette de combat dans ma direction, mais très lentement, comme si quelque chose le ralentissait.

C'était une attaque mortelle !

Si « le fouet de Shaab » m'avait atteint, il m'aurait réduit en cendres.

Ainsi donc, le Contrôle du Jour ne cherchait pas à savoir ce que j'avais dans le crâne. Ils voulaient tout bonnement me liquider.

Les Sombres me couraient après, Zébulon me visait, le chef retenait Svetlana qui essayait de se dégager... Je me suis remis debout et j'ai poursuivi ma course, conscient que je n'arriverais pas à m'échapper. Ma seule consolation, c'était l'absence de passants : une peur inconsciente et purement instinctive les avait fait fuir dès le début de l'affrontement. Il n'y aurait pas de victimes accidentelles.

Un bruit de freins. Je me suis retourné et j'ai vu les Sombres s'écarter au passage d'une voiture qui fonçait à toute allure. Le conducteur, sans doute persuadé d'avoir affaire à un règlement de comptes entre deux bandes rivales, s'est arrêté un instant avant d'accélérer.

L'arrêter... Non, je ne pouvais pas faire ça.

J'ai bondi sur le trottoir et je me suis accroupi derrière une vieille Volga pour me protéger de Zébulon. Une Toyota gris argent m'a dépassé avant de freiner bruyamment.

La portière s'est ouverte du côté du conducteur qui m'a fait signe de la main.

Pas possible !

C'est seulement dans les mauvais films d'action qu'une voiture passant par hasard ramasse le héros en fuite.

C'est ce que j'ai pensé en ouvrant la portière arrière et en sautant à l'intérieur.

Je me suis retrouvé à côté d'une femme qui a crié :

– Vite, vite !

Mais le conducteur avait déjà redémarré en trombe. Une nouvelle décharge du « fouet de Shaab » a jailli derrière nous, nous manquant de peu... La voiture a fait une embardée, évitant le jet incandescent. La femme a poussé un hurlement aigu.

Comment voyaient-ils les choses ? Sous forme de rafales de mitraillette ou de tirs de fusées ? Ou peut-être de lance-flammes ?

– Mais pourquoi diable es-tu revenu ? a crié la femme en se penchant en avant, avec l'intention manifeste de frapper le conducteur dans le dos.

J'ai voulu lui saisir la main, mais un soubresaut du véhicule l'a fait retomber en arrière.

– Ne faites pas ça, ai-je dit doucement, récoltant un regard indigné.

Quelle femme se réjouirait de l'apparition dans sa voiture d'une belle inconnue échevelée poursuivie par une bande de bandits armés jusqu'aux dents... et pour laquelle son mari met soudain sa vie en danger.

Mais nous ne courions plus de risque immédiat. Nous avions déjà dépassé Zemlianoï Val et un flot de voitures nous entourait. Amis et ennemis étaient restés loin derrière.

– Merci, ai-je dit à la nuque du conducteur.

– Vous n'êtes pas blessée ?

– Non. Merci infiniment. Pourquoi vous être arrêté ?

– Parce qu'il est complètement cinglé ! a glapi ma voisine.

Elle s'était reculée à l'autre bout de la banquette, comme si j'étais une pestiférée.

– Parce que j'ai le sens des responsabilités, a objecté l'homme d'un ton neutre. Pourquoi ces types vous... – mais bon, ça ne me regarde pas.

– Ils ont essayé de me violer, ai-je jeté sans réfléchir.

Excellente explication. Violer une femme dans un grand restaurant. Moscou est une ville à forte criminalité, mais ce n'est tout de même pas le Far West.

– Où voulez-vous que je vous emmène ?

– Déposez-moi ici, ai-je dit en voyant le « M » lumineux du métro. Je rentrerai toute seule.

– Nous pouvons vous ramenez chez vous.

– Merci, ce n'est pas la peine. Vous avez déjà fait énormément.

– Comme vous voulez.

Il n'a pas insisté. La voiture s'est arrêtée et je suis sorti. J'ai dit à la femme :

– Merci beaucoup.

Elle a émis un vague grognement avant de claquer la portière.

Ce genre de cas prouve que notre travail n'est pas dépourvu de sens.

J'ai machinalement lissé mes cheveux et épousseté mon jean. Les gens me lançaient des regards curieux en passant, mais sans s'écarter... j'avais donc l'air relativement présentable.

Combien de temps avais-je devant moi ? Cinq, dix minutes, avant qu'ils ne retrouvent ma trace. À moins que le chef n'ait pu les retenir ? Ce qui m'aurait bien arrangé. Je commençais à comprendre le nœud de l'affaire. Et il me restait une chance de m'en sortir. Minuscule, mais réelle.

Je me suis dirigé vers le métro, en sortant le téléphone mobile d'Olga. J'ai commencé par faire son numéro avant de me souvenir que je devais composer le mien.

Cinq sonneries... six... sept...

J'ai essayé son mobile. Cette fois, Olga a répondu tout de suite.

– Allô, a prononcé une voix inconnue, légèrement rauque : ma propre voix.

– C'est Anton, ai-je crié.

Un jeune type qui passait à côté de moi m'a considéré avec étonnement.

– Ne crie pas comme un abruti ! a dit Olga, de manière prévisible, mais vexante. Où es-tu ?

– Je m'apprête à plonger sous terre.

– Attends un peu. Comment puis-je t'aider ?

– Tu es déjà au courant ?

– Oui, je communique avec Boris... parallèlement.

– Il faut que je te rende ton corps.

– Où veux-tu qu'on se retrouve ?

J'ai réfléchi un instant.

– Lorsque j'ai essayé de neutraliser la tornade de Svetlana... j'étais sur le point de sortir...

– Compris. Boris m'a raconté. Disons sur la même ligne, trois stations plus loin vers la gauche.

Elle était sans doute en train de regarder la carte.

– D'accord.

– Au centre du quai. J'y serai dans vingt minutes.

– Très bien.

– Je t'apporte quelque chose ?

– Oui. Mon corps. Pour le reste, c'est comme tu veux.

4

J'attendais station Novoslobodskaïa. Rien que de très ordinaire, une jeune femme qui attend un jeune homme ou une amie sur le quai du métro.

Dans mon cas, les deux en une seule personne.

Sous terre, j'étais plus difficile à localiser qu'à la surface. Les mages noirs les plus doués ne pouvaient percevoir mon aura à travers plusieurs strates de terrain, à travers les vieilles sépultures qui servent de fondations à Moscou, parmi la foule compacte. Bien sûr, il suffisait de ratisser toutes les stations, d'envoyer des Sombres dûment munis de mon aura contrôler chacune d'elles.

Mais j'espérais avoir encore une heure ou au moins une demi-heure devant moi.

Finalement, l'explication était simple. Le casse-tête n'était qu'un jeu d'enfant. J'ai souri malgré moi, croisant aussitôt le regard interrogatif d'un jeune punk. Non, mon ami, ce n'est pas à toi que ce corps désirable sourit, mais à ses propres pensées.

J'aurais dû y songer immédiatement, dès que j'ai vu tous les fils de l'intrigue aboutir à ma personne. Le chef avait raison. Je n'étais pas assez important pour que les Sombres s'amusent à agencer une longue, dangereuse et ruineuse opération dans le seul but de m'éliminer. L'enjeu était différent.

Ils essayent si souvent de nous piéger au moyen de nos faiblesses. La bonté et l'amour.

Et ils y parviennent... presque.

Soudain, j'ai éprouvé une forte envie de fumer, au point que ma bouche s'est remplie de salive. Bizarre, je ne fumais que très rarement... Ça venait d'Olga. Je l'imaginais très bien un siècle plus tôt, une dame élégante tenant un long fume-cigarette. Dans quelque salon littéraire... assise en compagnie d'un poète célèbre, Alexandre Blok ou Nikolaï Goumilev. En train de disserter en souriant sur la franc-maçonnerie, le pouvoir du peuple ou le perfectionnement spirituel...

Bah, après tout...

– Vous avez une cigarette ? ai-je demandé à un jeune homme suffisamment bien habillé pour ne pas fumer du mauvais tabac...

Il a semblé étonné, mais il m'a tendu un paquet de Parliament.

J'ai pris une cigarette et je l'ai remercié d'un sourire, après quoi, j'ai jeté un léger sort de protection. Les gens ont cessé de me regarder.

Parfait.

Me concentrant, j'ai augmenté la température de l'extrémité de la cigarette jusqu'à deux cents degrés et j'ai aspiré une bouffée. Au point où j'en étais, je n'en étais pas à une petite infraction près : je pouvais me permettre de fumer dans le métro.

Les gens me contournaient à un mètre de distance et humaient l'air avec étonnement. Je faisais tomber la cendre à mes pieds, observant un policier debout à cinq pas de moi et essayant de calculer mes chances de m'en sortir.

Elles n'étaient pas si mauvaises. Au contraire. Et c'est ce qui me troublait le plus.

S'ils préparaient cette combinaison depuis trois ans, ils avaient dû tenir compte de l'éventualité que j'y voie clair dans leur jeu. Et élaborer une parade... Mais laquelle ?

Je n'ai pas remarqué tout de suite ce regard étonné. En reconnaissant le garçon, j'ai sursauté.

Egor.

Le jeune Autre impliqué quelques mois plus tôt dans le grand affrontement entre Contrôles. Utilisé par les deux camps. Une carte désormais connue, toujours pas distribuée. Mais personne ne se bat pour une carte aussi modeste.

Ses capacités étaient cependant suffisantes pour percer mon petit camouflage. Cette rencontre ne m'a pas vraiment étonné. Les hasards de la vie sont nombreux, mais existent aussi des événements déterminés à l'avance.

– Salut, Egor, ai-je dit, élargissant mon sort pour le placer dans la zone protégée.

Il a frémi, a regardé autour de lui avant de me dévisager. Bien sûr, il n'avait jamais vu Olga sous sa forme humaine. Uniquement sous celle d'une chouette.

– Qui êtes-vous ? Comment me connaissez-vous ?

Il avait mûri. Surtout intérieurement. Vraiment étrange qu'il n'ait toujours pas franchi le dernier pas. Qu'il n'ait pas opté définitivement pour la Lumière ou l'Obscurité. Il était pourtant déjà entré dans la Pénombre... Dans des circonstances qui auraient pu décider de son choix... Or, son aura restait pure et neutre.

On pouvait l'envier d'être demeuré maître de son destin.

– Je suis Anton Gorodetski, agent du Contrôle de la Nuit. Tu te souviens de moi ?

Bien sûr qu'il s'en souvenait.

– Mais...

– Ne fais pas attention à mon apparence. C'est un déguisement. Nous sommes capables de changer de corps.

Je me suis demandé si je devais recourir à une illusion pour reprendre provisoirement ma vraie apparence. Mais il m'a cru. Peut-être parce qu'il se souvenait de la transformation du chef.

– Que me voulez-vous ?

– Rien. J'attends quelqu'un... La jeune femme à qui appartient ce corps. Tu es tombé sur moi par hasard.

– Je hais vos Contrôles ! a crié Egor.

– Ça te regarde. Mais je t'assure que je ne te surveille pas. Tu peux partir si tu veux.

Il lui était beaucoup plus difficile de croire à mon affirmation qu'à un échange de corps. Il a froncé les sourcils, l'air méfiant.

Évidemment, il n'avait pas envie de partir. Il avait appris certains secrets, découvert certaines forces qui régissent le monde. Et il les avait rejetées, peut-être provisoirement.

Il aurait voulu en apprendre plus, ne serait-ce que les tours de pyrogenèse et télékinésie, d'influence, de guérison, de malédiction... j'ignorais ce qui l'intéressait le plus, mais il était clair qu'il aurait aimé pouvoir, en plus de savoir.

– C'est vrai, vous ne me surveillez pas ? a-t-il demandé.

– C'est vrai. Nous ne mentons pas. En tout cas, pas directement, pas sur ce genre de choses.

– Et comment pourrais-je savoir que ce n'est pas aussi un mensonge ? a répliqué Egor en détournant les yeux.

C'était logique...

– Tu ne peux pas, ai-je dit. Crois-moi si tu veux.

– J'aimerais bien. Mais je me souviens de ce qui s'est passé sur le toit de mon immeuble. J'en rêve la nuit...

– Tu n'as plus besoin d'avoir peur de la vampire. Elle a été... neutralisée. Par décision du Tribunal.

– Je sais.

– Comment ?

– Votre patron m'a téléphoné. Celui qui a aussi changé de corps.

– Je l'ignorais.

– Il m'a téléphoné un jour que j'étais seul à la maison. Il a dit que la vampire avait été exécutée. Et aussi que même si je n'avais pas choisi mon camp, j'étais un Autre potentiel, et qu'on m'avait donc retiré des listes des humains. Que je ne risquais plus d'être tiré au sort.

– Oui, bien sûr, tu...

– Je lui ai demandé si mes parents restaient sur ces listes.

Je n'ai su que lui dire. Je connaissais d'avance la réponse du chef.

– Bon, je m'en vais, a poursuivi Egor en reculant d'un pas. Votre cigarette est finie.

J'ai jeté le mégot.

– D'où viens-tu ? Il est déjà tard.

– De l'entraînement. Je fais de la natation. Dites-moi, c'est vraiment vous ?

– Tu te souviens de la tasse brisée ?

Il a souri légèrement. Les tours les plus éculés sont ceux qui produisent la plus forte impression sur les gens.

– Oui. Mais...

Il s'est tu en regardant de côté.

Je me suis retourné.

Étrange de se voir de l'extérieur. Un jeune homme qui avait mon visage, ma démarche, qui portait mon pull et mon jean, avec mon baladeur accroché à la ceinture, marchait vers moi. Il tenait un sac. Son sourire, très léger, était aussi le mien. Même le faux miroir de ses yeux me renvoyait mon propre regard.

– Salut, Anton, a dit Olga. Bonsoir, Egor.

Elle n'était pas étonnée de le voir. Elle paraissait très calme.

– Bonjour, a dit Egor. Alors Anton se trouve dans votre corps ?

– C'est ça.

– Vous êtes rudement jolie. Mais d'où me connaissez-vous ?

– Je t'ai vu à un moment où je me trouvais dans un corps un peu moins joli. Et maintenant, excuse-moi, mais Anton a des problèmes. Il faut essayer de les résoudre.

– Vous voulez que je m'en aille ?

Egor semblait avoir oublié qu'il était sur le point de partir.

– Oui. Ne sois pas vexé. Mais ça risque de chauffer par ici.

– Le Contrôle du Jour est après moi, ai-je expliqué. Tous les Sombres de Moscou me courent après.

– Pourquoi ?

– C'est une longue histoire. Il vaut mieux que tu rentres chez toi.

C'était dit un peu brutalement. Egor a hoché la tête. Le train venait justement d'entrer dans la station.

– Mais votre Contrôle va vous défendre ? a demandé Egor à Olga.

Il avait malgré tout un peu de mal à s'y retrouver.

– Ils vont essayer. Et maintenant, pars, s'il te plaît. Nous n'avons pas beaucoup de temps et chaque minute compte.

– Au revoir, a dit Egor.

Il nous a tourné le dos pour courir vers le wagon. Quand il est sorti de la zone de protection, le flot des voyageurs a failli le faire tomber.

– S'il était resté, j'aurais pu penser qu'il se rangerait de notre côté, a dit Olga en le suivant des yeux. J'aimerais regarder les probabilités... savoir pourquoi vous vous êtes croisés dans le métro.

– Un simple hasard.

– Le hasard n'existe pas. Tu sais, Anton, il fut un temps où je lisais les lignes de la réalité comme un livre ouvert.

– Une prédiction favorable ne serait pas de refus.

– Les vraies prédictions ne se font pas sur commande. Mais bon, allons-y. Tu veux récupérer ton corps ?

– Oui. Ici même.

– Comme tu voudras.

Olga a tendu les mains – les miennes – et m'a pris par les épaules. J'ai éprouvé une sensation bizarre, ambiguë. Elle aussi, apparemment, car elle a souri.

– Mais pourquoi t'es-tu mis si rapidement dans le pétrin ? J'avais des plans passablement extravagants pour ce soir...

– Je devrais peut-être remercier le Sauvage de t'avoir empêché de les réaliser ?

Olga s'est concentrée, redevenant sérieuse.

– Bon, au travail.

Nous nous sommes placés dos à dos, étendant les bras. J'ai attrapé les doigts d'Olga – mes doigts...

– Rends-moi ce qui est à moi, a dit Olga.

– Rends-moi ce qui est à moi, ai-je répété.

– Guesser, nous te rendons ton don.

J'ai sursauté, comprenant qu'elle venait de prononcer le vrai nom du chef, et quel nom !

– Guesser, nous te rendons ton don, a répété brutalement Olga.

– Guesser, nous te rendons ton don !

Olga s'est mise à parler dans une langue ancienne, douce et chantante, on aurait pu croire en l'entendant que c'était sa langue maternelle. Mais j'ai senti qu'elle devait accomplir un immense effort pour réaliser cette magie de seconde classe.

Le changement de corps, c'est comme un ressort qu'on remonte. Nos consciences ne tenaient dans des corps étrangers que grâce à l'énergie dépensée par Boris Ignatievitch... Guesser. Il nous suffisait de libérer la force qu'il nous avait donnée pour retrouver nos enveloppes respectives. Si l'un de nous avait été un mage de première classe, aucun contact physique n'aurait même été nécessaire, le transfert se serait accompli à distance.

La voix d'Olga s'est amplifiée. Elle a prononcé la formule finale de rejet.

Tout d'abord, il ne s'est rien produit. Puis une crampe m'a saisi. Une secousse, tout est devenu gris et flou, comme lors d'une plongée dans la Pénombre. L'espace d'un instant, j'ai vu la station entière avec ses vitraux multicolores empoussiérés, son sol sale, les mouvements lents des passagers, les arcs-en-ciel de leurs auras, deux corps palpitants, comme crucifiés l'un sur l'autre.

Puis je me suis trouvé projeté, poussé, enserré dans mon enveloppe corporelle.

– Ah..., ai-je râlé en tombant par terre et en tendant les mains au dernier moment.

Mes muscles se contractaient de manière désordonnée, mes oreilles tintaient. Le retour était nettement moins confortable que le départ, peut-être parce que ce n'était pas le chef qui s'en était chargé.

– Ça va ? a demandé Olga d'une voix éteinte. Oh, tu es vraiment un beau salaud...

– Pourquoi ? ai-je demandé en regardant la jeune femme.

Olga se relevait en grimaçant.

– Tu aurais tout de même pu... faire un saut aux toilettes !

– Seulement en demandant la permission à Zébulon.

– Bon, passons. Anton, nous avons encore un quart d'heure. Raconte.

– Que veux-tu que je raconte ?

– Ce que tu as compris. Vas-y. Tu ne voulais pas seulement retourner dans ton corps. Tu avais aussi un plan.

Je me suis redressé, j'ai secoué mes mains sales et j'ai épousseté mon jean. La courroie qui maintenait l'étui de mon arme était trop serrée sous l'aisselle... il faudra la réajuster. Il y avait déjà moins de monde dans le métro. Les passagers restants qui n'avaient plus besoin de louvoyer dans la foule, avaient désormais le temps de penser : je voyais s'allumer leurs auras, des échos de leurs émotions me parvenaient.

Comme les capacités d'Olga avaient été tronquées ! Dans son corps, j'avais besoin de me concentrer intensément pour apercevoir les émotions. Alors que c'est si simple. Tellement simple qu'il n'y a pas de quoi en être fier.

– Le Contrôle du Jour n'a que faire de ma modeste personne. Je suis un mage moyen, je n'ai rien d'exceptionnel.

Olga a hoché la tête.

– Mais c'est bien à moi qu'ils font la chasse. Aucun doute n'est plus permis. Sauf que je ne suis pas le gibier mais l'appât. Comme Egor avant moi.

– Tu viens seulement de comprendre ? Évidemment que tu sers d'appât.

– Pour Svetlana ?

Elle a acquiescé.

– Je ne m'en suis rendu compte qu'il y a une heure, ai-je avoué. Quand Svetlana a voulu s'opposer au Contrôle du Jour. Elle a grimpé jusqu'à la cinquième classe. D'un coup. En cas d'affrontement, ils l'auraient tuée. Nous aussi, nous sommes faciles à manipuler. Les humains peuvent être poussés vers le mal ou vers le bien. Les Sombres peuvent être pris au piège de leur lâcheté, de leur égoïsme, de leur soif de pouvoir ou de gloire. Et nous au piège de l'amour. Nous devenons vulnérables comme des enfants.

– Oui.

– Le chef est au courant ?

– Oui.

On avait l'impression que les mots sortaient difficilement. Mais je n'y croyais pas. Les mages blancs qui ont vécu plusieurs siècles ignorent la honte. Ils ont si souvent sauvé le monde qu'ils connaissent par cœur toutes les justifications éthiques possibles et imaginables. Les Grandes magiciennes, même déchues, n'ont plus honte de rien. Pour avoir été elles-mêmes trahies trop souvent.

J'ai ri.

– Vous l'avez compris tout de suite ? Dès que vous avez reçu cette plainte des Sombres ? Qu'ils me faisaient la chasse, mais que leur but, c'était de faire craquer Svetlana ?

– Oui.

– Et malgré cela, vous nous avez maintenus tous deux dans l'ignorance ?

Une lueur a brillé dans le regard d'Olga.

– Svetlana a besoin de mûrir. Elle doit brûler les étapes... Anton, tu es mon ami. Et je vais te parler franchement. Nous ne disposons pas du temps nécessaire pour tout lui apprendre sans hâte, étape par étape. Nous avons besoin d'une Grande magicienne, plus que tu ne saurais l'imaginer. Elle est de taille à surmonter cette épreuve. Ça l'aguerrira, elle apprendra à rassembler ses forces, et surtout à les maîtriser.

– Et si j'y laisse ma peau, ça ne fera que renforcer sa volonté et son hostilité envers les Sombres ?

– Oui, mais je suis sûre que tu t'en sortiras. Le Contrôle est à la recherche du Sauvage, tout le monde a été mobilisé. Nous le présenterons aux Sombres et ils seront bien obligés de revenir sur leurs accusations.

– Et un mage blanc qui n'a pas été initié à temps périra. Un pauvre mage solitaire, aux abois, persuadé qu'il est le seul à lutter contre les ténèbres.

– Oui.

– Aujourd'hui, tu acquiesces à tout ce que je dis, ai-je remarqué sans rancœur. Et si ce que vous faites était lâche ?

– Non.

Pas l'ombre d'un doute dans sa voix. Les enjeux étaient certainement très élevés.

– Combien de temps faut-il que je tienne, Lumineuse ?

Elle a sursauté.

Il y a longtemps, très longtemps, c'était une formule couramment employée entre agents du Contrôle de la Nuit. Lumineux, Lumineuse. Pourquoi ces mots avaient-ils perdu leur sens ? Pourquoi paraissaient-ils désormais aussi déplacés que le terme de « gentleman » dans une bande de clochards crasseux faisant la manche près d'un bar à bière.

– Au moins jusqu'au matin.

– La nuit ne nous appartient plus. Tous les Sombres vont sortir dans les rues de Moscou pour me courir après. Et ils seront dans leur droit.

– Uniquement tant que nous n'aurons pas trouvé le Sauvage. Tiens bon.

– Olga...

J'ai fait un pas vers elle et j'ai effleuré sa joue, oubliant l'espace d'un instant notre différence d'âge – que représentaient quelques siècles en comparaison de cette nuit interminable –, notre différence de force et de savoir.

– Toi-même, tu y crois ? Que je survivrai jusqu'au matin ?

Elle n'a pas répondu.

Il n'y avait rien à dire.

Intéressante aventure :
Se perdre dans l'aurore fluide.
Frapper des portes translucides,
Sans espérer leur ouverture...

J'ai actionné le bouton de lecture aléatoire pour changer de morceau, cette chanson s'accordait trop bien à mon humeur.

J'aime le métro de nuit. J'ignore pourquoi. Il n'y a rien à

voir, à part les sempiternelles affiches publicitaires et des auras monotones imprégnées de fatigue. Le grondement des wagons, des bouffées d'air par l'entrebâillement d'une fenêtre, les secousses des rails. L'attente obtuse de sa station.

Je l'aime malgré tout.

C'est si facile de nous piéger par l'amour...

Soudain, je me suis levé pour descendre. Malgré mon intention première de rouler jusqu'au terminus.

« Gare de Riga, prochain arrêt Alexeev », a annoncé le haut-parleur.

Tous se taisent d'un air assidu
Sur le même sujet.
Nous vous souhaitons la bienvenue
Au club des pestiférés.

Encore un refrain de circonstance.

Sur l'escalator, j'ai immédiatement senti un léger souffle de force devant moi. J'en ai repéré la source sans tarder : un Sombre sur l'escalier descendant.

Pas un vrai patrouilleur du Contrôle du Jour. Son comportement dénotait un manque total d'expérience. Un mage de quatrième, ou plus probablement de cinquième classe, vu l'effort qu'il accomplissait pour sonder les voyageurs. Très jeune, à peine plus de vingt ans, de longs cheveux blonds, un blouson chiffonné, un visage agréable, bien que tendu.

Comment as-tu échoué chez les Sombres ? Quel événement déplaisant a précédé ta première incursion dans la Pénombre ? Une dispute avec ta petite amie ? Ou avec tes parents ? Une mauvaise note ? Un examen raté ? Quelqu'un qui t'a écrasé le pied dans l'autobus ?

Le plus effrayant, c'est que tu n'as pas changé extérieurement. Peut-être même es-tu devenu meilleur. Tes amis ont remarqué avec étonnement que tu étais désormais le boute-en-train de la bande et que tous vos projets communs étaient couronnés de succès. Ta copine a découvert en toi de nouvelles qualités insoupçonnées. Tes parents remercient le ciel d'avoir un fils aussi sage et aussi sérieux. Tes professeurs se félicitent d'un étudiant aussi doué.

Et tous ignorent le tribut que tu prélèves sur ton entourage. Le prix de ta gentillesse, de tes plaisanteries, de ta serviabilité.

Les yeux mi-clos, je me suis accoudé à la rampe. Je suis fatigué, légèrement éméché, je ne fais attention à rien, j'écoute mon baladeur...

Le regard du Sombre a glissé sur moi, m'a dépassé, a frémi en s'arrêtant.

Je n'avais pas eu le temps de me préparer, de changer d'apparence, de modifier mon aura. Je ne pensais pas que les recherches avaient déjà commencé.

Un contact perçant, comme un souffle de vent froid. Le jeune homme me comparait à l'empreinte que tous les Sombres de Moscou avaient dû recevoir. Avec maladresse, en oubliant de se protéger, sans remarquer que mon esprit se glissait par la brèche ouverte dans la Pénombre pour effleurer sa conscience.

Surprise. Joie. Triomphe. Je l'ai trouvé. Victoire. J'aurai droit à une récompense. À une belle promotion. Je serai célèbre. Je leur montrerai. On ne m'a pas apprécié à ma juste valeur ! Ils me le payeront. Tout le monde me respectera.

Je m'attendais malgré tout à trouver d'autres pensées, au moins en arrière-plan. L'idée que j'étais son ennemi, l'ennemi de tous les Sombres. Que j'avais tué ses semblables.

Non. Rien de tel. Il ne songeait qu'à lui-même.

Avant que le jeune mage ne retire ses tentacules malhabiles, j'ai retiré les miens. Il n'était pas très doué, incapable de joindre le Contrôle du Jour à partir du métro. D'ailleurs, il ne souhaitait pas le faire. À ses yeux, j'étais une bête traquée et parfaitement inoffensive. Pas un loup mais un lapin.

Vas-y donc, mon garçon.

Je suis sorti du métro et je me suis placé à l'écart de la porte pour entrer dans mon ombre.

Les passants sont devenus brumeux, les voitures se déplaçaient comme des tortues, la lumière des lampadaires était faible et pesante. Je ne percevais plus qu'une rumeur à peine audible.

J'aurais pu attendre. Le jeune mage n'avait pas encore eu le temps de remonter à ma suite. Mais je me sentais débordant de force. Une fois sortie de son enveloppe, Olga avait probablement récupéré partiellement ses anciens pouvoirs et rempli mon corps d'énergie, sans en dépenser une goutte pour son propre usage. Ça ne lui était même pas venu à l'idée, si grande que fût la tentation.

« Chacun définit la limite », avais-je dit à Svetlana. Cette limite, Olga la connaissait depuis longtemps, et bien mieux que moi.

J'ai longé le mur et j'ai jeté un coup d'œil aux escalators à travers le béton. La tache noire remontait lentement. Mais pas si lentement que ça. Le mage courait, sans sortir du monde ordinaire. Il économisait ses forces. Vas-y, approche.

Je me suis figé.

Un concentré de brouillard, ayant pris forme humaine, flottait vers moi.

Un Autre... Un ancien Autre.

Peut-être avait-il fait partie des nôtres. Ou peut-être pas. Les Sombres aussi rejoignent la Pénombre en mourant. Désormais, ce n'était plus qu'un nuage de vapeur, errant éternellement dans la grisaille.

– La paix soit avec toi, disparu, ai-je dit. Qui que tu aies été.

La silhouette mouvante s'est arrêtée. Une lanière de brume s'est tendue dans ma direction.

Que me voulait-il ? Les tentatives de communication des habitants de la Pénombre avec les vivants se comptaient sur les doigts de la main !

L'appendice frémissait. Des fils de fumée blanchâtre s'en détachaient pour se répandre dans l'air et sur le sol.

– J'ai très peu de temps, ai-je dit. Disparu, qui que tu aies été dans la vie, Sombre ou Clair, la paix soit avec toi. Que me veux-tu ?

Comme sous l'effet d'un souffle de vent, le spectre s'est

tourné et son bras – car c'en était un, sans doute possible – s'est tendu vers le nord-est. Où une fine silhouette en forme de flèche se devinait à travers la Pénombre.

– Oui, j'ai compris. La tour ! Qu'est-ce que ça signifie ?

La brume a commencé à se dissiper. Un instant plus tard, la Pénombre était aussi vide que de coutume.

J'ai frissonné. Un mort m'avait contacté. Ami ou ennemi ? J'ai regardé à travers le mur du métro : le Sombre était presque au sommet de l'escalator. Il fallait que j'essaye de comprendre. Qu'avait voulu dire ce fantôme ? La tour de télévision d'Ostankino n'était pas sur l'itinéraire, aussi risqué qu'inattendu, que j'avais l'intention de suivre. Ce n'était donc pas un avertissement, mais une indication. Mais de qui émanait-elle ? Ami ou ennemi ? Telle était la question essentielle. Rien ne prouve que nos différences s'effacent après la mort... Ne dit-on pas que nos morts nous soutiennent dans la lutte ?

J'avais une décision à prendre. Mais plus tard.

J'ai bondi vers la sortie du métro en tirant mon revolver de son étui.

Juste à temps : le mage noir a poussé la porte pour entrer aussitôt dans la Pénombre. Assez facilement, mais je percevais ce qui lui avait donné l'énergie nécessaire. Des éclats d'auras étrangères, des étincelles sombres qui jaillissaient de tous côtés.

Au niveau du monde ordinaire, j'aurais pu voir des gens grimacer tandis que leur cœur se crispait soudain, au propre, ou au figuré, ce qui est bien pire.

Le mage noir tournait la tête dans tous les sens, il me cherchait. Il savait pomper les forces des gens qui l'entouraient, mais c'était un vrai cancre sur le plan technique.

– Tout doux, ai-je dit en pressant le canon de mon arme contre son dos. Tu m'as trouvé. Mais dois-tu t'en réjouir ?

Mon autre main a agrippé son poignet pour l'empêcher de faire des passes. Ces jeunes mages insolents utilisent toujours des conjurations standard, simples et efficaces, mais qui réclament des mouvements bien coordonnés des deux mains.

Sa paume est devenue moite.

– Avance. On va bavarder un peu.

– Tu... tu..., a-t-il balbutié, incrédule. Tu es Anton. Tu es hors la loi !

– Peut-être bien. Mais ce n'est pas ça qui va t'aider.

Il a tourné la tête. Dans la Pénombre, son visage s'était déformé, perdant sa douceur et son attrait. Non, il n'était pas devenu totalement inhumain, comme Zébulon. Mais ses traits n'étaient plus tout à fait ceux d'un homme. Une mâchoire inférieure trop pendante, une large bouche de batracien, des yeux étroits et glauques.

– Tu n'es vraiment pas beau à voir, ai-je remarqué en le poussant avec mon arme. C'est un revolver que tu as dans le dos, chargé de balles en argent, mais ce n'est pas très important en l'occurrence. Il fonctionne aussi bien dans la Pénombre que dans le monde des humains. Plus lentement, certes, mais ça ne te sauvera pas. Au contraire, tu sentiras la balle déchirer ta peau, se frayer un passage dans ta chair, briser les os, déchirer les nerfs...

– Tu ne feras pas ça !

– Et pourquoi pas ?

– Tu n'aurais plus aucune chance de t'en tirer !

– Ah bon ? Il me reste donc encore des chances, selon toi ? Tu sais, j'ai de plus en plus envie de presser la détente. Avance, petite ordure.

J'ai poussé le mage dans un étroit passage entre deux boutiques. La mousse bleue qui poussait en abondance sur leurs murs s'est mise à trembloter, avide de goûter nos émotions... ma colère et sa peur. Mais même cette flore primitive était dotée d'un instinct de survie.

Qui ne manquait pas non plus au mage noir.

– Mais enfin, a-t-il crié, que me veux-tu ? On nous a lancé une circulaire et on nous a ordonné de te chercher ! Je n'ai fait que suivre les ordres ! Je respecte le Traité, Sentinelle.

– Je ne suis plus un agent du Contrôle, ai-je objecté en le poussant contre le mur, vers la douce étreinte de la mousse bleue.

Qu'elle lui pompe un peu de sa peur, sinon je n'arriverai pas à le faire parler.

– Qui mène la chasse ?

– Le Contrôle du Jour.

– Concrètement.

– Notre chef... J'ignore son nom.

C'était peut-être vrai. D'ailleurs, ce nom, je ne le connaissais que trop bien.

– On t'a envoyé précisément à cette station de métro ?

Il a hésité. J'ai visé son ventre.

– Réponds.

– Oui.

– Tout seul ?

– Oui.

– Tu mens. Mais peu importe. Que devais-tu faire si tu me trouvais ?

– Te surveiller...

– Encore un mensonge. Je répète la question. Quels étaient tes ordres ? Et cette fois, réfléchis avant de répondre.

Il est resté silencieux... La mousse bleue s'était sans doute montrée trop gourmande.

J'ai tiré. La balle a franchi le mètre qui nous séparait avec un sifflement joyeux. Le mage a eu le temps de la voir, ses yeux se sont arrondis, devenant plus humains ; il a fait un mouvement pour l'éviter, mais trop tard.

– Ce n'est encore qu'une blessure, ai-je dit. Même pas mortelle.

Il se tordait par terre, les mains crispées sur son ventre. Dans la Pénombre, son sang paraissait presque translucide. Peut-être un effet d'optique ou une particularité personnelle de ce mage.

– Réponds à ma question !

D'un geste, j'ai incendié la mousse bleue qui nous entourait. Fini la pitié, la compassion et les bavardages. Il était temps de jouer sur la douleur, la peur et le désespoir.

J'étais face à l'Obscurité.

– J'avais l'ordre de les prévenir et si possible... de t'éliminer.

– Pas de m'arrêter ? Mais bien de m'éliminer ?
– Oui...
– Ton moyen de communication ?
– Un téléphone. Un simple téléphone...
– Donne.
– Il est dans ma poche.
– Lance-le-moi.
Il a maladroitement fourré la main dans sa poche. Sa blessure n'était pas si grave, il avait encore une grande capacité de résistance, mais il souffrait terriblement.
Autant qu'il le méritait.
– Quel numéro ?
– Il est sur le bouton d'appel d'urgence.
J'ai regardé l'écran.
Les premiers chiffres indiquaient un autre numéro de mobile. Il pouvait se trouver n'importe où.
– C'est l'état-major ? Où se trouve-t-il ?
– Je ne...
Il s'est tu, le regard fixé sur mon arme.
– Allons, souviens-toi.
– On m'a dit qu'au besoin, des renforts seraient là dans cinq minutes.
J'ai regardé la tour d'Ostankino. C'était possible. Très possible.
Le mage a bougé.
Si j'avais tourné la tête, ce n'était pas pour le provoquer. Mais lorsqu'il a sorti une baguette de sa poche, courte et grossière, vraisemblablement achetée à bon marché, je me suis senti soulagé.
– Eh bien ? ai-je dit quand il s'est figé, sans se décider à faire usage de son arme.
Il est resté immobile.
S'il avait tenté de m'attaquer, j'aurais vidé mon chargeur sur lui. Inévitablement. Mais on avait dû leur enseigner la meilleure façon de se comporter en cas de conflit avec des représentants

du camp adverse. Il savait qu'il m'était difficile de tuer un ennemi sans défense.

– Je me rends à ta merci, Sentinelle. Je fais appel à ta justice et j'exige un jugement équitable.

– Dès que je serai parti, tu contacteras les tiens, ai-je dit. Soit directement, soit en tirant assez de forces des gens qui nous entourent pour te traîner jusqu'au téléphone le plus proche. N'ai-je pas raison ?

Le Sombre a souri et a répété :

– J'exige un jugement équitable, Sentinelle !

L'arme frémissait dans ma main. Je regardais son sourire ironique. Ils sont toujours prompts à exiger et jamais à offrir.

– J'ai toujours eu de la peine à admettre notre propre morale à deux vitesses, ai-je dit. Il faut du temps pour la comprendre et j'en manque... Chercher des justifications à nos manquements. Être incapables de défendre tout le monde, savoir que notre service spécial signe chaque jour des licences... qui livrent des humains aux Sombres. Tu admettras que c'est frustrant.

Son sourire a disparu. Il a répété comme une conjuration :

– J'exige un jugement équitable, Sentinelle !

– En ce moment, je ne suis pas une Sentinelle.

Le revolver s'est mis à frémir et à cliqueter, la culasse recrachait paresseusement les douilles tandis que les balles prenaient leur envol vers le mage, comme un petit essaim de guêpes.

Il n'a poussé qu'un seul cri avant que deux balles ne lui fracassent le crâne. Quand mon arme s'est tue, je l'ai rechargée machinalement.

Un corps défiguré était étendu à mes pieds. Il avait déjà commencé à émerger de la Pénombre, et le jeune visage du Sombre retrouvait ses traits humains.

D'un geste, j'ai saisi une pellicule presque imperceptible qui glissait dans les airs : l'empreinte de ma victime.

On le trouverait au matin. Un si gentil garçon, aimé de tous. Sauvagement assassiné. Combien de mal avais-je introduit dans le monde ? De larmes, de rancœur, de haine aveugle ? Quelles en seraient les conséquences dans l'avenir ?

Et combien de mal avais-je supprimé ? Combien de gens connaîtraient une vie plus longue et meilleure ? Combien de pleurs ne seraient jamais versés, combien de rage ne serait pas accumulée, combien de colère ne naîtrait jamais ?

Peut-être avais-je franchi la limite qu'on ne doit pas franchir ?

Ou peut-être avais-je pris conscience de la barrière suivante qu'il me faudrait surmonter ?

J'ai rangé mon arme, et je suis sorti de la Pénombre.

Le flèche de la tour d'Ostankino transperçait le ciel.

J'étais prêt à enfreindre toutes les règles, écrites ou implicites.

Un automobiliste m'a immédiatement pris en stop sans que je provoque en lui une poussée d'altruisme. Peut-être parce que j'avais adopté l'aspect physique du mage défunt, un aspect particulièrement engageant.

– À la tour de télévision, ai-je demandé en montant dans la vieille guimbarde. Vite, tant que c'est encore ouvert.

– Tu vas prendre du bon temps ? a demandé le conducteur en souriant.

Un homme sec à lunettes qui rappelait un célèbre comique vieillissant.

– C'est le cas de le dire.

5

Les caisses étaient encore ouvertes. J'ai acheté un billet, en versant un supplément pour le droit de me rendre au restaurant. J'ai remonté l'allée qui, sur les cinquante derniers mètres, était couverte d'un auvent. Le vieux bâtiment était-il en train de s'effriter ?

J'ai montré mon passeport à l'entrée et j'ai traversé l'arche d'un détecteur de métaux en panne. Aucune autre mesure de protection pour garder ce lieu stratégique.

Des doutes me hantaient. Étrange idée en vérité que de me rendre dans cette tour. Je ne percevais aucune concentration de Sombres. S'ils étaient là, ils se cachaient parfaitement. J'aurais sans doute affaire à des mages de deuxième ou de troisième classe, pour le moins, et à des gardes expérimentés. Une dizaine de Sombres, voire davantage. Je courais au suicide. Je me jetais moi-même dans la gueule du loup. Ce n'était pas de l'héroïsme, mais de la bêtise, en supposant que j'aie encore une chance de m'en sortir. Or j'étais loin d'avoir perdu tout espoir.

Vue d'en bas, sous les pétales de béton des supports, la tour de télévision était nettement plus impressionnante que lorsqu'on l'observait de loin. L'écrasante majorité des Moscovites n'étaient certainement jamais montés au sommet, percevant la tour uniquement comme une forme familière, utilitaire et symbolique, pas comme un lieu de distraction. Le vent parcourait librement cet étrange tuyau aérodynamique et à l'extrémité de l'ouïe palpitait une faible rumeur lancinante : la voix de la tour.

J'ai levé les yeux vers les grilles et les ouvertures, le béton rongé, la silhouette d'une grâce étonnante. Une tour flexible : des anneaux de béton retenus par des câbles. La vraie force est dans la souplesse.

J'ai franchi les portes vitrées.

Bizarre, le spectacle de Moscou by night vu de trois cent trente-sept mètres de hauteur aurait dû attirer les foules. Mais non. J'étais seul dans l'ascenseur. Avec l'employée.

– Je croyais qu'il y aurait beaucoup de monde, ai-je dit avec un sourire aimable. C'est toujours aussi vide en soirée ?

– Mais non, en général, nous avons beaucoup de visiteurs. Depuis deux heures, il n'y a presque plus personne.

Une légère nuance d'étonnement perçait dans sa voix. Elle a actionné le bouton et les doubles portes étanches se sont refermées. Mes oreilles se sont mises à bourdonner et je me suis senti pressé contre le sol. L'ascenseur a bondi avec rapidité et douceur.

Deux heures.

Depuis que j'avais fui le restaurant.

S'ils avaient ouvert leur état-major à ce moment-là, rien d'étonnant à ce que les nombreux clients s'apprêtant à dîner au restaurant de la tour par cette tiède soirée de printemps aient brusquement changé d'avis. Les humains ordinaires sentent aussi les choses et ils évitent l'Obscurité autant que faire se peut.

J'avais revêtu l'aspect du mage noir. Mais ce déguisement serait-il suffisant ? Le garde comparerait mon empreinte avec la liste qu'il gardait en mémoire… Tout coïnciderait… Il sentirait la présence de la Force.

Mais chercherait-il plus loin ? Vérifierait-il le profil de cette force pour savoir de quel côté j'étais, contrôlerait-il mon niveau de magie ?

Une chance sur deux qu'il le fasse. Des précautions nécessaires, mais que les gardes ont toujours tendance à négliger. Sauf quand ils viennent seulement de prendre leurs fonctions et sont encore débordants de zèle, ou quand ils cherchent à distraire leur ennui.

Cinquante pour cent de chances, c'était beaucoup, comparé à celles que j'avais d'échapper au Contrôle du Jour dans les rues de Moscou.

L'ascenseur s'est arrêté. La montée n'avait duré que vingt secondes. Je n'avais même pas eu le temps d'achever ma cogitation. Si les ascenseurs des grands immeubles pouvaient avoir cette vitesse.

– Vous êtes arrivé, a dit l'employée d'un ton presque joyeux. J'étais sans doute le dernier visiteur de la tour pour ce soir.

Je suis sorti sur la plate-forme d'observation.

Généralement, elle est remplie de monde. On distingue immédiatement ceux qui sont là depuis un certain temps de ceux qui viennent de débarquer et qui manquent encore d'assurance, ne s'approchant qu'avec précaution de la verrière circulaire, contournant les vitres blindées encastrées dans le sol ou les tâtant craintivement du pied pour vérifier leur solidité.

Il n'y avait qu'une vingtaine de visiteurs au plus. Et pas un seul enfant. Je me représentais leurs crises d'hystérie à l'approche de la tour, les parents désemparés et furieux... Les enfants sont plus sensibles à l'Obscurité.

Les gens paraissaient désorientés et oppressés. Ils se désintéressaient du panorama de la ville étendue à leurs pieds, brillant de tous ses feux multicolores, comme toujours en habits de fête... Un festin pendant la peste. Un beau festin malgré tout. Qui ce soir ne réjouissait pas les yeux. Le souffle de l'Obscurité autour de nous, invisible, même pour moi, pareil à un gaz délétère dépourvu de couleur, d'odeur et de goût, pesait sur toutes choses.

J'ai regardé à mes pieds pour soulever mon ombre.

Un Sombre se tenait à deux pas, sur la vitre d'observation insérée dans le sol. Il me regardait amicalement, mais avec une légère surprise. Il manquait d'assurance dans la Pénombre : il était clair que le Contrôle du Jour n'avait pas fait appel à ses meilleurs éléments pour assurer la sécurité du bâtiment. Jeune, robuste, en costume gris, chemise blanche et cravate, il avait l'air d'un employé de banque et non d'un serviteur de l'Obscurité.

– Salut, Anton, m'a-t-il lancé.

Durant un instant, j'en ai eu le souffle coupé.

Je me suis vu dans le rôle du roi des imbéciles et du champion de la naïveté.

Ils m'attendaient donc ? Ils m'avaient attiré là en sacrifiant un nouveau pion, en mettant même à contribution, le diable sait comment, un défunt depuis longtemps parti dans la Pénombre.

– Qu'est-ce que tu fais là ?

Mon cœur a retrouvé un rythme normal. L'explication était beaucoup plus simple.

Le mage noir que j'avais tué portait le même prénom que moi.

– J'ai remarqué un truc. Je suis venu demander conseil.

L'autre a froncé les sourcils. Je parlais sans doute différemment. Mais il n'a encore rien soupçonné.

– Accouche, Anton. Sinon, tu sais bien que je ne te laisserai pas passer.

– Tu es obligé de me laisser passer, ai-je répliqué.

Au Contrôle de la Nuit, tous ceux qui connaissent la disposition d'un état-major y ont accès.

– Et pourquoi ça ?

Il souriait toujours, mais sa main a lentement glissé vers le bas.

La baguette qu'il portait à sa ceinture était chargée à bloc. Une baguette finement taillée dans un tibia incrusté d'un petit cristal rouge. Même si je parvenais à m'en défendre, une telle giclée de force attirerait tous les Autres se trouvant à proximité.

Je suis passé au deuxième niveau de la Pénombre.

Le froid.

Un brouillard tourbillonnant... Non, pas du brouillard, des

nuages. Qui survolaient la terre, humides, lourds. À ce niveau, la tour d'Ostankino n'existait plus, le monde avait perdu ses dernières similitudes avec la dimension humaine. J'ai fait un pas sur le coton nuageux, les gouttes de pluie mûrissantes : un chemin invisible. Le temps a encore ralenti. En réalité, je tombais, mais si lentement, que ce n'était pas encore inquiétant. Très haut dans le ciel, trois lunes luisaient en taches floues à travers la brume : blanche, jaune et rouge vif. Devant moi, se hérissant d'aiguilles électriques, rampait un éclair...

Je me suis rapproché de l'ombre vague du garde et j'ai saisi sa main pesante et glacée. Presque impalpable. Impossible à retenir. Mieux valait retourner au premier niveau et combattre, avec certaines chances de vaincre.

Lumière et Obscurité ! Je ne suis pas un patrouilleur ! Je n'ai jamais aspiré à me battre en première ligne ! Rendez-moi mon cher travail de bureau que j'aime et que je sais faire !

La Lumière et l'Obscurité se taisaient, comme toujours lorsqu'on les invoque. Seule une voix ironique qui résonne parfois en chacun de nous m'a soufflé : « Personne ne t'a jamais promis que ce serait propre et simple. »

Mes pieds se trouvaient déjà à une dizaine de centimètres plus bas que ceux du Sombre. Je tombais, privé de tout support, dans cette réalité où rien ne venait pallier l'absence de tour : il n'existe pas de falaises si fines ni d'arbres si hauts.

On a toujours envie de garder les mains propres, la tête froide et le cœur ardent. Mais ces trois facteurs sont totalement incompatibles. Quel batelier fou parviendra à mettre dans le même bateau le loup, la chèvre et le chou en les ménageant tous les trois ?

Et quel loup, après s'être ouvert l'appétit avec la chèvre, renoncera a croquer le batelier ?

– Dieu seul le sait..., ai-je dit.

Ma voix s'est enlisée dans les nuages. J'ai saisi l'ombre du Sombre comme une serpillière molle, je l'ai tirée vers le haut et je l'ai jetée sur lui, le projetant au même niveau que moi.

Il s'est mis à crier lorsque le monde a perdu ses contours.

Sans doute n'avait-il jamais plongé plus loin que la première Pénombre. C'est moi qui lui avais fourni l'énergie nécessaire pour cette excursion, mais les sensations étaient trop nouvelles.

J'ai pris appui sur ses épaules et je l'ai poussé vers le bas, ce qui m'a permis de remonter, en piétinant impitoyablement son corps affaissé.

« Les Grands mages s'élèvent toujours sur le dos des autres... »

– Anton ! Bougre de salaud !

Il n'a même pas compris qui j'étais. Jusqu'au moment où il s'est retourné, déjà étendu sous moi, pour regarder mon visage. Au deuxième niveau, mon déguisement ne fonctionnait plus. Ses yeux se sont écarquillés, il a émis un faible râle, puis il a saisi ma jambe en criant.

Mais il ne devinait toujours pas ce que j'étais en train de faire. Ni pourquoi.

Je l'ai frappé plusieurs fois de suite, piétinant ses doigts et son visage. Pour un Autre, ce n'est pas très grave, mais je ne cherchais pas à lui infliger des blessures physiques. Plus bas, encore plus bas, tombe, déplace-toi, à travers toutes les couches de réalité, à travers le monde des hommes et la Pénombre, à travers le tissu mouvant de l'espace. Je n'ai ni le temps ni la capacité de te combattre en duel conformément aux accords régissant nos Contrôles, conformément aux lois inventées pour les jeunes recrues de la Lumière qui croient au Bien et au Mal, à l'absolu des dogmes et au triomphe de la justice.

Dès que j'ai enfoncé le Sombre assez profondément, j'ai rebondi sur son corps pour sauter dans le brouillard froid et humide et m'arracher à la Pénombre.

Regagnant d'un coup la réalité humaine et la plate-forme d'observation.

Je suis apparu, accroupi, le souffle court, étouffant une toux soudaine, trempé de la tête aux pieds. La pluie de la Pénombre avait une odeur d'ammoniac et de brûlé.

Une rumeur est montée autour de moi. Les gens se sont écartés, effrayés.

Leurs yeux refusaient de croire à ce qu'ils venaient de voir. Le vigile en uniforme, en faction près du mur, a tenté de sortir son arme.

– C'est pour votre propre bien, ai-je dit, surmontant une nouvelle quinte de toux. Vous comprenez ?

J'ai laissé la Force jaillir de moi et toucher leurs esprits. Les visages se sont détendus. Les gens se sont détournés pour contempler le panorama. Le vigile s'est immobilisé, la main sur son étui.

Ce n'est qu'à cet instant que j'ai regardé à mes pieds, à travers la vitre d'observation, et je suis demeuré interdit.

Le Sombre était toujours là et il criait. Ses pupilles élargies débordaient d'épouvante et de douleur. Il était suspendu dans le vide, sous la vitre, accroché par l'extrémité de ses doigts coincés dans le verre, son corps se balançait tel un pendule sous les assauts du vent, le sang trempait la manche blanche de sa chemise. La baguette était toujours pendue à sa ceinture, il ne pensait même pas à en faire usage. Ses yeux fous ne voyaient plus que moi, le mage blanc qui l'observait d'en haut, de l'autre côté de la triple vitre blindée, dans le refuge sec, tiède et clair de la plate-forme d'observation, au-delà du bien et du mal...

– Tu croyais que nous nous battions toujours honnêtement ? ai-je demandé.

J'avais l'impression qu'il m'entendait malgré l'épaisseur du verre et le rugissement du vent. Je me suis redressé et j'ai frappé la vitre du talon. Une fois, deux fois, trois fois. Le choc ne pouvait l'atteindre, mais peu importait.

Le mage a tiré sur sa main, l'écartant de mon pied qui la visait, malgré lui, obéissant à l'instinct, au mépris de la raison.

La chair de ses doigts n'a pas résisté. La vitre est devenue rouge, mais le vent a balayé le sang. La silhouette du Sombre est devenue de plus en plus petite, ballottée par les courants d'air. Il est tombé en direction des « Trois petits cochons », un bar à la mode situé au pied de la tour.

La pendule invisible qui tictaquait dans ma conscience a cliqueté aussitôt, réduisant de moitié le temps dont je disposais.

J'ai parcouru la plate-forme, ne regardant pas les gens qui s'écartaient d'eux-mêmes, mais scrutant la Pénombre. Il n'y avait pas d'autres Sombres. Restait à déterminer où se trouvait l'état-major. En haut, dans les locaux techniques ? Peu probable. Ils avaient dû choisir un lieu plus confortable.

Un deuxième vigile était posté près de l'escalier qui descendait vers les restaurants. Un regard m'a suffi pour comprendre qu'on l'avait récemment influencé. Heureusement de manière très superficielle.

De surcroît, il s'agissait d'une arme à double tranchant.

Il a ouvert la bouche pour crier.

– Silence, ai-je ordonné. Suis-moi.

Sans un mot, il m'a emboîté le pas.

Il m'a suivi dans les toilettes : une petite attraction gratuite pour les touristes, les toilettes les plus hautes de Moscou, pour ceux qui souhaitent laisser leur empreinte parmi les nuages... J'ai fait un geste, l'homme debout devant le pissoir a émis un vague borborygme et s'est éloigné avec un regard absent, tandis qu'un adolescent boutonneux jaillissait d'une cabine en remontant son pantalon.

– Déshabille-toi, ai-je dit au vigile en retirant mon pull mouillé.

Je n'ai pu complètement refermer l'étui. Mon Eagle était nettement plus gros que son bon vieux Makarov. Mais l'uniforme était à ma taille.

– Si tu entends des coups de feu, ai-je dit au vigile, tu descendras et tu feras ton devoir. C'est compris ?

Il a acquiescé. J'ai prononcé la formule d'engagement :

– Je te tourne vers la Lumière. Rejette l'Obscurité, défends la Lumière. Je te donne le pouvoir de distinguer le Bien du Mal. Je te donne la foi pour suivre la voie de la Lumière. Je te donne le courage de combattre l'Obscurité.

Il fut un temps où je pensais ne jamais pouvoir utiliser mon droit d'engager des « volontaires ». Comme s'ils avaient eu le choix. Au nom de quoi faisons-nous participer des humains à nos jeux ? Alors que les Contrôles ont été créés pour lutter contre cette pratique ?

Mais là, je n'ai pas hésité. Les Sombres avaient dit au vigile de surveiller l'entrée de leur état-major... à tout hasard, comme on dresse un petit chien incapable de mordre mais capable d'aboyer. Cette action me donnait le droit de faire pencher le vigile du côté opposé, d'en faire un allié. C'était un homme ordinaire, ni bon ni mauvais, nanti d'une épouse modérément aimée, de vieux parents qu'il n'oubliait pas d'aider, d'une petite fille et d'un fils presque adulte d'un premier mariage, d'une faible foi en Dieu, de principes moraux assez flous et de quelques rêves dépourvus d'originalité... Un brave type comme il y en a tant.

De la chair à canon entre l'armée de la Lumière et l'armée de l'Obscurité.

– La Lumière soit avec toi, ai-je dit.

Et le visage du pauvre petit homme s'est illuminé. Un sentiment d'adoration est né dans son regard. Deux heures plus tôt, il avait regardé de la même manière le mage noir qui lui avait jeté un ordre en passant et lui avait montré ma photo.

Je l'ai laissé en faction près de l'escalier, vêtu de mes habits mouillés et malodorants. Et je suis descendu en me demandant ce que je ferais si je me retrouvais nez à nez avec Zébulon ou un autre mage beaucoup plus fort que moi.

Mon déguisement ne tiendrait pas une seconde.

La salle de bronze... J'ai jeté un regard à cette espèce de wagon-restaurant circulaire. L'anneau tournait lentement.

J'avais pensé, je ne sais pourquoi, que les Sombres installeraient leur état-major dans la salle d'or ou la salle d'argent. Le tableau m'a légèrement surpris.

Des serveurs aussi dégourdis que des poissons crevés passaient entre les tables pour servir des boissons alcoolisées, en principe interdites dans cet établissement. Juste devant moi se trouvaient des ordinateurs portables reliés à des téléphones mobiles. Ils n'avaient pas pris la peine de tendre des câbles, ce qui laissait supposer que l'état-major n'était pas destiné à rester là très longtemps. Trois jeunes types chevelus travaillaient avec concentration, leurs doigts dansaient sur le clavier, les lignes défilaient sur l'écran, des mégots s'accumulaient dans leurs cendriers. Je n'avais jamais vu d'informaticiens Sombres, mais il s'agissait manifestement de simples employés, non de responsables. Ils ne se distinguaient en rien de nos propres collaborateurs. Ils avaient même l'air plus présentables que certains.

– Le quartier du parc Sokolniki est entièrement bouclé, a annoncé l'un d'eux.

Sans hausser le ton, mais sa voix a résonné à travers le restaurant. Les serveurs ont sursauté, marquant un temps d'arrêt.

– La ligne Taganka-Krasnopresnenskaïa est sous contrôle, a renchéri son collègue.

Ils ont échangé un regard et ont éclaté de rire. Ils jouaient sans doute à qui ferait le plus vite son rapport.

C'est ça, continuez, amusez-vous à me poursuivre.

Je me suis dirigé vers le bar. Ne faites pas attention à moi. Un pauvre petit humain ordinaire, recruté en tant que toutou de garde. Le toutou a été pris d'une soudaine soif de bière, perdant tout sentiment du devoir... Ou peut-être a-t-il décidé de vérifier que ses nouveaux maîtres étaient en sécurité. Un jeune tambour s'en revenait de guerre... et ri et ran, ranpataplan...

Une femme d'un certain âge derrière le zinc essuyait des chopes avec des gestes mécaniques. Quand je me suis arrêté, elle m'a versé de la bière. Son regard était sombre et vide, elle n'était plus qu'une marionnette. J'ai refréné avec peine un bref accès de rage. Je n'avais pas le droit d'éprouver des émotions. Moi aussi, j'étais une marionnette. Les marionnettes sont dépourvues de sentiments.

Puis j'ai vu la jeune fille assise sur un haut tabouret devant le bar et mon cœur s'est crispé.

J'aurais pourtant dû y penser.

Tout état-major doit faire l'objet d'une déclaration auprès du Contrôle adverse. Et accueillir un observateur. C'est prévu par le Traité. Ça fait partie de la règle du jeu. Une mesure profitable – même si ce n'est qu'en apparence – aux deux camps.

Si les nôtres ont dressé un état-major à proximité, ils ont aussi un Sombre sur le dos.

Ici, c'était Tigron qui jouait le rôle d'observateur.

Ses yeux ont d'abord glissé sur moi sans curiosité particulière, et j'ai cru qu'elle n'allait rien remarquer.

Puis son regard est revenu en arrière.

Elle avait déjà vu le vigile dont j'avais emprunté l'apparence, et quelque chose ne coïncidait pas avec le souvenir qu'elle en avait. L'espace d'un instant, elle m'a regardé à travers la Pénombre.

Je n'ai pas bougé, je n'ai pas tenté de me dissimuler.

Elle s'est tournée vers le mage noir assis à côté d'elle. Il devait avoir une centaine d'années et être au moins de troisième classe. Ce n'était pas la force qui lui manquait, mais il souffrait d'un excès d'assurance qui l'empêchait de me voir.

– Et malgré tout, vos actes relèvent de la provocation, a dit Tigron d'une voix calme. Vos chefs savent bien que le Sauvage n'est pas Anton.

– Et qui d'autre, alors ?

– Un mage blanc non initié que nous ne connaissons pas. Un mage blanc manipulé par les Sombres.

– Mais pour quoi faire ? a protesté le mage, sincèrement étonné. Pourquoi irions-nous tuer nos propres cadres, même si ce ne sont pas les plus précieux...

– Pas les plus précieux, c'est le nœud de l'affaire, a mélancoliquement précisé Tigron.

– Admettons. Si encore ça nous offrait une chance d'éliminer le chef du Contrôle de la Nuit de Moscou, mais il est comme toujours au-dessus de tout soupçon. Perdre une dizaine des nôtres pour supprimer un seul des vôtres de force moyenne... Ce n'est pas sérieux. Tu nous prends pour des imbéciles ?

Tigron a souri de manière peu engageante.

– Je vous prends pour des gens très malins. Sans doute plus

malins que moi. Mais je ne suis qu'une patrouilleuse. D'autres que moi tireront les conclusions qui s'imposent, n'en doutez pas un seul instant.

Le Sombre a souri à son tour.

– Mais nous n'exigeons pas son exécution immédiate ! Nous n'excluons même pas l'éventualité d'une erreur. Un procès, une enquête détaillée et objective menée par des professionnels, c'est là tout ce que nous réclamons.

– Bizarre que votre chef ait raté Anton lorsqu'il a fait usage du fouet de Shaab...

Tigron a fait osciller du doigt sa chope de bière à moitié vide.

– Vraiment bizarre. Son arme préférée. Qu'il manie à la perfection depuis plusieurs siècles... À croire que le Contrôle du Jour ne tient pas vraiment à capturer Anton.

– Ma chère petite, a susurré le Sombre en s'inclinant vers elle, vous manquez de suite dans les idées ! Vous ne pouvez pas nous accuser à la fois de poursuivre un mage blanc innocent et respectueux de la loi et de ne pas chercher à l'attraper !

– Et pourquoi pas ?

Le mage s'est mis à rire.

– Quel raffinement dans le sadisme... C'est un vrai plaisir de discuter avec toi... Vous nous considérez donc comme une bande de psychopathes pervers et assoiffés de sang ?

– Non, nous vous considérons comme une bande de salauds particulièrement rusés.

– Comparons un peu nos méthodes...

Le Sombre venait visiblement d'enfourcher son dada.

– Calculons donc pour voir les dommages occasionnés par les actions des deux Contrôles parmi les humains... notre source d'alimentation.

– C'est vous qui considérez les humains comme une source d'alimentation.

– Et pas vous ? Vous avez peut-être trouvé le moyen de vous reproduire entre vous ? Au lieu de recruter vos nouveaux éléments parmi la foule ?

– Pour nous, les humains sont nos racines.

– Eh bien d'accord, nous n'allons pas nous chamailler pour une question de termes. Mais dans ce cas, ils sont aussi nos racines. Et nous y puisons de plus en plus de sève, ce n'est un secret pour personne.

– Notre nombre ne diminue pas non plus. Vous le savez parfaitement.

– Bien sûr. Nous vivons des temps agités, les gens sont stressés, ils vivent à la limite de leurs forces. Et la limite devient plus facile à franchir. Au moins un point sur lequel nous sommes d'accord !

– Oui, ça en fait au moins un.

Tigron ne regardait plus dans ma direction, leur conversation était en train de dévier vers des thèmes classiques et éternels. Des philosophes des deux camps s'escrimaient allégrement sur ce terrain depuis des siècles, et deux Autres, une Claire et un Sombre, cherchant à tromper leur ennui, pouvaient l'explorer assez longtemps sans rien trouver de bien nouveau à dire. J'ai compris que Tigron m'avait déjà communiqué tout ce qui pouvait me servir.

Ou tout ce qu'elle jugeait utile de me communiquer.

J'ai pris ma chope de bière et j'en ai bu lentement quelques gorgées. J'avais vraiment soif.

Cette chasse n'était donc qu'une comédie ?

Oui. Je l'avais compris bien avant que Tigron ne le dise. L'important, c'est que les nôtres aussi en étaient conscients.

Ils n'avaient pas repéré le Sauvage ?

Rien d'étonnant. Autrement, ils m'auraient déjà contacté. Par téléphone ou mentalement : rien de plus facile pour le chef. L'assassin aurait pu être livré au Tribunal, Svetlana n'aurait plus été déchirée entre le désir de m'aider et la nécessité de ne rien faire et j'aurais pu me payer le luxe de rire au nez de Zébulon.

Comment retrouver dans une métropole aussi immense un homme dont les capacités ne se manifestent que de manière spontanée et fugitive. De meurtre en meurtre. D'une victoire illusoire sur le mal à la suivante. Si les Sombres connaissaient son identité, c'était un secret qui n'appartenait qu'au sommet de la hiérarchie.

Et pas à ces... pauvres demeurés qui faisaient joujou.

J'ai parcouru la salle d'un regard écœuré.

Ce n'était pas sérieux !

Ces novices que j'avais si facilement tués. Ce mage de troisième classe bavardant passionnément avec notre observatrice sans rien voir autour de lui. Ces gamins qui vociféraient derrière leurs ordinateurs...

– Le boulevard Tsvetnoï a été vérifié !

– La station Polejaev est sous contrôle !

C'était bien un état-major. Mais aussi inepte que tous ces Sombres inexpérimentés qui me couraient après à travers la ville. Ils avaient jeté un vaste filet sciemment criblé de trous. Plus longtemps j'échapperais à mes poursuivants et mieux ce serait pour l'Obscurité. Svetlana finirait par craquer. Elle essayerait de m'aider, s'imaginant être déjà assez forte. Aucun des nôtres ne parviendrait à la retenir. Et les Sombres l'élimineraient.

– L'avenue de Volgograd...

Je pouvais les exterminer ! Jusqu'au dernier ! C'étaient des rebuts de l'Obscurité, des ratés, des jobards, soit dépourvus de toute perspective, soit souffrant d'un trop grand nombre de défauts. Non seulement les Sombres ne les regretteraient pas, mais ils seraient soulagés de ne plus les avoir dans les jambes. Le Contrôle du Jour n'était pas une entreprise de bienfaisance. Contrairement au Contrôle de la Nuit, il n'entretenait pas les inutiles et les bons à rien, il s'en débarrassait, le plus souvent par notre intermédiaire, gagnant des points au passage, nous extorquant des compensations et des avantages divers.

Et cette silhouette dans la Pénombre qui m'avait indiqué la tour d'Ostankino était certainement une émanation de l'Obscurité. Ils voulaient s'assurer que j'irais batailler au bon endroit.

Les véritables opérations étaient coordonnées par une seule personne.

Zébulon.

Il était naïf d'imaginer qu'il nourrissait une rancœur particulière à mon égard. À quoi bon des émotions aussi complexes et nocives dans une partie aussi délicate ? Il gobait les petits mages comme moi par douzaines en guise de hors-d'œuvre, les balayait de l'échiquier, les échangeait sans états d'âme contre ses propres pièces.

Quand déciderait-il qu'il était temps de clore la partie ?

– Avez-vous du feu ? ai-je demandé en posant ma chope et en attrapant un paquet de cigarettes qui traînait sur le comptoir, oublié par un client lors de sa fuite éperdue ou par l'un des Sombres.

Un éclair a brillé dans les yeux de Tigron dont les muscles se sont tendus. Elle était prête à se transformer. Elle aussi avait dû jauger les forces adverses et pouvait considérer que nous avions une bonne chance de gagner.

Mais ce ne fut pas nécessaire.

Le mage m'a distraitement tendu un briquet Ronson qui a lâché une langue de flamme avec un cliquetis mélodieux, et il a aussitôt poursuivi :

– Vos sempiternelles accusations contre les Sombres – de mener double jeu, d'être perfides, d'organiser des provocations – ne servent qu'un seul but. Masquer vos propres faiblesses. Vous refusez de comprendre les lois qui régissent le monde. De comprendre les hommes, pour parler franchement ! Si vous acceptiez de reconnaître que les pronostics des Sombres sont bien plus exacts, que les penchants naturels de l'âme humaine poussent les gens de notre côté, que deviendrait votre morale ? Et toute votre philosophie ?

J'ai allumé une cigarette, je l'ai poliment remercié d'un signe de tête et je me suis dirigé vers l'escalier. Tigron m'a suivi d'un regard déconcerté. Devine donc toi-même pourquoi je pars...

J'ai déjà appris tout ce qu'il y avait à apprendre ici.

Enfin, presque tout.

Me penchant derrière un binoclard aux cheveux coupés court rivé à son portable, j'ai demandé :

– Quels quartiers devons-nous contrôler en dernier ?

– Le jardin botanique et le parc des expositions VDNKH, a-t-il répondu sans lever les yeux.

Son curseur glissait sur l'écran, il donnait des ordres, savourant son pouvoir, déplaçait des points rouges à travers Moscou. Il lui aurait été aussi pénible d'interrompre cette passionnante occupation que de s'arracher à l'étreinte de sa bien-aimée.

Après tout, les Sombres aussi connaissent l'amour.

– Merci, ai-je dit en déposant sans l'éteindre ma cigarette dans son cendrier plein. C'est un renseignement très précieux.

– De rien, a-t-il répondu sans se retourner.

Tirant la langue, il poussait un nouveau point sur la carte : un autre Sombre qui me faisait la chasse. De quoi te réjouis-tu donc, pauvre idiot ? Ceux qui mènent le bal n'apparaîtront jamais sur ta carte. Tu pourrais tout aussi bien jouer aux petits soldats.

J'ai descendu l'escalier en colimaçon. La rage qui m'habitait en arrivant – pour tuer et sans doute pour être tué – s'était évaporée. Ainsi, sans doute, au cœur de la bataille, un calme froid s'empare du soldat. Ainsi les mains du chirurgien cessent de trembler quand son patient commence à mourir durant l'opération.

Quelles variantes as-tu envisagées, Zébulon ?

Je me débats dans tes filets, attirant un attroupement de Sombres et de Clairs, dont Svetlana.

Passons.

Je me rends ou je suis capturé, et un long procès commence, épuisant et tatillon... et Svetlana craque en plein Tribunal.

Passons.

Je me bats contre les cancres que tu as rassemblés en état-major, je les extermine et je me retrouve pris au piège à un tiers de kilomètre de hauteur. Et Svetlana accourt à ma rescousse.

Passons.

Je visite l'état-major, je découvre que personne ne sait rien à propos du Sauvage et j'essaye de gagner du temps.

Peut-être.

L'anneau se resserre. Le périphérique est bouclé, la ville est divisée en secteurs, les moyens de transport sont sous contrôle. Mais il n'est pas encore trop tard pour chercher refuge dans quelque recoin, essayer de passer inaperçu... Le seul conseil que le chef m'ait transmis par Olga, c'est de tenir le plus longtemps possible, jusqu'à ce que le Contrôle de la Nuit retrouve le Sauvage.

Ce n'est pas par hasard que tu me pousses vers le quartier où a eu lieu notre petit affrontement de l'hiver dernier. Pas vrai, Zébulon ? Il est évident que je m'en souviens et que je serai influencé par mes souvenirs.

La plate-forme était vide. Totalement vide. Les derniers visiteurs avaient fui, de même que le personnel, seul le vigile que j'avais recruté se tenait près de l'escalier, son arme à la main, scrutant les marches d'un regard ardent.

– Nous allons de nouveau échanger nos vêtements, ai-je dit. Reçois les remerciements de la Lumière. Dès que tu auras récupéré ta tenue, tu oublieras tout ce que je t'ai dit et tu rentreras chez toi. Tu te souviendras d'une journée ordinaire, semblable à celle de la veille. Rien à signaler.

– Rien à signaler ! a répété le vigile en se déshabillant.

Il est si facile de tourner les gens vers la Lumière ou vers l'Obscurité, mais c'est lorsqu'on leur permet d'être eux-mêmes qu'ils sont les plus heureux.

6

Hors de la tour, je me suis arrêté, les mains dans les poches. J'ai regardé les feux des projecteurs qui illuminaient le ciel, le sas d'entrée éclairé.

Deux choses demeuraient mystérieuses dans le jeu que menaient les deux Contrôles, plus précisément les chefs des deux Contrôles.

L'habitant de la Pénombre, qui était-il ? De quel côté se trouvait-il ? M'avait-il prévenu pour m'aider ? Ou était-ce le contraire ?

Et ma rencontre avec Egor, était-elle fortuite ? Si ce n'était pas le cas, que représentait-elle ? Un nœud du destin ou une nouvelle manœuvre de Zébulon ?

J'ignorais presque tout des Pénombreux. Guesser lui-même n'en savait peut-être pas beaucoup plus que moi.

Pour Egor, c'était différent.

Sa carte n'avait pas été abattue. Une carte secondaire, mais qui pouvait encore servir d'atout. Même si ce n'était pas un atout maître. Il était entré trois fois par lui-même dans la Pénombre : une première fois pour essayer de me voir, une deuxième pour obéir à l'appel de la vampire et une troisième pour lui échapper. Et c'était mauvais, très mauvais. Chaque fois, il était conduit par la peur... Et pour être honnête, son avenir était pratiquement tracé. Il pouvait encore tenir quelques années à la limite entre humain et Autre, mais sa route le conduisait à l'Obscurité.

Mieux vaut regarder la vérité en face.

Au fond, c'est déjà un Sombre. Même si pour l'instant, c'est encore un gentil garçon, parfaitement ordinaire. Si je survis, je lui demanderai un jour ses papiers quand je le croiserai... ou alors c'est lui qui me demandera les miens.

Zébulon est certainement à même d'agir sur lui. De le pousser vers l'endroit où je me trouve. Ce qui implique d'ailleurs qu'il peut me retrouver sans peine, ce n'est pas pour me surprendre.

Quel est donc le sens de notre rencontre « de hasard » ?

D'après l'opérateur, le quartier autour du parc des expositions n'a pas encore été contrôlé. L'idée aurait pu me venir d'utiliser le garçon, de l'envoyer chercher de l'aide ou de me cacher chez lui.

Trop compliqué. Zébulon n'a pas besoin de ça pour me capturer. Il y a un point que j'oublie... Un point essentiel.

Je marchais sans plus regarder la tour, oubliant presque le corps défiguré du Sombre tombé quelque part à proximité. Que me voulait Zébulon ? Qu'attendait-il de moi ? C'était par là qu'il fallait commencer.

Que je serve d'appât. Que je me fasse prendre par le Contrôle du Jour. De telle manière qu'aucun doute ne soit plus permis sur ma culpabilité... C'était pratiquement chose faite.

Svetlana ne tiendrait pas le coup. Le Contrôle de la Nuit pouvait la protéger et protéger sa famille. Mais ne pouvait intervenir dans ses décisions. Et si elle tentait de me sauver, de me tirer des cachots du Contrôle du Jour ou de me sauver du Tribunal... elle serait exterminée, rapidement et sans autre forme de cérémonie. Tout le jeu visait à la faire craquer. Un jeu entamé depuis longtemps, quand Zébulon avait pressenti l'apparition imminente d'une Grande magicienne et le rôle que j'étais appelé à jouer auprès d'elle. Il avait mis plusieurs pièges en place. Le premier avait échoué. Le deuxième me tendait obligeamment ses mâchoires. Il en gardait peut-être un troisième en réserve.

Que venait faire là ce gamin encore incapable d'utiliser ses pouvoirs magiques ?

Je me suis arrêté.

C'était un Sombre. Appelé à le devenir.

Qui donc tuait les Sombres ? Les plus faibles, les plus maladroits, ceux qui refusaient de développer leurs capacités ?

Encore un meurtre qu'ils pourraient m'attribuer... Les autres ne suffisaient donc pas ?

Soudain, il m'est apparu totalement évident qu'Egor était condamné, que notre rencontre dans le métro n'avait rien d'un hasard. Peut-être une prémonition. Ou peut-être une nouvelle pièce du puzzle venait-elle enfin de se mettre en place.

Egor allait mourir.

Je me souvenais de son regard sur le quai, un regard triste, à la fois interrogatif et chargé de reproches. Où perçait son désir de me crier la vérité sur les Contrôles, une vérité découverte beaucoup trop tôt. Puis il m'avait tourné le dos pour courir vers le train.

« Votre Contrôle va vous défendre ? » avait-il demandé.

Bien sûr, ils allaient essayer. Ils allaient chercher le Sauvage.

J'avais la réponse !

Je me suis pris la tête à deux mains. Lumière et Obscurité ! Sot que j'étais !

Tant que le Sauvage était en vie, le piège demeurait ouvert. M'attribuer ses meurtres n'était pas suffisant. Ils devaient également supprimer le vrai coupable.

Zébulon connaissait son identité. Il était capable de le manipuler. Il lui fournissait des victimes. D'abord la lycanthrope, puis le mage du restaurant, et maintenant Egor. Le Sauvage avait l'impression de combattre héroïquement l'Obscurité qui se concentrait autour de lui. Il n'avait jamais vu autant de Sombres, il devait penser que le monde devenait fou, que l'Apocalypse était proche, que les forces du mal étaient sur le point de triompher. Je n'aurais pas voulu me trouver à sa place.

Le meurtre de la lycanthrope était indispensable pour déposer une plainte et montrer qui était visé.

Celui du mage noir pour me prendre en flagrant délit et lancer un mandat d'arrêt contre moi.

Et celui d'Egor pour éliminer le Sauvage qui avait fini de jouer son rôle. D'ailleurs, il ignorait les règles et ne se rendrait jamais, aucune chance qu'il obéisse aux injonctions d'un mystérieux « Contrôle » dont il n'avait jamais entendu parler.

Le vrai coupable disparaîtrait sans laisser de traces, et après sa mort, mon seul choix serait d'accepter qu'on analyse ma mémoire ou de finir dans la Pénombre. Dans un cas comme dans l'autre, Svetlana craquerait.

J'ai frissonné.

Il faisait froid. Il m'avait pourtant semblé que l'hiver était fini. Je m'étais trompé.

J'ai levé la main pour arrêter une voiture. J'ai regardé le conducteur dans les yeux et je lui ai dit :

– Roule.

L'impulsion était si forte qu'il n'a même pas demandé ma destination.

La fin des temps était proche.

Quelque chose avait changé... Les ombres se concentraient... Des langues mortes renaissaient. De sombres paroles résonnaient à nouveau. Des tremblements parcouraient la terre.

Les ténèbres s'abattaient sur le monde.

Maxime fumait sur le balcon, écoutant d'une oreille les imprécations d'Elena. Qui duraient depuis plusieurs heures, depuis l'instant où la jeune femme qu'il avait secourue était sortie de leur voiture. Maxime avait déjà entendu sur lui-même tout ce qu'il était possible d'imaginer. Ainsi que certaines choses totalement inimaginables.

Il avait appris avec calme qu'il était un imbécile et un coureur de jupons qui risquait sa vie à cause d'un joli minois et d'une belle paire de jambes. L'accusation d'être un salaud et un mufle qui courtisait une vieille pute hideuse en présence de sa femme était légèrement plus originale. Surtout qu'il n'avait pas échangé plus de deux mots avec sa passagère.

La suite relevait du délire pur et simple. Elena avait évoqué ses voyages d'affaires inattendus, les deux fois où il était rentré ivre… vraiment ivre. Lancé des suppositions farfelues quant au nombre de ses maîtresses, à sa stupidité congénitale et à sa totale absence de volonté qui l'empêchaient de monter dans la hiérarchie et de vivre un tant soit peu convenablement…

Maxime tourna légèrement la tête.

Ce n'était même pas une comédie. Elena était assise sur le divan de cuir devant l'immense téléviseur Panasonic et parlait, parlait… Elle était presque sincère.

Y croyait-elle donc pour de bon ?

Qu'il avait des tas de maîtresses ? Qu'il avait secouru cette jeune inconnue à cause de sa silhouette et non à cause des balles qui sifflaient à ses oreilles ? Qu'ils vivaient dans la misère ? Eux qui avaient acheté ce magnifique appartement trois ans plus tôt et l'avaient meublé comme une bonbonnière ? Eux qui s'étaient payé un voyage en France pour Noël ?

La voix de sa femme était accusatrice, pleine d'assurance. Et de douleur.

Maxime jeta sa cigarette dans la rue et contempla la nuit.

L'obscurité… Elle approchait.

Il avait tué cet homme dans les toilettes. L'une des émanations les plus exécrables du mal universel. Un être qui portait peur et colère en lui. Qui buvait l'énergie de ceux qui l'entouraient, blessait les âmes, transformait le blanc en noir, l'amour en haine. Comme d'habitude. Il avait combattu, seul contre le monde entier.

Mais ce n'était jamais arrivé auparavant. Rencontrer successivement deux créatures diaboliques en moins de vingt-quatre heures. Soit elles étaient en train de sortir de leurs terriers, soit sa vue devenait plus perçante.

Et maintenant, voilà que ça recommençait.

Maxime se tenait au neuvième étage, mais il ne voyait pas les feux de la ville. Ce spectacle était pour les gens ordinaires.

Aveugles et sans défense. Il observait un concentré de ténèbres flottant au-dessus du sol. Dans une tour éloignée.

Une nouvelle émanation du mal.

Comme d'habitude. Mais pourquoi si souvent ? Trois en une seule journée !

Les ténèbres bougeaient, palpitaient. Les ténèbres étaient vivantes.

Derrière son dos, Elena énumérait ses péchés d'une voix fatiguée, offensée et profondément malheureuse. Elle se leva pour se diriger vers la porte du balcon, comme pour se convaincre que Maxime l'entendait bien. Pourvu au moins qu'elle ne réveille pas les enfants... si tant est qu'ils dormaient. Maxime n'en était pas très sûr.

S'il avait cru en Dieu... S'il y avait vraiment cru. Mais il ne restait presque plus rien de cette faible foi qui le réchauffait après chaque action purificatrice. Dieu ne pouvait exister dans un monde hanté par le mal.

Pourtant, s'il avait existé malgré tout... ou si au moins Maxime avait sincèrement cru en lui... il serait tombé à genoux, sur le béton crasseux, aurait élevé les mains vers le ciel sombre où les étoiles brillaient d'un éclat si chétif et si triste et aurait crié : « Pourquoi ? Pourquoi donc, mon Dieu ? C'est au-dessus de mes forces, au-dessus de moi ! Délivre-moi de ce fardeau, je t'en supplie, Délivre-moi ! Je ne suis pas digne de ton choix ! Je suis trop faible... »

Inutile de crier. Il ne pouvait se décharger de son devoir, d'où qu'il lui vienne. Il devait l'accomplir jusqu'au bout. Un feu noir brûlait à l'horizon. Un nouveau tentacule du Mal.

– Excuse-moi. Il faut que je parte.

Il écarta sa femme. Elle se tut au milieu d'une phrase, et la peur naquit dans son regard où ne brillaient jusqu'ici que colère et irritation.

– Je reviendrai.

Il se dirigea vers la porte d'un pas rapide, espérant éviter les questions.

– Maxime, Maxime ! Attends.

Le passage des injures aux supplications fut instantané. Elena courut derrière lui, le prit par le bras, le regarda d'un air pitoyable, implorant.

– Pardonne-moi, je t'en prie. J'ai eu si peur… Pardonne-moi, j'ai raconté n'importe quoi… Maxime !

Elle avait perdu d'un coup son agressivité, elle avait capitulé, elle était désormais prête à tout, pourvu que l'imbécile, l'adultère et le pervers qu'il était ne sorte pas de l'appartement. À croire que quelque chose dans l'expression de son visage la terrorisait davantage que la fusillade où ils avaient été pris.

– Je ne te laisserai pas sortir ! Tu n'iras nulle part. Il fait déjà nuit…

– Il ne m'arrivera rien, dit doucement Maxime. Et parle plus bas, tu vas réveiller les enfants. Je reviendrai bientôt.

Elena changea aussitôt de tactique.

– Si tu ne penses pas à toi, pense aux enfants ! Pense à moi ! Et s'ils avaient noté le numéro de la voiture ? Si jamais ils venaient ici, à la recherche de cette fille ? Qu'est-ce que je ferais ?

– Personne ne viendra.

Curieusement, Maxime en était certain.

– D'ailleurs, la porte est blindée. Et nous avons le téléphone. Laisse-moi passer.

Elle se tenait sur le pas de la porte, les bras écartés, la tête rejetée en arrière et les yeux fermés, comme si elle attendait qu'il la gifle.

Maxime l'embrassa doucement sur la joue et l'écarta de son passage. Il sortit dans l'entrée, suivi d'un regard totalement désemparé. Une musique lourde et déplaisante résonnait dans la chambre de leur fille : elle ne dormait pas et avait branché son magnétophone pour étouffer leurs voix… la voix d'Elena.

– Ne t'en va pas ! murmura celle-ci d'un ton implorant.

Il mit sa veste, vérifiant si tout était bien en place dans sa poche intérieure.

– Tu ne penses pas du tout à nous ! cria Elena, comme par inertie, en désespoir de cause.

La musique monta d'un ton.

– C'est faux, dit calmement Maxime. Je pense à vous. Je prends soin de vous.

Il descendit l'escalier sans attendre l'ascenseur. Le cri de sa femme le rattrapa, inattendu : elle ne criait jamais quand les voisins pouvaient entendre.

– Tu ferais mieux de nous aimer plutôt que de prendre soin de nous.

Maxime haussa les épaules et accéléra le pas.

Je m'étais tenu là cet hiver.

Rien n'avait changé. Le porche. Le bruit des voitures derrière moi, la faible lueur des lampadaires. Mais la dernière fois, il faisait nettement plus froid. Et tout paraissait clair et simple, comme pour un jeune policier américain effectuant sa première patrouille.

Faire respecter la loi. Combattre le mal. Protéger les innocents.

Si seulement tout pouvait être toujours aussi simple. Comme à douze ans. Comme à vingt ans. Si seulement le monde se décomposait en deux couleurs : noir et blanc. Mais même le plus honnête et le plus naïf des flics, élevé dans les idéaux tonitruants made in USA, comprend tôt ou tard que la rue est faite d'autre chose que d'obscurité et de lumière. Qu'il y a des accords, des concessions, des tractations. Des informateurs, des pièges, des provocations. Et tôt ou tard, il est amené à trahir les siens, à dissimuler des sachets d'héroïne dans la poche d'un suspect, à frapper aux reins, prudemment, pour ne pas laisser de traces.

Au nom des mêmes règles de base.

Faire respecter la loi. Combattre le mal. Protéger les innocents.

Moi aussi, j'avais fini par comprendre.

J'ai traversé le porche étroit, soulevant du pied une feuille de journal qui traînait près du mur. À l'endroit où ce pauvre vampire avait été réduit en cendres. Il était réellement à plaindre.

Sa faute était d'être tombé amoureux. Pas d'une vampire, pas d'une humaine, mais de sa victime désignée.

Ici, j'avais jeté de la vodka au visage de la jeune femme que nous avions nous-mêmes livrée en pâture au vampire.

« Vous êtes libres », aiment à répéter les Sombres. « La liberté a des limites », aimons-nous à dire.

Et c'est vrai. Sans doute vrai. Pour les Sombres et les Clairs qui vivent parmi les hommes, les surpassant par leurs capacités, mais ne s'en distinguant guère par leurs aspirations. Pour ceux qui ont choisi de vivre selon les règles, sans les transgresser.

Mais il suffit de franchir la limite, la limite invisible où se tiennent les Sentinelles des Contrôles, divisant Obscurité et Lumière...

Et c'est la guerre. Or la guerre est toujours criminelle. Toujours, de tous temps, la guerre a été synonyme non seulement d'héroïsme et de sacrifice de soi, mais aussi de traîtrise, de lâcheté, de coups bas. Impossible de se battre autrement. À moins de se déclarer vaincu d'avance.

Mais se battre au nom de quoi ? Qu'est-ce qui me donne le droit de décider où est le bien et le mal ? Je me tiens moi-même entre les deux. Mes voisins sont des vampires ! Et ils n'ont jamais tué personne, j'en suis certain, au moins en ce qui concerne Kostia. Ce sont des gens convenables... du point de vue humain. Et par leurs actes, ils sont bien plus francs et honnêtes que le chef ou Olga.

Où est la limite ? Que peut-on justifier ? Qui doit-on pardonner ?

J'ignore les réponses. Je ne peux rien dire. Je ne suis même pas de taille à me convaincre moi-même. J'agis par inertie, je me laisse porter par de vieilles normes et de vieux dogmes. Comment font donc nos patrouilleurs ? Pour continuer à se battre ? Comment expliquent-ils leurs actes ? Je n'en sais rien. Mais leur décisions ne me seraient d'aucune utilité. Chacun décide pour soi. Encore un slogan des Sombres.

Le plus déplaisant, je le sentais, c'est que si je n'arrivais pas à trouver la limite, j'étais condamné. Et Svetlana avec moi. Le chef tenterait vainement de la sauver. Et toute la structure du Contrôle de la Nuit de Moscou serait réduite à néant.

Pour un clou se perd un fer.
Pour un fer, le cheval.
Pour un cheval, le cavalier.
Pour un cavalier...

Je suis resté là quelques instants, la main contre le mur de briques sales. Évoquant mes souvenirs, en me mordant la lèvre. Essayant de trouver une réponse.

Pas de réponse.

Le destin, sans doute.

J'ai traversé une petite cour paisible et je suis arrivé devant « le clapier sur pattes ». Ce gratte-ciel soviétique éveillait des sentiments poignants, sans doute injustifiés. Les mêmes sentiments que j'éprouve parfois en longeant en train des villages abandonnés ou des silos en ruine. Ce bâtiment avait quelque chose de déplacé. Un gigantisme maladif.

– Zébulon, ai-je dit, si tu m'entends...

Silence. Le silence banal d'une soirée tardive, sur fond de voitures, et de musique qui s'échappait des fenêtres. Pas un chat.

– Tu n'as pas pu tout prévoir, ai-je lancé dans le vide. C'est impossible. La réalité ne cesse de créer de nouvelles variantes. L'avenir n'est pas déterminé. Tu le sais. Et moi aussi.

J'ai traversé la route sans regarder, sans faire attention aux voitures. J'étais en mission, pas vrai ?

Le tramway s'est figé sur ses rails dans un tintement. Les voitures ont ralenti, contournant le vide au centre duquel je me trouvais. Rien n'existait plus, à part la tour où nous avions combattu trois mois plus tôt. Des fragments d'énergie s'y concentraient, invisibles aux regards humains.

Et leur force était en train de croître.

J'étais dans l'œil du cyclone, je n'avais pas fait erreur. C'est bien là que tu voulais que je vienne, Zébulon ? Parfait. Me voici. Tu te souviens malgré tout de cette défaite humiliante. Tu ne peux pas oublier le camouflet reçu devant tes sbires.

Et à part les grands desseins que tu poursuis, un désir te hante, simple faiblesse humaine renforcée par la Pénombre.

Un désir de vengeance. Une soif de revanche.

Tu aimerais rejouer la partie.

Vous autres, Grands mages, que vous soyez Clairs ou Sombres, possédez un trait commun : les affrontements ordinaires vous ennuient, vous aspirez à vaincre *en beauté*. À humilier l'adversaire. Une simple victoire, c'est banal, ça manque d'originalité. Le conflit a dégénéré en une éternelle partie d'échecs. Avec quel plaisir Guesser, le Grand mage blanc, s'était moqué de Zébulon en lui faisant gober son déguisement.

Mais en ce qui me concerne, je n'arrive pas encore à considérer cela comme un jeu.

Peut-être est-ce ma chance.

J'ai sorti mon arme, ôtant le cran de sûreté. Et j'ai pris une profonde aspiration. Comme avant un plongeon.

Maxime sentait que cette fois, tout se passerait très vite.

Qu'il n'aurait pas besoin de passer la nuit en embuscade. Ni de traquer sa cible. La révélation était trop éblouissante : il ne s'agissait pas d'une simple sensation de présence hostile, il savait où il devait se rendre.

Il roula jusqu'à l'angle de la rue Galouchkine et de la rue de Iaroslavl pour se garer dans la cour d'un grand immeuble. Une petite flamme noire se déplaçait à l'intérieur du bâtiment.

Il le sentait, le voyait presque. Un homme. Ses pouvoirs étaient faibles. Pas un lycanthrope, ni un vampire, ni un incube. Un mage noir. Compte tenu de son peu de pouvoir, il n'aurait pas de difficulté à le neutraliser. Le problème était ailleurs.

Maxime pouvait seulement espérer et prier que ça ne se reproduise plus si souvent. Éliminer jour après jour des créatures des ténèbres n'était pas seulement pénible sur le plan physique. Il y avait aussi cet instant terrible quand le poignard transperçait le cœur de l'ennemi. L'instant où le monde autour de lui se mettait à vaciller, où les couleurs s'assombrissaient et les bruits se taisaient, où tout fonctionnait au ralenti. Et si un jour il se trompait ? Que ferait-il ? S'il tuait un homme ordinaire au lieu d'un monstre ? Il l'ignorait.

Mais il n'avait pas le choix. Puisqu'il était seul au monde à distinguer les émanations du Mal des gens ordinaires. Et que quelqu'un avait placé entre ses mains l'arme qui permettait de les combattre. Dieu, le destin, le hasard...

Maxime sortit son poignard en bois et considéra ce jouet avec un certain trouble. Ce n'était pas lui qui avait façonné jadis ce poignard et lui avait donné le nom de « Miséricorde ».

Il avait douze ans, un an de plus que Piotr, son meilleur, son unique ami d'enfance... Et même, il devait l'avouer, le seul ami qu'il ait jamais eu dans sa vie. À l'époque, ils jouaient aux chevaliers. Par la suite, ce jeu avait laissé place à d'autres. Ce n'étaient pas les distractions qui manquaient dans leur enfance, même s'il n'y avait encore ni ordinateurs ni discothèques. Tous les enfants de la cour y avaient joué durant un bref été, taillant épées et poignards en bois, se battant comme pour de vrai, mais prudemment malgré tout. Conscients que même avec une arme en bois, on pouvait crever un œil ou égratigner quelqu'un jusqu'au sang. Étrangement, Piotr et lui se retrouvaient toujours dans des camps opposés. Peut-être parce que Piotr était légèrement plus jeune et que Maxime se sentait un peu gêné par l'adoration muette de son ami qui le suivait partout. Rien d'étonnant donc qu'au cours d'une bataille Maxime ait fait tomber l'épée de Piotr – qui ne s'était pratiquement pas défendu – et lui ait crié : « Tu es mon prisonnier ! »

Mais quelque chose d'étrange s'était produit juste après. Piotr lui avait tendu ce poignard et lui avait dit qu'un preux chevalier devait l'achever avec cette « miséricorde » plutôt que de l'humilier en le faisant captif. C'était un jeu... bien sûr... rien qu'un jeu, mais quelque chose avait frémi à l'intérieur de Maxime lorsqu'il avait frappé... qu'il avait fait semblant de frapper avec cette lame en bois. Durant un instant oppressant, Piotr avait fixé la main de son ami qui serrait le poignard de bois au niveau de son tee-shirt blanc maculé de boue, puis il l'avait regardé dans les yeux. Et il avait dit : « Garde-le, ce sera ton trophée. »

Maxime avait accepté le poignard sans hésiter. Mais il ne l'avait jamais utilisé pour jouer par la suite. Il l'avait gardé chez lui, avait essayé de ne plus y penser, comme s'il était gêné par ce cadeau et par son propre sentimentalisme. Cependant, il ne l'avait jamais oublié. Même quand il avait grandi, s'était marié, avait eu des enfants. Le jouet avait longtemps traîné dans un tiroir avec ses albums de photos, des mèches de cheveux dans des enveloppes et autres bêtises sentimentales. Jusqu'au jour où Maxime avait senti pour la première fois la présence de l'Obscurité.

Alors, le poignard en bois l'avait appelé. Et s'était métamorphosé en arme véritable, impitoyable et invincible.

Piotr n'était plus de ce monde. Ils avaient grandi. Un an de différence, c'est beaucoup pour des enfants, et pour des adolescents, c'est énorme. Le temps, puis la vie les avaient séparés. Ils se souriaient quand ils se voyaient et se serraient la main. Deux ou trois fois, ils avaient bu ensemble en évoquant leur enfance. Puis Maxime s'était marié, il avait déménagé et ils avaient pratiquement perdu tout contact. Et cet hiver, il avait appris la nouvelle par hasard. Par sa mère à qui il téléphonait régulièrement le soir, comme il convient à un bon fils. « Tu te souviens de Piotr ? Ton ami d'enfance ? Vous étiez inséparables... »

Il s'en souvenait. Et il avait immédiatement compris la raison de ce préambule.

Piotr s'était tué. En tombant du toit d'un grand immeuble. Qu'allait-il y faire au milieu de la nuit ? Peut-être était-ce un suicide. Piotr était peut-être ivre ? Mais l'autopsie indiquait qu'il n'avait pas un gramme d'alcool dans le sang. À moins qu'il ne s'agisse d'un meurtre. Il travaillait pour une entreprise commerciale, gagnait bien sa vie, aidait ses parents, possédait une belle voiture...

« Il a pris de la drogue », avait tranché Maxime d'une voix

dure, si dure que sa mère n'avait pas osé protester. « Je suis sûr qu'il a pris de la drogue, il a toujours été un peu bizarre. »

Et son cœur ne s'était pas serré. Mais le soir, il s'était saoulé sans savoir pourquoi. Puis il était allé tuer une femme dont la force mauvaise obligeait les hommes à abandonner celles qu'ils aimaient pour revenir vers leurs épouses légitimes, une vieille sorcière spécialisée dans les affaires de couples, qu'il traquait sans résultat depuis près de deux semaines.

Piotr Nesterov n'était plus. Le petit garçon qui avait été son ami n'existait plus depuis longtemps, et l'homme adulte qu'il voyait une fois l'an au plus était mort il y a trois mois. Mais il avait toujours son poignard.

Leur amitié enfantine avait sans doute un sens profond.

Maxime fit rouler le poignard sur sa paume. Pourquoi lui ? Pourquoi lui seul ? Pourquoi n'avait-il pas à ses côtés un ami, capable de le décharger ne serait-ce que d'une part de ce fardeau. Tant d'obscurité. Et si peu de lumière.

Il se souvint de la dernière réplique d'Elena : « Tu ferais mieux de nous aimer au lieu de prendre soin de nous... »

« Ce n'est donc pas la même chose ? » avait pensé Maxime.

Non, sans doute pas. Mais que faire si pour lui l'amour était synonyme de combat, s'il ne se battait pas pour, mais contre ?

Contre l'obscurité, mais pas pour la lumière.

Pas pour la lumière, mais contre l'obscurité.

– Je suis un gardien, dit Maxime.

À lui-même, doucement, gêné de parler à voix haute. Ce sont les fous qui parlent tout seuls. Et il n'était pas fou, il était normal, plus que normal, il voyait le mal antique qui s'immisçait dans le monde...

Qui s'immisçait... ou qui s'y était installé depuis longtemps ?

Non, il n'avait pas le droit de douter. S'il perdait ne fût-ce qu'une partie de son assurance, s'il relâchait son attention, se mettait à chercher des alliés inexistants, il était perdu. Son poignard en bois ne se transformerait pas en arme magique porteuse de Lumière. Un mage le brûlerait avec son feu magique, une sorcière l'ensorcellerait, un lycanthrope le mettrait en pièces.

Un gardien et un juge !

Il ne devait pas éprouver de doutes.

Le lambeau de ténèbres qui oscillait au niveau du seizième étage commença à descendre. Son cœur battit plus fort : le mage noir venait à la rencontre de son destin. Maxime sortit de la voiture et regarda brièvement autour de lui. Personne. Comme toujours... Quelque chose faisait toujours fuir les témoins éventuels, libérait le champ de bataille.

Le champ de bataille ? Ou l'échafaud ?

Un gardien et un juge ?

Ou un bourreau ?

Quelle différence ? Il servait la Lumière !

Une force familière le remplissait, le plongeait dans un état d'excitation. La main au niveau de sa poche intérieure, Maxime se dirigea vers l'entrée de l'immeuble, à la rencontre du mage qui descendait dans l'ascenseur.

Vite, il fallait agir vite. Il ne faisait pas encore totalement nuit. Quelqu'un pouvait le voir. Et personne ne croirait jamais à son histoire... Dans le meilleur des cas, il finirait à l'asile.

L'interpeller... Se nommer... Tirer son arme...

Sa miséricorde. Un acte de charité. Il était gardien et juge. Un chevalier de la Lumière. Pas un bourreau !

Et cette cour était bien un champ de bataille. Pas un lieu d'exécution.

Maxime s'arrêta devant la porte. Il entendit des pas. La porte s'ouvrit.

Et il eut envie de gémir d'horreur et de frustration, de crier pour maudire les cieux, son destin, son don unique.

Le mage était un enfant.

Un gamin mince, aux cheveux bruns. Tout à fait ordinaire en apparence, mais Maxime voyait parfaitement une auréole sombre frémir autour de lui.

Pourquoi ? Jamais encore ce n'était arrivé. Il avait tué des hommes et des femmes, jeunes et vieux, mais jamais encore il n'avait rencontré d'enfants qui auraient vendu leur âme aux forces du mal. Maxime n'avait même jamais envisagé une telle éventualité. Soit parce qu'il refusait de croire que ce fût possible, soit parce qu'il ne voulait pas décider par avance. Il serait peut-être resté chez lui s'il avait su que sa future victime n'avait qu'une douzaine d'années.

Le gamin se tenait sur le seuil de l'immeuble et regardait Maxime avec étonnement. L'espace d'un instant, il lui sembla qu'il allait lui tourner le dos et rentrer précipitamment en claquant la lourde porte munie d'un code... Fuis donc !

Le garçon avança d'un pas, retenant la porte pour qu'elle ne claque pas trop fort. Il regarda Maxime dans les yeux, d'un air boudeur, mais sans la moindre crainte. Étrange. Il n'avait pas pris Maxime pour un simple passant, il avait compris qu'il l'attendait. Et il venait lui-même à sa rencontre. Ignorait-il la peur ? Était-il si sûr de ses forces ?

– Vous êtes un agent de la Lumière, je le vois, dit le gamin, doucement, mais avec assurance.

– Oui.

Les mots sortaient difficilement de sa bouche, comme à contrecœur. Se maudissant pour sa faiblesse, Maxime tendit la main et la posa sur l'épaule de l'enfant :

– Je suis un juge.

Le gamin ne parut pas plus effrayé pour autant.

– J'ai vu Anton aujourd'hui.

Anton ? Maxime ne dit rien. Son étonnement se lut sans doute dans ses yeux.

– C'est à cause de lui que vous êtes là ?

– Non, à cause de toi.

– Pourquoi ?

L'enfant affichait un air buté, comme si Maxime avait été coupable envers lui et était censé reconnaître sa faute.

– Je suis un juge, répéta Maxime.

Il avait envie de s'enfuir. Cela n'aurait pas dû se passer comme ça ! Le représentant des forces obscures ne pouvait pas être un enfant du même âge que sa propre fille. L'émissaire des ténèbres devait se défendre, attaquer, fuir et non se tenir devant lui avec cet air vexé... comme s'il était en droit de lui adresser des reproches.

Comme s'il pouvait avoir des excuses.

– Comment t'appelles-tu ?

– Egor.

– Je regrette vraiment, dit Maxime.

Il était sincère et n'éprouvait aucun plaisir sadique à reculer le moment de tuer.

– Ça me fait beaucoup de peine... J'ai une fille de ton âge.

Ce détail lui paraissait particulièrement injuste.

– Mais si je ne le fais pas, qui d'autre le fera ?

– De quoi parlez-vous ?

L'enfant essaya de repousser sa main. Ça lui donna de l'assurance.

Garçon ou fille, adulte ou enfant. Quelle différence ? Obscurité ou Lumière, rien d'autre ne comptait.

– Je dois te sauver, dit Maxime. (De sa main libre, il tira son poignard de sa poche.) Et je te sauverai.

7

J'ai d'abord reconnu la voiture.

Puis l'homme qui en était sorti.

Un lourd sentiment d'angoisse et de désespoir s'est emparé de moi. Le Sauvage n'était autre que l'homme qui m'avait sauvé quand j'avais fui le « Maharadja » dans le corps d'Olga.

J'aurais dû m'en douter. Si j'avais eu un peu plus d'expérience, de temps et de sang-froid. La femme qui était avec lui... il m'aurait suffi de regarder son aura. Svetlana l'avait décrite en détail. J'aurais pu la reconnaître. J'aurais pu mettre fin à cette histoire quand j'étais dans leur voiture.

Mais de quelle manière ?

J'ai plongé dans la Pénombre lorsque le Sauvage a tourné la tête dans ma direction. Il ne m'a pas vu, il s'est dirigé vers l'entrée de l'immeuble où j'avais un jour bavardé avec une chouette blanche, assis devant un vide-ordures.

Le Sauvage s'apprêtait à tuer Egor. Exactement comme je le pensais. Conformément aux calculs de Zébulon. Le piège était devant moi et le ressort bien tendu commençait à vibrer. Un pas de plus, et le Contrôle du Jour pourrait se féliciter d'une opération brillamment réussie.

Où es-tu, Zébulon ?

La Pénombre me donnait du temps. Le Sauvage avançait lentement vers l'immeuble tandis que je regardais autour de moi, cherchant la présence de l'Obscurité. Une trace, un souffle, une ombre...

La pression magique en ce lieu était effrayante. Ici coïncidaient tous les fils tendus vers l'avenir. Je me tenais au carrefour de cent routes, en un point où le monde devait décider de la marche à suivre. Pas à cause de moi, ni du Sauvage ni d'Egor. Nous n'étions tous qu'une part du piège. Des figurants dont l'un devait annoncer « Monsieur est servi », l'autre tomber et le troisième monter à l'échafaud la tête haute. Pour la deuxième fois, cet endroit était l'arène d'une lutte invisible. Cependant, je ne voyais aucun Autre : ni Sombres ni Clairs. Uniquement le Sauvage qui n'avait même pas l'air d'un Autre. Seul un concentré de Force étincelait sur sa poitrine. J'ai d'abord cru que je voyais son cœur. Puis j'ai compris que c'était une arme, l'arme dont il se servait pour tuer.

Je me sentais vexé. Où es-tu, Zébulon ? Regarde. Je suis là ! Sur le point de mettre le pied dans ton piège. Il va se refermer dans un instant. Qu'attends-tu pour te montrer ?

Soit il se cachait si bien que j'étais incapable de le découvrir... soit il n'était pas là.

J'étais en train de perdre. Avant même la scène finale. Faute de comprendre le plan de l'adversaire. Les Sombres auraient dû être postés en embuscade pour éliminer le Sauvage dès qu'il aurait tué Egor.

Mais j'étais là. J'allais tout lui expliquer, lui parler des Contrôles qui se surveillent mutuellement, du Traité qui nous oblige à maintenir le statu quo, des humains et des Autres, du monde et de la Pénombre. Je lui raconterais tout, comme je l'avais fait pour Svetlana, et il comprendrait.

Mais comprendrait-il ?

Il ne savait pas voir la Lumière.

Les gens à ses yeux n'étaient qu'un troupeau de moutons gris et stupides. Les Sombres étaient des loups qui tournaient autour, égorgeant les brebis les plus grasses. Et lui, il était un chien. Incapable de voir les bergers, aveuglé par la peur et la colère, tournant en rond, seul contre tous.

Il refuserait de me croire.

J'ai couru vers lui. La porte de l'immeuble venait de s'ouvrir, il se tenait devant Egor, il lui parlait. Pourquoi le gamin avait-il commis la stupidité de sortir si tard ? Le Sauvage était donc capable d'attirer ses victimes ?

Inutile de chercher à le convaincre. L'attaquer par la Pénombre. L'immobiliser d'abord et lui parler ensuite, c'était la seule solution.

La Pénombre a glapi à mille voix blessées quand j'ai percuté en pleine course une barrière invisible. À trois pas du Sauvage, je me suis étalé par terre, secouant ma tête où résonnait une volée de cloches.

C'était mauvais. Très mauvais ! Il ne comprenait pas la nature de la Force. C'était un autodidacte, un psychopathe du Bien. Mais quand il entrait en action, il se protégeait d'une barrière magique. Inconsciemment, mais ça n'y changeait rien.

Le Sauvage a dit quelque chose à Egor et a mis la main dans sa poche intérieure.

Un poignard en bois. J'avais déjà entendu parler de ce type de magie, naïve et puissante, mais ce n'était pas le moment de me souvenir de ce que j'en savais.

J'ai jailli de la Pénombre et je l'ai attaqué par-derrière.

Maxime fut jeté à terre au moment où il brandissait son arme. Le monde avait déjà viré au gris, les mouvements du gamin s'étaient ralentis : il voyait ses paupières s'abaisser lentement, pour la dernière fois, avant de s'ouvrir largement sous l'effet de la douleur. La nuit s'était muée en tribune crépusculaire où il avait coutume de prononcer son jugement et d'exécuter son verdict, sans que rien ni personne puisse l'arrêter.

Mais on l'avait arrêté. On l'avait fait tomber. Au dernier moment, Maxime eut le temps de tendre le bras, il roula au sol et se releva aussitôt.

Un troisième personnage venait d'entrer en scène. Comment avait-il fait pour passer inaperçu ? Comment était-il parvenu jusqu'à Maxime, alors même que celui-ci était sur le point d'accomplir sa tâche ; la force lumineuse qui le guidait dans son combat aurait pourtant dû le protéger des témoins superflus.

Un homme, légèrement plus jeune que lui. En jean et en pull, avec un sac en bandoulière qu'il venait de laisser tomber. Un revolver à la main !

C'était vraiment ennuyeux.

– Arrête, dit l'homme, comme si Maxime avait eu l'intention de fuir. Écoute-moi.

Un simple passant qui l'avait pris pour un tueur d'enfants ? Mais comment expliquer la présence d'une arme et son adresse à passer inaperçu ? Un militaire en civil ? Mais il aurait tiré, ou l'aurait frappé une seconde fois pour l'empêcher de se relever.

Maxime examina l'inconnu avec appréhension. Et si c'était une autre émanation du mal... Il n'avait jamais combattu deux ennemis à la fois.

Nulle trace d'Obscurité. Pas la moindre.

– Qui es-tu ? demanda Maxime, oubliant presque le gamin qui se rapprochait lentement de son sauveur.

– Une Sentinelle du Contrôle de la Nuit. Anton Gorodetski. Écoute-moi.

De sa main libre, Anton attrapa le garçon pour le placer derrière lui.

– Le Contrôle de la Nuit ? demanda Maxime, essayant toujours de découvrir des traces d'Obscurité chez l'inconnu.

Rien. C'était là le plus effrayant.

– Tu sers l'Obscurité ?

Il ne comprenait pas. Il essayait de me sonder, je sentais son tâtonnement avide, tendu et en même temps maladroit. J'ignore si j'aurais pu me cacher. Dans cet homme et cet Autre, car il était les deux à la fois, vivait une force primitive, une énergie fanatique d'une violence inimaginable. Je ne me cachais pas.

– Le Contrôle de la Nuit ? Tu sers l'Obscurité ?

– Non. Comment t'appelles-tu ?

– Maxime. Qui es-tu ?

Le Sauvage se rapprochait lentement, me scrutant, comme s'il devinait m'avoir déjà rencontré sous une autre apparence.

– Je travaille au Contrôle de la Nuit. Je vais tout t'expliquer. Écoute-moi. Tu es un mage blanc.

Le visage de Maxime a frémi, ses traits se sont figés.

– Tu tues des Sombres. Je le sais. Ce matin, tu as tué une femme-lycanthrope. Et ce soir, dans un restaurant, tu as assassiné un mage noir.

– Toi... aussi ?

C'était peut-être une simple impression. Ou peut-être une note d'espoir a-t-elle vraiment vibré dans sa voix. J'ai remis ostensiblement mon arme dans son étui.

– Je suis un mage blanc. Pas très puissant, il est vrai. Un parmi plusieurs centaines qui vivent à Moscou. Nous sommes nombreux.

Ses yeux se sont élargis et j'ai compris que j'avais touché juste. Ce n'était pas un fou qui se prenait pour Superman et en était fier. Son plus ardent désir était sans doute de rencontrer quelqu'un qui soit comme lui. Tout allait peut-être s'arranger sans violence et sans effusion de sang.

– Maxime, nous ne t'avons pas découvert à temps. Nous sommes fautifs. Tu t'es lancé seul dans la bataille et tu as fait pas mal de dégâts. Mais tout peut encore s'arranger. Tu ignorais le Traité...

Il ne m'écoutait pas. Il n'avait que faire de ce Traité. Le plus important pour lui était de ne plus être seul.

– Vous combattez l'Obscurité ?

– Oui.

– Vous êtes nombreux ?

– Oui.

Maxime m'a regardé de nouveau, et de nouveau, le souffle perçant de la Pénombre est passé dans son regard. Il essayait de voir mon mensonge, la marque de l'Obscurité, le mal, la haine : les seules choses qu'il lui était donné de voir.

– Tu n'es pas un Sombre, a-t-il constaté d'une voix presque plaintive. Je le vois. Je ne me suis encore jamais trompé !

– Je suis une Sentinelle, ai-je répété.

Je me suis retourné. Personne. Quelque chose faisait fuir les gens. Sans doute un autre de ses pouvoirs.

– Ce garçon...

– C'est aussi un Autre, mais il ne s'est pas encore déterminé, il peut devenir un mage blanc, ou...

Maxime a secoué la tête.

– C'est un mage noir.

J'ai regardé Egor qui a lentement levé les yeux vers moi.

– Non, ai-je dit.

Son aura était bien visible : un arc-en-ciel pur et changeant, habituel pour les très jeunes enfants, mais pas pour un adolescent. Il avait son propre destin, son avenir n'était pas encore tracé.

– Il est Sombre, a insisté Maxime. Tu ne le vois donc pas ? Je ne me trompe jamais. Tu m'as arrêté, tu m'as empêché d'éliminer un émissaire des ténèbres.

Il avait probablement raison. Ses pouvoirs étaient peu nombreux, mais parfaitement ciblés. Il savait percevoir les moindres taches noires dans les âmes. C'étaient même les taches les plus faibles, à peine naissantes, qu'il voyait le mieux.

– Nous ne tuons pas tous les Sombres.

– Pourquoi ?

– Nous avons signé un armistice.

– Il n'y a pas d'armistice avec l'Obscurité.

J'ai frémi. Il n'y avait pas l'ombre d'un doute dans sa voix.

– La guerre est toujours pire que la paix.

– Sauf celle-ci.

Maxime a brandi son poignard.

– Tu vois ? C'est un cadeau. Le cadeau d'un ami. Il est mort. Peut-être à cause de quelqu'un comme ce garçon. L'Obscurité est perfide !

– C'est à moi que tu dis ça ?

– Tu es peut-être un mage blanc, a-t-il déclaré avec une

moue amère. Mais en ce cas, votre Lumière a terni depuis longtemps. Il ne saurait y avoir de pardon pour le mal. Il ne saurait y avoir de paix avec l'Obscurité.

C'était à mon tour d'être en colère.

– Pas de pardon pour le mal ? Et pour celui que tu as causé ? Lorsque tu as tué ce mage noir dans les toilettes, pourquoi n'es-tu pas resté quelques minutes de plus ? Pour voir crier ses enfants et pleurer sa femme ? Ce n'étaient pas des Sombres, Maxime ! Mais des gens ordinaires qui n'ont pas nos pouvoirs ! Tu as secouru une jeune femme en la prenant dans ta voiture...

Il a sursauté, mais son visage est demeuré impassible.

– C'est très bien. Mais sais-tu que c'est à cause de toi, à cause de ton crime qu'elle a failli se faire tuer ? Le sais-tu ?

– C'est la guerre.

– Tu as inventé toi-même ta propre guerre, ai-je dit doucement. Tu es un comme un enfant avec ton poignard en bois. Tu considères qu'on ne fait pas d'omelettes sans casser d'œufs, n'est-ce pas ? Que tout est permis dans le grand combat que tu mènes pour la Lumière ?

– Je ne lutte pas pour la Lumière, a-t-il dit en baissant à son tour la voix, mais contre l'Obscurité. C'est tout ce qu'il m'est donné de faire. Tu comprends ? Et pour moi, il ne s'agit pas d'omelette ni d'œufs. Je n'ai pas demandé cette force, je ne l'ai pas voulue. Mais puisqu'elle m'a été accordée... je ne peux faire autrement.

Comment le Contrôle de la Nuit avait-il pu ne pas le remarquer à temps ?

Il aurait fait un excellent patrouilleur. Après de longues discussions. Après des mois de stage, des années d'entraînement, après de nombreuses crises, des erreurs, des cuites et des tentatives de suicide. Quand enfin, pas avec son cœur, car il en était incapable, mais avec son esprit froid et rigide, il aurait compris les règles de notre confrontation et de notre coexistence. Qui nous forçaient parfois à détourner les yeux en voyant des lycanthropes poursuivre leur proie et à tuer ceux des nôtres qui refusaient de détourner les yeux.

Il se tenait devant moi, le mage blanc qui en quelques années avait éliminé plus de Sombres qu'un patrouilleur en un siècle. Solitaire, traqué, sachant si bien haïr et incapable d'aimer.

Je me suis tourné vers Egor qui nous écoutait attentivement et je l'ai pris par les épaules pour le placer devant moi.

– C'est un mage noir, selon toi ? Probablement. Je crains que tu n'aies raison. Dans quelques années, ce garçon deviendra conscient de ses pouvoirs et tout s'obscurcira autour de lui. Et sa vie deviendra de plus en plus facile. Au prix de la douleur d'autrui. Tu te souviens de l'histoire de la petite sirène ? La sorcière lui a donné des jambes, mais des lames incandescentes la transperçaient à chaque pas. C'est notre histoire, Maxime ! Nous marchons toujours sur des couteaux, impossible de s'y habituer. Mais Andersen n'a pas tout dit. La sorcière aurait pu agir autrement. À chaque pas de la petite sirène, des lames incandescentes auraient frappé ceux qui l'entouraient. C'est la voie de l'Obscurité.

– Ma douleur est avec moi, a dit Maxime, et l'espoir fou qu'il était encore capable de comprendre m'est revenu.

Mais il a ajouté :

– Mais cela ne doit rien changer.

– Tu es prêt à le tuer ? ai-je demandé en indiquant Egor d'un mouvement de tête. Maxime, dis-moi. Je suis une Sentinelle du Contrôle de la Nuit et je connais la limite entre le bien et le mal. Même en tuant des Sombres, tu peux faire le mal. Dis-moi, tu es prêt à le tuer ?

Il n'a pas hésité. Il a acquiescé avec joie.

– Oui. Non seulement je suis prêt à le faire, mais je n'ai jamais laissé échapper un émissaire des ténèbres. Et je ne laisserai pas échapper celui-ci.

Le piège invisible venait de se refermer.

Si Zébulon était apparu à cet instant précis pour féliciter personnellement Maxime et m'adresser un sourire ironique, je n'en aurais pas été autrement surpris.

Puis j'ai compris que Zébulon n'était pas là. Sa présence était superflue.

Son piège n'avait pas besoin d'être surveillé. Il fonctionnait de manière autonome. Et tous les agents du Contrôle du Jour bénéficiaient en ce moment d'un alibi en béton.

Soit je laissais Maxime tuer Egor et je devenais son complice, avec tout ce qui s'ensuivait.

Soit je combattais Maxime et je l'éliminais – j'étais certainement plus fort que lui, malgré tout – supprimant la seule preuve de mon innocence, et devenant de surcroît le meurtrier d'un mage blanc.

Maxime ne se rendrait jamais, il ne reculerait pas. C'était sa guerre, son petit Golgotha qu'il escaladait depuis des années. Vaincre ou mourir, il n'avait pas d'autre alternative.

Zébulon n'avait pas besoin de se salir les mains.

Il avait tout parfaitement manigancé. Il avait purgé les rangs des Sombres de quelques bons à rien, avait accumulé les preuves contre moi, m'avait mis en état de stress et avait même fait semblant de me tirer dessus. Me poussant à courir à la rencontre du Sauvage. Il était certainement loin d'ici. Peut-être même hors de Moscou. Ce qui ne l'empêchait pas d'observer la scène. Ce n'étaient pas les moyens techniques ou magiques qui lui manquaient. S'il nous voyait, il riait certainement de bon cœur.

J'étais dans une impasse.

Quoi que je fasse, la Pénombre définitive m'attendait.

Le mal n'a pas toujours besoin de combattre le bien de ses propres mains. Il est parfois plus facile de laisser le bien s'éliminer tout seul.

La seule issue dont je disposais était infime et affreusement lâche.

Ne pas l'arrêter à temps.

Laisser Maxime tuer le gamin, plus exactement ne pas parvenir à l'en empêcher. Après quoi, il se calmerait et accepterait de me suivre au Contrôle de la Nuit, écouterait nos explications en protestant de toutes ses forces, mais serait forcé de se rendre aux arguments définitifs et à la logique impitoyable du chef, il saurait enfin mesurer la gravité de ses actes, comprendrait quel équilibre fragile il avait rompu. Et se livrerait lui-même au Tribunal face auquel il avait malgré tout une faible chance de s'en sortir.

Je n'étais pas un patrouilleur. J'avais fait ce que j'avais pu. J'avais même réussi à percer le jeu mené par les Sombres. À voir la manœuvre élaborée par quelqu'un d'infiniment plus intelligent que moi. Mais je manquais de forces, de temps et d'adresse.

Maxime a brandi son poignard.

Le temps s'est ralenti, comme si j'étais entré dans la Pénombre. Pourtant, les couleurs n'ont pas terni, elles sont même devenues plus vives. Mes mouvements s'enlisaient, l'arme glissait vers la poitrine d'Egor en se métamorphosant : on aurait dit qu'elle acquérait un éclat métallique, qu'une flamme grise l'enrobait, le visage de Maxime était concentré, il se mordait la lèvre, et c'était le seul détail qui trahissait sa tension. Le garçon n'a pas eu le temps de comprendre, il n'a même pas essayé d'éviter le coup.

Je l'ai violemment écarté. Mes muscles refusaient d'accomplir un geste aussi absurde et suicidaire. Pour lui, petit mage noir, ce poignard était porteur de mort. Mais pour moi, il devait être porteur de vie. Il en avait toujours été ainsi. Ce qui était bon pour un Sombre était mauvais pour un Clair, et vice versa. Ce n'était pas à moi de changer les choses.

Et pourtant, je l'ai fait.

Egor est tombé, heurtant de la tête la porte de l'immeuble. Je l'avais poussé trop fort, l'important était de le sauver, tant pis pour les bosses. Une rancœur presque enfantine est passée dans le regard de Maxime.

– C'est un ennemi ! s'est-il exclamé.

– Il n'a rien fait de mal.

– Tu protèges l'Obscurité !

Il ne m'accusait plus d'être un Sombre. Il était capable de voir la différence.

Lui-même était plus blanc que neige. Et il ne s'interrogeait jamais sur le droit qu'avaient les autres de vivre ou de mourir.

Il a levé une nouvelle fois son arme, cette fois, c'est moi qu'il visait. J'ai évité le coup et j'ai tiré mon ombre vers moi.

Le monde s'est terni. Egor, qui bougeait faiblement, s'est immobilisé, les roues des voitures ne tournaient plus que par à-coups et les branches des arbres ont oublié le vent. Seul Maxime n'a pas ralenti.

Il m'a suivi sans en être conscient. Il a glissé avec aisance dans la Pénombre, comme on quitte la route pour un chemin de traverse. Peu lui importait où il se trouvait : il puisait ses forces dans sa conviction, dans sa rage blanche, dans sa haine lumineuse. Ce n'était même pas un bourreau. Mais un Inquisiteur. Bien plus effrayant que tous nos Inquisiteurs réunis.

J'ai levé la main, écartant les doigts pour faire le signe de la Force, simple et efficace. Les jeunes Autres rient beaucoup la première fois qu'on leur montre ce tour « les doigts en éventail ». Maxime ne s'est même pas arrêté, il a vacillé légèrement, a baissé la tête et a continué d'avancer vers moi. J'ai reculé, analysant fiévreusement mon arsenal magique.

Agapè, le signe de l'amour, mais il ne croyait pas à l'amour.

La triple clé, qui fait naître confiance et compréhension, mais il refusait de me faire confiance.

Opium, le symbole mauve, la voie du sommeil : j'ai senti que mes propres paupières se fermaient.

C'est donc ainsi qu'il venait à bout des Sombres. Son fanatisme et ses pouvoirs inconscients agissaient comme un miroir. Retournant l'attaque vers l'envoyeur. Hissant Maxime au niveau de son adversaire. Avec sa capacité à voir l'Obscurité et son poignard magique, ça le rendait presque invincible.

Non, bien sûr, il n'était pas capable de repousser toutes les attaques. Les coups n'étaient pas renvoyés immédiatement. Le signe de Thanatos ou l'épée blanche viendraient sans doute à bout de lui.

Mais en le tuant, je me tuerais moi-même. Je prendrais la seule route qui nous est promise à tous, celle de la Pénombre. La route des rêves gris, des illusions incolores, le froid des brumes éternelles. Il n'éprouve aucune difficulté à me considérer comme un ennemi, mais je n'aurai jamais la force d'en faire autant.

Nous tournions l'un autour de l'autre et Maxime lançait des attaques maladroites. Il ne s'était jamais vraiment battu, il avait l'habitude de tuer ses victimes avec aisance et rapidité. Au loin, j'entendais le rire sardonique de Zébulon. Et sa voix me soufflait à l'oreille :

« Tu as décidé de jouer contre l'Obscurité ? Eh bien, vas-y, joue. Tu as toutes les cartes en main. Tes ennemis, tes amis, l'amour et la haine. Choisis tes armes. N'importe laquelle. Mais tu connais déjà le résultat. Maintenant, tu le connais. »

Cette voix, je l'avais peut-être inventée. Ou peut-être pas.

– Tu es en train de te tuer toi-même ! ai-je crié.

L'étui de mon arme oscillait, comme pour me proposer de sortir mon revolver et d'envoyer vers Maxime un essaim de guêpes d'argent. Aussi aisément que je l'avais fait face à mon homonyme.

Maxime n'entendait pas. Il ne lui était pas donné d'entendre.

Svetlana, tu voulais connaître la limite où nous devons nous arrêter en combattant l'Obscurité... Pourquoi n'es-tu pas ici en cet instant ? Elle t'apparaîtrait clairement.

Mais il n'y avait personne alentour, ni Sombres pour se délecter à loisir du duel, ni Clairs qui auraient pu m'aider, se jeter sur Maxime pour l'immobiliser et mettre fin à notre danse mortelle dans la Pénombre. Il n'y avait qu'un gamin, un futur mage noir, qui se relevait lentement, et un exécuteur impitoyable au visage figé. Un paladin autoproclamé de la Lumière qui avait causé plus de mal qu'une douzaine de lycanthropes ou de vampires.

J'ai ramassé le brouillard froid et je l'ai laissé imprégner mes doigts. Une lame de feu blanc a jailli de ma paume droite. La Pénombre a grésillé, brûlant dans sa propre émanation. J'ai brandi l'épée blanche, une arme simple et sûre. Maxime s'est arrêté.

– Le bien et le mal, ai-je dit avec un étrange sourire que je ne me connaissais pas. Approche. Et je te tuerai. Tu peux être le plus Clair et le plus blanc des mages, mais ce n'est pas cela qui importe.

N'importe qui se serait sans doute arrêté. Voir une arme lumineuse naître à partir de rien, ça fait de l'effet, surtout la première fois. Mais Maxime a marché vers moi.

Il a franchi les cinq pas qui nous séparaient. Calmement, sans changer d'expression, sans regarder l'épée blanche. Je l'ai attendu, me répétant les paroles que j'avais lancées avec tant d'assurance.

Puis le poignard de bois m'a percé les côtes.

Très loin, au fond de sa tanière, le chef du Contrôle du Jour est parti d'un grand éclat de rire.

Je suis tombé sur les genoux, puis sur le côté, la main pressée contre la poitrine. J'avais mal. La Pénombre a gémi en sentant le sang couler.

Quel dommage.

Était-ce vraiment la seule solution ? Mourir ?

Pour que Svetlana n'ait personne à sauver ? Elle suivrait sa voie, longue et glorieuse... Mais elle aussi, un jour, rejoindrait la Pénombre à jamais.

Guesser, tu le savais peut-être ? C'était donc ce que tu espérais ?

Le monde a retrouvé ses couleurs. Les sombres couleurs de la nuit. La Pénombre m'a libéré à contrecœur. Je me tenais accroupi, serrant ma blessure qui saignait.

– Pourquoi es-tu encore en vie ? a demandé Maxime.

Il y avait de nouveau une note de frustration dans sa voix. Tout juste s'il ne faisait pas la moue. J'aurais voulu sourire, mais la douleur m'en empêchait.

Il a regardé son arme et l'a brandie une nouvelle fois d'un geste mal assuré.

L'instant d'après, Egor s'est retrouvé à côté de nous. Il s'est placé entre Maxime et moi, me protégeant. Et là, j'ai ri, malgré la douleur.

Un futur mage noir qui sauvait un mage blanc d'un autre mage blanc !

– Je suis vivant, parce que ton arme agit uniquement contre les Sombres, ai-je dit.

Quelque chose gargouillait dans ma poitrine. Le poignard n'avait pas touché le cœur, mais m'avait atteint au poumon.

– J'ignore qui te l'a donné. Mais cette arme appartient à l'Obscurité. Contre moi, ce n'est rien d'autre qu'un éclat de bois... bien que ça fasse très mal.

– Tu es un Clair, a dit Maxime.

– Oui.

– Et lui un Sombre.

Le poignard s'est lentement tourné vers Egor.

J'ai essayé d'écarter le gamin, mais il a secoué la tête et il est resté sur place.

– Pourquoi ? a demandé Maxime. Pourquoi ? Tu es un mage blanc et lui un mage noir...

Pour la première fois, il a souri, tristement :

– Et moi alors, qui suis-je ? Dis-le-moi ?

– Sans doute un futur Inquisiteur, a répondu une voix derrière mon dos. J'en suis pratiquement certain. Un Inquisiteur parfait, impitoyable et incorruptible.

J'ai coulé un regard en arrière et j'ai dit :

– Bonsoir, Guesser.

Le chef s'est légèrement incliné vers moi. Svetlana se tenait derrière lui, son visage était livide.

– Tu peux patienter cinq minutes ? a demandé le chef. Après, je m'occuperai de cette égratignure.

– Oui, bien sûr, ça peut attendre.

Maxime fixait le chef d'un regard immobile, presque fou.

– Je pense que tu n'as rien à craindre, a poursuivi le chef à son adresse. Le Tribunal aurait exécuté un coupable ordinaire. Tu as trop de sang Sombre sur les mains, et le Tribunal se doit de maintenir l'équilibre. Mais tu es quelqu'un d'exceptionnel, Maxime. T'éliminer serait du gâchis. Ta place est au-dessus de nous, au-dessus de la Lumière et de l'Obscurité. Et peu importera de quel côté tu étais à l'origine. Mais ne te fais pas d'illusions... L'Inquisition ne représente pas le pouvoir. C'est pire que le bagne. Jette ton arme !

Maxime a jeté son poignard à terre, comme s'il lui avait brûlé les doigts. Guesser était un vrai mage. Pas comme moi...

– Svetlana, tu as tenu le coup, a dit le chef. Désormais, tu sais te contrôler. Tu as atteint la troisième classe. Sans le moindre doute.

J'ai essayé de me relever, avec le soutien d'Egor. J'aurais voulu serrer la main du chef. Une nouvelle fois, il avait su gagner la partie en imposant ses propres règles. En utilisant tous les atouts dont il disposait. Et il avait vaincu Zébulon. Dommage que ce dernier ne soit pas là ! J'aurais voulu voir sa tête... sa tête de démon, qui avait transformé ma première journée de printemps en long cauchemar.

– Mais..., a commencé Maxime.

Puis il s'est tu. Lui aussi avait vécu trop de choses en trop peu de temps. Et je comprenais très bien ce qu'il devait ressentir.

– Anton, a dit doucement le chef, j'étais sûr, absolument sûr que tu t'en sortirais, et Svetlana aussi. Le plus dangereux pour les mages de sa force, c'est de perdre le contrôle de soi, manquer de critères dans la lutte contre l'Obscurité. Un excès de hâte est aussi nuisible qu'un excès d'hésitation. C'est quelque chose que les Grands mages doivent apprendre le plus rapidement possible.

Svetlana s'est approchée de moi pour me soutenir. Elle a regardé Guesser et, l'espace d'un instant, la colère a déformé son visage.

– Non, ai-je dit. Non, Sveta. Il a raison. Je l'ai compris aujourd'hui... pour la première fois. J'ai compris où se trouvait la limite dans notre lutte. Ne sois pas en colère. Ce n'est qu'une petite égratignure. Nous sommes beaucoup plus solides que les humains.

– Merci, Anton, a dit le chef, puis il s'est tourné vers Egor : Et merci à toi, petit. Il m'est très désagréable de savoir que tu seras de l'autre côté de la barricade. Mais j'étais sûr que tu essayerais d'aider Anton malgré tout.

Egor a fait mine d'avancer vers le chef et j'ai serré son épaule. Il aurait pu lancer des paroles inconsidérées. Il ne comprenait pas la complexité des enjeux ! Il ne comprenait pas que Guesser n'avait fait que parer les coups de l'adversaire.

– Je ne regrette qu'une chose, ai-je dit. Que Zébulon ne soit pas là. J'aurais aimé voir sa tête quand son opération a capoté.

Le chef n'a pas répondu tout de suite.

Ces mots étaient sans doute difficiles à prononcer. Et je n'étais guère heureux de les entendre.

– Zébulon n'y est pour rien, Anton. Je suis désolé. Mais il n'est absolument pour rien dans cette histoire. C'est une opération qui relève du Contrôle de la Nuit.

HISTOIRE NUMÉRO TROIS

Réservé aux autres

Prologue

L'homme était petit, le teint basané, les yeux bridés. Une proie toute désignée pour un policier moscovite. Un sourire humble et confus ; un regard à la fois naïf et fuyant ; malgré la canicule écrasante, il portait un costume sombre, démodé mais presque neuf et, pour compléter l'ensemble, une antique cravate remontant à l'époque soviétique. Dans une main, il tenait une sacoche usée et déformée, comme en ont les agronomes et les présidents de kolkhozes dans les vieux films, et dans l'autre un melon oblong dans un cabas.

Le petit homme descendit du wagon de classe économique, distribuant des sourires à tout le monde : à l'employée du train, à ses compagnons de voyage, au porteur qui venait de le bousculer, à un jeune vendeur de limonade et de cigarettes. Le petit homme leva les yeux pour considérer avec émerveillement le toit de la gare de Kazan. Puis il remonta le quai, s'arrêtant de temps à autre pour saisir son melon plus commodément. Aux yeux d'un Européen, il pouvait avoir aussi bien trente ans que cinquante.

Le jeune homme qui, quelques minutes après, quitta le wagon-lit du même train Tachkent-Moscou – certainement l'un des trains les plus sales et les plus déglingués du monde – ne lui ressemblait guère. Lui aussi était de type asiatique, probablement ouzbek. Mais habillé à la moscovite : un short et un tee-shirt, des lunettes noires, une pochette de cuir et un téléphone mobile à la ceinture. Pas le moindre bagage. Rien qui trahisse le provincial. Il ne regardait pas autour de lui, ne cherchait pas des yeux le « M » du métro. Un bref hochement de tête pour remercier l'employé du train, un signe négatif à l'adresse des chauffeurs de taxi. En passant parmi les arrivants fébriles, son visage refléta une légère expression de dédain. Il faisait déjà corps avec la foule des autochtones, ne s'en distinguant en rien : un habitant de la capitale parmi d'autres, une cellule autonome n'éveillant aucune curiosité de la part des autres cellules ni des flics phagocytes.

L'homme au melon, quant à lui, traversa la foule en bafouillant d'interminables excuses dans un russe approximatif, la tête rentrée dans les épaules, lançant autour de lui des regards éberlués. Il dépassa le passage souterrain, tourna la tête dans un sens puis dans l'autre, se dirigea vers le passage suivant, s'arrêta près d'un panneau publicitaire où il y avait moins de monde, sortit un bout de papier froissé de sa poche, en serrant maladroitement ses affaires contre sa poitrine, et entreprit de le déchiffrer. Il ne semblait pas se douter le moins du monde que quelqu'un l'observait.

Ce qui arrangeait les trois individus debout contre le mur de la gare. Une belle jeune fille rousse en robe de soie moulante ; un tout jeune gars au regard trop vieux, vêtu tendance punk et un homme un peu plus âgé aux cheveux longs, bien soigné, sans doute gay à en juger d'après ses manières.

– Je ne suis pas sûr que ce soit lui, dit le punk. Il ne lui ressemble pas vraiment. Je ne l'ai vu qu'une seule fois, il y a très longtemps, mais...

– Tu veux peut-être demander des précisions à ce bon vieux Guesser ? demanda ironiquement la jeune fille. C'est lui, sans aucun doute.

Son interlocuteur ne manifesta ni étonnement ni envie de discuter, il se contenta de préciser :

– Tu en prends la responsabilité ?

– Oui. Allons-y. On l'arrêtera dans le passage.

Leurs premiers pas furent lents et synchrones. Puis ils se séparèrent, la jeune fille continua tout droit et ses deux compagnons partirent sur les côtés.

Le petit homme replia son bout de papier et descendit dans le passage souterrain d'un air hésitant.

Un Moscovite ou un habitué de la capitale aurait été surpris de constater que le passage était désert. C'était pourtant le chemin le plus court et le plus commode entre la gare et le métro. Mais le petit homme n'y prêta pas attention. Il ne vit pas les gens s'arrêter derrière lui, comme bloqués par une barrière invisible, et rebrousser chemin. La même chose se produisait à l'autre extrémité du tunnel.

Un type souriant d'allure mielleuse arriva à sa rencontre. Tandis qu'une sympathique jeune fille et un jeune homme mal habillé nanti d'une boucle d'oreille et d'un jean déchiré surgissaient derrière son dos.

Le petit homme continua son chemin.

– Un instant, petit père, dit le type mielleux – sa voix, haute et affectée, correspondait à son aspect –, ne sois pas si pressé.

Le petit homme hocha la tête en souriant mais ne s'arrêta pas.

Le type mielleux fit un geste, comme pour tracer un trait entre eux. L'air frémit, un souffle de vent froid traversa le passage. Des enfants se mirent à pleurer au loin sur le quai et un chien hurla.

Le petit homme s'arrêta en regardant devant lui d'un air à la fois pensif et matois. Ses lèvres s'étirèrent et il souffla. Un fin tintement, comme une vitre qui se brise. Le visage de son vis-à-vis se tordit de douleur et il recula d'un pas.

– Bravo, *devona*, s'exclama la jeune fille derrière le dos du petit homme. Mais désormais, tu n'as plus aucune raison d'être pressé.

– Je suis pressé, très pressé, dit le petit homme, et il ajouta en regardant par-dessus son épaule : Tu veux du melon, ma jolie ?

La jeune fille sourit en l'examinant et proposa :

– Et si tu venais avec nous, honorable visiteur ? On bavarderait autour d'une tasse de thé. On mangerait ton melon. Nous t'attendons depuis longtemps. Tu ne vas tout de même pas nous quitter aussi vite ?

Le visage du petit homme refléta une intense réflexion. Puis il acquiesça :

– Bien sûr, bien sûr.

Son premier pas fit tomber le type mielleux. On aurait dit qu'un mur de vent se déplaçait devant lui. Le type mielleux fut traîné au sol, les cheveux flottant de tous côtés, les yeux plissés de douleur, la bouche ouverte en un cri muet.

Le punk leva le bras, et des lueurs écarlates jaillirent, aveuglantes. Mais elles perdirent leur éclat à mi-chemin ; seul un faible scintillement frappa les omoplates du petit homme qui se secoua, comme pour chasser une mouche.

– Aïe, dit-il sans s'arrêter.

– Alissa ! cria le punk sans cesser ses attaques inutiles.

Ses doigts bougeaient, malaxant l'air, extrayant des caillots de lumière rouge et les projetant devant lui.

La jeune fille inclina la tête, examina attentivement le petit homme qui s'éloignait et chuchota quelques mots. Elle caressa sa robe, et un fin prisme transparent apparut soudain dans sa main.

Le petit homme accéléra le pas et se mit à zigzaguer en rentrant la tête dans les épaules. Le type mielleux roulait toujours devant lui, mais n'essayait plus de crier. Son visage était en sang, ses bras et ses jambes brisés traînaient comme des chiffons : à croire qu'il n'avait pas parcouru trois mètres sur un sol lisse, mais trois kilomètres à travers une steppe pierreuse, emporté par un cyclone ou attaché à un cheval au galop.

La jeune fille regarda le petit homme à travers le prisme.

Au début, il ralentit le pas. Puis il gémit ; le melon se brisa contre le sol de marbre avec un craquement sec, la sacoche tomba lourdement.

– Oh, dit celui que la jeune fille avait appelé *devona*. Oh, oh...

Et il s'effondra en se recroquevillant. Ses joues se creusèrent, ses pommettes s'accentuèrent, ses bras devinrent fins et ses veines proéminentes, comme chez un vieillard. Ses cheveux noirs ne blanchirent pas, mais se raréfièrent et des fils gris y apparurent. L'air vibra autour de lui et d'invisibles ruisselets de chaleur coulèrent vers Alissa.

– Ce qui te fut donné m'appartient désormais, souffla la jeune fille. Tout ce qui fut à toi est à moi.

Son visage prenait des couleurs au fur et à mesure que le petit homme se desséchait. Ses lèvres murmuraient des paroles sourdes, aux accents étranges. Le punk fit la moue en baissant le bras. Un dernier rayon rouge frappa le sol, dont le marbre s'assombrit.

– C'est un peu trop facile, remarqua-t-il.

– Le chef était très mécontent, dit Alissa, en rangeant le prisme dans les plis de sa robe, il m'a donné une arme puissante.

Elle sourit. Son visage rayonnait d'énergie, comme il arrive parfois aux femmes après l'amour.

– Mais ce pauvre Kolia a joué de malchance, ajouta-t-elle.

– C'est sûr.

Le punk considéra le visage inerte de son collègue. Son regard éteint n'exprimait pas de compassion particulière, ni d'ailleurs la moindre hostilité. Il s'approcha du corps desséché du petit homme, agita la main au-dessus de lui, et le cadavre se transforma en poussière. Un autre geste, et le melon brisé fut réduit en bouillie.

– La sacoche, dit Alissa. Vérifie la sacoche.

Le faux cuir craqua, la sacoche s'ouvrit comme une huître sous le couteau d'un plongeur. Mais à en juger par l'expression du punk, il ne découvrit pas la perle tant attendue. Deux paires de caleçons de rechange délavés, un tricot de corps bon marché, une chemise blanche, des chaussons en caoutchouc dans un sachet en plastique, un bol de nouilles coréennes instantanées, un étui à lunettes.

Le punk fit encore quelques passes. Le bol éclata, les vêtements se déchirèrent, l'étui s'ouvrit. Puis il lâcha un juron.

– Il n’y a rien, Alissa ! Rien du tout.

Une expression d’étonnement apparut progressivement sur le visage de la sorcière.

– C’était pourtant bien un *devona*. Stassik, ce type de messager ne confie jamais ce qu’il transporte à personne d’autre qu’au destinataire...

– Il a dû trouver le moyen de le faire, malgré tout, a répliqué le punk en remuant les cendres du pied. Je t’avais pourtant prévenue. De la part des Clairs, il faut s’attendre à tout. Tu en as pris la responsabilité. Je ne suis peut-être pas un mage très puissant. Mais j’ai plus d’expérience que toi. Cinquante ans d’expérience en plus.

Alissa hocha la tête. Son regard avait retrouvé son assurance. Sa main glissa de nouveau le long de sa robe, à la recherche du prisme.

– Tu es dans le vrai, Stassik. Mais dans cinquante ans, mon expérience aura rattrapé la tienne.

Le punk éclata de rire. Il s’accroupit près du corps de son collègue pour lui faire les poches.

– Tu crois ?

– J’en suis sûre. *Tu* as eu tort d’insister, Stassik. Quand *je* t’ai proposé de contrôler aussi les autres passagers.

Le punk se retourna trop tard, sa vie le quittait déjà, fuyant par une dizaine de fils invisibles...

1

L'Oldsmobile me plaisait. J'aime les vieilles autos.

Mais ses fenêtres ouvertes ne nous sauvaient pas de la canicule. La route était chauffée à blanc.

Ilya conduisait d'une main et se retournait à chaque instant pour nous parler. Je savais qu'un mage de son niveau peut voir les probabilités dix minutes à l'avance et qu'il n'y avait aucun risque d'accident ; malgré tout, son attitude désinvolte me rendait légèrement nerveux.

– Je voulais installer l'air conditionné, a déclaré Ilya d'un air gêné à l'adresse de Iulia, qui souffrait le plus de la chaleur : son visage était couvert de taches rouges et ses yeux nageaient dans le vague – pourvu qu'elle n'ait pas un malaise. Mais ça reviendrait à bousiller cette auto. Elle n'a pas été conçue pour ce genre de gadgets ! Ni climatisation, ni téléphone mobile, ni ordinateur de bord.

– Sûr, a approuvé Iulia avec un faible sourire.

La nuit avait été studieuse, et aucun d'entre nous n'était parti se coucher. Nous avions bûché jusqu'à cinq heures du matin avant de piquer un somme sur place. Il est honteux de faire travailler une gamine de treize ans autant qu'une adulte. Mais c'est elle qui avait insisté.

Svetlana, assise devant, a jeté un regard inquiet à Iulia. Puis un autre profondément critique à Semion qui a failli avaler sa cigarette. Il a aussitôt inspiré toute la fumée qui flottait dans la voiture, avant de jeter son mégot. Les cigarettes « Java », déjà malodorantes, étaient une concession qu'il nous faisait ; tout récemment encore, il avait l'habitude de fumer des « Poliot », bien plus immondes.

– Fermez les fenêtres, a demandé Semion.

Une minute plus tard, la température s'est mise à baisser rapidement. Et nous avons humé une odeur d'embruns salés. J'ai même deviné que c'était un parfum de nuit et qu'il s'agissait d'une mer proche. Une plage de Crimée. De l'iode, des algues, une petite note d'absinthe. La mer Noire.

– Koktebel ? ai-je demandé.

– Yalta. Le 10 septembre 1972, vers trois heures du matin. Après un léger grain.

– Ça alors ! s'est exclamé Ilya, admiratif. Et tu as résisté à l'envie de l'utiliser pendant tant d'années ?

Iulia a regardé Semion d'un air gêné. La conservation du climat est un exercice difficile, et le bouquet qu'il venait de dilapider aurait pu embellir une soirée.

– Merci, Semion Pavlovitch.

Semion lui en imposait, et elle l'appelait cérémonieusement par son prénom suivi de son patronyme, comme le chef.

– Bah, ce n'est rien, a répondu Semion. J'ai de tout dans ma collection : une pluie dans la taïga de 1913, un typhon de 1940, un matin de printemps à Iurmala, de 1956 je crois bien... une soirée d'hiver à Gagra...

– Une soirée d'hiver, ça n'a rien d'exceptionnel, a dit Ilya. Mais une pluie dans la taïga...

– Je ne te l'échangerai pas, a prévenu Semion. Je connais ta collection, tu ne possèdes rien d'équivalent.

– Et si je t'en donne deux, ou même trois...

– Si tu veux, je peux t'en faire cadeau.

– Et quoi encore ? s'est exclamé Ilya, vexé. Je ne trouverai jamais quoi t'offrir en échange.

– Je t'inviterai au débouchage.

– Merci, c'est mieux que rien.

Il a pris un air boudeur. À mes yeux, leurs capacités étaient pratiquement égales. Ilya était peut-être légèrement plus fort. Mais Semion avait un vrai don pour deviner quel moment valait la peine d'être conservé. Et il se montrait particulièrement économe.

Bien sûr, aux yeux de certains, son acte pouvait passer pour du gaspillage : embellir notre dernière demi-heure de voyage avec une palette de sensations aussi précieuses...

– C'est un nectar qui aurait mérité d'être dégusté ce soir, avec les brochettes, a remarqué Ilya qui manquait décidément de tact.

Iulia ne savait plus où se mettre.

– Je me souviens, a déclaré Semion, d'une aventure qui m'est arrivée en Orient. Notre hélico... bref, nous avons dû continuer notre chemin à pied. Les moyens de communication techniques étaient morts, utiliser des moyens magiques aurait été aussi suicidaire que de se balader à Harlem en costume du Ku Klux Klan. Nous avons longtemps marché à pied à travers le désert de Hadramaout. Il ne nous restait plus guère que cent ou cent vingt kilomètres à parcourir avant d'arriver jusqu'au représentant local. Mais nous n'avions plus de forces. Et plus une goutte d'eau. Et là, Aliocha, un brave gars qui travaille aujourd'hui dans la région du Primorie a dit : « Je n'en peux plus, Semion Pavlovitch, j'ai une femme et deux enfants qui m'attendent à la maison, je veux revenir vivant... » Il s'est couché sur le sable et il a débouché une averse qu'il gardait en réserve. Une bonne grosse averse de vingt minutes. Nous avons pu boire et remplir nos gourdes et reprendre du poil de la bête. J'ai failli lui casser la gueule pour ne pas nous l'avoir dit plus tôt, mais j'ai eu pitié de lui.

Après ce long discours, un silence s'est établi dans la voiture. Semion mettait rarement autant d'émotion dans les récits tirés de sa biographie tumultueuse.

– Et toi alors ? s'est enfin exclamé Ilya. Tu aurais pu utiliser ta pluie dans la taïga !

– Ce n'est pas comparable, a objecté Semion. Une vraie pluie de collection de 1913 et une banale averse de printemps ramassée en plein Moscou. Je te jure qu'elle sentait l'essence. Tu me crois ?

– Je te crois.

– Chaque chose en son temps et place. La nuit au bord de la mer que je viens d'utiliser était agréable. Mais sans rien d'exceptionnel. Elle convient parfaitement à ta guimbarde.

Svetlana a ri doucement. Tout le monde s'est aussitôt senti plus détendu.

La semaine avait été fiévreuse. Aucun incident notable pourtant, du simple travail de routine. Une terrible canicule s'était abattue sur la ville, exceptionnelle pour un mois de juin, et le nombre d'événements avait atteint son minimum. De quoi inquiéter le Contrôle de la Nuit comme celui du Jour.

Nos analystes avaient planché sur l'éventualité que cette chaleur soit le prélude à un mauvais coup des Sombres. Pendant ce temps, nos adversaires vérifiaient certainement si des mages blancs ne jouaient pas avec le climat. Quand les deux camps ont conclu à des causes purement atmosphériques, nous nous sommes tous retrouvés en chômage technique.

Les Sombres étaient aussi inertes que des mouches endormies. Contrairement aux pronostics des médecins, le taux d'accidents et de morts naturelles était en baisse. Les Clairs non plus n'avaient pas le cœur à l'ouvrage : les mages se chamaillaient pour un rien, il fallait attendre une demi-journée pour obtenir le moindre document d'archive, les analystes, quand on les sollicitait de prévoir un changement de temps, répliquaient d'un ton rageur : « Il va forcément pleuvoir un jour, mais ne nous demandez pas quand. » Boris Ignatievitch errait à travers le bâtiment d'un air accablé : malgré son origine orientale, il se laissait abattre par la canicule dans sa version moscovite. Jeudi matin, il avait convoqué tous les agents, avait recruté deux volontaires pour l'assister et signifié aux autres de partir. N'importe où, à la campagne, aux Maldives, en Grèce, en enfer chez le diable : il y faisait certainement plus frais qu'à Moscou. Avec interdiction de réapparaître avant lundi après-midi.

Il avait attendu une minute que des sourires radieux éclosent sur les visages, puis avait ajouté que ce bonheur inattendu devait d'abord se mériter. Par un labeur stakhanoviste. Histoire de partir la conscience tranquille. Vu qu'on n'a jamais rien sans rien. Bref, nous devions remplir l'ensemble des tâches courantes en une seule journée.

Certains avaient dû travailler jusqu'au matin. Nous avions contrôlé tous les Sombres soumis à une surveillance particulière qui restaient en ville : vampires, lycanthropes, incubes et succubes, sorcières en exercice et autre menu fretin potentiellement perturbateur. Rien à signaler. En ce moment, les vampires n'avaient pas soif de sang chaud mais plutôt de boissons fraîches et les sorcières délaissaient leurs mauvais sorts au profit d'incantations susceptibles de faire tomber la pluie.

Nous roulions donc sur la route des vacances. Pas vers les îles Maldives, bien sûr, le chef surestimait la générosité de notre département financier. Mais trois jours à la campagne, ce n'était pas mal non plus. Je plaignais les malheureux volontaires restés de garde.

– Il faut que j'appelle chez moi, a dit Iulia que la baisse de température faisait revivre. Sveta, passe-moi ton téléphone.

Moi aussi, je savourais la fraîcheur marine. J'observais les voitures que nous dépassions. La plupart avaient les vitres baissées, et leurs occupants nous jetaient des regards envieux, imaginant à tort que notre vieille auto bénéficiait d'une climatisation dernier cri.

– Il faut prendre le prochain tournant, ai-je dit à Ilya.

– Oui, je me souviens. Je suis déjà...

– Silence ! a soufflé Iulia avant de gazouiller dans le combiné : Maman, c'est moi ! Oui, nous sommes déjà arrivés. Oui, on est très bien ici. Il y a un lac... non, un petit lac. Maman, je ne peux pas te parler longtemps, le papa de Sveta m'a prêté son téléphone... Non, il n'y a personne d'autre... Sveta ? Je te la passe.

Svetlana a pris le téléphone avec un soupir. Elle m'a jeté un regard sévère, et j'ai fait de mon mieux pour reprendre une expression sérieuse.

– Bonjour, tante Natacha, a-t-elle dit d'une voix de petite fille. Oh oui, nous sommes très contentes. Oui. Non, avec mes parents. Maman est loin, vous voulez que je l'appelle ? Oui, je lui dirai. Je n'y manquerai pas. Au revoir.

Elle a éteint son mobile avant de demander :

– Et qu'arrivera-t-il si ta maman demande à ta copine Sveta comment vous avez passé le week-end ?

– Sveta répondra que nous nous sommes bien reposées.

Svetlana a regardé Semion, comme pour quêter son soutien.

– Utiliser ses capacités magiques pour obtenir des avantages personnels peut entraîner des conséquences imprévisibles, a déclaré Semion d'un ton sévère. Je me souviens, un jour...

– Quel rapport avec la magie ? s'est exclamée Iulia. Je lui ai dit que j'allais à une mégafête avec des copains et je lui ai demandé de me servir d'alibi. Ça l'a un peu surprise, mais elle a accepté, forcément.

Ilya a pouffé de rire.

– Ils peuvent se la garder, leur mégafête à la noix, a ajouté Iulia d'un ton vexé. C'est bon pour les gosses humains. Mais qu'est-ce que vous avez tous à rigoler ?

Le travail occupe la majeure partie de notre vie. Non que nous soyons des drogués du boulot : quel être sain d'esprit ne préfère pas se reposer plutôt que se tuer à la tâche ? Ni que nos activités soient si passionnantes : nous consacrons le plus clair de notre temps à des patrouilles ennuyeuses ou à des tâches de bureau soporifiques. Le problème, c'est que nous sommes trop peu nombreux. Le Contrôle du Jour a beaucoup moins de peine à recruter des Sentinelles : les Sombres ont tous soif de pouvoir. La psychologie des Clairs est très différente.

Mais en dehors du travail, chacun de nous a son petit espace privé qu'il ne céderait à personne, ni à la Lumière ni à l'Obscurité. Sa vie personnelle qu'il ne cache pas mais n'étale pas non plus au grand jour. Qui lui reste de son ancienne personnalité humaine.

Les uns voyagent dès que l'occasion se présente. Ilya, par exemple, préfère les voyages organisés et Semion l'autostop. Une fois, il a fait Moscou-Vladivostok en un temps record sans un kopeck en poche. Mais il n'a pas enregistré son exploit auprès de la Ligue des voyages libres, ayant usé deux fois de la magie au cours du trajet.

Pour Ignat, et il est loin d'être le seul, les congés sont synonymes d'aventures sexuelles. Presque tous passent par cette étape : la vie offre aux Autres beaucoup d'occasions de lier connaissance. Les humains, c'est bien connu, éprouvent inconsciemment une forte attirance à notre égard.

Nous comptons de nombreux collectionneurs dans nos rangs. De canifs, de porte-clés, de timbres ou de briquets, mais aussi d'atmosphères, d'odeurs, d'auras et de formules magiques. J'ai collectionné un temps des modèles réduits d'automobiles, dépensant de grosses sommes pour des pièces rares qui ne présentaient de valeur qu'aux yeux de quelques milliers d'imbéciles dans mon genre. Aujourd'hui, ma collection est rangée dans deux boîtes en carton. Il faudra que je la porte un jour dans la cour et que je la laisse dans le bac à sable, les enfants des voisins seront ravis.

Nous avons beaucoup de chasseurs et de pêcheurs. Igor et Garik pratiquent le parachutisme dans des conditions extrêmes. La petite Galia, notre informaticienne à la manque, cultive les bonsaïs. Bref, les innombrables hobbys inventés par l'humanité ont aussi des adeptes chez nous.

Mais je n'avais pas la moindre idée des occupations de Tigron chez qui nous devions tous passer le week-end. J'étais presque aussi avide de le savoir que d'échapper à la fournaise moscovite. Quand tu visites la maison de quelqu'un, tu comprends généralement assez vite quel est son dada.

– C'est encore loin ? a demandé Iulia d'une voix capricieuse.

Nous avions déjà quitté la route principale et nous roulions depuis cinq kilomètres sur un chemin de terre, longeant une petite rivière et un ensemble de datchas.

– Nous sommes presque arrivés, ai-je annoncé, après avoir vérifié l'image de la route que nous avait laissée Tigron.

– C'est-à-dire que nous sommes totalement arrivés, a précisé Ilya en tournant brusquement et en fonçant vers un bosquet d'arbres.

Iulia a poussé un cri en se cachant le visage. Svetlana a réagi avec plus de calme, mais a tendu malgré tout les mains en avant, dans l'attente d'un choc.

La voiture a traversé des fourrés inextricables pour plonger dans les arbres. Sans les percuter, bien sûr. Nous avons traversé une illusion pour nous retrouver sur une route bien asphaltée. Devant nous luisait le miroir d'un petit lac au bord duquel se dressait une maison de briques à un étage entourée d'une haute clôture.

– Ce qui me surprendra toujours chez les lycanthropes, a dit Svetlana, c'est leur goût de la dissimulation. Comme si l'illusion des arbres n'était pas suffisante, elle s'est bâti une clôture...

– Tigron n'est pas un lycanthrope a protesté Iulia, c'est un mage métamorphe !

– C'est la même chose, a dit doucement Svetlana.

Iulia s'est tournée vers Semion, en quête de soutien.

– Svetlana a raison sur le fond, a confirmé Semion. Les mages combattants étroitement spécialisés sont pour ainsi dire des lycanthropes. Mais du signe opposé. Si Tigron avait été d'une humeur différente le jour où elle est entrée dans la Pénombre pour la première fois, elle serait devenue une Sombre, et certainement une lycanthrope. Très peu de gens sont déterminés à l'avance. Généralement, il y a lutte entre Lumière et Obscurité. Quand tu te prépares à l'initiation.

– Et avec moi, comment ça s'est passé ? a demandé Iulia.

– Je t'ai déjà raconté, a répondu Semion. Assez facilement.

– Une légère remoralisation des parents et des enseignants, a dit Ilya en arrêtant la voiture devant le portail. Et une petite fille s'est aussitôt sentie débordante d'amour et de bonté pour son entourage.

– Ilya ! a protesté Semion.

Il était le mentor de Iulia, un mentor assez paresseux, qui ne se mêlait pratiquement pas de l'éducation de la jeune magicienne. Mais le persiflage de Ilya lui avait déplu.

Iulia était une fille talentueuse, et le Contrôle fondait de sérieux espoirs sur son avenir. Mais pas au point de la pousser au pas de course dans un labyrinthe de casse-tête moraux, comme Svetlana.

Svetlana et moi y avons apparemment songé en même temps. Nous avons échangé un regard, et détourné aussitôt les yeux.

Un mur invisible se dressait entre nous qui allait bientôt nous séparer. Je resterais à jamais un mage de troisième classe. Svetlana était déjà sur le point de me dépasser et au bout d'un certain laps de temps – très bref, car la direction du Contrôle était pressée – elle deviendrait une magicienne hors classe.

Ne nous resteraient que des poignées de main amicales et des cartes de vœux pour Noël et les anniversaires.

– Ils dorment, ou quoi ? s'est indigné Ilya.

Il a passé la tête dehors, et un air pur mais brûlant s'est aussitôt engouffré dans la voiture. Il a agité la main en regardant l'objectif de la caméra fixé au-dessus du portail. Et il a klaxonné.

Le portail s'est ouvert lentement.

– Ah, tout de même, a dit le mage en roulant dans la cour.

Le terrain était vaste et planté de nombreux arbres. Étrange de voir que la maison avait été bâtie sans dommage pour les immenses pins et sapins qui l'entouraient étroitement. Pas la moindre plate-bande, à part quelques fleurs autour d'une petite fontaine qui ne fonctionnait pas. Cinq voitures stationnaient déjà sur une aire de béton. J'ai reconnu la vieille « Niva » que Danil gardait par patriotisme, le cabriolet de sport d'Olga (comment avait-elle fait son compte pour rouler sur ce chemin pierreux ?) et, entre les deux, la fourgonnette crottée d'Anatoli. Il y avait deux autres véhicules que j'avais déjà remarqués devant nos bâtiments, mais j'ignorais à qui ils appartenaient.

– Ils ne nous ont pas attendus, a constaté Ilya d'un ton indigné. Ils font la fête sans vergogne, pendant que les meilleurs éléments du Contrôle suent sang et eau sur des chemins de traverse.

Il a éteint le moteur. Iulia a crié joyeusement : « Tigron ! » et, sautant par-dessus mes genoux, elle a jailli de la voiture.

Semion a lâché un juron et s'est précipité derrière elle. Juste à temps.

D'où sortaient ces chiens ? Ils étaient demeurés invisibles jusqu'ici. Dès que les pieds de Iulia ont frôlé le sol, des silhouettes rapides ont jailli de tous côtés sans le moindre bruit.

La gamine a poussé un cri suraigu. Ses pouvoirs étaient suffisants pour venir facilement à bout d'une meute de loups, et cinq ou six chiens n'étaient pas de taille face à elle. Mais elle n'avait encore jamais participé à une vraie bataille, et s'est trouvée prise au dépourvu. À vrai dire, moi aussi j'ai tardé à réagir. Qui aurait pu s'attendre à une attaque ici ? Et surtout de ce type. Les chiens n'agressent pas les Autres. Ils craignent généralement les Sombres et aiment les Clairs. Il faut un dressage très long et poussé pour les forcer à oublier leur peur instinctive de la magie.

Svetlana, Ilya et moi nous sommes précipités. Mais Semion nous avait devancés. Soulevant Iulia d'une main, il a tracé une ligne aérienne de l'autre. Je pensais qu'il utiliserait un sort de répulsion ou plongerait dans la Pénombre ou réduirait les chiens en cendres. Quand on agit par réflexe, on a généralement recours aux sorts les plus primitifs.

Mais Semion a gelé les chiens dans le temps. Deux ont été touchés en plein bond et leurs corps auréolés d'une lueur bleutée sont demeurés suspendus dans les airs, gueules tendues vers nous, tous crocs dehors. Des gouttelettes de bave s'en détachaient, pareilles à des grêlons.

Leurs trois congénères figés à terre étaient moins impressionnants.

Tigron a couru vers nous, le visage blême et les yeux écarquillés, tandis que Iulia continuait encore de crier, par inertie.

Elle est restée muette quelques instants, à la regarder, avant de demander enfin :

– Vous n'avez rien ?

– Mais d'où sors-tu ces monstres ? a demanda Ilya en abaissant sa baguette magique.

– Ils ne vous auraient fait aucun mal, a répondu Tigron d'une voix fautive.

– Tu es sûre ?

Semion a reposé Iulia à terre avant de tâter du doigt le croc d'un chien, entouré d'une pellicule bleue élastique.

– Parole d'honneur. Les gars, Sveta, ma petite Iulia, pardonnez-moi. Je n'ai pas eu le temps de les arrêter. Ils sont dressés à immobiliser les inconnus.

– Même les Autres ?

– Oui.

– Et même les Clairs ?

Une admiration sincère a percé dans la voix de Semion.

Tigron, gênée, a hoché affirmativement la tête. Iulia s'est approchée et s'est blottie contre elle.

– Je n'ai pas eu peur, a-t-elle assuré assez calmement. Je me suis juste laissé surprendre.

– Heureusement que moi aussi je me suis laissé surprendre, a remarqué Ilya en rangeant son arme. Le chien rôti, c'est un plat un peu trop exotique à mon goût. Mais moi, tes chiens me connaissent !

– Ce n'est pas après toi qu'ils en avaient.

La tension retombait lentement. Évidemment, rien de grave ne se serait produit. Au pire, nous savons nous soigner mutuellement, mais le pique-nique prévu serait tombé à l'eau.

– Je suis vraiment désolée. Pardonnez-moi, a répété Tigron avec un regard implorant.

– Mais explique-moi, pourquoi gardes-tu ces fauves ? a demandé Svetlana. Avec tes pouvoirs, tu peux venir à bout d'un régiment de bérets verts. À quoi bon ces Rottweilers ?

– Ce ne sont pas des Rottweilers, mais des Staffordshire terriers...

– C'est du pareil au même !

– Une fois, ils ont attrapé un cambrioleur. Je ne viens ici que deux jours par semaine, c'est trop loin de la ville.

Son explication ne tenait pas debout. Un simple sort de protection, et aucun être humain ne se serait jamais aventuré jusqu'ici... Mais personne n'a rien dit. Tigron nous a désarmés en avouant :

– Question de tempérament...

– Ils vont rester longtemps comme ça ? a demandé Iulia. Je veux devenir leur amie. Sinon, j'en garderai un complexe psychologique inconscient qui marquera inévitablement mon caractère et mes préférences sexuelles.

Semion a pouffé de rire. Par cette déclaration – peut-être moins spontanée qu'elle n'en avait l'air – Iulia a éteint le conflit.

– Ils se réveilleront dès ce soir. Eh bien, Tigron, tu ne nous invites pas à entrer ?

– C'est vraiment génial comme endroit, a dit Iulia.

Elle semblait nous avoir tous oubliés, n'ayant d'yeux que pour Tigron. Celle-ci était son idole et l'adolescente était prête à tout lui pardonner, y compris une meute de chiens agressifs.

Pourquoi vouons-nous toujours un culte à ce qui est hors de notre portée ?

Iulia était une brillante magicienne analyste, capable de dénouer les fils des probabilités, de découvrir les causes magiques des événements en apparence les plus ordinaires. Elle était d'une intelligence remarquable, tout le monde l'aimait et l'appréciait, la considérant malgré son jeune âge comme une collègue à part entière, précieuse, et même souvent irremplaçable. Elle aurait pu choisir comme modèle Polina Vassilievna qui travaillait à mi-temps au service d'analyse ou tomber amoureuse de son chef Edik, un Don Juan d'âge mûr. Mais elle avait jeté son dévolu sur Tigron, magicienne métamorphe et combattante d'élite.

Fermant la procession, je me suis mis à siffloter et j'ai croisé le regard de Svetlana. Je lui ai adressé un signe de tête. Tout allait bien. Nous avions une longue période de repos devant nous. Plus de Contrôle du Jour ni de Contrôle de la Nuit. Plus d'intrigues. Plus de conflits. Nous allions pouvoir nous baigner dans le lac, bronzer, manger des brochettes et boire du vin rouge. Aller au sauna, car il y en avait certainement un, et bien équipé. Prendre une ou deux bouteilles de vodka avec Semion, un bocal de champignons salés, nous isoler dans un coin tranquille et nous soûler à mort en contemplant les étoiles et en menant une conversation hautement philosophique.

Bref, prendre du bon temps.

Redevenir humains, ne serait-ce que pour vingt-quatre heures.

Semion s'est arrêté et a dit :

– On prendra deux bouteilles. Ou trois. Au cas où quelqu'un d'autre se joindrait à nous.

Je n'avais pas de raison de m'étonner, encore moins de m'indigner. Il ne lisait pas volontairement dans mes pensées ; simplement, il avait beaucoup plus d'expérience que moi.

– C'est entendu, ai-je dit.

Svetlana m'a jeté un regard de biais, mais sans faire de commentaires.

– C'est plus facile pour toi, a ajouté Semion, j'arrive très rarement à... redevenir humain.

– Est-ce vraiment nécessaire ? a demandé Tigron devant la porte.

Semion a haussé les épaules.

– Non, bien sûr. Mais j'aimerais pouvoir le faire.

Nous sommes entrés.

Vingt invités, c'était beaucoup, même pour une demeure aussi vaste. Des humains se seraient comportés différemment. Mais nous occupions trop de place et faisions trop de bruit. Rassemblez deux dizaines d'enfants qui ont passé plusieurs mois à étudier sagement, offrez-leur le contenu d'un magasin de jouets, permettez-leur de faire tout ce qui leur chante et observez le résultat.

Svetlana et moi étions les seuls à demeurer un peu à l'écart des distractions tapageuses. Nous avions pris un peu de vin au buffet pour nous installer sur un petit divan de cuir dans un coin du salon.

Semion et Ilya s'affrontaient en un duel magique. Très cultivé et pacifique, et assez agréable pour leur entourage, du moins au début. Dans la voiture, Semion avait égratigné l'amour-propre de son ami et maintenant, ils changeaient à tour de rôle le climat de la pièce. Nous avions déjà goûté à l'hiver dans un bois des environs de Moscou, aux brumes de l'automne, à l'été espagnol. Tigron avait interdit les pluies et les tempêtes ; d'ailleurs, nos mages n'essayaient pas de déchaîner les éléments. Ils s'étaient apparemment imposé à eux-mêmes certaines restrictions et rivalisaient non tant par la rareté des moments qu'ils reproduisaient que par leur adéquation à la situation présente.

Garik, Farid et Danil jouaient aux cartes. Un jeu de cartes parfaitement ordinaire, sans fantaisies d'aucune sorte... Mais l'air au-dessus de la table crépitait de sorts. Ils utilisaient tous les moyens possibles et imaginables pour tricher magiquement et se protéger de la tricherie. Les cartes qu'ils recevaient en main n'avaient guère d'importance, pas plus que celles qui restaient dans le talon.

Ignat se tenait devant la porte grande ouverte entouré de filles du service scientifique auxquelles s'étaient jointes nos deux informaticiennes. Apparemment, notre sexophile avait subi récemment une défaite sur le front amoureux et soignait ses plaies morales auprès de ses fidèles admiratrices.

– Anton, a demandé Svetlana à mi-voix, dis-moi, tout ça, selon toi, c'est bien réel ?

– Quoi donc ?

– Ces réjouissances. Tu te souviens de ce que Semion a dit ?

J'ai haussé les épaules.

– Si tu veux bien, on en reparlera dans cent ans. Je suis bien. Je suis heureux de n'avoir besoin de courir nulle part, de n'avoir aucun calcul à faire, je me réjouis que la canicule ait réduit les

Contrôles à l'inaction et qu'ils se reposent à l'ombre, langue pendante.

– Moi aussi je suis bien. Mais nous ne sommes guère que quatre ici à être jeunes, ou presque jeunes. Iulia, Tigron, toi et moi... Comment serons-nous dans un siècle ? Et dans trois cents ans ?

– On verra bien.

Svetlana a effleuré ma main.

– Comprends-moi, Anton, je suis très fière d'avoir intégré le Contrôle de la Nuit. Je suis heureuse que ma mère soit de nouveau en bonne santé. Je vis mieux qu'avant, c'est évident. Et je... je suis même capable de comprendre pourquoi le chef t'a fait subir une telle épreuve...

– Ne parlons plus de ça. Même moi, j'ai fini par comprendre, et j'en ai bavé plus que toi. Je ne veux plus revenir là-dessus.

– Je n'en avais pas l'intention.

Svetlana a vidé son verre et l'a posé sur la table.

– Ce que je voulais dire, c'est que je ne perçois pas de joie.

– Où ça ?

À certains moments, je deviens particulièrement borné.

– Ici. Au Contrôle de la Nuit. Parmi nos amis. Pour nous, chaque jour représente une nouvelle bataille. Grande ou petite. Contre un lycanthrope qui a perdu les pédales, contre un mage noir ou contre toutes les forces de l'Obscurité réunies. Muscles et esprit tendus, menton en avant, yeux exorbités, nous sommes toujours prêts à nous jeter au feu... ou à nous asseoir les fesses nues sur un hérisson.

J'ai ri malgré moi.

– Mais je ne vois pas ce que ça a de mal. Oui, nous sommes des soldats. Tous, aussi bien Iulia que Guesser. Et la guerre, ce n'est pas fait pour rigoler. Mais si nous reculons...

– Si nous reculons, qu'arrivera-t-il ? L'apocalypse ? Pendant des millénaires, les forces du Bien et les forces du Mal se sont combattues. S'écharpant sans merci, organisant des affrontements entre des armées d'humains, et tout ça au nom de causes supérieures. Mais dis-moi, Anton, les gens ne sont-ils pas devenus meilleurs au cours de cette période ?

– Si.

– Et durant la période qui a suivi ? Depuis que les Contrôles ont été mis en place ? Tu m'as tenu de beaux discours, et tu n'as pas été le seul... Tu m'as dit que le combat qui compte vraiment, c'est celui que nous menons pour les âmes, que le Traité a permis d'éviter de nombreux massacres. Et c'est vrai. Mais les humains s'entretuent allègrement. Encore plus souvent que par le passé.

– Tu veux dire que ce que nous faisons est néfaste ?

Svetlana a secoué la tête d'un air fatigué.

– Non. Je ne prétends rien de tel. Ce que je veux dire, c'est que nous représentons peut-être la Lumière, mais que cette Lumière... manque singulièrement de clarté... Tu comprends ce que je veux dire ?

– Je comprends.

– Les Sombres font sans doute moins de mal qu'avant. Et nos concessions mutuelles... un acte de bien contre une action néfaste, des licences de meurtre contre des licences de guérison... peuvent se justifier, je suis prête à le croire. Les Sombres font moins de mal qu'avant et nous n'en faisons pas par définition. Mais les humains ?

– Que viennent faire les humains là-dedans ?

– Ce qu'ils ont toujours fait ! Nous les défendons. Sans trêve ni répit. Mais pourquoi leur situation ne s'améliore-t-elle pas ? Ils se chargent eux-mêmes d'accomplir le travail de l'Obscurité. Pourquoi, Anton ? Peut-être avons-nous perdu quelque chose ? La foi qui poussait les mages blancs à envoyer à la mort des armées entières, mais aussi à marcher à leur tête ? Le pouvoir non seulement de défendre et de protéger mais d'apporter de la joie ? À quoi bon des murs solides, si ce sont les murs d'une prison ? Les humains ont oublié la vraie magie, ils ne croient plus aux forces Obscures, mais ils ne croient plus non plus à la Lumière ! Nous sommes des soldats, Anton, mais une armée n'a de valeur qu'en temps de guerre.

– Nous sommes en guerre.

– Qui donc le sait ?

– Sans doute ne sommes-nous pas tout à fait des soldats, ai-je rectifié pour calmer le jeu. Plutôt des mousquetaires... Un pour tous et tous pour un.

– Les mousquetaires savaient sourire. Et nous presque plus.

J'ai soudain compris que cette journée qui s'annonçait si radieuse s'assombrissait rapidement. La conversation dérapait dans le fossé de notre incompréhension mutuelle.

– Alors, dis-nous ce que nous devons faire, toi la Grande magicienne, ou appelée à le devenir prochainement. Tu es un général dans cette guerre, et moi un simple lieutenant. Donne-moi un ordre, un ordre qui soit juste. Et je le suivrai.

J'ai soudain remarqué que la pièce était silencieuse. Tous nous écoutaient. Mais je ne m'en souciais plus.

– Dis-moi, dois-je sortir dans la rue et tuer des Sombres ? Je ne suis pas très doué pour tuer, mais je ferai de mon mieux ! Dis-moi, dois-je répandre le bien autour de moi ? Je le ferai. Mais qui répondra du mal qui sera commis en retour ? Bien et Mal, Lumière et Obscurité, oui, nous répétons ces mots en effaçant leur sens, nous les hissons comme des étendards et nous les laissons pourrir sous le vent et la pluie. Eh bien, donne-nous un nouveau mot d'ordre ! de nouveaux étendards ! Indique-nous donc la route à suivre !

Ses lèvres se sont mises à trembler. Je me suis arrêté, mais trop tard. Svetlana pleurait, le visage entre les mains.

Quelle mouche m'avait piqué ?

Avons-nous vraiment désappris à sourire ? Même les uns aux autres ? J'avais beau avoir cent fois raison, que valait ma vérité, si j'étais prêt à défendre le monde entier, mais pas ceux qui m'entouraient ? Si je combattais la haine, mais rejetais l'amour.

Je me suis levé brusquement, j'ai pris Svetlana par les épaules et je l'ai entraînée hors de la pièce. Les autres détournaient les yeux. Peut-être avaient-ils déjà observé ce type de scène de nombreuses fois.

– Anton...

Tigron a surgi à côté de moi sans le moindre bruit, elle a ouvert une porte et m'a poussé dans une pièce. Dans son regard, la réprobation se mêlait à une compréhension inattendue. Elle nous a laissés en tête à tête.

Nous sommes restés immobiles quelques instants, Svetlana pleurait doucement contre mon épaule. J'attendais. Il était trop tard pour dire quoi que ce soit. J'en avais déjà trop dit.

– J'essayerai, a dit Svetlana.

Je m'attendais à tout, reproches, plaintes, accusations, sauf à ça.

Svetlana a décollé les mains de son visage mouillé. Elle a secoué la tête et a souri.

– Tu as raison, Anton. Absolument raison. Je ne fais que me plaindre et protester. Geindre comme une enfant, sans comprendre rien à rien. On me met de la bouillie dans la bouche, on me laisse toucher le feu du doigt pour constater qu'il brûle et on attend que je grandisse. C'est certainement nécessaire. J'essayerai... de trouver de nouveaux étendards.

– Sveta...

– Tu as raison, m'a-t-elle interrompu. Mais moi aussi, j'ai en partie raison. Pas de m'être laissée aller devant tout le monde, bien sûr. Ils s'amusent comme ils peuvent. Et se battent comme ils peuvent. Nous sommes en congé et nous ne devons pas gâcher le week-end de nos amis, d'accord ?

De nouveau, j'ai senti la présence d'un mur. Le même mur invisible qui me séparait de Guesser et des hauts dirigeants du Contrôle.

Un mur que le temps édifiait entre Svetlana et moi. Aujourd'hui, j'y avais personnellement ajouté plusieurs rangées de briques de cristal froid.

– Pardonne-moi, Sveta, ai-je dit, Pardonne-moi.

– N'en parlons plus, a-t-elle déclaré d'une voix qui ne tremblait plus. Oublions ça, tant que nous sommes encore capables d'oublier.

Nous avons enfin regardé autour de nous.

– C'est son bureau ? a demandé Svetlana.

Des bibliothèques vitrées en chêne brun remplies de livres. Une table de travail massive avec un ordinateur.

– Oui.

– Tigron vit seule ?

– Je ne sais pas, ai-je répondu. Nous n'avons pas coutume de poser des questions personnelles.

– On dirait bien qu'elle vit seule, en tout cas en ce moment.

Svetlana a sorti un mouchoir pour éponger ses larmes.

– Elle a une belle maison. Rejoignons les autres. Ils doivent être mal à l'aise.

– Ils ont certainement senti que nous n'étions pas en train de nous disputer.

– Ils ne peuvent rien sentir du tout. Il y a des barrières entre toutes les pièces.

J'ai jeté un coup d'œil à travers la Pénombre, remarquant aussitôt un scintillement à l'intérieur des murs.

– Oui, je vois. Tu deviens plus forte de jour en jour.

Svetlana a souri, d'un sourire légèrement tendu, mais fier.

– Bizarre, pourquoi poser des barrières, si tu es seule ?

– Et pourquoi donc en poser si tu n'es pas seul ? ai-je demandé.

À mi-voix, pour qu'elle ne se sente pas obligée de répondre. Elle n'a pas répondu. Nous avons regagné le salon.

On se serait presque cru à un enterrement.

Une humidité aux relents de marécage régnait dans la pièce. J'ignore si c'était l'œuvre de Semion ou d'Ilya. Ignat, enlaçant Léna d'un bras, jetait des regards déprimés autour de lui. Il aimait la gaieté sous toutes ses formes ; la moindre dispute, la moindre tension le mettaient dans tous ses états. Nos joueurs contemplaient en silence une seule carte posée sur la table qui frémissait sous leurs regards en changeant de couleur et de valeur. Iulia, la mine renfrognée, posait des questions à voix basse à Olga.

– Je peux avoir à boire ? a demandé Svetlana en me tenant par la main. Savez-vous que le meilleur remède contre l'hystérie, c'est un petit verre de cognac ?

Tigron, qui se tenait près de la fenêtre, l'air profondément malheureux, se dirigea aussitôt vers le bar. On aurait dit qu'elle se sentait responsable de notre dispute.

Svetlana et moi avons pris deux cognacs, nous avons trinqué et nous nous sommes embrassés à la vue de tous. J'ai croisé le regard d'Olga : ni réjoui, ni attristé, mais intéressé. Et légèrement jaloux. Cette jalousie n'était nullement liée à notre baiser.

Soudain, je me suis senti très mal.

Comme si je venais de sortir d'un labyrinthe après de longs mois d'errance. Pour aboutir devant l'entrée de nouvelles catacombes.

2

Je n'ai pu prendre Olga en tête à tête qu'au bout de deux heures. Les réjouissances – Svetlana avait beau les qualifier d'artificielles – battaient leur plein et s'étaient déplacées dans la cour. Semion, posté près du barbecue, distribuait les brochettes. Celles-ci atteignaient le degré de cuisson voulu avec une rapidité qui n'avait rien de naturel. Deux caisses de vin étaient posées à l'ombre.

Olga était en train de bavarder avec Ilya, une brochette dans une main et un verre de vin dans l'autre. C'était dommage d'interrompre cette charmante idylle, mais...

– Olga, il faut que je te parle, ai-je dit en m'approchant.

Svetlana était avec Tigron, les deux jeunes femmes discutaient avec animation du traditionnel carnaval du nouvel an, organisé chaque année par le Contrôle. Elles avaient commencé par évoquer la canicule, puis leur conversation avait dévié, obéissant à une logique purement féminine. Le moment était bien choisi.

– Désolé, Ilya, a dit Olga. Nous en reparlerons, d'accord ? Ton point de vue sur l'éclatement de l'Union soviétique m'intéresse. Bien que tu aies tort...

Ilya s'est éloigné avec un sourire victorieux, et Olga a poursuivi sur le même ton :

– Vas-y, Anton, pose-moi ta question.

– Tu la connais déjà ?

– Je la devine.

J'ai regardé autour de moi. Il n'y avait personne à proximité. Le bref apogée du pique-nique – quand on a encore envie de boire et de manger sans ressentir de lourdeur dans la tête ni dans l'estomac – se prolongeait.

– Que va-t-il arriver à Svetlana ?

– L'avenir est difficile à déchiffrer. Quant à l'avenir des Grands mages...

Je l'ai regardée dans les yeux.

– N'essaye pas de te défiler. Nous avons fait équipe, souviens-toi. Nous avons travaillé à deux, à l'époque où tu étais punie, et privée de tout, même de ton corps. Et punie à juste titre.

Olga a blêmi.

– Que sais-tu de ma faute ?

– Tout.

– Comment l'as-tu appris ?

– Tu oublies que je travaille avec les bases de données.

– Tu n'as pas un code d'accès suffisant. Mon histoire n'a jamais figuré dans les archives informatisées.

– Il y a des données indirectes, Olga. As-tu déjà observé des cercles concentriques sur l'eau ? La pierre peut être depuis longtemps au fond et se couvrir de vase, tandis que les cercles continuent encore de s'élargir. D'éroder les falaises, de déposer de l'écume et des détritus sur les berges, de provoquer des naufrages... si la pierre est assez grosse. Et la tienne était énorme. Disons que je suis resté longtemps sur la rive, à observer les vagues et les mouvements alluvionnaires.

– Tu bluffes.

– Non. Olga, que va-t-il arriver à Svetlana ? Quelle étape de sa formation aborde-t-elle en ce moment ?

Elle m'a regardé, oubliant sa brochette qui refroidissait et son verre à moitié plein. J'ai enfoncé le clou :

– Toi aussi, tu as dû en passer par là ?

– Oui, a-t-elle reconnu. Mais on m'a préparée de manière plus progressive.

– Pourquoi tant de hâte avec Svetlana ?

– Personne ne s'attendait à la naissance d'une autre Grande magicienne au cours de ce siècle. Guesser a dû improviser et réviser ses plans.

– C'est pour cette raison qu'on t'a rendu ton corps ? Pas seulement en remerciement du travail accompli ?

Une lueur de colère est passée dans ses yeux.

– Pourquoi me tourmenter avec tes questions, si tu as déjà tout compris ?

– Tu supervises sa formation, en te basant sur ta propre expérience ?

– Oui ? Tu es content ?

– Olga, nous sommes du même côté de la barricade...

– Alors arrête de mettre des bâtons dans les roues à tes compagnons d'armes.

– Quel est votre but ? Que voulais-tu faire que tu as raté ? Qu'est censée accomplir Svetlana ?

Elle a semblé réellement stupéfaite.

– Tu... Anton, tu bluffais donc !

Je n'ai pas répondu.

– Tu ne sais rien. Des cercles sur l'eau... Tu ne sais même pas de quel côté regarder pour les voir.

– Supposons. Mais j'ai tout de même deviné l'essentiel ?

Olga me dévisageait en se mordillant les lèvres.

– Oui, a-t-elle enfin lâché. À question directe réponse directe. Mais je n'ai pas l'intention de t'expliquer quoi que ce soit. Tu ne dois pas savoir. Cela ne te concerne pas.

– Tu te trompes.

– Aucun de nous ne veut le moindre mal à Sveta. C'est clair ?

– Nous sommes incapables de vouloir le mal. Mais notre bien est parfois impossible à distinguer du mal.

– Anton, il est temps de clore cette conversation. Je n'ai pas le droit de te répondre. Et nous n'allons pas gâcher ces vacances inattendues.

– Inattendues ? À quel point sont-elles vraiment inattendues ?

Elle s'était reprise et son visage est demeuré impénétrable. Trop impénétrable pour une question aussi simple.

– Tu en sais déjà trop, a-t-elle déclaré d'une voix qui avait retrouvé son autorité.

– Olga, on ne nous a jamais laissés partir en congé en même temps. Même pour une journée. Pourquoi Guesser a-t-il fait quitter la ville à tous nos agents ?

– Pas tous.

– Polina Vassilievna et Andreï n'entrent pas en ligne de compte. Tu sais parfaitement qu'ils ne travaillent pas sur le terrain. Il n'y a plus une seule Sentinelle dans tout Moscou pour monter la garde !

– Les Sombres aussi se reposent.

– Ce n'est pas une raison.

– Anton, ça suffit.

Il était clair que je n'en tirerais plus rien.

– Bon, ça va, j'ai compris. Il y a six mois nous étions égaux... Même si c'était purement fortuit. Aujourd'hui, ce n'est visiblement plus le cas. Désolé. Ce problème ne me regarde pas. Ce n'est pas de ma compétence.

Olga a hoché la tête. C'était tellement inattendu que je n'en ai pas cru mes yeux.

– Enfin, tu as compris.

Se moquait-elle ? Ou pensait-elle réellement que j'avais décidé de ne me mêler de rien ?

– Au fond, je suis quelqu'un de très raisonnable, ai-je répliqué.

J'ai tourné la tête. Svetlana était en train de bavarder avec Anatoli.

– Tu ne m'en veux pas ? a demandé Olga.

J'ai souri en effleurant sa main et je suis rentré à l'intérieur.

J'éprouvais le besoin de faire quelque chose. Aussi intense que si j'avais été un djinn sorti de sa bouteille après mille ans d'enfermement. N'importe quoi : bâtir des palais, détruire des villes, programmer en basic ou broder au point de croix.

J'ai ouvert la porte sans la toucher, à travers la Pénombre. J'ignore pourquoi. J'accomplis rarement ce genre de tour, sauf exceptionnellement, quand j'ai beaucoup bu ou quand je suis très en colère. Et je n'étais pas encore ivre.

Il n'y avait personne dans le salon. À quoi bon rester enfermé quand des brochettes chaudes, du vin frais et une quantité amplement suffisante de chaises longues t'attendent dehors ?

Je me suis affalé dans un fauteuil. J'ai pris sur la table basse mon verre – ou celui de Svetlana – et je l'ai rempli de cognac que j'ai vidé d'un trait, comme s'il ne s'agissait pas d'un vieux cru de quinze ans d'âge mais de vodka bon marché. Je l'ai rempli à nouveau.

À ce moment, Tigron est entrée.

– Je peux ? ai-je demandé.

– Oui, bien sûr.

Elle s'est assise à côté de moi.

– Anton, tu as de la peine ?

– Ne fais pas attention.

– Vous vous êtes disputés avec Sveta ?

– Le problème est ailleurs.

– C'est moi qui n'ai pas fait les choses convenablement ? Nos amis ne sont pas contents ?

Je l'ai considérée avec étonnement.

– Quelle drôle d'idée ! Tout est parfait. Tout le monde est ravi.

– Et toi ?

C'est bien la première fois que je la voyais manifester de telles inquiétudes. Elle aurait dû pourtant savoir qu'on ne peut jamais satisfaire tout le monde.

– Ils continuent de préparer Svetlana.

– La préparer à quoi ?

– Je n'en sais rien. Quelque chose qu'Olga n'a pu faire. Quelque chose de très important et de très dangereux.

– C'est bien.

Elle a pris un verre et elle s'est versé du cognac.

– Bien ?

– Mais oui. C'est bien qu'elle reçoive la formation nécessaire... Où ai-je fourré la télécommande ?

Elle a regardé la chaîne musicale en fronçant les sourcils. L'appareil s'est allumé et s'est mis à jouer « Kind of Magic » de Queen. J'ai apprécié l'aisance du geste. Commander des appareils électroniques à distance, c'est nettement plus compliqué que percer des trous dans les murs par la force du regard.

– Ta préparation a duré longtemps ? ai-je demandé.

– J'ai commencé à sept ans. À seize ans, je participais déjà à des opérations.

– Neuf ans ! Et c'était plus facile pour toi. Ta magie est naturelle. Ils veulent faire de Svetlana une Grande magicienne en moins d'un an !

– Oui, c'est dur... Tu penses que le chef a tort ?

J'ai haussé les épaules. Dire que le chef a tort revient à soutenir que le soleil se lève à l'ouest. Depuis de longs siècles, il apprend à ne pas commettre d'erreurs. Guesser peut faire preuve de dureté, et même de cruauté. Il peut provoquer les Sombres et exposer les Clairs à tous les dangers. Il est capable de tout. Sauf de se tromper.

– Je crois qu'il surestime Svetlana.

– Mais non, le chef tient compte...

– De tout. Je sais. Il maîtrise parfaitement les règles du jeu.

– Et il ne veut que le bien de Svetlana. Tu comprends ? À sa manière sans doute. À sa place, tu agirais autrement. Chacun de nous agirait autrement à sa place. Mais c'est lui qui dirige le Contrôle. Il est le mieux placé pour décider.

– Et c'est à lui de le faire ? ai-je demandé avec une certaine ironie.

– Oui.

– Et la liberté, alors ?

J'ai rempli à nouveau mon verre. Un verre de trop, sans doute, car ma tête commençait à bourdonner.

– Tu parles comme les Sombres, a dit Tigron.

– Je préfère penser que ce sont eux qui parlent comme moi.

Elle s'est inclinée vers moi et m'a regardé dans les yeux. Elle exhalait à la fois une odeur de cognac et une senteur très légère et fleurie. Sans doute n'était-ce pas du parfum. Les lycanthropes n'aiment pas les parfums.

– C'est très simple, Anton. Tu l'aimes.

– Oui, je l'aime. Ça n'a rien de nouveau. Tout le monde est au courant.

– Et tu sais que bientôt, elle te dépassera.

– Si ce n'est pas déjà le cas.

Avec quelle facilité Svetlana avait senti les écrans magiques des murs...

– Elle te dépassera pour de bon, et de beaucoup. Elle deviendra infiniment plus puissante que toi. Ses problèmes te paraîtront incompréhensibles et même étrangers. Et si tu restes avec elle, tu auras l'impression de n'être qu'un appendice encombrant, un gigolo, tu commenceras à te raccrocher au passé...

– Oui...

J'ai découvert avec étonnement que mon verre était encore vide. Je l'ai rempli sous le regard attentif de mon hôtesse.

– Si ça arrive, je ne resterai pas. Je ne veux pas vivre une telle situation.

– Tu n'auras pas d'autre alternative.

Je ne la savais pas si impitoyable. Je ne m'attendais pas à la voir soucieuse au point de complaire à ses hôtes, mais ces cruelles vérités me surprenaient tout autant de sa part.

– Je sais.

– Eh bien, si tu le sais... Anton, tu t'indignes que le chef tire si vigoureusement Svetlana vers le haut pour une seule et unique raison.

– Mon temps s'épuise. Il me file entre les doigts comme du sable...

– Votre temps commun, Anton.

– Il ne nous a jamais été commun. Jamais.

– Pourquoi ?

Pourquoi donc au fait ? J'ai haussé les épaules.

– Tu sais, certains animaux ne se reproduisent pas en captivité.

– Voilà que tu recommences, s'est indignée Tigron. Quelle captivité ? Tu devrais te réjouir pour elle. Svetlana fera la fierté des forces de la Lumière. Tu as été le premier à la découvrir. Et c'est toi qui l'as sauvée...

– Pour quoi faire ? Pour une nouvelle bataille contre les forces Obscures ? Une bataille inutile.

– Anton, tu es vraiment en train de parler comme un Sombre... Si tu l'aimes, tu ne dois rien attendre ni réclamer en retour ! C'est la voie de la Lumière !

– Là où commence l'amour, il n'y a plus ni Lumière ni Obscurité...

L'indignation l'a laissée sans voix quelques instants. Elle a secoué la tête tristement et a fini par demander d'une voix hésitante :

– Tu peux au moins promettre...

– Ça dépend quoi.

– De te montrer raisonnable. De faire confiance à ceux qui ont plus d'expérience.

– Je promets à moitié.

Tigron a soupiré avant d'ajouter, comme à contrecœur :

– Écoute, Anton. Tu penses sans doute que je ne te comprends pas du tout... Mais tu te trompes. Moi aussi, au départ, je ne voulais pas être un mage métamorphe. J'avais aussi des dons de guérisseuse. Assez considérables.

– Vraiment ?

Je l'ai considérée avec étonnement. Qui l'eût cru ?

– Je t'assure. Mais quand le moment est venu de faire un choix, de décider de mon orientation, le chef m'a fait venir. Nous avons bu du thé avec des gâteaux, et nous avons eu une conversation très sérieuse, comme des adultes. Je n'étais pourtant qu'une enfant, plus jeune que Iulia. Il m'a expliqué ce qui était le plus utile à la Lumière, ce dont le Contrôle avait besoin et les pouvoirs dont je bénéficierais. Et nous avons décidé que je devais développer mes capacités de transformation, fût-ce au détriment de tout le reste. Au début, ça ne me plaisait pas vraiment. Tu sais comme ça fait mal de se métamorphoser ?

– En tigre ?

– Non, en tigre ça va, c'est la transformation inverse qui est difficile. Mais j'ai su le supporter. Parce que je faisais confiance au chef, parce que je savais qu'il avait raison.

– Et maintenant ?

– Maintenant, je suis heureuse, a-t-elle répondu avec fougue. Quand je me représente ce dont j'aurais été privée et le lot quotidien des guérisseurs... Les herbes, les conjurations, les champs psychiques déformés, les tornades noires, les contre-envoûtements...

– La douleur, la peur, la mort, ai-je objecté sur le même ton. Se battre sur deux ou trois niveaux de réalité en même temps. Survivre à l'épreuve du feu, verser son sang et celui des autres...

– C'est la guerre.

– Je suppose que oui. Mais pourquoi est-ce à toi de t'exposer en première ligne ?

– Quelqu'un doit le faire. Et puis, je n'aurais jamais pu me payer une si belle maison. Tu sais bien que les guérisseurs ne gagnent pas grand-chose. Si tu mobilises toutes tes forces pour guérir, quelqu'un se mettra à tuer en retour...

– On est bien ici. Tu viens souvent ?

– Ça dépend.

– Je devine que non. Tu multiplies les tours de garde, tu te jettes à corps perdu dans toutes les batailles...

– Tel est mon destin.

– Oui, tu as raison. Je ne sais pas ce que j'ai aujourd'hui. Je raconte n'importe quoi. La fatigue, sans doute.

Tigron m'a dévisagé avec une certaine défiance, surprise de me voir capituler si rapidement.

– Il faut que je boive, ai-je ajouté. Que je prenne une bonne cuite tout seul dans un coin, que je m'endorme sous la table et que je me réveille avec un bon mal de crâne. Après, je me sentirai beaucoup mieux.

– Eh bien, vas-y, a-t-elle dit, avec cependant une note

d'inquiétude. C'est pour ça que nous sommes là... Le bar est ouvert, sers-toi. Ou joins-toi aux autres. Ou si tu veux, je peux te tenir compagnie.

– Non, je préfère boire seul, ai-je répondu en tapotant la bouteille pansue. De la manière la plus abjecte, sans rien manger avec et sans amis. Jette un œil quand vous irez vous baigner, au cas où je serais encore en état de me déplacer.

– Compris.

Elle a souri et m'a laissé seul, à moins de compter la bouteille de cognac d'Arménie comme une compagne à part entière.

Une bien brave fille, Tigron. Ils sont tous bons et braves, mes collègues du Contrôle de la Nuit. J'ai plaisir à entendre leurs voix à travers la musique des Queen. Avec certains, j'ai de meilleures relations qu'avec d'autres. Mais je n'ai pas et n'aurai jamais d'ennemis parmi eux. Nous marcherons toujours ensemble. Chez nous, quand on perd un ami, c'est pour une seule raison...

Mais pourquoi en ce cas suis-je mécontent de ce qui arrive ? Moi seul. Olga et Tigron approuvent le chef ; et les autres aussi, si je leur pose la question, seront du même avis.

Aurais-je vraiment perdu mon objectivité ?

Sans doute.

J'ai bu une gorgée et j'ai regardé à travers la Pénombre, cherchant les faibles étincelles d'une vie étrangère, dépourvue de raison.

Il y avait trois moustiques dans la pièce, deux mouches dans un coin et une araignée près du plafond.

J'ai remué les doigts pour modeler une minuscule boule de feu de deux millimètres de diamètre. J'ai visé l'araignée : pour commencer, mieux valait une cible immobile.

Il n'y avait rien d'amoral dans ma conduite. Nous ne sommes pas bouddhistes ; en Russie, la majorité des Autres ne le sont pas. Nous mangeons de la viande, nous tuons des mouches et des moustiques, nous exterminons les cafards : à moins de prendre la peine d'assimiler de nouveaux sorts de répulsion chaque mois, les insectes s'immunisent très vite contre la magie.

Rien d'amoral. C'était juste un peu ridicule. « Combattre un moustique avec des boules de feu », c'est une expression dont nous usons souvent. La distraction préférée des enfants de tous âges qui étudient au Contrôle. Les Sombres en font certainement autant, mais je suppose qu'ils ne voient guère de différence entre une mouche et un moineau, entre un moustique et un chien.

J'ai grillé l'araignée du premier coup. Les moustiques somnolents ne m'ont pas donné grand mal non plus.

J'ai célébré chaque victoire d'un verre de cognac, en trinquant avec la bouteille. Puis je me suis attaqué aux mouches. Soit que le taux d'alcool dans mon sang dépassât le niveau critique, soit que les mouches fussent plus sensibles à l'approche du danger, la première n'a péri qu'au quatrième tir. Mais au moins, j'ai su éteindre mes projectiles à temps. J'ai touché la seconde à la sixième tentative, après avoir expédié deux décharges dans la vitrine.

– Ce n'est pas bien du tout, ai-je constaté en finissant la bouteille. Quand je me suis levé, la pièce a oscillé. Je me suis approché de la vitrine où étaient exposées des épées sur fond de velours noir. À vue d'œil, des armes allemandes du XVe ou XVIe siècle. Elles n'étaient pas éclairées, et je n'ai pas cherché à préciser leur âge. La vitrine était percée de deux trous, mais les épées étaient intactes.

J'ai réfléchi quelques minutes au moyen de réparer les dégâts et je n'ai rien trouvé de mieux que de remettre en place le verre dispersé en fragments microscopiques à travers la pièce. Dématérialiser la vitrine pour la reconstituer intacte m'aurait coûté bien moins d'énergie.

J'ai inspecté le bar. Je n'avais plus envie de cognac. Une petite bouteille de liqueur mexicaine au café m'a paru un bon compromis entre le désir de boire et celui de me remettre les idées en place. Café et alcool dans le même flacon.

Me retournant, j'ai découvert Semion installé dans mon fauteuil.

– Tout le monde est parti au lac, a-t-il annoncé.

– J'arrive, ai-je promis, dans un instant.
– Pose cette bouteille, a conseillé Semion.
– Pourquoi ?
Je l'ai tout de même posée. Semion m'a regardé fixement dans les yeux. Mon champ de protection n'a pas fonctionné et, quand j'ai compris, il était trop tard. J'ai essayé de détourner le regard, mais sans succès.
– Salaud, ai-je soufflé en me pliant en deux.
– Au fond du couloir à droite, m'a crié Semion, tandis que son regard continuait à me vriller par-derrière.
J'ai atteint les toilettes à temps. Mon tortionnaire m'a rejoint cinq minutes plus tard.
– Ça va mieux ?
– Oui, ai-je répondu, le souffle court. Je me suis relevé et j'ai fourré la tête dans le lavabo. Semion a ouvert le robinet et m'a tapoté le dos.
– Détends-toi. Nous avons commencé par les remèdes de bonne femme, mais...
Une vague de chaleur m'a parcouru. J'ai gémi. Mon esprit était déjà clair, mais là, j'ai senti les dernières bribes d'ivresse me quitter.
– Que fais-tu ? ai-je seulement demandé.
– Je viens en aide à ton foie. Bois un peu d'eau, ça t'aidera.
Effectivement, je me suis senti mieux.
Cinq minutes plus tard, je sortais des toilettes, le visage rouge, trempé d'eau et de sueur, mais totalement sobre. Et même en état de défendre mes droits.
– Pourquoi as-tu fait ça ? Je voulais me soûler et je me suis soûlé.
Semion a secoué la tête avec reproche.
– Ah, ces jeunes... Tu voulais te soûler ? Qui se soûle au cognac ? De surcroît après avoir bu du vin, et à une telle vitesse : un demi-litre en une demi-heure... Un jour, je me souviens, Sacha Kouprine et moi on a décidé de se soûler...
– Quel Kouprine ?
– Alexandre Kouprine, l'écrivain. Sauf qu'à l'époque il

n'écrivait pas encore. Et nous nous sommes soûlés bien gentiment, dans les règles de l'art, avec danses sur la table, tirs au plafond et débauche.

– Kouprine était un Autre ?

– Lui ? Non, mais c'était un type bien. Nous avons bu un quart. Quant aux petites jeunes filles qui étaient avec nous, nous les avons abreuvées de champagne.

Je me suis affalé sur le divan et j'ai ravalé ma salive à la vue de la bouteille vide, en proie à un léger accès de nausée.

– Un quart de litre vous a suffi pour vous soûler ?

– Un quart de seau. Avant la révolution, on mesurait la vodka par seaux de douze litres. On peut se soûler, Anton. Quand c'est vraiment indispensable. Mais il faut se soûler à la vodka. Le cognac, le vin, c'est pour soigner le cœur.

– Et la vodka ?

– C'est pour soigner l'âme. Lorsque ça fait vraiment mal.

Il me regardait avec une légère expression réprobatrice, cet étrange petit mage au visage matois, avec ses drôles de petits souvenirs sur les grands hommes et les grandes batailles.

– J'ai eu tort, ai-je reconnu. Merci de ton aide.

– De rien, mon vieux. Je me souviens d'avoir dessoulé ton homonyme trois fois en une seule soirée... Au cours d'une mission où nous devions boire en gardant l'esprit clair...

– Mon homonyme ? Anton Tchekhov ? ai-je demandé, stupéfait.

– Mais non, cet Anton-là était un agent du Contrôle. Il est mort en Extrême-Orient, lorsque les samouraïs...

Il a levé la main en un geste fataliste avant de poursuivre presque affectueusement :

– Patiente un peu. Ce soir, on s'occupera de ton cas. En attendant, il faut rejoindre les copains.

J'ai docilement suivi Semion dehors. Svetlana était installée dans une chaise longue. Elle avait passé un maillot de bain et une jupe par-dessus, ou plus exactement une bande de tissu autour des hanches.

– Ça va ? a-t-elle demandé, un peu étonnée.

– Très bien. Sauf que je digère mal les brochettes.

Svetlana m'a examiné attentivement. À part mon teint de brique et mes cheveux mouillés, rien ne trahissait mon ivresse récente.

– Il faut vérifier ton pancréas...

– Tout est en ordre, a jeté rapidement Semion. Tu peux me croire, moi aussi j'ai soigné des gens. La canicule, du vin acide et de la viande grasse, voilà les raisons. Il va aller se baigner, et ce soir, quand la fraîcheur reviendra, nous viderons une bouteille ensemble. Ce sera le meilleur des remèdes.

Svetlana s'est levée pour s'approcher de moi et m'a regardé dans les yeux avec compassion.

– Et si on restait là tous les deux ? Je vais te faire du thé bien fort.

Oui, sans doute, ce serait bien. Rester là simplement assis, en tête à tête. Prendre le thé. Parler, ou se taire, peu importe. La regarder parfois, ou même éviter de la regarder. L'écouter respirer, ou se boucher les oreilles. Savoir simplement que nous sommes assis l'un à côté de l'autre. Tous les deux, et non le collectif bien soudé du Contrôle de la Nuit. Ensemble parce que nous en avons envie et non pour obéir au programme élaboré par Guesser.

Ai-je vraiment perdu l'habitude de sourire ?

J'ai secoué la tête et j'ai sorti un sourire lâche et borné.

– Allons plutôt nous baigner. Je ne suis pas encore un retraité émérite des guerres magiques. Allons-y, Sveta.

Semion était déjà parti en avant, mais j'ai senti qu'il m'adressait un clin d'œil d'approbation.

La nuit n'a pas apporté la fraîcheur, mais elle nous a délivrés de la canicule. Dès six ou sept heures du soir, nous avons formé des petits groupes. L'infatigable Ignat est resté près du lac en compagnie de Léna et, étrangement, d'Olga. Tigron et Iulia sont parties se promener dans la forêt. Le reste des invités s'est dispersé dans la maison et les alentours.

Semion et moi avons pris nos quartiers dans une grande loggia au premier étage. On y était bien, il y avait un très léger courant d'air, et les meubles en rotin étaient particulièrement adaptés à la température ambiante.

– Voilà, a dit Semion en sortant d'un sac en plastique étiqueté « Danone kids » une bouteille de Smirnov russe.

– Tu la recommandes ? ai-je demandé avec une certaine méfiance.

Je ne m'y connaissais pas très bien en vodka.

– J'en bois depuis plus d'un siècle. Et elle est devenue bien meilleure qu'avant, tu peux me croire.

Après la bouteille sont apparus deux verres à facettes, un énorme bocal de cornichons et du chou salé.

– Et qu'allons-nous boire avec ? ai-je demandé.

– On ne boit rien avec la vodka, mon petit. Sauf si c'est de l'ersatz.

– On en apprend tous les jours.

– Tu apprendras vite. Et pour la vodka, aucun risque de contrefaçon. C'est de la vraie et de la bonne. Je connais un sorcier qui travaille à l'usine qui la produit, à Tchernogolovka, un petit sorcier, pas particulièrement malfaisant. C'est lui qui me fournit.

– Tu fais des échanges avec un Sombre..., ai-je osé remarquer.

– Il n'est pas question d'échange. Je le paye en argent. Nos relations personnelles ne regardent que lui et moi. Les Contrôles n'ont rien à y voir.

D'un geste d'expert, Semion a ouvert la bouteille et a rempli les verres à moitié. Le sac était resté toute la journée sur la véranda, mais la vodka était fraîche.

– À notre santé ? ai-je proposé, en guise de toast.

– Trop tôt. À nous.

Il m'avait dessoulé durant la journée comme un vrai pro, sans doute ne s'était-il pas contenté d'éliminer l'alcool de mon sang, mais aussi tous les produits de mon métabolisme. J'ai vidé mon verre sans ciller, découvrant avec étonnement que la vodka peut être agréable non seulement l'hiver quand on gèle, mais aussi en été, par grande chaleur.

– Eh bien, a dit Semion en s'installant plus confortablement. Il faudra suggérer à Tigron de mettre des fauteuils à bascule dans cette loggia.

Il a sorti une cigarette nauséabonde. Croisant mon regard mécontent, il a déclaré :

– Je continuerai à en fumer malgré tout. Je suis un patriote.

– Moi aussi, mais ma patrie, c'est ma santé.

Semion a émis un petit rire.

– Un jour, un ami étranger m'a invité à son hôtel...

– C'était il y a longtemps ?

– L'année dernière. Il voulait que je lui apprenne à boire à la russe. Il logeait à l'hôtel « Penta ». J'ai emmené une fille rencontrée par hasard et son frère qui venait de sortir de prison et qui n'avait nulle part où aller.

Un trio certainement très pittoresque...

– Et on vous a laissés entrer ?

– Oui.

– Tu as usé de magie ?

– Non, mon ami étranger a usé de jolies coupures vertes. Il avait fait ample provision de vodka et de nourriture, nous avons commencé à boire le 30 avril et nous avons fini le 2 mai. Sans laisser entrer les femmes de chambre et sans allumer la télé.

J'ai regardé Semion, avec sa chemise à carreaux chiffonnée de fabrication russe, son jean turc usé et ses vieilles sandales tchèques, on pouvait facilement se le représenter en train de boire de la bière au goulot. Mais l'imaginer dans un palace...

– Espèce de monstres, ai-je commenté...

– Mais non, pourquoi ? Ça a beaucoup plus à mon ami. Il a déclaré qu'il avait enfin compris en quoi consistait la véritable ivrognerie russe.

– Et en quoi consiste-t-elle ?

– C'est quand tu te réveilles au matin et que tout est gris : le ciel, le soleil, la ville, les gens et les pensées. Et la seule issue, c'est de se remettre à boire. Pour que la vie soit supportable. Pour que les couleurs reviennent.

– Un type intéressant, cet étranger...

– Tu peux le dire.

Semion a rempli les verres, d'abord moins que la première fois puis, après réflexion, il a reversé de la vodka à ras bord.

– Buvons, vieux. Buvons pour que nous n'ayons plus besoin de boire, pour que nous puissions voir le bleu du ciel, le jaune du soleil et toutes les multiples couleurs de la ville. Toi et moi, nous entrons dans la Pénombre et nous constatons que, vu de l'envers, le monde est différent de ce qu'il paraît à première vue. Mais il doit bien exister autre chose, à part cet envers. Buvons aux couleurs vives !

Quelque peu abasourdi, j'ai bu la moitié de ma vodka.

– Ne te défile pas, mon gars, a dit Semion.

J'ai vidé mon verre, j'ai mastiqué une poignée de chou aigre-doux bien croquant et j'ai demandé :

– Semion, pourquoi te conduis-tu de cette manière. Pourquoi ces rodomontades et ce look impossible ?

– Tu utilises des mots trop compliqués pour moi.

– Mais tout de même ?

– C'est plus facile comme ça, Anton. Chacun se protège comme il peut. C'est la méthode que j'ai choisie.

– Que dois-je faire, Semion ? ai-je demandé sans autre précision.

– Fais ce que tu dois faire.

– Et si je ne veux pas faire ce que je dois ? Si notre très lumineuse vérité, si le noble honneur du Contrôle et nos merveilleuses bonnes intentions me restent en travers de la gorge ?

Il a croqué un cornichon.

– Tu dois comprendre une chose, Anton, que tu aurais pu assimiler bien plus tôt si tu n'avais pas passé tout ce temps le nez dans tes ordinateurs. Notre vérité, aussi grande et lumineuse soit-elle, est composée d'une multitude de petites vérités insignifiantes. Guesser a beau avoir la tête bien faite et bien pleine et une expérience à donner des cauchemars aux plus aguerris, il souffre aussi d'hémorroïdes soignées magiquement, d'un gros complexe d'Œdipe et de la fâcheuse habitude de réemployer ses plans préférés en les adaptant à de nouvelles situations... Ce sont juste des exemples, en réalité, je ne me suis jamais penché sur ses problèmes, c'est tout de même notre chef. Mais il en a comme tout le monde.

Semion a sorti une nouvelle cigarette et cette fois, je n'ai pas osé protester.

– Anton, tu es jeune. Tu es arrivé au Contrôle et tu t'es réjoui de constater que le monde était enfin divisé en blanc et noir ! Le rêve de l'humanité s'est réalisé pour toi et tu as vu clairement qui était bon et qui était mauvais. Tu dois comprendre que c'est une illusion. Les choses ne sont jamais si simples. Jadis, nous étions tous unis. Les Sombres et les Clairs. Assis dans une caverne devant un feu de bois, nous scrutions la Pénombre pour voir où paissaient les mammouths les plus proches, nous faisions jaillir des étincelles de nos doigts en dansant et en chantant et nous exterminions les tribus ennemies avec des boules de feu. Il y avait, pour prendre un exemple, deux frères Autres. Le premier à entrer dans la Pénombre... était peut-être repu, ou amoureux, tandis que le second était de mauvaise humeur. Peut-être avait-il des coliques après avoir mangé du bambou vert, ou peut-être une femme l'avait-elle repoussé sous prétexte qu'elle avait mal à la tête ou qu'elle était fatiguée à force de racler des peaux de bêtes. Depuis, le premier cherchait des mammouths et était content de les avoir trouvés. Tandis que le second faisait la même chose mais réclamait un morceau de la trompe et la fille du chef en prime. C'est ainsi que nous nous sommes divisés en mages blancs et en mages noirs, en bons et en mauvais... Le b-a ba... C'est ce que nous enseignons aux petits enfants Autres... Mais qui t'a dit que l'évolution s'est arrêtée ?

Semion s'est penché vers moi, si brusquement que son fauteuil a craqué.

– L'évolution continue. Les choses changent avec le temps. Il en a toujours été ainsi. Rien ne s'arrête jamais. Aujourd'hui, nous désincarnons ceux qui craquent et qui se mettent à faire le bien à tour de bras sans permission. Nous les envoyons dans la Pénombre, ces transgresseurs de l'équilibre, ces psychopathes hystériques. Maïs qu'en sera-t-il demain ? Dans cent ans ? Dans mille ans ? Qui peut le dire ? Toi, moi, Guesser ?

– Tu veux dire que...

– Dis-moi, Anton, tu crois à ta propre vérité ? C'est à ta propre vérité que tu dois croire, pas à la mienne ni à celle de Guesser. Crois-y et bats-toi pour elle. Si tu en as le cran. Si tu arrives à tenir le coup. La liberté des Sombres n'est pas mauvaise parce qu'elle rend libre vis-à-vis d'autrui. Ça, c'est encore une explication destinée aux enfants. La liberté des Sombres est avant tout une liberté vis-à-vis de soi-même, une liberté vis-à-vis de sa conscience et de son âme. Si tu sens que rien ne fait plus mal dans ta poitrine, tu peux crier au secours. Sauf qu'il sera déjà trop tard.

Il a sorti une seconde bouteille du sac et a commenté avec un soupir :

– C'est la deuxième. Je sens que nous n'arriverons pas à nous soûler pour de bon... Quant à Olga et à ce qu'elle t'a dit...

Comment faisait-il pour tout entendre ?

– Elle n'est pas jalouse parce que Svetlana parviendra peut-être à réaliser ce qu'elle-même n'a pu faire. Ni parce que Svetlana a tout l'avenir devant elle, alors qu'Olga, pour dire les choses franchement, n'a plus que son passé. Elle envie Svetlana, parce que tu es à ses côtés et que tu aimerais l'arrêter. Même si tu ne peux rien faire. Guesser, lui, aurait pu, mais il ne l'a pas fait. Toi tu ne peux pas, mais tu voudrais bien. Au final, ça revient peut-être au même. Et malgré tout, ça la ronge quelque part. Ça lui déchire l'âme, en dépit de son âge.

– Tu sais à quoi on prépare Svetlana ?

– Oui.

Il nous a reversé de la vodka.

– À quoi ?

– Je ne peux pas te répondre. Je me suis engagé à ne rien dire.

– Semion…

– Je te dis que j'ai signé un engagement. Tu veux que je retire ma chemise pour que tu voies le signe du feu vengeur sur mon dos ? Si j'ai la langue trop longue, je serai aussitôt pulvérisé avec ce fauteuil, mes cendres tiendront dans un paquet de cigarettes. Alors désolé, Anton. N'insiste pas. Je ne peux rien te dire.

– Merci. Alors buvons. Nous réussirons peut-être à nous soûler malgré tout. J'en ai vraiment besoin.

– Je vois ça. Allons-y.

3

Je me suis réveillé très tôt. Tout était calme. Un silence d'été palpitant de vie, nuancé par le bruissement du vent : enfin un vent frais. Mais je n'étais guère en état de m'en réjouir. Mon lit était humide de sueur et ma tête près d'éclater. Sur le lit voisin (nous étions trois dans la chambre) Semion émettait un ronflement monotone. Anatoli dormait à même le plancher, enroulé dans une couverture. Il avait refusé qu'on lui mette un hamac : son dos lui faisait mal, séquelle d'une vieille blessure reçue lors d'une bataille en 1976, et il préférait dormir à la dure.

Me tenant la nuque à deux mains de crainte qu'elle ne se fende, je me suis redressé. Sur la table de chevet, j'ai découvert deux comprimés d'aspirine et une bouteille d'eau minérale. Qui était donc la bonne âme...

La veille, nous avions vidé trois bouteilles d'un demi-litre à nous deux... Puis Anatoli était arrivé. Quelqu'un avait apporté du vin. Mais un reste de raison m'avait préservé de boire du vin après la vodka.

J'ai avalé les comprimés en vidant la moitié de la bouteille d'eau et je suis resté assis quelque temps parfaitement immobile, attendant que le remède agisse. La douleur ne passait pas. C'était totalement insupportable.

– Semion, ai-je appelé d'une voix rauque. Semion...

Il a ouvert un œil. Il avait l'air en assez bonne forme. À

croire qu'il n'avait pas bu plus que moi. Un siècle d'expérience supplémentaire, ça compte.

– Ma tête... Enlève...

– Je n'ai pas de hache sous la main.

– Ce n'est pas drôle, ai-je gémi. Enlève la douleur !

– Anton, nous avons bu de notre plein gré, pas vrai ? Personne ne nous a forcés. Nous y avons pris plaisir ?

Il s'est retourné dans son lit.

J'ai compris que Semion ne m'aiderait pas. Sur le plan théorique, il avait sans doute raison, mais je ne pouvais pas endurer ce supplice plus longtemps. J'ai enfilé mes chaussures de sport et j'ai enjambé Anatoli pour sortir de la pièce.

Il y avait deux chambres d'amis, mais la seconde porte était fermée à clé. Celle de la maîtresse de maison, à l'autre bout du couloir, en revanche, était ouverte. Me souvenant que Tigron avait des dons de guérisseuse, je suis entré sans hésitation.

Mais tout semblait se liguer contre moi. Tigron n'était pas là, pas plus qu'Ignat et Léna, en dépit de mes soupçons. Il n'y avait que Iulia qui dormait profondément, un bras et une jambe pendant hors du lit.

J'étais prêt à demander de l'aide à n'importe qui. Je me suis approché prudemment, je me suis assis à côté de l'immense lit et j'ai murmuré :

– Iulia, ma petite Iulia...

Elle a cligné des paupières et a demandé avec compassion :

– Tu as la gueule de bois ?

– Oui.

Je n'osais bouger la tête, une petite grenade venait justement d'y exploser.

Iulia a fermé les yeux et a paru se rendormir, la main posée sur mon cou. Pendant quelques secondes, il ne s'est rien passé, puis la douleur a diminué rapidement. Comme si on avait tourné un robinet secret dans ma nuque pour évacuer le poison bouillonnant accumulé dans mon crâne.

– Merci, ai-je murmuré. Merci, Iulia...

– Ne bois pas autant, tu ne sais pas boire, a-t-elle marmonné.

Son souffle est redevenu régulier : elle s'était endormie instantanément, aussitôt sa tâche accomplie, comme seuls les enfants et les ordinateurs savent le faire.

Je me suis levé, constatant avec un sentiment proche de l'extase que le monde avait embelli d'un coup. Semion avait raison, il faut savoir répondre de ses actes et en subir les conséquences. Mais parfois, le courage nous fait défaut. J'ai regardé autour de moi. La chambre à coucher était tout en teintes beiges, même la fenêtre était légèrement teintée. La chaîne hi-fi était dorée et le tapis duveteux d'un brun clair.

Évidemment, ce n'était pas très correct de ma part d'être entré là sans y avoir été invité.

Je me suis dirigé vers la porte sur la pointe des pieds. Sur le seuil, j'ai entendu la voix de Iulia :

– Tu me dois une barre de Snickers, d'accord ?

– Et même deux, ai-je promis.

J'aurais pu aller me recoucher, mais le lit éveillait en moi des associations d'idées assez désagréables. J'avais l'impression que la douleur disparue me guettait, tapie sous l'oreiller. Je me suis contenté de faire un saut dans la chambre pour récupérer mon jean et ma chemise et me rhabiller sur le seuil.

Impossible que tout le monde dorme encore. Tigron était déjà levée et devait se trouver dans les environs. Et certains ne s'étaient peut-être pas couchés.

Au premier, il y avait un petit hall où j'ai découvert Danil et Nastia du service scientifique dormant paisiblement ensemble sur un divan. Je me suis retiré prestement en hochant la tête. Danil avait une épouse absolument charmante et Nastia un mari déjà âgé, follement amoureux d'elle.

Ces conjoints, il est vrai, étaient de simples humains.

Et nous, nous étions des Autres, des volontaires de la Lumière. Notre morale aussi était différente. Comme au front, où l'amour est prompt à s'enflammer et où les soins des infirmières aux officiers et aux soldats ne se limitent pas aux lits d'hôpital. À la guerre, on sent trop intensément le goût de la vie.

Toujours au même étage se trouvait une bibliothèque où j'ai découvert Garik et Farid. Il était clair qu'ils avaient discuté jusqu'au matin, en vidant plus d'une bouteille. Ils avaient fini par s'endormir dans leurs fauteuils ; la pipe de Farid fumait encore sur la table. Par terre traînaient des piles de livres sortis des étagères : ils avaient dû débattre longtemps, invitant en guise de témoins écrivains et poètes, philosophes et historiens...

J'ai descendu l'escalier en colimaçon, dans l'espoir de découvrir quelqu'un qui accepterait de partager avec moi ce clair et doux matin.

Dans le salon aussi tout le monde dormait. J'ai fait un saut à la cuisine, n'y trouvant guère, tapi dans un coin, que l'un des chiens gelés la veille par Semion.

– Ça y est, tu es réveillé ? lui ai-je demandé.

L'animal a montré les dents en gémissant plaintivement.

– Qui donc t'a demandé de nous attaquer ? ai-je poursuivi en m'accroupissant devant lui.

J'ai pris un morceau de saucisson sur la table – le chien, en animal bien élevé, n'avait pas osé se servir – et il l'a avalé volontiers.

– Sois bon, ai-je conclu, et on sera bon avec toi. Et pas la peine de te terrer dans un coin.

J'ai pris moi aussi un morceau de saucisson que j'ai mastiqué en traversant le salon pour jeter un coup d'œil dans le bureau.

Dans le bureau aussi, on dormait.

Le canapé, même ouvert, n'était pas large et ses occupants se serraient étroitement l'un contre l'autre. Au centre, Ignat souriait dans son sommeil, ses bras musclés largement écartés. Léna était couchée à sa gauche, tenant d'une main son épaisse chevelure blonde ; son autre main, tendue par-dessus la poitrine de notre Don Juan, était posée sur celle de Svetlana qui avait enfoui la tête sous l'aisselle rasée d'Ignat. Ses mains disparaissaient sous la couverture à demi rejetée.

J'ai refermé la porte très soigneusement, sans faire de bruit.

C'était un petit restaurant très confortable. « Le Loup de mer », comme son nom l'indiquait, était réputé pour ses plats à base de poisson et son décor qui évoquait un bateau. De plus, il était situé tout près du métro. Et pour un modeste représentant de la classe moyenne, prêt à s'offrir de temps à autre un bon repas bien arrosé et soucieux, tout de même, d'économiser le prix du taxi, c'était un atout supplémentaire.

Mais ce client arriva en voiture, une vieille Jigouli, encore très présentable cependant. Le serveur, à l'œil exercé, devina immédiatement que l'homme était plus riche que sa voiture. Il commanda une vodka danoise très chère sans s'inquiéter du prix ni des problèmes éventuels avec la police de la route, ce qui renforça sensiblement cette première impression.

Quand le serveur apporta le plat d'esturgeon, l'homme leva un instant les yeux. Jusqu'ici, il était demeuré assis à tracer des lignes sur la nappe avec un cure-dents, se figeant de temps à autre, le regard rivé sur la flamme d'une lampe à huile décorative.

Le serveur ne fit part à personne de son impression fugitive. Il lui sembla que deux puits de lumière le fixaient, une lumière aveuglante au point de brûler et de se confondre avec l'obscurité.

– Merci, dit l'homme.

Le serveur s'éloigna, luttant contre l'envie d'accélérer le pas. Se répétant intérieurement que c'étaient les reflets des lampes dans la pénombre du restaurant. Uniquement des reflets dans les yeux, une simple illusion d'optique.

Boris Ignatievitch demeura assis, cassant un cure-dent après l'autre, tandis que le poisson refroidissait et que la vodka tiédissait dans la carafe en cristal. Derrière une cloison faite de gros cordages, de faux gouvernails et de voiles factices, un groupe assez nombreux fêtait un anniversaire, multipliant les toasts et maudissant la chaleur, les impôts et le racket organisé.

Le chef du Bureau moscovite du Contrôle de la Nuit attendait.

Les chiens qui étaient restés dans la cour ont fui à mon approche. Ils avaient très mal supporté le gel temporel. Ton corps ne t'obéit plus, impossible de respirer ni d'aboyer, la bave se fige dans ta gueule et l'air te pèse, comme une main lourde et brûlante de fièvre.

Mais ton âme continue de vivre.

Les chiens avaient subi une triste expérience.

Le portail était entrouvert, je suis sorti et je suis resté sur le seuil, sans trop savoir quoi faire.

Quelle importance après tout ?

Je n'éprouvais aucune rancœur. Je n'avais même pas mal. Nous n'avions jamais couché ensemble. Je m'étais appliqué à dresser des barrières entre nous. Je suis incapable de vivre dans l'instant présent. Il me faut tout, tout de suite, et pour toujours...

Mon baladeur était pendu à ma ceinture. J'ai activé la lecture aléatoire. Elle tombe toujours juste. Peut-être parce que j'ai appris depuis longtemps à contrôler cet appareil, comme Tigron sa chaîne hi-fi, mais de manière inconsciente ?

À qui la faute si tu es fatigué ?
Si tu n'as pas trouvé ce que tu attendais ?
Si tu as perdu ce que tu cherchais,
Si tu es monté au ciel pour retomber...
Qui accuser si, pas à pas,
Comme étrangère la vie s'en va ?
Si ta maison est un désert aride
Si ta fenêtre ouvre sur le vide ?
La lumière baisse, les bruits se taisent,
Et si ta douleur s'apaise,
Sous tes doigts va bientôt éclore
Un autre malheur encore...

Je l'avais moi-même cherché. J'avais tout fait pour que ça arrive. Et je ne pouvais accuser personne à part moi. Pourquoi avais-je passé toute la soirée à discuter avec Semion du caractère complexe de l'opposition entre le Bien et le Mal, au lieu de rester avec Svetlana, comme j'aurais dû le faire ? Plutôt que de m'indigner de la vérité perfide de Guesser et d'Olga, j'aurais dû lutter pour imposer la mienne. Et refuser de croire que la victoire m'était interdite.

Dès que tu le penses, tu as déjà perdu.

À qui la faute, dis-moi mon frère,
Si l'un est riche, l'autre marié,
L'un ridicule, l'autre aimé,
L'un idiot, l'autre ton adversaire ?
Qui accuser, si çà et là
Les gens s'attendent et vivent de ça ?
Le jour est morne, la nuit béante,
Plus de places vacantes.
La lumière baisse, les bruits se taisent,
Et si ta douleur s'apaise,
Sous tes doigts va bientôt éclore
Un autre malheur encore...
À qui la faute, qui sait pourquoi
Le bonheur n'est pas pour toi ?
Sans défaite on n'atteint pas sa cible,
Échecs et succès s'équilibrent.
À qui la faute si tu es seul au monde,
Dans ta seule vie, beaucoup trop longue,
Si grise que tu ne fais qu'attendre
Que la mort vienne un jour te prendre...

« Non, ai-je murmuré en retirant les écouteurs. N'espérez pas que je me laisse faire. »

On nous a appris à donner sans rien prendre en retour. À nous sacrifier pour autrui. Le pas martial et assuré, le regard toujours noble et empreint de sagesse, jamais une pensée futile, jamais une mauvaise intention. Nous sommes des Autres. Nous nous sommes élevés au-dessus de la foule, nous avons déroulé nos étendards immaculés, ciré nos bottes, enfilé des gants blancs. Mais bien sûr, dans notre petit monde, nous nous permettons pratiquement tout. À toutes nos actions nous trouvons une justification supérieure. Nous faisons notre numéro en habits de lumière. Nous sommes blancs comme neige et le monde entier nage dans la merde.

Ça suffit, j'en ai assez !

Le cœur ardent, les mains propres et la tête froide, le bon vieux slogan de la police politique... Ce n'est certainement pas un hasard si durant la révolution et la guerre civile, les Clairs dans leur grande majorité se sont retrouvés dans la Tcheka. Et la plupart de ceux qui ont refusé d'adhérer au bolchevisme ont péri. Pour certains éliminés par les Sombres, mais bien plus encore tués par ceux qu'ils défendaient. Par les humains. Victimes de la bêtise, de la lâcheté, de la bassesse, de l'hypocrisie ou de l'envie humaines. Il faut garder la tête froide, c'est indispensable, mais pour le reste, je ne suis pas d'accord. Mieux vaut avoir le cœur pur et les mains ardentes...

– Je ne veux pas vous défendre, ai-je annoncé au silence de la nature. Je ne veux plus défendre les enfants et les femmes, les vieillards et les simples d'esprit... personne... vivez comme ça vous chante ! Et récoltez ce que vous avez semé. Fuyez les vampires, rendez hommage aux mages noirs, embrassez le cul d'un bouc ! Si mon amour vaut moins que votre bonheur, je ne souhaite pas votre bonheur !

Les humains peuvent et doivent devenir meilleurs... Ils sont nos racines... Ils sont notre avenir... Ils sont nos protégés... Petits et grands, concierges et présidents, criminels et policiers. La lumière qui est en eux peut s'embraser en chaleur bienfaisante ou en brasier mortel.

Je n'y crois plus !

Je vous ai vus, tous. J'ai vu les mères battre leurs fils et les pères violer leurs filles. J'ai vu les fils jeter leurs mères à la rue et les filles verser de la mort-aux-rats à leurs pères. J'ai vu le mari, encore souriant, frapper sa femme enceinte à peine les invités repartis et j'ai vu la femme, son mari éméché à peine sorti pour racheter de l'alcool, enlacer et embrasser avidement son meilleur ami. C'est très simple de voir. Il faut seulement savoir regarder. C'est pourquoi on nous apprend à ne pas regarder les humains, avant même de nous apprendre à voir à travers la Pénombre.

Mais nous les regardons quand même.

Ils sont faibles, vivent peu, ont peur de tout. Il ne faut pas les mépriser et il est criminel de les haïr. On peut seulement les aimer, les plaindre et les protéger. C'est notre travail et notre devoir. Nous sommes le Contrôle de la Nuit.

Je n'y crois plus !

Personne n'a jamais obligé et n'obligera jamais personne à commettre une bassesse. On ne pousse pas les gens dans la fange, ils s'y vautrent de leur plein gré. Quelles que puissent être les circonstances, il n'existe aucune justification. Mais il suffit d'en chercher, et on en trouve. C'est ce qu'on leur a appris à faire. Et ce sont d'excellents élèves.

Sans doute, sur ce plan, sommes-nous effectivement les meilleurs d'entre les meilleurs.

Bien sûr, il y a toujours eu des humains qui, sans devenir des Autres, sont parvenus à garder la meilleure part de leur humanité. Mais ils sont peu nombreux, si peu nombreux... Et peut-être avons-nous simplement peur de les observer plus attentivement ? De crainte de ce que nous pourrions découvrir ?

– Il faut donc que je vive uniquement pour vous ? ai-je demandé.

La forêt n'a pas répondu, comme si elle était par avance d'accord avec tout ce que je pourrais dire.

Pourquoi devons-nous tout sacrifier ? Nous-mêmes et ceux que nous aimons ? Pour ceux qui ne le sauront jamais et ne l'apprécieront jamais.

S'ils l'apprenaient, nous n'obtiendrions qu'un hochement de tête stupéfait et le qualificatif de « pauvres cons ».

Peut-être faudra-t-il un jour montrer à l'humanité ce que sont les Autres ? Ce que pourrait faire un seul et unique Autre qui n'aurait pas les mains liées par le Traité et qui échapperait à la surveillance des Contrôles ?

J'ai même souri en imaginant le tableau. On me mettrait très vite hors d'état de nuire s'il me prenait ce genre de fantaisie. Un Grand mage, en revanche, ou une Grande magicienne qui se déciderait à enfreindre les règles et à révéler au monde la présence des Autres serait plus difficile à arrêter.

Des extraterrestres débarquant simultanément de leurs soucoupes volantes devant le Kremlin et la Maison Blanche feraient moins d'effet et de dégâts.

Non, bien sûr, je n'essayerai jamais de provoquer quoi que ce soit de ce genre. En tout premier lieu parce que je ne ressens nul besoin d'exercer un quelconque pouvoir sur le monde et que je n'ai aucune envie de tout mettre sens dessus dessous et de provoquer une panique générale.

Tout ce que je désire, c'est que la femme que j'aime ne soit pas forcée de se sacrifier. Parce que le destin des Grands, c'est le sacrifice. Les forces terribles qu'ils maîtrisent les transforment totalement.

Aucun de nous n'est vraiment humain. Mais au moins, nous nous souvenons l'avoir été. Nous sommes encore capables d'éprouver de la joie ou de la tristesse, d'aimer ou de haïr. Les Grands mages et les Grandes magiciennes dépassent le stade des émotions humaines. Sans doute éprouvent-ils d'autres émotions que nous sommes incapables de comprendre. Même Guesser, mage hors classe, n'a sans doute pas atteint le stade suprême. Même Olga n'y est pas parvenue.

Ils ont fait chou blanc. Ils ont raté leur grandiose opération contre l'Obscurité. Et maintenant, ils sont prêts à précipiter dans la lutte une nouvelle candidate.

Et tout ça au nom des humains, qui se soucient comme d'une guigne de la Lumière et de l'Obscurité.

Ils vont lui faire gravir les échelons en accéléré. Elle est déjà parvenue à la troisième classe ; et maintenant, ils vont faire progresser sa conscience pour la mettre à niveau. À très grande vitesse.

Et dans cette course folle vers un but mystérieux, je suis appelé à jouer un rôle. Guesser utilise les outils qu'il a sous la main, y compris moi. Tout ce que j'ai fait jusqu'à présent : chasser les vampires, poursuivre le Sauvage, occuper le corps d'Olga a été manigancé par le chef.

Et quelles que soient mes actions suivantes, il les a certainement prévues.

Mon seul espoir, c'est qu'il n'ait pu tout prévoir.

Et que je trouve le moyen de compromettre son plan. Le grand plan des forces de la Lumière.

Sans nuire à personne. Car si je commets le mal, la Pénombre m'attend.

Et Svetlana accomplira malgré tout son grand sacrifice.

Soudain, je me suis aperçu que j'étais en train de marteler le tronc d'un petit pin, le visage pressé contre l'écorce. Sous l'emprise de la colère ou du désespoir, je ne sais. J'ai arrêté mon poing, déjà écorché jusqu'au sang. Mais le bruit n'a pas cessé. Il montait de la forêt, à la limite de la barrière magique. Des coups rythmés, un battement nerveux.

M'inclinant comme un joueur de Paint-ball, j'ai couru à travers les fourrés. Je me doutais de ce que j'allais découvrir.

Dans une clairière, un tigre était en train de jouer. Ou plutôt une tigresse. Sa fourrure noir et feu brillait sous les rayons du soleil levant. Elle ne me voyait pas. Elle ne voyait personne. Elle courait entre les arbres, les lacérant de ses griffes acérées. Des cicatrices blanches striaient les pins. Parfois, la tigresse s'immobilisait, se dressait sur les pattes de derrière et martelait un tronc.

Lentement, j'ai rebroussé chemin.

Chacun de nous se repose comme il peut. Chacun de nous lutte non seulement contre l'Obscurité, mais aussi contre la Lumière, qui nous aveugle parfois.

Mais il ne faut pas nous plaindre : nous sommes très fiers. Nous sommes les éternels volontaires d'une guerre universelle entre le bien et le mal.

4

Le jeune homme entra dans le restaurant avec une telle assurance qu'on aurait pu croire qu'il y déjeunait tous les jours. Ce qui n'était pas le cas.

Il se dirigea immédiatement vers une table où était assis un homme pas très grand, au teint sombre, comme s'il le connaissait depuis longtemps. Ce qui n'était pas le cas non plus.

En arrivant à sa hauteur, il se mit à genoux, lentement, calmement, sans perdre sa dignité et sans courber l'échine.

Le serveur, stupéfait, se hâta de détourner les yeux. Il avait assisté à bien des scènes étranges dans sa vie, plus étranges qu'un petit malfrat qui se prosterne devant un gros caïd de la pègre. Sauf que ces deux-là ne ressemblaient pas à des mafieux.

Il pressentit aussitôt des ennuis plus sérieux qu'un banal règlement de comptes. Car lui-même était un Autre non initié.

Un instant plus tard, il oublia ce qu'il venait d'observer. Seul un trouble vague demeura en lui, sans qu'il parvienne à en établir la cause.

– Lève-toi, Alisher, dit doucement Guesser. Lève-toi, ici ça ne se fait pas.

Le jeune homme se releva et s'assit sur la chaise en face.

– Chez nous non plus, Guesser, ça n'a plus cours. Mais mon père m'a demandé de m'agenouiller devant toi. Il était attaché aux anciennes coutumes. Lui-même se serait mis à genoux en arrivant. Il ne pourra plus jamais le faire.

– Tu sais comment il est mort ?
– Oui. J'ai vu par ses yeux, j'ai entendu par ses oreilles, j'ai souffert sa douleur.
– Donne-moi aussi sa douleur, Alisher, fils d'un *devona* et d'une femme humaine.
– Prends ce que tu demandes, Guesser, pourfendeur du mal, égal des dieux qui n'existent pas.
Ils se regardèrent dans les yeux. Puis Guesser hocha la tête.
– Je connais ses meurtriers. Ton père sera vengé.
– C'est à moi de m'en charger.
– Non, tu ne le peux pas et tu n'en as pas le droit. Vous êtes venus à Moscou en secret.
– Accepte-moi dans ton Contrôle, Guesser.
Le chef secoua la tête. Le jeune homme le regarda avec insistance.
– Je suis le meilleur mage de Samarkand. Ne souris pas. Je sais qu'ici, je serai le plus faible. Prends-moi dans ton Contrôle. Je serai l'élève de tes élèves. Je serai ton chien de garde. Je te le demande, en mémoire de mon père.
– Tu demandes trop, Alisher. Tu veux que je t'offre ta propre mort.
– Je suis déjà mort, Guesser. Quand la sorcière a bu l'âme de mon père, je suis mort avec lui. Tandis que je m'éloignais en souriant, il a distrait l'attention des Sombres. Je suis descendu dans le métro pendant qu'ils piétinaient ses cendres répandues sur le sol. Guesser, j'ai le droit de te faire une telle demande.
– Qu'il en soit ainsi, Alisher. Tu fais désormais partie du Contrôle de Moscou.
Le visage du jeune homme ne refléta aucune émotion. Il inclina légèrement la tête et, d'un geste bref, pressa la main contre sa poitrine.
– Où est l'objet que vous aviez mission d'apporter ?
– Ici.
Guesser tendit la main.
Alisher ouvrit la pochette qu'il portait à la ceinture et en

sortit précautionneusement un petit objet rectangulaire enveloppé de toile.

– Prends-le, Lumineux Guesser, libère-moi de mon devoir.

La main de Guesser se posa sur la paume d'Alisher, leurs doigts se touchèrent. Un instant plus tard, quand il retira la main, l'objet avait disparu.

– Ta mission est accomplie, Alisher. Maintenant, nous allons nous reposer, nous allons manger et boire et parler de ton père. Je te raconterai tout ce dont je me souviens.

Alisher acquiesça, sans qu'on puisse dire s'il appréciait la proposition de Guesser ou s'il était simplement prêt à se soumettre à ses moindres désirs.

– Nous avons une demi-heure, ajouta Guesser. Les Sombres seront bientôt là. Ils ont fini par retrouver ta trace. Trop tard, mais ils suivent ta piste.

– Nous allons nous battre ?

Guesser haussa les épaules.

– Je l'ignore. Mais peu importe. Zébulon est loin d'ici, et je ne crains pas les autres.

– Nous allons nous battre, dit Alisher d'une voix pensive en jetant un regard circulaire.

– Fais sortir tous les clients, demanda Guesser. Suggère-leur doucement de partir. Je veux observer ta technique. Après quoi, nous parlerons en attendant nos aimables visiteurs.

Vers onze heures, les gens ont commencé de se réveiller.

J'attendais sur une chaise longue de la terrasse, sirotant un gin tonic dans un grand verre. J'éprouvais comme un doux sentiment masochiste. Quand quelqu'un émergeait de la maison, je le saluais d'un geste amical en faisant naître un petit arc-en-ciel entre mes doigts. Un jeu d'enfant : tout le monde souriait. Iulia, encore ensommeillée, a poussé un cri d'enthousiasme en voyant l'arc-en-ciel et m'en a expédié un autre en retour. Nous avons joué ainsi pendant quelques instants, puis nous avons créé un grand arc à nous deux dont l'extrémité disparaissait entre les arbres. Iulia a annoncé qu'elle allait chercher le trésor au bout de l'arc-en-ciel et s'est éloignée, suivie par l'un des chiens, devenu aussi doux qu'un agneau.

J'attendais.

Léna est sortie la première. Guillerette, en maillot de bain. M'apercevant, elle s'est troublée un instant, puis elle m'a salué avant de courir vers le portail. Elle faisait plaisir à voir : souple, fine, débordante de vie. Elle allait se baigner dans l'eau fraîche et revenir pour déjeuner de bon appétit.

Ignat est apparu, en slip de bain et tongs.

– Salut, Anton, s'est-il exclamé joyeusement avant de se laisser tomber dans la chaise longue à côté de la mienne. Comment ça va ?

– Ça ne saurait aller mieux, ai-je répondu en levant mon verre.

– Bravo.

Il a cherché la bouteille du regard et, ne la trouvant pas, il s'est penché pour saisir ma paille et boire dans mon verre.

– Le mélange est trop faible.

– J'ai déjà eu mon compte hier soir.

– C'est vrai, il vaut mieux éviter de remettre ça. Nous, on a passé la soirée au champagne. Avant de la finir au cognac. Je pensais me réveiller avec une migraine, mais non. Tout va bien.

Je n'arrivais même pas à lui en vouloir.

– Ignat, quel métier rêvais-tu d'exercer quand tu étais petit ? lui ai-je demandé.

– Ambulancier.

– Hein ?

– Je voulais soigner les gens, mais on m'a dit qu'infirmière, c'était un métier pour les filles. Alors, j'ai décidé de devenir ambulancier.

– Mais pourquoi pas médecin ?

– Trop de responsabilités, a-t-il reconnu honnêtement. Et puis les études étaient trop longues.

– Et tu es vraiment devenu ambulancier ?

– Oui. Dans une ambulance du service psychiatrique d'urgence. Tous les médecins aimaient travailler avec moi.

– Pourquoi ?

– Premièrement, j'ai beaucoup de charme. J'étais capable de persuader n'importe quel malade, homme ou femme, de se laisser emmener à l'hôpital de son plein gré. Et deuxièmement, je pouvais voir si les gens étaient vraiment dérangés ou s'ils percevaient des choses invisibles aux autres. Parfois, une simple conversation suffisait, je leur expliquais que tout allait bien et je n'avais même pas besoin de leur faire une piqûre.

– La médecine a beaucoup perdu.

– Tu peux le dire. Mais le chef m'a persuadé que je serais plus utile en travaillant au Contrôle. Et c'est bien le cas, non ?

– Probablement.

– Je commence à m'ennuyer. Pas toi ? J'ai hâte de retourner au boulot.

– Moi aussi. Ignat, tu as un hobby ? À part... le travail.

– Pourquoi toutes ces questions ?

– Simple curiosité. À moins que ce ne soit un secret ?

– Quels secrets pouvons-nous avoir entre nous ? Je collectionne les papillons. Ma collection est l'une des meilleures du monde. Elle occupe deux pièces.

– Une belle occupation.

– Passe me voir un de ces jours, je te montrerai. Venez avec Svetlana. Elle m'a dit qu'elle aimait les papillons.

J'ai ri si longtemps que même Ignat a fini par se sentir gêné. Il s'est levé et a marmonné avec un sourire hésitant :

– Je vais donner un coup de main pour préparer le petit-déjeuner.

– Bonne chance, ai-je lancé.

Au moment où notre amant professionnel atteignait la porte, je n'ai pu me retenir de lui demander :

– Dis-moi, le chef a raison de s'inquiéter pour Svetlana ?

Ignat a porté la main au menton d'un geste à la plastique irréprochable, a réfléchi quelques instants avant de répondre :

– Oui, il a raison. Elle est trop tendue. Elle a de grandes choses à accomplir, ce n'est pas comme toi et moi.

– Mais tu as fait de ton mieux pour la détendre.

– Bien sûr ! Passez tous les deux. Je serai vraiment heureux de vous voir.

Le gin était tiède. La glace avait fondu. J'ai remarqué une légère trace de rouge à lèvres sur la paille et j'ai reposé mon verre en hochant la tête.

Guesser, tu n'as pu tout prévoir.

Mais pour t'affronter – pas en duel magique, bien sûr, cette pensée est totalement ridicule –, pour t'affronter sur le seul terrain possible, celui des mots et des actes, je dois connaître ton plan. Identifier les cartes du jeu. Et celles que tu détiens.

Quant aux joueurs...

Guesser est l'instigateur et le maître de la partie. Olga, sa conseillère. Svetlana, leur exécutante qu'ils préparent soigneusement. Et moi l'un des instruments de sa formation. Ignat, Tigron, Semion et nos autres collègues sont aussi des instruments, mais secondaires. Impossible de compter sur eux.

Les Sombres ?

Eux aussi sont présents, bien sûr, mais en arrière-plan. Zébulon et ses sbires sont inquiets que Svetlana ait rejoint notre camp. Mais ils ne sauraient intervenir ouvertement. Ils peuvent soit agir discrètement en sous-main, soit préparer une riposte spectaculaire qui mettra les Contrôles au bord de la guerre ouverte.

Qui d'autre encore ?

L'Inquisition ?

J'ai tapoté nerveusement le bras de ma chaise longue.

L'Inquisition est placée au-dessus du Contrôle du Jour et du Contrôle de la Nuit. Chargée de résoudre les litiges et de châtier les coupables, de quelque côté qu'ils se trouvent. Elle nous surveille. Constitue des dossiers sur chacun de nous. Mais les Inquisiteurs interviennent rarement. Leur discrétion fait leur force. Quand ils doivent examiner le cas d'un mage assez puissant, ils se font aider par des agents des deux Contrôles.

L'Inquisition joue certainement un rôle dans cette affaire. Je connais le chef. Il tire plusieurs avantages de la moindre action. Et l'histoire de Maxime en est un excellent exemple. Guesser a profité de l'occasion pour entraîner Svetlana, lui enseigner la maîtrise de soi et la dissimulation, mais aussi pour recruter un nouvel Inquisiteur parmi les Clairs.

Si seulement je savais ce que Svetlana est censée accomplir !

Pour l'instant, je suis dans le noir complet. Et le plus terrible, c'est que je m'éloigne de la Lumière.

J'ai mis mes écouteurs et j'ai fermé les yeux.

Cette nuit, les fleurs magiques des fougères vont éclore,
Les esprits familiers regagner les foyers,
Le vent souffle de l'ouest, des nuages arrivent du nord,
L'ensorceleuse va bientôt m'appeler...
Je vis dans l'attente d'un miracle, comme un revolver dans son étui,
Comme une araignée dans sa toile,
Comme un arbre dans le désert,
Comme un renard noir dans son terrier...

Je risquais gros. Les Grands magiciens sacrifient leurs amis et leurs alliés, mais même eux ne se permettent jamais d'en faire des adversaires. On ne va pas *contre* les siens. Les solitaires ne survivent pas.

J'ai fui à travers une forêt de longues vues les regards effrayés des enfants.
Je voulais coucher avec une sirène, mais j'ignorais comment.
Je voulais me transformer en tramway, pour que ta fenêtre me serve de rails,
le vent souffle des faubourgs, mais ce n'est qu'un détail,
Le vent souffle des faubourgs, mais ce n'est qu'un détail...
Sois mon ombre, mon escalier grinçant, mon dimanche fleuri, ma petite pluie fine...

Sois ma divinité, ma sève sucrée, mon électricité, ma vieille carabine.
J'en suis témoin, tu étais mon vent, tu me soufflais au visage et je riais aux éclats,
Je ne veux pas te quitter sans me battre, tant que tu rêves de moi...
Sois mon ombre...

Une main s'est posée sur mon épaule.

– Bonjour, Svetlana, ai-je dit.

Et j'ai ouvert les yeux.

Elle était en short et maillot de bain. Ses cheveux étaient humides et soigneusement lissés. Elle venait sans doute de prendre une douche. Et moi, comme un sale porc, je n'y avais même pas pensé.

– Comment te sens-tu après hier soir ? a-t-elle demandé.

– Ça va, et toi ?

– Ça peut aller.

Elle a détourné la tête. J'attendais. « Spleen » résonnait dans mes écouteurs.

– À quoi t'attendais-tu ? a-t-elle demandé brutalement. Je suis une femme normale, jeune et en bonne santé. Je n'avais pas eu la moindre relation sexuelle depuis cet hiver. Tu t'es fourré dans la tête que Guesser voulait nous accoupler comme des chevaux dans un haras...

– Je ne m'attendais à rien du tout.

– Alors désolée de t'avoir fait cette surprise.

– Tu as senti que j'étais venu dans la pièce. En te réveillant ?

– Oui.

Svetlana a extirpé un paquet de cigarettes de sa poche étroite, en a allumé une.

– Je suis fatiguée. Je ne fais encore qu'apprendre, mais je suis fatiguée. Et je suis venue ici pour me reposer.

– C'est toi-même qui as parlé de gaieté factice...

– Et tu as sauté sur l'occasion pour enfoncer le clou.

– C'est vrai, ai-je reconnu.

– Après quoi, tu es parti te soûler la gueule et échafauder des complots.

– Quels complots ?

– Contre Guesser. Et contre moi aussi. C'est ridicule ! Même moi, je l'ai senti. Arrête de te prendre pour un Grand mage, qui...

Elle s'est interrompue, mais trop tard.

– Je ne suis pas un Grand mage, ai-je répliqué. Juste un mage de troisième classe. Deuxième classe au maximum. Chacun a ses limites qu'il ne saurait dépasser, même en vivant mille ans.

– Pardonne-moi, je ne voulais pas te faire de peine.

– Je n'ai aucune raison de t'en vouloir. Tu sais pourquoi les Sombres se marient souvent entre eux, alors que nous préférons nous trouver un conjoint parmi les humains ? Les Sombres supportent plus facilement l'inégalité et la concurrence.

– Entre un humain et un Autre, l'inégalité est plus grande encore.

– À ce stade, on ne peut plus parler d'inégalité. Nous sommes deux espèces distinctes. Le problème ne se pose même pas.

Elle a pris une profonde bouffée.

– Je veux que tu saches... Je n'avais pas l'intention... de laisser les choses aller aussi loin. J'attendais que tu descendes, que tu nous voies, que tu éprouves de la jalousie...

– Excuse-moi, j'ignorais que je devais me montrer jaloux.

– Et puis... de fil en aiguille... je n'ai pas su m'arrêter à temps...

– Je comprends parfaitement, Sveta. Tout va bien.

Elle m'a regardé avec surprise.

– Tout va bien ?

– Bien sûr. Ça n'a rien d'exceptionnel. Le Contrôle est une grande famille unie. Avec tout ce qui s'ensuit.

– Tu es vraiment un beau salaud, a jeté Svetlana. Anton, tu devrais te regarder en ce moment ! Je me demande comment tu as fait ton compte pour te retrouver dans notre camp.

– Tu voulais te réconcilier avec moi, non ? ai-je dit d'une

voix étonnée. Eh bien, je suis d'accord pour faire la paix. Tout va bien. Rien n'a vraiment d'importance. C'est la vie, et dans la vie, tout peut arriver.

Elle a bondi, m'a dévisagé d'un regard glacial, pendant que je clignais des yeux en affichant une mine ahurie.

– Pauvre idiot, a-t-elle jeté, avant de retourner à l'intérieur.

À quoi t'attendais-tu, Svetlana ? À des accusations ? À des reproches ? À de la tristesse ?

Peu importe. À quoi s'attendait Guesser ? Voilà l'important. Si je sors du rôle de l'amoureux malchanceux de Svetlana, qu'est-ce que ça peut changer ? Quelqu'un d'autre l'occupera-t-il à ma place ? À moins qu'il ne soit déjà temps pour elle de rester seule ? Seule face à son grand destin ?

Il faut que je découvre le but de Guesser.

Je me suis levé brusquement. En entrant, j'ai vu Olga. Elle était seule dans le salon. Face à une vitrine ouverte où étaient exposées des armes blanches. Elle tenait des deux mains une longue lame effilée et l'examinait. Pas comme on regarde une antiquité. Tigron aussi doit regarder ses armes de cette manière. Mais son amour des vieilles épées reste malgré tout abstrait. Pour Olga, il en va différemment.

Quand Guesser est venu s'installer en Russie, à cause d'elle soit dit en passant, de telles épées étaient sans doute encore en usage...

Il y a quatre-vingts ans, quand Olga a été privée de tous ses droits, on se battait déjà d'une autre manière.

Une ex-Grande magicienne. Un Grand but qui n'a pas été atteint. Il y a quatre-vingts ans.

– Pourtant l'idée avait été soigneusement élaborée, ai-je dit.

Olga a sursauté et a tourné la tête.

– Nous ne pouvons pas vaincre l'Obscurité par nous-mêmes. Il faut que ces pauvres petits humains changent. Qu'ils deviennent doux et bons, intelligents et travailleurs. Afin que les Autres au moment de leur initiation n'aient d'autre choix que la Lumière, qu'ils ne voient plus qu'elle. Quel but magnifique...

et que de conséquences à long, très long terme quand il a été noyé dans le sang.

– Tu as tout de même trouvé, a dit Olga. À moins que tu n'aies deviné tout seul ?

– J'ai deviné.

– Bravo. Et après ?

– Quelle erreur as-tu commise, Olga ?

– J'ai accepté un compromis. Un petit compromis avec les forces obscures. Et au final, nous avons perdu.

– Nous ? En es-tu sûre ? Nous nous en sortons à chaque fois. Nous nous adaptons aux circonstances, quelles qu'elles puissent être. Et nous reprenons la lutte. Les vrais perdants, ce sont toujours les humains.

– Les échecs sont inévitables.

Olga a saisi la lourde épée d'une seule main pour la faire tournoyer au-dessus de sa tête.

– Je ressemble à un hélicoptère qui fait du surplace ?

– Tu ressembles à une femme qui brandit une épée. Olga, nous n'apprenons donc jamais rien ?

– Au contraire, nous apprenons beaucoup. Cette fois, tout se passera différemment.

– Une nouvelle révolution ?

– Nous n'avons jamais voulu la révolution. Tout devait se dérouler de manière pacifique. Sans faire de victimes... ou presque. Tu sais bien que notre victoire passe par les hommes. Par l'élévation de leur âme et de leur esprit. Le communisme était un système remarquablement construit, et... s'il n'a pas été réalisé... j'en porte l'entière responsabilité.

– Vraiment ? Et pourquoi n'es-tu pas dans la Pénombre, avec un tel poids sur la conscience ?

– Parce que tout avait été approuvé en haut lieu. Chacun de mes faits et gestes. Même ce malencontreux compromis... paraissait parfaitement acceptable.

– Et maintenant, vous allez de nouveau essayer de réformer le genre humain ?

– Une fois de plus.

– Pourquoi ici ? Pourquoi faut-il que ça se passe à nouveau chez nous ?

– Où ça chez nous ?

– En Russie. Combien d'épreuves ce pays devra-t-il encore supporter ?

– Autant qu'il le faudra.

– Mais pourquoi ?

Olga a soupiré, a rangé fort adroitement l'épée dans son fourreau avant de la remettre en place.

– Vois-tu, mon petit Anton, sur ce champ de bataille, on a encore une chance d'obtenir des résultats. En Europe et en Amérique du Nord, on a déjà essayé tout ce qu'il était possible d'essayer. Ce qui ne veut pas dire qu'on ne continue pas. Certaines expériences sont toujours en cours. Mais ces régions du globe sont somnolentes. Un robuste retraité en short armé d'une caméra vidéo, c'est à quoi ressemblent aujourd'hui les riches pays occidentaux. Il vaut mieux expérimenter sur les jeunes. La Russie, l'Asie, le monde arabe : ce sont nos nouvelles places d'armes. Et ne prends pas cette mine indignée, j'aime ma patrie autant que toi ! J'ai versé plus de sang pour elle que tu n'en as dans les veines. Comprends-moi, Anton, le monde entier n'est qu'un champ de bataille. Tu le sais aussi bien que moi.

– Nous nous battons contre l'Obscurité, pas contre les humains !

– Oui, contre l'Obscurité. Mais nous ne pourrons vaincre qu'en créant une société idéale. Un monde où régneront l'amour, la bonté et la justice. La vraie tâche des Contrôles, ce n'est pas de faire la chasse aux mages psychopathes et de délivrer des licences aux vampires. Toutes ces broutilles réclament du temps et des forces, mais elles sont secondaires... comme la chaleur d'une ampoule électrique. Les ampoules sont faites pour éclairer, non pour réchauffer. Nous devons changer le monde des hommes, au lieu de liquider les menues percées des ténèbres. C'est là notre but. La voie qui mène à la victoire !

– Je comprends.

– En ce cas, tu devrais également comprendre une autre vérité que nous n'avons pas coutume de crier sur les toits. Nous luttons depuis des millénaires. Et nous avons toujours essayé de modifier le cours de l'histoire. Pour créer un monde nouveau.

– Le meilleur des mondes.

– N'ironise pas. Nous sommes parvenus à quelques résultats. À travers le sang, à travers les souffrances, le monde devient vraiment meilleur. Mais il nous faut un grand changement, quelque chose de décisif.

– Le communisme, c'était notre idée ?

– Non, mais nous l'avons soutenue. Elle paraissait assez séduisante au départ.

– Et maintenant, qu'allez-vous soutenir ?

– Tu verras bien.

Olga a souri, d'un sourire amical et sincère.

– Anton, tout se passera pour le mieux. Crois-moi.

– Je dois savoir.

– Non. Justement. Mais tu n'as pas de raison de t'inquiéter. Aucune révolution en perspective. Pas de camps de concentration, pas de pelotons d'exécution ni de procès. Nous n'allons pas répéter nos anciennes erreurs.

– Mais en commettre de nouvelles.

– Anton ! s'est-elle exclamée en élevant la voix. Comment peux-tu ? Nous avons d'excellentes chances de l'emporter. Et notre pays de connaître la paix, le calme et la prospérité ! De devenir un exemple à suivre pour le reste de l'humanité. De surmonter l'Obscurité ! Douze ans de préparation, Anton. Guesser n'a pas été le seul à œuvrer dans ce sens... toute la direction générale a travaillé sur ce projet.

– La direction ?

– Mais oui. Tu pensais que c'était une improvisation ?

J'étais sidéré.

– Vous surveillez Svetlana depuis douze ans ?

– Bien sûr que non ! Nous avons élaboré un nouveau modèle social. Nous avons expérimenté... sur certains éléments. Même moi, je ne suis pas au courant de tous les détails du programme. Guesser attendait que les participants se rejoignent... dans l'espace et le temps.

– Qui précisément ? Svetlana et le nouvel Inquisiteur ?

Ses pupilles se sont légèrement rétrécies et j'ai compris que j'avais vu juste. En partie.

– Qui d'autre encore ? Quel rôle suis-je censé jouer ? Et toi, que vas-tu faire ?

– Tu le sauras en temps voulu.

– Olga, l'intervention de la magie dans la vie humaine n'a encore jamais rien apporté de bon.

– Épargne-moi les axiomes scolaires. Et arrête de te croire plus intelligent que les autres. Nous n'avons pas l'intention de recourir à la magie. Calme-toi et repose-toi.

J'ai hoché la tête.

– Très bien. Tu as exposé ton point de vue... Et je ne suis pas d'accord.

– Officiellement ?

– Non. Sur le plan personnel. En tant que personne privée, je me considère en droit de m'y opposer.

Les yeux d'Olga se sont arrondis et ses lèvres se sont retroussées en un léger sourire.

– De t'opposer à qui ? À Guesser ? Voyons, Anton...

Je lui ai tourné le dos et je suis sorti.

Oui, c'était ridicule.

Totalement ridicule.

Bien plus qu'une improvisation de Guesser et d'Olga. Ou la répétition d'une expérience ratée. Une vaste opération, élaborée depuis longtemps, et dans laquelle j'avais le malheur de me trouver empêtré.

Approuvée par nos plus hautes instances.

Approuvée par les forces de la Lumière.

À quoi rimaient mes protestations ? Je n'avais pas le droit de m'y opposer. Aucun droit. Et pas la moindre chance. Absolument aucune. Je pouvais certes caresser l'idée de devenir le grain de sable entre les rouages de l'horloge. Sauf qu'en l'occurrence, j'étais un grain de sable entre des meules de pierre.

Des meules amicales et bienveillantes, et c'était ça le pire. Personne n'allait me punir ni se battre contre moi. On m'empêcherait simplement de faire des bêtises. De toute façon, quoi que je puisse entreprendre, je n'arriverais jamais à rien.

Pourquoi donc avais-je mal, si mal à l'intérieur de moi ?

Je me tenais sur la terrasse, serrant les poings dans une rage impuissante, quand une main s'est posée sur mon épaule.

– On dirait que tu as fini par en apprendre un peu plus ?

J'ai regardé Semion et j'ai hoché la tête.

– Ça va mal ?

– Oui.

– Tu dois comprendre une chose. Tu n'es pas un grain de sable. Un être humain ne saurait être considéré comme un grain de sable. Et un Autre encore moins.

– Combien de temps faut-il avoir vécu pour apprendre à deviner si facilement les pensées ?

– Une centaine d'années.

– Guesser peut donc lire en chacun de nous comme dans un livre ouvert.

– Sans le moindre doute.

– Il faut que je désapprenne à penser.

– Pour cela, il faudrait d'abord que tu apprennes. Tu es au courant de la bagarre qui a eu lieu en ville ?

– Quand ça ?

– Il y a un quart d'heure. Tout est déjà fini.

– Que s'est-il passé ?

– Le chef a rencontré un messager venu d'Asie. Les Sombres ont essayé de l'éliminer. Sous les yeux du chef.

Semion a souri.

– Mais c'est une déclaration de guerre !

– Non. Ils étaient dans leur droit. Le messager était venu illégalement.

J'ai regardé autour de moi. Personne ne paraissait pressé de partir. Ignat et Ilya étaient en train d'allumer le barbecue.

– Nous n'allons pas rentrer ?

– Non. Le chef s'en est sorti sans nous. Juste une petite

échauffourée. Qui n'a pas fait de victimes. Le messager a été engagé au Contrôle de Moscou, et les Sombres se sont vu contraints de repartir bredouilles. Seul le restaurant a légèrement souffert.

– Quel restaurant ?

– Celui où le chef avait rendez-vous avec le messager, a patiemment expliqué Semion. Nous pouvons continuer à nous reposer.

J'ai regardé le ciel, d'un bleu aveuglant, promettant déjà la canicule.

– Tu sais, ai-je répondu, je n'ai plus envie de me reposer. Je préfère rentrer à Moscou. Je pense que personne ne s'en offusquera.

– Bien sûr que non.

Semion a allumé une cigarette avant d'ajouter négligemment :

– À ta place, j'essayerais de savoir ce que le messager a apporté au chef. C'est peut-être ta chance.

J'ai ri amèrement.

– Même les Sombres n'ont pas réussi à l'apprendre. Tu me proposes de cambrioler le coffre-fort de Guesser ?

– Les Sombres n'ont pas réussi à *s'emparer* de l'objet en question, quel qu'il puisse être. Bien sûr, tu n'as pas le droit de le prendre ni même d'y toucher. Mais tu peux essayer d'en savoir plus...

– Merci. Tu me rends un grand service.

Semion a accepté mes remerciements sans fausse modestie.

– Tu me rendras la pareille quand on sera dans la Pénombre. Au fait, moi aussi, je suis fatigué de me reposer. Après le déjeuner, j'ai l'intention d'emprunter la moto de Tigron pour rentrer en ville. Je t'emmène ?

– D'accord.

J'étais confus. Les Autres sont sans doute les seuls à éprouver pleinement ce type de sentiment. Nous comprenons toujours quand on cherche à nous aider, quand on nous fait des cadeaux immérités que nous n'avons pas la force de refuser.

Je ne pouvais pas rester. Voir Svetlana. Voir Olga. Voir Ignat. Entendre leur vérité.

Ma propre vérité demeurait en moi.

– Tu sais conduire une moto, au moins ? ai-je demandé pour changer de sujet.

– J'ai participé au premier rallye Paris-Dakar. Viens, on va donner un coup de main.

J'ai jeté un regard sombre à Ignat qui coupait du bois. Il maniait la hache avec virtuosité. Il s'immobilisait après chaque coup pour jeter un bref coup d'œil à la ronde et faire rouler ses biceps.

Ignat aimait tout le monde. Mais il s'aimait lui-même tout particulièrement.

– Je vais l'aider, ai-je dit.

Et j'ai lancé à travers la Pénombre le signe de la triple lame. Plusieurs rondins se sont fendus en bûches régulières. Ignat, qui venait justement de brandir sa hache, a perdu l'équilibre et a failli tomber.

Bien sûr, mon intervention a laissé une trace. La Pénombre vibrait, aspirant l'énergie dépensée avec avidité.

– Anton, mais qu'est-ce qui t'a pris ? a demandé Ignat, légèrement frustré. Ce n'est pas sportif !

– En revanche, ça fait de l'effet, ai-je rétorqué en descendant de la terrasse. Tu veux que j'en fende d'autres ?

– Tu exagères, a dit Ignat en se penchant. Pendant que tu y es, pourquoi ne pas faire griller les brochettes avec des boules de feu ?

Je n'éprouvais aucun sentiment de culpabilité, mais je l'ai aidé à ramasser les bûches ; le bois était lisse et jaune d'ambre à l'intérieur, si joliment découpé que c'était presque dommage de le faire brûler.

Jetant un regard en direction de la maison, j'ai aperçu Olga à la fenêtre du rez-de-chaussée.

Elle m'observait d'un air sérieux. Trop sérieux.

Je lui ai fait signe de la main.

5

Tigron avait une belle moto, qualificatif sans doute insuffisant pour caractériser une Harley-Davidson, même du modèle le plus simple. Parmi les motos, il y a les Harley d'un côté et tout le reste de l'autre.

Pourquoi Tigron en avait-elle fait l'acquisition ? Elle devait l'utiliser une ou deux fois l'an, guère plus. Sans doute pour les mêmes raisons que son immense demeure où elle ne venait que pour les congés. Mais grâce à cette moto, nous sommes arrivés en ville peu avant quatorze heures.

Semion maniait le lourd engin d'une main de maître. Je n'aurais jamais pu en faire autant, même en mettant à contribution toutes les « ressources de secours » enregistrées dans ma mémoire et en examinant les lignes des probabilités. Pour atteindre une vitesse approchant de la sienne, il m'aurait fallu dépenser une bonne partie de la force que j'avais en réserve. Alors que Semion conduisait, tout simplement, son seul avantage sur un motard humain était une plus grande expérience.

Même à cent kilomètres-heure, l'air restait brûlant. Le vent me cinglait les joues comme une serviette rêche et chaude. À croire que nous roulions dans une chaudière, une immense chaudière d'asphalte pleine de lentes voitures rissolant au soleil. Trois ou quatre fois, il m'a semblé que nous étions sur le point de percuter un véhicule ou un poteau. Nos amis auraient probablement senti l'accident et seraient venus ramasser nos morceaux pour les recoller... Mais une telle perspective n'avait rien d'agréable.

Nous sommes arrivés à bon port sans encombre. Une fois dans Moscou, Semion a eu recours à la magie à cinq reprises, mais uniquement pour distraire l'attention de la police de la route.

Il n'a pas demandé mon adresse, bien qu'il ne soit jamais venu chez moi. Il s'est arrêté devant mon immeuble, a éteint le moteur. Les adolescents qui s'abreuvaient de bière bon marché sur le terrain de jeux se sont tus, les regards fixés sur la moto. Ça doit être bien d'avoir des rêves simples et clairs : de la bière, une tablette d'ecstasy à la discothèque, une copine sympa et sexy et une Harley sous les fesses.

– Tes dernières prémonitions remontent à il y a longtemps ? a demandé Semion.

J'ai sursauté. Je ne me souvenais pas d'avoir jamais dit à quiconque que j'avais parfois des prémonitions.

– Oui, assez longtemps.

Semion a hoché la tête. Il a regardé mes fenêtres, sans préciser la raison de sa question.

– Tu veux que je monte avec toi ?

– Je ne suis pas une fille pour qu'on me raccompagne jusqu'à la porte.

Semion a souri.

– Ne me confonds pas avec Ignat... Bon, ce n'est rien. Sois prudent.

– Prudent en quoi ?

– En tout, je suppose.

Le moteur a rugi. Semion a ajouté :

– Quelque chose... se prépare, Anton. Quelque chose approche. Sois prudent.

Il a démarré en trombe, provoquant quelques exclamations admiratives parmi notre jeune public, et s'est adroitement glissé entre une Volga garée devant nous et une Jigouli qui passait à lente allure. Je l'ai suivi des yeux. Sans la moindre prémonition, je pouvais dire que Semion allait rouler toute la journée à travers Moscou, se joindre à une compagnie de rockers, s'y intégrer en quinze minutes et faire naître quelques légendes sur un vieux motard complètement fou.

Sois prudent...

En quoi ?

Et surtout, pourquoi ?

Je suis entré dans le hall, après avoir composé machinalement le code d'entrée, et j'ai pressé le bouton de l'ascenseur. Ce matin encore, j'étais en congé, j'étais entouré d'amis et je me sentais bien.

Lorsqu'un mage blanc est sur le point de craquer, il y a toujours des signes avant-coureurs, comme chez un malade avant une crise d'épilepsie. Il fait un usage incongru de sa force, par exemple en pulvérisant les mouches avec des boules de feu ou en coupant du bois avec des sorts de combat. Il se dispute avec celle qu'il aime. Se brouille avec certains de ses amis et devient plus proche de certains autres. Ce sont des faits bien connus, et nous savons tous comment finissent les mages qui déraillent.

Sois prudent.

J'ai voulu ouvrir la porte.

Sauf qu'elle était déjà ouverte.

Mes parents avaient les clés. Mais ils vivaient à Saratov et n'auraient jamais débarqué de province sans prévenir. D'ailleurs, j'aurais senti leur présence.

Un cambrioleur humain ne risquait pas de fracturer ma porte, le signe placé sur le seuil l'aurait immédiatement arrêté. Mon appartement était également protégé contre les Autres. Bien sûr, surmonter les sorts de protection était une simple question de force. Mais mes systèmes d'alarme auraient dû fonctionner !

La porte était restée légèrement entrouverte. J'ai regardé à travers la Pénombre, mais je n'ai rien vu.

Je n'avais pas d'arme. Mon revolver était resté chez moi. Ainsi que la dizaine d'amulettes de combat dont je disposais.

J'aurais pu agir conformément aux instructions. Un agent du

Contrôle de la Nuit qui découvre que quelqu'un a pénétré par effraction dans une maison placée sous protection magique doit avertir l'opérateur de garde, ainsi que son curateur, après quoi...

Je me suis imaginé appelant Guesser qui, deux heures plus tôt, avait fait fuir les troupes de choc du Contrôle du Jour en un tournemain, et j'ai aussitôt perdu toute envie de suivre les instructions. J'ai replié les doigts, préparant une incantation de « givrage » pour pouvoir l'utiliser rapidement à toutes fins utiles. Influencé sans doute par la façon spectaculaire dont Semion s'était débarrassé des chiens...

« Sois prudent ? »

J'ai poussé la porte de mon appartement, soudain devenu comme étranger.

En entrant, j'ai deviné qui pouvait avoir assez de force, de pouvoir et d'insolence pour entrer chez moi sans invitation.

– Bonjour, chef ! ai-je dit en entrant dans le bureau.

Je ne m'étais pas totalement trompé...

Zébulon, assis dans le fauteuil près de la fenêtre, a haussé les sourcils d'un air surpris. Il a posé l'hebdomadaire *Arguments et faits* qu'il était en train de lire et a retiré ses lunettes à fine monture d'or avant de répondre :

– Bonjour, Anton. Tu sais, j'aurais aimé être ton chef.

Il souriait. Il portait un costume noir de coupe impeccable et une chemise gris clair. Un homme mince d'âge indéterminé, aux cheveux ras, un mage noir hors classe, le chef du Contrôle du Jour de Moscou.

– Je me suis trompé, ai-je dit. Qu'est-ce que tu fais là ?

Zébulon a haussé les épaules.

– Prends mon amulette. Elle est dans le tiroir du bureau, je la sens.

Je me suis rapproché pour récupérer le médaillon d'ivoire à chaînette de cuivre, qui a tiédi entre mes doigts.

– Zébulon, tu n'as plus de pouvoir sur moi.

– Parfait, a-t-il déclaré, je préfère que tu te sentes en sécurité.

– Que fais-tu dans la maison d'un agent du Contrôle de la Nuit, Zébulon ? J'ai le droit de me plaindre au Tribunal.

– Je sais. Je connais les règles. J'ai tort. Je suis un imbécile. Je cours des risques et je fais courir des risques au Contrôle du Jour. Mais je ne suis pas venu te voir en ennemi.

Je n'ai rien dit.

– Au fait, a-t-il ajouté, tu n'as pas à t'inquiéter des systèmes de surveillance, ni des vôtres ni de ceux installés par l'Inquisition. Je me suis permis de les… disons de les endormir. Tout ce que nous pourrons nous dire demeurera à jamais entre nous.

– Crois à la moitié de ce que te dit un humain, au quart de ce que te dit un Clair et à rien de ce que te dit un Sombre, ai-je murmuré.

– Bien sûr. Tu peux ne pas me croire. C'est même un devoir pour toi ! Mais je te demande de m'écouter.

Il a souri soudain, d'un sourire étonnamment ouvert et apaisant.

– Tu es un mage blanc. Tu as l'obligation d'aider tous ceux qui réclament ton aide… Même moi. Alors, entends ce que j'ai à te dire.

Après un instant d'hésitation, je suis allé m'asseoir sur le divan. Sans ôter mes chaussures ni le sort de givrage que j'avais préparé, si ridicule fût-il de m'imaginer luttant contre Zébulon.

Je me sentais étranger dans mon propre appartement où j'avais pris l'habitude d'être totalement à l'abri depuis que je travaillais au Contrôle.

– Pour commencer, ai-je demandé, comment es-tu entré ?

– Pour commencer, j'ai pris un banal passe-partout, mais…

– Zébulon, tu sais de quoi je parle. On peut supprimer les barrières d'alerte, mais pas les tromper. Elles se déclenchent forcément quand un étranger cherche à entrer…

Le mage noir a soupiré.

– Kostia m'a aidé. Tu lui as donné l'autorisation d'entrer chez toi.

– Je pensais que Kostia était mon ami. Bien qu'il soit un vampire.

– Il est effectivement ton ami. Et il veut t'aider.

– À sa manière.

– À notre manière. Anton, je suis entré chez toi, mais sans l'intention de te nuire. Je n'ai pas regardé les documents que tu détiens. Je n'ai pas laissé de signes de surveillance. Je suis venu pour parler.

– Eh bien, parle.

– Nous avons tous les deux un problème, Anton. Le même problème. Et aujourd'hui, il atteint des dimensions critiques.

Dès que j'ai vu Zébulon, j'ai su immédiatement de quoi il allait me parler. Aussi me suis-je contenté de hocher la tête.

– Bien, tu as compris, a dit le mage noir en se penchant vers moi. Anton, je ne me fais pas d'illusions. Nous voyons le monde différemment. Et nous n'avons pas la même notion du devoir. Mais cela n'empêche pas d'avoir en certaines circonstances des intérêts communs. Le comportement des Sombres est sans doute critiquable, de votre point de vue. Il nous arrive d'agir de façon assez ambiguë. Et nous traitons les humains – on ne peut rien y faire, c'est dans notre nature – avec moins d'égards. Je ne saurais le nier. Mais personne, note-le bien, personne jamais ne nous a accusés de vouloir intervenir sur une échelle globale pour modeler le destin de l'humanité ! Depuis la signature du Traité, nous vivons tranquillement en nous occupant de nos affaires... et nous aimerions que vous en fassiez autant.

– Vous n'essayez pas d'intervenir, ai-je reconnu, parce que le temps travaille pour vous.

– Et pourquoi, selon toi ? Peut-être sommes-nous plus proches des humains ? Peut-être est-ce nous qui avons raison ? Mais bon, laissons cela, on peut disserter à l'infini sur ce sujet. Quoi qu'il en soit, nous respectons le Traité. Souvent beaucoup mieux que les forces de la Lumière.

Une approche classique de l'art de la discussion. Reconnaître d'abord quelques torts. Accuser poliment son interlocuteur d'en avoir au moins autant sur la conscience. Et aussitôt passer l'éponge. Pour en arriver enfin à l'essentiel.

Zébulon est redevenu sérieux.

– Mais venons-en à l'essentiel. Au lieu de tourner autour du pot. En moins d'un siècle, les forces de la Lumière ont organisé trois expériences à très grande échelle. La révolution en Russie, la Seconde Guerre mondiale... et voilà qu'elles ont décidé de remettre ça. Toujours selon le même scénario.

– Je ne vois pas de quoi tu parles, ai-je dit.

Mon cœur s'est serré douloureusement.

– Vraiment ? Je vais t'expliquer. Il s'agit de mettre au point des modèles sociaux qui – fût-ce au prix de cataclysmes et de flots de sang – permettront à l'humanité, ou du moins à une partie de l'humanité, de construire une société idéale. Idéale de votre point de vue. Je ne vous reproche pas vos conceptions. Chacun a le droit de rêver. Mais votre manière d'agir est particulièrement cruelle.

Il a souri tristement.

– Vous nous accusez de cruauté... non sans fondement... Mais que représente la vie d'un enfant sacrifié lors d'une messe noire par rapport à tous les enfants massacrés dans les camps de concentration nazis ? Le fascisme, c'est encore l'une de vos expériences. Qui vous a échappé. D'abord l'internationalisme et le communisme. Ratage complet. Puis le national-socialisme. Encore une grosse erreur ! Alors vous les avez confrontés, histoire d'observer le résultat. Vous avez poussé un soupir et vous avez tout effacé avant de poursuivre vos expérimentations.

– Nos erreurs sont le fruit de vos efforts.

– Bien sûr ! Nous aussi, nous avons l'instinct de conservation ! Nous ne construisons pas de modèles sociaux basés sur notre éthique. Pourquoi devrions-nous tolérer vos projets ?

Je n'ai rien dit.

Zébulon a hoché la tête d'un air satisfait.

– Vois-tu, Anton... nous pouvons être ennemis. Nous le sommes, d'ailleurs. Cet hiver, tu nous as causé de sérieux ennuis. Et au printemps, tu t'es de nouveau mis sur mon chemin. Tu as éliminé deux agents du Contrôle du Jour. Bien sûr, l'Inquisition a estimé que tu étais en état de légitime défense et que tu ne pouvais agir autrement, mais crois-moi, ça ne me réjouit pas le moins du monde. Que vaut un chef, s'il est incapable de défendre ses subordonnés ? Ainsi donc, nous sommes ennemis. Mais nous sommes confrontés à une situation qui sort de l'ordinaire. Une nouvelle expérience. À laquelle tu es indirectement mêlé.

– J'ignore de quoi tu parles.

Zébulon a éclaté de rire.

– Anton, je n'essaye pas de te tirer les vers du nez. Je n'ai pas l'intention de te poser la moindre question. Ni de te demander quoi que ce soit. Écoute ce que j'ai à te dire. Ensuite, je partirai.

Soudain, je me suis souvenu de l'hiver dernier quand Alissa avait usé de son droit d'intervenir. La sorcière n'avait pas fait grand-chose, elle m'avait seulement incité à dire la vérité. Une vérité qui avait orienté Egor vers l'Obscurité.

Pourquoi en est-il ainsi ?

Pourquoi la Lumière agit-elle en ayant recours au mensonge et l'Obscurité en ayant recours à la vérité ? Pourquoi notre vérité se révèle-t-elle impuissante, alors que nos adversaires n'ont même pas besoin de mentir pour faire le mal ? Est-ce lié à la nature humaine ou à la nature des Autres ?

– Svetlana est une brillante magicienne, a dit Zébulon, mais son avenir n'est pas de siéger à la direction du Contrôle de la Nuit. On a l'intention de l'utiliser dans un seul but. Une mission qu'Olga a échoué à remplir. Tu sais que ce matin, un messager de Samarkand est arrivé en ville ?

– Je suis au courant.

– Je peux te dire ce qu'il a apporté. Tu veux le savoir, n'est-ce pas ?

J'ai serré les dents.

– Bien sûr que ça t'intéresse... Le messager a apporté un morceau de craie.

Il ne faut jamais croire les Sombres. Mais j'ai senti qu'il ne mentait pas.

– Un petit morceau de craie. On peut s'en servir à l'école pour écrire au tableau. Ou pour jouer à la marelle dans la cour. Ou pour frotter une queue de billard. Mais cela reviendrait à casser des noix avec le sceau royal. Car si une Grande magicienne se saisit de cette craie... Une magicienne ordinaire n'aurait pas assez de force, et seule une femme peut le faire ; entre les mains d'un Grand mage, la craie restera une simple craie. De surcroît, il faut que ce soit une Grande magicienne blanche. Cet objet n'est d'aucune utilité pour les Sombres.

Il m'a semblé percevoir dans sa voix comme un soupir de regret. Zébulon s'est rejeté en arrière, puis s'est penché à nouveau vers moi avant de poursuivre :

– Un minuscule bout de craie. Il est tout usé. Que de fois de belles jeunes femmes au regard flamboyant de lumière l'ont pris entre leurs doigts graciles... Et la terre a vacillé sur son axe, des frontières ont disparu, de nouveaux empires ont surgi, des bergers sont devenus des prophètes et des charpentiers sont devenus des dieux, des enfants abandonnés ont été reconnus rois, des sergents ont été élevés au rang d'empereurs, des séminaristes ratés et des peintres dépourvus de talent se sont transformés en tyrans... Rien qu'un minuscule bout de craie.

Zébulon s'est levé.

– Voilà, mon cher ennemi, c'est tout ce que je voulais te dire. Tu comprendras le reste toi-même. Si tu le veux, bien entendu.

– Zébulon...

J'ai desserré la main pour regarder l'amulette.

– Tu es une créature de l'Obscurité.

– Bien sûr. Mais uniquement de l'obscurité qui était en moi. Et que j'ai moi-même choisie.

– Et même ta vérité apporte le mal.

– À qui donc ? Au Contrôle de la Nuit ? Certainement. Aux humains ? Je ne suis pas de cet avis.

Il s'est dirigé vers la porte.

– Zébulon. J'ai vu ton vrai visage. Je sais qui tu es et ce que tu es.

Le mage noir s'est immobilisé. Puis il s'est tourné lentement vers moi et a passé la main devant sa face qui s'est déformée l'espace d'une seconde. Sa peau s'est transformée en écailles ternes, ses yeux se sont rétrécis.

Puis l'illusion s'est dissipée.

– Bien sûr, a déclaré Zébulon, tu m'as vu. Mais moi aussi, je t'ai vu. Et permets-moi de te dire que tu n'avais rien d'un ange immaculé brandissant une épée de lumière. Ce qu'on voit dépend du point de vue où l'on se place. Au revoir, Anton. Crois-moi, je t'éliminerai avec plaisir... dans l'avenir. Mais aujourd'hui, je te souhaite bonne chance. Du fond de l'âme dont je suis d'ailleurs dépourvu.

La porte a claqué derrière lui. Et aussitôt, mon signe de garde a poussé un hurlement du fond de la Pénombre. Le masque de Choyong a grimacé, une lueur de colère a brillé au fond des fentes en bois qui lui servaient de regard, il a montré les dents.

Décidément, mon système de protection ne valait rien.

J'ai fait taire le signe en un tour de main et j'ai déchargé sur le masque mon sort de givrage. Au moins, je ne l'aurais pas préparé pour rien.

– Un morceau de craie, ai-je répété à voix haute.

J'en avais vaguement entendu parler. Il y a longtemps, du coin de l'oreille. Quelques mots lâchés par l'un de nos professeurs ou peut-être une histoire écoutée par hasard. Où il était justement question d'une craie.

Je me suis levé et j'ai jeté l'amulette par terre.

– Guesser ! ai-je crié à travers la Pénombre. Guesser, réponds-moi !

Mon ombre a jailli du sol pour enrober mon corps et l'attirer en elle. La lumière s'est assombrie, les meubles sont devenus flous. Le silence s'est abattu sur moi et la chaleur s'est dissipée. J'étais debout, les bras écartés, et la Pénombre avide buvait mes forces.

– Guesser, j'en appelle à toi !

Des filaments de brume grise flottaient autour de moi. Je ne me souciais pas que mon cri soit entendu par d'autres.

– Guesser, mon mentor, j'en appelle à toi, réponds !

Très loin, une ombre invisible a soupiré.

– Je t'entends, Anton.
– Réponds-moi !
– À quelle question veux-tu que je réponde ?
– Zébulon m'a dit la vérité ?
– Oui.
– Guesser, arrêtez-vous !
– Trop tard, Anton. Tout se déroule comme prévu. Fais-moi confiance.
– Guesser, arrêtez-vous !
– Tu n'es pas en droit d'exiger quoi que ce soit.
– Si, j'en ai le droit ! Si nous appartenons à la Lumière, si nous sommes porteurs du bien, alors j'en ai le droit !

Silence. J'ai même cru que le chef ne voulait plus discuter avec moi.
– Bon. Je t'attends dans une heure au Parabar.
– Où ça ?
– La bar des parachutistes. Métro Tourgueniev, derrière l'ancienne poste principale.

J'ai reculé d'un pas pour sortir de la Pénombre. Un lieu de rendez-vous original. Était-ce là que Guesser s'était bagarré avec le Contrôle du Jour ? Je croyais que c'était dans un restaurant...

Mais que ce soit le Parabar, le Rosy ou le Chance, ça m'était bien égal. Côtoyer des paras, des yuppies ou des gays, après tout, ça ne faisait guère de différence.

Restait encore un point à éclaircir.

J'ai sorti mon mobile et j'ai fait le numéro de Svetlana. Elle a répondu immédiatement.
– Salut, ai-je dit, tu es à la datcha ?

Je crois que mon ton l'a déconcertée.
– Non. Je suis en route pour Moscou.
– Avec qui ?
– Avec Ignat, a-t-elle répondu après un instant d'hésitation.
– Dis-moi, t'a-t-on parlé d'un morceau de craie ?
– De quoi ?

Sa surprise était évidente.

– Des propriétés magiques de la craie. On ne t'a pas appris à l'utiliser ?

– Non. Anton, tu es sûr que tu vas bien ?

– Parfaitement bien.

– Il ne t'est rien arrivé ?

C'est une habitude typiquement féminine de poser deux ou trois fois la même question sous plusieurs formes.

– Rien de particulier.

– Si tu veux... je peux demander à Olga.

– Elle est avec vous ?

– Oui, nous rentrons tous les trois en ville.

– Ce n'est pas la peine, merci.

– Anton...

– Oui, Sveta ?

J'ai ouvert le tiroir de mon bureau où traînaient divers objets magiques. J'ai regardé les cristaux qui luisaient faiblement, la baguette maladroitement façonnée... À l'époque, je voulais encore devenir un mage combattant. J'ai refermé le tiroir.

– Pardonne-moi.

– Tu n'as pas besoin de me demander pardon.

– Je peux venir te voir ?

– Vous êtes loin ?

– A mi-chemin.

– Je ne peux pas t'attendre. J'ai une rencontre importante. Je te rappellerai plus tard.

J'ai coupé la communication et j'ai souri. La vérité peut être cruelle et mensongère dans bien des cas. Par exemple, si tu ne dis que la moitié de la vérité. Si tu annonces que tu ne veux pas parler à quelqu'un sans expliquer pourquoi.

Permettez-moi de faire le bien par le mal. Puisque je n'ai rien d'autre à ma disposition.

À tout hasard, j'ai fait le tour de l'appartement, j'ai jeté un coup d'œil dans la chambre à coucher, dans les toilettes, dans la salle de bains et la cuisine. Pour autant que j'étais capable de le sentir, Zébulon ne m'avait effectivement laissé aucun présent indésirable.

De retour dans mon bureau, j'ai allumé mon ordinateur portable et j'ai chargé ma base de données sur la magie. J'ai saisi le mot de passe et tapé le mot « craie ».

J'avais peu d'espoir de parvenir à un résultat. Ce que je voulais savoir était sans doute trop secret pour être informatisé.

Le mot « craie » est apparu dans trois références.

Dans la première, il était question d'une carrière de craie où, au XVe siècle, s'était déroulé un duel entre deux mages de première classe, un Blanc et un Noir. Ils avaient péri tous les deux, par épuisement de forces, hors d'état de sortir de la Pénombre leur combat achevé. Au cours des cinq siècles qui avaient suivi, près de trois mille personnes avaient péri accidentellement dans les environs immédiats.

La deuxième concernait l'usage de la craie pour tracer des signes magiques et des cercles de protection. Le texte était plus détaillé et je l'ai parcouru rapidement sans rien apprendre de nouveau. La craie ne présentait pas d'avantages particuliers par rapport au charbon, au crayon, au sang ou à la peinture à l'huile. À part celui de s'effacer plus aisément.

La troisième référence concernait la partie « Mythes et données non vérifiées » qui comportait énormément d'âneries, notamment sur l'usage de l'argent et de l'ail dans la lutte contre les vampires ou sur des rituels parfaitement imaginaires.

Mais il m'était déjà arrivé d'y trouver des renseignements valables sur des faits oubliés.

La craie figurait dans un article intitulé « Les Livres du Destin ».

Arrivé à la moitié, j'ai compris que j'étais tombé juste. L'information n'avait rien de secret, n'importe quel mage débutant y avait accès, des documents accessibles aux humains y faisaient peut-être même référence.

Les Livres du Destin. Un morceau de craie.

Tout coïncidait.

J'ai fermé le fichier et j'ai éteint mon ordinateur. Je suis resté quelques instants immobile à me mordiller les lèvres, puis j'ai consulté ma montre.

Il était temps de me rendre à mon étrange rendez-vous.

J'ai pris une douche et je me suis changé. J'ai emporté le médaillon de Zébulon, l'insigne du Contrôle de la Nuit et un disque de combat offert jadis par Ilya : une antique rondelle de bronze de la taille d'une grosse pièce de monnaie. Je ne l'avais jamais utilisée. Ilya m'avait dit qu'il ne restait guère qu'une charge ou deux à l'intérieur.

J'ai sorti mon revolver de sa cachette et j'ai vérifié qu'il était chargé. Les balles d'argent explosives sont relativement utiles contre les loups-garous, nettement moins contre les vampires, mais très efficaces contre les mages noirs.

À croire que je m'apprêtais à me battre et non à discuter avec mon chef.

Mon mobile a sonné au moment où j'étais sur le point de sortir.

– Anton ?

– Sveta ?

– Olga veut te parler, je te la passe.

– D'accord, ai-je dit en ouvrant la porte.

– Anton... je t'aime beaucoup. Ne fais pas de bêtises, s'il te plaît.

Je n'ai su que répondre. Olga a pris le combiné.

– Anton. Je veux que tu saches, tout est déjà décidé. Et tout aura lieu très bientôt.

– Cette nuit, ai-je précisé.

– Comment le sais-tu ?

– Je le sens. Tout simplement. C'est pour ça que vous avez d'abord éloigné tout le monde, pas vrai ? Et que vous avez plongé Svetlana dans un état d'esprit adéquat.

– Que sais-tu exactement ?

– Le Livre du Destin. Le morceau de craie. J'ai tout compris.

– C'est fort regrettable, a dit Olga. Anton, tu dois...

– Je ne dois rien à personne, ai-je répliqué. Seulement à la Lumière qui est en moi.

J'ai raccroché et j'ai éteint mon téléphone. Guesser pouvait me joindre sans user de moyens techniques. Je ne voulais plus entendre les arguments d'Olga. Quant à Svetlana, de toute manière, elle ne comprendrait jamais ma façon d'agir ni mes raisons.

Quand tu décides d'aller jusqu'au bout, vas-y seul. Et ne demande à personne de te suivre.

– Assieds-toi, Anton.

L'endroit était minuscule. Six ou sept tables séparées par des cloisons. Un comptoir. Une fumée épaisse flottait dans l'air. Le téléviseur dont le son était coupé diffusait des sauts en parachute. Les photos aux murs montraient la même chose : des corps en combinaisons de couleur vive étendus dans les airs. Il y avait peu de monde, probablement parce qu'il était trop tard pour le déjeuner et trop tôt pour l'affluence du soir. Boris Ignatievitch était installé à la table du coin.

Il n'était pas seul. Il picorait paresseusement des grains de raisin dans un plateau de fruits. Légèrement à l'écart, bras croisés, était assis un grand jeune homme au teint cuivré. Nos regards se sont croisés, et j'ai senti une poussée, douce mais perceptible.

Un Autre.

Nous nous sommes regardés pendant cinq secondes, augmentant progressivement la pression. Il avait d'excellentes capacités, mais manquait encore d'expérience. À un moment, j'ai affaibli ma résistance, évitant son sondage et, avant qu'il n'ait eu le temps de se protéger, je l'ai sondé en retour.

Un mage blanc. Quatrième classe.

Il a grimacé, comme sous l'effet d'une douleur, et a regardé Guesser avec une expression de chien battu.

– Faites connaissance, a dit ce dernier. Anton Gorodetski, agent du Contrôle de Moscou. Alisher Ganiev, agent du Contrôle de Moscou... depuis peu.

Le messager de Samarkand.

Je lui ai serré la main et j'ai levé ma barrière de protection.

– Mage blanc, deuxième classe, a constaté Alisher en me regardant dans les yeux, et il s'est légèrement incliné.

J'ai secoué la tête.

– Troisième classe.

Le jeune homme s'est de nouveau tourné vers Guesser d'un air surpris.

– Deuxième classe, a confirmé le chef. Tu es au mieux de ta forme, Anton. Je suis très content pour toi. Assieds-toi, nous allons parler. Alisher, tu peux observer.

Je me suis assis en face de Guesser.

– Sais-tu pourquoi je t'ai donné rendez-vous en ce lieu précis ? a demandé ce dernier. Prends du raisin, il est délicieux.

– Qu'est-ce que j'en sais ? Ils servent peut-être le meilleur raisin de Moscou ?

– Excellente supposition, a dit Guesser en riant. Sauf que nous avons acheté ces fruits au marché.

– L'endroit est sans doute agréable.

Il a haussé les épaules.

– Pas particulièrement. Il n'y a que cette petite salle... et derrière cette porte, un billard et deux autres tables.

– Vous faites du parachutisme en secret.

– Ça fait vingt ans que je n'ai pas sauté, a répondu Guesser. Mon cher Anton, si j'ai choisi ce bar pour manger des pommes de terre et du bœuf Strogonoff et finir par une grappe de raisin, c'est pour te montrer une microsociété. Détends-toi, regarde autour de toi... Alisher, commande-lui une bière. Observe les visages, Sentinelle, prête l'oreille aux conversations. Respire l'air ambiant.

J'ai tourné la tête et je me suis légèrement décalé sur la banquette de bois pour mieux voir les gens qui m'entouraient. Alisher était allé au bar me chercher une bière.

Les habitués du Parabar étaient quelque peu étranges. Quelque chose d'insaisissable les unissait. L'expression des yeux, la gestuelle. Rien d'extraordinaire, mais ils semblaient tous marqués du même sceau invisible.

– Un microcosme. J'aurais pu aussi bien te faire venir au

gay-club Chance, au restaurant de la maison des Écrivains ou dans un bistrot situé en face d'une usine quelconque. Peu importe. Ce que je voulais te faire voir, c'est une petite communauté. Isolée du reste de la société. Un club, officiel ou non. Sais-tu pourquoi ? C'est nous. Notre Contrôle est bâti sur le même modèle.

Un jeune homme avec des béquilles s'est approché de la table voisine, a refusé de s'asseoir et, appuyé à la cloison basse, a entrepris de raconter quelque chose. La musique couvrait ses paroles, mais j'ai saisi le sens général à travers la Pénombre. Un parachute qui avait refusé de s'ouvrir. Il s'était posé à la dernière minute avec le parachute de secours et avait récolté une fracture. Six mois sans sauter, quelle poisse !

– Cette collectivité est très représentative, a poursuivi le chef. Pas mal de risques. Des sensations fortes. L'incompréhension de l'entourage. Un jargon spécifique. Des problèmes totalement étrangers au commun des gens. Souvent des blessures et parfois la mort. Tu te plais ici ?

Après réflexion, j'ai répondu :

– Non. Ici, il faut faire partie du clan, sinon, tu n'existes pas.

– Bien sûr. Il est curieux d'observer une microsociété de ce type, mais il suffit d'y venir une seule fois. Ensuite, soit tu en acceptes les règles pour en devenir un membre à part entière, soit tu es rejeté. Eh bien, au fond, notre communauté fonctionne exactement de la même manière. Chaque Autre, une fois découvert, est placé devant une alternative. Soit il intègre le Contrôle du camp qu'il a choisi, devient un soldat, un combattant, qui périra inévitablement tôt ou tard. Soit il poursuit une existence quasi humaine, ne développant que modérément ses capacités magiques, profitant des avantages d'être un Autre, mais souffrant également des inconvénients inhérents à un tel mode d'existence. Le plus désagréable, c'est quand tu te trompes dans ton premier choix. Quand un Autre refuse d'accepter les règles de son Contrôle pour quelque raison. Mais il est presque impossible de quitter notre organisation. Dis-moi, Anton, tu pourrais exister hors du Contrôle ?

Évidemment, le chef ne parle jamais de manière abstraite.

– Sans doute que non, ai-je reconnu. Il me sera difficile, pratiquement impossible de me limiter à la magie autorisée à un mage blanc ordinaire.

– Et si tu ne fais plus partie du Contrôle, tu ne pourras pas justifier tes interventions magiques par l'intérêt de la lutte contre l'Obscurité. Pas vrai ?

– Tout à fait.

– Là est le problème, Anton.

Le chef a soupiré.

– Alisher, ne reste pas planté là...

Il traitait ce pauvre garçon comme un larbin. Et j'en devinais sans peine la raison. Le messager lui avait forcé la main pour se faire admettre au Contrôle de Moscou et était en train de subir les inévitables conséquences de sa pression psychologique sur le chef.

– Votre bière, Lumineux Anton, a dit Alisher en posant la chope devant moi.

Je l'ai prise sans rien dire. Il n'était coupable de rien, ce jeune mage de talent. Il y avait de grandes chances que nous devenions amis par la suite. Mais en ce moment, je lui en voulais. Alisher avait rapporté à Moscou un objet qui allait me séparer à jamais de Svetlana.

– Qu'allons-nous faire, Anton ? a demandé le chef.

– Qu'est-ce qui pose problème ? ai-je demandé en lui jetant un regard fidèle de vieux saint-bernard.

– Svetlana. Tu t'opposes à sa mission.

– Naturellement.

– Anton, il y a des axiomes de base à respecter. Tu n'as pas le droit de protester contre la politique du Contrôle au nom de tes intérêts personnels.

– Mes intérêts personnels n'ont rien à y voir. Je considère l'opération qui se prépare comme amorale. Elle n'apportera aucun bien aux humains. Les tentatives pour changer l'humanité de manière radicale ont toujours échoué d'une façon ou d'une autre.

– Tôt ou tard nous réussirons. Tu le remarqueras, je ne soutiens pas que cette fois sera la bonne. Mais nos chances sont meilleures que jamais.

– Je n'y crois pas.

– Tu peux déposer un appel auprès de la direction générale.

– Aura-t-elle le temps de l'examiner avant que Svetlana ne prenne la craie et n'ouvre le Livre du Destin ?

Le chef a baissé les paupières avec un soupir.

– Non. Tout se passera cette nuit même, au début de la nuit. Tu es content ? Tu sais quand ça va avoir lieu.

– Boris Ignatievitch, ai-je dit, l'appelant à dessein par le nom sous lequel je l'avais d'abord connu. Écoutez-moi, je vous en prie. Quand vous avez quitté votre pays et que vous êtes venu en Russie, ce n'était pas pour défendre la Lumière ni pour faire carrière. C'était pour Olga. J'ai appris un certain nombre de choses sur vous. Vous avez un passé très riche... tant de haine, d'amour, de trahisons et de noblesse. Mais vous devez me comprendre. Vous pouvez...

J'ignore ce que j'attendais. Qu'il détourne les yeux, ou qu'il me promette du bout des lèvres d'ajourner son projet.

– Je te comprends très bien, Anton, beaucoup mieux que tu ne peux l'imaginer. Et c'est pour cela que notre projet sera mené à bien.

– Mais pourquoi ?

– Parce que, mon garçon, il existe quelque chose qu'on appelle destin. Il n'y a rien de plus fort. Certains sont appelés à transformer le monde. D'autres ne feront jamais rien de tel. Les uns font trembler les États sur leurs bases, les autres se tiennent dans les coulisses et tirent les fils entre leurs doigts tachés de craie. Anton, crois-moi, je sais ce que je fais. Crois-moi.

– Je ne vous crois pas.

Je me suis levé sans toucher à ma bière dont la mousse avait déjà fondu. Alisher a jeté à Guesser un regard interrogatif, comme s'il était prêt à m'arrêter.

– Fais ce que tu veux, a dit le chef. Tu es libre d'agir comme tu l'entends. La Lumière est en toi, mais derrière toi s'étend la Pénombre. Tu connais le prix du moindre faux pas. Et sache que je suis prêt à te venir en aide. Il est de mon devoir de t'aider.

– Guesser, mon maître, merci pour tout ce que tu m'as appris, ai-je dit, et je me suis incliné, attirant quelques regards curieux parmi les parachutistes. Je ne me sens pas en droit de compter plus longtemps sur ton aide. Accepte ma reconnaissance.

– Tu es dégagé de toute obligation envers moi, a répondu calmement Guesser. Agis comme te le dicte ton destin.

Avec quelle facilité il reniait son ancien élève.

Combien en avait-il eu avant moi, qui n'avaient su accepter ses idéaux sacrés et ses desseins supérieurs ? Des centaines ? Des milliers ?

– Adieu, Guesser.

J'ai regardé Alisher.

– Alisher, je te souhaite bonne chance dans ton nouveau travail.

Le jeune homme m'a regardé avec reproche.

– Si je puis me permettre...

– Parle, ai-je dit.

– Je n'irais pas si vite à ta place, Lumineux Anton.

– J'ai déjà trop longtemps tergiversé, Lumineux Alisher.

J'ai souri. Au Contrôle, j'avais pris l'habitude de me considérer comme un mage débutant, mais les choses changent. Et pour ce petit nouveau, j'étais un objet d'admiration et de respect. En tout cas pour le moment.

– Un jour, ai-je ajouté, tu entendras le temps bruire en te filant entre les doigts comme du sable. Ce jour-là, Alisher, souviens-toi de moi. Bonne chance.

6

Quelle chaleur.

Je marchais dans la rue de l'Arbat. Des peintres dessinaient des portraits stéréotypés, des musiciens jouaient une musique insipide, des marchands proposaient des souvenirs d'une monotonie affligeante à des étrangers qui manifestaient tous la même curiosité de circonstance ; les Moscovites longeaient au pas de course les étalages de matriochkas avec un agacement coutumier.

Et si je vous secouais un peu ?

En vous donnant une petite représentation...

Je pourrais jongler avec des éclairs, ou avaler du vrai feu, ou obliger les pavés à se fendre pour faire jaillir une fontaine d'eau minérale. Guérir une dizaine de mendiants infirmes ou nourrir les enfants des rues avec des gâteaux surgis du néant...

À quoi bon ?

Ils me lanceraient quelques pièces pour mes boules de feu destinées à combattre les créatures de l'Obscurité. Ils expliqueraient la fontaine d'eau minérale par une conduite percée. Les prétendus infirmes étaient déjà mieux portants et plus riches que la plupart des passants. Quant aux enfants des rues, ils s'enfuiraient, car ils savaient depuis longtemps qu'il n'y a pas de gâteaux gratuits.

Je comprenais Guesser et les autres Grands mages qui luttaient contre l'Obscurité depuis des millénaires. On ne peut pas vivre indéfiniment avec une sensation d'impuissance. On ne peut pas indéfiniment se tapir dans les tranchées : cela détruit une armée plus sûrement que les balles ennemies.

Mais pourquoi devais-je en payer le prix ?

Fallait-il absolument coudre le drapeau de la victoire dans les oripeaux de mon amour ?

Et pourquoi les humains devaient-ils en subir les conséquences ?

Il est facile de mettre le monde sens dessus dessous, mais qui aidera les hommes à ne pas tomber ?

Sommes-nous donc incapables de rien apprendre ?

Je savais ce que Guesser s'apprêtait à accomplir... plus exactement ce que Svetlana allait accomplir sur son ordre. J'en devinais les conséquences et j'imaginais assez facilement quelles failles du Traité serviraient à justifier une intervention dans le Livre du Destin. Je connaissais le moment où tout allait se passer. J'ignorais seulement le lieu de l'action et son objet.

Et c'était le plus grave.

Il y avait de quoi aller solliciter l'aide de Zébulon.

Avant de plonger définitivement dans la Pénombre.

Arrivé au milieu de l'Arbat, j'ai senti, à la limite de ma perception, un vague mouvement de Force. Une intervention magique se produisait à proximité, pas très puissante, mais...

Obscurité !

En dépit de ce que je pouvais penser de Guesser et de mon désaccord avec ses méthodes, je restais une Sentinelle du Contrôle de la Nuit.

Effleurant l'amulette dans ma poche, je suis entré dans la Pénombre.

Il y avait bien longtemps que je ne m'étais pas promené dans la Pénombre du centre de Moscou.

Le ménage n'avait pas été fait depuis des lustres.

Un épais tapis de mousse bleue couvrait tout. Avec ses fils qui remuaient lentement, on aurait dit de l'eau agitée de vagues. Qui formait autour de moi des cercles concentriques : la mousse buvait mes émotions et, en même temps, essayait de s'éloigner de moi. Mais les menues fredaines de la Pénombre ne m'intéressaient pas en ce moment.

Je n'étais pas seul dans cet espace gris, sous le ciel dépourvu de soleil.

Pendant une seconde, j'ai regardé la jeune fille qui me tournait le dos. Tandis qu'un sourire méchant me montait aux lèvres. Un sourire indigne d'un mage blanc. C'était loin d'être une « faible » activité magique.

Une intervention de troisième classe, rien que ça !

Mais c'est très sérieux, ma petite. Si sérieux, que tu dois avoir complètement perdu la boule. Cette amulette est trop puissante pour toi, elle a été fabriquée par quelqu'un d'autre.

Je me suis approché d'elle par-derrière, et elle ne m'a même pas entendu. Les gens glissaient autour de nous en ombres floues et son occupation l'absorbait totalement.

– Anton Gorodetski, Contrôle de la Nuit, ai-je annoncé. Alissa Donnikova, vous êtes en état d'arrestation.

La jeune sorcière s'est retournée en lâchant une exclamation. Elle tenait entre les mains un prisme transparent à travers lequel elle était en train jusqu'ici d'observer les passants. Instinctivement, elle a d'abord essayé de le cacher, puis de s'en servir pour me regarder.

J'ai saisi sa main. Pendant quelques instants nous sommes restés côte à côte tandis que j'augmentais lentement la pression en lui tordant le poignet. Une telle scène entre un homme et une femme pouvait sembler odieuse à première vue. Mais chez les Autres, la force ne dépend pas du sexe ni même des muscles. Nous la puisons dans la Pénombre et parmi les humains qui nous entourent. J'ignore combien Alissa avait pu accumuler de force grâce à ce prisme, peut-être plus que moi.

Mais je l'avais prise en flagrant délit. Et d'autres agents de Contrôle pouvaient se trouver à proximité. Résister à une Sentinelle du Contrôle adverse qui vient officiellement de vous signifier votre arrestation peut vous valoir d'être liquidé sur place.

– Je ne résiste pas, a dit Alissa en desserrant les doigts.

Le prisme est tombé dans la mousse qui a aussitôt bouillonné, enveloppant l'amulette de cristal.

– Un prisme de force ? ai-je demandé de manière purement rhétorique. Alissa Donnikova, vous avez commis une intervention magique de troisième classe.

– De quatrième, a-t-elle hâtivement rectifié.

J'ai haussé les épaules.

– Troisième ou quatrième, peu importe. C'est passible du Tribunal. Alissa, tu t'es fourrée dans de beaux draps.

– Je n'ai rien fait, a-t-elle protesté, tentant vainement de conserver son calme. J'ai une autorisation personnelle de détenir ce prisme. Je ne l'ai pas utilisé.

– Voyons, Alissa, n'importe quel mage de classe supérieure peut relever toute l'information contenue dans cet objet.

D'un geste, j'ai forcé la mousse à s'écarter et le prisme à bondir dans ma main. Il était froid. Très froid.

– Même moi, je peux lire toute son histoire... Alissa Donnikova, Autre, Sombre, sorcière du Contrôle du Jour, quatrième classe, je vous accuse officiellement d'avoir enfreint les règles du Traité. En cas de résistance, je me verrai contraint de vous éliminer. Mettez les mains derrière le dos.

Elle a obéi. Et elle s'est mise à parler, très rapidement, de manière convaincante, concentrant tous ses pouvoirs dans sa voix.

– Anton, attends, je t'en prie, écoute-moi... Oui, j'ai essayé le prisme, mais juste un tout petit peu, comprends-moi, c'est la première fois qu'on m'a confié une amulette d'une telle force ! Anton, je ne suis pas une idiote pour attaquer des gens en plein Moscou, je ne voulais faire de mal à personne. Anton, nous sommes tous deux des Autres ! Nous pourrions nous arranger à l'amiable... S'il te plaît, Anton.

– À l'amiable ? Le terme me paraît totalement déplacé, ai-je répliqué en rangeant le prisme dans ma poche. Suis-moi.

– Anton, une intervention de quatrième classe... de troisième classe ! N'importe quelle intervention de troisième classe accomplie dans l'intérêt de la Lumière ! Pas mon petit jeu stupide avec ce prisme, une vraie intervention !

Je pouvais comprendre la raison de sa panique. Elle risquait la désincarnation. Un agent du Contrôle du Jour qui, par intérêt personnel, capte l'énergie vitale des humains, c'était un scandale d'une telle ampleur... Ils livreraient Alissa au Tribunal sans l'ombre d'une hésitation.

– Tu ne disposes pas d'un pouvoir suffisant pour proposer des compromis d'une telle importance. Tes supérieurs désavoueront ta promesse.

– Zébulon la confirmera !

– Vraiment ?

L'assurance de son ton m'a déconcerté. Sans doute était-elle sa maîtresse ? Mais c'était malgré tout étonnant.

– Alissa, nous avons déjà conclu un accord par le passé...

– Oui, et j'ai moi-même proposé de te pardonner ton intervention...

– Et tu te souviens aussi de ce qu'il en est résulté ? ai-je répliqué avec un sourire.

Elle a baissé les yeux.

– La situation est différente. Cette fois, c'est moi qui ai enfreint la loi. Tu pourras prendre ta revanche. Ne me dis pas que tu refuses la possibilité d'une intervention magique de troisième classe. N'importe quelle intervention magique ! Tu pourras remoraliser une vingtaine de criminels endurcis pour en faire de vrais saints ! Pulvériser sur place une dizaine d'assassins ! Prévenir une catastrophe ! Procéder à une modification temporelle locale ! Anton, cela ne compense-t-il pas largement ma stupide incartade ? Regarde, il n'y a pas la moindre victime ! Je n'ai eu le temps de faire de mal à personne, je venais juste de commencer...

– Tout ce que tu diras pourra être utilisé contre toi.

– Je le sais bien !

Des larmes brillaient dans ses yeux. Qui n'avaient sans doute rien de feint. Sous sa condition de sorcière, elle restait une jeune fille ordinaire. Jolie, effrayée, repentante. Était-ce sa faute si elle avait choisi la voie de l'Obscurité ?

J'ai senti mon bouclier émotionnel se déformer et j'ai secoué la tête :

– Inutile de faire pression sur moi.

– Anton, je te supplie de régler ça à l'amiable.

Me fallait-il une intervention de troisième classe ? Et comment donc ! Plus que je n'aurais su l'exprimer ! Tout mage blanc en rêve. Se sentir pour quelques instants un combattant de la Lumière digne de ce nom et non un troufion pouilleux au fond d'une tranchée qui contemple impuissant le drapeau blanc de la trêve.

– Tu n'as pas le droit de me faire cette proposition, ai-je répété d'une voix ferme.

– Je l'obtiendrai !

Elle a pris son inspiration pour crier :

– Zébulon !

Serrant dans la main mon petit disque de combat, j'attendais.

Sa voix a viré à l'aigu.

– Zébulon, je t'invoque !

J'ai remarqué que les ombres autour de nous bougeaient plus vite : les gens ressentaient une inquiétude inexplicable et accéléraient le pas.

Parviendrait-elle cette fois encore à faire venir le chef des Sombres ? Comme au restaurant Maharadja, quand Zébulon m'avait visé avec son fouet de Shaab ?

Mais il ne m'avait pas tué.

Il m'avait raté. Alors que... Guesser avait finalement reconnu avoir monté toute cette provocation. A ce moment-là Zébulon était donc censé me croire responsable des meurtres dont on m'accusait... Ou bien...

À moins qu'il n'ait déjà nourri à l'époque d'autres plans à mon sujet ?

Ou que Guesser ne soit intervenu discrètement pour détourner ses coups ?

Comment savoir ? Comme d'habitude, je manquais de données pour analyser cette histoire. Je pouvais imaginer trente-trois versions différentes et contradictoires.

Je souhaitais presque que Zébulon ne se manifeste pas. J'aurais tiré Alissa de la Pénombre, j'aurais appelé le chef ou l'un de nos patrouilleurs et je leur aurais remis cette pauvre sotte... pour obtenir une prime à la fin du mois. Comme si je me souciais d'obtenir une prime !

– Zébulon ! Zébulon !

Sa voix était implorante. Elle pleurait. Des larmes lui coulaient des yeux sans qu'elle le remarque. Son rimmel avait déteint.

– Ça ne marche pas, ai-je dit. Suis-moi.

À cet instant, un portail noir s'est ouvert à deux mètres de nous.

Une sensation de froid perçant, jusqu'aux os. De quoi vous faire regretter la canicule qui régnait dans le monde des hommes. La mousse s'est enflammée et a instantanément été réduite en cendres tout au long de la rue. Zébulon ne la brûlait pas à dessein, bien entendu, mais l'ouverture du portail avait fait jaillir tant d'énergie que la mousse venait de crever d'indigestion.

– Zébulon, a murmuré Alissa.

Un peu plus loin, un rayon violet a jailli entre les pavés et s'est projeté dans le ciel. Aveuglé, j'ai fermé les yeux malgré moi et, quand je les ai rouverts, une bulle noire flottait dans la brume grise. Une créature hirsute et écailleuse, de forme vaguement humaine, était en train d'en émerger lentement. Zébulon, pour répondre rapidement à l'appel, avait dû passer par le deuxième ou le troisième niveau de Pénombre.

J'ai soudain éprouvé un sentiment d'impuissance que je croyais pourtant avoir surmonté depuis longtemps. Les pouvoirs dont Zébulon ou Guesser usaient avec facilité m'étaient non seulement inaccessibles, ils dépassaient mon entendement.

Les mains toujours derrière le dos, Alissa s'est élancée vers l'horrible monstre et s'est serrée contre lui, enfouissant son visage entre les écailles piquantes.

– Zébulon ! Je t'en prie, aide-moi.

Évidemment, si Zébulon nous était apparu sous cette forme démoniaque, ce n'était pas dans le but de m'impressionner. Sous sa forme humaine, il n'aurait probablement pas survécu bien longtemps dans les niveaux profonds de la Pénombre.

Il a fixé sur moi ses yeux obliques. Une longue langue bifide a jailli de sa gueule pour glisser sur la tête d'Alissa, laissant dans ses cheveux des gouttelettes de bave blanche. Sa patte griffue a pris le menton de la sorcière et l'a relevé doucement. Leurs regards se sont rencontrés. L'échange d'informations a été rapide.

– Idiote ! a rugi le démon.

Sa gueule s'est refermée dans un claquement de crocs, tout juste s'il ne s'est pas mordu la langue.

– A-t-on idée d'être aussi bête et aussi avide !

Il avait raison. Je pouvais dire adieu à mon intervention de troisième classe.

La courte queue du démon a cinglé les jambes d'Alissa, déchirant sa robe de soie et la jetant à terre. Les yeux du monstre ont brillé, une lumière bleue a enveloppé la sorcière qui s'est figée.

Alissa n'avait pas d'aide à attendre de sa part.

– Je peux emmener la prévenue ? ai-je demandé.

Le démon se balançait légèrement sur ses pattes torves. Ses griffes rentraient et sortaient spasmodiquement. Puis il s'est avancé d'un pas pour se placer entre moi et la jeune fille immobile.

– Zébulon, je te demande d'approuver cette arrestation. Sinon, je serai forcé de demander des renforts.

Il a commencé à se transformer. Ses proportions ont changé, ses écailles ont disparu, ainsi que sa queue, et son pénis a cessé de ressembler à une massue hérissée de clous. Puis des vêtements ont couvert son corps.

– Attends, Anton.

– Que suis-je censé attendre ?

Le visage du mage noir est demeuré indéchiffrable. Sous son

aspect de démon, il semblait éprouver beaucoup plus d'émotions, ou alors il ne jugeait pas utile de les dissimuler.

– Je confirme la promesse faite par Alissa.

– Quoi ?

– Si tu ne donnes pas suite officiellement à cette affaire, le Contrôle du Jour acceptera n'importe quelle intervention magique de ta part, jusqu'à la troisième classe comprise.

Il paraissait absolument sérieux.

J'ai ravalé nerveusement ma salive. Recevoir un tel cadeau du chef du Contrôle du Jour...

– Ne fais jamais confiance à un Sombre.

– N'importe quelle intervention, jusqu'à la deuxième classe comprise.

– Tu veux éviter le scandale ? ai-je demandé, ou tiens-tu à elle pour une raison quelconque ?

Le visage de Zébulon s'est contracté.

– Je tiens à elle. Je l'aime.

– Je ne te crois pas.

– En tant que chef du Contrôle du Jour, je te demande, Sentinelle Anton Gorodetski, de résoudre le conflit à l'amiable. C'est parfaitement possible : ma protégée Alissa Donnikova n'a pas eu le temps de causer de tort aux humains. En compensation de sa *tentative* (Zébulon a insisté sur le terme) d'intervention de magie noire de troisième classe, le Contrôle du Jour acceptera n'importe quelle intervention de magie blanche de ta part jusqu'à la deuxième classe comprise. Je ne demande pas que cet accord demeure secret. Je n'impose aucune limite à tes actions. Et je souligne que l'agent Alissa subira un sévère châtiment pour sa faute. Que l'Obscurité soit témoin de mes paroles.

Un léger frémissement... Un grondement souterrain et le rugissement d'un ouragan qui approche. Une minuscule sphère noire tourbillonnante est apparue dans la paume de Zébulon.

– La balle est dans ton camp, a-t-il déclaré.

Je me suis passé la langue sur les lèvres et j'ai regardé Alissa, toujours immobilisée par un sort. C'était tout de même une belle petite garce, et nous avions un compte personnel à régler.

Ce qui expliquait peut-être ma réticence à accepter ce compromis, plus que la crainte du danger qu'il pouvait représenter. Alissa avait essayé de faire usage du prisme pour absorber une partie de l'énergie vitale des passants. C'était de la magie de troisième ou de quatrième classe. Alors qu'on m'accordait une intervention de deuxième classe. C'était énorme. Une intervention à très grande échelle ! Aucun crime dans la ville pendant vingt-quatre heures d'affilée. Ou une grande invention totalement bénéfique. Que de fois dans l'histoire du Contrôle de la Nuit, il nous avait manqué une autorisation d'intervention de troisième ou de quatrième classe et nous avions été forcés d'agir à l'aveuglette et d'attendre avec effroi la réplique de l'adversaire.

Et voilà que Zébulon m'offrait une intervention de deuxième classe, pour ainsi dire gratuitement.

– Que la Lumière soit témoin de tes paroles, ai-je dit, et je lui ai tendu la main.

Je n'avais encore jamais fait appel au témoignage des forces primordiales, je savais seulement que cela n'exige aucune incantation particulière. Rien ne garantissait d'ailleurs que la Lumière daigne se mêler de nos tractations.

Un pétale de feu blanc a jailli dans ma paume.

Quand nous nous sommes serré la main pour sceller notre accord, Obscurité et Lumière se sont touchées. J'ai senti une douleur, comme une aiguille émoussée qui transperçait ma chair.

– Accord conclu, a dit le mage noir en grimaçant.

Lui aussi avait senti la piqûre.

– Tu espères en tirer avantage ? ai-je demandé.

– Bien sûr, a-t-il reconnu. J'espère toujours tirer avantage de tout. Et généralement j'y parviens.

Mais au moins, il ne manifestait pas de joie particulière. Quels que fussent ses calculs quant au profit éventuel qui découlerait de notre compromis, il n'était pas certain de son coup.

– Je sais ce que le messager a apporté à Moscou et pour quelle raison, ai-je déclaré.

Il a légèrement souri.

– Tu m'en vois ravi. La situation m'inquiète et ça me rassure de savoir que mon inquiétude est désormais partagée.

– Zébulon, dis-moi, le Contrôle de la Nuit et le Contrôle du Jour ont-il jamais collaboré pour de vrai ? Je veux dire pour autre chose que l'arrestation de mages rebelles ou mentalement dérangés ?

– Non. Toute collaboration serait dommageable à l'un des camps.

– J'en tiendrai compte.

– Excellente idée.

Nous avons poussé la politesse jusqu'à nous saluer mutuellement, presque comme deux vieux amis.

Zébulon a soulevé telle une plume le corps inanimé d'Alice et l'a jeté par-dessus son épaule. Je pensais qu'il allait sortir de la Pénombre, mais au lieu de cela, le chef des Sombres est entré dans son portail avec un dernier sourire condescendant à mon adresse. Le portail est demeuré visible un bref instant, puis il a commencé à s'effacer.

C'est là que j'ai senti à quel point j'étais fatigué. La Pénombre aime qu'on entre en elle et encore plus qu'on s'y agite. C'est une catin insatiable et peu regardante.

J'ai choisi un endroit où il y avait moins de monde pour sortir.

Les passants ont machinalement détourné les yeux. Que de fois par jour vous nous rencontrez, humains... Vous croisez des Clairs et des Sombres, des mages et des lycanthropes, des sorcières et des guérisseuses. Vous nous regardez, mais vous n'avez pas le droit de nous voir.

Mieux vaut qu'il en soit toujours ainsi.

Nous pouvons vivre des centaines et même des milliers d'années. Il est très difficile de nous tuer. Et les problèmes qui vous préoccupent ne sont pour nous rien de plus que le chagrin d'un élève de cours préparatoire qui a mal tracé ses bâtons dans son cahier d'écriture.

Mais tout a son revers. En ce moment, je changerais bien de place avec vous. Prenez donc la capacité de voir la Pénombre et d'y entrer. Prenez donc la protection du Contrôle et le pouvoir de manipuler les consciences.

Et donnez-moi en échange la tranquillité dont je suis à jamais privé !

Quelqu'un m'a bousculé. Un costaud au crâne rasé, avec un téléphone mobile à la ceinture et une grosse chaîne en or autour du cou, m'a jeté un regard méprisant en grognant entre ses dents avant de s'éloigner d'une démarche qui se voulait conquérante. Sa copine pendue à son bras a imité maladroitement l'expression de dédain que les petits malfrats réservent aux « pauvres caves ».

Je n'ai pu m'empêcher d'éclater de rire.

Je devais avoir l'air particulièrement bête, planté en plein milieu de la rue, les yeux apparemment fixés sur un stand d'hideuses statuettes de bronze, de matriochkas aux visages de dirigeants et de fausse vaisselle de Khokhlama en bois peint.

J'étais désormais en droit de secouer sérieusement tous les passants du quartier. De procéder par exemple à une remoralisation globale, suite à quoi le malfrat au crâne rasé irait s'engager comme garde-malade dans un hôpital psychiatrique et sa copine se précipiterait à la gare pour aller rendre visite à sa vieille maman, qui vivait seule et abandonnée au fin fond d'une province.

Je ressentais une furieuse envie de faire le bien. Mais je devais me retenir et garder la tête froide.

J'étais un Autre ordinaire. Je ne posséderais jamais la force d'un Guesser ou d'un Zébulon. D'où, sans doute, ma façon d'envisager les choses. Ce cadeau inattendu, je n'avais pas le droit de l'utiliser comme j'en avais le désir. Ça reviendrait à participer au jeu organisé derrière mon dos, dans les hautes sphères.

Ma seule chance était de sortir du jeu.

Et d'en faire sortir Svetlana.

De faire rater l'opération que mes chefs préparaient depuis longtemps. Quitter le Contrôle de la Nuit. Devenir un mage blanc ordinaire n'utilisant qu'une minuscule partie de ses capacités. Et ce dans le meilleur des cas. Au pire, je risquais la Pénombre éternelle.

Aujourd'hui. À minuit.

Où ? Et quand ? De quel destin Svetlana allait-elle ouvrir le livre ?

Olga m'avait dit qu'on préparait cette opération depuis douze ans. Pendant douze ans, ils avaient cherché une Grande magicienne capable d'utiliser ce fameux morceau de craie.

Stop !

J'aurais crié à voix haute, tant je me sentais stupide. Mais mon visage devait être assez parlant.

Les mages supérieurs calculent toujours tout à long terme. Le hasard n'a pas sa place dans leurs jeux. Ils manipulent des reines et des pions. Mais aucune pièce n'est jamais superflue !

Egor.

Il avait failli être la victime d'une chasse non autorisée et les circonstances où il était entré dans la Pénombre avaient fini par l'orienter vers l'Obscurité. Cependant, son destin n'était pas encore totalement déterminé. Son aura restait multicolore, comme celle d'un nouveau-né. Un cas unique. Vraiment surprenant.

J'avais cessé de penser à cette particularité en découvrant que son potentiel avait été artificiellement amplifié par le chef pour détourner l'attention des Sombres et pour qu'Egor puisse résister un peu aux vampires...

Je considérais Egor comme un échec personnel ; il restait encore à mes yeux un brave garçon, mais je savais qu'il deviendrait un jour mon adversaire dans la lutte éternelle entre le Bien et le Mal. J'avais presque oublié que son destin n'était pas encore tracé.

Un avenir aux multiples possibilités, une destinée qui ne se lisait pas à livre ouvert. Le Livre du Destin...

Voilà qui se tiendrait devant Svetlana lorsqu'elle prendrait cette fameuse craie. Egor accepterait bien volontiers, après avoir entendu les éclaircissements de Guesser. Le chef du Contrôle de la Nuit savait expliquer les choses, il lui dirait qu'il voulait rectifier ses erreurs. Et ce serait vrai. Il lui parlerait du grand avenir auquel lui, Egor, était promis. Et ce serait également vrai ! Le Contrôle du Jour pourrait protester autant qu'il voudrait, l'Inquisition tiendrait compte du fait que le jeune garçon avait souffert de l'action des Sombres.

Quant à Svetlana, on lui dirait certainement que j'étais hanté par mon échec avec Egor. Que si ce dernier avait penché vers l'Obscurité, c'était en grande partie parce que le Contrôle de la Nuit était occupé à la sauver, elle.

Elle n'hésiterait pas.

Elle écouterait attentivement toutes les instructions.

Prendrait le petit morceau de craie et tracerait le destin d'Egor.

Qu'avaient-ils l'intention de faire de lui ?

Un leader, le chef d'un nouveau parti et d'une nouvelle révolution ?

Le prophète d'une religion qui restait à inventer ?

Un penseur, théoricien d'une nouvelle doctrine sociale ?

Un musicien, un poète, un écrivain dont l'œuvre transformerait la conscience de millions de gens ?

Sur combien d'années et de décennies les forces de la Lumière avaient-elles planifié leur action ?

Ce qui est donné à un Autre par la nature ne saurait être modifié. Egor serait un mage très faible. Un mage blanc malgré tout, grâce à l'intervention du Contrôle de la Nuit.

Mais pour changer l'histoire de l'humanité, il n'est pas nécessaire d'être un Autre. C'est même un handicap. Il suffit de bénéficier du soutien du Contrôle pour mener les foules vers le bonheur que nous leur avons inventé.

Et Egor conduira les foules. J'ignore comment et j'ignore dans quelle direction, mais il les conduira.

Sauf que les Sombres ne manqueront pas de réagir.

Pour un président, il se trouvera un tueur à gages. Pour un prophète des milliers de disciples qui pervertiront sa nouvelle religion et transformeront sa lumière en bûchers destinés aux hérétiques. Un livre peut être brûlé, une symphonie se transformer en tube à la mode qu'on jouera dans les bars. Une philosophie peut servir à justifier la pire des ignominies.

Décidément, nous n'apprendrons jamais rien.

Sans doute ne voulons-nous pas apprendre.

Mais au moins il me reste un peu de temps. Et le droit de jouer un coup. Un seul.

Si je savais lequel.

Persuader Svetlana de ne pas suivre les ordres de Guesser, de ne pas pratiquer la haute magie, de ne pas changer le destin ?

Mais au nom de quoi ? Au fond, ils ont raison. Ils corrigent leurs erreurs, créent un avenir radieux pour un petit homme en particulier et pour l'humanité en général. Ils me délivrent de ma culpabilité et Svetlana du sentiment que sa réussite s'est faite sur le dos d'Egor. Svetlana devient une Grande magicienne.

Que valent mes doutes face à de tels arguments ?

Et quelle est, dans ces doutes, la part d'une inquiétude sincère et celle de mon petit intérêt personnel ? Où est la Lumière et où est l'Obscurité ?

– Hé, mon gars...

Le marchand face au stand duquel j'étais resté planté me regardait. Sans agressivité excessive, mais d'un air légèrement agacé.

– Tu veux m'acheter quelque chose ?

– J'ai l'air d'un imbécile ?

– Et comment ! Achète, ou dégage.

Il avait raison de son point de vue. Mais je n'étais pas d'humeur à me laisser faire sans réagir.

– Tu ne comprends pas ton bonheur. Je joue à l'acheteur pour t'attirer des clients.

Le marchand était un type assez pittoresque. Massif, rougeaud, avec des bras énormes où la graisse le disputait aux muscles. Il m'a dévisagé attentivement et, ne découvrant aucune menace, a ouvert la bouche pour m'envoyer promener.

Puis soudain, il a souri.

– Bon, vas-y, joue à l'acheteur. Mais de manière un peu plus convaincante. Tu peux même faire semblant de m'acheter quelque chose. Et me payer, toujours histoire de faire semblant.

C'était étrange et inattendu.

J'ai souri à mon tour.

– Si tu veux, je peux t'acheter quelque chose pour de bon.

– Mais non, qu'est-ce que tu en ferais ? C'est de la camelote pour les touristes...

Il a cessé de sourire, mais son visage est resté détendu.

– Satanée chaleur... Ça me met d'une humeur de chien. Si seulement il pouvait pleuvoir.

J'ai levé la tête, et il m'a semblé percevoir un changement dans la voûte bleue du four céleste.

– Je pense qu'il va bientôt pleuvoir, ai-je déclaré.

– Le ciel t'entende.

Nous avons échangé un signe de tête et je me suis éloigné.

Je ne savais pas ce que j'allais faire, mais je savais désormais où je devais me rendre. Et c'était déjà beaucoup.

7

Nos forces sont en grande partie des forces d'emprunt.

Les Sombres les puisent dans les souffrances d'autrui. C'est beaucoup plus simple pour eux. Ils n'ont même pas besoin de causer du mal aux humains. Il leur suffit d'attendre. D'observer attentivement et de boire la souffrance omniprésente comme on sirote un cocktail.

Nous aussi, nous pouvons nous renforcer de la même manière quand les gens se sentent bien, quand ils sont heureux.

Mais il y a un détail qui rend ce procédé accessible aux Sombres et qui nous l'interdit presque. Le bonheur et le malheur ne sont pas deux pôles sur l'échelle des émotions humaines. Sinon, il n'existerait pas de douce tristesse ni de joie mauvaise. Ce sont deux processus parallèles, deux courants de force égaux que les Autres ont le pouvoir de sentir et d'utiliser.

Quand un mage noir absorbe la souffrance d'autrui, elle ne fait qu'augmenter.

Quand un mage blanc absorbe la joie d'autrui, elle diminue.

Nous pouvons absorber cette force à n'importe quel moment. Mais nous nous permettons très rarement de le faire.

Aujourd'hui, j'ai décidé que je pouvais.

J'ai pris un peu de force à un couple enlacé près du métro. Ils étaient très heureux en ce moment. Mais ils étaient sur le point de se séparer pour une longue période, et la tristesse toucherait inévitablement ces deux amoureux. Alors, je me suis emparé de leur joie, colorée et festive comme un bouquet de roses rouges, tendres et imbues d'elles-mêmes...

J'ai effleuré un enfant qui passait en courant : la chaleur ambiante ne le gênait pas, il courait s'acheter une glace. Sa joie lui reviendrait très vite. La force qui en émanait était simple et pure comme un bouquet de pâquerettes que ma main a cueillies sans trembler.

J'ai aperçu une vieille dame à sa fenêtre. L'ombre de la mort se tenait près d'elle et elle la sentait probablement. Malgré cela, elle souriait. Aujourd'hui, son petit-fils était venu lui rendre visite. Sans doute pour vérifier si mémé était encore vivante et si son bel appartement au centre de Moscou ne s'était pas encore libéré... Ça aussi, elle le sentait, ce qui ne l'empêchait pas d'être heureuse. J'avais honte, terriblement honte, mais je lui ai pris aussi un peu de force. Un bouquet fané de feuilles d'automne, jaune orangé...

Je marchais, comme dans l'un de mes cauchemars nocturnes où je me voyais distribuer le bien autour de moi, sans oublier personne... Sauf que sur mon chemin les sourires s'effaçaient, les fronts se plissaient légèrement, les gens se mordillaient les lèvres.

Bref, mon passage était bien visible.

Si je croisais une patrouille du Contrôle du Jour, elle ne songerait pas à m'arrêter.

Mais mes collègues non plus, s'ils me voyaient, ne diraient rien.

Je faisais ce que je jugeais utile de faire. Ce que je me sentais en droit de faire. Emprunter ma force. La voler. L'usage que je ferais de cette force déciderait de mon destin.

Soit je payerais largement ma dette.

Soit la Pénombre s'ouvrirait devant moi.

Un mage blanc, quand il puise sa force chez les humains, joue son va-tout. Les critères habituels des Contrôles ne s'appliquent pas ici. Le Bien que j'allais apporter ne devait pas seulement surpasser le Mal que j'étais en train de causer. Il ne devait pas me rester l'ombre d'un doute à ce sujet.

Des amoureux, des enfants, des vieillards... Un groupe de copains qui buvaient de la bière dans un square... je craignais que leur joie ne soit surfaite, mais elle était bien réelle et j'ai pris leur force.

Pardonnez-moi.

Je pouvais m'excuser platement devant chacun. Je pouvais payer ce que j'avais volé. Mais le jeu était faussé.

En réalité, je me battais pour mon amour. En tout premier lieu. Et ensuite seulement pour tous les humains qu'on s'apprêtait à doter d'un magnifique bonheur flambant neuf.

Mais peut-être avais-je raison malgré tout ?

Quand on se bat pour son amour, on se bat peut-être chaque fois pour le monde entier ?

Pour le monde entier, pas contre le monde entier.

La Force !

Je la collectais miette par miette, parfois précautionneusement, parfois brutalement, pour que ma main ne tremble pas, pour ne pas détourner honteusement les yeux en prenant aux gens ce qui était peut-être leur seule joie.

Pour ce jeune homme, les moments de bonheur étaient peut-être si rares...

Je l'ignorais.

Encore un peu de force.

En perdant son sourire, cette jeune femme perdrait peut-être l'amour de quelqu'un ?

De la force.

Cet homme bien-portant au sourire ironique mourrait peut-être demain ?

De la force !

Les amulettes dans mes poches ne me seraient d'aucun secours. Il n'y aurait pas de bataille. Le « mieux de ma forme » dont avait parlé le chef ne m'aiderait pas non plus. C'était malgré tout insuffisant. Et le droit à une intervention de deuxième classe généreusement offert par Zébulon était un piège. Je n'en doutais plus. Il s'était servi de sa petite amie à son insu, avait tissé les fils des probabilités pour que nous nous rencontrions et m'avait remis un cadeau empoisonné. Je ne pouvais pas voir assez loin dans l'avenir pour que mon bien ne se transforme jamais en mal.

Mais si tu ne disposes d'aucune d'arme, accepte-la des mains de ton ennemi.

La Force...

Si j'avais encore conservé avec Guesser le fil subtil qui relie le jeune mage à son mentor, il aurait perçu depuis longtemps ce qui se passait. Il m'aurait senti déborder d'énergie, prise au hasard, sans savoir moi-même dans quel but.

Qu'aurait-il fait ?

Il est inutile d'arrêter un mage qui a choisi cette voie.

Je me dirigeais à pied vers le Parc des expositions. Rien n'est jamais dû au hasard quand le hasard est manipulé par des Grands mages. Le « clapier sur pattes », cette tour passablement hideuse où Zébulon avait perdu sa bataille pour Svetlana, où Guesser avait recruté un nouvel Inquisiteur parmi les Clairs tout en donnant une leçon de maîtrise à sa nouvelle recrue.

Le centre de force de cette partie d'échecs.

Pour la troisième fois.

Je n'avais ni faim ni soif, mais je me suis arrêté pour boire un café. Il était sans goût et semblait totalement dépourvu de caféine. Les gens désormais s'écartaient de mon chemin. Je ne marchais pourtant pas dans la Pénombre. Mais la tension magique augmentait autour de moi.

Impossible de dissimuler mon approche.

Mais je n'avais pas l'intention de me cacher.

Une jeune femme enceinte marchait lentement, précautionneusement. J'ai frémi lorsque j'ai constaté qu'elle souriait. Et j'ai failli faire un crochet quand j'ai compris que son futur enfant souriait aussi dans son petit monde protégé...

Leur force était pareille à une pivoine blanche, avec une grosse fleur et un bouton non encore épanoui.

Je devais cueillir tout ce qui se présenterait sur ma route.

Sans hésitation, sans pitié.

Quelque chose se préparait dans le monde environnant.

La canicule semblait avoir encore augmenté. En une espèce de soubresaut désespéré.

Ce n'était pas en vain sans doute que Sombres et Clairs avaient essayé de faire retomber la chaleur au cours de ces derniers jours. Je me suis arrêté pour observer le ciel à travers la Pénombre.

De fins anneaux tourbillonnants.

Des étincelles à l'horizon.

De la brume au sud-est.

Une auréole sur la pointe de la tour d'Ostankino.

Ce serait une nuit bien étrange...

J'ai pris la petite joie toute simple d'une fillette, dont le père, pour une fois, n'était pas rentré ivre.

Comme un rameau d'églantier, piquant et fragile...

Pardonnez-moi.

Quand je suis arrivé devant le clapier sur pattes, il était presque onze heures du soir.

J'ai effleuré en dernier un ouvrier, appuyé contre le mur du porche où j'avais tué un Sombre, pour la première fois. Il était complètement ivre. Et heureux.

J'ai pris sa joie. Du laid plantain de caniveau, poussiéreux et souillé de crachats...

Cette force aussi me serait utile.

En traversant, j'ai constaté que je n'étais pas seul. J'ai invoqué mon ombre.

Il y avait un cordon autour du bâtiment.

Le plus étrange cordon qu'il m'ait jamais été donné de voir. Sombres et Clairs mêlés. J'ai remarqué Semion que j'ai salué, pour recueillir en réponse un regard calme teinté d'un léger reproche. Tigron... Ours... Ilya... Ignat...

Quand les avait-on tous fait venir ? Pendant que je me promenais à travers la ville, collectant ma force ? Les congés avaient pris fin...

Et les Sombres. Même Alissa était là. Elle faisait peur à voir, son visage ressemblait à un masque en papier qu'on aurait froissé avant de le remettre en forme. Apparemment, Zébulon n'avait pas menti en parlant d'un châtiment. Alisher se tenait à côté d'elle et, croisant son regard, j'ai compris que ces deux-là se livreraient un jour un combat à mort. Peut-être pas aujourd'hui. Mais c'était inévitable.

J'ai traversé le cordon.

– La zone est fermée, a dit Alisher.

– La zone est fermée, a répété Alissa.

– J'en ai le droit.

J'avais assez de force en moi pour passer sans permission. Seuls des Grands mages auraient pu m'arrêter et ils n'étaient pas là.

Mais personne n'a essayé de m'arrêter. Quelqu'un, Guesser ou Zébulon ou les deux, avait seulement demandé de m'avertir.

– Bonne chance, a-t-on murmuré derrière moi. Me retournant, j'ai croisé le regard de Tigron.

Le hall était désert, l'immeuble absolument silencieux, comme c'était déjà le cas l'hiver dernier.

Je marchais à travers la brume grise. Le sol frémissait sous mes pieds : dans la Pénombre, même le terrain réagissait à la magie, même les silhouettes confuses des bâtiments environnants.

La trappe du toit était ouverte. Personne n'avait l'intention de mettre le moindre obstacle sur ma route. J'ignorais si je devais m'en réjouir ou non, et c'était là le plus triste.

Je suis sorti de la Pénombre avant de monter l'échelle.

J'ai d'abord aperçu Maxime.

Il n'était plus du tout le même, notre Sauvage, notre mage blanc autodidacte qui avait passé plusieurs années à trucider des adeptes de l'Obscurité. Peut-être lui avait-on fait quelque chose ou peut-être avait-il changé de lui-même. Certaines personnes deviennent des bourreaux parfaits.

Maxime était devenu un bourreau. Un Inquisiteur. Il était désormais parmi ceux qui se tiennent au-dessus de la Lumière et de l'Obscurité, qui servent tout le monde et personne. Ses bras étaient croisés sur sa poitrine et sa tête légèrement inclinée. Il y avait quelque chose en lui de Zébulon, tel que je l'avais vu la première fois. Et quelque chose de Guesser. À mon apparition, Maxime a relevé légèrement la tête. Son regard transparent a glissé sur moi. Et de nouveau il a baissé les yeux.

J'étais donc autorisé à rester.

Zébulon se tenait légèrement à l'écart. Il portait un fin imperméable et n'a pas prêté attention à mon arrivée. Il savait que j'allais venir.

Guesser, Svetlana et Egor ont réagi beaucoup plus énergiquement.

– Tu es quand même venu ? a demandé le chef.

J'ai regardé Svetlana. Les cheveux défaits, vêtue d'une longue robe blanche. Dans sa main un étui luisait légèrement. Un petit étui de maroquin blanc, pareil à celui d'une broche ou d'un médaillon.

– Anton, tu es au courant ? a crié Egor.

Si quelqu'un parmi les personnes présentes était heureux, c'était lui. Pleinement heureux.

– Je suis au courant, ai-je dit. Je me suis approché de lui et je lui ai ébouriffé les cheveux.

Sa force était pareille à une fleur de pissenlit jaune.

J'avais vraiment récolté le maximum.

– La touche finale ? a demandé Guesser. Anton, qu'as-tu l'intention de faire ?

Je n'ai pas répondu. Quelque chose me troublait. Quelque chose n'allait pas.

Ah oui... Olga n'était pas là.

Parce que l'instruction de Svetlana était terminée et que celle-ci savait déjà ce qu'elle devait faire ?

– Un morceau de craie, ai-je dit, bien aiguisé des deux côtés, pour écrire sur n'importe quelle surface, par exemple dans le Livre du Destin. Pour biffer ce qui y est déjà inscrit et ajouter de nouveaux paragraphes.

– Anton, a dit calmement le chef, pour l'instant, tu ne nous apprends rien.

– Vous avez l'autorisation ? ai-je demandé.

Guesser a regardé Maxime qui aussitôt a relevé la tête pour répondre :

– L'autorisation a été accordée.

– Le Contrôle de la Nuit a émis une protestation, a précisé Zébulon d'une voix morne.

– Qui a été rejetée, a répliqué Maxime d'un ton neutre, avant de baisser à nouveau la tête.

– Une Grande magicienne peut prendre la craie, ai-je dit. Chaque ligne qu'elle inscrira dans le Livre prendra une partie de son âme. Et la lui rendra... transformée. On ne peut modifier le Destin de quelqu'un qu'en sacrifiant sa propre âme.

– Je sais, a dit Svetlana.

Elle a souri.

– Anton, pardonne-moi. Je crois que c'est juste. C'est pour le bien de tous.

Un éclair d'inquiétude est passé dans le regard d'Egor. Lui aussi a senti que quelque chose n'allait pas.

– Anton, tu fais partie du Contrôle, a dit Guesser. Si tu as des objections, tu peux parler.

Des objections ? À quoi donc ? Au fait qu'Egor allait devenir un mage blanc au lieu d'un mage noir ? Au fait qu'il essayerait de faire le bien de l'humanité, même s'il devait échouer ? Au fait que Svetlana allait devenir une Grande magicienne au plein sens du terme ?

En sacrifiant ce qui restait d'humain en elle...

– Je n'ai rien à dire.

Il m'a semblé entrevoir de l'étonnement dans le regard de Guesser. Mais il est difficile de savoir ce que pense vraiment un Grand mage.

– Commençons, a-t-il déclaré. Svetlana, tu sais ce que tu dois faire.

– Je sais.

Elle me regardait.

Je me suis écarté de quelques pas et Guesser aussi.

Ils sont restés face à face, Svetlana et Egor. Aussi tendus et déconcertés l'un que l'autre.

Du coin de l'œil, j'ai observé Zébulon. Il attendait.

Svetlana a ouvert l'étui avec un claquement qui a retenti comme une déflagration. Lentement, comme à contrecœur, elle a sorti la craie. Elle était vraiment minuscule. Se pouvait-il qu'elle se soit usée à ce point au cours des millénaires où la Lumière avait essayé de modifier les destinées du monde ?

Guesser a soupiré.

Svetlana s'est accroupie pour tracer un cercle autour d'elle-même et du jeune garçon.

Je n'avais rien à dire. Je ne pouvais rien faire.

J'avais rassemblé tant de force qu'elle débordait de moi.

J'avais le droit de faire le bien.

Il ne me manquait qu'une chose : savoir où était le bien.

Un souffle de vent. Timide. Qui s'est tu aussitôt.

J'ai levé la tête et j'ai frémi. Quelque chose se passait. Ici, dans le monde humain. Des nuages couvraient désormais le ciel. Je n'avais même pas remarqué leur apparition.

Son cercle tracé, Svetlana s'est relevée.

J'ai essayé de la regarder à travers la Pénombre pour me détourner aussitôt. Elle semblait tenir entre ses doigts un charbon incandescent. Sentait-elle la douleur ?

– Une tempête se prépare, a annoncé Zébulon. Une véritable tempête. Comme on n'en a pas vu depuis longtemps.

Il a ri.

Personne n'a prêté attention à ses paroles. À part le vent qui s'est mis à souffler de manière plus régulière, en s'amplifiant progressivement. J'ai jeté un coup d'œil en bas de l'immeuble. Tout était calme pour le moment. Svetlana traçait des lignes dans l'air avec la craie, comme pour souligner des contours rectangulaires, visibles d'elle seule.

Egor a gémi doucement. Sa tête s'est renversée en arrière. J'ai fait un pas en avant et je me suis arrêté. Je ne pouvais franchir la barrière. C'était d'ailleurs inutile.

Quand tu ignores comment tu dois agir, tu ne dois croire en rien. Ni à ce que te souffle ton cœur ni à ce que te dicte ton esprit ni à ce que tes mains veulent faire.

– Anton...

J'ai regardé Guesser. Le chef semblait préoccupé.

– C'est plus qu'une tempête. C'est un ouragan. Il y aura des victimes.

– Les Sombres ? ai-je demandé.

– Non. Les éléments.

– Vous avez légèrement forcé la dose dans la concentration des forces ? ai-je demandé.

Le chef n'a pas réagi à mon ironie.

– Anton, quelle classe de magie as-tu le droit d'utiliser ?

Il était bien sûr au courant de notre accord avec Zébulon.

– Deuxième classe.

– Tu peux stopper l'ouragan, a constaté Guesser. Le transformer en simple pluie. Tu as rassemblé assez de force.

Le vent a soufflé de nouveau, et cette fois, il n'avait pas l'intention de s'arrêter. En rafales violentes, comme s'il cherchait à nous faire tomber du toit. La pluie s'est mise à tomber.

– Je crois que c'est ta dernière chance, a ajouté le chef. Mais c'est à toi de décider.

Un bouclier de force a surgi autour de lui avec un tintement. On aurait dit un sachet en plastique froissé. Je n'avais encore jamais vu un mage utiliser de telles mesures de défense contre les intempéries.

Svetlana, sa robe battant autour d'elle, continuait de dessiner le Livre. Egor ne bougeait plus. Il semblait crucifié à une croix invisible. Peut-être ne percevait-il plus rien. Qu'arrive-t-il à quelqu'un qui perd son ancienne destinée sans en avoir encore acquis une nouvelle ?

– Guesser, ai-je dit, tu t'apprêtes à déclencher un cyclone tel que cet ouragan n'est rien en comparaison.

Le vent a couvert mes paroles.

– C'est inévitable, a répliqué Guesser. (Il parlait à voix basse, mais chacun de ses mots était parfaitement audible.) C'est déjà en train de s'accomplir.

Le Livre du Destin était désormais visible même dans le monde des hommes. Bien sûr, Svetlana ne le dessinait pas au sens propre, elle le tirait des couches les plus profondes de la Pénombre. Elle en créait une copie dont les moindres changements se refléteraient sur l'original. Le Livre du Destin ressemblait à un moulage, une maquette constituée de fils de feu, suspendue dans les airs. Les gouttes de pluie s'enflammaient en l'effleurant.

Svetlana était sur le point de modifier le destin d'Egor.

Et dans quelques décennies, Egor modifierait le destin du monde.

Comme toujours vers le bien.

Comme toujours sans succès.

J'ai chancelé. Soudain, le vent venait de se transformer en ouragan. Quelque chose d'inimaginable se passait autour de nous. Je voyais les voitures s'arrêter pour se garer au bord du trottoir, le plus loin possible des arbres. Un gigantesque panneau publicitaire est tombé au carrefour, sans le moindre bruit, le rugissement du vent couvrait le vacarme. Des silhouettes couraient vers les immeubles pour se mettre à l'abri.

Svetlana s'est arrêtée. Un point incandescent brillait dans sa main.

– Anton...

C'est à peine si j'entendais sa voix.

– Anton, que dois-je faire, dis-moi ! Anton, dois-je le faire ?

Le cercle de craie la protégeait, mais pas totalement, le vent arrachait presque sa robe.

On aurait dit que tout avait disparu. Je la contemplais, je contemplais la craie incandescente entre ses doigts. Svetlana attendait, mais je n'avais rien à lui dire. J'ignorais la réponse.

J'ai levé vers le ciel déchaîné mes mains où palpitaient les fleurs fantomatiques de ma force.

– Tu t'en sortiras ? a demandé Zébulon d'un ton compatissant. L'ouragan a déjà commencé.

Guesser a soupiré.

J'ai tourné les paumes vers le ciel où les étoiles avaient disparu. On ne voyait plus qu'un maelström de nuages, d'eau et d'éclairs.

C'était l'un des sorts les plus simples. L'un des premiers qu'on nous enseigne.

La remoralisation.

– Non, a crié Guesser. Ne fais pas ça !

D'un seul mouvement, il s'est déplacé pour se mettre devant Svetlana et Egor. Comme si ça pouvait m'empêcher de lancer un sort. Désormais rien ne pouvait plus l'empêcher.

Un rayon de lumière invisible aux humains jaillissait de mes paumes. Toutes les bribes de force que j'avais ramassées impitoyablement parmi eux s'y fondaient. L'azur des bleuets, le feu des roses, le jaune des asters, le blanc du muguet, le noir des orchidées.

Zébulon riait doucement derrière mon dos.

Svetlana attendait, serrant la craie dans sa main devant le Livre du Destin grand ouvert.

Egor, bras écartés, était figé devant elle.

Les pièces d'un jeu d'échecs. Et c'était à moi de jouer. Jamais encore tant de force n'avait été concentrée entre mes mains, prête à jaillir vers n'importe qui.

J'ai souri à Svetlana et, très lentement, j'ai tourné mes paumes où palpitait un arc-en ciel lumineux vers mon propre visage.

– Non !

Cette fois, c'est Zébulon qui a crié, et son cri a couvert l'ouragan. Un éclair a traversé le ciel. Le chef des Sombres a bondi vers moi, mais Guesser a fait un pas à sa rencontre, et le mage noir s'est arrêté. Je ne l'ai pas vu, mais je l'ai deviné. Une lumière multicolore inondait mon visage. J'avais le vertige. Je ne sentais plus le vent.

Ne restait que cet arc-en-ciel infini dans lequel je me noyais.

Le vent se déchaînait sans me toucher. J'ai regardé Svetlana et j'ai entendu se briser le mur invisible qui nous avait toujours séparés. Les cheveux de Svetlana sont retombés en vague souple autour de son visage.

– Tu as tout utilisé sur toi-même ?

– Oui.

– Tout ce que tu as récolté ?

Elle refusait d'y croire. Elle connaissait le prix des forces d'emprunt.

– Jusqu'à la dernière goutte ! ai-je répondu.

Je me sentais léger, étonnamment léger.

Elle a tendu le bras.

– Pourquoi ? Pourquoi, Anton ? Tu aurais pu stopper cet ouragan. Tu aurais pu rendre des milliers de gens heureux. Comment as-tu pu tout dépenser pour toi-même ?

– Pour ne pas me tromper.

J'étais gêné qu'elle, future Grande magicienne, ne comprenne pas une chose aussi évidente.

Svetlana est restée silencieuse une seconde. Puis elle a regardé la craie de feu qu'elle tenait à la main.

– Que dois-je faire, Anton ?

– Tu as déjà ouvert le Livre.

– Anton ! Qui a raison ? Guesser ou toi ?

J'ai secoué la tête.

– C'est à toi d'en décider.

Elle a froncé les sourcils.

– Et... c'est tout, Anton ? C'est pour cela que tu as pris tant de Lumière ? C'est pour cela que tu as dépensé ton droit à une intervention de deuxième classe ?

J'ignorais combien de conviction il pouvait y avoir dans ma voix. Même maintenant, j'en manquais encore.

– Tu dois comprendre que, parfois, l'important n'est pas d'agir. Parfois, l'important, c'est de ne rien faire. Il y a des choses dont tu dois décider seule. Sans te conformer aux conseils de personne. Ni aux miens, ni à ceux de Guesser, ni à ceux de Zébulon. Tu ne dois écouter ni la Lumière ni l'Obscurité. C'est toi-même qui dois prendre cette décision.

Elle a secoué la tête.

– Non...

– Si. Tu dois décider seule. Et personne ne te déchargera de cette responsabilité. Et quoi que tu fasses, tu en éprouveras des regrets.

– Je t'aime, Anton.

– Je sais. Je t'aime aussi. Et c'est pourquoi je ne dirai rien.

– C'est ta façon de me montrer ton amour ?

– C'est la seule et unique façon.

– J'ai besoin d'un conseil ! a-t-elle crié. Anton, j'ai besoin de ton conseil !

– Chacun forge son propre destin, ai-je dit.

Et c'était déjà un peu plus que je ne pouvais lui dire.

– Décide toi-même.

La craie a brillé comme une fine aiguille de feu lorsqu'elle s'est tournée vers le livre. Un geste, et j'ai entendu craquer les pages sous cette gomme étincelante.

Lumière et Ombre ne sont que des taches sur les pages du destin.

Un mouvement de la main,

Puis un autre.

La course rapide d'une ligne de feu...

Svetlana a desserré les doigts, et la craie du Destin est tombée à ses pieds. Aussi lourdement qu'une balle de plomb. L'ouragan l'a entraînée, mais j'ai eu le temps de me pencher pour la ramasser.

Le Livre du Destin a commencé à fondre.

Egor a vacillé, et il est tombé sur le côté, les genoux recroquevillés contre la poitrine. Roulé en une petite boule pitoyable.

La pluie avait délavé le cercle blanc et j'ai pu m'approcher. Je me suis penché pour soutenir les épaules d'Egor.

– Tu n'as rien écrit, s'est exclamé Guesser. Svetlana, tu n'as fait qu'effacer !

Svetlana me regardait. La barrière de protection était en train de disparaître, la pluie avait imbibé sa robe, la transformant en fine pellicule qui moulait son corps. Un instant plutôt, elle était une prêtresse en habit blanc, et voilà qu'elle n'était plus qu'une jeune fille trempée, debout sous l'orage.

– C'était ton examen, a poursuivi Guesser à mi-voix... Tu as laissé passer ta chance...

– Guesser, je ne veux pas servir le Contrôle, a-t-elle répondu. Pardonnez-moi. Mais cette voie n'est pas la mienne. Ce n'est pas... mon destin.

Guesser a tristement hoché la tête. En quelques pas, Zébulon s'est retrouvé à côté de nous.

– Et c'est tout ? a demandé le mage noir.

Il m'a regardé, a regardé Svetlana, puis Egor.

– Vous n'avez rien pu faire ?

Il s'est tourné vers Maxime qui a confirmé d'un signe de tête.

Personne d'autre ne lui a répondu.

Un rictus ironique est apparu sur le visage de Zébulon.

– Tant d'efforts... pour aboutir à une farce. Uniquement parce qu'une gamine hystérique a refusé d'abandonner son amoureux hésitant. Anton, tu m'as déçu. Svetlana, tu m'as réjoui. Guesser... Bravo pour cette brillante équipe de collaborateurs.

Un portail s'est ouvert derrière lui. Il a disparu dans un nuage noir en rigolant doucement.

J'ai cru entendre un soupir au bas de l'immeuble. Sans le voir, je savais ce qui était en train de se passer. L'un après l'autre, les agents du Contrôle du Jour sortaient de la Pénombre pour courir vers leurs voitures, pressés de les éloigner des arbres, ou pour se réfugier dans les immeubles voisins.

Certains agents du Contrôle de la Nuit en faisaient autant. Mais la plupart restaient sur place, tête levée. Tigron avec un air à tout hasard fautif. Semion avec le triste sourire de quelqu'un qui a connu bien pire... Ignat avec son éternelle et sincère compassion.

– Je n'ai pas pu le faire, a dit Svetlana. Guesser, pardonnez-moi. Je n'ai pas pu.

– Tu ne pouvais pas le faire, ai-je dit, et d'ailleurs, ils n'attendaient pas que tu le fasses.

J'ai ouvert la paume pour regarder la craie qui dans ma main n'était qu'une craie ordinaire, mouillée et poisseuse. Taillée d'un côté. Et brisée de l'autre.

– Tu l'as compris depuis longtemps ? a demandé Guesser.

Il s'est rapproché, et son bouclier s'est élargi pour nous englober ; le rugissement de l'ouragan s'est tu.

– Non. Je viens de comprendre.

– De comprendre quoi ? a crié Svetlana. Anton, que se passe-t-il ?

C'est Guesser qui lui a répondu.

– Chacun suit sa voie, ma chère petite. Certains régissent les destinées et détruisent des empires. Et certains se contentent de vivre.

– Pendant que le Contrôle du Jour t'observait, ai-je expliqué, Olga, avec la deuxième moitié de la craie, a réécrit le destin de quelqu'un d'autre. Conformément au plan des forces de la Lumière.

Guesser a soupiré. Il a tendu la main vers Egor. Le jeune garçon a essayé de se relever.

– Doucement, a dit le chef. C'est fini... C'est presque fini.

J'ai enlacé Egor et j'ai posé sa tête sur mes genoux. Il s'est apaisé.

– Dites-moi, pourquoi ? ai-je demandé. Si vous saviez tout depuis le début ?

– Même à moi il n'est pas donné de tout savoir.

– Pourquoi ?

– Mais parce que tout devait se passer de manière naturelle, a répondu Guesser d'une voix légèrement agacée. Sinon, Zébulon n'y aurait jamais cru. Il n'aurait jamais cru à nos plans ni à notre défaite.

Je l'ai regardé dans les yeux.

– Ce n'est pas la seule raison, Guesser. Loin s'en faut.

Il a soupiré.

– Bon, d'accord. J'aurais pu faire en sorte que les choses

se déroulent autrement. Svetlana serait devenue une Grande magicienne. Contre sa volonté. Et Egor, bien que le Contrôle de la Nuit ait déjà une dette envers lui, serait devenu notre instrument...

J'attendais. Je me demandais si Guesser allait nous dire toute la vérité. Au moins pour une fois.

– Oui, j'aurais pu... Mais vois-tu, mon garçon... tout ce que j'ai fait... en dehors de la lutte entre Lumière et Obscurité... tout ce que j'ai pu faire au cours de ce XXe siècle était soumis à un seul impératif... sans nuire bien sûr à notre cause...

Soudain, j'ai eu pitié de lui. Terriblement pitié. Peut-être pour la première fois en mille ans, le Grand et Lumineux Guesser, pourfendeur de monstres et protecteur des États, était contraint de dire la vérité jusqu'au bout. Une vérité qui n'était ni aussi belle ni aussi sublime que celle qu'il avait coutume de présenter.

– Pas la peine, je sais ! me suis-je exclamé.

Mais il a poursuivi :

– Mon seul but était d'obliger la direction à lever totalement la punition d'Olga. À lui rendre toutes ses forces et à l'autoriser à reprendre en main la craie du Destin. Elle devait devenir mon égale. Autrement, notre amour était condamné. Or, je l'aime, Anton.

Svetlana a éclaté de rire. Très doucement. J'ai cru qu'elle s'apprêtait à gifler le chef, mais sans doute ne l'avais-je jamais vraiment comprise jusqu'ici. Svetlana s'est mise à genoux devant Guesser et lui a embrassé la main droite.

Il a sursauté. On aurait dit soudain qu'il avait perdu son immense puissance, le bouclier de protection a tremblé et a commencé de fondre. Le rugissement de l'ouragan nous a enveloppés.

– Nous allons donc à nouveau transformer le destin du monde ? ai-je demandé... en dehors... de nos petites affaires privées ?

Il a acquiescé.

– Ça ne te réjouit pas ?

– Non.

– Que veux-tu, Anton, on ne saurait gagner sur tous les tableaux. Je n'y suis jamais parvenu. Et tu n'y parviendras pas non plus.

– Je sais. Je le sais bien, Guesser. Mais malgré tout... ça n'empêche pas de le vouloir.

janvier-août 1998
Moscou

Table des matières

HISTOIRE NUMÉRO UN : Un autre destin 9
HISTOIRE NUMÉRO DEUX : Seul parmi les autres 191
HISTOIRE NUMÉRO TROIS : Réservé aux autres 345

Composition Nord Compo
Impression Bussière, octobre 2006
Éditions Albin Michel
22, rue Huyghens, 75014 Paris
www.albin-michel.fr

ISBN 2-226-17354-4
N° d'édition : 24558. – N° d'impression : 063693/4.
Dépôt légal : novembre 2006.
Imprimé en France.